BASTEI
LÜBBE

Von Sue Harrison erschienen bei BASTEI-LÜBBE:

12287 Vater Himmel, Mutter Erde
12533 Schwester Mond

SUE HARRISON

BRUDER WIND

Aus dem Amerikanischen
von Margarete Längsfeld

BASTEI LÜBBE

BASTEI-LÜBBE-TASCHENBUCH
Band 12 792

Titel der amerikanischen Originalausgabe:
Brother Wind

Lizenzausgabe: Bastei Verlag Gustav H. Lübbe GmbH & Co.,
Bergisch Gladbach
Printed in Germany März 1998
Einbandgestaltung: Roland Winkler
Titelillustration: Michael Keller, München
Satz: hanseatenSatz-bremen, Bremen
Druck und Bindung: Elsnerdruck, Berlin
ISBN 3-404-12792-7

Für Neil
und für unsere Schwestern und Brüder

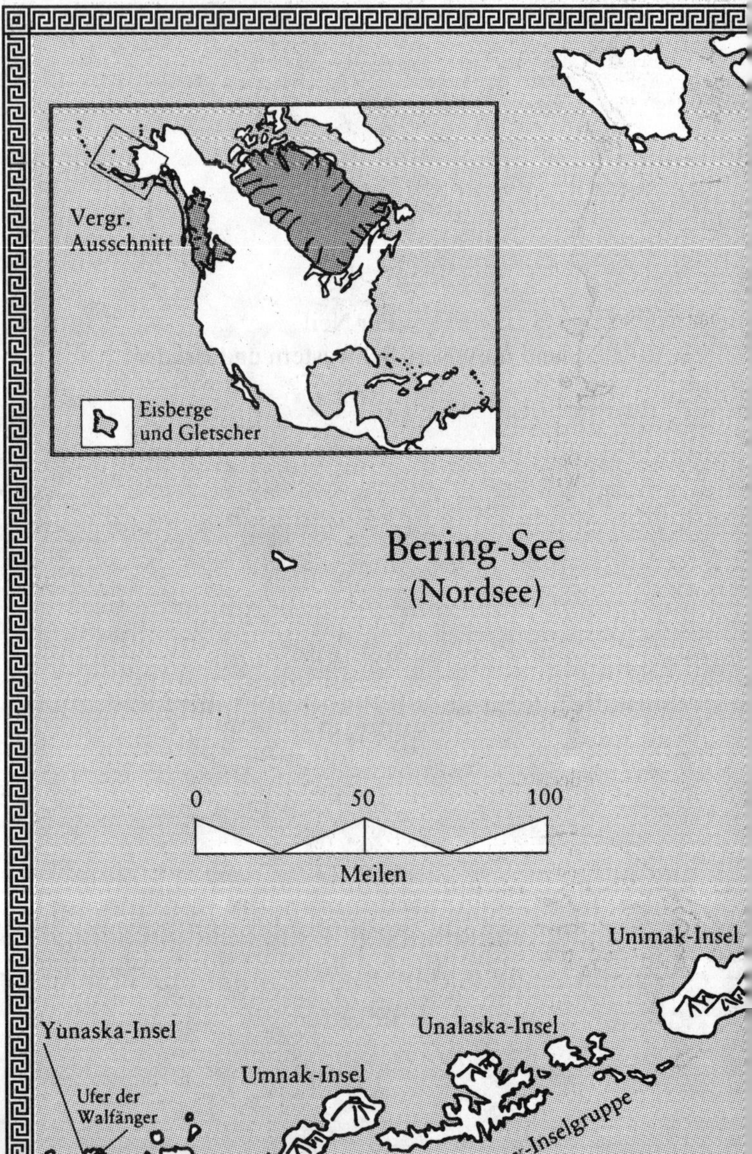

Vergr.
Ausschnitt
Eisberge
und Gletscher
Bering-See
(Nordsee)
0
50
100
Meilen
Unimak-Insel
Yunaska-Insel
Unalaska-Insel
Umnak-Insel
Ufer der
Walfänger
Fox-Inselgruppe

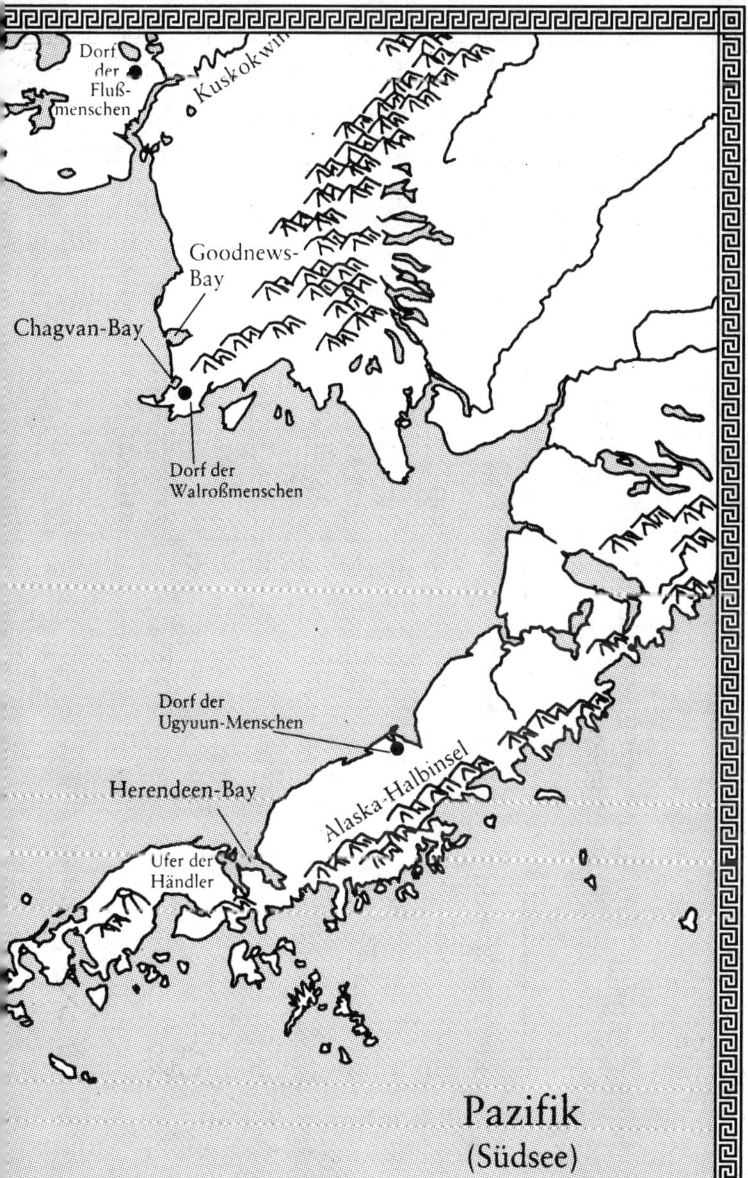
Dorf der Flußmenschen
Kuskokwim
Goodnews-Bay
Chagvan-Bay
Dorf der Walroßmenschen
Dorf der Ugyuun-Menschen
Herendeen-Bay
Alaska-Halbinsel
Ufer der Händler
Pazifik
(Südsee)

ERSTE MENSCHEN

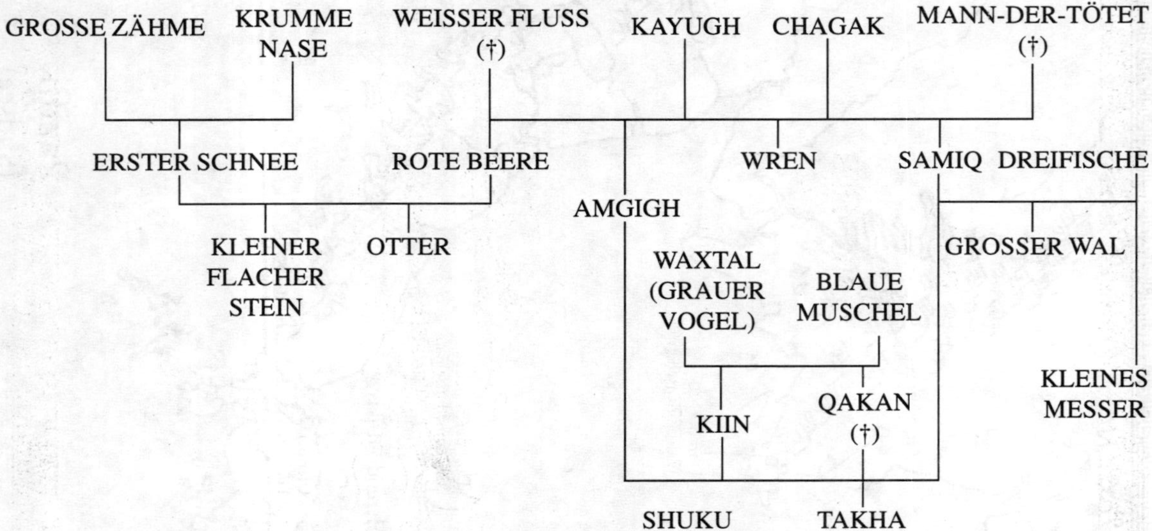

Prolog

SOMMER
7038 v. Chr.

Prolog

SOMMER

DIE ERSTEN MENSCHEN

Herendeen Bay, Alaska-Halbinsel

Kiin legte ihr Schnitzwerkzeug beiseite. Das graue Licht des frühen Morgens zwängte sich durch das Rauchloch und vereinte sich mit dem Schein der Robbenöllampe.

In der Nacht war ein Nieselregen gefallen. Er hatte die Häute und Matten der Behausung, die Schlafdecken und Kleider durchweicht, und Kiin meinte, sie würde die Kälte nie mehr aus ihren Knochen vertreiben können.

Wir sind hier in Sicherheit, meine Kinder und ich, dachte Kiin. Doch die Kälte, die ihren Leib umfing, kam nicht vom Regen allein. Ich hätte mich nicht von meinem Mann hierherbringen lassen sollen. Meine Kinder und ich waren im Dorf bei unserem Volk sicherer als hier bei Drei Fische in dieser winzigen Behausung. Auch wenn Händler auf der Suche nach Frauen zu unserem Volk gekommen sind, mir hätten sie nichts angetan.

»Nein, bleib hier«, sagte Kiins Geisterstimme. »Du bist Frau. Du mußt tun, was dein Mann dir sagt. Bleib hier bei Drei Fische, bis Amgigh dich holen kommt.«

Kiin tat einen langen Atemzug, dennoch konnte sie sich nicht von der Schwere befreien, die sie niederdrückte. Sie blickte über die durchweichten Schlafdecken zu Drei Fische hinüber. Die Frau wachte soeben auf. Sie lächelte Kiin an und ließ die abgebrochenen Ecken ihrer Schneidezähne sehen.

»Ich bin hungrig«, sagte Drei Fische. »Laß uns hinausgehen und Essen suchen.« Ihre Stimme hatte den schweren Tonfall von ihrem Stamm, dem Waljägervolk. »Ich weiß, wo es Krähenbeeren gibt.«

»Es ist zu zeitig. Die Beeren werden noch nicht reif sein«, sagte Kiin.

Drei Fische zuckte die Achseln. »Dann sammeln wir Krähenbeerenstengel für Medizin«, sagte sie.

»Das ist gut«, sagte Kiin. »Gehen wir.«

Aber Drei Fische bewegte sich keinen Schritt auf die Türklappe zu. »Ein Händler hat nach Medizin für seine Augen gefragt«, sagte sie. »Wenn ich Medizin aus Krähenbeerenstengeln mache, gibt er mir vielleicht Fleisch oder Öl dafür.«

»Ja«, sagte Kiin. »Tu das. Gehen wir.«

Aber Drei Fische sprach immer weiter, sie erzählte Kiin von den Heilmitteln, die ihre Mutter aus Feuerkraut und Ugyuunwurzeln bereitet hatte, und von Portulakknollen, die auf der Waljägerinsel so gut gediehen.

Während Kiin lauschte, schnürte sich ihr die Kehle zu. Sie ist Samiqs Frau, dachte sie. Diese Frau ist in Samiqs Armen gewesen, hat mit Samiq den Schlafplatz geteilt.

Kiins innere Geisterstimme aber flüsterte: »Du hast eine Nacht mit Samiq gehabt. Sei dankbar dafür.«

Und ich habe Takha, dachte Kiin. Dank jener Nacht habe ich Takha, diesen Sohn, der seinem Vater so ähnlich sieht. Sie legte die Hände auf die Ausbuchtung unter ihrem *suk* aus Fell, wo Takha lag, mit seinem Tragriemen an ihre Brust gegurtet. Ihre Hand glitt zu ihrem anderen Sohn – Shuku, Takhas Zwilling –, der ebenfalls an ihre Brust gegurtet war.

»Aber vergiß nicht«, flüsterte Kiins Geisterstimme, »Amgigh ist dein Mann.«

Ja, dachte Kiin, Amgigh. Er ist ein guter Mann. Welche Frau könnte sich einen besseren wünschen? Und Amgigh gab mir Shuku. Kann, wer Shuku sieht, daran zweifeln, daß er Amgighs Sohn ist?

»Amgigh hat dir auch die Nacht geschenkt, die du mit Samiq verbracht hast«, erinnerte Kiins Geisterstimme sie. »Es war seine Entscheidung, dich mit seinem Bruder zu teilen.«

»Ich bin froh, daß ich Amgighs Frau bin«, sagte Kiin. »Das weißt du.«

Ihr Geist aber erwiderte: »Wer kann den Unterschied erklären zwischen einer Wahl des Verstandes und einer Wahl des Herzens? Worte sind keine Kordel aus Seetang. Man kann Schmerz nicht mit ihnen zu ordentlichen Päckchen verschnüren und aufbewahren wie Nahrung in der Vorratsnische.«

Kiin schlang die Arme um ihre angezogenen Knie und wiegte Takha und Shuku zwischen Brust und Beinen. Drei Fische redete immer noch, ihre Worte waren so stetig wie der Wind. Kiin schloß die Augen und versuchte, an etwas anderes zu denken als an Männer und Kinder, etwas, das nichts zu tun hatte mit dem Regen und Drei Fisches lauter Stimme. Aber die Gedanken, die zu ihr kamen, waren wiederum sorgenvolle Gedanken, und eine seltsame Unrast kroch in ihre Füße und Hände.

»Es ist diese Behausung«, flüsterte ihre Geisterstimme. »Die Wände sind zu eng. Das Licht der Öllampe ist zu trüb. Lenke deine Gedanken zu Himmel und Meer, zu hohen Bergen und hohem Gras.«

Dann hielt Drei Fische in ihrem Redefluß inne, und Kiin merkte, daß die Frau sie etwas gefragt hatte. Ob Kiin Vogelhäute lieber nähte als Robbenhäute?

Vogelhäute oder Robbenhäute, was spielt das für eine Rolle? dachte Kiin, aber sie sagte: »Vogelhäute.«

»Vogelhäute?« sagte Drei Fische. »Aber die reißen so leicht, und man braucht so viele für einen *suk*.«

»Ja, du hast recht«, antwortete Kiin, und sie wünschte, Drei Fische würde aufhören zu reden. Kiin zog Takha aus seinem Tragriemen. Wenn Drei Fische ihn hielt, würde sie vielleicht still sein.

Kiin wickelte ihn in eines der wenigen trockenen Felle von ihrem Lager und hielt ihn Drei Fische hin. Er schlug die Augen auf, sah Kiin ernst an, drehte dann den Kopf zu Drei Fische und lächelte. Drei Fische lachte und fing aufs neue zu plappern an, diesmal mit dem Kind.

Kiin seufzte und sah hinunter in ihren *suk,* wo Shuku war. Er schlief. Dann hörte sie plötzlich, was Drei Fische zu Takha sagte: »Dein Vater wird kämpfen, und du wirst in Sicherheit sein. Hab keine Angst. Er ist stark.«

Kiin schob sich über die Schlafdecken zu Drei Fische hin und packte die Frau an beiden Armen. »Was hast du da gesagt?« fragte Kiin.

»Nur, was Amgigh mir gesagt hat, daß wir hierbleiben müssen, weil am Ufer Männer sind, die Frauen tauschen wollen.«

Kiin schlug das Herz bis zum Hals. »Und Amgigh will gegen sie kämpfen?« fragte sie Drei Fische.

Drei Fische machte sich von Kiins Händen los und zog sich schnell an die feuchte Wand ihrer Behausung zurück. »Er sagte – vielleicht«, erwiderte sie. »Ich weiß nur, daß ich einen von ihnen gesehen habe. Einen mit einer schwarzen Decke über den Schultern. Sogar sein Gesicht war schwarz. Ich glaube, Samiq und Amgigh hatten Angst, daß er uns haben will.«

»Rabe«, sagte Kiin. »Mein Bruder Qakan hat mich an ihn verkauft. Ich war seine Frau im Dorf der Walroßmenschen. Er ist gekommen, um mich zu holen.« Ihre Stimme schnappte über, ein Geräusch wie vereinzelte Worte, die sich aus einem Klagegesang gelöst haben.

Drei Fische starrte sie an, als verstünde sie nicht, was Kiin gesagt hatte.

»Amgigh kann einen Kampf gegen ihn nicht gewinnen«, flüsterte Kiin. Rabe war zu stark, zu gerissen.

Amgigh würde sterben, wenn Kiin nicht mit Rabe ginge, und wenn sie mit Rabe zu den Walroßmenschen zurückkehrte, was würde dann aus ihren Söhnen? Einer würde sterben. Frau des Himmels und Frau der Sonne, die beiden Alten – die Großmutter und die Tante –, sie würden dem ganzen Dorf von dem Fluch erzählen.

»Ein Kind kann keinem Dorf den Tod bringen«, sagte Kiins Geisterstimme, und die Stimme flüsterte nicht mehr, sondern sprach im Zorn. »Frau der Sonne und Frau des Himmels kennen nichts als Furcht.«

Meine Söhne sind gut, dachte Kiin. Sie tragen keinen Fluch, aber weil sie Zwillinge sind und weil mein Bruder Qakan mich als Frau benutzte, als sie in meinem Leib waren, glaubt das Walroßvolk, sie sind verflucht. Wie kann ich zwei Kinder vor einem ganzen Dorf beschützen?

Kiin preßte die Lippen zusammen und sah Drei Fische an, aber Drei Fische sprach noch zu Takha, ihr Gesicht dicht an seinem, und beide, Frau und Kind, lächelten.

Kiin beobachtete sie, und ein Schmerz regte sich mitten in ihrer Brust. Sie schickte ihre Gedanken zu den Windgeistern hinauf, zu den Geistern der Berge, die das Ufer der Händler beschützten. Ich will als Amgighs Frau zufrieden sein, sagte sie zu ihnen. Wenn ihr ihn nur am Leben laßt. Sie griff nach dem Amulett an ihrem Hals. Wenn er und meine Söhne in Sicherheit sind, will ich nichts mehr verlangen.

Sie kroch zu Drei Fische hinüber, setzte sich neben sie und sagte: »Unsere Männer Amgigh und Samiq sind Brüder, genau wie meine Kinder Takha und Shuku Brüder sind.«

Obwohl Kiin sich beeilen wollte, zwang sie ihre Wörter, langsam zu sein, ruhig zu sein, damit Drei Fische sie verstand. »Unsere Männer sind Brüder, also sind wir Schwestern.«

»Ja«, sagte Drei Fische.

»Ich muß jetzt zum Strand gehen, Drei Fische«, sagte Kiin, »aber du mußt mit Takha hierbleiben. Halte ihn davon ab zu weinen, so lange du kannst. Wenn er schläft, ist es gut. Aber am Ende, wenn er so sehr weint, daß du ihn nicht beruhigen kannst, trage ihn zu Samiqs Schwester Rote Beere. Sie hat Milch. Sie wird ihn stillen.«

Dann löste Kiin die Schnur aus *babiche,* an der die Schnitzfigur hing, die Samiqs Mutter Chagak ihr gegeben hatte, und reichte sie Drei Fische.

»Ein Geschenk für dich«, sagte Kiin. Drei Fische nahm die Schnitzfigur, die Mann, Frau und Kind darstellte, in die Hand.

»Samiq hat mir davon erzählt«, sagte Drei Fische. »Der große Schamane Shuganan hat sie gemacht. Ich kann sie nicht nehmen.«

Aber Kiin sagte: »Du mußt. Wir sind Schwestern. Du kannst mein Geschenk nicht zurückweisen. Wer die Schnitzfigur trägt, empfängt die Gabe, eine gute Mutter zu sein.«

Einen Augenblick saß Drei Fische ganz still, dann band sie sich die Schnur aus *babiche* um den Hals. Sie umschloß die Schnitzfigur mit beiden Händen.

Kiin wickelte das *ikyak* aus dem Walroßstoßzahn aus, das sie während der langen Nacht geschnitzt hatte, als der Schlaf nicht gekommen war. Als sie mit dem Schnitzen fertig war, hatte sie das *ikyak* in der Mitte durchgeschnitten. Hatte nicht Frau der Sonne gesagt, daß Kiins Söhne, da sie Zwillinge seien, zusammen eine Seele hatten und daher wie ein Mensch leben müßten? Hatte nicht Frau des Himmels zu Kiin gesagt, daß Shuku und Takha sich ein *ikyak,* eine Behausung, eine Frau teilen müßten? Eines Tages wollte Kiin auch Schnitzereien von einer Behausung und einer Frau machen, beide teilen und jedem Sohn eine Hälfte geben. Mit Kiins Schnitzfiguren konnten sie ohne den Fluch leben, Zwillinge zu sein, und ein jeder konnte als Mann sein eigenes Leben leben.

Sie befestigte die Hälften des *ikyak* an geflochtenen Sehnenbändern, hängte eins um Takhas Hals, das andere um Shukus Hals.

»Dies ist mein Segen für meine Söhne«, sagte sie zu Drei Fische.

Takha grapschte nach dem *ikyak* und hob es an seinen Mund. Shuku schlief.

Einen Augenblick betrachtete Kiin ihre Söhne, dann wandte sie sich ab, um ihre Schlaffelle zusammenzurollen.

»Warum gehst du an den Strand?« fragte Drei Fische, während Kiin arbeitete. »Amgigh hat gesagt, wir müssen hierbleiben.«

»Ich muß gehen«, sagte Kiin. Wieder setzte sie sich neben

Drei Fische. Sie streichelte Takhas Wange. Das Kind drehte das Gesicht zu ihrer Hand und machte den Mund auf. »Solange ich fort bin, mußt du Mutter von Takha sein«, sagte Kiin zu Drei Fische. »Er ist Sohn von Amgigh, aber auch Sohn von Samiq. Sieh her«, sagte sie, indem sie Takhas Hand nahm und die Finger ihres Sohnes spreizte, »er hat Samiqs breite Hände.« Sie strich ihm über den Kopf. »Er hat Samiqs dichtes Haar.«

Drei Fische hob das Kind hoch, legte es an ihre Brust und schmiegte sein Köpfchen unter ihr Kinn. »Ich werde ihm eine gute Mutter sein«, sagte sie.

Kiin sah fort, dann beugte sie sich vor, um ihr Schnitzwerkzeug aufzuheben. Sie schob es in ihre Schlaffelle und band sich das Bündel auf den Rücken, dann kroch sie zur Türklappe.

»Sorge dafür, daß Rote Beere ihn stillt«, sagte Kiin. Dann kehrte sie, obwohl sie es nicht vorgehabt hatte, noch einmal um. Sie streckte die Hände nach Takha aus.

Drei Fische hielt Kiin das Kind hin, und Kiin nahm ihren Sohn aus den Fellen, in die er gewickelt war. Sie strich über seine dicken Arme und Beine, über seinen weichen Bauch. Sie drückte ihn an ihr Gesicht, roch den guten Geruch von Öl auf seiner Haut. Dann übergab sie ihn wieder Drei Fische und schlüpfte aus der Behausung hinaus in den Regen.

»Ich werde meinen Sohn heute abend wiedersehen«, sagte Kiin zum Wind und wartete auf eine Antwort, aber es kam keine. Keine Antwort, kein Flüstern, um ihre Zweifel zu vertreiben.

Kiin strich über die Schnitzerei, die an ihrer Taille hing, den Walfischzahn, aus dem sie eine Muschel gemacht hatte – ihre erste Schnitzarbeit, ein Beweis für die Gabe, die ihr die Geister geschenkt hatten. Dann schlang sie die Arme um Shuku, der nun allein in seinem Tragriemen unter ihrem *suk* lag, und machte sich auf den Weg zum Strand.

DIE WALJÄGER

Yunaska Island, Aleuten

Vier Jäger hatten in ihren *ikyan* das Ufer verlassen. Drei kehrten zurück. Kukutux, deren Augen die Gabe hatten, weiter zu sehen als die Augen anderer, blinzelte einmal, zweimal, und schaute abermals. Nur drei.

Sie blickte in die Runde zu den anderen Waljägerfrauen, sah ihre grimmigen Gesichter.

»Siehst du sie, Kukutux?« fragte Scheckiger Korb. Die Frau stützte sich auf den Stock, den ihr Mann geschnitzt hatte, so daß sie gehen konnte trotz des Fußes, der ihr letztes Frühjahr, als die Berge das Dorf des Waljägervolkes zerstört hatten, zerschmettert worden war.

»Ich sehe *ikyan«,* sagte Kukutux langsam; ihre Worte waren schwer vom Gewicht ihrer Furcht.

»Wie viele?« fragte die dritte Frau von Fischesser; sie war jung, zu jung, um dem einäugigen Fischesser zu gehören, einem Mann, fast schon zu alt, um zu jagen.

Kukutux schüttelte den Kopf und hob die Schultern. Sie hatte schon früher Jäger zurückkehren sehen, sie wußte, daß die *ikyan* sich scheinbar von selbst über den Horizont erhoben, als ob sich das Meer unter dem Gewicht des Eises krümmte, das den fernen Rand der Erde säumte. Zuweilen, wenn sie nur ein, zwei *ikyan* erspähte, tauchten plötzlich weitere auf – schmale dunkle Linien, die aus dem Wasser kamen, als hätten sie die Dörfer der Robben und Wale unter dem Meer besucht.

Sie wartete, ohne etwas zu sagen, bis einige von den anderen Frauen das erste der drei *ikyan* sehen konnten, das auf das Ufer der Waljäger zuhielt, und auf es zeigten.

»Kukutux«, sagte Blumen-im-Haar, »wie viele? Bringen sie einen Wal mit?«

»Nein«, antwortete Kukutux. »Keinen Wal.«

»Wie viele?« fragte Scheckiger Korb mit ängstlich wimmernder Stimme.

»Drei«, sagte Kukutux schließlich, und plötzlich war ihr zum Weinen zumute, als habe das Wort wahr werden lassen, was ihre Augen schon wußten: »Nur drei.«

Mehrere Frauen erhoben die Stimmen zu einem dünnen, hohen Klagegesang, doch Alte Gänsefrau zischte, mit ihren Klagen würden sie die Geister herbeirufen, und brachte sie so zum Schweigen. Wer weiß, sagte sie zu ihnen, vielleicht würde der letzte Jäger ja noch kommen, im Schlepptau eine Robbe oder einen Seelöwen, von aufgeblasenen Robbenhäuten über Wasser gehalten. Wer weiß? Vielleicht gebe es heute abend Fleisch und Öl für alle. Weshalb einen Segen verfluchen? Hatten die Berge – Aka und Okmok – den Waljägern nicht Flüche genug gebracht? Mußten die Frauen den Fluch von Feuer, Asche und Finsternis noch vermehren?

Und obwohl Kukutux sich an die hoffnungsvollen Worte von Alte Gänsefrau klammerte, die Augen auf das dünne, verfilzte Haar der Frau und auf das dunkle, fettfleckige Fell ihres knöchellangen *suk* gerichtet, hörte sie in ihrem Kopf den Klagegesang, als ob die Frauen ihn noch sängen.

Es ist für deinen Sohn, sagte Kukutux bei sich. Das Klagelied ist für deinen Sohn, das kräftige, dunkelhaarige Kind, nun seit drei Monden tot, seit ihm die Asche des Berges den Atem stahl, die Asche, die noch immer das Ufer und die Hügel hinter dem Dorf bedeckt. Du trauerst um ihn. Der Gesang ist für ihn. Die Geister würden nicht noch einen vom Volk der Waljäger holen. Das würden sie nicht tun: Zu viele Männer sind umgekommen, Jagd für Jagd. Wie kann das Dorf überleben, wenn noch mehr Männer sterben? Der Berg hat genug genommen. Und dieses Frühjahr sind die Wale nicht gekommen. Sogar die Strandgänse, die Vögel, die den Winter vertreiben und deren Stimmen so laut sind, daß sie den Schnee verscheuchen, haben die Insel der Waljäger gemieden; so hoch sind die Gänse geflogen, daß es für die Vogelnetze der Frauen, für die Vogelspeere der Männer keine Hoffnung gab, sie zu fangen.

Kukutux scharrte mit den Füßen auf dem Strandkies und sah nicht aufs Meer. Vielleicht waren ihre Augen der Fluch. Vielleicht würde, wenn sie nicht hinsah, das vierte *ikyak* erscheinen. Aber dann hörte sie die Frauen fragend die Stimmen erheben, die Worte von Furcht geschärft, und sie konnte ihre Augen nicht hindern, hinzusehen.

Schließlich bat Alte Gänsefrau: »Sag es uns, Kukutux. Wissen ist besser als gefangen sein zwischen Hoffnung und Bangen.«

Und da sagte Kukutux: »Es sind drei, nur drei, und die ersten zwei *ikyan* sind zusammengebunden. Etwas liegt quer über ihren Decks.«

»Eine Robbe?« fragte Scheckiger Korb und griff nach einer Haarsträhne, die der Wind sich geholt hatte.

»Ein Mann«, sagte Kukutux. Dann kamen die *ikyan* näher, und sie fühlte alle Kraft aus ihren Knien weichen, so daß sie einknickten und Kukutux auf die Erde sank.

»Wer?« ertönte eine Frauenstimme, dann noch eine, alle riefen ihr zu, als merkten sie nicht, daß sie gestürzt war. Wie Finger mit scharfen Nägeln zupften die Worte an ihrem *suk,* ihren Haaren, ihrer Haut, bis Kukutux die Augen schloß, im Herzen ihre Weitsicht verfluchend, und den Namen flüsterte: »Weißer Stein.«

Sie versuchte, einen Klagegesang anzustimmen, versuchte es, konnte sich aber nicht auf die Worte besinnen. Die Stimmen der Frauen waren in ihren Ohren nur ein Rauschen wie brausender Wind, und über alle anderen Geräusche erhob sich ihre eigene klagende Stimme: »Weißer Stein, mein Mann, mein Mann Weißer Stein.«

Teil Eins

SOMMER

7038 v. Chr.

1

DIE ERSTEN MENSCHEN

Herendeen Bay, Alaska-Halbinsel

Kiin schob sich durch den Kreis der Männer, die sich am Ufer versammelt hatten. Als sie das freie Feld erreichte, sah sie Rabe. Seine Brust war nackt, die Haut, blutbefleckt, glänzte von Schweiß. Er hielt ein Obsidianmesser mit langer Klinge in die Höhe, ganz so, als würde er sie grüßen. Es war Amgighs Messer, eines, das Amgigh gemacht hatte, und von der Klinge tropfte Blut.

Rabe sog die Wangen nach innen und machte die Augenlider fast zu. »Deine Schnitzfiguren, Frau«, sagte er. »Sie haben mir Macht gegeben.«

Er wies mit der Hand, und Kiin drehte sich zu der freien Fläche um, wo ihre aufgereihten Schnitzarbeiten die zuschauenden Männer von den Kämpfenden trennten. Es waren die Schnitzfiguren, die sie gemacht und gegen Fleisch und Öl eingetauscht hatte, damit die Ersten Menschen den Winter überleben konnten.

»Wo ...«, begann sie, dann schüttelte sie den Kopf und sagte zu Rabe: »Ich bin nicht deine Frau.«

Rabe schnaubte: »Dann geh zu ihm.« Er zeigte mit dem Messer, und Kiin schaute dorthin, wohin sie nicht schauen wollte, ließ ihre Augen sehen, was sie nicht sehen wollte: Amgigh, der im Sand lag, Samiq, der neben ihm kniete. Dann war auch Kiin an Amgighs Seite, ihre Arme waren auf Amgighs Brust, ihre Haare färbten sich rot von Amgighs Blut. Sie griff nach ihrem Amulett, rieb es über Amgighs Stirn, über seine Wangen.

»Nicht sterben, Amgigh«, flüsterte sie. »Nicht sterben, o Amgigh. Nicht sterben.«

Amgigh tat einen langen Atemzug und versuchte zu sprechen, doch seine Worte verloren sich in dem Blut, das aus seinem Mund quoll. Er holte noch einmal Atem, würgte. Dann verdrehte er die Augen, und sie weiteten sich, um seinen Geist herauszulassen. Kiin wiegte Amgighs Kopf in ihren Armen und stimmte mit leisen Worten einen Gesang an, ein Lied, das ihr kam, als sie ihn hielt, eines, das die Geister bat, etwas zu tun, eines, das ihren Mann um Vergebung bat, das die Tiere verfluchte, die sie geschnitzt hatte.

Als der Gesang zu Ende war, stand Kiin auf und wischte sich mit einer Hand über die Augen. »Ich hätte früher kommen sollen«, sagte sie. »Ich hätte wissen müssen, daß er mit Rabe kämpfen würde. Es ist meine Schuld. Ich ...«

Aber Samiq kam zu ihr und drückte seine Finger auf ihre Lippen. »Du hättest ihn nicht aufhalten können«, sagte er. »Du bist jetzt meine Frau. Ich werde nicht zulassen, daß Rabe dich mitnimmt.«

Kiin sah in Samiqs Augen, sah, wie sehr er noch ein Junge war, und wie wenig er von jenem Kampf wußte, der nichts mit Messern zu tun hatte. »Nein, Samiq«, sagte sie. »Du hast nicht die Kraft, ihn zu töten.«

Samiqs Kinn straffte sich; er schüttelte den Kopf. »Ein Messer«, sagte er zu den um ihn versammelten Männern.

Jemand reichte ihm ein Messer, eine schlechte Arbeit, mit stumpfer Klinge, doch Samiq nahm es.

Rabe biß die Zähne zusammen, dann schrie er in der Sprache der Walroßmenschen: »Du, ein Junge, willst mit mir kämpfen? Du, ein Kind? Hast du nichts gelernt von dem da, dem toten Jungen auf dem Sand?«

»Rabe will nicht mit dir kämpfen«, sagte Kiin schluchzend. »Samiq, bitte. Du bist nicht stark genug. Er wird dich töten.«

Doch Samiq stieß Kiin beiseite, sprang vorwärts, die Hand mit dem langen Ende der Klinge zielte nach Rabe. Rabe duckte sich, und Kiin hörte ihn murmeln – Schamanenworte, Gesänge und Flüche, Gebete zu den Schnitzfiguren, die sie gemacht hatte. Sie lief zu ihren geschnitzten Tieren, kniete zwischen ihnen nieder und häufte Sand über sie.

Sie blickte auf, sah Samiqs Messer im Bogen auf Rabe zufahren. Die Klinge traf Rabes Handrücken, schlitzte die Haut auf, Blut floß. Doch Rabe rührte sich nicht.

»Kiin«, rief Rabe, »dieser Mann, er ist dein ›Gelbes Haar‹, nicht?«

Und Kiin sagte, im Gedenken an Rabes Liebe zu seiner toten Frau Gelbes Haar: »Töte ihn nicht. Ich will deine Frau sein, nur bitte, töte ihn nicht.«

Rabe machte eine Bewegung wie das dunkle Schwirren eines fliegenden Vogels. Die lange Klinge seines Messers schnitt in Samiqs Fleisch, an die Stelle, wo Hand und Gelenk sich vereinen. Dann rannte Kiin über den Sand, über das Blut vom ersten Kampf, und stellte sich zwischen Samiq und Rabe. Kleines Messer, Samiqs angenommener Sohn, war auch da und packte Samiqs Arme.

»Du kannst nicht siegen«, sagte Kleines Messer. »Sieh deine Hand.«

Samiq sah hinunter, aber er sagte: »Ich muß kämpfen. Ich kann nicht zulassen, daß er Kiin mitnimmt.«

»Kämpfe nicht«, sagte Kiin. »Du hast Kleines Messer. Er ist jetzt dein Sohn. Du hast Drei Fische. Sie ist eine gute Frau. Eines Tages wirst du die Kraft haben, mit Rabe zu kämpfen, und du wirst siegen. Bis dahin werde ich bei ihm bleiben. Ich bin nicht stark genug, um mich gegen ihn zu erheben, aber ich bin stark genug, um auf dich zu warten. Ich habe letztes Jahr im Dorf des Walroßvolkes gelebt. Es sind gute Menschen. Komm mich holen, wenn du bereit bist.«

Dann war Eisjäger, ein Mann aus dem Dorf des Walroßvolks, an Kiins Seite. Er ergriff Samiqs Arm, wickelte einen Streifen aus Robbenhaut um die Wunde und zog ihn stramm, um die Blutung zu stillen. »Du hast keinen Grund zu kämpfen«, sagte Eisjäger. »Der erste Kampf war gerecht. Die Geister haben entschieden.«

Kiin blickte in Samiqs Augen, sah die Blöße seiner Niederlage. Sie nahm die Halskette aus Muschelperlen ab, die er ihr am Abend ihrer Frauenzeremonie gegeben hatte. Langsam streifte sie sie Samiq über den Kopf. »Eines Tages wirst du mit ihm kämpfen«, sagte sie. »Du wirst mit ihm kämpfen, und dann wirst du mir die Kette zurückgeben.«

Sie wandte sich an Rabe. »Wenn ich mit dir gehen soll, muß ich jetzt gehen«, sagte sie in der Sprache der Ersten Menschen, dann wiederholte sie die Worte in der Sprache des Walroßvolks.

»Wo sind unsere Söhne?« fragte Rabe.

»Shuku ist hier«, antwortete Kiin und hob ihren *suk* an, so daß er das Kind sehen konnte. »Aber Takha habe ich den Windgeistern übergeben, wie Großmutter und Tante es befohlen haben.« Kiin nahm Shuku aus seiner Tragschlinge. »Das ist dein Sohn«, sagte sie zu Rabe, »aber er ist nicht mehr Shuku. Er ist Amgigh.«

Kiin sah Rabes Zorn, sah, wie Rabes Augen sich trübten, aber sie blickte nicht fort, zuckte nicht zusammen, auch nicht, als er die Hand hob, wie um sie zu schlagen.

»Schlag mich«, sagte Kiin zu Rabe. »Zeig diesen Leuten, daß ein Schamane nur die Macht des Zornes gegen seine Frau hat, die Macht seiner Hände, die Macht seines Messers.« Sie senkte die Stimme zu einem Flüstern. »Ein Mann braucht keinen starken Geist, wenn er ein großes Messer hat, ein Messer, das einem anderen gestohlen wurde.«

Rabe warf das Obsidianmesser auf die Erde. Kiin hob es auf, ging zu Samiq und legte es in seine linke Hand. Ihre Augen begegneten sich. »Für immer«, sagte sie, »bin ich deine Frau.«

Rabe winkte Eisjäger und den anderen Männern vom Walroßvolk, die mit ihm gekommen waren. Einer sammelte Kiins Schnitzfiguren auf, ein anderer brachte Rabes *ik* ans Wasser.

»Wir werden nicht an dieses Ufer zurückkehren«, sagte Rabe.

Kiin aber bückte sich und klaubte eine Handvoll Kieselsteine aus dem Sand. Sie wartete, bis ihre Mutter Shukus Wiege und ein Bündel mit Kiins Habseligkeiten aus dem *ulaq* brachte.

Einmal noch sah Kiin Samiq an, versuchte, sich sein Gesicht einzuprägen, dann drehte sie sich um und folgte Rabe zu seinem *ik.*

2

DAS WALROSSVOLK

Beringmeer

Sie hörte nichts. Nicht die volltönende Stimme des Windes noch die hellen Schreie der Austernfischer und Möwen, noch das Eintauchen und Plätschern der Paddel, noch das leise kehlige Surren des saugenden Shuku. Doch die Stille war scharf wie Obsidian, dunkel wie altes Blut. Selbst Kiins Geist schwieg, so daß sie, hätte sie seinen Schmerz nicht in ihrer Brust gefühlt, geglaubt haben würde, er sei fort – weitergewandert zu Drei Fische, zusammen mit Kiins Geschenk, ihrem Sohn Takha, zusammen mit der Schnitzarbeit, die Mann, Frau und Kind darstellte und vor langer Zeit von dem großen Schamanen Shuganan gefertigt worden war.

Sie hatte nicht angeboten zu paddeln, hatte nicht zu Rabe hingesehen noch zu den *ikyan,* die Rabes *ik* begleiteten.

Kiin zog sich zurück von dem, was ihre Augen sahen, was ihre Ohren hörten, bis nichts mehr da war außer dem Pochen ihres Geistes, pulsierend wie eine Wunde. Zuerst klang es im Rhythmus ihres Verlustes: Amgigh, Takha, Samiq; Amgigh, Takha, Samiq. Doch jetzt war es still, und Kiin fragte sich, ob sie und Rabe und die Händler des Walroßvolkes nicht mehr der sichtbaren Welt angehörten, sondern in die Welt einer Geschichte oder eines Gesanges hineingepaddelt seien. Vielleicht waren sie jetzt im Geist eines Geschichtenerzählers, und sie waren nur lebendig, wenn Worte aus dem Mund des Geschichtenerzählers in die Ohren der Lauschenden fielen.

Als Rabe endlich sprach, hörte Kiin ihn nicht, sie hörte nur das Rauschen des Meeres, heftig wie ein Sturmwind. Dann fühlte sie die kalte Gischt an ihren Wangen, und da wußte sie, die Wahl, die sie getroffen hatte, war nicht nur eine Geschichte, die man an kalten Winterabenden erzählte, sondern etwas so Wirkliches, daß es ihren Verstand vom Geist trennen konnte, bis die Leere vollkommen war.

Und als Rabe seinen Männern zurief und mit seinem Paddel auf einen Meeresarm deutete, der die graue Küstenlinie unterbrach, rief Kiin ihren Geist an, bis sie das dünne Flüstern ihrer Geisterstimme hörte, das erste Wort, ein Name – »Takha«.

Und Kiin antwortete: »Nein, Shuku.«

Dann lief Rabes *ik* am Ufer auf, und Kiin sprang an Land, sorgsam darauf bedacht, daß ihre Arme Shuku nicht störten, der in seiner Tragschlinge unter ihrem *suk* schlief. Sie sammelte Treibholz und sah den Männern zu, die ein Strandfeuer entzündeten, und als Eisjäger getrockneten Fisch austeilte, fragte oder wartete Kiin nicht, sondern aß Fisch, als sei sie einer von den Händlern.

Eisjäger sagte nichts, sondern sah sie mit hochgezogenen Augenbrauen an, worauf Kiin, während sie in das feste, rauchige Fleisch biß, sagte: »Ich schnitze«, und bevor er weiterging, nahm sie sich ein zweites Stück.

Sie benutzten das *ik* als Schutz, kippten es so, daß es mit dem breiten Boden zum Wind lag. Rabe hängte das hölzerne Rechteck, das Shukus Wiege war, an die Rippen des *ik,* dann bedeutete er Kiin, ihren *suk* auszuziehen. Kiin sah Rabe fest in die Augen und tat wie geheißen, aber sie legte Shuku nicht in seine Wiege. An ihre Brust gegurtet, hatte er es wärmer.

Rabe zog seinen Parka aus und schob Kiin in den Bug des *ik,* der ihr Schutz bot. Kiin drehte sich so, daß ihr Gesicht dem *ik,* ihr Rücken Rabe zugewandt war. Er legte sich neben sie, warf seinen Federumhang über sie beide und drückte seinen Leib an ihren.

Kiin wartete, ihr Fleisch kribbelte von der Berührung seiner Haut. Sie legte eine Hand auf Shuku, die andere auf ihren Bauch und dachte daran, wie sie ihre beiden Söhne warm und geborgen unter dem Herzen getragen hatte. Dann fühlte sie Rabes männliches Teil fest an ihren Rücken stoßen, und sie lag ganz still, wagte kaum zu atmen. Aber er versuchte nicht, in sie einzudringen, sie als Frau zu nehmen. Schließlich entspannte er sich, sein Arm lag schwer auf ihren Rippen, und der Rhythmus seines Atems glitt in den Schlaf.

Rabes Wärme besänftigte die Dunkelheit, bis die Nacht, flechtenden Fingern gleich, Träume in Kiins Gedanken wand. Doch dann sprach Kiins Geist, riß sie mit einer Stimme, so schrill wie der Schrei des Austernfischers, aus dem Schlaf: »Amgigh, Amgigh, Amgigh.« Ein Klagegesang.

Kummer erfüllte Kiin, daß es ihr die Tränen aus den Augen trieb. Wieder sah sie Amgigh tot am Ufer, doch sie stellte sich auch Samiq vor, mit Takha in den Armen, beide bei Drei Fische in Samiqs *ulaq* in Sicherheit.

Kiin tat einen langen Atemzug und wischte sich mit dem Handrücken über die Wangen. »Ich bin stark«, sagte sie zu ihrem Geist. »Sie sind in Sicherheit, und ich bin stark.«

Dann drehte sie den Kopf in die Richtung, wo das Ufer der Händler lag, wo sich der Hügel von Samiqs *ulaq* über der Erde erhob, und flüsterte dem Nachtwind dieselben Worte zu.

Wer weiß? Vielleicht würde der Wind Samiq die Worte zutragen. Vielleicht würde er eines Tages seine Worte zu ihr bringen.

3

Kiin führte den Kopf ihres Sohnes an ihre Brust. Er zog die Brustwarze in seinen Mund und saugte; ein kurzer, stechender Schmerz, dann floß die Milch. Shukus Körper entspannte sich an ihrem.

Obwohl sie zu den Worten eines Klageliedes erwacht war, hatte Kiin die Worte zurückgehalten, bis sie und Rabe das *ik* zu Wasser gelassen hatten. Jetzt erfüllte das Lied ihren Mund, und sie sang. Sie wiegte sich, und ihr Wiegen vereinte sich mit dem Rhythmus von Rabes Paddel, dem Auf und Ab der Wellen.

»Ich hoffe, du trauerst um unseren Sohn«, rief Rabe ihr zu.

Heftig aufwallender Zorn bohrte sich durch Kiins Schmerz, und sie drehte sich zu Rabe um.

»Du willst mir sagen, ich muß trauern?« Sie spie dem Mann die Worte entgegen. »Du hättest einer alten Frau erlaubt, unsere Söhne zu töten. Du sagst mir, ich muß trauern?«

Die Kapuze von Rabes *chigadax* bedeckte seine dunklen Haare, und der Holzschirm, den er zum Schutz vor der blendenden Helligkeit und der Gischt trug, beschattete seine Augen, doch Kiin sah seine Kinnbacken arbeiten.

»Unser Sohn Takha ist tot«, sagte Rabe. »Du bist es gewesen, die ihn den Windgeistern übergab!«

Kiin preßte die Zähne zusammen, um ihre Worte zurückzuhalten.

»Warum bist du mit deinem Bruder gegangen?« fragte Rabe. »Er hat dich deinem Vater geraubt. Er wollte dich als Sklavin verkaufen. Warum ihm vertrauen, nachdem er dir dies angetan hatte? Ich habe dir gesagt, ich würde dich zu deinem Mann vom Volk der Ersten Menschen zurückgehen lassen, wenn du Shuku und Takha bei mir ließest. Du aber hast es vorgezogen, Takha zu töten. Jetzt hast du beide verloren, Sohn und Mann. Hast du deinem Bruder auch geholfen, meine Frau Gelbes Haar zu töten?«

Kiins Zorn füllte die Leere, die ihr Gram hinterlassen hatte. »Du wolltest meine Söhne töten. Du warst bereit, der Großmutter und der Tante zu glauben. Du hattest entschieden, daß deine Macht nichts ausrichten konnte gegen ihren Fluch. Du bist kein Schamane!«

»Kiin, du Dummkopf!« zischte Rabe. »Warum hätte ich deine Söhne töten wollen? Ich bin ein Schamane. Ich brauche ihre Macht.«

»Da siehst du!« sagte Kiin, und ihre Arme schlossen sich fester um Shuku. »Dir liegt nichts an ihnen, außer wenn es um dich selbst geht, um deine eigene Macht. Als die Großmutter und die Tante dich glauben machten, meine Kinder könnten einen Fluch über deine Behausung bringen ...«

»Wer hat dir gesagt, daß ich unsere Söhne töten wollte?«

»Mein Bruder Qakan.«

Rabe verzog das Gesicht. »Wann hat Qakan je die Wahrheit gesagt?« knurrte er. »Ein Mann, der seine Schwester benutzt wie eine Frau, kann der etwas anderes als lügen?«

Rabes Worte umhüllten Kiin wie dichter feuchter Nebel. Rabe wußte also von Qakan, wußte, daß Qakan ihr Gewalt angetan hatte. Vielleicht hatte er Kiin deswegen nie in seinen Schlafplatz geholt, obwohl er sie Frau nannte.

Kiin ballte die Hände zu festen Fäusten. »Er hat die Wahrheit gesagt, um seine Söhne zu retten«, sagte sie. Sie sprach leise, so daß Rabe sich vorbeugte und einen Augenblick zu paddeln aufhörte.

»Er hat geglaubt, es wären seine Kinder?«

»Ja.«

Rabe tauchte das Paddel ins Wasser und sprach lange Zeit nicht.

Schließlich sagte Kiin: »Ich wußte nicht, daß Qakan Gelbes Haar getötet hat. Ich wußte nicht, daß sie tot war, bis ich dich und Qakan am Ufer kämpfen sah, bis ich dich ihn beschuldigen hörte, als er starb.«

»Du bist dort am Ufer gewesen?« fragte Rabe.

Der Kummer verschloß Kiin die Kehle. Wenn Rabe sie gefunden hätte, würde er sie zu den Walroßmenschen gebracht haben. Es hätte keinen Kampf am Ufer der Händler gegeben, und Amgigh wäre noch am Leben.

Dann flüsterte ihr Geist: »Aber einer deiner Söhne wäre vielleicht tot.«

»Du hast Qakan also geglaubt«, sagte Rabe. »Aber wenn du mich verlassen hast, um deine Söhne zu retten, warum hast du Takha dann dem Wind übergeben?«

»Sein Geist ist bei seinem Volk«, sagte Kiin, »bei den Ersten Menschen. Er gehört nicht zum Walroßvolk. Ich habe einen Sohn gerettet, und wenn die Großmutter und die Tante recht hatten, wenn ihre Visionen und Träume wahr waren, hat mein Volk keinen Fluch zu fürchten, und deines auch nicht.«

Rabe grunzte nur, dann deutete er mit dem Kinn auf ein Paddel, das auf dem Boden des *ik* lag. Kiin nahm das Paddel, drehte sich herum und tauchte das Blatt ins Wasser.

»Sei dankbar, daß ich dich nicht Samiq, dem Jäger von den Ersten Menschen, überlassen habe«, sagte Rabe. »Seine Wunde – ich habe solche Wunden schon früher gesehen. Die Hand ist unbrauchbar. Er wird nie mehr einen Speer werfen. Er wird nicht mehr jagen können. Seine Frau und seine Kinder werden hungern.«

Der Kummer über Rabes Worte schnürte Kiin die Kehle zusammen, und sie antwortete ihm nicht. Statt dessen paddelte sie, bis sie spürte, daß Shuku zu saugen aufhörte. Sie legte ihr Paddel auf den Boden des *ik* und sah in ihren *suk*. Shuku schlief. Sie beobachtete seinen leisen Atem, dann verschob sie ihr Amulett, so daß es nahe bei seinem Kopf lag. Sie hatte die paar Kieselsteine und Sandkörner, die sie vom Ufer der Händler aufgelesen hatte, in das Amulett getan. Ein Gelöbnis, zu Samiq zurückzukehren. Auch wenn er nicht jagen konnte.

»Wir werden nicht für immer bei den Walroßmenschen bleiben«, sagte sie zu ihrem Sohn, aber sie sprach so leise, daß der Wind, der über den Bug des *ik* heranwehte, ihre Worte nicht zu Rabes Ohren tragen konnte.

Doch ihr Geist sagte: »Kannst du eine Rückkehr wagen? Kannst du dich der Gefahr aussetzen, daß Rabe dir folgt, daß er Takha sehen, ihn als deinen Sohn erkennen wird? Und wenn er wieder mit Samiq kämpft? Wenn Samiq nicht jagen kann, wie kann er dann kämpfen?«

»In ein paar Jahren wird Rabe Takha nicht von anderen kleinen Jungen unterscheiden können«, antwortete Kiin. »Männer sehen Kinder nicht, wie Frauen sie sehen.«

Doch ihr Geist sagte: »Laß dich nicht von deinem Zorn zu dem Glauben verleiten, daß Rabe dumm ist. Es ist kein so großer Unterschied zwischen Männern und Frauen, wie du vielleicht denkst.«

Kiin ergriff ihr Paddel und stieß das Blatt in die Wellen, und da sagte Rabe: »Ich hätte unsere Söhne nicht getötet, Kiin.«

Und als er die Worte sprach, wußte Kiin, daß er die Wahrheit sagte. Sie legte ihr Paddel quer über die Oberseite des *ik* und sah über die Schulter zu ihm nach hinten. »Ein Kind kann auf viele Arten sterben«, erwiderte sie.

»Ich bin stark genug«, sagte Rabe. »Takha wäre in Sicherheit gewesen.«

»Besser, sein Tod ist ein Geschenk an die Geister als ein Werk des Hasses«, sagte Kiin. Sie strich über die Vorderseite ihres *suk,* die Ausbuchtung, die Shuku war, und sagte: »Wir haben diesen Sohn.«

Rabe nickte, aber er sagte: »Du darfst ihn nicht Amgigh nennen. Sein Name ist Shuku.«

Kiin hob den Kopf und rief Rabe zu: »Der Teil meines Sohnes, der zum Walroßvolk gehört, ist Shuku. Sein Geistername ist Amgigh.«

Kiin wartete auf Rabes Antwort, aber er sagte nichts. Sie nahm ihr Paddel und sah zur Sonne, deren Bahn über das Firmament mit jedem Tag niedriger wurde.

»Zu bald wendet sich die Sonne zum Winter hin«, sagte Kiins Geist.

»Wir haben andere Winter überlebt«, antwortete Kiin und paddelte schweigend weiter.

4

DAS WALROSSVOLK

Chagvan Bay, Alaska

Das Dorf des Walroßvolkes war unverändert, und obwohl Kiin fast vier Monde fort gewesen war, war ihr plötzlich, als hätte sie es erst tags zuvor verlassen. Das schiefergraue Ufer, der schwere Rauchgeruch der Öllampen, der aus den Behausungen drang, die dunkelroten Streifen Walroßfleisch, die am Rand des Dorfes auf Gestellen trockneten, Gruppen von Frauen, die weidenweiße Fischfallen ausbesserten – alles war wie immer.

Männer versammelten sich, um den Händlern zu helfen, ihre *iks* und *ikyan* an Land zu ziehen. Kleine Jungen griffen in die Boote und beäugten neugierig Bündel mit Tauschwaren. Kiins Kummer lichtete sich ein wenig, als sie Eisjägers vergebliche Versuche sah, so vielen flinken braunen Händen Einhalt zu gebieten. Sie wollte die Fragen in den Augen der Frauen des Walroßvolkes nicht sehen, deswegen schob sie sich durch die Menge und die Uferböschung hinauf zu den länglichen Behausungen aus Erde und Walroßhaut.

Sie kroch durch den Eingangstunnel von Rabes Behausung. Die meisten Behausungen der Walroßmenschen hatten Wände aus übereinander gestapelten, mit Holzstämmen verstrebten Grasnarben. Alle Dächer bestanden aus einer spitz zulaufenden zweifachen Schicht von Walroßhäuten über Weidenpfosten, und die Walroßhäute schimmerten gelb im Tageslicht.

Aber Rabes Behausung, obwohl lang und schmal wie die der anderen Walroßmenschen, hatte ein Dach aus Grasnarben und Treibholz wie die Dächer der *ulas* der Ersten Menschen. Rabes Behausung war wärmer als die anderen Behausungen des Walroßvolkes, aber immer dunkel, sie hatte nicht einmal ein Dachloch, wie es die *ulas* der Ersten Menschen hatten, um das Licht einzulassen.

Als Kiin aus dem Eingangstunnel kam, wappnete sie sich für das Kichern und die Fragen der zwei Frauen von Grasohren, aber ihre Seite der Behausung war leer.

»Vielleicht ist Lemmingschwanz auch nicht da«, sagte Kiins Geisterstimme. Kiin klammerte sich an diese Hoffnung, als sie durch den Trennvorhang aus Walroßhaut auf Rabes Seite der Behausung trat.

»Du bist also zurückgekommen«, sagte Lemmingschwanz, ohne die geringste Höflichkeit eines Grußes. Sie zog ein Gesicht und wandte sich von Kiin ab, um in der Vorratsnische zu stöbern.

Kiin stellte ihren Gehstock hin und trug den Packen, den sie vom *ik* mitgebracht hatte, zu ihrem Schlafpodest. Shukus Wiege war zuoberst auf den Packen geschnallt. Kiin band die Wiege los und ging in ihren Schlafplatz, um sie an den Pfosten der Behausung aufzuhängen.

Lemmingschwanz drehte sich um und deutete auf Rabes Schlafplatz. »Häng sie dorthin«, sagte sie. »Ich teile sein Lager nicht.« Sie klopfte auf ihren Bauch und gluckste. »Man kann es noch nicht sehen, aber ich trage seinen Sohn.«

»Einen Sohn?« fragte Kiin.

Lemmingschwanz zuckte die Achseln. »Oder eine Tochter«, antwortete sie.

Kiin schwieg einen Moment und sah Lemmingschwanz in das runde, schöne Gesicht, dann sagte sie: »Du und ich werden uns dieses Lager teilen. Ich werde nicht in seinen Schlafplatz gehen, bis er es mir sagt.«

Sie hängte die Wiege auf, dann hob sie ihren *suk* an, um Shuku aus seiner Trageschlinge zu nehmen. Sie legte ihn auf den Schlafplatz und löste die verschmutzte Robbenhaut zwischen seinen Beinen. Während der Tage der Reise vom Ufer der Händler hatte sie ihn nicht ordentlich säubern können, und sein Gesäß war rot von Ausschlag.

Kiin ging zur Speisenische, griff über die Arme von Lemmingschwanz hinweg und zog einen Ölbehälter aus Robbenmagen heraus.

»Du nimmst, ohne zu fragen?« sagte Lemmingschwanz. Sie hockte sich auf die Fersen und starrte Kiin an. Als Kiin nicht antwortete, stand Lemmingschwanz auf, blickte zu Shuku hinüber und fragte: »Wo ist Takha?«

»Bei den Tanzenden Lichtern, bei seinen Großvätern«, sagte Kiin. »Dem Wind übergeben.« Sie zog den Elfenbeinstöpsel heraus, mit dem der Robbenmagen verschlossen war, tauchte den Mittelfinger in das Öl und bestrich damit Shukus Beine und Gesäß.

Lemmingschwanz kam zu Kiin und stellte sich neben sie. Sie sah einen Augenblick zu, dann griff sie nach dem Öl. »Das gehört mir«, sagte sie und riß den Behälter an sich; sie hielt ihn so, daß die weichen Seiten des Robbenmagens gegen das Öl drückten. Öl spritzte aus der Öffnung und auf die Schlaffelle.

Kiin tauchte die Hände in das verschüttete Öl und fuhr fort, Shuku zu säubern. Lemmingschwanz ging mit dem Behälter zur Vorratsnische und hockte sich dort hin, das Gefäß zwischen den Beinen.

Kiin wickelte Shuku in saubere Streifen aus Robbenhaut, dann sprach sie zu ihm, wartete, daß seine Augen ihren Blick suchten, aber er wandte sich von ihr ab und sah auf seine Hände. »Er vermißt seinen Bruder«, flüsterte Kiins Geist, und Kiin, die einen Schmerz in ihrer Brust verspürte, schloß die Augen und schob die Worte des Geistes fort.

Kiin hob Shuku in seine Wiege und versuchte nicht daran zu

denken, wie Takhas Körper ein warmes Bündel gewesen war und die weiche Robbenhautschlinge seiner Wiege straff gezogen hatte, wie es jetzt Shukus Körper tat. Kiin stieß die Wiege an, so daß sie sachte an den Pfosten schaukelte. Sie ging zu ihrem Packen und nahm ihren Gehstock. Sie fuhr mit den Händen über das glatte, vom Wasser geschliffene Holz, dann hielt sie den Stock so, daß Lemmingschwanz das spitze Ende sehen konnte.

»Das ist mehr als ein Gehstock, Lemmingschwanz«, sagte sie.

Lemmingschwanz tauchte einen Finger in den Ölbehälter und sah Kiin an. Sie feixte und sagte: »Willst du mir sagen, es ist etwas Heiliges, ein Amulett oder ein Geisterrufer?« Sie leckte das Öl von ihrem Finger ab.

»Nein«, sagte Kiin, »es ist ein Speer. Denn Monde, bevor Rabe mich fand, habe ich allein gelebt. Doch ich habe nicht gehungert. Ich war alles zugleich an dem Ufer, wo ich lebte. Ich war Jäger und ich war Händler. Ich war Mutter und ich war Großmutter. Ich war Schnitzer und ich war Schamane. Ich war Häuptling meines eigenen Dorfes.« Kiin stellte sich breitbeinig hin. Sie hob den Speer und zielte auf das obere Ende der Nase von Lemmingschwanz, die schmale Stelle zwischen ihren Augen.

»Nimm mir nie wieder etwas weg«, sagte Kiin.

Lemmingschwanz machte den Mund auf, sagte aber nichts. Langsam steckte sie den Elfenbeinstöpsel wieder in den Behälter aus Robbenhaut. Ohne Kiin aus den Augen zu lassen, fuhr sie mit den Fingern über die schwarzen tätowierten Linien auf ihren Unterschenkeln. »Das Öl gehört dir, meine Schwester«, sagte Lemmingschwanz mit leiser Stimme.

»Gut«, sagte Kiin und fügte dann hinzu: »Ich gebe dir die Hälfte. Vielleicht solltest du es verwenden, um unsere Lampe zu füllen. Sie qualmt.«

Kiin verbrachte den Rest des Tages damit, ihren *suk* auszubessern und die Bündel auszupacken, die Eisjäger in Rabes Behausung gelassen hatte. Anfangs wich Lemmingschwanz Kiin nicht von der Seite, als sie ein Bündel nach dem anderen auspackte, doch schließlich seufzte die Frau und sagte: »Ihm liegt an niemandem außer ihm selbst. Er hat mir Halsketten und Pelze versprochen, aber sieh her, da sind nur Nahrung, Öl und Schnitzfiguren.«

Kiin antwortete nicht, sondern arbeitete, bis alles weggeräumt war. Dann, als sie sah, daß Shuku noch schlief, nahm sie eine kleine Blase mit Öl, die sie von einem der Handelspacken zurückbehalten hatte, und sagte zu Lemmingschwanz: »Ich gehe die Großmutter und die Tante besuchen. Ich werde bald zurück sein. Gib acht auf Shuku.«

Kiin ging den langen Weg, hinter den Behausungen vorbei und um den Abfallhaufen des Dorfes herum, um nicht mit den anderen Frauen reden zu müssen. Sollten ihre Fragen noch einen Tag warten, bis Kiins Augen sich nicht mehr so leicht mit Tränen füllten.

Mit einem Zweig kratzte sie an die aus Gras gewebte Türklappe der Behausung der alten Frauen.

»Du hast getan, wie wir dich geheißen haben«, rief Frau des Himmels mit heller, dünner Stimme.

Kiin fröstelte, und kleine Erhebungen bildeten sich auf ihren Armen und ihrer Kopfhaut. Woher wußte Frau des Himmels, daß sie es war? Kiin kroch in die Behausung und richtete sich auf. Sie zog ihren *suk* gerade, dann ging sie zwischen Stößen von Totenmatten entlang und hockte sich vor die alten Frauen.

Die Hände von Frau des Himmels hielten mit der Arbeit an der Totenmatte inne, die sie und ihre Schwester webten, aber Frau der Sonne webte weiter und wiegte sich dabei mit geschlossenen Augen, so daß Kiin nicht wußte, ob sie zuhörte.

»Ja«, antwortete Kiin, »ich habe meinen Sohn Takha den Windgeistern übergeben.«

Frau des Himmels beugte sich vor und drückte ihre Finger auf Kiins Lippen. »Sprich seinen Namen nicht«, sagte sie. »Es könnte ihn hierher rufen, zu uns.«

Kiin stand auf. Vielleicht war es dumm von ihr gewesen, die

alten Frauen so bald nach ihrer Rückkehr ins Dorf zu besuchen. Schon spürte sie das heftige Drängen ihres Geistes, die Behausung zu verlassen. Wozu würde es gut sein, hierzubleiben und den alten Frauen mit ihrem Gerede von Flüchen zu lauschen?

»Dein Bruder ist tot?« fragte Frau des Himmels.

»Ja, Rabe hat Qakan getötet, und ich habe ihn begraben.«

»Tugidaq«, sagte die alte Frau, Kiins Geisternamen benutzend, »warum sprichst du seinen Namen? Warum sich mit den Geistern anlegen? Er hat dich genug verflucht. Welcher Bruder benutzt eine Schwester wie eine Frau? Welcher Bruder zwingt eine Schwester zu dem, was nur eine Frau tun soll?

Aber nun, da dein Sohn bei den Windgeistern ist, sind wir in Sicherheit, ist dieses Dorf in Sicherheit. Du bist eine starke Frau, Tugidaq.«

Kiin sah Frau des Himmels lange ins Gesicht. »Ja, Großmutter, ich bin stark«, sagte sie. Sie reichte der Frau die Ölblase. »Mein Mann schickt euch Öl vom Ufer der Händler«, sagte Kiin.

Frau des Himmels nahm die Blase und lächelte. »Eisjäger hat uns auch Öl mitgebracht«, sagte sie und legte die Blase neben sich. Sie fing wieder zu weben an, und Kiin sah zu Frau der Sonne hinüber. Frau der Sonne öffnete die Augen. Sie lächelte Kiin an, sagte aber nichts. Kiin setzte sich neben die alten Frauen und sah eine Weile zu, wie ihre Hände, klein wie Kinderhände, gespaltene Gräser in die Totenmatte webten. Sie sprachen nicht, auch Kiin sagte nichts, und am Ende schien das Schweigen sich an das Weh in Kiins Brust zu heften und den Schmerz über ihren Verlust zu mehren.

»Ich gehe jetzt«, sagte Kiin schließlich und stand auf. Frau des Himmels fuhr fort zu weben, doch Frau der Sonne folgte Kiin durch den Eingangstunnel. Als sie draußen standen, im Wind, der kalt von der Bucht her blies, umklammerte die alte Frau Kiins Arm und sah ihr tief in die Augen.

»Manchmal sind meine Träume ein Fluch«, sagte Frau der Sonne. »Manchmal wünsche ich, ich würde die Geheimnisse nicht kennen, die mir die Geister erzählen.« Sie seufzte und sah auf die Bucht hinaus. Schließlich sagte sie: »Was du getan hast, hast du getan. Meine Schwester weiß es nicht, und ich werde es ihr nicht sagen, auch wenn Rabe uns die Schuld gibt an Takhas Tod. Ich weiß, was es heißt, einen Sohn zu haben. Ich bin nicht böse auf dich.«

Kiins Hände schlossen sich über ihrem *suk,* aber ihr *suk* war leer, kein Kind nuckelte an ihren Brüsten.

»Er ist nicht derjenige«, sagte Frau der Sonne und zeigte auf Kiins *suk* hinunter, als ob Shuku darin steckte. »Er trägt keinen Fluch. Es ist der andere, Takha, aber vielleicht ist er weit genug fort, so daß wir in Sicherheit sind.«

Einen Augenblick sah Kiin Takha in Drei Fisches Arme geschmiegt, und Kiins Sehnsucht nach ihm war wie eine Eisspitze, die sich durch Haut und Muskeln bohrte, um sich mitten in ihrem Herzen festzusetzen.

»Du irrst dich, Tante«, sagte Kiin. »Ich habe ihn den Windgeistern übergeben. Er ist tot.« Und Kiin drehte sich um und ging zurück zu Rabes Behausung.

5

Lemmingschwanz hockte sich hin und griff in die Schale mit Fleisch. Sie sah Rabe an und sprach, den Mund voll Essen: »Es ist gut, Mann. Hast du mir Geschenke mitgebracht?«

Rabe runzelte die Stirn. »Das Fleisch, ist das nicht Geschenk genug?« fragte er. Als aber Lemmingschwanz den Mund verzog, hockte sich Rabe neben einen seiner Handelspacken und löste die Schnüre. Er zog eine Halskette heraus, aufgezogen mit Perlen aus Vogelknochen und Muscheln. Er warf Lemmingschwanz die Halskette zu, dann griff er abermals in seinen Pakken nach einer zweiten Kette.

»Für dich«, sagte er zu Kiin. Er brachte sie ihr und streifte sie ihr über den Kopf. Sie hing als lange Schlinge zwischen Kiins Brüsten und glitzerte auf ihrer nackten Haut.

Kiin nahm die Halskette in die Hand und betrachtete die Perlen. Eine jede war ein Rund, aus den Kieferknochen eines Wales geschnitten. In jedes Rund war ein Loch gebohrt, und in jedes waren feine Linien eingekerbt. Sie war schön, fast so schön wie die Muschelperlenkette, die Samiq ihr gemacht hatte, doch Rabes Halskette fühlte sich kalt und schwer an auf ihrer Haut.

»Danke«, sagte sie.

»Ich sehe, du hast deine anderen Halsketten nicht mehr«, sagte er.

»Ich habe sie verschenkt.«

Rabes Augen wurden hart. »Du hättest die Schnitzarbeit behalten sollen«, sagte er.

Nein, dachte Kiin, aber sie antwortete ihm nicht. Ich bin froh, daß ich sie Drei Fische gegeben habe. Sie wird ihr die Macht verleihen, Takha eine gute Mutter zu sein.

»Die Schnitzarbeit hätte uns genug Fleisch für den ganzen Winter einbringen können«, sagte Rabe.

Kiin senkte den Kopf, und Rabe wandte sich ab. Sie ging zu dem Kochbeutel aus Robbenhaut, der über der Öllampe hing, und kippte eine Schale Fleisch heraus. Sie reichte Rabe die Schale, dann füllte sie eine für sich selbst und hockte sich wieder neben ihren Schlafplatz. Lemmingschwanz rutschte zu Kiin herüber und setzte sich zu ihr. Sie betrachtete die eigene Halskette, sah dann auf Kiins und schob schmollend die Unterlippe vor.

Kiin sah die Frau nicht an, doch plötzlich stand Rabe neben ihnen, einen Nähkasten aus Robbenhaut in den Händen. Er reichte Lemmingschwanz den Kasten und sagte zu ihr: »Noch ein Geschenk. Du kannst es behalten oder eintauschen. Vielleicht hat Schieferwerferin eine Halskette, die sie dir dafür gibt.«

Lemmingschwanz lächelte, und während sie Kiin aus den Augenwinkeln ansah, fuhr sie sich mit der Zunge über die Zähne.

»Wir haben noch mehr Tauschwaren mitgebracht«, sagte Rabe zu Lemmingschwanz. »Wenn du jetzt gehst, bist du die erste, die sieht, was die anderen Frauen haben. Du wirst die besten Tauschgeschäfte machen.«

Lemmingschwanz schob sich den Rest ihres Essens in den Mund und huschte in die Ecke mit den Körben. Sie stellte den Nähkasten zuunterst in einen großen Korb und bedeckte ihn mit mehreren Fuchspelzen und einer Grasmatte. Sie zog ihren Parka an, lächelte Kiin noch einmal zu und verließ die Behausung.

Rabe aß zu Ende, dann hielt er Kiin seine Schale hin. Er sah sie aus zusammengekniffenen Augen an, und Kiins Herz schlug heftig in ihrer Brust. Sie wußte, er wollte mehr als Essen, doch sie nahm seine Schale und schickte sich an, zum Kochbeutel zu gehen.

Rabe packte die hintere Bahn von Kiins gewebter Grasschürze. »Noch nicht«, sagte er und zog sie an sich.

Kiin stellte die Schalen auf die Erde und wartete, während Rabe aufstand und die Arme über den Kopf reckte. Er streifte seinen Parka und seine Gamaschen aus Karibuhaut ab, dann stellte er sich vor Kiin hin. Er löste das Band, das seine Schürze hielt, und ließ sie auf die Erde gleiten.

Kiin blickte über die Schulter zu Shukus Wiege. Aber ihr Geist flüsterte: »Sieh nicht auf deinen Sohn, damit er dir helfe. Du mußt seine Kraft sein. Als du das Ufer der Händler verließest, hast du gewußt, daß du Rabes Frau sein mußt. Wenn du dich ihm jetzt verweigerst, was soll dann aus Shuku werden? Rabe könnte beschließen, ihn als Sklave zu behandeln statt als Sohn.«

Rabe griff nach Kiins Schürze, band sie auf und ließ sie fallen. Einen Augenblick senkte Kiin den Kopf und biß sich in die Wangen, dann zwang sie sich, Rabe ins Gesicht zu sehen. Seine Augäpfel wurden weit, und in der Schwärze sah Kiin sich selbst, das scharfe, klare Bild ihres eigenen Gesichts, die breite Stirn, den kleinen, vollen Mund, doch in den Höhlen über den Wangenknochen, wo ihre Augen sein sollten, sah sie nur Dunkelheit, dunkler noch als das Schwarze von Rabes Augen. »Sieh«, sagte ihr Geist zu ihr, »du bist die Starke.«

Sie folgte Rabe zu seinem Schlafpodest, zu dem wirren Berg aus Fellen und gewebten Schlafmatten. Und als wäre keine Zeit vergangen, sah sie Rabe und Gelbes Haar, erinnerte sich an die Nachmittage, als sie sie zusammen auf diesem Lager gefunden hatte, sogar noch, nachdem Rabe die Frau Qakan überlassen hatte. Mit der Vision von Gelbes Haar kam das Echo von Lachen, doch der Tod hatte Gelbes Haar die Stimme genommen, und es war das Lachen von Lemmingschwanz, dessen Kiin sich erinnerte, und dann das Bild von Rabe und Lemmingschwanz in den Nächten, da sie sich in den Fellen und Schlafmatten zusammenrollten.

Kiin setzte sich auf das Podest und rückte etwas, um Rabe Platz zu machen. Er fuhr sachte über ihre Brustwarzen. Er nahm eine Brust in die Hand. Kiin sah auf seine Finger hinunter, und plötzlich sah sie nicht Rabes Hand, sondern die ihres Vaters. Sie erinnerte sich an die Male, da ihr Vater sie für die Nacht an einen Händler verkauft hatte, und wie sie sich mit Nägeln und Zähnen gegen die Berührung des Händlers gewehrt hatte. Als Rabe sich auf sie legte, schienen Kiins Muskeln plötzlich von erinnerten Verletzungen zu schmerzen. Aber sie lag still, breitete Arme und Beine aus, um sich von Rabe umfangen zu lassen. Er lag schwer auf ihrer Brust, und sie bewegte sich leicht unter ihm, damit sein Gewicht nicht auf ihren empfindlichen, vollen Brüsten ruhte.

Rabe bäumte sich auf, stieß sich in sie hinein und begann den Rhythmus von Mann und Frau. Kiin schloß die Augen und ließ ihre Gedanken von ihm fortgleiten, zurück zu der einen Nacht, die sie mit Samiq verbracht hatte.

Beinahe hätte sie glauben können, bei Samiq zu sein, und für einen kurzen Augenblick spürte sie im Geiste die Zufriedenheit, als sie von Samiq gehalten wurde, die Wonne ihrer Vereinigung. Rabe stieß sich gegen sie und stöhnte, und Kiins Sehnsucht nach Samiq war plötzlich wie eine Krankheit in ihr, die einen Schmerz verbreitete, vom Bauch zum Herzen, zum Hals.

»Mit jedem Mal wird es leichter sein«, sagte Kiins Geist, die Worte singend wie eine Mutter, die ihr Kind tröstet. »Mit jedem Mal wirst du weniger Schmerzen spüren.«

6

DIE ERSTEN MENSCHEN

Herendeen Bay, Alaska-Halbinsel

Samiq saß allein neben seinem *ikyak*. Die langen Landzungen, die die Bucht umgaben, schützten das Ufer der Händler vor dem Nordwind, aber am Himmel hingen schwere dunkle Wolken. Samiq hatte zwei Parkas übereinander angezogen, um sich warm zu halten.

Er wickelte die Streifen aus Robbenhaut von seiner rechten Hand. Während des Mondes seit Amgighs Tod war die Wunde gut verheilt. Mit winzigen Stichen hatte seine Mutter Chagak die Haut zusammengenäht, so daß die Narbe nur ein dünner, rosaroter Strich auf seinem dunklen Handgelenk war. Aber die Wunde war nicht nur durchtrenntes Haut- und Muskelgewebe gewesen. Irgendwie war das Messer bis zum Geist der Hand durchgedrungen und hatte ihre Kraft zerstört. Samiq konnte die Hand zur Faust ballen, sie aber nicht flach ausstrecken.

Er bog die Finger zurück und legte sie um sein langes, flaches Wurfbrett. Sein kleinster Finger krümmte sich um die Kante des Bretts, wie er es sollte, doch sein erster Finger, der flach am Ende des Bretts anliegen und über Samiqs Schulter nach hinten zeigen mußte, wenn er den Arm anspannte, um den Speer zu werfen, dieser Finger wollte nicht gerade bleiben. Durch die Krümmung des Fingers lag das Wurfbrett schief, und jedesmal, wenn Samiq seinen Speer warf, landete der Speer mit einem kurzen Bogen in der Erde. Versuchte er, seinen Arm auszurichten, flog der Speer hoch wie der Vogelpfeil eines Jungen und kam dann gerade vom Himmel herunter.

Samiq stand auf, zog das Wurfbrett aus seiner rechten Hand, umgriff das Brett mit der linken und warf es, so weit er konnte. Er hockte sich neben das *ikyak* und schloß die Augen.

Was ist ein Mann, wenn er nicht jagen kann? fragte er sich. Hätte Kiin Takha bei mir gelassen, wenn sie gewußt hätte, daß ich nicht jagen kann? Es wäre besser für ihn, Rabe zum Vater zu haben.

»Hast du keine größere Achtung vor dem Wurfbrett deines Großvaters?«

Die Frage erschreckte Samiq, und als er aufblickte, sah er seinen Vater Kayugh. Kayugh hockte sich neben ihn und legte Samiq das Wurfbrett vor die Füße.

»Was nützt es mir?« fragte Samiq. Er streckte die rechte Hand aus, die Finger gekrümmt wie eine Vogelkralle. »Wie soll ich die Meinen ernähren? Wie kann ich Takha jagen lehren? Warum soll Drei Fische mich Mann nennen, wenn ich ihr und unseren Söhnen kein Fleisch bringen kann?«

»Und was nun?« fragte Kayugh. »Willst du Takha zu Rabe bringen? Willst du Kleines Messer zu den Waljägern zurückschicken?«

Samiq sah seinen Vater an, sah den Zorn in seinen Augen. »Wozu bin ich Kleines Messer oder Takha nütze?« murmelte er.

Kayugh zuckte die Achseln. »Dann werde ich dein Wurfbrett behalten«, sagte er. »Dein Großvater Shuganan hat es nicht gemacht, damit du es fortwirfst. Deine Torheit wird für deine Jagd ein größerer Fluch sein als die Wunde an deiner Hand. Du kannst dein *ikyak* paddeln, oder nicht? Aber ich werde jetzt hingehen und Kleines Messer sagen, daß er keinen Vater mehr hat. Vielleicht wird er beschließen, Takha mit zu den Waljägern zu nehmen. Dann mußt du dir um keinen Sohn mehr Sorgen machen. Es ist gut, daß Kiin und Shuku mit Rabe gegangen sind.

Um sie braucht dir wenigstens nicht bange zu sein.« Kayugh stand auf, dann sagte er: »Oder vielleicht sind deine Sorgen um dich selbst so groß, daß kein Platz mehr ist, an andere zu denken.«

Samiq sprang auf und stellte sich vor seinen Vater hin. »Du hast dir nie etwas aus mir gemacht. Dir lag nur an Amgigh. Ich würde mein Leben hingeben, um ihn zurückzuholen. Aber das kann ich nicht. Ich habe mir gelobt, Kiins Sohn aufzuziehen, ihn zu unterweisen, wie Amgigh es getan haben würde. Das ist alles, was ich für Amgigh tun kann, aber wie soll ich das jetzt machen?«

»Denke niemals, daß Amgigh meinem Herzen näher stand als du«, sagte Kayugh. »Du bist vielleicht nicht Sohn meines Fleisches, aber du bist Sohn meines Geistes.«

Darauf ging Kayugh fort, kehrte zu den niedrigen Erhebungen aus Erde und Gras zurück, die die *ulas* der Ersten Menschen waren. Samiq drehte sich um und sah ihm nach. Obgleich schon Großvater, hatte Kayugh den sicheren, kraftvollen Gang des Jägers. Dann, als wisse er, daß Samiq ihm nachsah, drehte Kayugh sich um und rief: »Zu einem Jäger gehört mehr als das Geschick von Armen und Händen. Vergiß den Geist nicht. Vergiß das Herz nicht.«

Dann ließ er Samiq am Ufer allein.

7

Chagak blickte von ihrer Näharbeit auf, als Kayugh auf dem Kletterstamm in das *ulaq* hinunterkam. »Hast du ihn gefunden?« fragte sie.

»Er ist am Ufer.« Kayugh ging in seine Waffenecke. Er durchsuchte einen Korb mit Speerspitzen und nahm eine feine Obsidianklinge heraus, schwarz, fast durchscheinend, eine von Amgighs besten. Kayugh hielt sie einen Augenblick an seine Wange.

Chagak hatte den Schmerz über Amgighs Tod diesen langen Mond hindurch wie einen Stein in der Brust getragen, und als sie nun den Kummer in Kayughs Gesicht sah, schnürte es ihr die Kehle zu, und Tränen brannten ihr in den Augen.

Kayugh sprach aus der Waffenecke, seine Stimme war dünn, fast wie die eines Jungen. »Denkst du, Frau, daß ich beim Aufziehen unserer Söhne Amgigh den Vorzug vor Samiq gegeben habe?«

Der Schmerz in seinen Worten drang in Chagaks Brust, preßte sich auf ihr Herz, so daß sie einen Moment nicht antworten konnte. Sie strich sich mit den Händen über die Wangen und schloß die Augen, bis die Tränen gestillt waren, dann ging sie zu Kayugh hinüber, lehnte sich an seinen Rücken und legte ihm die Hände auf die Schultern.

»Einen besseren Vater als dich gibt es nicht«, sagte sie. »Frag deine Kinder. Frag Rote Beere, frag Wren. Wren ist noch ein Kind, aber sie weiß es. Du warst gerecht zu beiden Söhnen, aber sie waren verschieden, wie alle Menschen. Du hast nicht einem Sohn den Vorzug vor dem anderen gegeben, nur weil du sie verschieden behandelt hast.«

»Samiq denkt ...«

»Was immer Samiq sagt, vergiß nicht, er hat mehr verloren als wir alle. Nicht nur einen Bruder, sondern auch Kiin und ihren Sohn Shuku und den Gebrauch seiner Hand. Du weißt, Kummer verrenkt nicht nur das Herz, sondern trübt auch die Augen. Nur die ganz Weisen können Gutes auf der Erde sehen, wenn sie trauern.«

Kayugh nickte und legte die Speerspitze in den Korb zurück. Er stand auf, nahm Chagak in die Arme und drückte sie fest an seine Brust.

Mit leiser Stimme fragte Chagak: »Meinst du, er wird wieder jagen?«

»Samiq?« fragte Kayugh, den Mund dicht an Chagaks Ohr.

Sie nickte.

»Ja«, sagte Kayugh. »Ich weiß nicht wie, aber er wird jagen.« Kayugh trat zurück und sah seine Frau an. »Zweifle nicht an deinem Sohn«, sagte er. »Er ist genau wie du. Er wird nicht aufgeben, bis er einen Weg gefunden hat.«

»Samiq?«

Samiq tat einen langen Atemzug. Es war Drei Fische. Warum mußte sie ihn behandeln, als sei er ein Junge, der beaufsichtigt werden mußte?

Er stand auf. »Ich bin hier.«

Drei Fische lächelte. »Ich habe dir Essen gebracht«, sagte sie und hielt ihm einen Korb getrocknete Fische hin.

Samiq setzte sich mit gekreuzten Beinen auf die Erde, als sei er ein Waljäger, nicht einer von den Ersten Menschen. »Ich bin nicht hungrig, Drei Fische.«

»Wie willst du jagen, wenn du nicht ißt?« fragte Drei Fische und hockte sich neben ihn. »Iß«, sagte sie und hielt ihm ein Stück Fisch hin. »Iß, dann erzähle ich dir etwas, was dich froh machen wird.«

Samiq nahm den Fisch, den sie ihm reichte, und merkte zu spät, daß er mit der rechten Hand danach gegriffen hatte. Er sah zum Himmel hinauf und knirschte mit den Zähnen, um seinen Zorn zu unterdrücken. Aber Drei Fische nahm nur seine Hand, legte sie auf ihren Schenkel und gab ihm den Fisch in die linke Hand.

»Wirst du bald jagen?« fragte sie, während sie seine Finger betrachtete.

Samiq schnaubte. »Wie denn?«

Drei Fische sah ihn mit hochgezogenen Augenbrauen an. »Du fragst mich? Ich bin eine Frau. Ich jage nicht. Wenn du eine Frage hast, die das Nähen oder Kochen betrifft, frag mich. Dann werde ich dir antworten.«

Samiq biß in den Fisch. »Du bist zu viel mit meiner Mutter zusammen«, sagte er. »Du sprichst schon wie sie.«

Drei Fische lachte. »Das ist gut.«

Sie drehte seine rechte Hand zur einen Seite, dann zur anderen, nahm einen Fisch aus dem Korb und aß ihn, immer noch die Hand betrachtend. »Die Finger greifen fest?« fragte sie.

»Ja.«

»Was ist dann so schwierig? Du kannst deinen Arm noch gebrauchen, du kannst den Speer noch werfen.«

»Sieh her«, sagte Samiq. Er nahm sein Wurfbrett, drückte es in seine rechte Hand und zeigte Drei Fische den gekrümmten Finger an der Unterseite des Bretts.

»Er muß gerade liegen?« fragte Drei Fische.

»Ja, sonst kann ich nicht zielen, und das Wurfbrett wackelt.«

Drei Fische aß weiter, und erst als sie das letzte Stück Fisch aufgegessen hatte, sagte sie: »Warte. Ich bin gleich wieder da.«

Sie lief zwei Schritte zu den *ulas* hin, dann kehrte sie um und hob den leeren Korb auf. »Bist du noch hungrig?« fragte sie.

Samiq lächelte in sich hinein. Drei Fische hatte alles aufgegessen, bis auf das Stück Fisch, das Samiq noch in der linken Hand hatte. Er hielt es in die Höhe, damit sie es sah. »Ich habe zu essen«, antwortete er, dann ging sie, und er sah ihr nach. Drei Fische war so breit wie ein Jäger von den Ersten Menschen, beinahe so groß wie Große Zähne, und sie lief langsam und unbeholfen im Sand des Ufers der Händler.

Samiq biß ein Stück Fisch ab. Er stand auf und streckte sich, dann ging er am Ufer entlang. Es war gut, daß ihre *ulas* durch die Landzungen der Bucht vor dem Nordmeer geschützt waren, doch manchmal wünschte er, das offene Meer sehen zu können. Dann ließe sich besser sagen, ob Wale oder Robben umherschwammen. Doch was spielte das noch für eine Rolle? Wie wollte er mit seiner verkrüppelten Hand die Männer lehren, den Wal zu jagen?

Da Amgigh nun tot war und Samiq nicht mehr jagen konnte, was hatten die Ersten Menschen noch? Drei Jäger – Kayugh und Große Zähne, alte Männer fast, und Erster Schnee, den Mann von Rote Beere. Die zwei Söhne von Rote Beere waren noch klein, und wer konnte Kiins Vater Waxtal als Jäger bezeichnen, den Mann, der während der Jagdzeit höchstens zwei, drei Robben mitbrachte? Kleines Messer, obwohl noch ein Junge, verstand besser mit der Harpune umzugehen.

Vielleicht hatten Harter Felsen und die Waljäger recht gehabt, als sie Samiq die Schuld am Fluch von Akas Feuer und Asche gaben. Vielleicht hatte er auch Flüche über die Ersten Menschen gebracht, so daß sie am Ende keine Jäger mehr haben würden und von den Fischen und Beeren leben müßten, die die Frauen mitbrachten.

Und Kiin? fragte er sich. Sie wird auf mich warten, daß ich sie hole. Was wird sie denken, wenn ich nicht komme?

Er zog das Wurfbrett aus seiner Hand und reckte die Faust zum grauen Himmel empor. »Was ist hiermit?« schrie er in den Wind. »Wie kann ich hiermit jagen? Was nütze ich, wenn ich den Meinen kein Fleisch bringen kann?«

Plötzlich war Drei Fische an seiner Seite. »Sieh«, sagte sie, und ein Lächeln legte ihr rundes, flaches Gesicht in Falten. »Sieh her, Samiq.« Sie schwenkte einen kleinen Vogelknochen vor seinen Augen und zog seine Hand zu sich. Sie streckte seinen Zeigefinger gerade, dann band sie den Knochen mit einer Schnur aus gedrehten Sehnen daran fest.

»Sieh«, sagte sie, dann wandte sie sich dem *ikyak*-Gestell zu. »Wo ist dein Speer?«

»Warte«, sagte Samiq und hielt sie zurück. Wer konnte sagen, was für ein Fluch über eine Waffe kommen mochte, wenn sie von einer Frau berührt wurde? Er ergriff sein Wurfbrett und lief zu den Gestellen, wo er seinen Speer gelassen hatte. Er nahm das Brett in die Hand und steckte das stumpfe Ende des Speers in den Elfenbeinhaken an der Spitze des Wurfbretts. Er zog den Arm zurück und vollführte einen kraftvollen Seitwärtswurf. Der Wurf war nicht vollkommen, aber der Speer flog gerade, nicht in einem kurzen, unbeholfenen Bogen, nicht in einer hohen, ziellosen Bahn.

»Drei Fische!« rief Samiq, die Stimme zum Schrei erhoben.

Er lief zu ihr und drückte sie an seine Brust. Drei Fische

machte sich von ihm los, aber Samiq sagte: »Es kümmert mich nicht, wer uns sieht.«

Drei Fische sah zu Boden, das Gesicht gerötet. »Du wirst deine Söhne zerquetschen.«

Samiq hielt inne, seine Augen wurden weit.

»Takha ist hier«, sagte sie und strich über die Ausbuchtung unter ihrem *suk.* »Dein anderer Sohn ist hier«, sagte sie und klopfte sich auf den Bauch.

8

Waxtal starrte auf das Stück Treibholz. »Das war kein gutes Jahr für Schnitzer«, sagte er und warf das Treibholz angewidert hin. »Hätte ich Elfenbein, könnte ich den ganzen Winter schnitzen, und dann könnte ich zu Rabe gehen, dem Mann unserer Tochter. Er würde etwas für meine Schnitzereien tauschen. Sieh nur, was er für die kläglichen Tiere gab, die Kiin geschnitzt hat.«

Blaue Muschel, die neben der Öllampe saß und Gräser sortierte, sah zu ihm auf. »Nimm dir einen Tag und zieh am Ufer entlang zum Nordmeer«, sagte sie. »Wer weiß, was du finden wirst? Vielleicht sehen die Geister deine Not und schicken dir den Stoßzahn von einem Walroß.«

Waxtal sah sie mit finsterer Miene an. »Eine Frau denkt, es ist leicht, zum Nordmeer zu ziehen. Eine Frau sagt, ›nimm dir einen Tag. Du wirst den Stoßzahn von einem Walroß finden.‹ Jeder Jäger weiß, nicht einmal mit einem *ikyak* ist es eine leichte Reise. Es gibt starke Strömungen und heftige Winde. Wer von den anderen Jägern würde mit mir kommen? Sie sehen wenig Wert in Walroßstoßzähnen. Kein Geist hat ihnen die Augen geöffnet, zu sehen, was das Messer von einem Schnitzer kann.«

Blaue Muschel beugte den Kopf über ihre Arbeit.

»Außerdem«, sagte Waxtal, »kann niemand von mir verlangen, daß ich bei diesem Wind in diesem *suk* hinausgehe. Ich brauche einen Parka. Hier ist es kälter als auf unserer Insel. Ich sollte mich kleiden wie die Walroßmenschen, mit einer Kapuze, meinen Kopf zu bedecken, und mit Pelzgamaschen. Kayugh und Samiq haben Parkas, aber meine Frau ist zu ungeschickt, um mir einen zu machen.«

»Wenn du einen Parka willst, mache ich dir einen«, sagte Blaue Muschel ruhig, »aber ich kann keinen Parka aus Vogelhäuten machen. Kayugh und Samiq haben Felle, die Kiin eingetauscht hat, aber wir haben keine. Du mußt jagen gehen. Du mußt uns Robbenfelle oder Karibuhäute bringen.«

»Eine Frau denkt, es ist leicht, jagen zu gehen ...« begann Waxtal.

Blaue Muschel tat einen langen Atemzug und fuhr fort, Gräser zu sortieren.

Samiq legte die gefiederten Übungsspeere zu seinen Füßen nieder. Er hatte alle Speerspitzen geschärft und mit Feuer gehärtet. Er hob den nächstliegenden Speer auf und steckte ihn in sein Wurfbrett, doch bevor er warf, wandte er sich Drei Fische zu. »Wann wird das Baby kommen?« fragte er.

»Es sind zwei Blutungen ausgeblieben«, sagte Drei Fische.

Samiq nickte und warf den Speer. Es war ein guter Wurf, aber zu kurz. »Ich bin froh, daß Takha einen Bruder oder eine Schwester bekommt«, sagte er. Er sprach seine Befürchtungen nicht aus: Das Kind würde zu Beginn des Frühjahrs geboren werden, eine harte Zeit für alle Menschen, ganz besonders für Mütter mit Neugeborenen.

Zwei Söhne, dachte er – Kleines Messer und Takha. Nein, drei. Shuku war sein Sohn. Wenn Drei Fische einen Sohn bekäme, würde er vier haben.

Samiq strich Drei Fische mit den Fingern über die Wange. »Du bist Takha und Kleines Messer eine gute Mutter. Du wirst dem neuen Kind eine gute Mutter sein.«

Drei Fische lächelte, die Lippen über den Zähnen zusammengepreßt.

»Ich werde jagen«, sagte Samiq zu ihr. »Auch wenn ich ganz von vorne anfangen und lernen muß wie ein Junge. Unsere Kinder werden nicht verhungern.«

Er wollte nicht an den spärlichen Vorrat an Robbenöl und getrocknetem Fleisch denken. Er besann sich lieber darauf, daß ihre Bucht voller Fische war. Die Frauen fingen jeden Tag kleine Wale in den Tangbetten. Es gab Meerestiere, Seehunde und Ottern. Außerdem hatten die Frauen einen guten Vorrat an Wurzeln und Beeren angelegt. Kiins Schnitzarbeiten hatten ihnen Felle für Winterkleidung eingebracht. Ihre *ulas* waren widerstandsfähig. Sie würden diesen Winter nicht viel Öl verbrennen müssen, um sich warm zu halten.

»Es wird kein leichter Winter werden«, sagte er zu Drei Fische, »aber wir werden überleben.« Er steckte noch einen Übungsspeer in sein Wurfbrett. »Schau«, sagte er. »Siehst du das Raigrasbüschel dort?« Er warf. Der Speer flog, ohne zu wackeln, und traf das Grasbüschel.

»Wieder ein Wal«, sagte Drei Fische.

Aber Samiq sagte, aus Angst, ein Geist könnte ihn für stolz halten: »Vielleicht ein Seehund. Welches Tier auch immer sich den Menschen hingibt, die Fleisch brauchen.«

9

Samiq lag bis spät in die Nacht hinein wach. Die Freude, die er tagsüber empfunden hatte, als Drei Fische ihm sagte, daß sie ein Kind bekam, schien irgendwie an das Licht gebunden. Als die Sonne unterging und die Nacht die *ulas* umschloß, beherrschten die Ängste, die er in den Hintergrund seines Kopfes gedrängt hatte, seine Gedanken, und er sah Drei Fische, Takha und das Neugeborene krank werden und aus Mangel an Nahrung sterben.

»Du bist der Anführer, oberster Jäger dieses Dorfes«, flüsterte ein Geist in der Dunkelheit seines Schlafplatzes. »Du bist für die Nöte deiner Leute verantwortlich.«

Samiq versuchte, Pläne für das Jagen und Fischen zu schmieden, aber die Gedanken entglitten ihm wie halb erinnerte Träume.

»Morgen früh«, flüsterte er schließlich vor sich hin, laut genug, daß besorgte Geister es hören und ihn schlafen lassen würden, »fahre ich mit meinem *ikyak* hinaus und lasse mir von Wind und Meer sagen, was ich tun soll.«

Trotzdem schlief er nicht, und gegen Morgen stand er schließlich auf, zog Gamaschen, Parka und *chigadax* an und verließ das *ulaq*. Die aufgehende Sonne stand rotgolden am fast wolkenlosen Himmel. Samiqs Stimmung besserte sich, als er sein *ikyak* durch die lange Bucht und in einen Wasserarm nahe ihrer Mündung lenkte. Dort konnte er über die Gezeitenbecken auf das Nordmeer hinaussehen, wo das Wasser an- und abschwoll und die Wellen, die nahe der Bucht über die flachen Sandbänke rollten, weiße Schaumkronen trugen.

Die Alken versammelten sich, ritten in Scharen mit den Strömungen des Windes, aus Dunkel wurde blitzartig Weiß, wenn sie ihre Brüste der Sonne zukehrten. Am Anfang des Winters versammelte sich der ganze Alkenstamm, flog fort und kehrte erst zurück, wenn der Schnee am Ende des Frühjahrs schmolz. Samiq fragte sich, wohin sie wohl zogen. Ob sie Winterdörfer an anderen Ufern hatten?

Er schloß die Augen und malte sich das Glück aus, Flügel zu haben.

»Wie ein *ikyak,* wenn ein Jäger mit dem Wind paddelt«, flüsterte ein Geist, und Samiq öffnete die Augen, um zu sehen, wie die Alken sich abermals erhoben, dann näher flogen und umkehrten, just bevor sie ihn erreichten. Samiq hob sein Paddel zu ihnen empor, dann streckte er die linke Hand aus, geöffnet und leer.

»Brüder«, rief er. »Ich bin ein Freund. Ich habe kein Messer.«

Und wie dann Wind und Sonne seinen Kopf klärten und die Befürchtungen der Nacht dämpften, da wußte er, was er tun würde.

Samiq ging zuerst zu Kayugh und fragte ihn, ob alle – Männer, Frauen und Kinder – am Abend zusammen in Kayughs *ulaq* essen könnten. Kayugh hob den Kopf und sah Samiq unter gesenkten Lidern hervor an. Es war ein Blick, den Samiq aus seinen Kindertagen kannte, ein Blick, der eine Frage stellte, aber keine Antwort forderte.

»Wenn wir gegessen haben, werden wir Pläne machen für den Winter«, sagte Samiq zu ihm.

»Und alle essen von meinem Vorrat?« fragte Kayugh.

»Nein, nein, alle bringen Essen mit«, sagte Samiq, dann fügte er rasch hinzu: »Ich habe guten Grund.«

»Guten Grund, in meinem *ulaq* zusammenzukommen?«

»Ja.«

»Um dein Lampenöl zu sparen? Um Waxtal von deiner Speisenische fernzuhalten?« fragte Kayugh.

Samiq öffnete den Mund, um zu erklären, daß sein *ulaq* klein sei und daß er die Frauen bei diesem Treffen ebenso dabei haben wolle wie die Männer, aber dann merkte er, daß sein Vater ihn nur neckte, und sah, daß Kayughs Bauch vor stillem Lachen bebte. Da lächelte Samiq.

Kayugh lachte laut heraus und schlug Samiq mit seiner gro ßen Hand auf die Schulter, dann reichte er ihm eine Schüssel. Chagak hatte ein gutes Mahl bereitet.

Am Abend, als alle gegessen hatten, setzten sich die Männer im Kreis um die größte Öllampe, und die Frauen versammelten sich hinter ihnen. Samiq gedachte den Frauen Fragen zu stellen – wieviel Nahrung in jeder Kammer vorrätig war, wie lange diese

Nahrungsmittel reichen würden. Vielleicht würden seine Fragen sie verlegen machen – gewöhnlich sprachen auf Dorfversammlungen nur die Männer. Aber wie konnte er Jagdausflüge planen, wenn er nicht wußte, wieviel Fleisch benötigt wurde?

Samiq fing an zu sprechen: »Die Waljäger haben Wege, die nicht die unseren sind. In dem Jahr, das ich bei ihnen lebte, hielt ich sie manchmal für dumm. Manchmal hielt ich sie für klug. Aber ich habe viel gelernt. Wenn die Waljäger auf ihren Versammlungen Pläne für den Winter machten, hatten ihre Frauen das Wort.« Samiq sah über die Köpfe der Männer hinweg zu den Frauen hin. »Wir Männer wissen am meisten über die Jagd. Ihr Frauen wißt am meisten über Nahrung. Warum soll ich Entscheidungen treffen, ohne mir das Wissen zunutze zu machen, das mir zur Verfügung steht? Also sagt uns«, wandte er sich an die Frauen, »wieviel Nahrung haben wir?«

Doch Waxtal schürzte verächtlich die Lippen und sagte: »Frauen? Du fragst Frauen? Seit wann besitzen Frauen große Klugheit?«

Samiq tat, als hätte er Waxtal nicht gehört, und lauschte, als Krumme Nase – die Frau von Große Zähne – und Samiqs Mutter Chagak berichteten, wie viele Nahrungsmittel in ihren Vorratsnischen waren. Dann erzählte Drei Fische von der Eiergrube, die Kiin im Frühjahr gemacht hatte, so daß die Eier hoch über den Gezeitenmarken im Sand verwahrt waren.

»Habt ihr die Eier gesehen?« fragte Waxtal.

Samiq hielt den Atem an, aus Furcht, Drei Fische würde dem Mann sagen, wo die Eier waren, doch sie nickte nur und schlug nach der Art der Frauen von den Ersten Menschen die Augen nieder, dann sah sie listig unter ihren Wimpern hervor und zeigte Samiq, daß sie seine Besorgnis verstand.

»Blaue Muschel«, sagte Samiq, »und eure Vorräte?«

Doch bevor Blaue Muschel antworten konnte, rief Waxtal: »Wir haben nichts. Diese Frau ist faul. Sie fischt nicht genug. Sie stellt nicht genug Vogelfallen.«

Samiqs Gesicht glühte vor Zorn, doch bevor er sprechen

konnte, sagte Große Zähne: »So, Waxtal, du hast nichts zu essen, um es mit uns zu teilen. Und doch erwartest du, daß wir mit dir teilen?«

Waxtal stand auf, erhob den Gehstock, den er immer bei sich trug, und drehte sich, um damit auf Blaue Muschel zu zeigen. »Sie soll diejenige sein, die nicht ißt«, sagte er.

»Ach ja«, sagte Kayugh. »Sie ist es, die den lieben langen Tag sitzt und schnitzt und nicht mit den Jägern auf Robbenfang geht. Sie ist es, die in den *ulas* der anderen Männer ißt und nie jemanden in ihr *ulaq* zum Essen lädt.«

Waxtal bleckte die Zähne. Die dünne Haarsträhne, die ihm vom Kinn herabhing, zitterte. Er schritt durch den Kreis der Männer, ging rüde zwischen ihnen und der Öllampe. Er packte eine Handvoll von Blaue Muschels Haar und zog die Frau auf die Füße. Samiq stand auf, doch die Hand seines Vaters hielt ihn zurück.

»Warte«, sagte Kayugh zu Samiq, und das Wort klang leise durch das *ulaq*.

Aber Blaue Muschel packte ihren Mann beim Handgelenk, zog die Hand an ihren Mund und biß hinein. Waxtal riß seine Hand fort und holte aus, um Blaue Muschel zu schlagen, doch Blaue Muschel wehrte den Hieb mit ihrem Arm ab.

»Rühr mich nicht an«, zischte sie. »Du kannst mich nicht hindern. Ich werde Samiq sagen, was er wissen muß.« Sie wandte sich an Samiq: »Außer den Fischen, die ich heute gefangen habe, haben wir vier Robbenhäute mit Fett und zwei Seelöwenmägen mit ausgelassenem Öl. Wir haben drei Mägen mit getrocknetem Fisch und eine Robbenhaut mit ganzen Lunden. Ich habe drei Körbe mit Portulakknollen und einen, nicht groß, mit getrocknetem Robbenfleisch.«

Samiq schloß verzweifelt die Augen. Waxtal hatte nur genug Öl für einen Mond, vielleicht zwei. Dachte der Mann, er könnte ewig von der Jagdbeute der anderen Männer leben? Er sah seinen Vater an, doch Kayugh hielt die Augen gesenkt.

»Also dann«, sagte Große Zähne, »müssen wir jagen.«

»Ich gehe jagen«, sagte Waxtal. »Ich würde ebensoviel in meiner Speisenische haben wie alle anderen, wenn meine Frau nicht verschwenden würde, was ich mitbringe.«

Blaue Muschel fing an zu lachen. Waxtal hob seinen Gehstock, aber sie huschte an ihm vorbei und verließ das *ulaq*, ohne sich umzudrehen.

Am nächsten Tag schickte Samiq Erster Schnee und Kleines Messer, um Robben und Ottern zu jagen – was immer sie in den Wasserläufen der Bucht finden konnten. Er fragte Kayugh und Große Zähne, ob sie bereit seien, landeinwärts zu gehen, um Karibus zu jagen. »Letzten Sommer sagten Händler, daß in der Tundra Karibus leben, ein, zwei Tagereisen von diesem Ufer«, sagte Samiq zu den Männern. »Wir haben noch nie Karibus gejagt, aber ...« Er hielt inne, als er die Augen seines Vaters aufleuchten sah.

»Als ich ein Junge war, hat mein Vater mich einmal auf Karibujagd mitgenommen«, sagte Kayugh. »Ich bin bereit, es noch einmal zu versuchen.«

»Wenn du willst, nimm Waxtal mit«, sagte Samiq und lächelte über die Grimasse seines Vaters.

Doch an dem Morgen, als alle Männer das Dorf verließen, war Waxtal bei Kayugh und Große Zähne, alle drei hatten Wurfspeere, trugen Stiefel aus Robbenflossen und gingen landeinwärts, auf die Berge zu.

Die Frauen fuhren in dem *ik* von Chagak hinaus, um mit Handschnüren Kabeljau zu fischen. Als sie aufgebrochen waren, ging Samiq in sein *ulaq* und malte sich das Gesicht nach der Art der Waljäger mit Ocker und Robbenfett rot an. Er ging nicht jagen. Wie konnte er mit seiner Hand den Wal jagen? Eines Tages würde er vielleicht Robben oder Seelöwen jagen, aber selbst mit Drei Fisches Vogelknochen, der seinen Finger gerade hielt, würde er niemals die Flinkheit haben, um den Wal zu jagen. Er würde ein Einholer sein – einer, der dem Wal folgte, sobald er harpuniert war, und ihn, wenn er tot war, ins Dorf bringen half. Aber zuerst mußte er die Walgeister bitten, einen anderen *alananasika* zu wählen, einen Mann, der der Anführer der Waljäger seines Dorfes werden sollte und an den Samiq weitergeben konnte, was er bei den Waljägern gelernt hatte.

Er brachte sein *ikyak* in die Bucht hinaus und stimmte einen Waljägergesang an, ein Lied, das er von seinem Großvater Großer Wal gelernt hatte, der einst *alananasika* des Stammes der Waljäger gewesen war. Als der Gesang zu Ende war, sang Samiq eigene Worte, eine Bitte an die Walgeister. »Wir jagen nicht, damit Männer uns mit Liedern ehren. Wir jagen nicht, damit Frauen uns preisen. Wir jagen, um zu leben. Wenn ihr einen Jäger aus unserem Dorf erwählt, werden wir euch Ehre erweisen. Jeden Wal, der sich uns hingibt, werden wir ehren. Wir werden sein Maul mit frischem Wasser füllen. Wir werden sein Herz an das Meer zurückgeben. Wir werden alles tun, was den Walen zur Ehre gereicht.«

Dann wartete er, in der Hoffnung, die Macht der Walgeister zu fühlen, im Innersten zu wissen, daß die Walgeister die Not seines Volkes verstanden. Aber er fühlte nur Leere unter der hohen, grauen Himmelskuppel, und dieselbe Leere fühlte er in seinem Herzen.

Er sah einen Moment auf seine rechte Hand, die das Paddel fest umgriffen hielt, und als er sein *ikyak* wieder auf das Dorf zulenkte, fragte er sich, warum er gedacht hatte, die Walgeister würden auf ihn hören. Er war kein Jäger.

»Du hast es gewußt«, sagte eine Geisterstimme zu ihm. »Du hast es gewußt. Weshalb wärst du sonst allein gegangen, ohne die anderen? Die Walgeister, sie sehen in dir keinen Jäger. Die Walgeister, sie sehen, daß du deine Macht verloren hast.«

Erster Schnee und Kleines Messer kehrten ins Dorf zurück, und sie sahen aus wie alte Männer, die Gesichter gefurcht, die Rükken gebeugt. Sie hatten nichts gesehen, nichts gehört, hatten nicht ein einziges Mal Gelegenheit gehabt, Harpunen von den Decks der *ikyan* zu schnellen.

»Morgen«, sagte Samiq zu ihnen. »Ein Jäger erwartet nicht, jedesmal mit Fleisch zurückzukommen, wenn er jagen geht.« Aber während er dies sprach, fühlte Samiq ein Frösteln mitten in der Brust. Und wenn sie kein Fleisch mitbrachten? Wenn ein Fluch die Tiere vom Ufer der Händler vertrieben hatte?

Sie fuhren am nächsten Tag wieder hinaus, und am übernächsten, und auch Samiq paddelte mit seinem *ikyak* zur Mündung der Bucht und sprach zu den Walgeistern. An beiden Tagen kehrten die Männer ohne Fang zurück. An beiden Tagen fühlte Samiq in seinen Gebeten und Gesängen nur die Leere von Himmel und Meer.

Am vierten Tag kamen Kayugh, Große Zähne und Waxtal von ihrer Jagd zurück. Auch sie brachten nichts mit.

Die Frauen bereiteten ein Mahl aus Fisch und legten es in Kayughs *ulaq* aus, und Samiq beobachtete die Männer, wie sie sich setzten und die Köpfe hängen ließen, die Augen tief eingesunken von Mangel an Schlaf. Als sie gegessen hatten, unterhielten sie sich nicht, nur die Gedanken eines jeden Mannes hingen schwer im Inneren des *ulaq,* bis Kayugh schließlich sagte: »Wir müssen ausruhen, dann ziehen wir wieder los.«

»Du denkst, ich gehe noch einmal, nachdem ich vier Tage umsonst gewandert bin?« sagte Waxtal, das Gesicht gerötet, die Augen zu dunklen Schlitzen verengt. »Ich hätte zu Hause in meinem *ulaq* bleiben und etwas schnitzen können, das ich für Öl und Fleisch tauschen könnte. Geh du nur wieder los, wenn du willst. Ich komme nicht mit.«

Samiq sah Waxtal in die Augen. »Jagst du nicht, ißt du nicht«, sagte er.

Waxtal zeigte mit seinem Gehstock auf Samiqs rechte Hand. »Und du?« fragte Waxtal und lachte. »Ich fürchte mich nicht, von dem zu leben, was ich für meine Schnitzarbeiten bekomme. Willst du von dem leben, was du mit deiner Harpune erlegst?«

10

Ebbe. Waxtal bückte sich, um ein Stück Treibholz aufzuheben. Es war verfault und so weich, daß er es mit dem Daumennagel eindrücken konnte. Aber was konnte er erwarten? Das Meer brachte selten Gaben für sein Schnitzmesser in diese seichte Bucht. Selbst das Treibholz taugte nichts. Er warf das Holz weg und setzte seinen Weg am Ufer entlang fort.

Er biß zornig die Zähne zusammen, daß sie knirschten. Er hätte in seinem *ulaq* bleiben sollen, aber wenigstens hatte er nicht auf den Rat von Blaue Muschel gehört. Dumme Frau! Wäre es nach ihr gegangen, hätte er die weite Reise zum Nordmeer auf sich genommen. Er hätte tun können, was sie vorgeschlagen hatte – ein kalter Tag im *ikyak,* die weite Fahrt bis zur Mündung der Bucht – und hätte dort dasselbe vorgefunden, nichts, das die Mühe lohnte.

Statt dessen war er so lange dem Ufer des Wasserlaufs gefolgt, bis er, als er zum Himmel aufsah, im Grau der Wolken das Muster des Ufersandes erkennen konnte. Er rieb sich die Augen, dann suchte er die Wasserfläche der Bucht ab.

Zuerst glaubte er Samiqs *ikyak* zu sehen. Tagelang hatte Samiq Übungsspeere geworfen, und heute morgen hatte Waxtal ihn mit seinem *ikyak* hinausfahren und Speer um Speer nach einer mit Luft gefüllten Robbenblase werfen sehen.

Waxtal hatte ihm lachend zugeschaut. Dachte Samiq, die Meerestiere würden sich einem Jäger hingeben, der von Mißbildung gezeichnet war? Samiq täte besser daran, mit den Frauen Beeren sammeln zu gehen.

Einen Augenblick malte sich Waxtal das Vergnügen aus, das es seinem Sohn Qakan bereitet hätte, Samiqs Ungeschick mit Waffen zu sehen. Aber Qakan war tot, getötet von Rabe, Kiins Mann. Waxtal seufzte. Gab es denn keine Ehre auf der Welt, daß ein Mann den Bruder seiner Frau tötete?

Waxtal hielt inne und wandte sich wieder dem Wasser zu, in der Hoffnung, Samiq einen schlechten Wurf tun oder besser noch, sein *ikyak* kentern zu sehen. Dann erkannte Waxtal, daß er nicht Samiqs *ikyak* sah, sondern ein *ik,* von zwei Männern gepaddelt. Waxtal wartete, mit den Händen den Gehstock umklammernd, bis das *ik* nahe genug war, um die Zeichen am Bug zu erkennen: die gelben Linien und roten Kreise eines *ik* von Händlern. Erregung füllte Waxtals Brust, blähte seine Rippen und seinen Bauch, als hätte er einen großen Mundvoll Luft geschluckt.

Er rannte zu Kayughs *ulaq,* kletterte die Grasnarbe hinauf, die Dach und Seiten bedeckte, und rief zum Rauchloch hinunter: »Kayugh, es sind Händler gekommen!«

Kayugh kletterte aus dem *ulaq,* beschattete die Augen mit der Hand und blickte übers Wasser. »Händler, zu dieser Zeit des Jahres?« fragte er.

Waxtal zuckte die Achseln.

»Hol Große Zähne. Und geh Samiq suchen.«

Waxtal verzog den Mund. Wer war Kayugh, ihm zu sagen, was er zu tun hatte? Waxtal ging statt dessen wieder zum Ufer, winkte den Händlern, bis sie ihm zu der flachen Stelle folgten, wo die Wellen schwächer waren und bei Ebbe eine leichte Landung ermöglichten.

»Händler?« rief er und watete hinaus, um ihnen zu helfen, ihr *ik* an Land zu bringen. Die Männer waren kaum älter als Jungen, und sie sahen sich so ähnlich, daß Waxtal sie für Brüder hielt.

»Ja, wir sind Händler«, antwortete der eine im Bug des *ik.* Die Worte kamen aus der Tiefe seiner Kehle, nach der Art des Walroßvolkes, aber er sprach die Sprache der Ersten Menschen.

Die Händler kletterten aus dem *ik,* und Waxtal half ihnen, es an Land zu ziehen. Als das *ik* außer Reichweite der Wellen war, streckte Waxtal die Hände aus, die Handflächen nach oben, zum traditionellen Gruß. »Ich bin ein Freund. Ich habe kein Messer.«

Die Händler nickten und erwiderten den Gruß. Waxtal blickte zu den *ulas* hinüber und sah Kayugh mit Große Zähne und Erster Schnee kommen. Waxtal wies mit dem Kinn auf sie. »Seht dort die Männer«, sagte er zu den Händlern. »Es sind gute Jäger.« Dann strich er mit den Händen über die Vorderseite seines *suk* und sagte: »Ich bin Häuptling der Jäger und Schamane. Willkommen in unserem Dorf.«

Chagak runzelte die Stirn, als Waxtal den Ehrenplatz zwischen den Händlern einnahm, aber sie verbarg ihren Ärger in ihren flinken Händen, als sie das Essen bereitete.

Nachdem die Höflichkeiten der Vorstellung beendet waren, legten die Händler ihre Parkas ab, und als Chagak Drei Fische seufzen hörte und sich umdrehte, sah sie, daß beide Männer viele Halsketten trugen. Beim Anblick der Ansammlung von Bärenklauen, Muscheln, Knochenperlen und Robbenzähnen fragte sich Chagak, wie die Männer bei dem ganzen Gewicht aufrecht stehen konnten.

Aber, dachte Chagak, es ist klug, wenn ein Mann bei sich trägt, was er zum Tauschen anzubieten hat. Wie sollen die Menschen wissen, was sie wollen, wenn sie nicht sehen, was sie haben können?

Die Frauen bereiteten ein Gastmahl und legten es auf Matten in Kayughs *ulaq* aus. Chagak mochte nicht an die Leere in den Vorratsnischen ihres Dorfes denken. Welche Familie würde sich weigern, Gästen zu essen zu geben? Welcher Jäger würde nicht teilen, was seinem Speer geschenkt wurde?

Als die Männer aßen, fütterte Chagak Wren mit Fleischstückchen und getrockneten Beeren, Resten, die nicht gut genug waren, um sie Gästen vorzusetzen. Und während sie Wren fütterte, beobachtete sie die Händler. Sie waren jung, beide hatten schmale Gesichter, kleine Hände und Füße. Sie trugen Pelzgamaschen und Kapuzenparkas wie die Walroßmenschen, und auch ihre Worte kamen rauh aus ihren Kehlen wie bei den Walroßmenschen.

Der, der am meisten sprach, hatte dichte Augenbrauen, die über der Nase zusammenwuchsen. Der andere hatte Zeichen im Gesicht, dünne dunkle Linien quer über den Wangen, ähnlich den Waljägerlinien, die Samiqs Kinn zeichneten.

Als die Männer fertig gegessen hatten, versammelten sie sich bei der größten Öllampe, um zu reden. Die Frauen aßen, halfen Chagak, die Schüsseln zu säubern und das Essen wegzuräumen, dann gingen sie.

Chagak setzte sich mit Wren neben ihren Schlafplatz und legte ein Büschel getrocknetes Raigras auf den Boden. Sie zog Wren auf ihren Schoß und zeigte dem Mädchen, wie jeder Grashalm mit dem Daumennagel gespalten wurde, so daß das Gras sich leicht aufrollen und zum Flechten kleiner Körbe verwenden ließ.

Wren verzog das Gesicht und spaltete langsam einen Halm. Chagak flüsterte ihr ein Lob ins Ohr, dann legte sie die gespaltenen Halme auf eine Matte. »Flach und gerade, damit sie sich nicht verheddern«, flüsterte sie Wren zu. Sie setzte Wren neben sich auf den Boden und gab ihr mehrere Grashalme, dann nahm sie ein Büschel für sich selbst und legte es auf ihren Schoß.

Während sie arbeitete, lauschte Chagak dem Gespräch der Männer. Zuerst sprachen sie vom Wetter, von Gezeiten und Strömungen, so daß Chagak lieber auf Wrens Geplapper als auf die Worte der Männer hörte, dann aber sagte einer von den Händlern: »Wir wollen zum Dorf der Waljäger.«

»Jetzt, wo der Winter kommt?« fragte Kayugh.

Chagak tat einen langen Atemzug. Das Dorf der Waljäger. Wer war so töricht, so kurz vor dem Winter eine Fahrt zur Insel der Waljäger unternehmen zu wollen?

»Es wird Stürme geben«, sagte Große Zähne.

»Ja«, sagte der eine Händler, der kleinere, der der ältere von beiden zu sein schien. »Aber wir haben schon mehr Stürme überlebt.«

»Wenn ihr zu mehreren wärt, das wäre besser. Ihr könntet eure *iks* zusammenbinden, wenn ein Sturm käme, während ihr auf dem Meer seid«, sagte Samiq, und Chagak bemerkte, daß er seine rechte Hand unten an seiner Seite hielt, den Blicken entzogen. Sie fühlte einen schmerzhaften Stich unter ihrem Brustbein und zwang ihre Gedanken, sich von Samiq abzuwenden und zu Wren zurückzukehren, die ihre Schneidezähne zu Hilfe nahm, um das Gras zu spalten.

»Nein«, flüsterte Chagak ihrer Tochter zu. »Deine Zähne sind zu dick. Das Gras franst aus.«

Wren seufzte, schürzte aber die Lippen und griff sich den nächsten Grashalm. Chagak strich mit der Hand über Wrens langes, dunkles Haar. Es schien noch gar nicht lange her zu sein, daß sie Kayughs ältester Tochter Rote Beere beigebracht hatte, Gras zu spalten. Und jetzt hatte Rote Beere selbst zwei Söhne.

Und bald werde ich wieder Großmutter sein, dachte Chagak. Sie lächelte, als sie sich an die Aufregung von Drei Fische erinnerte. Chagak hatte befürchtet, daß Samiq über die Schwangerschaft von Drei Fische keine Freude empfinden würde. Doch er war mit leuchtenden Augen zu ihr gekommen und mit Fragen, und Besorgnis hatte seine Worte geprägt, als er sich noch einmal nach den Nahrungsvorräten in Kayughs *ulaq* erkundigte.

Drei Fische wird ein großes, kräftiges Kind bekommen, hatte Chagak Samiq erklärt. Dann wirst du drei Kinder haben, hatte sie gesagt und gesehen, wie Samiqs Augen sich kurz trübten, und da wußte sie, er dachte an Kiin und Shuku.

Aber drei Kinder zu ernähren war genug für einen Jäger. Wenigstens war Kleines Messer, der Sohn, den Samiq von den Waljägern angenommen hatte, groß genug, um Fleisch für sich und andere herbeizuschaffen. Chagak dachte an Takha, das Kind, das jetzt anfing zu lächeln und kleine Laute von sich zu geben, von denen Samiq behauptete, daß es Worte seien, und sie versuchte, nicht an Shuku zu denken, den Sohn von Amgigh.

Amgigh. Chagak hatte so hart gekämpft, ihn am Leben zu erhalten, zuerst als Säugling, als Kayugh zu ihnen gekommen war, seine Frau gestorben, Kayughs Neugeborenes fast verhungert. Dann, als junger Mann, war Amgigh bei einer Waljagd beinahe ertrunken. Wenigstens hatte er lange genug gelebt, um einen Sohn zu zeugen, auch wenn dieser Sohn von Rabe aufgezogen wurde.

Chagak blickte durch den Lampenschein zu ihrem Sohn Samiq hinüber. Er kam wieder zu Kräften. Nach Kiins Fortgang hatte es zuerst so ausgesehen, als wollte Samiq nicht mehr leben, und Chagak hatte schon gedacht, daß sich mit jedem Tag ein Teil seines Geistes davonstahl, vielleicht, um Kiin über das Nordmeer zu folgen, sich in Kiins Körper niederzulassen und dort Seite an Seite mit Kiins Geist zu leben.

Aber jetzt war Samiq beinahe wieder der alte Samiq, und er lernte, trotz seiner Verletzung sein *ikyak* zu paddeln, seine Harpune zu werfen. Doch in seinen Augen war düsterer Schmerz.

Dann vernahm Chagak die flüsternde Stimme des Seeotters in ihrem Kopf. »Trifft das nicht für euch alle zu?« fragte der Otter. »Ihr alle trauert um Amgigh. Ihr wünscht, Kiin und Shuku wären bei euch. Trauert ihr nicht auch um euer Heimatufer und Aka, den heiligen Berg? So vieles habt ihr zurückgelassen. So vieles ging euch verloren in den Monden, seit der Zorn des Berges die Ersten Menschen von ihrer Insel vertrieb.«

Chagak atmete tief ein, um die Schwere von ihrer Brust zu heben, und sagte zu dem Otter: »Ja, wir trauern alle.« Sie beugte den Kopf über ihre Arbeit und bemühte sich, ihre Gedanken von dem Kummer abzuwenden. Aus den Augenwinkeln sah sie Waxtal den Kreis der Männer verlassen. Sie schüttelte den Kopf über seine Grobheit. Kayugh sprach, aber Waxtal benahm sich wie ein Kind und ließ jegliche Höflichkeit außer acht.

»Wir alle trauern, außer Waxtal«, sagte Chagak zu dem Otter. »Er denkt nur an sich.«

Waxtal kehrte den Männern den Rücken zu und fing an, einen Stoß mit Waren der Händler zu durchwühlen. Dann und wann hob er ein Stück Elfenbein in die Höhe und wendete es im Licht einer Öllampe. Die Händler sahen immer wieder zu Waxtal hinüber, und der ältere hob die Hand in seine Richtung, machte den Mund auf, als wollte er sprechen, wendete sich aber dann wieder dem Kreis der Männer zu.

Warum sagt er nichts? dachte Chagak. Welcher Händler hat es gern, wenn ein Fremder in seinen Waren wühlt? Waxtal war kein Schamane, den es zu fürchten oder zu achten galt.

»Ja, Waxtal denkt nur an sich«, sagte der Seeotter. »An sich und seine Schnitzerei.«

Chagaks Gedanken wanderten zu den Körben mit Schnitzfiguren, die in der Ecke ihres Schlafplatzes verwahrt wurden. Shuganans Arbeiten. Sie erinnerte sich, wie der alte Mann sie nach dem Massaker an ihrem Volk aufgenommen hatte. Wie er sie Enkeltochter genannt und ihren Sohn Samiq als Enkelsohn angenommen hatte, obwohl Samiq das Kind von einem jener Männer war, die ihre Familie getötet hatten.

Durch seine Fürsorge und seine Liebe hatte Shuganan Chagak neuen Lebensmut gegeben. Wer konnte nicht dieselbe Fürsorge in all den Tieren aus Elfenbein und Menschen aus Treibholz sehen, die er geschnitzt hatte?

Dann dachte sie an Kiins Schnitzarbeiten, die so anders waren als die von Shuganan, aber voller Anmut und Bewegung, als hätte sie den Geist eines jeden Gegenstandes eingefangen, den sie schnitzte.

Waxtals Hände auf dem Elfenbein der Händler machten Chagak plötzlich wütend. »Die Kleinheit von Waxtals Seele kommt durch sein Messer zum Vorschein«, sagte sie zu dem Seeotter. »Er schnitzt das Elfenbein nicht, er zerstört es.«

Aber der Otter war still und sagte nichts, als hätte Chagaks Zorn die Worte des Tieres unterdrückt. Chagak seufzte. »Genug, Wren«, sagte sie zu ihrer Tochter. »Die Männer werden die ganze Nacht reden. Du und ich, wir müssen schlafen.«

11

Waxtal preßte die Zähne zusammen, damit sie nicht klapperten. Stoßzähne von Walrossen, manche länger als ein Männerarm, dicker als das Handgelenk eines Mannes, waren im Bug des *ik* der Händler gebündelt.

Waxtal beugte sich in das *ik* hinein und strich mit der Hand über einen der Zähne.

»Gut, ja?«

Die Stimme erschreckte ihn, und er fuhr hoch, dabei blieb seine Hand an einer der hölzernen Duchten des *ik* hängen. Ein scharfer Holzsplitter riß ihm die Haut auf. Waxtal nahm die Hand an den Mund und saugte das Blut auf, das dem Schnitt entquoll, dann wandte er sich dem Händler zu, der neben ihm stand. Waxtal zuckte die Schultern. »Ich habe schon bessere gesehen«, sagte er.

Der Händler machte große Augen, dann lachte er. »Wo?«

Waxtal heuchelte großes Interesse für seine verletzte Hand. Die Blutung ließ nach, und er zog an dem Splitter, der aus der Wunde ragte. »Ich bin ein Händler«, sagte Waxtal. »Mein Sohn war ein Händler – bevor er von jemandem getötet wurde, der seine Tauschwaren stahl.«

»So ...« sagte der Händler, und er beugte sich vor, um das Elfenbein zu berühren, »dann möchtest du diese Zähne wohl gerne für deine nächste Handelsfahrt haben.«

»Ich bin auch ein Schnitzer«, sagte Waxtal. Gewiß schadete es nicht, den Händler wissen zu lassen, daß er ein Mann mit vielen Begabungen war.

Der Händler hustete und blickte zu Boden, und er hielt sich die Hand vor den Mund, aber erst, nachdem Waxtal sein Lächeln gesehen hatte, ein Lächeln, das besagte, daß der Händler wußte, welchen Wert Waxtal dem Elfenbein beimaß.

»Ich habe schon bessere gesehen«, sagte Waxtal wieder, dann drehte er sich um und ging zu den *ulas.* Sollte der Mann nur lächeln. Das Elfenbein selbst wollte zu Waxtal. Sein Geist sehnte sich nach den Freuden von Waxtals Messer. Was konnte ein Händler gegen die Macht des Elfenbeingeistes ausrichten?

Waxtal zog spöttisch die Oberlippe hoch. Ja, sollte der Händler nur ein Lächeln hinter seiner Hand verstecken. Waxtal würde der Lachende sein. Er warf sich in die Brust, die Schultern aufrecht, den Rücken gerade, aber als er die windgeschützte Seite seines *ulaq* erreichte, hatte Waxtal auf einmal ein Gefühl, als sei alle Kraft aus seinem Körper genommen worden. Er lehnte sich an das *ulaq* und schloß die Augen. Es war das Elfenbein, sein Geist. Es verhandelte jetzt mit dem Händler, lenkte die Gedanken des Händlers, und es brauchte Waxtals Stärke.

Sogar hier, außer Sicht von dem *ik* der Händler, fühlte Waxtal die Kraft seine Hände verlassen und mit dem kalten Uferwind fliegen, um in die Walroßstoßzähne einzugehen. Er konnte die Stimmen der Menschen und Tiere hören, die im harten Gelb des Elfenbeins lebten. Sie zogen an seinen Händen, wie die Wellen am Blatt vom Paddel eines *ikyak* ziehen. Waxtal streckte die Hände aus und sah, daß sie zitterten wie die eines alten Mannes.

»So viel Macht«, flüsterte er. »So viel Macht, und ich bin von allen Menschen hier der einzige, der sie erkennt. Die anderen, sie werden die Pelze sehen und das Öl, den getrockneten Fisch und das Karibufleisch, und sie werden nicht wissen, daß diese Dinge nichts sind, verglichen mit dem, was ich mit den Walroßstoßzähnen machen kann.«

Aber was hatte er, um es für das Elfenbein zu tauschen? Er hatte beim Weggang von Tugix' Insel soviel verloren. Ein törichter Schritt, dachte er. Er hatte Kayugh gesagt, daß es ein törichter Schritt war. Alle Berge haben Zeiten des Zornes, aber diese Zeiten gehen vorüber. Welcher Mann wüßte das nicht? Es war Samiqs Schuld. Samiq wollte fortziehen, um Kiin finden zu können. Kiin. Sie war immer ein Ärgernis gewesen. Welcher Vater hatte je mehr verloren wegen einer einzigen Tochter?

Waxtal seufzte. Natürlich mußte er bedenken, daß die Händler den wahren Wert des Elfenbeins, das sie mit sich führten, nicht kannten. Vielleicht würden sie Öl dafür nehmen. Vielleicht nicht für alle Stoßzähne, aber für ein paar, und ein paar würden genügen.

Kayugh, Große Zähne, Samiq, Erster Schnee und Kleines Messer brachen am nächsten Morgen auf, um zu jagen. Die Händler blieben zurück und sprachen lange mit Drei Fische und Chagak über die Waljäger, und Waxtal verzog den Mund angesichts von Männern, die so schwach waren, Worten von Frauen einen Wert beizumessen. Dennoch hatte es sein Gutes, denn sie versammelten sich im *ulaq* von Große Zähne, so daß die *ulas* von Kayugh und Samiq leer blieben.

Waxtal nahm nicht benutzte Behälter aus Seelöwenmägen aus seiner eigenen Speisenische, rollte sie zusammen und stopfte sie unter seinen *suk*. Draußen ging er zwischen den *ulas* entlang, so daß er vom Wasser her außer Sicht war. Wer konnte sagen, ob nicht ein Jäger zurückblicken und ihn sehen würde? Er kletterte auf Kayughs *ulaq* und rief hinunter. Als keine Antwort kam, ging er hinein. Anfangs war er vorsichtig, doch es war niemand da, nicht einmal Kayughs kleine Tochter Wren.

Waxtal lachte, dann ging er zur Speisenische. Er holte einen der zusammengerollten Seelöwenmägen unter seinem *suk* hervor und nahm einen Magen mit Robbenöl aus der Nische. Er zog, was er des Nachts geschnitzt hatte, aus seinem Ärmel. Ja, dachte er und lachte wieder: eine schmale Spitze, die in die Öffnung des leeren Seelöwenmagens paßte, und eine breite Spitze, um das Öl aus dem vollen Behälter in den leeren zu füllen.

Er arbeitete schnell, leitete das Öl durch sanftes Drücken aus einem Behälter in den anderen. Er leerte den Behälter nur zum Teil, steckte den Stöpsel wieder hinein und zog dann einen anderen Behälter heraus. Er goß ein Teil Öl aus jedem Vorratsmagen, füllte vier leere Mägen von den zehn und sieben in Kayughs Nische. Dann trug er die Behälter einen nach dem anderen aus Kayughs *ulaq*. Waxtals Herz schlug jedesmal heftig, wenn er das *ulaq* mit einem vollen Seelöwenmagen in den Händen verließ, aber niemand kam, niemand sah ihn.

Er brachte die Behälter zu seinem Schlafplatz, bedeckte sie mit Fellen, Häuten und Grasmatten. Vier Seelöwenmägen mit ausgelassenem Öl, vielleicht genug für zwei Stoßzähne, dachte er, vielleicht genug für drei, wenn er auch einige von seinen Schnitzereien tauschte. Und wenn er Gelegenheit hätte, etwas Öl von Samiq oder Große Zähne zu holen ...

Als Blaue Muschel zurückkam, stöberte Waxtal in seinem Korb mit Holzschnitzereien. Sie sagte nichts zu ihm, ging nur zur Speisenische und nahm eine Handvoll getrocknetes Fleisch heraus, tat es auf eine Matte und legte es neben ihn. Er grunzte und deutete auf die Wasserblase, die über ihm hing.

Sie reichte ihm die Blase. Er trank einen Schluck Wasser und wischte sich den Mund mit dem Handrücken ab. »Ich habe Gebete zu den Geistern geschickt«, sagte er zu seiner Frau. »Ich habe Versprechungen gemacht. Bleib meinem Schlafplatz fern, damit du keinen Fluch über mich bringst.«

Blaue Muschel zuckte die Achseln und nickte.

Waxtal hielt ein Stück von dem getrockneten Fleisch über die Flamme einer Öllampe, und als das Fleisch weich geworden war, schnitt er mit seinem Ärmelmesser einen Brocken herunter. Er steckte sich das Fleisch in den Mund, und während er kaute, beobachtete er Blaue Muschel. Wer würde glauben, daß sie einst schön gewesen war? Wenn er gewußt hätte, wie sie einmal aussehen würde, dünn und vertrocknet wie die Haut von einem geräucherten Fisch, er hätte sich eine andere Frau ausgesucht.

Wie dem auch sei, dachte er, wenigstens versteht sie die Macht meines Gehstocks. Waxtal kicherte. Weisheit kommt nie ohne Schmerz.

12

»Diese drei Schnitzfiguren und ein Seelöwenmagen mit Öl«, sagte Waxtal.

Der ältere Händler, der mit den schwarzen Tätowierungen auf den Wangen, hob eine von Waxtals Schnitzereien auf und drehte sie in seinen Händen. »Hast du das gemacht?« fragte er.

Waxtal nickte.

»Man hat uns erzählt, daß deine Tochter schnitzt.«

Waxtal schnaubte. Wer anders als Samiq wird ihnen das erzählt haben? dachte er. Samiq war ein Dummkopf. Er sollte Kiin vergessen. Es war besser für Kiin, Frau von Rabe zu sein, statt Samiq zu gehören, besonders jetzt, da Samiqs Hand verkrüppelt war. Vielleicht hatten die Händler aber auch irgendwann Rabes Dorf besucht und sie dort gesehen.

»Sie ist die Frau eines Schamanen – Rabe, vom Volk der Walroßmenschen«, sagte Waxtal. »Habt ihr sein Dorf besucht?«

»Kann sein«, sagte der Händler.

Waxtal räusperte sich und versuchte, sich auf die Namen der Händler zu besinnen. Jeder Mann hörte gerne seinen Namen gesprochen. Der ältere hieß Eule, ja, und der Name des jüngeren hatte auch etwas mit Vögeln zu tun.

»Dies sind nicht ihre Schnitzereien, sondern deine?« fragte der jüngere Händler.

Glut verbreitete sich von Waxtals Hals und brannte auf seinen Wangen. »Das sind meine Schnitzereien«, sagte er, bemüht, seine Stimme ruhig zu halten.

Eule ging zu seinem *ik,* durchstöberte mehrere Packen und zog schließlich eine Schnitzfigur aus Treibholz hervor. Es war eine Robbe. Die Schnitzarbeit war nach der Maserung des Holzes ausgerichtet, und Waxtal konnte keine Messerspuren darauf erkennen – als hätte das Meer selbst sie geformt.

»Deine Tochter heißt Kiin?«

Waxtal nickte.

Der Händler streckte die Hand aus, die Schnitzerei auf dem Handteller. »Dies ist von ihr«, sagte er.

Waxtal griff danach, aber als er die Schnitzarbeit berührte, kam ihm das Holz heiß vor. Er zog die Hand zurück.

Der Händler hob die Augenbrauen. »Da«, sagte er. »Du kannst es halten, wenn du willst.«

Waxtals Puls schlug plötzlich heftig auf einer Seite seines Kopfes, im Inneren seiner Handgelenke und Knie. Hier war irgendein Geist, den er nicht verstand. Etwas im Holz dieser Schnitzerei. Er drehte den Kopf weg, um auszuspucken, aber sein Mund war trocken, so daß er statt dessen hustete. Er wandte sich wieder Eule zu und sagte: »Ich kenne die Arbeiten meiner Tochter. Wer, glaubst du, hat es ihr beigebracht?«

Der Händler zuckte die Achseln und steckte die Schnitzfigur in seinen Packen zurück. »Wir wollen zu den Waljägern.«

»Das habt ihr schon gesagt«, erwiderte Waxtal.

»Dann weißt du auch, daß wir kein Robbenöl benötigen, außer zum eigenen Gebrauch. Das Robbenöl, das die Waljäger für ihre Ernährung brauchen, gewinnen sie von Robben, die sie selber töten, und wer verbrennt Robbenöl, der Walfischöl hat?«

»Waljäger mögen Schnitzereien.«

»Warum etwas für deine Schnitzfiguren eintauschen«, sagte der Händler und nahm eine von Waxtals Holzschnitzereien in die Hand, »wenn sie die deiner Tochter haben können?«

Waxtal lachte. »Du meinst, sie würden etwas von einer Frau Gemachtes lieber nehmen, als etwas, das ein Jäger geschnitzt hat, Eule?«

»Wer wird ihnen sagen, daß eine Frau es gemacht hat?« fragte der jüngere Händler und lächelte.

»Drei Schnitzfiguren und zwei Mägen Öl«, sagte Waxtal mit knurrender Stimme.

»Jemand könnte denken, das ist nicht genug«, sagte Eule, und bevor Waxtal ein neues Angebot machen konnte, gingen die beiden Männer fort.

13

Wer kann dem Mann trauen? dachte Kayugh. Aber was schadete es, zu tun, worum er bat? Da Amgigh tot war, brauchten sie jemanden, der ihnen Speerspitzen und Messer machte. Besser, Waxtal machte Waffen als Schnitzfiguren. Was schadete es, ihm den Korb zu leihen, der Amgighs Spitzen aus Andesit enthielt?

»Ich werde sie zurückbringen«, sagte Waxtal. »Aber ich lerne schneller, wenn ich mir diese genau ansehe.« Er hielt inne, dann sah er Kayugh ins Gesicht. »Du weißt, ich werde niemals so gut sein wie dein Sohn.«

Ausnahmsweise war in Waxtals Augen eine Aufrichtigkeit, die Kayugh achten konnte. »Vielleicht kommt seine Begabung aus diesen Steinen zu dir«, sagte Kayugh und übergab Waxtal den Korb.

»Drei Schnitzfiguren, zwei Seelöwenmägen mit Öl und das hier«, sagte Waxtal. Er reichte Eule den Korb mit den Speerspitzen. Der Mann kramte darin, hielt hin und wieder eine in die Höhe, damit sein Bruder sie sehen konnte. »Sie sind gut«, sagte der Händler schließlich und fügte dann rasch hinzu: »Aber die Waljäger haben vielleicht bessere.«

Waxtal schüttelte den Kopf. »Die haben sie nicht, und solche wie diese werdet ihr auch nirgends finden. Der Mann, der sie gemacht hat, war einst der Mann meiner Tochter.«

»Sie hat ihn wegen des Schamanen verlassen?«

»Nein«, sagte er.

»Hat er sie an den Schamanen verkauft?«

»Nein«, sagte Waxtal, »er ist tot.«

Der Händler hob die Augenbrauen. »Du würdest diese hier eintauschen?«

»Für drei Stoßzähne«, sagte Waxtal.

»Einen.«

Waxtal griff nach dem Korb. Die Finger des Händlers spannten sich.

»Fünf Mägen mit Öl, vier Schnitzfiguren und den Korb mit Speerspitzen für zwei«, sagte der Händler und straffte den Mund zu einem Strich.

»Für drei.«

»Zwei«, sagte der Händler.

Es war das letzte Angebot. Die Härte im Gesicht des Mannes ließ Waxtal keinen Zweifel. Er hatte die vier Mägen mit Öl aus

Kayughs Nische, und wenn er einen aus seinem eigenen Vorrat nahm ... Er dachte an den langen Winter, ohne genug zu essen. Wir haben keine kleinen Kinder, sagte er sich. Und ich werde noch jagen, bevor der Winter kommt. Blaue Muschel kann fischen. Wir werden genug haben.

»Ich werde das Öl bringen«, sagte Waxtal.

14

Chagak zog den Seelöwenmagen aus der Vorratsnische. Drei Tage waren vergangen, seit die Händler sie verlassen hatten, und alle Männer, sogar Waxtal, waren auf der Jagd. Heute würden sie vielleicht zurückkehren. Und Seelöwen mitbringen, betete sie, dann hob sie den Kopf, damit ihr Atem die Gebete hinauftrug, hinaus aus dem *ulaq*. Vielleicht würde der Wind diese Worte die viele Tage währende Reise zum heiligen Berg Aka tragen. Oder zu Tugix, wenn Aka keine Macht mehr besaß, nachdem er seinen Zorn in Rauch und Feuer ausgeschüttet hatte.

Als sie nach dem Seelöwenmagen griff, merkte sie, daß ihre Hände voll Öl waren; es war nicht nur das wenige, mit dem die Außenseiten der Magenbehälter immer überzogen waren, sondern so viel, daß es ihr von den Fingern tropfte. Sie zog noch einen Ölbehälter hervor und noch einen.

Sie hörte jemanden auf dem Dach des *ulaq,* und als sie sich umdrehte, sah sie Kayughs Tochter Rote Beere den Kletterstamm hinabsteigen. Rote Beeres kleiner Sohn war eine Ausbuchtung unter ihrem *suk,* der andere Junge, der nun mehr als zwei Sommer zählte, saß rittlings auf ihrer Hüfte.

»Mutter, was tust du?« fragte Rote Beere, als sie Kleiner Flacher Stein auf den Boden setzte.

Chagak griff in einen Korb mit getrocknetem Kabeljau und

gab dem Jungen ein Stück Fisch. »Wren ist in ihrem Schlafplatz«, sagte sie. »Geh und teile dein Essen mit ihr.«

Der Junge huschte zu Wrens Schlafplatz, und Chagak lächelte Rote Beere an, als sie hörten, wie die Kinder zu plappern anfingen.

»So was Schmieriges«, sagte Chagak und hielt ihre von Öl triefenden Hände in die Höhe.

Rote Beere zog ihren *suk* aus, breitete ihn auf dem Boden aus und legte den Säugling darauf. »Ist ein Ölgefäß geplatzt?« fragte sie.

»Es sieht so aus«, sagte Chagak und beugte sich in die Nische, um einen weiteren Behälter herauszuziehen. »Und das muß ausgerechnet in diesem Jahr geschehen«, sagte sie. »Wir haben so wenig.«

»Die Händler, sie haben uns wohl schlechte Behälter gegeben«, sagte Rote Beere. Sie hockte sich neben Chagak und nahm einen Robbenmagen in die Hand. »Dieser ist nicht voll, Mutter«, sagte sie. »Sieh her. Aber er ist fest verschlossen.« Sie fuhr mit den Händen über die Seiten des Behälters. »Keine Risse. Er ist gut. Aber sie haben uns nicht das volle Maß gegeben.«

Sie stellte den Behälter hin und sah Chagak zu, die einen anderen aufhob. »Rote Beere«, sagte Chagak langsam, »der ist auch nicht voll, und ich habe ihn selbst gefüllt.«

Einen nach dem anderen nahmen sie die Behälter heraus. Schließlich fand Rote Beere den, der leckte. Er hatte einen Riß im Stöpsel. »Aber keiner ist voll«, sagte Rote Beere. »Denkst du, die Händler haben sich genommen, was wir nicht tauschen wollten?«

»Sie sind nie allein hier gewesen.«

»Wer dann?«

Chagak schüttelte den Kopf. Wer? Dann kam die Stimme des Seeotters, wie etwas Weiches, das an Chagaks Denken zupfte. »Waxtal«, sagte der Seeotter. »Wer sonst ist so töricht, zu stehlen, was ihm schon gehört?«

Chagak schloß die Augen und wartete, bis sie trotz ihres

Zornes sprechen konnte. »Es war Waxtal«, sagte sie schließlich. »Blaue Muschel hat mir gesagt, daß er die Stoßzähne aus Elfenbein haben wollte, die die Händler auf dem Boden ihres *ik* festgebunden hatten. Er muß unser Öl gestohlen und es gegen die Stoßzähne eingetauscht haben.« Sie biß sich auf die Lippe, und eine lange Zeit saß sie, ohne zu sprechen. Schließlich sagte sie mit leiser Stimme: »Kayugh hat ihm die Grünsteinspeerspitzen deines Bruders gegeben.«

»Amgighs?« fragte Rote Beere.

Chagak nickte. Im Geiste war sie plötzlich wieder eine junge Frau. Sie spürte den sanften Atem des Säuglings Amgigh auf ihrer Haut. Dann vergingen die Jahre, und sie sah ihn als rennenden Jungen, und dann als jungen Mann, den Kopf über die schönen Speerspitzen gebeugt, die er schlug. Und in diesem Augenblick empfand sie den Verlust der Speerspitzen bitterer als den einer noch so großen Menge Öls.

An diesem Tag kehrten die Männer von der Jagd zurück. Nachdem Kayugh mit Chagak gesprochen hatte, suchte er Samiq und seinen Sohn Kleines Messer, Große Zähne und seinen Sohn Erster Schnee auf. So wenige Jäger für ein Dorf, dachte Kayugh. Und jetzt würden sie auch noch ohne Waxtal sein. Aber welchem Mann könnte gestattet werden, in einem Dorf zu bleiben, wo er einem anderen Jäger Öl gestohlen hatte? Dann fielen Kayugh die Worte von Große Zähne ein: »Waxtal ißt mehr, als er herbeibringt.«

»Was wird aus Blaue Muschel?« fragte Samiq, nachdem die Männer Chagaks Bericht gehört hatten. Kayugh war stolz auf seinen Sohn. Ein Häuptling mußte an alles denken, nicht nur an die Bestrafung, sondern auch an die Folgen dieser Bestrafung. Wäre es gerecht, eine Frau für etwas leiden zu lassen, was ihr Mann getan hatte?

»Wartet«, sagte Große Zähne. Er verließ die geschützte Seite der *ikyak*-Gestelle, wo die Jäger vom Wind abgekehrt hockten.

Kayugh sah ihn in sein eigenes *ulaq* gehen. Solange Große

Zähne fort war, sprachen die anderen Männer nicht, sondern hingen jeder für sich ihren Gedanken nach.

Als Große Zähne zurückkehrte, hockte er sich neben Kayugh, beugte seine langknochigen Arme und ließ die Knöchel beider Hände knacken. Samiq stellte seine Frage noch einmal: »Was wird aus Blaue Muschel?«

»Ich nehme sie«, sagte Große Zähne.

»Ist sie in deiner Behausung willkommen?« fragte Samiq.

»Ja.«

»Wer kommt nun mit mir?« fragte Samiq.

Kayugh stand auf, dann Große Zähne und, dem Alter nach, Erster Schnee und Kleines Messer. Samiq sah Kleines Messer an, dann seinen Vater Kayugh. Kayugh sah die Frage in den Augen seines Sohnes. War Kleines Messer zu jung, um hieran teilzuhaben? Doch Junge oder Mann, er war ein Jäger, der Robben und Seelöwen mitbrachte. Wie viele Male hatte Kayugh lobende Gedanken gehegt für diesen jungen Mann, den Samiq von den Waljägern mitgebracht hatte? Kayugh sah Samiq in die Augen und nickte.

»Dann gehen wir alle zusammen«, sagte Samiq.

Sie gingen zu Waxtals *ulaq.* Zuerst wollte Blaue Muschel ihnen Essen geben, doch als sie ablehnten, kauerte sie sich in ihre Vorratsecke, Stöße von Körben und Matten dicht um sich, wie ein Kind, das Verstecken spielt. Und so saßen sie, keiner sprach, keiner aß, aller Augen waren auf die Flamme der Öllampe gerichtet, während sie auf Waxtal warteten.

Als er schließlich kam, brachten seine Kleider den Geruch von Wind und Gras mit herein. Er sah alle an, zuerst erstaunt, dann mit plötzlich aufflackernder Angst. Aber er stand aufrecht, suchte mit den Augen das *ulaq* ab, bis er Blaue Muschel fand. »Hast du ihnen kein Essen gegeben?« fragte er mit hoher Stimme. Er ging dorthin, wo sie kauerte, packte seinen Gehstock mit beiden Händen und hob ihn über den Kopf. Blaue Muschel hielt sich einen Arm vors Gesicht, aber Große Zähne stand auf und packte den Stock, als Waxtal ausholte, und entwand ihn seinen Händen.

»Nein!« sagte Große Zähne.

Samiq stand auf und sagte zu Waxtal: »Du hast Speerspitzen, die einem gehörten, der tot ist. Ich brauche sie für meine Jagd. Bring sie her, jetzt gleich.«

Das war ein guter Anfang, dachte Kayugh. Wenn Samiq nach dem Öl gefragt hätte, könnte Waxtal lachen und Chagak die Schuld geben oder sogar seiner eigenen Frau. Aber niemand außer Waxtal hatte die Speerspitzen.

Waxtal tat einen langen Atemzug, und Kayugh sah, daß die Hände des Mannes zitterten. »Warum sollte ich die Speerspitzen deines Bruders haben?« fragte er.

»Du hast sie dir geborgt. Du wolltest lernen, Stein zu schlagen«, sagte Kayugh.

Waxtal leckte sich die Lippen, dann sog er die Wangen nach innen. »O ja«, sagte Waxtal. »Ja, ich habe sie zurückgebracht.«

»Nein«, sagte Kayugh und sah Samiq an. »Das hat er nicht.«

»Doch ...« begann Waxtal, aber Große Zähne schnitt ihm unwirsch das Wort ab. »Du sagst, Kayugh lügt?«

»Nein, nein. Ich habe sie Chagak gegeben.«

Kayugh preßte die Lippen zusammen. Er wollte Chagak nicht hierherholen. »Das hätte sie mir gesagt.«

Waxtal zuckte die Achseln. »Sie kann mich nicht leiden«, erwiderte er mit weinerlicher Stimme. »Sie schämt sich immer noch, weil sie einst Frau von einem Kurzen Menschen war. Sie schämt sich, weil sie sich denen hingab, die ihre eigenen Leute getötet haben.« Er lachte ein rauhes Lachen. »Und sie schämt sich, einen geboren zu haben, der ...«

Sogleich waren Kayugh und Samiq bei dem Mann. Samiqs verkrüppelte Hand zerrte an Waxtals Haaren, seine Faust fuhr Waxtal ins Gesicht. »Kayugh nennt mich Sohn«, sagte Samiq, und er preßte seine Worte zwischen zusammengebissenen Zähnen in einem Flüsterton hervor, der bewirkte, daß sich die Haare auf Kayughs Armen sträubten. »Mehr brauche ich nicht. Und auch meine Mutter braucht sonst nichts. Wo sind die Speerspitzen?«

»Er hat sie getauscht.«

Darauf sahen alle Männer zu Blaue Muschel hin, die jetzt inmitten ihrer Körbe und Grasmatten stand. »Er hat sie getauscht«, sagte sie wieder. »Die Speerspitzen und Öl und einige von seinen Schnitzereien.«

»Frau!« brüllte Waxtal. Er riß sich von Samiq los und stürzte auf seine Frau zu, doch schon waren Kayugh und Erster Schnee bei ihm, und Große Zähne stellte sich neben Blaue Muschel.

»Wofür?« Samiq sprach schwer atmend, als ob er gerannt wäre.

Blaue Muschel kam aus ihrer Ecke und ging zu Waxtals Schlafplatz. Sie kam mit dem Stoßzahn von einem Walroß heraus, fast so lang, wie sie groß war. »Für diesen und noch einen«, sagte sie.

»Du hast meinen Schwur gebrochen«, sagte Waxtal. »Du bist in meinen Schlafplatz gegangen, als ich nicht hier war, und hast die Versprechungen an die Geister gebrochen. Was werde ich jetzt schnitzen? Deine Hände haben das Elfenbein mit einem Fluch beladen.«

»Deine Lügen haben es mit einem Fluch beladen«, sagte Große Zähne zu Waxtal.

Dann sagte Samiq: »Du gehörst diesem Dorf nicht mehr an. Du bist keiner von den Ersten Menschen. Nimm dein *ikyak* und verlasse uns.«

Waxtal sah Samiq ins Gesicht und spitzte die Lippen, als wollte er spucken, doch Kayugh spreizte die Finger, um zu zeigen, daß er ein Ärmelmesser mit herausgezogener Spitze in der Hand hatte. »Nimm deine Stiefel und deine Jägerlampe. Nimm deinen Gehstock. Sonst nichts.«

»Nahrung?« fragte Waxtal.

»Du hast deine Nahrung gegen die Stoßzähne getauscht«, sagte Samiq. »Nimm die Zähne. Iß sie. Du wolltest uns für sie hungern lassen. Hungere du statt dessen.«

Kayugh ließ Waxtal los, und der Mann hastete zu seinem Schlafplatz, um den anderen Stoßzahn zu holen. »Frau«, sagte er, als er die Zähne mit einem Stück geflochtenen Tang zusammengebunden hatte, »hol meine Stiefel und meine Lampe. Hol deinen *suk* und deine Schlaffelle.«

»Nein«, sagte Große Zähne. »Sie stirbt nicht für das, was du getan hast. Sie ist jetzt meine Frau.«

Blaue Muschels Augen wurden weit, aber sie trat näher an Große Zähne heran.

Waxtals Lippen zitterten. »Ich werde sterben«, sagte er.

»Wir könnten alle sterben«, entgegnete Samiq. »Daran hättest du denken sollen, als du unser Öl getauscht hast.«

Lange Zeit sprach Waxtal nicht. Dann sah er Große Zähne an und sagte: »Sag ihr, sie soll meine Stiefel und meine Lampe holen. Ich weiß nicht, wo sie sie verwahrt.«

Große Zähne schüttelte den Kopf. »Jeder Mann mit Augen kann sehen, wo sie sind«, sagte er, und er griff zu den Balken des *ulaq* hinauf und zog Stiefel und eine Jägerlampe herunter. Er reichte sie Waxtal.

»Bist du jetzt eine Frau, daß du Frauenarbeit tust?« fragte Waxtal, als er Stiefel und Lampe aus den Händen von Große Zähne nahm, aber Blaue Muschel schob sich zwischen die zwei Männer, beugte sich vor und schlug Waxtal.

»Gib acht, wie du mit meinem Mann sprichst«, sagte sie.

Waxtal hob die Hand, und einen Augenblick dachte Kayugh, er würde Blaue Muschel schlagen, doch dann ließ Waxtal den Arm sinken, und als er sich umdrehte, um das *ulaq* zu verlassen, hatte er noch den roten Abdruck der Finger von Blaue Muschel im Gesicht.

15

Waxtal paddelte sein *ikyak* zum Ufer. Er blickte über die Bucht zurück. Das Dorf war zu weit entfernt, um es zu sehen, aber ein weißer Rauchfleck von den Dachlöchern erhellte den Himmel.

Die Wellen des Nordmeers schoben sich von der Mündung der Bucht herein und schlugen plätschernd gegen die Seiten des *ikyak.*

»Heute nacht bleibe ich hier«, sagte er laut, damit die Geister, die in der Nähe lauerten, wußten, daß er keine Angst hatte, allein zu leben. Doch seine Stimme klang dünn im Getöse von Wellen und Wind.

Er nahm seine Jägerlampe heraus. Sie hatten ihm kein Öl gegeben, aber in der Mitte hatte die Lampe einen schmalen Rand aus fest gewordenem Talg. Er kratzte mit dem Daumennagel etwas herunter. »Sie denken, sie haben mir nichts zu essen gegeben«, sagte er und lachte gezwungen. Er leckte seinen Daumennagel ab und langte in den Ärmel seines *suk,* wo er mehrere Stücke getrockneten Fisch versteckt hatte. Er aß das kleinste Stück, dann trug er sein *ikyak* in das hohe Gras, das am erhöhten Uferrand wuchs.

Er kannte diese Stelle mit dem hohen, kräftigen Raigras. Ja, hierher kamen Blaue Muschel und die anderen Frauen, um Gras für Körbe zu schneiden. Indem er die Lippen kräuselte und sich in die Wangen biß, riß er das Gras mit den Wurzeln aus, eine Handvoll nach der anderen, bis eine Fläche, so breit und so lang wie ein *ulaq,* kahl war. Sollen sie nächsten Sommer kommen und Gras suchen, dachte er.

Er trug Arme voll Gras zu seinem *ikyak.* Er legte es auf den Boden und machte ein dickes Polster. Er legte das Boot auf die Seite und vertäute es mit einer Schnur aus geflochtenen Tangfasern, dann streckte er sich auf der windgeschützten Seite aus. Lange Zeit sah er zum dunkelnden Himmel empor, bis es Nacht war. Er hatte die Walroßstoßzähne auf den Boden seines *ikyak* gelegt, und jetzt griff er durch die Öffnung des *ikyak* hinein, tastete mit den Fingern, bis er die glatte, kühle Oberfläche des Elfenbeins fühlte.

Morgen, dachte er, werde ich schnitzen. Er strich über einen der Stoßzähne, und ihm war, als erzitterte die flüsternde Stimme der Schnitzfigur unter seinen Fingerspitzen.

»Waxtal wird nicht weit gehen«, sagte Samiq und sah die Männer an, die in engem Kreis um die Öllampe in Kayughs *ulaq* saßen. »Wir müssen achtgeben, daß er nicht zurückkommt, um Nahrung und Öl zu stehlen.«

»Und werden wir den Händlern nachfahren?« fragte Erster Schnee. »Vielleicht geben sie uns etwas von dem Öl zurück, das Waxtal gestohlen hat.«

»Warum sollten sie das tun?« fragte Kayugh. »Außerdem würden wir zu viele Tage brauchen, um sie zu finden. Vielleicht einen ganzen Mond, und bis dahin haben sie vielleicht schon alles eingetauscht. Wir tun besser daran, unsere Tage mit Jagen zu verbringen.«

»Also, wir haben etwas Öl verloren«, sagte Große Zähne. »Was macht das schon? Wir sind Jäger. Wir werden genug Robben und Seelöwen nach Hause bringen, um unsere Lager zu füllen.« Er streckte die langen Arme von sich und ließ die Knöchel knacken. Samiq hatte diese Geste schon oft gesehen, und sie bedeutete immer, daß Große Zähne sich Sorgen machte.

»Welcher Stamm jagt besser als wir?« fragte Erster Schnee. »Wir bringen mehr Robben nach Hause als alle anderen. Und Samiq jagt Wale. Von allen Männern ist Samiq der größte Jäger. Wer kann es ihm gleich tun?«

Samiq öffnete den Mund, um sich gegen das Lob von Erster Schnee zu verwahren, aber er sah das kurze Kopfschütteln seines Vaters, die Warnung in seines Vaters Augen. Jetzt war nicht die rechte Zeit, seine Fähigkeiten zu leugnen. Die Männer brauchten die Zuversicht des Lobes. Deswegen erhob Samiq seine Stimme über die gemurmelte Zustimmung, die den Worten von Erster Schnee folgte, und sagte: »Ich meine mich an einen Tag zu erinnern, als einer drei Seelöwen nach Hause brachte. Ich meine mich an die Loblieder zu erinnern, die die Frauen an jenem Tag sangen.«

Jetzt war es an Erster Schnee, mit niedergeschlagenen Augen Samiqs Lob entgegenzunehmen, indes Große Zähne und Kayugh Erster Schnee auf die Schultern klopften und Kleines Messer lächelnd zuschaute.

Doch das Lachen erstarb. Kayugh und Erster Schnee blickten starr auf die Öllampe, als hätte die Flamme eine Lösung für die Schwierigkeiten, die ihnen bevorstanden. Große Zähne schliff mit einem Lavastein einen Speerschaft, und Kleines Messer summte ein Lied, eines, das Samiq oft gehört hatte, als er bei den Waljägern lebte.

Wir fünf also, dachte Samiq. Fünf Männer, um Fleisch für unsere vier Frauen und unsere Kinder heranzuschaffen. Wren, die zwei Söhne von Erster Schnee und mein Takha. Wieviel Öl brauchen wir? Neun, zehn Seelöwenmägen für jeden? Und es erfordert das Fett von wenigstens vier, sogar fünf Robben, um einen Magen zu füllen.

Dann flüsterte ein Geist, dessen Stimme aus dem Dunkel hinter Samiqs Augen kam: »Wo willst du um diese Jahreszeit so viele Robben finden? Und wenn du sie findest, wie willst du sie jagen?«

Samiq blickte auf seine Hand, dann sah er fort. Ja, mit dem Werfen wurde es besser, aber er brauchte noch mehr Übung.

»Du warst es, der euch hierhergebracht hat«, sagte derselbe lästige Geist. »Dein Vater wollte auf den Inseln bleiben. Er ist abgetreten und hat dir den Platz des obersten Jägers eingeräumt, und jetzt, in deinem ersten Winter als Häuptling, wirst du deine Leute hungern sehen.«

Das Lachen von Erster Schnee riß Samiq aus seinen Gedanken, und er hörte, daß Große Zähne wieder Witze erzählte, den von einem Jäger und zwei Frauen, und so froh Samiq auch war, die anderen lachen zu sehen, er selbst konnte nicht einmal lächeln.

»Morgen also«, sagte Kayugh.

Chagak sah den Männern nach, als sie das *ulaq* verließen. Ihre Augen verweilten auf ihrem Sohn Samiq. Kayugh drehte sich zu ihr um, und sein Lächeln erstarb. Doch sie sagte: »Du wirst sie gut führen.«

»Samiq führt sie«, sagte Kayugh.

Chagak zuckte die Achseln. »Und wenn dein Sohn sie führt, glaubst du, du hast nichts damit zu tun?«

Kayugh hockte sich neben sie, aber Chagak hütete sich, ihn zu berühren. Meerestiere waren manchmal eifersüchtig auf Frauen. Der Geruch einer Frau an den Händen eines Jägers könnte ein Tier erzürnen. Und wer konnte sagen, was das *ikyak* eines Mannes empfand, draußen in der Kälte, während der Jäger die Wärme des Bettes seiner Frau genoß? In der Nacht vor einer Jagd schlief ein Mann besser allein.

»Es wird kein leichter Winter werden«, sagte Kayugh.

»Wir haben schon mehr harte Winter gehabt«, entgegnete Chagak. »Weißt du noch, als Samiq und sein Bruder sechs Sommer alt waren? Das war kein guter Winter.«

Kayugh nickte. »Aber wir sind nicht verhungert«, sagte er.

»Nein«, antwortete Chagak, »wir sind nicht verhungert.«

Kayugh stand auf. »Ich möchte jetzt schlafen. Sag den Frauen, sie sollen sich morgen abend bereithalten für Fleisch.«

Er lächelte, aber Chagak sah, daß sein Lächeln nicht aus dem Herzen kam. Sie blickte ihm nach, als er zu seinem Schlafplatz ging. Sie hörte die leisen Geräusche von Grasmatten und Schlaffellen, als er sich hinlegte.

Morgen Fleisch, dachte sie. Sie erinnerte sich an Zeiten, als ihre Arme schwach waren vom Schaben der Robbenhäute, als ihre Augen brannten vom Rauch der Trockenfeuer. Sie wünschte, sie könnten noch einmal so viel Glück haben.

Das Messer rutschte ab, und Waxtal sah schnaubend vor Wut zum bewölkten Morgenhimmel hinauf. Er warf die Klinge hin, dann stand er auf, streckte sich und drehte sich so, daß sein Blick auf das Raigras fiel, das er abends zuvor ausgerissen hatte. Er runzelte die Stirn, dann nickte er. Er mußte diesen Ort verlassen. Die Grasgeister waren zornig, und sie stießen gegen sein Messer, wenn er schnitzte.

Er steckte sein Schnitzwerkzeug weg und achtete nicht auf das Knurren seines Magens. Er befestigte den Stoßzahn auf dem Boden seines *ikyak* und verband ihn mit den Kimmleisten des Bootsrumpfes.

Dies ist ein gutes *ikyak,* dachte Waxtal. Er fuhr mit der Hand über die Seelöwenhäute, mit denen der Rahmen bespannt war. Er hatte das *ikyak* gebaut, kurz nachdem sie an das Ufer der Händler gekommen waren. Er hatte den Rumpf nach der Art der Waljäger geformt. Er hatte Samiq um Rat gefragt, aber das *ikyak* hatte er selbst gemacht, mit niemandes Hilfe als der von Blaue Muschel, die die Frauenarbeit übernehmen und die Bespannung aus Seelöwenhaut nähen mußte.

Er lachte jetzt, als er sich an die wütenden Bemerkungen von Kayugh und Große Zähne erinnerte, weil es an ihnen war, die restlichen *ulas* zu bauen. Was kümmerte das Waxtal? Sein *ulaq,* als erstes gebaut, war fertig. Er und seine Frau hatten es warm. Zudem war er in Trauer gewesen um Qakan, seinen einzigen Sohn. Konnte es einen größeren Kummer geben?

Nicht einmal sein gegenwärtiger Kummer – der Verlust von Dorf und Frau – war damit zu vergleichen. Doch jeder Schnitzer mußte einen Teil seines Lebens für seine Schnitzkunst opfern. Jede Gabe mußte verdient werden.

»Meine Wahl war die beste«, dachte Waxtal laut. »Jetzt habe ich kein *ulaq,* aber ich habe das Elfenbein, und ich habe das gute *ikyak.* Vielleicht wird dieses Wissen – ein *ikyak* nach der Art der Waljäger zu bauen – genügen, um mir Nahrung für den Winter zu bringen.« Aber kaum hatte er die Worte gesagt, als ein Schauder seine Rückenmuskeln spannte, als ob die zusehenden Geister lachten, da sie mehr wußten als er.

Dann glaubte er ein Flüstern zu hören, vielleicht etwas, das der Wind ihm zutrug, vielleicht etwas, das von seinem *ikyak* oder von seinem Elfenbein kam. »Du hast keine Nahrung, kein Öl. Was willst du essen? Du hast kein Dorf, kein *ulaq.* Wohin willst du gehen?«

»Zu Kiin«, sagte er, aber die Worte waren wie etwas Abgestorbenes in seinem Mund. Kiins Mann war ein Schamane, der genug Macht besaß, den Walroßmenschen zu befehlen, Waxtal in ihrem Dorf aufzunehmen. Aber wenn Kiin ihn nicht haben wollte? Waxtal verschloß die Augen vor dem plötzlichen Bild seiner Tochter, die vor ihm kauerte, während er mit seinem Gehstock auf ihren Rücken einschlug. »Sie war keine gute Tochter«, sagte Waxtal zum Wind, zu den Elfenbeinzähnen. »Sie wäre nie die Frau eines Schamanen geworden, wenn ich nicht die Starrköpfigkeit aus ihr herausgeprügelt hätte.«

Vielleicht war es das beste, nicht zu Kiin zu gehen. Waxtal hatte nicht genug Nahrung, um länger als einen Tag in irgendeiner Richtung unterwegs zu sein. Es waren viele Tage bis zum Dorf des Walroßvolkes, vor allem, wenn man nicht quer über das Nordmeer fuhr. Und ein Jäger allein wäre ein Narr, wenn er sich nicht in Sichtweite des Ufers hielte.

Waxtal blickte westwärts, in die Richtung, die die Händler genommen hatten. Nur wenige Tage westlich von der Bucht der Händler gab es Dörfer von Ersten Menschen. Wenn er die Händler nicht einholte, könnte er vielleicht bei Menschen, die seine Fertigkeiten zu würdigen wüßten, eine neue Heimat finden.

Die Jäger brachen vor Sonnenaufgang auf. Ein jedes *ikyak* war mit Ballaststeinen beschwert, ein jedes führte Blasen mit Öl für die Jägerlampen mit sich und Robbenfett, um Löcher oder klaffende Nähte in den Bespannungen der *ikyan* zu flicken. Auf der Oberseite eines jeden *ikyak* waren Ersatzpaddel, Schwimmer aus Robbenhaut, aufgerollte Tangschnüre und Harpunenschäfte festgeschnallt.

Samiq hatte zwei Parkas an und über den Parkas einen wasserdichten *chigadax* aus Seelöwenspeiseröhren mit Kapuze und einen Waljägerhut aus Holz mit schrägem Rand. Es war nicht der Hut, den er bei seiner Waljägerzeremonie erhalten hatte der war auf der Insel der Waljäger zurückgeblieben –, sondern einer, den er nach seiner Rückkehr zu seinem Volk selbst gemacht hatte. Dieser war nicht so schön wie sein erster Hut. Er hatte keine rot-schwarze Zeichnung, keinen dünnen Elfenbeinsaum am Hinterkopf, wo Holz an Holz stieß, aber er hielt Wind und Wasser von seinen Augen ab.

Die Fahrt vom Dorf bis ans Ende der Bucht dauerte lange,

und in dieser Zeit ging die Sonne auf. Sie brachte wenig Wärme, und die Wolken hingen so tief, daß Samiq meinte, sie mit seinem Paddel erreichen und in ihre Bäuche stechen zu können.

Als er den Himmel beobachtete, kamen Stimmen zu Samiq, kleine Geister, die ihm Zweifel brachten.

Wie konnten die Jäger der Ersten Menschen erwarten, um diese Jahreszeit, so kurz vor dem Winter, Seelöwen zu finden?

Wie wollten sie leben, ohne Fleisch und Öl?

Würde Rote Beere genug Milch haben, um ihr eigenes Kind und Takha zu stillen?

Die Jäger stimmten einen Robbengesang an, aber Samiq hörte noch immer die Stimmen der Geister. Ihre Fragen pochten, bis Samiq der Kopf schmerzte von ihrem Lärm, so daß er schließlich zu ihnen sagte: »Wir werden leben, und wenn wir Gras essen müssen. Drei Fische wird nicht hungern, und wenn ich ihr mein eigenes Fleisch zu essen geben muß. Wenn Rote Beere Takha nicht stillen kann, bringe ich ihn zurück zu Rabe. Es ist besser für ihn, als Walroßmensch aufzuwachsen, als zu verhungern.«

»Du kannst Takha nicht zu den Walroßmenschen zurückbringen«, flüsterte einer von den Geistern. »Sie werden ihn töten. Hast du vergessen, was Kiin dir vom Fluch der Kinder erzählt hat?«

»Kiin hat Shuku mitgenommen«, antwortete Samiq. »Wenn sie gedacht hätte, ihm könnte ein Leid geschehen, hätte sie ihn auch zurückgelassen.«

»Aber sie hat Rabe erzählt, daß Takha tot ist. Du hast selbst gehört, wie sie es ihm gesagt hat. Warum hätte sie das getan, außer um Takha zu beschützen?«

»Um mir meinen Sohn zu geben, etwas, das uns verbindet, solange wir in verschiedenen Dörfern leben.«

Samiq wartete, daß die Geisterstimmen antworteten, daß sie über seine Worte lachten, doch sie sagten nichts, und als Samiq ins Nordmeer paddelte, war er überzeugt, sie in den ruhigeren Wassern der Bucht zurückgelassen zu haben.

Samiq roch den Gestank des Brutplatzes, lange bevor er das Ufer sah, und er fing an, sich Hoffnungen zu machen, mit einem zaghaften Lächeln an die Gesichter der Frauen zu denken, wenn die Männer Seelöwen nach Hause brachten, die, auf Schwimmern über Wasser gehalten, hinter den *ikyan* hertrieben. Er dachte daran, was er den lästigen Geistern erzählen würde, wenn sie erst wieder in der Bucht der Händler wären.

Riesige Felsen schützten den Brutstrand. Samiq blinzelte und glaubte Seelöwen auf den Felsen zu sehen, glaubte eine Bewegung zu sehen, und er verlangsamte sein *ikyak*. Dann wurde ihm bewußt, daß er keine Tierlaute hörte. Sogar die Möwen und Klippenvögel waren fort, und das Ufer bereitete sich still auf den Wind und den Schnee des Winters vor.

Er sah, wie die anderen Männer die Schultern hängen ließen, wie ihr Paddeln lustlos wurde, ohne Rhythmus oder Zielstrebigkeit. Die Seelöwen waren verschwunden.

»Wir werden sie finden«, rief Kayugh, und Samiq öffnete den Mund, um ihm beizupflichten, konnte aber nicht sprechen. Warum lügen? Das würde die Meerestiere nicht zu ihnen bringen. Besser, sie hielten nach Robben Ausschau, sogar nach Ottern. Otternfleisch essen sei schlimmer als Schmutz essen, sagten manche, aber Fleisch war Fleisch, und gab es etwas Wärmeres als einen Otternpelz? Und so paddelte er weiter, am Ufer entlang. Und als er sich umdrehte, sah er, daß die anderen ihm folgten.

Sie kehrten mit einem Seehund zurück, den Erster Schnee an der Mündung ihrer Bucht gefangen hatte. Als die Frauen ihn sahen, waren sie zunächst still, dann stimmte Chagak einen Lobgesang an. Das helle Trillern ließ Samiq vergessen, daß sie so wenig mitgebracht hatten, und für einen kurzen Moment sah er sich als Jäger. Dann brannten ihm Tränen in den Augen, als sei er plötzlich ein Kind geworden.

Bin ich ein kleiner Junge, fragte er sich, daß ich bei jeder Enttäuschung weinen muß? Wir essen einen Tag, zwei Tage. Das ist besser als nicht essen. Als er aufblickte, sah er, daß alle

Männer ihn von ihren *ikyan* beobachteten; die Frauen sahen vom Ufer aus zu ihm hin.

Samiq holte tief Atem und wünschte sich abermals, kein Häuptling zu sein. Wieviel leichter war es, sich von einem anderen Jäger sagen zu lassen, was es zu tun, was es zu hoffen gab. Aber er lächelte seinen Leuten zu. »Wir brauchen Nahrung – Fische, Seeigel, alles, was ihr heute nach Hause gebracht habt«, sagte er zu den Frauen. Dann wandte er sich an die Männer. »Heute abend wollen wir uns satt essen. Morgen mag jeder Jäger tun, was er will: schlafen, Waffen ausbessern, fischen, jagen. Jeder Mann soll es selbst entscheiden.«

Samiq paddelte an Land und hob sein *ikyak* auf das Gestell. Dann ging er in sein *ulaq*, um sich auf das vorzubereiten, was er zu tun gedachte.

Er begann, als der Himmel hell wurde, noch bevor der Rand der Sonne sich zeigte. Samiq machte sich eine Unterkunft aus alten Matten und Robbenhäuten, die er über Weidenpfosten schichtete und mit Tangschnur an Ort und Stelle hielt. Er hatte nur eine Blase mit Wasser, eine Jägerlampe und etwas Öl aus seinem *ulaq* mitgenommen. Mehr nicht. Keine Nahrung. Keine Schlaffelle. Als die Unterkunft fertig war, setzte er sich ins Freie, nach Osten gewandt, und wartete auf die Sonne. Nach Sonnenaufgang ging er in die Unterkunft, putzte den Docht seiner Lampe und begann mit den Tagen und Nächten der Gesänge an die Walgeister.

Es war der vierte Tag, als Samiq endlich die Stimme hörte. Zuerst dachte er, es sei sein Vater, der gekommen war, ihn ins Dorf zurückzubringen, zurück zu seinem Platz unter den Ersten Menschen, aber dann merkte er, daß die Stimme von innen kam, und es war keine starke Stimme, sondern eine wimmernde, eine Kinderstimme, die um Nahrung weinte, um Schlaf.

Also das bin ich, dachte Samiq. Nicht mehr als ein Kind, und ich denke mehr an mich als an andere, verlange nach Essen, verlange nach der Behaglichkeit eines warmen Schlafplatzes. Welches Recht habe ich, meine Leute anzuführen? Was habe ich ihnen gegeben, außer einem fremden Ort zum Leben, mit Bergen, die wir nicht kennen, und Tieren, die wir nicht verstehen?

Er stimmte einen anderen Gesang an, um die Kinderstimme zu übertönen, aber seine Kehle war rauh vom tagelangen Singen, und jedes Wort kratzte wie ein Lavastein in seinem Hals. Während seine innere Stimme die wimmernde Stimme eines Kindes war, trug ihm die äußere Stimme – die Laute, die in Samiqs Ohren kamen – die heiseren, gebrochenen Worte eines alten Mannes zu.

Schließlich beschloß er, sich die starke Medizin des Schlafes zu gönnen. Er betete um Träume, aber sein Geist sehnte sich nach Ruhe, und ein Teil von ihm hoffte, daß keine Träume kommen würden.

Es kam das glatte, kühle Holz eines Paddels in seinen Händen, der Öl-und-Haut-Geruch eines *ikyak.* Dann kamen auch Sehen und Hören. Und er merkte, daß er nicht träumte. Irgendwie war er in seinem *ikyak,* mitten in der Bucht.

Er konnte sich nicht erinnern, sein *ikyak* hinausgebracht zu haben. Eben noch hatte er sich in den seltsamen Gedanken verloren, die einen fastenden Jäger ankamen, und dann paddelte er im kalten Wind, nur mit seiner gewebten Grasschürze und Kiins Kette aus Muschelperlen bekleidet, ohne *chigadax,* ohne Waljägerhut, ohne Stiefel aus Robbenflossen. Er war wieder an der Mündung der Bucht, und in seiner Verwirrung konnte er die Sonne unter den Wolken nicht finden, die dick wie ein Otternpelz am Himmel hingen.

Das Wasser war grau, und als Samiq in die Tiefe sah, wußte er, wenn ein Meerestier, erzürnt über Samiqs Nacktheit, ein Loch in den Boden des *ikyak* biß, würde die Kälte des Wassers schnell durch seinen Körper sickern und sein Herz zum Stillstand bringen.

»Ich habe nichts getan, außer für mein Volk gearbeitet«, flüsterte Samiq den kleinen Wellen zu, die plätschernd an sein *ikyak* schlugen. »Ich habe diesen Sommer gejagt, soviel ich konnte.« Er hielt seine verkrüppelte Hand in die Höhe, das Paddel noch fest in den gekrümmten Fingern. »Bis das hier geschah. Jetzt kann ich nicht jagen. Waxtal hat genommen, was ihm nicht zustand, ich aber habe getan, was ich konnte. Ich habe hart gearbeitet.« Seine Stimme war dünn unter der weiten Kuppel des Himmels, und der Wind trug seine Worte fort, sobald sie seinen Mund verließen.

Plötzlich, an Stelle des Meeres, an Stelle der durchscheinenden Seelöwenhäute seines *ikyak,* sah er die Gesichter seiner Leute. Da machte ihm die Kälte nichts mehr aus, und es tat nichts, daß er müde war, daß er hungrig war. Drei Fische und Takha und Kleines Messer, sie waren wichtiger als der kneifende Schmerz in seinem Bauch. Kayugh und Chagak, Erster Schnee und Rote Beere, Krumme Nase und Große Zähne, Samiqs Schwester Wren, seine Neffen Kleiner Flacher Stein und Otter, der Säugling. Kiins Mutter Blaue Muschel. Sie waren wichtiger als die Kälte, die ihn umhüllte wie ein *suk* aus Lundfedern.

Samiq streckte die Arme in die Höhe, hob sein Paddel in die Luft, und als er laut rief, war seine Stimme die starke Stimme eines Jägers. »Was macht es, wenn ich nicht jagen kann? Was macht es, wer ich bin? Ich werde mit den Frauen Beeren pflücken, wenn es meinem Volk hilft. Ich werde wie ein alter Mann am Ufer entlanggehen und Seeigel sammeln. Auf mich kommt es nicht an. Aber laßt meine Leute nicht hungern. Gebt ihnen keinen Winter mit Schmerz und Kälte. Beschützt sie vor der Krankheit, die Körper und Verstand befällt, wenn es kein Essen gibt.«

Einen Augenblick lang schienen seine Worte stark genug, den Himmel zu füllen. Doch dann fielen sie gleich Regen herab, und da war nichts. Kein Laut außer den Wellen, keine Farbe außer dem Grau von Ufer und Wasser und Wolken.

Die Walgeister hören mich nicht, dachte Samiq. Dennoch sagte er noch einmal, das Paddel gesenkt, den Kopf vor Kummer gebeugt: »Bitte, rettet mein Volk.«

Am nächsten Abend kehrten Kayugh und Große Zähne von einer weiteren Jagd zurück. Sie brachten ein Karibu mit, das

Fleisch in zwei Bündel gewickelt, ein jeder Mann gebückt unter der Schwere seiner Last.

»Es wurde noch ein Karibu gefangen«, rief Kayugh den Frauen über das Trillern ihrer Lobgesänge hinweg zu.

An diesem Abend kehrte Samiq zurück, das Gesicht eingefallen wie das Gesicht eines alten Mannes, und da wußte Kayugh, daß sein Sohn gefastet hatte.

Kayugh bekam auf einmal Gewissensbisse wegen seines vollen Bauches, wegen des Geschmacks von Karibufleisch, das noch zwischen seinen Zähnen haftete, des Geruchs von Karibufett, mit dem er seine Hände eingerieben hatte. Aber als er seinem Sohn half, das *ikyak* an Land zu ziehen, sah Kayugh, daß Samiqs Arme kräftig waren, daß seine Hände nicht zitterten. Und als das *ikyak* an Land war, streckte Samiq die Hand aus, rieb mit zwei Fingern über Kayughs Handrükken, hob die Finger an seinen Mund, sah dann seinen Vater an, mit Fragen in den Augen, und langsam trat ein Lächeln auf seine Lippen.

»Karibus«, sagte Kayugh und fing an zu lachen. »Große Zähne hat eins gefangen, und ich habe eins gefangen.«

Samiq jauchzte, und unvermittelt packte er seinen Vater und umarmte ihn. Kayugh wollte sich ihm erstaunt entziehen, aber dann legte er, immer noch lachend, die Arme um seinen Sohn.

»Du hast gebetet?« fragte Kayugh Samiq. »Du hast gefastet?«

Samiq erwiderte: »Das Geschick ist mit dem Jäger. Wessen Speer ist stärker als Kayughs Speer?«

Kayugh öffnete den Mund, um Samiq zu preisen, aber seine Kehle war so zugeschnürt, daß er nicht sprechen konnte. Wieder umarmte er seinen Sohn, dann nahm er Samiqs *ikyak* und trug es zu den Gestellen, drehte es sorgsam so, daß es einen leichten Wind abbekam, damit die Haut des *ikyak* trocknete. Dann gingen sie zu den *ulas,* wo ihre Frauen warteten.

Am Abend lag Samiq mit vollem Bauch still in seinem Schlafplatz, während Drei Fische seine Rückenmuskeln knetete.

Der Schlaf zupfte an seinen Augenlidern, und er entspannte

sich, als die Finger seiner Frau auf seine Haut drückten. Samiqs Gedanken kehrten zu der kleinen Unterkunft zurück, wo er gefastet hatte. Er dachte an die Not, die ihn, während er noch im Schlaf war, angetrieben hatte, sein *ikyak* in die Bucht zu bringen.

Samiq hob den Kopf von seinen gekreuzten Armen und fragte Drei Fische: »Glaubst du, es gibt einen Geist, der größer ist als Walgeister? Einen, der Tier und Mensch eint, so daß sie sich verstehen?«

Drei Fische legte ihre Finger auf Samiqs Mund und flüsterte ins Dunkel seines Schlafplatzes: »Mann, es gibt nichts Größeres als Walgeister. Wozu so etwas fragen? Sei still. Schlaf.«

16

DIE WALJÄGER

Yunaska Island, Aleuten

Kukutux strich eine Paste aus zerstampften Ugyuunwurzeln auf die Narben an ihren Unterarmen. Sie hatte sich aus Trauer die Arme aufgeritzt und die Haare abgeschnitten. Welchen Grund hatte sie, schön zu sein? Was machte es schon, wenn ihr Haar kurz war wie das von einem Jungen? Sie hatte keinen Mann, dem sie gefallen mußte. Wen kümmerte es, wenn ihre Arme noch mehr Narben bekamen? Ihr linker Arm war schon gezeichnet von drei langen Narben aus der Nacht, als das Dach vom *ulaq* ihres Vaters auf sie und ihre Familie herabgestürzt war.

Der Arm von Kukutux hatte schlimme Verletzungen abbekommen, und der Ellenbogen war gebrochen, aber jener Schmerz war klein gewesen, verglichen mit dem Verlust von Vater, Mutter und Schwestern.

Trotz der Hilfe von Alte Gänsefrau und anderen, die sich auf Gesänge und Heilkunst verstanden, war der Ellenbogen schlecht geheilt. Jetzt konnte Kukutux den Arm nicht ausstrecken, und er schmerzte immer bei Kälte, bei Regen.

Ihr Bauch war dick gewesen von ihrem Sohn – dem Kind von Weißer Stein –, und in der Nacht, als die Waljägermenschen sich furchtsam unter dem Aschenregen zusammenkauerten, als ihre Gebete ihnen halfen, die Erschütterung der Erde, den Einsturz der *ulas* auszuhalten, wurde ihr Sohn geboren. Als er aus ihrem Leib hervorbrach, waren seine Schreie so laut wie die Schreie der Waljäger, die ihre Toten beklagten.

Es war, wie Alte Gänsefrau sagte: Er verstand den Kummer seiner Mutter und sang seine eigenen Klagelieder.

In derselben Nacht, vor dem Erdbeben, war der Mann von Kukutux, Weißer Stein, bei den Jägern gewesen, und sie hatten mit Tänzen und Gesängen das Kommen der Wale gefeiert. Er war zu Kukutux gekommen, nachdem das Kind geboren war, und hatte sie geheißen, den Jungen Der Mutige zu nennen, zu Ehren des toten Vaters von Kukutux.

Der Mutige schrie immer, Tag und Nacht, einerlei, was Kukutux tat. Und Kukutux wußte, daß das Kind durch sein Schreien die zornigen Geister einatmete, die in der herabregnenden Asche lebten. Mit jedem Tag, den Kukutux ihn beobachtete, den sie betete und weinte, wurde er dünner. Seine Lippen wurden dunkel, fast blau, und schließlich war Der Mutige gestorben.

Bald danach war der Bruder von Kukutux – der einzige, der ihr von ihrer Familie geblieben war – bei der Jagd ertrunken. Und jetzt war Weißer Stein auch tot. Vielleicht hatte ihr oberster Jäger Harter Felsen recht. Ein Fluch lag auf ihnen: Auf irgendeine Weise hatten die Waljäger die Geister erzürnt.

Jetzt hatte Kukutux nur dieses *ulaq,* das sie und Weißer Stein zusammen unter Verwendung von Steinen und Dachsparren vom *ulaq* ihres Vaters gebaut hatten. Die Speisenische war genügend gefüllt, um sie durch den Winter zu bringen, wenn sie bescheiden aß, wenn sie nicht zu viel Öl verbrannte. Und dann – wer konnte es sagen? Vielleicht würde ein Jäger sie als Frau nehmen. Aber in den letzten Monaten waren viele Männer getötet worden. Welcher Mann in einem Dorf, das nicht genug Jäger hatte, konnte noch eine Frau gebrauchen, die er ernähren mußte?

Kukutux ging in die Ecke, wo sie ihre Habe in Körben aufbewahrte, neben dem gewebten Grasvorhang, der ihren Schlafplatz vom Rest des *ulaq* trennte. In einem kleinen Korb mit einem Zugband aus Robbenhaut bewahrte sie ein Stück von der Felldecke auf, in die sie ihren Sohn eingewickelt hatte. Sie öffnete den Korb und zog den Fellstreifen heraus, hielt ihn an ihre Wange. Er fühlte sich weich und kühl an.

Manchmal, kurz vor dem Einschlafen, konnte Kukutux ihren Sohn wieder in ihren Armen fühlen, sein Gewicht, seinen festen, runden Kopf an ihrer Schulter, sein weiches Haar an ihrer Wange. Tränen brannten ihr in den Augen, und ihre Kehle schnürte sich zu.

Sie legte den Streifen Robbenfell in den Korb zurück und drückte den Korb an ihre Brust, dann ging sie zum Schlafplatz ihres Mannes und blieb vor dem Vorhang stehen.

»Er ist nicht tot«, sagte sie sich, und ihre Worte tönten laut in dem leeren *ulaq*. »Er ist nur jagen gegangen, und ich muß seinen Schlafplatz saubermachen. Das Heidekraut auf dem Boden ist alt. Es wird bald zu stinken anfangen.«

Und so nahm sie ihren Mut zusammen, um zu tun, was sie seit Weißer Steins Tod nicht getan hatte. Sie ging in seinen Schlafplatz.

Weißer Stein war ein großer Mann gewesen, langsam und behutsam in seiner Rede, stark und sicher bei der Jagd, zärtlich beim Lieben. Auf einer mit Federn ausgestopften Otternhaut war noch der Abdruck seines Kopfes zu sehen; die Felle waren zurückgeworfen, als habe er sein Schlaflager soeben verlassen.

Kukutux setzte den Korb ab, den sie trug, kniete sich in die Schlaffelle von Weißer Stein, begann zu falten und zu ordnen, die Felle nach Größe und Art zu stapeln. Sie nahm etwas Heidekraut vom Boden und legte es in den Korb mit dem Zugband.

Sie sah ein einzelnes dunkles Haar von Weißer Stein, wickelte es um ihre Finger und legte es in den Korb.

Dann begann sie das Heidekraut aufzulesen, das den Fußboden aus Lehm und Stein bedeckte. Als sie einen Armvoll hatte, warf sie es in den Hauptraum des *ulaq*.

»Da siehst du«, sagte sie laut zu sich selbst, »es ist gar nicht so schlimm. Du bist stärker, als du dachtest.«

Wieder sammelte sie einen Armvoll Heidekraut und warf es aus dem Schlafplatz von Weißer Stein. Später wollte sie frisches Heidekraut schneiden und auf dem Fußboden ausbreiten. Gab es etwas Besseres als ein *ulaq,* das angefüllt war mit dem Duft vom Kraut der Schwarzen Krähenbeere?

Kukutux wandte sich um, um den Rest des alten Heidekrauts aufzulesen, und als sie sich bückte, sah sie eine gelbbraune Bärenklaue, eingeklemmt in einer Ritze zwischen Boden und Wand. Plötzlich war ihr Kummer wieder frisch und neu, so scharf wie das Messer, mit dem sie sich die Arme geritzt hatte. Und die Erinnerungen wurden in ihr lebendig: Weißer Stein – seine großen schwieligen Hände, die sie sanft berührten, ihr das lange, schwarze Haar zerzausten. Er hatte gelacht und sie gekitzelt. Kukutux hatte auch gelacht, aber als sie ihn abwehrte, hatte ihre Hand sich in seiner Halskette aus Bärenklauen verfangen. Die Kette war gerissen, und die Bärenklauen waren ringsum verstreut, aber Weißer Stein hatte Kukutux an sich gezogen, hatte geflüstert, es sei Zeit genug, die Klauen zu suchen und die Kette zu flicken – später.

Am nächsten Morgen hatte Kukutux die Klauen aufgelesen, und Weißer Stein hatte sie wieder aufgefädelt. Dies war die Bärenklaue, die Kukutux nicht hatte finden können. Und jetzt war die Halskette mit Weißer Stein und dem *ikyak* von Weißer Stein unter den Felsbrocken begraben, die den Grabhügel eines Waljägers bildeten.

Kukutux fing an zu weinen, heftige, erschütternde Schluchzer. Und sie fragte sich, wo diese Tränen sich versteckt gehalten hatten. Hatte sie nicht schon alle Tränen der Welt geweint?

17

DAS WALROSSVOLK

Chagvan Bay, Alaska

»Nächstes Frühjahr«, sagte Rabe. »Rechne damit, zwei, ja drei Monde fort zu sein.«

Eisjäger schüttelte den Kopf. »Nein«, sagte er. »Jemand muß hierbleiben und jagen.«

Rabe lächelte und richtete seinen Blick auf Eisjägers junge Frau. »Manche Männer sind an das Lager einer Frau gefesselt.«

»Manche Männer schon«, sagte Eisjäger. »Andere leben jahrelang allein, ohne eine Frau, bis sie die richtige für ihre Behausung finden.«

Rabe lächelte. »Meinst du, dein Sohn möchte mit mir kommen?«

»Welcher?«

»Einerlei. Beide sprechen die Sprache des Flußvolkes.«

Eisjäger zuckte die Achseln. Seine Frau trat still an seine Seite und reichte ihm eine Schale mit getrocknetem Robbenfleisch. Eisjäger hielt Rabe die Schale hin und wartete, während der Mann sich drei ordentliche Brocken nahm. Eisjäger stellte die Schale zwischen sie beide auf die Erde, nahm ein Stück Fleisch, schnitt mit seinem Ärmelmesser eine Scheibe herunter, steckte die Scheibe in den Mund und schob sie zwischen seine rechte Backe und seine Zähne, wo er sie ruhen ließ.

»Ich kann für keinen meiner Söhne antworten«, sagte Eisjäger.

»Wenn sie mit mir kommen«, sagte Rabe, »können sie einen doppelten Anteil an den Tauschwaren haben. Ich gehe eher, um zu lernen, als um zu handeln. Ich habe Geschichten von den Schamanen des Flußvolkes gehört. Ich möchte ihre Wege verstehen.«

Er biß einen großen Happen von einem Stück Robbenfleisch ab und schob die anderen zwei Stücke in seinen Ärmel.

Eisjäger steckte einen Finger in den Mund, fischte das aufgeweichte Fleisch aus seiner Backe und begann zu kauen.

Rabe deutete mit dem Kinn auf Eisjägers Kiefer. »Ich habe dir Medizin gegeben«, sagte er.

Eisjäger zuckte die Achseln.

Rabe murmelte etwas und schaufelte den Rest des Robbenfleisches aus der Schale auf dem Boden, dann stand er auf. Am Eingangstunnel der Behausung drehte er sich um und sagte: »Frag deine Söhne, ob sie mit mir kommen wollen.«

Eisjäger nickte, sagte aber nichts, bis Rabe die Behausung verlassen hatte. Dann sah er seine Frau an und sagte: »Wenn er ein so großer Schamane ist, warum stiehlt er dann unser Essen?«

Eisjägers Frau kauerte sich neben ihn und gab ihm eine Schale mit Brühe. Eisjäger trank die Brühe schnell, behielt jedoch den letzten Schluck der warmen Flüssigkeit im Mund, so daß sie seine linke Backe ausbeulte.

»Wenn er so ein großer Schamane ist«, sagte seine Frau, »warum tun deine Zähne dann noch weh?«

»Bald werde ich Jäger hier haben«, sagte Rabe zu Kiin. »Wo ist Lemmingschwanz?«

»Bei Schieferwerferin«, sagte Kiin. »Willst du, daß ich sie hole?«

»Nein. Besser, sie ist dort«, sagte Rabe. »Ihr Mund ist immerzu voll mit Worten.«

Kiin hielt ihr Lächeln verborgen. Die Walroßsprache, so, wie die Leute von Rabes Dorf sie sprachen, brachte immer eigenartige Bilder in ihren Kopf.

Rabe deutete mit einem seiner langen Finger auf Kiin. »Was immer du heute hörst – sag nichts.«

»Wenn mein Mund sich mit Worten füllt«, antwortete Kiin, »werde ich sie hinunterschlucken.« Sie konnte das Lächeln auf ihren Lippen nicht zurückhalten.

Rabe runzelte die Stirn und sah Kiin aus zusammengekniffenen Augen an, aber sie machte sich an der Speisenische zu schaffen, aus der sie Fleisch herausnahm, das jedem Mann, der in die Behausung kam, schmecken würde.

Schließlich brach Rabe das Schweigen und sagte zu ihr: »Ich plane im Frühjahr eine Handelsfahrt zu den Flußmenschen. Sie haben viele Dörfer nördlich von hier.«

Kiin nickte und stellte keine Fragen.

»Wir werden aufbrechen, sobald das Eis weg ist.«

Wieder nickte Kiin.

»Sie haben Felle von Inlandtieren: Karibu, Bär, Wolf und andere.« Er hielt inne, als wartete er, daß Kiin ihm antwortete, und als sie nichts sagte, fragte Rabe: »Gibt es etwas, das ich dir mitbringen kann?«

»Tierzähne zum Schnitzen, und ...« Kiin hielt einen Augenblick inne, außerstande, sich auf das gewünschte Wort zu besinnen.

»Ja?«

»Ich habe gehört, sie haben ... Bäume.« Sie brach ab, überlegte einen Moment. »Ja, Bäume.« Sie hob eine Hand über ihren Kopf. »Hoch, sehr hoch. Sie wachsen wie die Weiden und Erlen, die wir hier haben, aber das Holz ist fester.«

»Hat Lemmingschwanz dir das erzählt?«

»Ja.«

»Sie irrt wieder einmal. Es gibt solche Stellen mit vielen Arten von Bäumen, aber die Bäume des Flußvolkes sind wie unsere.«

Kiin zuckte die Achseln. »Aber wenn du eine andere Sorte Holz siehst, bring es mit. Nur kleine Stücke – zum Schnitzen.«

Rabe grunzte, dann nickte er, und Kiin machte sich wieder daran, das Essen herzurichten; sie schabte hartgewordenes Fett in getrocknete Beeren, vermischte sie mit Sandkraut, das sie gekocht und gesäuert hatte.

Es kam Kiin eigenartig vor, daß sie früher nur geschnitzt hatte, weil sie ihre Schnitzereien gegen gute Ware eintauschen konnte. Unterdessen war ihr das Schnitzen ein Bedürfnis, etwas, das so wichtig war wie ihre Lieder – etwas, das ihr Frieden brachte, so daß sie sich in der Arbeit verlieren konnte, als schlüpfe sie in eine Welt fern von der Welt von Lemmingschwanz, Rabe und dem Walroßvolk.

Ein Kratzen am Trennvorhang riß Kiin aus ihren Gedanken, und als sie aufblickte, sah sie Weißer Fuchs, Eisjägers ältesten Sohn, auf ihrer Seite der Behausung eintreten. Er trug einen Kochbeutel, der die Behausung mit dem Duft von Eintopf aus zerstampftem Eichhörnchenfleisch erfüllte.

Kiin nahm Weißer Fuchs den Beutel ab und hängte ihn an den Dachsparren der Behausung über der Öllampe auf, damit das Essen in dem Beutel warm blieb.

Rabe lächelte den Mann an. »Sag deiner Frau, ich bringe ihr von meiner nächsten Handelsfahrt etwas mit«, sagte Rabe. Er deutete auf das Schlafpodest, wo er saß, und Weißer Fuchs setzte sich neben ihn.

Kiin füllte zwei Schalen mit Eintopf und reichte sie den Männern. Sie aßen, ohne zu sprechen.

Als seine Schale leer war, wischte Rabe sich den Mund mit dem Handrücken ab. Kiin nahm die tropfende Schöpfkelle aus Karibuknochen aus dem Kochbeutel und hob die Augenbrauen. Rabe nickte. Sie nahm seine Schale und füllte sie wieder. Sie sah Weißer Fuchs an, doch der schüttelte den Kopf und stellte seine leere Schale auf seinen Schoß.

Rabe hielt seine Schale schräg und schob sich mit den Fingern Fleisch in den Mund.

»Ich habe vor, mit dem Flußvolk Tauschgeschäfte zu machen, den Leuten, die in dem Dorf an der Mündung des Großen Flusses leben«, sagte er kauend. Er leckte sich die Finger ab, und als Weißer Fuchs nichts sagte, fuhr er fort: »Ich brauche Männer, die mit mir gehen. Dein Bruder sagt, er kommt mit.«

»Er spricht ihre Sprache«, sagte Weißer Fuchs.

Rabe zuckte die Achseln. »Ich auch.«

Weißer Fuchs runzelte die Stirn, und die Narbe, die von seinem Auge zu seinem Kinn verlief, straffte sich.

»Aber nicht so gut wie dein Bruder«, setzte Rabe hinzu.

»Bekommen wir einen Anteil von den Tauschwaren?«

»Von allem, außer von dem, was ich für die Schnitzereien meiner Frau bekomme.«

Weißer Fuchs nickte. »Wie lange werden wir fort sein?«

»Nur zwei Monde, vielleicht weniger«, sagte Rabe. »Es ist nicht weit bis zum Flußvolk.«

»Du sagst, mein Bruder will mit dir gehen?«

»Ja.«

»Und mein Vater?«

Rabe zuckte die Achseln. »Wer weiß? Er hat eine neue Frau. Sein Schlaflager reizt ihn mehr als Tauschwaren.«

Weißer Fuchs lächelte. »Wenn mein Bruder mitkommt, komme ich auch mit«, sagte er.

»Gut.« Rabe hielt seine Schale hin, und Kiin füllte sie noch einmal. Weißer Fuchs deutete mit dem Kopf auf seine Schale, und sie füllte seine ebenfalls. Dann ging sie in ihre Korbecke, setzte sich und flocht Sehnen, bis Weißer Fuchs gegessen und die Behausung verlassen hatte.

»Dein Bruder Weißer Fuchs kommt mit mir«, sagte Rabe zu Singender Vogel.

Singender Vogel, der jüngere Sohn von Eisjäger, war in Rabes Behausung gekommen, nachdem Weißer Fuchs gegangen war. Auch er brachte Essen mit – eine dicke Fischsuppe, die seiner Frau im Dorf oft Lob eintrug.

Singender Vogel hob die Augenbrauen und runzelte die Stirn. »Zum Flußvolk?« fragte er.

Rabe nickte und hielt Kiin seine Schale hin. Sie füllte sie mit der Suppe.

Singender Vogel deutete auf die Schale. »Braunfisch – frisch«, sagte er. »Meine Frau fängt sie nämlich den ganzen Winter.«

Rabe nickte und hob die Schale an den Mund.

»Ich komme mit, wenn ich meine Frau mitnehmen kann«, sagte Singender Vogel.

»Würde sie uns das Essen bereiten?« fragte Rabe und zollte der Suppe rülpsend Anerkennung.

»Ja.«

»Bring sie mit.«

»Dann komme ich mit.«

»Gut, ich sage es deinem Bruder.«

Als Singender Vogel die Behausung verließ, ging Rabe ebenfalls. Dann nahm Kiin sich von der Fischsuppe. Shuku erwachte weinend und mürrisch aus seinem Schläfchen. Kiin nahm ihn aus seiner Wiege, setzte ihn auf ihren Schoß und flößte ihm mit dem Finger ein wenig Suppe in den Mund. Er biß sie fest in den Finger, und Kiin schnippte ihren Daumen gegen seine Lippen. Sein Kinn zitterte, und Kiin drückte ihn an sich, bis er sich zurückbeugte und lächelte. Er zeigte auf ihre Korbecke und begann in der Sprache der kleinen Kinder zu plappern.

»Rabe hatte Jäger hier«, sagte Kiin in der Sprache der Ersten Menschen zu ihrem Sohn. Sie gab Shuku noch einige Mundvoll Suppe, dann setzte sie sich auf die Kante des Schlafplatzes von Lemmingschwanz und zog Shuku zu sich heran, um ihn zu stillen.

»Er hat sie überlistet, aber so macht er ja alles«, sagte sie laut zu Shuku. Dann fiel Kiin ihr Versprechen ein, das sie Rabe gegeben hatte, ihre Worte herunterzuschlucken, und sie sagte nichts mehr zu ihrem Sohn. Aber sie fragte sich unwillkürlich, warum Rabe zu Beginn des Frühjahrs eine Handelsfahrt plante, wenn die Menschen weniger Nahrung, weniger Öl zum Tauschen hatten. Und wieso war die Fahrt von solcher Wichtigkeit, daß er Weißer Fuchs und Singender Vogel belog, um sie zum Mitkommen zu bewegen?

Da kam das Flüstern ihrer Geisterstimme: »Was immer sein Grund ist, Rabe tut nichts, um jemandem zu helfen außer sich selbst.«

Und trotz der Wärme, die Shuku ihr gab, senkte sich Furcht

wie Eis in Kiins Herz. Sie legte ihre Arme fester um ihren Sohn und wiegte ihn beim Stillen.

18
DIE WALJÄGER

Yunaska Island, Aleuten

Kukutux erwachte aus ihrem Schlaf und wußte, es war Morgen. Männer und Frauen waren draußen, die Sonne zu begrüßen. Ihre Grußgesänge sollten an die Berge gerichtet sein, dachte Kukutux. Glaubten sie, die Sonne wäre stärker als die Berge? Wie konnten sie vergessen, daß die Asche der Berge Sonne und Mond versteckt, ja sogar das Meer zugedeckt hatte?

Die Frauen aus dem Dorf hatten über sie gelacht, über die kleine gewebte Grasschürze, die Kukutux gemacht hatte, um Nase und Mund zu bedecken, als es noch Asche regnete. Sie hatten gelacht, doch sie trugen Grasschürzen, um ihre Geschlechtsteile zu bedecken, zum Schutz gegen die Krankheitsgeister, die durch die Körperöffnungen hereinkommen. Sie hatten gelacht, aber sogar jetzt, nachdem Wind und Meer viel Asche von Ufer und Felsen fortgenommen hatten, husteten sie noch, als könnten sie ihre Brust von den Geistern befreien, die sie eingeatmet hatten. Und wie viele Kinder, wie viele Säuglinge waren an der Asche gestorben? Sogar der Sohn von Kukutux war gestorben, obwohl sie sein Gesicht bedeckt hatte, so gut sie konnte.

»Kukutux!« Die Stimme platzte in ihre Gedanken. »Aufwachen!«

Der Vorhang des Schlafplatzes wurde zur Seite gerissen, und

Weinende Frau beugte sich über sie, zog an ihrem linken Arm und zwang Kukutux auf die Füße.

»Glaubst du, bloß weil dein Mann tot ist, kannst du deine Tage im Bett verbringen?« fragte Weinende Frau.

Kukutux riß ihren Arm aus dem Griff von Weinende Frau.

»Du hast mich meine Tage nicht verschlafen sehen, nachdem dein Bruder gestorben war, oder?« fragte Weinende Frau. »Ich war allein, ohne Mann oder Kinder, genau wie du. Und ich mußte mich um meine Mutter kümmern. Was taugt eine alte Frau, um Fleisch oder Öl heranzuschaffen? Du hast es besser, als ich es hatte, trotzdem habe ich meine Tage nicht mit Schlafen verschwendet. Ich habe mir einen neuen Mann gesucht.«

Weinende Frau fuhr fort zu schimpfen, bis Kukutux schließlich die Stimme hob und fragte: »Was willst du, Weinende Frau? Warum bist du hier?«

»Windjäger bat mich, dir eine gute Nachricht zu bringen.«

Kukutux ging zur Speisenische und zog einen Grasbeutel mit getrocknetem Fisch heraus. Sie bot Weinende Frau ein Stück an. Die Frau setzte sich mit gekreuzten Beinen auf eine Bodenmatte neben der Öllampe, und Kukutux hockte sich neben sie auf die Fersen.

»Du solltest essen«, sagte Weinende Frau und hielt Kukutux das Stück Fleisch hin, das sie sich genommen hatte.

Kukutux schüttelte den Kopf.

»Ich habe kein Mitleid mit dir, Kukutux«, sagte Weinende Frau. »Alle Frauen in diesem Dorf haben Mann oder Kinder, Mutter oder Vater verloren. Aber du bist die einzige, die die Narben der Trauer trägt.« Sie deutete mit dem Kinn auf den Arm von Kukutux, dann legte sie den Kopf schief und sagte: »Du hättest dir das Haar nicht abschneiden sollen. Wie willst du einen neuen Mann finden, jetzt, da du so häßlich bist? Und mit deinem Arm obendrein.«

»Ich bin kräftig genug«, sagte Kukutux. Sie legte den linken Ellenbogen in die gewölbte rechte Hand. »Und mein Haar wird wieder wachsen. Ich hatte einen guten Mann. Ich habe beschlossen, ihn zu ehren. Es kümmert mich nicht, was du denkst oder was andere denken.«

Weinende Frau schnaubte verächtlich. Sie aß ein paar Bissen Fisch, dann sagte sie: »Wie können wir dir helfen, wenn du nichts für dich tust?«

»Ich habe nicht um eure Hilfe gebeten«, sagte Kukutux.

Weinende Frau blinzelte, hob das Kinn und sagte: »Ich bin nicht gekommen, um mit dir zu streiten. Windjäger hieß mich dir sagen, daß diesem Dorf endlich etwas Gutes zuteil wurde.« Sie klopfte sich auf den Bauch. »Ich trage ein Kind in mir. Es ist ein Sohn, dessen bin ich sicher.«

Kukutux zwang sich zu einem Lächeln. Beinahe hätte sie den Mund geöffnet, um zu fragen, ob es das Kind von Windjäger sei. Wer wußte nicht, daß Weinende Frau auf der Suche nach einem Mann als Ersatz für den Bruder von Kukutux mit fast allen Jägern im Dorf das Lager geteilt hatte? Aber warum Grobheit mit Grobheit vergelten?

»Ich freue mich für dich und Windjäger«, sagte Kukutux. »Ich hoffe mit dir, daß das Kind ein Sohn ist, wenn es das ist, was du dir wünschst.«

Weinende Frau hob die Augenbrauen. »Du weißt, seine andere Frau hat ihm nur Töchter geboren, und alle bis auf Schnee-im-Haar sind tot. Ich habe ihm einen Sohn versprochen. Schnee-im-Haar wird eine gute Hilfe sein. Sie ist fast alt genug, einen Mann zu haben. Windjäger sagt, der jüngste Sohn von Rote Füße möchte sie.«

»Er ist noch ein Junge«, sagte Kukutux.

Weinende Frau zuckte die Achseln. »Alt genug zum Jagen. Und Windjäger sagt, er will zusehen, daß der Junge bei uns lebt. Dann werden wir zwei Jäger in unserem *ulaq* haben.«

»Gut«, sagte Kukutux. »Es wird euch nicht an Fleisch mangeln.«

Weinende Frau richtete sich auf, so daß sie ganz gerade saß. Sie war eine kleine Frau mit winzigen runden Augen und dünnen Beinen. Sie erinnerte Kukutux an eine Dreizehenmöwe, diesen schnellen Vogel mit dem scharfen Schnabel.

»Selbst wenn es so kommt, darfst du nicht glauben, daß wir dir helfen können«, sagte Weinende Frau. »Windjäger sagt, da dein Bruder tot ist, bist du nicht mehr meine Schwester. Er sagt, wir sind dir nichts schuldig, aber Windjäger ist ein guter Mensch. Er sagt, daß du noch mit mir in meinem *ik* fischen darfst, und auch, daß er dir den Anteil der Witwe – die doppelte Portion – von seinem nächsten Seelöwen geben will. Aber mehr darfst du nicht verlangen.« Wieder klopfte sie sich auf den Bauch. »Ich muß genug Essen haben, damit dieser Sohn stark und gesund wird.«

Kukutux wollte Weinende Frau sagen, daß sie ihr *ulaq* verlassen solle, daß sie kein Fleisch von Windjägers nächstem Seelöwen brauche, aber dann fiel ihr etwas ein, das ihre Mutter ihr einmal gesagt hatte: »Eine törichte Frau schneidet sich den Daumen ab, um ihre Hand zu bestrafen.« Und so dankte Kukutux Weinende Frau, und dann hörte sie sich höflich an, wie die Frau sie wegen ihrer vielen Fehler schalt.

19

DIE ERSTEN MENSCHEN

Herendeen Bay, Alaska

Das Geräusch weckte Samiq aus seinen Träumen, und einen Augenblick lang wußte er nicht, wo er war. Dann fühlte er den sanften Arm von Drei Fische und sah die Wölbung ihres Körpers im Schatten des Schlafplatzes. Das Geräusch kam wieder, ein Rufen, mit einer Traurigkeit in der Stimme, und Samiq wußte nicht, ob es Tier oder Geist war. Er zog seinen Parka an, kletterte aus dem *ulaq* und stellte sich auf das Dach aus Grasnarben.

Da war es wieder – ein langgezogenes Heulen wie der Klagegesang einer Frau. Der Mond stand rund am Himmel und spendete Licht, das Samiq sehen ließ, als ob es Tag wäre. Wieder rief die Stimme, und Kayugh, Große Zähne und Erster Schnee kamen aus ihren *ulas*.

Eine zweite und eine dritte Stimme vereinten sich mit der ersten, sie vermischten sich und verbanden die Rufe zu einem Gesang.

»Es kommt nicht aus dem Meer«, sagte Samiq.

Kayugh wies auf die Berge hinter den *ulas*. »Wölfe«, sagte er. »Ich habe sie nicht gehört, seit ich ein junger Mann war.«

Dann sah Samiq die Wölfe vor dem Himmel aufgereiht, die Gesichter emporgereckt, mit Nasen wie lange Robbenschnauzen. »Wölfe«, flüsterte er.

»Sie sind groß«, sagte Erster Schnee.

»Manche werden fast so groß wie ein Mann«, sagte Kayugh und wendete sich beim Sprechen Samiq zu, und Samiq erinnerte sich an die Geschichten, die sein Vater ihm als Kind erzählt hatte, Geschichten des Walroßvolks von Wölfen, die klüger waren als der klügste Jäger.

»Warum sind sie gekommen?« fragte Erster Schnee.

»Vielleicht, um uns zu zeigen, wo wir jagen sollen«, sagte Kayugh.

»Vielleicht, um uns zu folgen und sich einen Anteil von den Karibus zu holen, die wir gelagert haben«, sagte Große Zähne.

Aber Samiq sagte: »Wer kann wissen, weswegen sie hier sind? Vielleicht aus vielen verschiedenen Gründen, einem anderen Grund für jeden von uns.« Dann setzte er sich auf das Dach von seinem *ulaq* und beobachtete die Wölfe, lauschte auf ihr Heulen, bis der Mond über den Himmel gewandert war und der aufgehenden Sonne Platz machte.

Es war seltsam, daß Drei Fische diejenige war, die sie sah. Sie war am Ufer, die anderen Frauen waren in ihrem *ik* fischen, die Männer waren oben auf den *ulas* und beobachteten Himmel und Meer, und zuweilen drehten sie sich um, um die Berge abzusuchen, wo die Wölfe nachts zuvor gewesen waren.

»Wale!« rief sie, und anfangs war Samiq zornig.

»Was ist das für ein Unsinn, Frau?« rief er und stand auf, um seinen Worten Strenge zu verleihen. »Es gibt keine Wale in dieser seichten Bucht.« Doch als er aufgestanden war, sah auch er, was Drei Fische gesehen hatte. Wale, drei an der Zahl, Grönlandwale mit ihren doppelten Spritzlöchern, einer schon auf einem Kiesstreifen in der flachen Mitte der Bucht auf die Seite gekippt.

Samiq rief die anderen Männer, rief im Laufen, rief, als er seinen *chigadax* anzog. Er riß sein *ikyak* von den Lagergestellen, stieß es ins Wasser, zog sich hinein und befestigte den *chigadax* an der Lukenverkleidung, während er schon zu paddeln begann.

Während er sich mit Tangleinen und Flößen zu schaffen machte, hielt er auf den ersten Wal zu. Sein Zorn erhob sich gegen seine rechte Hand, die zu nichts zu gebrauchen war außer zum Halten des Paddels, während er mit der linken Hand und mit den Zähnen Knoten machte.

Dann waren Kayugh und Kleines Messer in ihren *ikyan* neben ihm, beide beobachteten Samiq, taten, was er tat, und banden Schwimmer an Harpunenleinen.

»Macht euch bereit, eure *ikyan* zu wenden«, sagte Samiq. Er nahm das Paddel aus der rechten Hand und ersetzte es durch sein Wurfbrett, aber er ließ das Brett ins Wasser fallen, und beim Versuch, es herauszuholen, wäre sein *ikyak* fast gekentert. Schließlich warf er seine Walharpune mit der linken Hand.

Die Harpune fiel zu kurz. Er wickelte die Harpunenleine zu sich heran und zog die Waffe wieder in sein *ikyak.* Dann sah er zu, wie sein Vater und Kleines Messer ihre Robbenharpunen warfen. Beide Harpunen blieben in der Seite des Wals stecken, aber sie waren klein und ohne Gift. Der Wal drehte sich um, konnte aber in der flachen Bucht nicht untertauchen.

Samiq zog die Obsidianspitze von dem mit Widerhaken versehenen Ende seiner Harpune, nahm einen Beutel vom Hals und rieb das Gift der Jägerhaube unter die Spitze. Er paddelte nahe an Kayugh heran und gab seinem Vater die Harpune. »Wirf du«, sagte er.

Kayugh steckte das Ende des Harpunenschaftes in sein Wurfbrett, zog den Arm zurück und warf mit aller Kraft. Die Harpune traf den Wal unmittelbar unter der Brustflosse.

»Den hätten wir«, sagte Kleines Messer.

Samiq atmete tief ein, als er die Worte seines Sohnes hörte, sagte aber nichts. Wenn die Wale gekränkt waren, dann waren sie gekränkt. Die Prahlerei des Jungen ließ sich nicht zurücknehmen.

Sie paddelten fort von dem Wal, und dann hörte Samiq Große Zähne rufen, sah den Mann mit dem Paddel auf den zweiten Wal zeigen, sah die Harpune von Große Zähne in der Seite des Wals stecken. Samiq klopfte auf den Beutel an seinem Hals. »Hast du Gift genommen?« rief er Große Zähne zu.

Der Mann hielt einen Beutel in die Höhe.

Die Harpune von Erster Schnee erlegte den dritten Wal, dann trennten sich die Jäger, hielten sich in einiger Entfernung und beobachteten die Wale.

»Es besteht gute Aussicht, daß sie an unser Ufer gespült werden«, sagte Kleines Messer zu Samiq, aber Samiq antwortete dem Jungen nicht, ließ ihn nicht wissen, daß er es gehört hatte. Warum die Walgeister erzürnen, indem man ihnen sagte, was geschehen sollte?

Dann kam Kayugh mit seinem *ikyak* nahe heran und rief Samiq etwas zu, ein väterliches Lob.

»Meine Harpune hat keinen Wal erlegt«, rief Samiq zurück, aber ihm war ganz leicht ums Herz. Wenn sie Fleisch und Öl genug hatten für den Winter, was machte es da aus, wessen Harpune die Beute erlegt hatte?

»Geh jetzt, sei *alananasika*«, sagte Kayugh. »Werde zum Wal, wie du gesagt hast, daß ein *alananasika* es muß. Laß die Wale wissen, daß wir ihr Fleisch dringend brauchen und daß wir ihre Geister ehren. Du hast sie gerufen. Deine Macht hat sie zu uns gebracht.«

Samiq nickte und lenkte sein *ikyak* zum Ufer. Während er paddelte, erinnerte er sich, daß sein Großvater Großer Wal ihm dasselbe gesagt hatte, als er bei den Waljägern lebte. Jener Sommer war ein Sommer der Wale gewesen, mit mehr Walfischen, als die Jäger jemals zuvor gesehen hatten. »Mein Volk glaubt, daß deine Macht die Wale zu uns gebracht hat«, hatte Großer Wal zu ihm gesagt. Aber sie hatten auch geglaubt, daß seine Macht Akas Feuer gerufen hatte, die Erde zu erschüttern und das Dorf der Waljäger zu zerstören.

»Nein«, sagte Samiq, als könnten seine Worte zurückgehen durch Zeit und Tod und zu seinem Großvater gelangen, dem alten Mann, der jetzt mit den Geistern bei den Tanzenden Lichtern war. »Solche Macht habe ich nicht«, flüsterte Samiq, und seine Stimme war so ruhig wie sein Atem. »Meine einzige Stärke ist meine Sorge um mein Volk. Welche Macht liegt darin, außer der Macht, einem Mann Tränen in die Augen zu treiben, sein Herz mit Kummer zu erfüllen? Welche Stärke liegt darin außer der Stärke der Hoffnung?«

20

Beringmeer

Waxtals Arme schmerzten vom Paddeln, und die Muskeln in seiner Brust waren so gespannt, daß er kaum atmen konnte. Sieben Tage waren vergangen, seit er das Dorf verlassen hatte.

Er hätte die Händler längst eingeholt haben müssen. Ein *ikyak* war schneller als ein *ik*. Aber sie waren zu zweit, und sie waren jung und kräftig.

»Außerdem«, sagte er laut, »habe ich kein Essen.« Er legte sein Paddel quer über die Oberseite des *ikyak* und blickte auf das Nordmeer hinaus. »Hört ihr das?« rief er. »Ihr Geister da draußen, hört ihr das? Ich bin ein Jäger und ein Schnitzer, doch sie haben mich ohne Nahrung fortgeschickt. Sie haben mir kein Öl gegeben. Das war Samiq, der Verkrüppelte. Wenn ihr einen Fluch zu vergeben habt, verflucht ihn. Wenn ihr einen Segen habt, segnet mich. Ich bin ein Jäger und ein Schnitzer. Ich ehre alle Meerestiere. Helft mir, die Händler zu finden.«

Waxtal stieß mit dem Fuß an die Walroßstoßzähne, die auf dem Boden seines *ikyak* lagen. Er fühlte Macht von den Stoßzähnen aufsteigen und ihn wärmen, und die Wärme beschwichtigte seine Ängste.

Auch wenn ich die Händler nicht finde, werde ich bald zu einem Dorf kommen, sagte sich Waxtal. Er erinnerte sich von seinen Handelsfahrten her an ein Dorf – ein Dorf der Ersten Menschen, nicht mehr als fünf Tagereisen von der Bucht der Händler entfernt. Das war kein Ort, den er sich als Bleibe für den Winter ausgesucht haben würde – die Frauen waren häßlich –, aber besser dort bleiben, mit Dach, Schlaflager und Öllampen, als ganz allein zu sein mit seinem *ikyak*.

Seine Kehle war trocken. Er zog die Wangen ein, um Speichel in seinem Mund zu sammeln. Er war durstig, aber Nahrung brauchte er noch dringender. Sein Bauch war so leer, daß er in sich zusammenfiel.

Er tauchte sein Paddel wieder in die Wellen und sah zum Himmel hinauf. Es war kurz vor Sonnenuntergang. Er mußte ein Ufer für die Nacht finden. Soweit er sich an seine Reise von Tugix' Insel zur Bucht der Händler erinnerte, gab es eine gute Stelle, nicht weit entfernt. Er blinzelte zum Ufer, dann runzelte er die Stirn. Nein, so weit war er noch nicht, aber da war etwas.

Zuerst dachte er, es sei ein Felsen, lang und flach, so daß er knapp über die Wellen ragte, aber dann erkannte er es, und sein Herz zog sich vor Freude zusammen. Es war kein Felsen, sondern ein *ik,* ein *ik* von Händlern, das sich dunkel vom Wasser abhob.

Auf einmal waren seine Arme kräftig, das Paddel lag fest in seinen Händen. Er paddelte geschwind auf das *ik* zu, und er rief schon hinüber, obwohl er wußte, daß er zu weit entfernt war, um gehört zu werden. Bald war er nahe genug, um die Männer in dem *ik* sehen zu können. Ja, es waren die zwei Brüder, die zum Ufer der Händler gekommen waren.

Als das *ik* auf das Ufer zuhielt, hörte der jüngere Bruder zu paddeln auf und deutete auf Waxtal. Waxtal rief noch einmal und paddelte heftiger, und sein Atem ging in Stößen. Aber als er näherkam, sah er, daß sie mit Speeren und Speerwerfern in den Händen zu ihm hinsahen.

»Ich bin Waxtal«, rief er ihnen zu. Er grub in seinem Gedächtnis nach den Namen der Händler. Vogelnamen ... der ältere Bruder hieß Eule. »Kennst du mich noch, Eule?« rief Waxtal. »Ich bin Waxtal. Ich bin der, der die Walroßstoßzähne eingetauscht hat.«

Sie ließen die Speere sinken, hielten jedoch die Speerwerfer mit den Händen fest umschlossen. »Warum folgst du uns?« rief Eule ihm zu.

»Bitte uns nicht, die Stoßzähne zurückzunehmen«, sagte der jüngere Bruder.

»Ich möchte mit euch kommen«, rief Waxtal. Er lenkte sein *ikyuk* näher an das *ik* heran, dann fiel ihm der Name des anderen Bruders ein. »Geflecktes Ei«, rief er, »laß mich mit euch kommen.«

Die Händler sprachen in der Karibusprache miteinander, so daß Waxtal, obwohl ihre Worte deutlich über das Wasser zu ihm kamen, nicht verstand, was sie sagten.

»Warum?« fragte der ältere Bruder Waxtal.

»Ich möchte meine Brüder sehen, die Waljäger.«

»Bist du ein Waljäger?«

Waxtal fühlte den Beginn einer Lüge in seinem Mund. Sie formte sich, bis sie sich groß gegen seine Zähne blähte, aber er war kein Dummkopf. Welcher Waljäger würde sich zu ihm als Bruder bekennen? »Nein«, rief er, doch dann sagte er: »Erinnert ihr euch, was Kayugh zu euch gesagt hat? Bevor der Berg Aka zornig wurde, lebten wir auf einer Insel nahe bei der Insel der Waljäger. Wir haben oft miteinander Tauschhandel getrieben.«

»Dann bist du schon in ihrem Dorf gewesen?«

»Ja, ich kenne den Häuptling, Harter Felsen.«

Die Brüder steckten die Köpfe zusammen und sprachen miteinander.

Eule sah Waxtal an und fragte: »Du erwartest nicht, einen Teil von unserer Tauschware zu bekommen?«

»Nein.«

»Und von unserem Essen?«

Waxtal schluckte. »Unser Dorf ist arm«, begann er. »Wie hätte ich meiner Frau Nahrung fortnehmen können für diese Fahrt?«

»Du hast Öl gegen die Stoßzähne getauscht«, sagte der Jüngere.

»Und ich werde die Stoßzähne schnitzen, werde wenigstens einen von ihnen bei den Waljägern gegen Walöl eintauschen, viel Walöl. Dann werde ich euch mein Essen bezahlen. Überdies bin ich ein Jäger. Ich werde helfen, indem ich Robben fange, während ihr in eurem *ik* paddelt. Es ist leichter, von einem *ikyak* aus zu jagen als von dem da.« Er deutete mit seinem Paddel auf das große, oben offene *ik*.

»Du hast die Stoßzähne?« fragte Eule.

»Ja, hier«, sagte Waxtal und legte seine Hand auf die obere Bespannung seines *ikyak*.

Die Brüder sahen sich an, und der jüngere zuckte die Achseln. Der ältere rief Waxtal zu: »Nun gut, fahr voran und suche uns eine Bucht, einen Platz zum Lagern. Sieh da«, und er wies nach Westen auf ein schimmerndes Dunkel in den Wolken. »Es gibt ein Unwetter.«

Ein Schauder der Angst lief Waxtal den Rücken hinab, als er den Himmel betrachtete. Er hätte es bemerken müssen. Wenn er die Händler nicht gefunden hätte, wäre er in den Rachen des Unwetters hineingepaddelt. Er hatte sich niemals sehr bemüht, den Himmel abzulesen. Kayugh und Große Zähne verstanden sich besser als er auf solche Dinge, so wie er sich besser auf das Schnitzen verstand. Sie überließen ihm das Schnitzen, warum nicht ihnen die Beobachtung des Himmels überlassen?

»Wann?« fragte Waxtal, zu den Wolken hinauf nickend.

»Es wird heute nacht kommen«, antwortete Geflecktes Ei.

Waxtal stieß sein Paddel ins Wasser. »Ich werde eine Stelle finden«, sagte er.

Es dauerte nicht lange, bis sie an das Ufer kamen, an das Waxtal sich erinnerte. Es war von Felsen geschützt, so daß das Unwetter nur an ihren umgedrehten Booten rüttelte und durch das Ufergras triefte, das sie geschnitten hatten, um es sich um die Beine zu packen, als sie, in ihre *chigadax* gehüllt, dakauerten.

Am nächsten Morgen waren die Gezeitenbecken übersät mit Kabeljaus, die das Unwetter vom Meer hereingetrieben hatte. Die Händler schickten Waxtal, die Fische einzusammeln. »Frauenarbeit«, sagte Waxtal, damit lauernde Geister sähen, wie er behandelt wurde. Immerhin, es war Nahrung. Besser Fisch einsammeln als hungern, dachte er.

Waxtal lachte. »Samiq glaubt, ich bin tot«, sagte er zu den Geistern. »Er denkt, ich bin verhungert oder ertrunken. Er weiß nicht, daß ihr mit mir seid. Wenn ich ein Schamane bin und man mich für meine Schnitzereien kennt, werde ich zurückkeh ren. Blaue Muschel wird darum flehen, meine Frau zu sein, aber ich suche mir eine, die jung und schön ist, eine, die mir Söhne geben kann, und ich werde Samiq zwingen, unser Dorf zu verlassen, so wie er mich gezwungen hat.«

Er hob einen Kabeljau auf und drückte ihm mit dem Daumennagel die Augen aus. Er saugte die Augen in seinen Mund, fühlte sie zwischen den Zähnen zerplatzen.

Es war lange her, seit er Fischaugen gegessen hatte. Gewöhnlich wurden sie als Leckerbissen für die Kinder aufbewahrt. Ihm fiel ein Rätsel ein, das Großmütter stellen:

Was ist besser als Fischaugen?
Deine Augen, die mich anlächeln.

»Was ist besser als Fischaugen?« rief Waxtal den Geistern zu, dann antwortete er: »Samiqs Augen, geöffnet im Tod!« Und er lachte über seine eigene Schlauheit.

Teil Zwei

FRÜHJAHRSBEGINN

7037 v. Chr.

21

DAS WALROSSVOLK

Chagvan Bay, Alaska

Lemmingschwanz schrie und krallte eine Handvoll von Kiins Haar. Kiin bog die Finger der Frau auf und legte sie um das Seil, das von den Sparren der Geburtshütte herabhing. »Zieh«, sagte sie. »Wenn die Schmerzen kommen, zieh.«

Lemmingschwanz, die auf den Fersen hockte, schloß die Augen und stieß in einem langen Atemzug die Luft aus. Sie zog fest an dem Seil, dann entspannte sie sich und lehnte sich an Schieferwerferin.

»Hast du etwas, um es ihr zu geben?« fragte Kiin Frau der Sonne. Die alte Frau, die neben der Öllampe hockte, sah von ihrer Näharbeit auf. Sie erhob sich langsam, schlurfte dann zu Lemmingschwanz, beugte sich über sie und drückte mit den Handflächen auf den Bauch der Frau.

»Sie braucht nichts«, sagte Frau der Sonne. »Sie braucht nicht einmal dieses Seil.« Sie riß Lemmingschwanz das Seil aus geflochtener Walroßhaut aus den Händen, und Lemmingschwanz erhob sich auf die Knie, um es zu packen. Sie drückte es an ihre Brust, die Lippen vorgeschoben zu einem Flunsch. »Deine Schmerzen sind nichts«, sagte Frau der Sonne und bückte sich, so daß ihr Gesicht nur eine Handbreit von dem Gesicht von Lemmingschwanz entfernt war. »Es hat kaum erst angefangen.«

Lemmingschwanz riß die Augen auf, und sie zischte Frau der Sonne zu: »Was weißt du von Schmerzen, alte Frau? Du hast keine Kinder.«

»Pah!« sagte Frau der Sonne. »Ich weiß, was Schmerz ist. Ich habe vier geboren und vier verloren. Ich weiß, was Schmerz ist.« Sie kehrte Lemmingschwanz den Rücken zu und ging mit langsamen, vorsichtigen Schritten zur Öllampe. Sie ließ sich auf einer Grasmatte nieder und nahm ihre Näharbeit wieder auf, dann hob sie den Kopf und sagte: »Nur weil etwas geschah, bevor du geboren warst, bedeutet dies nicht, daß es nicht geschehen ist. Denkst du, die Geister haben die Welt allein für dich gemacht?«

Aber Lemmingschwanz, die Stirn vor neuen Schmerzen gefurcht, antwortete nicht, sie beugte sich nur zu dem Seil und zog, und diesmal schrie sie dabei Worte gegen ihren Mann Rabe heraus.

Kiin preßte ihre Hand auf den Mund von Lemmingschwanz. »Bist du von Sinnen, deinen Mann zu verwünschen, während du gebärst? Schweig still. Die Geister werden dich hören und dein Kind holen, vielleicht dich holen.«

Lemmingschwanz schürzte die Lippen und zog sie einwärts, und da wußte Kiin, daß sie Speichel von der Innenseite ihrer Wangen sammelte.

»Spuck mich an, und wir werden dich verlassen«, sagte Kiin. »Du kannst das Kind allein bekommen – du mit den Geistern, welche auch immer du mit deinen Verwünschungen herbeigerufen hast.«

Die Augen von Lemmingschwanz wurden weit, sie preßte die Zähne zusammen, schluckte. »Es sind die Schmerzen«, sagte sie matt. »Es sind die Schmerzen, die sprechen.«

»Dann gib acht, daß du sie deinen Mund nicht mehr benutzen läßt, Lemmingschwanz«, erwiderte Kiin.

Danach war Lemmingschwanz für eine Weile still, aber es war Zorn in den Augen der Frau, und sie hielt die Lider halb geschlossen wie ein schmollendes Kind. Gegen Mitte des Tages begann sie zu wimmern, und bald, mit jeder Wehe, schrie sie, und die Schreie erfüllten die Hütte so sehr, daß Kiin wußte, der Lärm würde durch die Wände und in das Dorf der Walroßmenschen dringen. Sie schämte sich für ihre Schwesterfrau. Welche Frau ließ ihre Schmerzen in Verwünschungen und Schreien heraus? Bei dem letzten Stoß, diesem reißenden Drükken, würde eine Frau vielleicht schreien müssen, aber warum bei diesen kleinen Schmerzen, denen, die nicht schlimmer waren als jene, die eine Mädchenfrau am ersten Tag ihrer ersten Blutung fühlt, warum schrie Lemmingschwanz bei diesen Schmerzen ihr Unbehagen hinaus?

»Hol ihr etwas für ihren Mund«, sagte Frau der Sonne.

Kiin nickte und kramte in ihrer Habe, bis sie ein hartes Stück Treibholz fand, ungefähr von der Länge ihrer Hand. Sie brachte es Frau der Sonne, und als Lemmingschwanz bei der nächsten Wehe den Mund öffnete, um zu schreien, stieß Frau der Sonne Lemmingschwanz den Stock zwischen die Zähne.

»Beißen, fest zubeißen«, sagte sie zu Lemmingschwanz. »Das Beißen nimmt die Schmerzen fort.«

Lemmingschwanz senkte die Zähne in das Holz, und schließlich hörten die Schreie auf. In der plötzlichen Stille schien die Hütte größer, als ob eine Menschenmenge nach einem langen Palaver fortgegangen sei.

Der Tag wurde zur Nacht, und die Nacht verging langsam. Frau der Sonne verließ die Hütte und kam nach einer Weile zurück, einen Becher in der Hand.

»Was ist das?« fragte Kiin und beugte sich über den Becher, um an seinem Inhalt zu schnuppern.

»Nur Wasser, gekocht mit ein paar getrockneten Beeren und einem Stück Weidenrinde.«

»Wird es gegen ihre Schmerzen helfen?« fragte Kiin.

Frau der Sonne zuckte die Achseln. »Wenn sie daran glaubt, ja.« Sie ging zu Lemmingschwanz, die sich das Seil aus Walroßhaut um die Unterarme gewickelt hatte. Der Beißstock lag zu ihren Füßen auf der Erde.

»Es ist Morgen«, sagte Frau der Sonne. Sie beugte sich über Lemmingschwanz und legte eine Hand auf ihren Bauch. »Eine gute Zeit für Kinder, geboren zu werden.«

Lemmingschwanz erwiderte nichts, aber Frau der Sonne hielt ihr den Becher an die Lippen. »Trink«, sagte sie. »Es hilft gegen die Schmerzen.«

Lemmingschwanz nahm einen Mundvoll Flüssigkeit und schluckte sie hinunter, dann noch einen. Frau der Sonne strich Lemmingschwanz über den Kopf, dann hockte sie sich neben sie und schob eine Hand unter die Grasschürze von Lemmingschwanz. Lemmingschwanz stöhnte.

Frau der Sonne wischte ihre Finger an der Grasmatte zu Lemmingschwanz' Füßen ab und stand auf. Sie schnalzte mit der Zunge zu Schieferwerferin, die die ganze Nacht hinter Lemmingschwanz gesessen und ihr bei jeder Wehe den Rükken gestützt hatte. Frau der Sonne wandte sich mit einem Lächeln im Gesicht Kiin zu. »Er ist bereit, geboren zu werden«, sagte sie.

Lemmingschwanz kreischte plötzlich, und Kiin eilte an ihre Seite. »Nur noch einmal pressen, noch einmal«, sagte Kiin, und sie umklammerte die Handgelenke von Lemmingschwanz, um ihren Griff um das Seil zu festigen.

Schieferwerferin stemmte die Füße auf den Boden und lehnte sich gegen Lemmingschwanz, so daß die zwei Frauen Rükken an Rücken saßen. Lemmingschwanz kreischte wieder, dann richtete sie sich so auf, daß sie nur noch auf den Fußballen hockte.

»Das Kind kommt!« sagte Kiin.

Frau der Sonne drückte ihre Hand sanft gegen Kiins Schulter. »Sei still, sonst schreckst du das Kind in seine Mutter zurück«, sagte die alte Frau.

Kiin nickte, dann streckte sie die Hände aus, um das Kind umzudrehen, als das dunkle Köpfchen sich aus dem Geburtskanal schob. Noch eine Wehe, und die Schultern kamen heraus, dann glitt das Kind in Kiins Hände.

»Ein Junge!« sagte Kiin und lachte. »Ein Junge, Lemmingschwanz. Du hast uns einen Jäger geschenkt!«

Lemmingschwanz stöhnte, als die Nachgeburt aus dem Geburtskanal rutschte, dann ließ sie das Seil los und legte sich entspannt auf die Erde.

»Drei Halsketten«, sagte sie, keuchend Atem holend. »Sag

Rabe, ich möchte drei Halsketten. Und Lundfedern für meinen Parka. Ein Sohn ist mindestens soviel wert.«

Kiin band die Nabelschnur des Kindes ab und wischte es sauber. Dann streckte sie es Lemmingschwanz hin, aber Lemmingschwanz winkte ab. »Ich stille ihn später«, sagte sie, und ihre Hände flatterten zu ihrem Hals. »Drei Halsketten«, hörte Kiin sie flüstern. Lemmingschwanz lächelte und schloß die Augen.

Kiin sah Schieferwerferin an. Schieferwerferin zuckte mit den Schultern und sagte: »Still du ihn. Ich gehe die Nachgeburt verbrennen.«

Frau der Sonne schnaubte und verließ die Hütte. Kiin hockte sich auf die Erde, das Kind in den Armen. Sie hielt das Kind von Lemmingschwanz an ihre Brust. Es machte den Mund auf, und nach mehreren Versuchen schloß es die Lippen und saugte.

Es war ein wohlgestaltetes Kind mit dicken Ärmchen und Beinchen und einem dichten schwarzen Haarschopf. Es saugte kräftig, und als Kiin ihm mit dem Finger über die Wange strich, hielt es nicht inne, sondern saugte nur noch fester. Etwas an seinem Gesicht, der Schräge seiner Brauen, erinnerte Kiin an Takha, und sie mußte einen Moment die Augen schließen, um die Tränen zurückzuhalten.

»Du hast den falschen Sohn«, schien eine lästige Geisterstimme zu flüstern.

»Shuku ist in seiner Wiege«, erwiderte Kiin.

Aber der Geist sagte: »Takha, Takha. Wo ist Takha?«

Und aus Angst, der Geist könnte den Walroßmenschen ihr Geheimnis verraten, sagte Kiin: »Er ist tot. Sollen die Toten ihn stillen.«

22

DIE ERSTEN MENSCHEN

Herendeen Bay, Alaska-Halbinsel

»Deine Mutter«, sagte Drei Fische. »Bitte, hol deine Mutter.«

Samiq öffnete die Augen und sah Drei Fische neben ihm in seinem Schlafplatz hocken. Sie stöhnte und drückte die Hände auf ihren Bauch. Ihr Atem kam in kurzen Stößen aus ihren gerundeten Lippen.

Samiq schüttelte den Kopf, um sich aus seinen Träumen loszureißen.

»Deine Mutter, hol deine Mutter«, sagte Drei Fische wieder.

Samiq schlüpfte aus der Wärme seiner Schlafdecken und zog seinen Parka an. Seine Hand verfing sich im Ärmel des Parkas, und er streckte Drei Fische seinen Arm hin. »Zieh meine Hand durch«, sagte er, aber Drei Fische, das Gesicht zu einer Grimasse verzogen, schüttelte nur den Kopf.

Er faßte das Ende seines Ärmels mit den Zähnen und zog ihn stramm, bis er die Hand draußen hatte. »Ich bin gleich zurück«, sagte er, dann hielt er inne. »Soll ich helfen, dich in die Geburtshütte zu bringen?« fragte er.

»Ich kann nicht. Ich kann nicht«, stöhnte Drei Fische. »Die Schmerzen sind zu groß. Aber nimm deine Waffen mit, damit kein Fluch kommt.«

Samiq sah, daß die Hände seiner Frau rot von Blut waren. Er zog Speere und Harpunen aus der Waffenecke und bog die Finger seiner rechten Hand auf, um die Waffen zu halten, wenn er zum Dachloch hinaufkletterte. Er lief zum *ulaq* seines Vaters, rief hinunter nach seiner Mutter.

Chagak kam, das Gesicht so bleich, daß es aussah, als ob aus dem Dunkel der Behausung der Mond aufginge.

»Drei Fische blutet. Das Kind kommt«, sagte Samiq.

»Es ist zu früh«, murmelte Chagak, als spräche sie zu jemand anderem, nicht zu Samiq, aber Samiq hörte die Worte und fühlte in der Mitte seines Herzens den Beginn einer Angst wie einen scharfen Schmerz.

Er folgte seiner Mutter zu seinem *ulaq,* wartete aber draußen. Es war nicht gut für einen Mann, bei einer Geburt anwesend zu sein. Frauenblut war ein starker Fluch gegen das Jagen. Er kletterte auf das *ulaq* und hockte sich neben das Dachloch. Er hörte das Gemurmel seiner Mutter, beschwichtigende Laute, konnte aber ihre Worte nicht verstehen. Er blickte auf die Bucht hinaus, und während er wartete, mußte er an die Wale denken, die letzten Herbst zu ihnen gekommen waren.

Diese Wale hatten genug Fleisch und Öl gegeben, um die Ersten Menschen durch den Winter zu bringen, und es war noch etwas übriggeblieben für die Hungermonde, die kommen, bevor Vögel und Robben im Frühjahr wiederkehren.

Würden Wale sich zuerst einer Frau gezeigt haben, die bald sterben sollte? Nein.

Samiq ließ Gebete zu den Walgeistern aufsteigen, bat sie, der Waljägerfrau zu gedenken, die seine Frau war. Er erinnerte sich an die Fragen, die ihm während seines letzten Fastens gekommen waren. Hier, nahe dem Nordmeer, waren Wale mächtiger als alle anderen Tiere, aber für die Karibumenschen, in dem Land, wo sie lebten, mußten Karibus mächtiger sein. Beteten sie dann zu einem anderen Geist, nicht zu den Walgeistern? Sein Vater hatte ihm erzählt, daß die Walroßmenschen sagten, es gebe Orte ohne Berge, wo man nur Land oder Meer sehen konnte, das sich bis zum Rand des Himmels erstreckte. Wie konnten die Menschen dort zu Berggeistern beten? Gab es einen Geist, der größer war als alles? Größer als Wal oder Berg?

Beinahe hätte er Gebete zu jenem Geist hinaufgeschickt, beinahe hätte er um seine Hilfe gebeten. Aber auf einmal hatte er Angst. War er Schamane, einen Geist anzurufen, der seinem Volk unbekannt war? Daher wendete er seine Gedanken wieder den Walgeistern zu, ihrer Macht, und bat sie, seiner Frau, einer Waljägerfrau, und dem Waljägerkind, das sie in sich trug, Kraft zu geben.

Drei Fisches Gesicht wurde rot, und sie kniff die Augen zu, preßte die Lippen über den gebrochenen Zähnen zu einem dünnen Strich zusammen.

Diese Zähne, dachte Chagak. Diese erbärmlichen Zähne. Sie waren das erste gewesen, das ihr an Drei Fische aufgefallen war, als Samiq die Frau von den Waljägern mitgebracht hatte. Drei Fische war polternd, laut gewesen. Schon am ersten Tag hatte Chagak gemerkt, daß Samiq verlegen war wegen seiner Frau, daß er keine Gefühle des Stolzes oder der Freude für sie hegte.

Damals hätte ich sie am liebsten zu den Waljägern zurückgeschickt, dachte Chagak.

»Und jetzt?« Es war die Stimme des Seeotters, die sich in ihre Gedanken drängte.

»Ich liebe sie«, sagte Chagak schlicht. Sie blinzelte die Tränen fort. Was machte es, wenn die Zähne einer Frau abgebrochen, wenn ihre Worte manchmal zu laut waren? Was machte dies alles, wenn man wußte, daß ihre Seele groß war und voll Güte?

Drei Fische stöhnte. Das Bluten hatte aufgehört, aber das Kind kam zu früh. Es würde zu klein sein, um zu leben.

Dann sagte die Otterstimme: »Manchmal leben kleine Kinder. Denk an Amgigh. Seine Arme und Beine waren so dünn, daß du das Blut unter seiner Haut pulsieren sehen konntest. Und er hat gelebt.«

Ja, dachte Chagak. Amgigh war zu einem starken Mann herangewachsen. Er hat gelebt und Kiin einen Sohn gegeben. Sie wandte sich nach Westen, zu dem heiligen Berg ihres alten Dorfes. Sie wollte beten, wollte um das Leben des Kindes bitten, aber ihr Gebet wurde ein Befehl, als sei sie ein Schamane oder Häuptling eines Dorfes. »Dieses Kind wird leben«, sagte sie zu Aka. »Es wird stark sein.« Sie wartete, daß der Otter sie schelten, sie an die geziemende Art, Gebete zu sprechen, gemahnen würde. Aber dann vernahm sie die Stimme des Otters, und der Otter wiederholte ihre Worte.

Samiq ging zu dem Haufen Treibholz, das er als Ziel aufgeschichtet hatte, und hob seine Übungsspeere auf. Ein Schmerz im Bauch erinnerte ihn, daß er nichts gegessen hatte, aber er ging zurück zu seiner Stelle im grauen Ufersand, drehte sich um und warf wieder. Er hatte mit Zählen begonnen: fünf Übungsspeere einmal geworfen, fünf zweimal geworfen. Er hatte bis zehn und zwei weitergezählt, aber jetzt konnte er sich nicht erinnern, wie viele Male er geworfen hatte. Viermal zehn, vielleicht fünfmal.

Er warf seine Speere aufs neue. Nach dem fünften Wurf löste er das Wurfbrett aus seiner Hand. Seine Finger waren in den Monaten seit seiner Verletzung steif geworden, beinahe ohne daß er es bemerkt hatte, und jetzt war es schwer für ihn, die Hand flach zu drücken. Nur der eine Finger, der geschient war, um sein Wurfbrett zu lenken, war noch biegsam.

»Am Abend«, sagte er laut zu seiner Hand, zu den Geistern, die seine Speere lenkten, »am Abend lasse ich mir von Drei Fische alle Finger schienen.« Aber als er den Namen seiner Frau aussprach, kam der Laut in seine Ohren wie ein Wehklagen. »Drei Fische«, sagte er wieder, diesmal im Flüsterton. Er hockte sich auf die Kieselsteine und blickte auf die Bucht hinaus. Frauen starben manchmal bei der Geburt, und Drei Fische hatte geblutet.

»Stirb nicht, Drei Fische«, sagte Samiq. Er umklammerte Kiins Kette aus Muschelperlen, als wäre sie ein Amulett. »Ich habe Kiin verloren. Ich darf dich nicht verlieren. Es ist mir einerlei, ob du mir einen Sohn schenkst. Nur stirb nicht.«

Er stimmte Gesänge an die Walgeister an, und er fühlte seine Gebete von etwas Stärkerem emporgezogen, vielleicht von einem Berg, vielleicht von der Sonne. Vielleicht von einem Geist, der nicht gebunden war an Erde oder Fleisch, einem Geist, der als Geheimnis jenseits der Gedanken der Menschen wohnte.

Drei Fisches Wehen dauerten die ganze Nacht. Als die Sonne aufging, trat Chagak hinaus, wandte sich nach Osten und begrüßte das Licht. Die Begrüßung war etwas, das sie als Kind von ihrer Waljägermutter gelernt hatte, etwas, das ihr in den Jahren seit der Vernichtung des Dorfes ihres Vaters verlorengegangen war.

Sie schloß die Augen und sah die Helligkeit der Sonne als einen feuerroten Schimmer durch ihre Augenlider.

Chagak hörte Drei Fische stöhnen, und sie kehrte in das rauchige Dunkel des *ulaq* zurück. Sie kniete neben Drei Fische nieder, die in der Mitte des *ulaq* hockte und ein Tangseil umklammert hielt, das in einer langen Schlinge von den Dachsparren herabhing.

Chagak schob Drei Fisches gewebte Schürze beiseite und fuhr mit den Händen über den Bauch der Frau. »Das Kind ist fast da, Drei Fische. Fast da«, sagte sie. »Pressen. Fest pressen.«

Drei Fische kniff den Mund zu und strengte sich an.

»Ich sehe den Kopf, Tochter«, sagte Chagak. »Es hat Haare, viele Haare. Pressen.«

Dann kam das Kind, so stürmisch, daß Chagak es fast auf die Erde fallen ließ. »Ein Junge«, sagte Chagak.

»Wird er leben?« fragte Drei Fische, und ihre Stimme war so rauh wie Lavagestein.

»Er ist klein«, antwortete Chagak. Sie legte das Kind auf die feingewebte Grasmatte, die sie gemacht hatte, und tauchte einen weichen Robbenhautstreifen in eine mit warmem Wasser gefüllte Holzschale. Sie wischte ihrem Enkelsohn das Geburtsblut von Augen und Mund, während sie wartete, daß die Schnur zu pulsieren aufhörte.

Drei Fische stöhnte plötzlich, und Chagak legte der Frau ihre Hand aufs Knie. »Das ist nur die Nachgeburt. Sie kommt schnell und leicht.«

Chagak band und schnitt die Nabelschnur ab, dann steckte sie einen Finger in den Mund des Kindes. Es lag schlaff in ihren Armen. Eine Furcht so hart wie Eis legte sich auf Chagaks Herz.

Sie zog einen Schleimfaden aus dem Hals des Kindes, dann legte sie es blitzschnell bäuchlings über ihren Arm.

»Das Kind, es schreit nicht«, sagte Drei Fische. Sie beugte sich vor und griff nach dem Kind, und dabei schoß ein Schwall von Blut zwischen ihren Beinen hervor.

»Leg dich hin, sei still«, sagte Chagak zu Drei Fische, dann rieb sie den Rücken des Kindes. »Atme, Kleiner«, flüsterte sie.

Das Gesicht des Kindes war grau, seine Lippen waren blau. Chagak schnippte mit den Fingern gegen seine Fußsohlen. Plötzlich holte es in einem langen Zug Luft und gab ein stoßweises Geschrei von sich.

Chagak lachte, und das Lachen, das aus ihrer Kehle kam, verfing sich in ihren Tränen, so daß sie nicht sprechen konnte. Sie hielt das Kind, bis sie gewiß war, daß sein Atem gleichmäßig ging. Dann reichte sie es Drei Fische.

Drei Fische drehte sich auf die Seite und wiegte das Kind auf einem Arm. »Soll ich ihn füttern?« fragte sie.

»Manchmal saugen die Kleinen nicht«, sagte Chagak. Sie wartete, während Drei Fische den Mund des Kindes sachte mit ihren Fingern aufmachte und sein Köpfchen eng an ihre Brust drückte. Das Kind drehte den Kopf weg. Drei Fische versuchte es noch einmal, und diesmal umfaßte Chagak den Kopf des Kindes, hielt ihn still. »Reib mit deiner Brustwarze über seine Lippen«, sagte sie zu Drei Fische.

Das Kind machte den Mund auf und stieß einen kurzen Schrei aus, dann schloß es die Lippen um Drei Fisches Brustwarze und fing an zu saugen.

Chagak schüttelte den Kopf und lächelte. »Er ist klein, aber er ist kräftig«, sagte sie. »Dein Mann wird sich freuen.«

»Ja«, sagte Drei Fische. »Jetzt hat er drei Söhne. Was kann ein Mann sich mehr wünschen?«

Chagak nickte, aber sie dachte an Kiin und Shuku und sagte nichts.

23

DAS WALROSSVOLK

Chagvan Bay, Alaska

»Schnitze«, sagte Rabe zu Kiin. »Sonst nichts – nicht nähen. Du sollst keine Körbe machen. Nur schnitzen. Je mehr Schnitzarbeiten du fertigmachst, desto mehr Tauschware erhalte ich von den Flußmenschen, und von dem, was ich bekomme, werde ich dir etwas abgeben.«

Er wandte sich an Lemmingschwanz. »Du«, sagte er und schnippte mit seinen langen Fingern, »ich brauche neue Gamaschen.«

Lemmingschwanz verschränkte die Arme und stellte sich mit angespanntem Kiefer, die Zähne zusammengepreßt, vor Rabe hin. »Denkst du, ich habe nichts anderes zu tun, als Gamaschen zu nähen?« fragte sie.

»Du würdest deine Zeit lieber in den Behausungen anderer Männer verbringen und deinem Mann Schande machen«, antwortete Rabe.

»Ich habe einen neugeborenen Sohn«, sagte Lemmingschwanz. »Denkst du, nachdem ich die ganze Nacht bei ihm gewacht habe, kann ich den ganzen Tag für dich arbeiten?«

Rabe packte eine Faustvoll schwarze Haare von Lemmingschwanz. »Du willst nicht, daß ich gehe? Du willst nicht, daß ich Halsketten und Karibuhäute mitbringe?« Er zog seine Finger durch ihre Haare, riß seine Hand heraus, als sich seine Finger in verfilzten Strähnen an ihren Ohren verhedderten.

Lemmingschwanz zuckte zusammen, packte sein Handgelenk und grub ihre Fingernägel in seine Haut.

Rabe zog seine Hand fort. »Du bist meine Frau, du wirst tun, was ich sage.«

»Und wenn ich es nicht tue?«

»Dann nehme ich dich mit und tausche dich bei den Flußmenschen ein.«

»Du willst also deinen Sohn eintauschen?« fragte Lemmingschwanz, die Oberlippe zurückgezogen, so daß ihre Zähne zu sehen waren.

»Warum sollte ich meinen Sohn eintauschen wollen?« fragte Rabe und schüttelte einen Knoten aus verfilzten Haaren von Lemmingschwanz von seinen Fingern. »Kiin hat Milch. Sie kann ihn stillen. Kiin ist eine bessere Mutter als du.«

Kiin atmete zischend durch die Zähne ein. Wozu würde es gut sein, Lemmingschwanz gegen sie aufzubringen, zumal Rabe bald zu seiner Frühjahrshandelsfahrt aufbrechen würde?

Lemmingschwanz kreischte, bog ihre Hände zu Klauen und ging auf Rabes Augen los. Er packte ihre Handgelenke, verdrehte ihr die Arme und zwang sie auf die Knie. Das Kind von Lemmingschwanz, in eine Wiege gekuschelt, die von den Dachsparren der Behausung herabhing, fing an zu schreien.

»Ich wäre lieber bei den Flußmenschen als bei dir!« kreischte Lemmingschwanz, und ihre Worte übertönten die Schreie ihres Sohnes. »Die behandeln ihre Frauen wenigstens gut.«

»Was weißt du denn von den Flußmenschen?« fragte Rabe, und Kiin hörte den Zorn in seinen Worten.

»Mehr als manche andere«, antwortete Lemmingschwanz.

»Du schläfst in den Betten ihrer Tauschhändler, deshalb glaubst du sie zu kennen. Wieviel muß eine Frau wissen, um die Beine für einen Mann zu spreizen?«

Kiin kehrte ihnen den Rücken zu und ging zu der Ecke, wo sie ihre Schnitzereien aufbewahrte. Sie hatte Lemmingschwanz und Rabe zu viele Male streiten hören. Warum jetzt lauschen? Sie hockte sich neben die Öllampe und öffnete den Zugbanddeckel ihres Schnitzkorbes.

In der ersten Zeit, nachdem sie in das Dorf der Walroßmenschen zurückgekommen war, hatte Kiin nichts weiter als Stöpsel für Robbenmagenbehälter und Angelhaken aus Muschelschalen geschnitzt.

Wie konnte sie vergessen, daß ihre Schnitzfiguren Rabe Macht gegeben hatten, als er gegen Amgigh kämpfte? Wer weiß, wenn sie jene Tiere nicht geschnitzt hätte, wäre Amgigh vielleicht noch am Leben, und sie wäre bei ihrem eigenen Volk, nicht als Frau von Samiq, aber wenigstens so nahe, daß sie ihn jeden Tag sehen, sein Lachen hören, jedesmal für seine Sicherheit beten könnte, wenn er auf die Jagd ging. Und sie würde ihren Sohn Takha bei sich haben.

Außerdem hörte sie, jedesmal, wenn sie ein Stück Holz oder Elfenbein in die Hand nahm – selbst wenn sie das kleine Tier, das *ikyak* oder die Blume, den Mann oder die Frau darin sah –, zugleich eine Stimme, die ihr sagte, sie sei nicht stark genug, den zarten Geist aus dem Holz oder Elfenbein zu befreien. Und manchmal war sie es wirklich nicht. Manchmal war das, was sie schnitzte, eine Mischung von Geistern: Tier und Mensch, *ikyak* und Pflanze wuchsen eines aus dem anderen, als hätte sie nicht aufmerksam genug zugehört, um zu erfahren, was ihr Messer herausholen sollte. Sie versteckte diese kläglichen Schnitzereien in einem Korb neben ihrem Schlafpodest, und manchmal nahm sie sie heraus und sang leise Lieder, um die Geister um Vergebung zu bitten, die sie mit ihrem Messer verletzt hatte.

Dann hatte sie erkannt, daß Schnitzen ein Teil von ihr war, ein Weg, ihre Freude und ihren Kummer auszudrücken. Und wenn die Leere ihres Verlustes an ihrem Geist zerrte, dann schnitzte sie und zwang ihre Gedanken, sich von dem Schmerz loszureißen.

Kiin griff in ihren Korb und nahm eine geschnitzte Otterfigur heraus. Sie drehte sie zwischen den Fingern, als sie plötzlich Rabes Hand auf ihrem Kopf fühlte.

»Nein«, sagte er, griff in den Korb und zog ein geschnitztes Walroß heraus. »Mach dies zuerst fertig.« Er strich mit der Hand über ihr langes Haar und verließ die Behausung.

Lemmingschwanz, das Gesicht noch zornesrot, saß da mit einer über ihren Schoß gebreiteten Karibuhaut. Sie zog einen Strang geflochtene Sehnen aus einem Bündel, das sie in ihrem Nähkorb verwahrte, und nahm ihn zwischen die Zähne, dann nahm sie eine Ahle und eine Nadel aus ihrem elfenbeinernen Nadelkästchen.

»Du wirst meinen Sohn niemals bekommen«, nuschelte sie durch den Sehnenstrang zu Kiin.

»Ich will deinen Sohn nicht«, antwortete Kiin.

Lemmingschwanz sah auf ihr Kind hinab, das jetzt still an ihrer linken Brust saugte. »Er ist besser als dein Sohn. Er wird ein besserer Jäger sein.«

Kiin zuckte die Achseln. Wer war sie, zu sagen, was sein würde? Warum Gefahr laufen, die Geister zu erzürnen, die solche Dinge entschieden?

»Ich hoffe, sie werden beide starke Jäger«, sagte Kiin, und sie wußte, ihre Worte waren ehrlich. Wem kam es nicht zugute, wenn ein Dorf viele starke Jäger hatte?

Sie hielt das geschnitzte Walroß ans Licht. Einst war es ein Walzahn gewesen, wie die Muschel, die sie um die Taille trug, Kiins erste Schnitzarbeit.

Kiin hatte jenen Walzahn allein gefunden, aber diesen hatte Rabe ihr gegeben. Er war stumpf, vom Wasser ausgehöhlt, und wenn Kiin ihn in ihren Händen hielt, fühlte sie das Walroß, das in dem Elfenbein verborgen war. Jetzt war das Walroß fast frei. Sie schob sich die Haare hinter die Ohren und beugte sich über ihre Arbeit. Sie bewegte ihr Messer in kleinen Kreisen, um die Augen zu schnitzen, dann hielt sie das Walroß in die Höhe und drehte es langsam im Licht der Öllampe.

Lemmingschwanz warf die Karibuhaut von ihrem Schoß, spuckte die Sehnen aus ihrem Mund und stand auf. Sie ging zu Kiin hinüber.

»Du denkst, du bist stärker als ich, weil du schnitzt«, sagte Lemmingschwanz. »Du denkst, unser Mann hat dich lieber, weil du schnitzt. Meine Geburtsblutung hat aufgehört. Bald werde ich wieder in Rabes Lager zurückkehren. Dann wird er dich vergessen. Ich bin erste Frau. Wenn Rabe auf seiner Handelsfahrt ist, mußt du tun, was ich sage. Vielleicht beschließe ich, daß ich dich nicht in dieser Behausung haben will. Vielleicht beschließe ich, daß ich allein leben will.«

»Es gibt andere Orte, wo ich bleiben kann«, sagte Kiin. »Aber bist du sicher, daß du allein kochen und saubermachen willst?«

Lemmingschwanz kehrte an ihre Näharbeit zurück, aber als sie an Shukus Wiege vorbeikam, schlug sie mit der Hand an die Holzseite. Shuku fing an zu weinen.

Kiin stand auf, nahm das Kind aus der Wiege und drückte es an sich, bis es zu weinen aufhörte. »Hast du meinen Gehstock vergessen?« fragte Kiin Lemmingschwanz.

Lemmingschwanz lächelte und sagte mit einem Blick auf Shuku: »Denkst du, du kannst ihn immer beschützen? Denkst du, er kann sich selbst beschützen?«

»Ich habe ihn vor Tieren und Geistern beschützt«, sagte Kiin. »Ich kann ihn vor dir beschützen.« Sie wartete, bis Lemmingschwanz wieder an den Gamaschen arbeitete, dann setzte sich Kiin neben die Öllampe und begann zu schnitzen.

Als Rabe in die Behausung zurückkehrte, sah er seine Frauen, eine jede mit einem Kind an der Brust, eine jede bei der Arbeit.

24

DIE WALJÄGER

Yunaska Island, Aleuten

Der Wind war kalt auf ihrer nackten Haut, als Kukutux den Lehmpfad entlanglief, der zum Fluß führte. Der Schnee über der grauen Erde des Ufers war weggeschmolzen. Mit jedem Tag stieg die Sonne am Himmel höher.

Kukutux durchstieß mit den Fersen das dünne Eis am Wasserrand, dann setzte sie die Füße ins Wasser. Es war so kalt, daß ihre Fesseln taub wurden und ihre Knochen schmerzten, aber sie tauchte die gewölbten Hände unter, hockte sich nieder und spritzte sich Wasser zwischen die Beine, dann auf Schultern, Hals und Gesicht. Sie watete an Land und wischte ihre Haut mit den Handkanten trocken, dann zog sie ihren *suk* an.

Sie schauderte und verschränkte die Arme über den Brüsten, bis der *suk* die Hitze aus der Mitte ihres Körpers zog, um ihre Haut zu wärmen. Sie beugte die Arme, bis der pochende Schmerz in ihrem linken Ellenbogen sie zusammenzucken ließ.

Es gibt andere, die mehr gelitten haben als ich, sagte sich Kukutux. Was war mit Scheckiger Korb, deren Fuß zerschmettert wurde? Und mit dem alten Mann, Fischesser, der ein Auge verloren hatte? Was war mit Dicke Frau, die tot war, und mit Drei Fische und Kleines Messer, die nie gefunden wurden? Lieber mit einem steifen Ellenbogen leben, als mit Asche und zornigen Geistern unter einem Haufen zermalmter Steine und Schmutz begraben zu sein.

Aber dann fragte sie sich: Lieber eine Frau sein ohne Mann, ohne Kinder?

»Auch andere haben Mann und Kinder verloren«, sagte Kukutux laut und schüttelte die Unzufriedenheit aus ihrem Kopf.

Aber als sie in ihr *ulaq* zurückgehen wollte, war ihre Brust plötzlich leer und wund. Sie rieb mit einer Hand über die Ausbuchtung des Amuletts aus Walhaut, das unter ihrem *suk* hing, und tat einen langen Atemzug.

»Körbe heute«, sagte sie so laut, daß die Sonne es hören konnte. Die Sonne sollte wissen, daß sie ihre Tage mit Arbeit füllte, daß keine Faulheit in ihren Händen oder in ihrem Kopf war.

»Kukutux! Kukutux!«

Sie erkannte die Stimme von Harter Felsen, und ihr Herz schlug plötzlich heftig gegen ihre Rippen. Die Frauen hatten gemunkelt, daß dieser Mann, ihr Häuptling, sich bald seine fünfte Frau nehmen würde.

Kukutux hatte versucht, sich die Hoffnung auf eine solche Ehre zu versagen. Fünfte Frau! hatte sie sich gescholten. Du warst erste Frau eines guten Jägers. Jetzt hoffst du, fünfte zu werden?

Aber da dem Volk der Waljäger so wenige Männer geblieben waren, welche Frau wäre es da nicht zufrieden, fünfte Frau zu sein? Selbst für eine fünfte Frau gab es Hoffnung, Mutter von Söhnen zu werden. Und wenn die Nahrung knapp war, dann würde der Anteil der fünften Frau nicht geringer sein als das, was Kukutux jetzt bekam – kleine Zuwendungen von Frauen, die Mitleid mit ihr hatten.

So holte sie tief Luft und ging zu Harter Felsen.

»Brauchst du etwas?« fragte sie, und ihre eigene Höflichkeit ließ ihr Herz abermals in raschen Stößen gegen ihre Rippen schlagen. Zur gleichen Zeit sagte sie sich, denke daran, er wird oft zornig. Welche Frau wünscht sich einen Mann, der immerzu glüht? Trotzdem zitterte ihr Herz vor Hoffnung.

»Du hast gute Augen«, sagte er. »Bessere als die meisten.«

Kukutux hob das Kinn. Ja, seit sie ein Kind war, hatte sie diese Gabe besessen, Adler zu sehen, wo andere nur Himmel sahen.

»Schau dort hinaus. Was siehst du?«

Kukutux beschattete die Augen mit den Händen, ohne beim Heben der Arme auf den zerrenden Schmerz in ihrem linken Ellenbogen zu achten. »Zwei *ikyan*«, sagte sie schließlich.

Harter Felsen nickte.

»Nein«, sagte Kukutux und blinzelte, um klarer zu sehen. »Ein *ik,* ein *ikyak.*«

Harter Felsen schloß die Hände fest um seinen Gehstock. Kukutux sah ihm in die Augen. Sie waren hart und flach wie schwarze Steine, und sie konnte nichts darin lesen.

»Sieh hin, bis du Zeichen erkennen kannst«, sagte er.

Wieder beschattete Kukutux die Augen. Schließlich sagte sie: »Das *ik* hat gelbe und rote Zeichen.«

»Ein Boot von Händlern«, murmelte Harter Felsen. »Hast du Körbe?« fragte er. »Haben die Frauen Körbe, die sie eintauschen können, oder Robbenmägen mit getrocknetem Fisch, Grasvorhänge?«

»Ein paar«, sagte Kukutux.

»Was fangt ihr mit euren Tagen an? Ihr habt keine Männer mehr zu versorgen.«

»Wie sollen wir denn flechten?« fragte Kukutux. »Die Asche hat das meiste von unserem Korbgras verdorben.«

Harter Felsen ging fort von ihr, und dabei brummte er etwas von der Faulheit der Frauen.

»Und was wirst du den Händlern sagen, Harter Felsen?« fragte Kukutux. Sie ließ ihren Zorn sprechen, obwohl sie wußte, daß der Mann zu weit entfernt war, um ihre Worte zu hören. »Daß die Waljäger dieses Jahr keine Wale gefangen haben? Daß die Waljäger ein Stamm von Frauen sind?«

Waxtal bewegte seinen Fuß, so daß er den teils geschnitzten Stoßzahn fühlen konnte, der auf dem Boden seines *ikyak* lag. Er hatte ihn fertig haben wollen, bevor sie zum Dorf der Waljäger kamen, aber der Winter war mit Frauenarbeit angefüllt gewesen: Parkas ausbessern, Fische fangen und zubereiten, Öllampen versorgen. Welcher Mann konnte einen Abend mit Schnitzen verbringen, nachdem er den ganzen Tag mit Frauenarbeit zugebracht hatte? Aber er hatte seine Klagen in seinem Mund behalten. Er hatte Essen und einen Platz zum Leben. Er hätte allein sein und hungern können.

Es würde Zeit zum Schnitzen sein, und dann, wenn er mit den Stoßzähnen fertig wäre, würde seine Macht vollkommen sein, und Eule und Geflecktes Ei könnten ihre Frauenarbeit allein machen.

Obwohl Unwetter die Händler gehindert hatten, die Insel der Waljäger zu erreichen, bevor es Winter wurde, hatten sie genug Öl gehabt, und sie hatten Seelöwen und Robben, Fische und Vögel gefangen, um sich mit Fleisch zu versorgen. Sie verbrachten den Winter auf einer geschützten Insel, deren Höhlen von Berggeistern gewärmt wurden. Waxtal hatte Geschichten von solchen Orten gehört, und jetzt wußte er, daß diese Geschichten wahr waren. So hatten er und die Händler einen guten Winter gehabt, geborgen und mit genug Nahrung.

Jetzt war endlich Frühling, und sie waren bei der Insel der Waljäger angekommen. Waxtal suchte das Ufer ab und wies mit seinem Paddel auf die Erhebung der *ulas* am hinteren Teil des Ufers. »Seht ihr?« rief er Eule und Geflecktes Ei zu. »Das Dorf.«

Er lenkte sein *ikyak* ans Ufer, dem *ik* voraus, um den Händlern zu zeigen, wo sie landen mußten. Er stieg aus seinem *ikyak* und wartete, bis die Händler ihr *ik* an Land gebracht hatten.

»Ich habe euch gesagt, daß ich schon einmal hier war«, rief Waxtal, aber dann sah er das finstere Gesicht von Eule, die plötzlich verengten Augen.

»Du hast gesagt, es ist ein mächtiges Dorf«, sagte Eule zu Waxtal.

Waxtal drehte sich um und folgte dem Blick des Händlers, und er sah, daß mehrere *ulas* ohne Dächer waren und die zerbrochenen Sparren in den Grasnarben verrotteten. Geflecktes Ei zeigte auf die Gestelle für die *ikyan*. Es waren nur drei *ikyan* am Ufer.

»Was ist hier geschehen?« fragte Eule.

Eine plötzliche Schwere in der Luft schien gegen Waxtals Brust zu stoßen. Er rieb mit einer Hand sein Amulett und hockte sich hin, um in seinem *ikyak* zu kramen, bis er einen der Walroßstoßzähne fand. Die Oberfläche des Stoßzahns war kühl, und eine Ruhe breitete sich von Waxtals Hand zum Arm und zur Brust aus und brachte sein Herz in einen gleichmäßigen Rhythmus.

Dann sah er einen Mann zwischen den *ulas*. Er ist alt, dachte er zuerst, denn der Mann ging langsam, mit hochgezogenen Schultern, aber als der Mann näherkam, sah Waxtal sein Gesicht und wußte, es war Harter Felsen.

Waxtal streckte die Hände aus. »Ich bin ein Freund, ich habe kein Messer«, sagte er. »Ich bin Waxtal vom Volk der Ersten Menschen, ehemals von Shuganans Ufer.«

Harter Felsen blieb stehen und runzelte die Stirn.

»Erinnerst du dich?« sagte Waxtal. »Wir kamen in euer Dorf und halfen euch, gegen die Kurzen Menschen zu kämpfen. Erinnere dich, ich war es, der euch gerettet hat. Ich war es, der daran dachte, zwei Kletterstämme in das Dachloch von jedem *ulaq* zu stellen, so daß die Jäger Rücken an Rücken hinaufkonnten, um zu kämpfen.«

»Grauer Vogel?« fragte Harter Felsen.

Waxtal lächelte. »Ja, damals war ich Grauer Vogel«, antwortete er. »Ich habe den Namen Waxtal angenommen, aus Trauer um meinen Sohn.«

Harter Felsen nickte, dann sah er an Waxtal vorbei zu den Händlern.

»Ich habe Händler zu euch gebracht«, sagte Waxtal.

»Wir können euch keine Nahrung geben«, sagte Harter Felsen.

»Wir sind gekommen, um zu tauschen, nicht um zu essen«, sagte Eule.

Harter Felsen zuckte die Achseln. »Wir werden teilen, was wir haben, tauschen, was wir können«, erwiderte er.

»Die Wale werden bald kommen«, sagte Waxtal, und seine Worte überstürzten sich.

Harter Felsen sah ihn an und hob die Augenbrauen. »Du denkst, du verstehst die Wege der Wale?« fragte er.

Waxtal wandte sich ab, der Zorn in den Worten von Harter Felsen trieb ihm die Röte ins Gesicht.

»Wir sind verflucht«, sagte Harter Felsen. Er trat dicht an Waxtal heran, drückte mit einem Finger auf Waxtals Brust. »Ja, ihr Robbenjäger habt uns gerettet. Doch dann hat einer von euch einen Fluch über uns gebracht. Sieh, was aus uns geworden ist. Wenn du denkst, du kannst nehmen, was wir haben – unsere Frauen, unsere Nahrung –, dann wirst du sehen, daß wir immer noch kämpfen können.«

Waxtal fühlte einen Zornesklumpen in seiner Kehle aufsteigen, doch dann drehte er sich zu den Händlern um und sagte:

»Harter Felsen, die Waljäger und die Robbenjäger sind immer Brüder gewesen. Warum sagst du, wir haben einen Fluch über euch gebracht?«

Harter Felsen sah Waxtal starr in die Augen. »Es war ebenso unsere Schuld wie eure. Der uns verfluchte, war der Enkelsohn des alten Mannes, der unser Häuptling war.«

Großer Wal, dachte Waxtal. Der alte Häuptling Großer Wal.

»Wenigstens ist er, der uns verflucht hat, er, der das Feuer von Aka und dann von Okmok herbeirief, er ist auch tot. Bald wird er zu den Tanzenden Lichtern aufsteigen, um bei seinesgleichen zu sein, und der Fluch wird aufgehoben.«

Waxtals Gedanken lichteten sich, und er erkannte, daß Harter Felsen von Samiq sprach.

Samiq! dachte Waxtal. Also deswegen hat Samiq die Waljäger verlassen. Und diese Menschen denken, er ist tot.

Waxtal öffnete den Mund, um zu sprechen, um Harter Felsen die Wahrheit zu sagen, doch dann sagte er nichts. Lieber warten und sehen, was Harter Felsen für so ein Wissen geben würde. Eine gute Art, die Nächte zu verbringen, zu beschließen, wie Samiq zu bestrafen wäre, dafür, daß er Waxtal um sein *ulaq,* seine Nahrung, seine Frau gebracht hatte. Plötzlich blubberte Gelächter in Waxtals Mund, so daß er den Kopf senken und eine Hand auf seine Lippen drücken mußte.

Eule trat vor und sagte zu Harter Felsen: »Wir bringen keine Flüche, nur Stärke, die Macht von Amuletten und Schamanensegen, anständige Tauschwaren.«

Und Waxtal, den Kopf noch gesenkt, folgte den Händlern, als Harter Felsen sie ins Dorf führte.

25

Harter Felsen reichte Waxtal die Harpunenspitze. Nach vier Tagen des Wartens, vier Tagen der Höflichkeiten, war Waxtal endlich in das *ulaq* von Harter Felsen eingeladen worden. Das Warten hatte Waxtal nichts ausgemacht. Er hatte die Zeit zum Planen genutzt, und er hatte gute Pläne gemacht.

Jetzt beginnt der Handel, dachte Waxtal, während er die Harpunenspitze betrachtete. Sie war aus Walfischbein gemacht, an beiden Seiten mit Widerhaken versehen und so lang wie Waxtals ausgestreckte Hand. Das Ende war stumpf und eingekerbt, um eine kleine, dreieckige Obsidianspitze mit Gift festzuhalten. Die Harpunenspitze war alt, der Knochen vergilbt, und einer von den vier Widerhaken, ein vorderer, war abgebrochen. Es war gute Arbeit, aber Waxtal hatte schon bessere gesehen. Wessen Harpunenspitzen waren mit denen zu vergleichen, die Amgigh gemacht hatte?

Er sah in das Gesicht von Harter Felsen. Wie viele Jahre waren es, seit Waxtal ihn zuletzt gesehen hatte? Drei, vier Jahre? Harter Felsen hatte sich seitdem nicht sehr verändert. Er war ein kräftiger Mann von kurzem Wuchs, mit dicken Armen und Beinen, die Handgelenke fast so breit wie Waxtals Fußknöchel. Er hatte gerade, ebenmäßige Zähne. Sein borstiges, schwarzes Haar hing ihm in Fransen in die Stirn; an den Seiten und hinten reichte es ihm bis auf die Schultern. Seine Augen waren kalt, flach. Keiner konnte in diese Augen blicken und die Gedanken von Harter Felsen sehen, aber ein guter Tauschhändler hatte viele Wege, um zu erkennen, was ein anderer Mann fühlte. Wer konnte Zorn unter einem schlaffen Kiefer verstecken? Welcher Mann konnte verhindern, daß Habgier sich in einem Zucken der Lippen, dem raschen Blinzeln eines Augenlids zeigte?

Waxtal schloß die Faust um die Harpunenspitze. »Hast du noch mehr?« fragte er. In anderen Dörfern, beim Handeln mit anderen Männern, würde Waxtal die Harpunenspitze in gespieltem Widerwillen auf die Erde geworfen haben, aber die Art, wie Harter Felsen saß, die Schultern eingezogen, die Arme verschränkt, mit den Händen die Ellenbogen umfassend, ließ Waxtal das erste Angebot von Harter Felsen behandeln als etwas, das in Betracht kommen könnte.

»Ein paar«, sagte Harter Felsen.

»Für diese und drei dazu gebe ich dir einen Robbenmagen mit Öl«, sagte Waxtal.

Harter Felsen richtete sich gerade auf. Er hob eine Augenbraue und sah Waxtal in die Augen.

Waxtal verstand. Welcher Mann, der ihnen zusah, würde nicht denken, daß Waxtal das Öl aus Mitleid anbot? Wohl hatte Harter Felsen zu Waxtal und den Händlern gesagt, die meisten seiner Männer seien auf der Jagd, doch konnte jeder sehen, daß sie nur wenige Jäger waren. *Ulas* wurden nicht ausgebessert, gute Dachsparren ließ man verrotten. In den vier Tagen, seit er mit den Händlern auf diese Insel gekommen war, hatte Waxtal mehr Menschen gesehen, die auf irgendeine Weise verkrüppelt waren – Hand, Auge, Fuß, Bein –, als in all den Jahren seines Lebens.

Wie konnte jemand daran zweifeln, daß die Waljäger mit einem Fluch belegt waren? Waxtal sah dies alles und fühlte Furcht in sich aufsteigen. Für ihn war es wichtig, daß Harter Felsen stark war. Aber er besann sich, daß die Stärke eines Mannes mehr ist als die Gunst der Geister. Die Stärke eines Mannes – und seine Schwäche – das ist, was er glaubt, daß sie ist. Waxtal rief sich den Haß von Harter Felsen auf Samiq in Erinnerung und lächelte. Ja, es würde geschehen, wie er es plante, doch bis dahin mußte er versuchen, Eule und Geflecktes Ei von Harter Felsen fernzuhalten. Waxtal wollte nicht, daß sie den Fluch fürchteten, den Samiq über das Dorf der Waljäger gebracht hatte.

Waxtal war froh, daß Harter Felsen Eule und Geflecktes Ei jedem eine Frau für die Nächte gegeben hatte, die sie auf der Insel der Waljäger verbrachten. Waxtal hatte sein Lächeln im

Inneren seiner Wangen zurückgehalten, als er das Verlangen in den Augen der Händler sah, und er sagte sich wie schon viele Male, daß junge Männer nicht Händler sein sollten. Sie dachten zu sehr an schnelle Vergnügungen und ließen den Drang ihrer Lenden die Klugheit überdecken. Dennoch hoffte er, Eule und Geflecktes Ei würden ihre Tage mit den Frauen des Waljägervolkes genießen. Vielleicht würden sie Söhne zurücklassen, die zu Jägern heranwuchsen, Kinder, die diesem Volk, das die Geheimnisse der Wale verstand, wieder Kraft geben würden. Sogar jetzt waren beide Händler bei ihren Frauen statt auf der Suche nach guten Tauschgeschäften. Doch auch wenn Waxtal den Männern später Vorhaltungen machen wollte, er war trotzdem froh. Es war besser für ihn, allein bei Harter Felsen in seinem *ulaq* zu sein, allein, um ungestört Tauschhandel zu treiben.

Er sah wieder in das Gesicht von Harter Felsen, sah die Zornesröte des Mannes, die Angespanntheit von Kiefer und Stirn. Waxtal ermahnte sich, daß Harter Felsen kein Dummkopf war. Wenn Harter Felsen das Öl von Waxtal nahm, gestand er die Not seines Dorfes ein. Doch wie konnte Harter Felsen es zurückweisen? Die meisten Kinder der Waljäger waren so dünn wie Grashalme, und die Frauen sahen noch schlimmer aus.

Waxtal beugte sich vor und senkte die Stimme. »Du denkst, ich bin ein törichter Händler«, sagte er und gestattete sich ein langsames Lächeln. »Du denkst, ich weiß nicht, daß mein Öl mehr wert ist als vier Harpunenspitzen?« Er lehnte sich zurück und straffte die Schultern. »In anderen Dörfern, ja«, sagte er. »Aber dies ist das Dorf der Waljäger. Die Waljäger müssen während der Monde des Handelns nahe bei ihrer Insel bleiben. Sie müssen auf Wale vorbereitet sein, deswegen können sie keine Händler ausschicken, außer zu den nahen Dörfern der Robbenjäger. Ihr wißt nicht, was die Robbenjäger mit den Harpunenspitzen machen, die sie von euch bekommen. Ihr wißt nicht, daß die Flußmenschen zwei Frauen für eine Harpunenspitze von den Waljägern geben. Die Karibumenschen, die fast am Rand der Welt leben, sie geben Parkas und Stiefel, gut genäht und mit

Zähnen und gefärbten Sehnen verziert. Alles für nur eine oder zwei Harpunenspitzen von den Waljägern. Ihr wißt das nicht, und die Händler werden es euch nicht sagen. Warum sollten sie es erzählen, wenn sie so viel für so wenig bekommen können?«

Während Waxtal sprach, beobachtete er Harter Felsen, beobachtete, wie Harter Felsen den Blick hob, um in das Gesicht von Waxtal zu sehen – als ob er die Wahrheit von Waxtals Worten erkennen könnte, indem er sie aus Waxtals Mund kommen sah.

»Wenn das wahr ist«, sagte Harter Felsen schließlich, »warum erzählst du es mir? Warum nimmst du nicht, was du bekommen kannst, und ziehst weiter, wie es die anderen Händler tun?« Er hielt inne, da ein Husten seine Worte unterbrach, und dann fragte er wieder: »Also, warum erzählst du es mir?«

»Weil wir Brüder sind«, sagte Waxtal.

Harter Felsen verengte die Augen und beugte sich zu Waxtal vor. »Du bist nicht mein Bruder.«

»Ich bin ein Robbenjäger vom Volk der Ersten Menschen«, sagte Waxtal. »Du bist ein Waljäger, ebenfalls vom Volk der Ersten Menschen.« Er machte eine Pause, beobachtete Harter Felsen, wie er sich zurücklehnte, die Wangen einsog, den Kopf neigte. »Die Waljäger und die Robbenjäger sind immer Brüder gewesen«, sagte Waxtal. »Unsere Großväter aus lange vergangener Zeit sind dieselben. Sie wohnen jetzt zusammen bei den Tanzenden Lichtern. Wir holen uns eure Frauen, ihr holt euch unsere.«

Harter Felsen nickte.

»Die Männer, mit denen ich hier bin«, sagte Waxtal und wies mit dem Kinn auf das Dach des *ulaq,* »diese Männer sind vom Volk der Karibumenschen. Sie denken nicht, wie ich denke. Sie sehen nicht, wie ich sehe. Wir sind nur für diese Reise zusammen, danach werde ich allein losziehen oder mit einem Händler vom Volk der Ersten Menschen. Wie kann ich zulassen, daß Männer, die nicht meine Brüder sind, einen betrügen, der mein Bruder ist?« Waxtal begegnete dem Blick von Harter Felsen und sah nicht fort.

Langsam lächelte Harter Felsen, langsam sagte er: »Sag mir dann, warum diese Menschen, die sich Karibu und Fluß nennen, warum sie unsere Harpunenspitzen wollen? Hoffen sie, Wale zu jagen?«

Waxtal lachte. »Sie werden niemals Wale jagen. Manche leben fern vom Meer, so weit entfernt, daß sie nicht einmal seine Stimme hören können. Aber sie besuchen das Meer. Sie haben Wale gesehen. Sie sind tüchtige Jäger, sie erlegen Karibus und Bären, daher verstehen sie ein wenig von der Macht, die nötig ist, um auf dem Meer zu jagen.« Waxtal beugte sich weit vor. »Ihr tötet Wale. Welcher Mann hat mehr Macht?«

Waxtal sah einen Moment fort, dann hielt er die zerbrochene Harpunenspitze in die Höhe. »Du denkst«, sagte Waxtal, »sie werden das hier als Waffe benutzen?« Er lachte. »Nein.« Er rieb mit den Fingern über den abgebrochenen Widerhaken. »Diese Harpunenspitze ist gegen einen Wal benutzt worden. Irgendein Jäger wird sie als Amulett haben wollen.« Waxtal lächelte und schob die Harpunenspitze in den Beutel an seiner Taille. »Vielleicht werde ich sie selbst behalten.«

»Hoho!« sagte Harter Felsen. »Dann also zwei Robbenmägen mit Öl!«

Und obwohl er ein solches Angebot von dem Mann erwartet hatte, hob Waxtal die Augenbrauen, um Erstaunen zu zeigen. Er kaute einen Moment auf seiner Unterlippe. Er klopfte auf den Beutel. »Für diese und drei andere«, sagte er.

»Ja.«

»Dann zwei Robbenmägen, aber dazu eine Frau für mein Lager heute nacht.«

»Abgemacht!« sagte Harter Felsen.

Waxtal stand auf, aber Harter Felsen zeigte auf eine Speisenische, die in die Wand des *ulaq* gehauen war. »Ein guter Tausch soll mit essen enden«, sagte er.

Waxtal wartete, während der Mann in Behältern aus Seelöwenmägen kramte. Schließlich holte Harter Felsen getrockneten Fisch und getrocknetes Walfleisch hervor. Als Waxtal das

Walfleisch sah, dachte er an seinen Sohn Qakan. Qakan hatte Walfleisch gerne gemocht. Wie schön wäre es, wenn Qakan hier sein könnte, um seinem Vater beim Handeln zuzusehen.

Im Geiste sprach Waxtal zu Qakan, als sei Qakan neben ihm in diesem *ulaq* der Waljäger. »Das Geheimnis eines guten Handels ist, zu wissen, was wirklich gewünscht wird – nicht das Öl, das Fleisch, die Waffen. Das sind äußere Dinge. Es sind nur Symbole für das, was einer wirklich will. Ein guter Händler sieht durch diese Dinge hindurch, als blicke er durch Wasser. Ein Mann wie Harter Felsen, einer, der seinen Stolz verloren hat, ist von allen Männern am leichtesten zu verstehen. Er möchte seinen Stolz zurückhaben, und um ihn zu bekommen, muß er zuerst Macht haben, dann Rache, und, in seinem hohen Alter, Ehre. Merke dir, was ich dir sage, Qakan. Vielleicht wirst du eines Tages ein Händler bei den Tanzenden Lichtern sein. Wer weiß, was ein Händler dort bekommen kann?«

Dann gab Harter Felsen Waxtal ein Stück Fleisch. Waxtal schnitt mit seinem Ärmelmesser einen Brocken herunter. Während er Harter Felsen zulächelte, hielt er das Fleisch in die Höhe, als würde er es unsichtbaren Händen übergeben.

26

Mit der gebogenen Klinge ihres Frauenmessers schlitzte Kukutux den Bauch des Kabeljaus auf, den sie gerade gefangen hatte, und schnitt einen Teil der Innereien heraus, um sie als Köder zu benutzen. Sie gab Viele Kinder einen Strang ab und wickelte etwas um ihren eigenen Haken.

»Er war ein großer Mann, nicht wie die drei Händler, die jetzt in unserem Dorf sind«, sagte Viele Kinder. »Er wollte mich und hat zu Harter Felsen gesagt, er würde mir alles geben, wenn ich seinen Schlafplatz mit ihm teile.« Die Frau lachte. »So bin ich zu diesem Angelhaken und auch zu meiner Halskette aus Robbenzähnen gekommen. Aber ich habe schwer gearbeitet. Er wollte es die ganze Nacht.«

Kukutux versuchte zu lächeln. Die Geschichten, die Viele Kinder von den Männern erzählte, denen sie zu Gefallen gewesen war, waren wie die Geschichten alter Jäger von längst vergangenen Jagden. Die Frau wollte nur Erinnerungen an gute Zeiten wecken, aber die Geschichten erfüllten Kukutux mit Kummer, denn sie sehnte sich nach den Nächten mit ihrem Mann, nach seinen Armen, die sie eng umschlungen hielten, nach den Koseworten, die er ihr ins Ohr flüsterte.

Viele Kinder sah blinzelnd zum Himmel hoch und deutete mit dem Kinn auf einen Haufen Wolken, die sich von Westen her zu ihnen ausbreiteten. »Sturm«, sagte sie und beugte sich über ihren Haken.

Es war ein gegliederter Haken, dessen zwei Teile aus Knochen geschnitzt und durch eine geflochtene Sehnenschnur miteinander verbunden waren. Der gerade, starke Schaft endete in einer kleinen Vertiefung, die das knollige Ende des Widerhakens enthielt. Es war ein wunderbarer Haken. Die Sehne schnappte zu, bevor der Haken brach, und selbst wenn der Widerhaken brechen würde, brauchte man, um ihn zu ersetzen, nur einen Teil des Hakens neu zu schnitzen statt des ganzen. Besser als meine Haken aus Muschelschalen, dachte Kukutux, aber dann fragte sie sich, ob der Haken es wert sei, eine Nacht mit einem Händler zu verbringen, wie Viele Kinder es getan hatte. Wer konnte sagen, was ein Händler tun würde? Was kümmerte es einen Händler, wenn er eine Frau erzürnte oder beleidigte? Es bestand keine Notwendigkeit, Rücksicht zu nehmen auf eine Freundschaft mit dem Mann oder dem Vater der Frau. Es bestand keine Notwendigkeit, Frieden zu halten mit anderen im Dorf. Welchen Schutz gab es für eine Frau vor einem Händler außer ihrer eigenen Klugheit?

Kukutux sah zu, wie Viele Kinder ihre Fischschnur, die sie

mit einem Kieselstein beschwert hatte, ins Wasser warf. Wenn ein Händler mit Viele Kinder zufrieden war, würde er auch mit mir zufrieden sein, dachte Kukutux.

Viele Kinder war alt. Ihr Gesicht war faltig, und ihr Haar hatte weiße Strähnen an den Schläfen. Sie war nicht häßlich, nein. Und obwohl sie Harter Felsen fünf Kinder gegeben hatte, war sie noch straff und aufrecht. Anders als bei den meisten Frauen im Dorf, waren ihre Wangen nicht eingefallen, und ihr Körper war nicht zu dünn von einem Winter des Hungerns.

Die Wale waren letzten Sommer nicht zu den Wassern der Waljäger gekommen und nur wenige Robben, aber Harter Felsen war es gelungen, genug Seelöwen heimzubringen, um zu teilen und trotzdem noch genug Fleisch und Öl zu behalten, um seine Frauen gut zu ernähren. In den meisten Familien hatten die Jäger nur genug für sich selbst gefangen. Die Frauen und Kinder mußten von dem leben, was sie an den Ufern aufsammeln konnten; Öl und nahrhaftes Fleisch waren den Männern vorbehalten. Die Jäger mußten zuerst essen. Wie sollte es Hoffnung für das Dorf geben, wenn die Jäger schwach und dünn würden?

Kukutux fühlte ein Zerren an ihrer Schnur. Sie wartete einen Moment, dann ruckte sie mit beiden Händen, um den Haken festzuziehen. Sie fühlte das Gewicht des zerrenden Fisches, dann war die Schnur auf einmal schlaff.

»Ist er weg?« fragte Viele Kinder.

Kukutux nickte.

»Sieh nach deinem Köder«, sagte Viele Kinder.

Kukutux sah die Frau nicht an. Sie wickelte die Schnur um den dicken Treibholzstock, den sie in der linken Hand hielt. Es war immer dasselbe, wenn sie mit Viele Kinder fischte. Die Frau sagte ihr, was sie tun sollte, als wäre Kukutux ein Kind, das soeben die Wege der Frauen lernte.

Kukutux ermahnte sich, geduldig zu sein, sich an die Freude zu erinnern, die sie empfunden hatte, als Viele Kinder sie einlud, im *ik* fischen zu gehen. Sie hat nur gefragt, weil ich kein *ik* habe, besann sich Kukutux. Nicht, weil Harter Felsen sie geheißen hat, mich zu fragen.

»Hat er deinen Köder genommen?« fragte Viele Kinder.

»Ja.«

»Du mußt deinen Haken besser wickeln. Du machst es nicht richtig. Du bist wie deine Mutter. Sie hat immer ihren Köder verloren.«

Kukutux preßte die Lippen zusammen und wickelte einen neuen Strang Eingeweide fest um den Haken, dann begann sie ihre Schnur abzuspulen, aber Viele Kinder griff danach und untersuchte den Haken. Kukutux sah fort, als die Frau den Köder entfernte, darauf spuckte und ihn dann wieder um den Haken wickelte.

»Ich bin erstaunt, daß du überhaupt etwas fängst«, sagte Viele Kinder. »Ich sehe, warum du so dünn bist. Nur gut, daß du keinen Mann ernähren mußt. Nur gut, daß du kein Kind stillst. Du kannst deinen ganzen Fisch allein essen. Ich, ich muß mit meinem Mann und meinen Kindern teilen, sogar mit den Kindern meiner Schwesterfrau. Wenn du wüßtest, wie man einige Dinge macht, würdest du gut essen und dick sein. Dann hättest du keine Mühe, einen Mann zu finden.«

Viele Kinder ließ die Schnur von Kukutux los und warf sie ins Wasser. Sie sah zu, wie Kukutux die Schnur abspulte, dann sagte sie: »Ja, in diesen zwei Jahren haben wir alle getrauert. Die Geister waren mir gewogen. Ich habe niemanden verloren außer einer Schwesterfrau, aber wenn das Leben gelebt wird, wie die Geister wollen, daß wir es leben – mit Achtung vor allen Dingen –, dann sind sie uns gewogen.«

Kukutux atmete tief ein, dann ließ sie die Luft mit einem Seufzer heraus. Wie viele Nächte war sie in ihren Schlafdecken wachgelegen und hatte versucht, sich auf etwas zu besinnen, das sie getan hatte, eine Unhöflichkeit, eine Respektlosigkeit, die einen Fluch über die gebracht haben könnte, die sie liebte. Wie viele Male hatte sie sich gefragt, warum von allen Menschen im Dorf sie es war, die alle verloren hatte – Mann, Kind,

Eltern, Bruder, Schwester –, alle bis auf die Frau ihres Bruders, und die Frau ihres Bruders war eine selbstsüchtige Frau.

»Weißt du sicher, daß du kein Lundfleisch gegessen hast?« fragte Viele Kinder. »Das ist für Frauen in dem Alter, in dem sie Kinder gebären können, verboten.«

»Ich habe keins gegessen«, antwortete Kukutux. Jedesmal, wenn sie mit Viele Kinder zusammen war, stellte die Frau ihr Fragen, als ob sie durch den Beweis der Schuld von Kukutux das Dorf so wiederherstellen könnte, wie es einst gewesen war.

»Du bist nicht über die Waffen deines Mannes gestiegen? Du hast während deines Blutens sein Essen nicht berührt?«

»Nein«, sagte Kukutux leise. Etwas zerrte kräftig an ihrer Schnur. Sie wartete einen Augenblick, dann zog sie den Haken straff und fühlte das verheißende Gewicht des Fisches an ihrer Schnur.

»Weißt du genau, daß du nicht ...«

»Ich habe einen Fisch«, sagte Kukutux.

»Schon wieder?«

Kukutux lächelte über das finstere Gesicht von Viele Kinder. »Schon wieder«, sagte Kukutux. »Er ist groß.«

Sie mühte sich mit dem Fisch ab, holte die Schnur langsam ein, spulte sie wieder ab, als der Fisch sich schnell und heftig zum Ufer bewegte und dann wieder umkehrte, aufs Meer hinaus. Es war ein Heilbutt. Sie war ganz sicher, fürchtete aber, daß, wenn sie die Worte laut sagte, ein Geist sie für zu stolz halten und den Fisch in einen kleineren verwandeln würde. So saß sie da, als würde sie mit einem kleinen Wal oder Kabeljau kämpfen, und ließ den Fisch sich lange Zeit im Kampf gegen die Schnur erschöpfen.

Die Arme von Kukutux begannen zu schmerzen, und sie straffte die Schultern. Ihre Atemstöße waren abgehackt, kurz. Der Anteil des Fängers an einem Heilbutt – wenn der Fisch so groß war, wie er sich an ihrer Schnur anfühlte – würde ihr Fleisch für mehrere Tage einbringen. Kukutux zwang sich zu einem langen Atemzug, aber die Hoffnung in ihrer Brust schien so viel Raum einzunehmen, daß sie keinen Platz mehr für Luft hatte.

Ich wünsche mir den Fisch zu sehr, dachte sie. Aber was war besser als dicke Scheiben Heilbutt, mit Liebstöckel gekocht und in Öl getunkt? Du bist dumm, sagte sie bei sich. Gibt es einen besseren Weg, einen Fisch zu verlieren, als ihn in deinem Kochbeutel zu sehen, bevor du ihn in deinem *ik* hast?

Viele Kinder holte ihre Schnur ein und legte sie beiseite. Aus den Augenwinkeln konnte Kukutux die Frau ihre Hände drehen sehen, als kämpfe sie gegen einen Geisterfisch an einer Schnur, die aus Wind gemacht war. Dann umklammerte Viele Kinder die Hände von Kukutux.

»Es ist ein Heilbutt. Es muß ein Heilbutt sein«, sagte Viele Kinder.

Kukutux, deren Arme und Brustmuskeln schmerzten, nickte nur. Warum Kraft auf Worte verschwenden?

»Laß mich ihn einholen. Ich hole ihn ein«, sagte Viele Kinder. »Ich bin stärker als du.«

»Nein«, sagte Kukutux. »Nein«, wiederholte sie, obwohl es schwer war, genug Atem für Worte zu finden.

»Beug dich vor«, sagte Viele Kinder, dann, nachdem sie ihr einen Moment zugesehen hatte, rief sie: »Lehn dich zurück.«

Kukutux hörte nicht hin. Sie wußte, sie durfte nur an den Fisch denken und an die Schnur, die die Bewegungen des Fisches zu ihren Händen brachte.

»Ich habe schon Heilbutt gefangen, als du noch ein Säugling warst«, sagte Viele Kinder. »Ich habe schon Heilbutt gefangen, als du nichts anderes konntest, als dein Bett schmutzig machen.«

»Der Fisch wird müde«, erwiderte Kukutux. »Paddle uns näher ans Ufer. Vielleicht können wir ihn mit uns an Land ziehen.«

Viele Kinder schnaubte, aber sie nahm das Paddel und sagte, indem sie mit dem Kopf auf die Schnur von Kukutux deutete: »Sag mir, wenn er das nächste Mal auf das Ufer zuhält.«

Viele Kinder hielt das Paddel knapp über dem Wasser, bis

Kukutux »jetzt!« rief. Dann stieß sie das Paddel ins Wasser und lenkte das *ik* mit raschen, kraftvollen Schlägen zum Ufer.

Kukutux holte die schlaffe Schnur ein, sie arbeitete, so flink sie konnte. Der Fisch zog zurück, glitt unter das *ik* und wieder aufs Meer hinaus. Kukutux gab etwas mehr Schnur, dann ließ sie den Fisch kämpfen. Sie rief noch einmal, als er auf das Ufer zuhielt.

Viele Kinder paddelte, und schließlich hörte Kukutux sie rufen: »Wir haben einen Heilbutt!«

Dann waren Männer – Große Hände und Fischesser und zwei von den Händlern – mit Landungshaken und Fischspeeren im Wasser, und Kukutux beobachtete, wie Fischesser, der alte Mann, seinen Speer in den Fisch stieß. Große Hände und Fischesser brachten den zappelnden Heilbutt ans Ufer, und Große Hände knüppelte auf ihn ein, bis er still war.

Kukutux, die Schnur noch in der Hand, kletterte aus dem *ik*. Der Heilbutt war so groß wie ein großer Mann. Mit dem Anteil des Fängers würde Kukutux genug haben, um einen Teil zu trocknen und zu lagern.

Aber dann war Viele Kinder an der Seite von Kukutux und stieß Kukutux fort. »Ich habe ihn gefangen!« sagte Viele Kinder. Sie lief zu Fischesser. »Frisches Fleisch heute!« sagte sie zu ihm. »Du bekommst einen doppelten Anteil für deine Hilfe.«

Kukutux machte den Mund auf, um zu widersprechen, aber einen Augenblick lang hatte sie keine Worte. Sie sah Viele Kinder an, hielt den Treibholzstock in die Höhe, umwickelt mit der Fischschnur, die zum Maul des Heilbutts verlief. »Ich habe ihn gefangen«, sagte Kukutux mit leisen Worten. Fischesser drehte sich um und sah sie an.

»Viele Kinder ...«, sagte er, dann kniff er sein eines sehendes Auge zusammen und blickte von Kukutux weg.

»Ich habe den Fisch gefangen!« sagte Kukutux, und ihre Worte waren jetzt lauter. »Es ist mein Fisch.«

Große Hände und die Händler drehten sich um und starrten sie an.

»Du lügst!« sagte Viele Kinder. »Ich habe ihn gefangen.«

Wieder hielt Kukutux die Hand hoch. Der Treibholzstock war mit ihren Zeichen bemalt, zwei Kreise nebeneinander. Sie wies auf die Kreise. »Seht ihr? Meine Schnur.«

Große Hände schüttelte den Kopf, und die Händler sahen fort und scharrten mit den Füßen im Uferkies.

Und Kukutux dachte, wie können sie sich gegen Viele Kinder stellen, wenn sie Frau des Häuptlings der Waljäger ist? Aber Viele Kinder hatte einen Jäger, der ihr Essen mitbrachte, und Kukutux hatte nur, was sie selbst finden konnte. Wenn sie sich gegen Viele Kinder stellte, was würde die Frau dann Harter Felsen erzählen? Was, wenn sie Harter Felsen bat, Kukutux nicht zur Frau zu nehmen? Was würde dann geschehen?

Kann ich selbst Robben jagen und mir so genug Öl für den nächsten Winter beschaffen? dachte Kukutux. Sie wäre im letzten Winter fast verhungert, trotz der Seelöwenmägen mit Öl von der Jagd ihres Mannes.

»Wir haben zusammen gefischt«, sagte Kukutux. »Der Fisch hat meine Schnur genommen, aber Viele Kinder hat mir geholfen.« Sie sah Viele Kinder an, hoffte, die Frau würde ihr beipflichten, aber Viele Kinder warf den Kopf zurück und starrte Kukutux böse an.

»Ich habe den Fisch mit meiner Schnur gefangen«, sagte Viele Kinder. »Denkt ihr, mein Mann wird mir nicht glauben?«

»Seht her«, sagte Kukutux. Sie wickelte die Tangschnur um ihren Stock, bis ihre Hände nur eine Armeslänge vom Maul des Heilbutts entfernt waren. »Meine Schnur«, sagte sie, und wieder hielt sie den Stock so, daß die Männer die Zeichen sehen konnten.

»Was ist ihr Zeichen?« fragte einer von den Händlern.

»Zwei Kreise«, sagte Kukutux und hielt ihm den Stock hin.

»Ihr Zeichen ist zwei Kreise?« fragte der Händler und sah die Männer ringsum an. Große Hände zuckte die Achseln, hustete und wandte sich ab, aber Fischesser nickte.

»Dann ist es ihr Fisch.«

Kukutux sah auf, begegnete kühn dem Blick des Händlers. »Viele Kinder soll einen entsprechenden Anteil haben«, sagte sie, aber Viele Kinder hatte allen den Rücken gekehrt und ging zu den *ulas.* Kukutux sah ihr nach, doch dann sagte sie: »Für uns übrige gibt es mehr.«

Sie nahm ihr Frauenmesser aus der Scheide und hockte sich neben den Fisch, bereit, die Portionen auszuteilen. »Sagt euren Frauen und Schwestern, sie sollen kommen«, sagte sie. »Alle werden heute frischen Fisch haben.«

Fischesser ging zu den *ulas,* und Kukutux begann, den Fisch aufzuteilen. Große Hände nahm eine Portion. Aber als er seinen Anteil zu seinem *ulaq* tragen wollte, kam Viele Kinder zurück und stellte sich neben Kukutux.

»Ich bin gekommen, um meinen Anteil zu holen«, sagte Viele Kinder.

»Der Kopf und die Hälfte von dem, was nach dem Teilen übrigbleibt, gehört dir«, sagte Kukutux, und damit gab sie Viele Kinder mehr, als sie erwarten konnte.

Viele Kinder lachte, ein Schnauben, das sie aus ihrer Nase blies. »Du denkst, daß ich deswegen meinem Mann sage, er soll dich als fünfte Frau nehmen?«

Und Kukutux wußte, daß es Viele Kinder bei dem Streit nicht um einen Fisch zu tun war, sondern um einen Mann. Daher sagte Kukutux: »Du weißt, daß der Fisch mir gehört. Du weißt, daß ich dir soeben den Anteil des Fängers angeboten habe. Was willst du noch mehr?«

»Du denkst, ich mache mir etwas aus dem Fisch?« sagte Viele Kinder. »Nein. Mein Mann ist ein guter Jäger. Ich habe genug zu essen für mich und meine Kinder und Enkelkinder.« Ihre Stimme war laut, und als Kukutux von ihrem Messer aufblickte, sah sie, daß die anderen Frauen des Dorfes sich einfanden, eine jede mit einem Tragnetz, um ihren Anteil von dem Heilbutt mitzunehmen.

»Ich will diesen Fisch nicht«, sagte Viele Kinder. »Ich will nur, daß du weißt, wie es ist, wenn dir jemand etwas wegnimmt, das dir gehört. Was ist dieser Fisch, verglichen mit meinem Mann?«

Es entstand Gemurmel unter den Frauen, und das Gesicht von Kukutux begann zu brennen.

»Du denkst, ich sehe nicht, wie du meinem Mann Augen machst? Du denkst, er braucht noch eine Frau, die er ernähren muß? Du denkst, ich will das Essen meiner Kinder mit einer Frau teilen, die nicht einmal beide Arme gebrauchen kann?«

Kukutux beugte den Kopf über den Fisch. Sie hegte eine kleine Hoffnung in ihrem Herzen, daß eine der anderen Frauen für sie eintreten würde – Frau der Nacht, die auch einen Mann verloren hatte und jetzt dritte Frau von einem Mann war, der zu alt war zum Jagen; oder Langes Holz, eine alte Frau, die für ihre Weisheit bekannt war. Aber die Frauen schwiegen still, und Kukutux hob schließlich den Kopf und stand auf. Ihr Frauenmesser, rot vom Blut des Heilbutts, war noch in ihrer rechten Hand, und sie bewegte es ganz leicht, so daß die scharfe Kante der Klinge heraus sah, bereit, alle falschen Wörter zu zerschlitzen, die Viele Kinder sagen mochte.

»Dein Mann ist ein starker Jäger«, sagte Kukutux. »Er ist ein Anführer unter unserem Volk. Wenn er mich bittet, seine Frau zu sein, werde ich seine Frau sein. Bittet er mich nicht, werde ich einen Weg finden, um den nächsten Winter ohne einen Mann zu überleben. Ich versuche nicht, ihn oder dich durch mein Handeln zu entehren.« Sie deutete mit dem Kopf auf den Heilbutt. »Obwohl ich den Fisch gefangen habe, habe ich dir den Anteil des Fängers angeboten, und du weißt, daß ich das Fleisch dringender brauche als du.«

»Ich werde den Anteil des Fängers nehmen«, sagte Viele Kinder und schob sich durch die Frauen, um sich eine große Scheibe Fleisch und den Kopf des Heilbutts zu nehmen. Die Frauen bekundeten lärmend ihr Mißfallen, doch Viele Kinder nahm das Fleisch und blickte nicht zurück.

»Mach unsere Anteile kleiner«, sagte Langes Holz.

Kukutux schüttelte den Kopf. »Ich trage kein Kind in mir,

ich stille nicht. Ich brauche weniger Fleisch. Wer weiß, vielleicht trägt Viele Kinder wieder ein Kind in ihrem Bauch, ein so kleines, daß wir noch nichts von ihm wissen.« Und obwohl Kukutux die Worte mit Sanftheit sprach, lachten alle Frauen. Wer wußte nicht, daß Viele Kinder über die Jahre des Austragens von Kindern hinaus war? Wer wußte nicht, daß Viele Kinder den Fisch selbst essen würde?

27

Viele Kinder stieg den Kletterstamm hinunter und warf einen Brocken Heilbuttfleisch zwischen Waxtal und Harter Felsen auf die Erde.

Waxtal sah die Frau an. Sie war erste Frau von Harter Felsen. Waxtal erinnerte sich an sie von vor langer Zeit, als die Waljäger und die Ersten Menschen sich bereit gemacht hatten, gegen das Volk der Kurzen Menschen zu kämpfen. Sie war schön gewesen, wenngleich laut und zuweilen derb. Doch welche Frau vom Volk der Waljäger war nicht derb?

Sogar jetzt noch, da die meisten Männer und Frauen aus dem Dorf der Waljäger dünn waren, ihre Augen glanzlos vom Mangel an Fleisch, war das Gesicht von Viele Kinder geschmeidig und rund, und ihr Haar glänzte von Öl. Sie hockte sich neben den Fisch, und Waxtal sah, daß es der Anteil des Fängers war, der Kopf, an dem noch Fleisch und Bauchfett hafteten.

»Ich habe ihn gefangen«, sagte sie und zeigte mit allen Fingern beider Hände auf den Fisch. »Ich habe ihn gefangen«, sagte sie wieder, ihre Worte von heftigen Atemstößen unterbrochen, als ob sie gerannt wäre.

Harter Felsen sah sie mit hochgezogenen Augenbrauen an. »Gut«, sagte er schließlich.

»Ha! Du sagst ›gut‹!« sagte Viele Kinder und stieß ein hartes, bellendes Lachen aus. »Du weißt nicht, wie ich um meinen Anteil kämpfen mußte – meinen Anteil an einem Fisch, den ich gefangen habe!«

Harter Felsen warf Waxtal einen Blick zu, einen Blick, den Waxtal verstand. Warum stritten sich Frauen um Dinge, die den Streit nicht lohnten? Warum weinten sie um Dinge, die der Tränen nicht wert waren?

»Wer wollte ihn dir fortnehmen?« fragte Harter Felsen, und seine Worte flossen langsam.

Viele Kinder verzog den Mund zu einem kleinen Kreis, und Waxtal konnte sehen, wie sie als Kind ausgesehen haben mußte, das Lächeln hinter einem Flunsch verborgen. »Kukutux«, sagte sie mit leiser Stimme.

Waxtal schnitt sich noch ein Stück von dem getrockneten Fleisch ab, das Harter Felsen ihm gegeben hatte, kaute es langsam und suchte sich an eine Waljägerfrau namens Kukutux zu erinnern, konnte sich aber auf kein Gesicht besinnen.

Sie muß eine von den jüngeren Frauen sein, dachte er. Eine, die ein Säugling gewesen oder vielleicht noch gar nicht geboren war, als die Kurzen Menschen vor so vielen Jahren gekommen waren.

»Vielleicht braucht Kukutux Essen. Sie hat keinen Mann«, sagte Harter Felsen.

Viele Kinder kräuselte den Mund und zog die Lippen zurück, um ihre Zähne zu zeigen. Waxtal sah fort. Es war nicht gut, hier bei Harter Felsen zu sein, wenn er und seine Frau sich zankten. Wenn das Gesicht eines Mannes immer Erinnerungen an Unannehmlichkeiten wachrief, wozu dann mit dem Mann seine Zeit verbringen?

Waxtal stand auf. Er hob die Harpunenspitze auf, die auf den Bodenmatten zwischen Harter Felsen und ihm lag. »Vergiß nicht. Noch drei«, sagte Waxtal. Er wollte nicht ohne die anderen Harpunenspitzen fortgehen, aber mehr noch, er wollte den Tausch abgeschlossen haben, bevor Harter Felsen mit Eule oder Geflecktes Ei sprechen konnte. Wer konnte erwarten, daß die zwei, kaum älter als Jungen, den Wert der abgebrochenen Harpunenspitzen von Harter Felsen erkannten? Und Waxtal war nicht daran gelegen, daß Harter Felsen dachte, er würde aus Mitleid tauschen.

Harter Felsen hob eine Hand und deutete auf Waxtal. »Warte, geh nicht«, sagte er, dann wandte er sich an Viele Kinder. »Ich werde dafür sorgen, daß Kukutux bestraft wird. Auch wenn sie Fleisch braucht, kann sie sich nicht nehmen, was einer anderen gehört.«

Viele Kinder nickte, hob das Kinn und sagte: »Sie kann meinen Anteil haben. Was bedeutet schon ein Fisch für die Frau des *alananasika?*«

»Ja«, sagte Waxtal. Er öffnete den Mund, um die Strenge von Harter Felsen zu preisen, seine Ehre. Doch Viele Kinder, die Stimme gesenkt, so daß ihre Worte fast ein Flüstern waren, beugte sich zu ihrem Mann und sagte: »Kukutux braucht einen Mann. Vielleicht gibt einer von den Händlern etwas für sie.«

Ihre Worte waren kalt in Waxtals Brust. Welcher Händler wollte eine Frau in seinem *ik* haben? Eine, die ernährt werden mußte, eine, die sich Perlen und Federn wünschte? Eine, die bei rauhem Wetter klagte, die während der langen Tage des Paddelns jammerte? Dann sah er das Lächeln im Gesicht von Harter Felsen, sah, daß der Mann plötzlich die Schultern straffte.

»Kukutux ist eine gute Arbeiterin und eine junge Frau«, sagte Harter Felsen. »Sie wird einem Mann glückliche Nächte und viele Söhne schenken.« Er lachte, und Waxtal stimmte in sein Lachen ein.

»Ah, eine Frau vom Volk der Waljäger!« sagte Waxtal, aber dann fiel ihm Samiqs Frau Drei Fische ein, die soviel aß wie ein Mann und weniger Arbeit verrichtete als die meisten anderen Frauen. Eule und Geflecktes Ei würden ihn womöglich hierlassen, wenn er sich eine Frau vom Volk der Waljäger nahm. Und wie könnte er es ertragen, in diesem zerstörten und verfluchten Dorf zu leben? Wer wußte nicht, daß ein Fluch wie dieser in die Seele eines Mannes eindringen, daß er Krankheit oder Tod bringen konnte? Als Händler genoß er einen gewissen

Schutz. Er gehörte nicht zu diesem Dorf, zu dieser Insel, aber wenn er hier lebte, selbst wenn er kein Waljäger war, konnte er dann erwarten, unbehelligt zu bleiben?

Waxtal schloß mitten im Lachen den Mund und lächelte Harter Felsen an. »Welcher Mann erhofft sich nicht die Gunst einer Frau vom Volk der Waljäger?« sagte Waxtal, und die Worte flossen warm aus seinem Mund. »Aber es ist schwierig für einen Händler, eine Frau bei sich zu haben. Gefährlich. Diese Kukutux, hat sie keinen Vater, keinen Onkel, die sich um ihre Sicherheit sorgen?«

»Von ihrer Familie sind alle tot«, sagte Viele Kinder, und sie ging zu Harter Felsen und setzte sich neben ihn, als sei sie einer von den Männern.

»Dann ist die Familie vielleicht mit einem Fluch beladen«, sagte Waxtal mit vorsichtigen, langsamen Worten.

Harter Felsen runzelte die Stirn. »Sie ist eine von den stärksten Frauen. Sie trägt keinen Fluch.«

»Sie hustet nicht einmal«, sagte Viele Kinder.

Waxtal zog an seinem langen, dünnen Kinnbart, hob eine Augenbraue und wandte sich an Harter Felsen: »Ist das wahr?« fragte er.

»Es ist wahr«, sagte Harter Felsen.

Waxtal zuckte die Achseln. Er öffnete die Hand und betrachtete die Harpunenspitze. »Ich werde sie Eule und Geflecktes Ei zeigen«, sagte er. »Ich werde mit ihnen über Kukutux sprechen, und dann werden wir entscheiden, ob wir eine Frau mitnehmen wollen oder nicht. Sie würde bei ihnen im *ik* fahren müssen, denn ich habe nur ein *ikyak*. Wenn sie sie nicht wollen ...« Er hob die Schultern.

»Zwei Mägen mit Öl für die Harpunenspitzen, du hast es versprochen«, sagte Harter Felsen.

»Ja«, sagte Waxtal, »für diese und noch drei.« Aber er fühlte, wie sich etwas in ihm zusammenzog bei dem Gedanken, Eule zu sagen, wieviel er für ein paar abgebrochene Harpunenspitzen versprochen hatte.

Waxtal kletterte aus dem *ulaq,* blieb einen Augenblick oben stehen und blickte hinunter zum Ufer. Eine junge Frau trug einen Brocken Heilbuttfleisch in einem Netz, das sie sich an den Arm gehängt hatte. Sie war groß und dünn und bewegte sich mit flinker Anmut; ihre kleinen braunen Füße sahen unter dem Saum ihres *suk* aus Vogelhaut hervor. Als sie an dem *ulaq* vorüberging, sah sie zu Waxtal auf; groß lagen die dunklen Augen in dem zu dünnen Gesicht. Sie blickte fort, und Waxtal fühlte, wie das Blut in seine Lenden schoß. Wie viele Nächte war er nicht mehr mit einer Frau zusammengewesen?

Er sah auf die Harpunenspitze in seiner Hand, richtete den Blick auf den abgebrochenen Widerhaken, bis seine Gedanken sich von seiner Bedrängnis abkehrten. Er war froh, daß er Harter Felsen um eine Frau gebeten hatte. Ein anderer Mann hätte nur die Ausbuchtung an seinem Schritt sehen müssen, um zu wissen, daß Waxtal mit dem Versprechen einer Frau leicht zu kaufen war.

Er beobachtete die junge Frau, als sie zu einem *ulaq* hinaufkletterte. Waxtal fuhr sich mit den Händen über seine schwellenden männlichen Teile, dann hörte er die Stimme von Viele Kinder, die sich im *ulaq* von Harter Felsen zu einem jammernden Klagen erhob. Waxtal schüttelte den Kopf. Welche Frau war dieses Elend wert?

28

DAS WALROSSVOLK

Chagvan Bay, Alaska

Kiin blieb am Ufer stehen, bis das Händler-*ik* von Rabe und das *ikyak* von Weißer Fuchs nur noch kleine dunkle Punkte auf dem blauen Wasser der Bucht waren. Sie blickte fort, als die Frau von Weißer Fuchs sich die Haare vor das Gesicht zog, um ihre Tränen zu verbergen. Kiin hatte Gebete für den Erfolg der Händler im Herzen, aber wenn sie die Augen vor den anderen Frauen verbarg, war es nicht wegen ihrer Tränen. Sie hatte zu viele Tage mit Packen und Essen vorbereiten, mit Schnitzen und dem Anhören der Klagen von Lemmingschwanz, zu viele Nächte im Schlafplatz von Rabe verbracht, um Schmerz über diese Trennung zu empfinden.

Bald kehrten die anderen Frauen zu den Behausungen zurück, aber Kiin ging zu den Gezeitenbecken und suchte mit ihrem Gehstock zwischen den Felsen und in den Fluttümpeln nach Seeigeln.

Als sie ihr Sammelnetz gefüllt hatte, brach sie einen Seeigel auf und kratzte mit dem Daumennagel die feuerroten Eier heraus. Sie steckte den Daumen in den Mund und lächelte. Der Winter war lang gewesen; es war gut, wieder frisches Essen zu haben. Doch jetzt war es Zeit, in die Behausung zurückzukehren. Ihre Brüste voll Milch schmerzten von dem Drang, Shuku zu stillen.

»Du hättest Shuku mitnehmen sollen«, sagte ihre innere Stimme zu ihr. »Unter deinen *suk* geschnallt, hätte er nicht gestört. Dann hättest du noch länger aus der Behausung und von Lemmingschwanz fortbleiben können.«

»Shuku hat in seiner Wiege geschlafen«, antwortete Kiin.

Außerdem war er, jetzt ein Jahr alt, schwerer zu tragen, er schlug gegen Kiins Rücken, zappelte, um seine Arme aus Kiins *suk* zu befreien, schrie nach mehr als nach seinem Anteil an Eiern von Seeigeln. Aber Kiin lächelte. Keine Mutter hat einen besseren Sohn, dachte sie und schob die plötzliche schmerzliche Erinnerung an Takha fort.

Als sie durch das Dorf zurückging, begann sie ein Lied zu summen, ein Wiegenlied, das die Mütter beim Volk der Ersten Menschen sangen. In einem Mond würden die Leute dieses Winterdorf verlassen, um am Fluß des Walroßvolkes ein Lager aufzuschlagen und Lachse zu fangen. Ein Lager an dem Ufer, wo es Lachse gab, war gut um diese Jahreszeit, mit Gesängen und Tänzen, Strandfeuern und viel Essen. In diesem Jahr würden sie und Lemmingschwanz vielleicht allein dort sein, ohne Rabe, aber das wäre nicht schlimm. Ohne seine Anforderungen würden sie weniger zu arbeiten haben.

Als sie sich in den Eingangstunnel der Behausung duckte, hörte sie Shuku schreien, und sie schüttelte den Kopf über die Faulheit von Lemmingschwanz. Wie oft in den zwei Monden, seit Maus geboren war, hatte Kiin sich um ihn gekümmert, wenn Lemmingschwanz andere Behausungen besuchte? Wie viele Male hatte Kiin beide Kinder gestillt? Lemmingschwanz sollte es genauso machen, zumal wenn Kiin Essen sammelte.

Sie zog den Vorhang zur Seite, der die Behausung teilte, und sagte: »Konntest du meinen Sohn nicht füttern, während ich Essen für dich gesammelt habe?«

Lemmingschwanz saß auf dem Schlafpodest, die Beine vor sich hingestreckt, den Rücken an die Wand der Behausung gelehnt. Neben dem Bett standen drei der Brüder von Lemmingschwanz. Die Männer trugen mit Pelz besetzte Parkas und Gamaschen. Ein Pflock aus Elfenbein war durch die Haut unter der Unterlippe des ältesten Bruders gebohrt und verzog durch sein Gewicht das Gesicht des Mannes zu einer Grimasse. Der Mann hielt einen mit Federn besetzten Jagdspeer mit der Spitze nach oben wie einen Gehstock, doch die anderen Brüder trugen keine Waffen und standen mit verschränkten Armen da.

Lemmingschwanz lächelte Kiin zu und griff nach dem Netz mit Seeigeln, aber Kiin schlang sich das Netz um den Arm und ging zu Shukus Wiege. Er hatte einen Schluckauf und streckte die Hände nach ihr aus, Tränen wie klare Perlen auf den Wangen. Kiin drückte ihn an sich, und er legte seinen Kopf an ihren Hals. »Konntest du ihn nicht füttern?« fragte Kiin wieder, und der Zorn ließ sie die Stimme heben bis zur Unhöflichkeit. Sie zog ihren *suk* hoch und wiegte Shuku auf beiden Armen, so daß er saugen konnte.

»Ich bin erste Frau«, sagte Lemmingschwanz. »Was soll ich

noch mehr tun, als für meinen eigenen Sohn sorgen, den Sohn meines Mannes?«

»Ich habe Essen gesammelt für uns, für dich«, sagte Kiin.

Einer der Brüder von Lemmingschwanz trat auf Kiin zu, aber Lemmingschwanz erhob sich auf die Knie und ergriff sein Handgelenk.

»Laß mich es ihr sagen«, sagte sie. Sie wandte sich Kiin zu. »Ich habe beschlossen, daß du nicht in dieser Behausung bleiben wirst. Wenn mein Mann zurückkehrt, kannst du wiederkommen. Falls er dich will. Aber denke daran, mein Kind ist Rabes Sohn. Dein Kind gehört einem Mann, den Rabe getötet hat.«

Kiin knirschte mit den Zähnen, um ihren Zorn zu unterdrükken. »Wer hat dir das erzählt?«

Lemmingschwanz zuckte die Achseln. »Wer weiß nicht, daß Rabe deinen ersten Mann getötet hat? Und du hast mir selbst gesagt, daß Shuku der Sohn deines Mannes ist.« Lemmingschwanz leckte sich die Lippen und lachte. »Denkst du, Rabe wird einen Sohn großziehen, der vielleicht eines Tages beschlie ßen könnte, ihn zu töten, um den Tod seines Vaters zu rächen?«

Kiin blickte auf das Kind in ihren Armen. »Mein Sohn würde Rabe nicht töten«, sagte sie, doch noch während sie die Worte sprach, hörte sie ihre Geisterstimme flüstern: »Wie kannst du für deinen Sohn antworten? Du weißt nicht, was er sein wird, wenn er ein Mann ist.«

Die Brüder von Lemmingschwanz lachten, und der älteste sagte: »Wir werden Rabe entscheiden lassen, was er wünscht, wenn er zurückkommt, doch jetzt sind wir hier, um dafür zu sorgen, daß unsere Schwester mit dir keine Schwierigkeiten hat. Nimm deinen Sohn und geh.«

Kiin schüttelte den Kopf. Lemmingschwanz mußte wissen, daß eine Frau allein, ohne *ik* oder Behausung und mit einem kleinen Kind zu versorgen, bald sterben würde. Doch dann flüsterte Kiins Geist: »Nein, Kiin, du weißt, du kannst zu der Großmutter und der Tante gehen.«

Das kann ich nicht, dachte Kiin, und eine harte, schneidende

Furcht regte sich in ihrer Brust. Wie konnte sie zu der Großmutter und der Tante gehen? Wenn sie in deren Behausung lebte, würden ihre Gedanken alsbald in die Träume der Tante eingehen, und dann würde die Tante wissen, daß Takha lebte. Wie konnte Kiin das Wagnis eingehen?

»Die Tante weiß schon, daß Takha lebt, Kiin«, sagte ihr Geist, »und sie hat nichts getan.«

»Sie weiß es nicht«, sagte Kiin und merkte, daß sie laut gesprochen hatte, daß Lemmingschwanz und ihre Brüder sie anstarrten. Kiins Verlegenheit und ihre Angst verwandelten sich plötzlich in Zorn. Sie richtete ihren Blick nacheinander auf jeden Bruder.

Sie sahen blinzelnd fort.

»Rabe wird euch bestrafen«, sagte Kiin.

Der jüngste Bruder von Lemmingschwanz scharrte mit den Füßen und blickte zu Boden, aber Lemmingschwanz sagte: »Was? Mein Mann wird mich bestrafen, weil ich versuche, ihn zu beschützen? Was kann eine Frau mehr tun, als ihren Mann beschützen?«

»Und wenn ich nicht gehe?« fragte Kiin.

»Deswegen sind meine Brüder hier«, sagte Lemmingschwanz.

Zwei von den Männern traten auf Kiin zu, aber sie sagte: »Rührt mich und meinen Sohn nicht an. Ich werde gehen, aber ich werde mitnehmen, was mir gehört.« Sie ging in die Ecke mit den Körben und nahm den größten Korb, einen, den sie selbst aus gespaltenen Weidenwurzeln geflochten hatte.

»Hier gehört dir nichts außer deinem Sohn«, sagte Lemmingschwanz.

Doch der älteste Bruder sah seine Schwester an und sagte: »Laß sie mitnehmen, was gerecht ist. Etwas von der Nahrung, von dem Öl, den Schlaffellen. Was, wenn du unrecht hast und Rabe zornig wird? Soll er erfahren, daß du sie mit nichts fortgeschickt hast?«

Lemmingschwanz spie ihrem Bruder Zornesworte entgegen, aber Kiin kehrte ihnen den Rücken zu. Sie fand für Shuku einen

Streifen getrocknetes Robbenfleisch zum Kauen und setzte ihn auf ihr Schlafpodest, dann füllte sie ihren Korb mit Fellen und Robbenhäuten, getrocknetem Fisch und Fleisch, Nadeln und Ahlen, Schnitzwerkzeug und Schnitzarbeiten, dazu einem Parka und Gamaschen, die sie nach der Art des Walroßvolkes für sich gemacht hatte. Während sie packte, plante sie.

Für ein, zwei Tage könnte sie bei Schieferwerferin oder vielleicht bei Eisjäger und seiner neuen Frau bleiben, aber es würde nicht behaglich sein. Die Frauen würden fürchten, daß Kiin um einen Platz als zweite Frau in der Behausung ihrer Männer bitten würde.

Dann sagte Kiins innere Stimme: »Es ist Zeit, zu den Ersten Menschen zurückzukehren, zu deinem eigenen Volk.« Der Gedanke verjagte Kiins ganzen Zorn und sogar ihre Angst. Zu ihrem eigenen Volk zurückkehren! Die Worte tanzten in ihrem Kopf wie ein Lied. Aber wenn Rabe nun beschloß, ihr zu folgen? Sie durfte ihn nicht zu Samiq oder Takha führen.

Kiin legte eine große Rolle gedrehter Sehnen in ihren Korb und verschloß die Ohren vor dem Protest von Lemmingschwanz, als sie eine zweite Rolle nahm. Dann waren ihre Gedanken plötzlich ganz klar, und sie wußte, was sie tun würde, etwas so Einfaches, daß sie beinahe lächelte.

Ja, dachte sie, die Jahreszeit ist gut dafür, wenn die Ebbe Seeigel und Käferschnecken freigibt, wenn die Vögel bald ihre Eier legen werden. Wieder kam die Freude in einem Lied zu ihr, aber sie hielt die Worte zurück; sie schnallte sich den Korb auf den Rücken, packte Shuku in seinen Kapuzenparka und seine Gamaschen und rückte seine Tragschlinge so zurecht, daß er rittlings auf ihrer linken Hüfte saß.

»Unser Mann wird zornig sein«, sagte Kiin zu Lemmingschwanz. Kiin blieb bei der Speisenische stehen, nahm einen Robbenmagen mit Öl und einen mit getrocknetem Robbenfleisch heraus. Zu den Brüdern von Lemmingschwanz gewandt sagte sie: »Es ist nicht gut, einen Schamanen zu erzürnen.« Dann nahm sie ihren Gehstock und verließ das *ulaq*.

Es war nicht schwer, Schieferwerferin zu finden. Wo immer Frauen sich versammelten, war Schieferwerferin unter ihnen, lärmend wie ein kleiner Alk in seinem Nest. Kiin mußte sie gar nicht unterbrechen, sie brauchte nur vorbeizugehen, den Pakken auf dem Rücken, den Tragriemen um die Stirn geschlungen, das Netz mit Seeigeln am Arm. Schieferwerferin rief sie an, fragte, wohin sie gehe.

»Meine Schwesterfrau sagt, ich bin in der Behausung unseres Mannes nicht erwünscht«, antwortete Kiin und ließ zu, daß Zorn ihre Worte schärfte.

»Wo wirst du bleiben?« fragte Schieferwerferin.

»Vielleicht haben Tante und Großmutter Platz für dich«, sagte eine andere Frau.

»Ich bin zweite Frau«, sagte Kiin, »und selbst eine zweite Frau hat einen Platz in der Behausung ihres Mannes. Ich will zu den Flußmenschen gehen und meinen Mann dort suchen. Wenn er hört, was Lemmingschwanz getan hat, wird sie diejenige sein, die sich einen Platz zum Leben suchen muß, und ich werde erste Frau sein.«

Kiin ging weiter, und sie verbarg ein Lächeln, als sie das Gemurmel der Frauen hörte. »Sagt Lemmingschwanz, ich nehme das *ik«,* rief sie ihnen zu.

Sie nahm das *ik* von dem Bootsgestell und schnallte ihr Öl, ihren Korb und ihre Seeigel darin fest, dann schob sie das *ik* hinaus in die Bucht des Walroßvolkes. Sie nahm Shuku unter ihrem *suk* auf ihren Rücken, so daß er über ihre Schulter sehen konnte, wenn sie paddelte. Sie würde nicht weit fahren mit dem *ik,* aber weit genug.

Sie schwenkte ihr Paddel über die Seite des *ik,* und ihr Geist flüsterte: »Es wird eine lange Wanderung.«

»Es wird mir scheinen wie nichts«, sagte Kiin.

29

DIE WALJÄGER

Yunaska Island, Aleuten

Kukutux hielt eine dünne Scheibe Heilbuttfleisch über die Flamme der Öllampe. Ihr Magen knurrte, und sie schnitt ein Stückchen Fleisch ab und schob es sich in den Mund. Sie schloß beim Kauen die Augen. Was war besser als roher Fisch?

Sie hatte diese Scheibe Heilbuttfleisch zurückbehalten, um sie frisch zu essen, aber den Rest des Heilbutts hatte sie zum Trocknen vorbereitet, hatte das Fleisch schräg gegen die Faser geschnitten und jedes Stück an einem Ende an der Haut hängen lassen. Sie hatte die Haut an ein Gestell aus Treibholz gehängt, war den ganzen Tag dabei sitzen geblieben und hatte ein kleines Räucherfeuer unterhalten. Gewöhnlich ließ sie den Fisch einfach an der Luft trocknen, ohne Feuer oder Rauch, um ihn zu würzen, aber was hatte sie jetzt anderes zu tun, ohne Mann oder Sohn, für die es zu nähen, ohne Korbgras, das es zu schneiden, ohne reife Beeren, die es zu pflücken galt? Außerdem mußte sie aufpassen, daß niemand ihren Fisch nahm. Es gab zu viele hungrige Kinder in diesem Dorf.

Sie versuchte, nicht an die Zeit zu denken, als alle Trockengestelle voll Fisch oder Robbenfleisch gewesen waren, als die Kinder dick waren und die Frauen genug Öl hatten, nicht nur zum Essen und Verbrennen, sondern auch, um Haut und Haare damit einzureiben.

Kukutux schnitt noch ein Stück Fisch ab und steckte es sich in den Mund. Jetzt hatte nur Viele Kinder geölte Haare, und selbst das meiste Öl von Harter Felsen war von längst vergangenen Jagden. Kukutux hatte nicht dicht bei Viele Kinder in ihrem *ik* sitzen müssen, um den Gestank von altem Öl zu riechen, das, muffig und ranzig, zu lange gelagert war. Aber sie hatten wenigstens Öl. Und Harter Felsen hatte erst vor zwei Tagen eine Robbe gefangen. Frisches Öl, frisches Fleisch.

Aber warum an Harter Felsen denken? fragte sich Kukutux. Welche Aussicht hatte sie nach dem heutigen Tag, seine Frau zu werden? Viele Kinder würde Harter Felsen von dem Heilbutt erzählen, und wer konnte hoffen, daß in ihren Worten Wahrheit war? Aber, sagte sich Kukutux, es gab noch andere Männer als Harter Felsen. Was war mit Sterbende Robbe? Er war ein guter Mann und, das sagten manche, ein so guter Jäger wie Harter Felsen.

Aber Sterbende Robbe war in Trauer um die Frau, die er sich bald, nachdem die Asche gefallen war, genommen hatte. Gab es einen größeren Beweis, daß ihr Dorf verflucht war, als den Tod von Weiße Füße, einer jungen Frau, dick und rund von dem ungeborenen Kind von Sterbende Robbe? Wer konnte erklären, warum sie in einem Augenblick gelacht und sich im nächsten mit den Händen an die Brust gegriffen hatte? Und bevor die Nacht kam, war sie tot.

Viele Kinder hatte den Bauch der Frau aufgeschnitten, in der Hoffnung, das Kind darin zu retten, aber das war auch tot. Sterbende Robbe hatte eine zweite Frau, die schon älter war, eine, die ihm keine Söhne mehr geben konnte, und sie hatten alle Kinder des Dorfes zu sich genommen, die ohne Vater und Mutter zurückgeblieben waren. So hatte Sterbende Robbe, obwohl er nur noch eine Frau hatte, viele Münder zu füttern.

Sterbende Robbe war ein dicker Mann, die Hände zweimal so groß wie die Hände der meisten Männer und die Schultern zweimal so breit, aber er war nicht viel größer als Kukutux. Doch er hatte eine Sanftheit in den Augen, die Kukutux zum Lächeln brachte, wenn sie ihn mit Kindern sah. Trotzdem war Sterbende Robbe kein Mann, dem daran gelegen war, viele Frauen zu haben, und mehr als einmal hatte sie ihn mit anderen Männern streiten hören, wenn sie darüber sprachen, wer die vielen Frauen im Dorf aufnehmen sollte.

Kukutux hatte das Klagen in der Stimme von Sterbende Robbe

gehört, als er fragte: »Wie kann ein Mann es ertragen, seine Frauen ohne gute Kleidung zu sehen, ohne Öl, um die Hände zu wärmen und das Gesicht zu schützen? Wie kann er von der Jagd zurückkehren und nur genug für einen mitbringen und das Verlangen in den Augen seiner Frauen sehen? Wie kann ein Jäger seinen Anteil essen, wenn er drei oder vier Frauen hat, die alle hungern? Aber wenn ein Jäger nicht ißt, wie kann er jagen?«

Vielleicht, dachte Kukutux, wird er mich, wenn seine Trauer vorbei ist, bemerken und sehen, daß ich dünn bin und nicht viel essen werde. Vielleicht wird er noch einmal beschließen, sich eine zweite Frau zu nehmen, eine, die bei den vielen Kindern hilft. Sie biß noch ein Stück Fleisch ab und hörte Schritte auf dem Dach ihres *ulaq*. Sie sah zu dem Streifen geräuchertem Heilbutt hinauf, der jetzt an einem Sparren des *ulaq* hing, und verspürte einen verschämten Drang, das Fleisch zu verstecken. Wer im Dorf hatte weniger als sie? War es gerecht, daß sie diese kleine Menge teilen sollte? Aber dann fielen ihr die Geschichten ein, die ihre Großmutter ihr erzählt hatte, von Frauen, die geizig mit Essen waren, von Jägern, die nichts abgaben von dem, was sie erlegten, und wie die Geister sich gegen sie gewandt hatten, wie sie den stärksten Jäger schwach werden, die widerstandsfähigste Frau kränkeln ließen. So ließ sie denn den Fisch, wo er war, stand auf und wartete, wer von ihrem Rauchloch herabrufen würde.

Aber so sehr Kukutux wartete, es kam keine Stimme, bis sie am Ende selbst hinaufrief und denjenigen, wer immer auf dem Dach des *ulaq* war, einzutreten bat. Als sie Füße und Beine sah, wußte sie, daß es Harter Felsen war. Während der Mann in ihr *ulaq* hinabkletterte, schob Kukutux ängstliche Gedanken beiseite, die in ihren Kopf hineinwirbelten: daß Viele Kinder Harter Felsen genötigt hätte, zu kommen und Kukutux aufzufordern, das Dorf zu verlassen, daß Harter Felsen ihr die Portion Heilbutt fortnehmen würde, die sie behalten hatte.

Harter Felsen stellte sich vor sie hin und hielt die Hände mit den Handflächen nach oben, worauf Kukutux sagte: »Ich habe

Fleisch.« Sie bot ihm den Streifen rohen Heilbutt an, von dem sie gegessen hatte, doch ihr wurde flau im Magen, als ihr bewußt wurde, daß ein Jäger wie Harter Felsen dieses Fleisch essen und noch mehr erwarten würde, vielleicht alles, was sie von dem Heilbutt als ihren Anteil genommen und von dem sie gehofft hatte, daß es sie fünf, sechs Tage ernähren könnte.

»Wasser«, sagte Harter Felsen, »nur Wasser.«

Die Erleichterung trillerte wie ein Lied in ihrer Brust, und Kukutux griff nach einem Wasserbehälter aus einer Robbenblase und reichte ihn Harter Felsen. Er hockte sich hin, hob den Wasserbehälter an die Lippen und trank, dann wischte er sich mit dem Handrücken den Mund ab und gab Kukutux die Robbenblase zurück.

Er bedeutete Kukutux, sich neben ihn zu setzen, und sie gehorchte. Er trug seinen *suk* aus Vogelhäuten, die schwarzen Lundhäute waren mit Streifen aus Robbenhaut verbunden. Perlen, aus dem Inneren von Muschelschalen geschnitten, hingen am Rand des hohen, steifen Kragens. Kleine Stücke aus der Speiseröhre einer Robbe, weiß, weil beim Trocknen gefroren, waren als Verzierung in einer langen Reihe auf die Vorderseite des *suk* genäht.

Für einen Augenblick stellte Kukutux sich als Frau eines solchen Mannes vor – eines Mannes, dessen Name in den Dörfern auf allen Inseln der Erde bekannt war. Aber dann fiel ihr Viele Kinder ein, der Zorn in den Augen der Frau, die Lügen, die ihr so leicht von der Zunge flossen. Lieber allein sein, dachte Kukutux. Lieber in Ruhe leben.

Harter Felsen räusperte sich. Kukutux, den Kopf gesenkt, die Augen auf die gewebten Bodenmatten gerichtet, wartete, und als Harter Felsen nicht sprach, sah sie schließlich zu ihm auf. Sie gestattete sich nicht, ihm in die Augen zu sehen, die Vertraulichkeit zu zeigen, die nur den Frauen zustand, die zu einem Mann gehörten, sondern sie sah auf seinen Mund und wartete auf seine Worte.

Endlich sagte er: »Du brauchst einen Mann.« Seine Stimme war schroff.

»Ich weiß, daß zu viele Frauen da sind für die Männer«, sagte sie. »Ich weiß, daß ich weder Onkel noch Vater habe, um für mich zu sprechen. Auch mein Bruder ist tot.«

Harter Felsen blickte starr geradeaus, als spreche er zu der Öllampe statt zu Kukutux. »Ich hatte einst gedacht, dich selbst zu nehmen, als dritte Frau«, sagte er. »Aber Spricht-wie-Feuer bat mich, seine Schwester zu nehmen, und dann bat mich Fischesser, seine Nichte zu nehmen.«

Kukutux nickte, aber daß er sie als dritte oder vierte Frau in Betracht gezogen hatte, brachte eine Wärme in ihre Brust, die sie die Steifheit ihres linken Armes vergessen ließ, die sie wissen ließ, daß die Männer sie noch begehrenswert fanden, nicht häßlich, nicht faul.

»Alle Männer haben jetzt zu viele Frauen«, sagte Harter Felsen. »Kein Jäger kann die Frauen und Kinder, die er hat, ernähren.«

Kukutux sah fort, hinüber in die Ecke, wo sie ihre Körbe aufbewahrte. Warum war Harter Felsen zu ihr gekommen? Um ihr zu sagen, warum sie allein war, ohne Mann? Wer wußte das nicht? Er schien nicht zornig, und er hatte den Heilbutt nicht erwähnt, aber wer konnte sagen, was Viele Kinder ihm erzählt hatte?

»Ich habe heute den Heilbutt gefangen«, sagte sie, das Gesicht noch von Harter Felsen abgewandt, die Augen noch auf die Körbe gerichtet, die sie geflochten hatte, bevor die Asche die Korbgräser vernichtete.

Als Harter Felsen nichts sagte, drehte Kukutux sich um und sah ihn an. »Ich habe den Fisch gefangen«, sagte sie wieder. »Ich habe ihn gefangen, nicht Viele Kinder.«

Harter Felsen zuckte die Achseln.

»Sie hat den Fisch für sich verlangt«, sagte Kukutux. »Sie hat den Männern am Ufer erzählt, daß sie ihn gefangen hätte, daß ich lügen würde.«

»Hast du ihr *ik* benutzt?« fragte Harter Felsen schließlich.

»Ja. Ich habe kein *ik*. Nicht seit ... nicht seit ...«

»Sammelst du Holz, um einen Rahmen zu bauen?«

Kukutux senkte den Kopf. »Ich hatte welches gesammelt.«

»Jetzt sammelst du keines mehr?«

»Nein.«

»Bist du zu faul dazu?«

»Wer wird es bauen?« fragte Kukutux, plötzlich zornig. »Ich habe keinen Mann. Wenn ich Holz sammle für einen Rahmen, wer wird das *ik* bauen? Wer wird mir Seelöwenhäute für die Bespannung geben?« Der Zorn über ihren Verlust, über die Lügen von Viele Kinder und der Schmerz in ihrem Bauch, der zu lange leer gewesen war, machten ihre Worte hart, bis sie so laut sprach wie ein streitender Mann.

»Es war das *ik* von Viele Kinder«, sagte Harter Felsen. »Sie hatte ein Anrecht auf den Anteil des Fängers.«

Kukutux sah dem Mann ins Gesicht. »Ist dies etwas Neues?« fragte sie. »Haben die Menschen in diesem Dorf beschlossen, daß der Besitzer des *ik* den größten Anteil bekommt? Vielleicht haben sie diesen Beschluß gefaßt, als Viele Kinder und ich mit dem *ik* draußen waren. Vielleicht haben sie vergessen, es mir zu sagen, als ich an Land kam, den Heilbutt noch an meinem Haken.«

Sie wartete, und als Harter Felsen keine Antwort gab, sagte Kukutux: »Und verlangt dieser Beschluß, daß der Besitzer des *ik* lügt, wenn gefragt wird, wer den Fisch gefangen hat?«

Dann hatte sie keine Worte mehr, hatte sie nichts mehr zu sagen, und sie sah Harter Felsen in die Augen, wappnete sich für den Zorn, den sie dort sehen würde. Doch seine Augen waren flach, und Kukutux sah nichts darin, nicht einmal das Abbild ihres eigenen Gesichts.

Schließlich sprach er. Seine Stimme war ruhig, die Worte kamen in Abständen und abgehackt, als spräche er zu jemandem, der eben erst anfing, zu begreifen. »Es gibt einen Mann, der dich vielleicht zur Frau nehmen würde«, sagte er. »Es gibt einen Mann, der dich schön findet. Er hat selbst keine Frau und wird gute Tauschware für dich geben. Aber zuerst bittet er nur um eine Nacht, um zu sehen, was für eine Frau du bist.«

Das Herz von Kukutux zog sich so fest zusammen, daß sie einen Augenblick nicht sprechen konnte. Dann sagte sie leise: »Alle unsere Männer haben Frauen.«

»Er ist einer von den Händlern«, sagte Harter Felsen.

Kukutux stand auf und entfernte sieh von dem Mann. Sie kehrte ihm ungebührlich den Rücken zu, verschränkte ungebührlich die Arme über der Brust und blieb bei dem Vorhang zum Schlafplatz ihres toten Mannes stehen. »Ich bin in Trauer«, sagte sie, die Worte über die Schulter werfend, als würde sie einer Möwe die Gedärme eines Fisches hinwerfen.

»Dein Mann ist schon viele Monde tot«, sagte Harter Felsen.

Kukutux zuckte die Achseln. »Kann ein Mensch der Trauer eine Grenze setzen?« fragte sie. »Sagt eine Frau, ›einen Mond, zwei Monde nagt der Kummer an meinem Herzen, dann will ich tanzen, dann will ich singen‹? Ist das die Art unseres Volkes? Vielleicht ist es die Art dieses Händlers. Was ist er? Ein Karibumensch?«

Sie drehte sich um und sah, daß Harter Felsen aufgestanden war. »Er hat um dich gebeten. Heute nacht«, sagte er zu Kukutux.

»Kein Mann in diesem Dorf ist mein Mann, Onkel oder Vater. Kein Mann hat das Recht, zu sagen, was ich mit meinen Nächten mache – wer in meinen Schlafplatz kommen oder wer nicht kommen wird.«

»Er hat Öl für dich gegeben.«

Kukutux lächelte und bückte sich, um den einzigen Robbenmagen mit Öl herauszuziehen, der noch in ihrer Speisenische verblieben war. »Nein«, sagte sie. »Das ist mein Öl. Ich habe es aus Robben gewonnen, die mein Mann erlegt hat. Es ist alles, was ich habe, und es gehört mir. Niemand hat Öl für mich gegeben.«

Das Gesicht von Harter Felsen färbte sich dunkel, und Kukutux sagte: »Sag ihm, ich bin in der Zeit meiner Mondblutung. Sag ihm, wenn er heute nacht zu mir kommt, wird er einen Fluch über seine männlichen Teile bringen. Dann läßt er dich vielleicht das Öl behalten.«

Harter Felsen kräuselte die Lippen, um seine kräftigen weißen Zähne zu zeigen, doch obwohl der Atem von Kukutux in ihrer Kehle zitterte, sah sie nicht fort. Er streckte den Arm aus, um nach dem Fisch zu greifen, der von den Sparren ihres *ulaq* herabhing, und Kukutux mußte die Lippen zusammenpressen, um ihn nicht zu bitten, ihr dieses bißchen Fleisch zu lassen. Statt dessen holte sie tief Luft und sagte: »Wenn du nicht genug zu essen hast, dann nimm es. Ich weiß, wie weh ein leerer Magen tut.«

Harter Felsen zog seine Hand fort, ohne den Fisch zu nehmen, und kletterte aus dem *ulaq*.

Dann hockte sich Kukutux neben die Öllampe, nahm den kleinen Happen rohen Fisch, der noch auf der Matte lag, und aß ihn.

30

Das Meer war leer, kein Zeichen von Robben oder Walfischen, kein gekräuseltes Wasser, das von schwimmendem Kabeljau kündete. Waxtal hob den Kopf der Stimme entgegen, die nach ihm rief, und sah Harter Felsen. Der Mann kam aus einem der kleineren *ulas* im Dorf. Der Wind blies gegen den *suk* von Harter Felsen und hob die Federn an seinen Ärmeln aus Lundhaut hoch.

Waxtal spürte, wie seine Augen sich verlangend zu dem *suk* hinwendeten. Wieviel könnte er für so einen *suk* bekommen? Drei, vier Karibuhäute, wenn er ihn bei den Karibumenschen eintauschte. Ihre Frauen kannten das Geheimnis nicht, Vogelhäute zu nähen.

Waxtal glitt an der Seite des *ulaq* hinab, in dem sie wohnten, er, Eule und Geflecktes Ei. Das *ulaq* war klein, aber sauber, mit guten Öllampen und frischem Kraut der Schwarzen Krähenbeere auf dem Boden.

Harter Felsen winkte Waxtal, ihm auf die windgeschützte

Seite des *ulaq* zu folgen. Die beiden Männer hockten sich auf die Fersen. Waxtal sah Harter Felsen an, sah, daß das Gesicht des Mannes gerötet, seine Knöchel weiß waren.

»Ich habe dir eine Frau versprochen«, sagte Harter Felsen. »Sie ist eine junge Frau, schön, ohne Mann. Vielleicht wird sie in dein *ulaq* ziehen, um zu kochen und zu nähen, wenn sie in der Nacht mit dir genug Vergnügen findet.«

Waxtal lächelte, fühlte das Verlangen wieder in seine Lenden steigen. Eine Frau zu übernehmen, die mit keinem Mann belastet war, eine Frau, die dienen würde, ohne die Rechte einer Frau zu verlangen, was konnte besser sein?

Aber dann sagte Harter Felsen: »Die nächsten Tage ist sie in der Zeit der Mondblutung.« Er zuckte die Achseln.

Waxtals Enttäuschung war wie ein Stein, der ihm in den Bauch gelegt wurde, aber er lächelte und schlug Harter Felsen mit einer Hand auf die Schulter. »Wer kann das ändern?« fragte er und lachte. »Frauen sind Frauen.«

Einen Augenblick lang verfinsterte sich das Gesicht von Harter Felsen, doch dann lächelte, lachte auch er.

»Ein Tausch ist ein Tausch«, sagte Harter Felsen. »Ich werde sie dir holen, sobald sie kommen kann.«

»Gut«, sagte Waxtal und wollte sich abwenden, um wieder auf das Dach des *ulaq* zu klettern, so daß er das Meer beobachten konnte.

»Ein Tausch ist ein Tausch«, sagte Harter Felsen wieder. »Ich werde dir für heute nacht eine andere bringen. Hast du meine Harpunenspitze?« fragte er.

»Ja«, sagte Waxtal. Er zog die Elfenbeinspitze aus einem Päckchen an seiner Taille und legte sie in seine Hand.

»Wo ist mein Öl?« fragte Harter Felsen.

»Hast du die anderen Harpunenspitzen?«

Harter Felsen griff in den Kragen seines *suk,* zog einen Beutel heraus und reichte ihn Waxtal.

Waxtal öffnete den Beutel und schüttelte die Harpunenspitzen heraus. Er nickte.

»Drei Mägen mit Öl«, sagte Harter Felsen.

»Drei Mägen?« Die Stimme ließ Harter Felsen herumfahren. Eule und Geflecktes Ei standen hinter ihm. »Dafür?« fragte Geflecktes Ei.

Waxtals Gesicht glühte. »Zwei Mägen«, sagte er zu den Händlern, und dann sagte er zu Harter Felsen: »Ich habe ihnen nichts von unserem Handel erzählt.«

Harter Felsen runzelte die Stirn und kniff die Augen zusammen.

»Morgen früh«, sagte Waxtal. »Dann bringe ich dir dein Öl.«

Er wartete, bis Harter Felsen nickte, bis der Mann sich auf den Weg zu seinem eigenen *ulaq* machte, dann ging Waxtal zum Ufer hinunter.

Harter Felsen zog seinen *suk* aus und warf ihn neben Viele Kinder hin. Sie sah auf. Das Ende eines Sehnenfadens weichte in ihrem Mund, und sie hielt eine Nadel aus Vogelknochen in der linken Hand.

»Ich habe mit Kukutux gesprochen«, sagte Harter Felsen.

»Sie lügt«, murmelte Viele Kinder, den Sehnenfaden zwischen die Schneidezähne geklemmt. Sie zog den Faden aus dem Mund, zwirbelte das nasse Ende und wickelte es um ihre Nadel. Sie führte Nadel und Faden durch mehrere Ahlenlöcher in der Robbenhaut, die sie nähte. »Sie lügt«, sagte Viele Kinder wieder.

»Kukutux hat den Fisch gefangen«, sagte Harter Felsen. »Warum hast du ihn für dich verlangt? Du hast genug zu essen. Sie hungert.«

Viele Kinder legte ihre Näharbeit hin und stand auf. »Ich werde nicht genug zu essen haben, wenn du sie als fünfte Frau nimmst«, sagte Viele Kinder. »Du denkst, du bringst genug von deiner Jagd mit, um fünf Frauen und unsere Kinder zu ernähren? Deine Jagd ist verflucht. Sie ist verflucht, seit du dem Jungen vom Volk der Robbenjäger erlaubt hast, in diesem Dorf zu leben und unsere Geheimnisse zu erlernen.«

»Was konnte ich machen?« sagte Harter Felsen. »Ich war damals nicht Häuptling, und er war der Enkelsohn des alten Mannes. Wer hätte geglaubt, daß er die Macht besaß, einen Fluch über uns zu bringen, sogar in seinem Tod?«

»Was geschehen ist, ist geschehen«, sagte Viele Kinder. »Aber mach es nicht noch schlimmer für uns, indem du dir noch eine Frau nimmst.«

»Wenn ich sie will, werde ich sie nehmen«, sagte Harter Felsen. »Sag du mir nicht, wen ich zur Frau nehmen kann und wen nicht.«

»Wenn du früher auf mich gehört hättest, wärst du gegen den alten Mann aufgestanden. Du hättest dafür gesorgt, daß er seinen Enkelsohn fortschickt.« Sie setzte sich wieder und nahm ihre Näharbeit zur Hand.

»Ich habe dich für diese Nacht getauscht«, sagte Harter Felsen. »An den Anführer der Händler. Er braucht eine gute Frau.«

Viele Kinder sah Harter Felsen an und öffnete den Mund, um zu sprechen. Langsam zog Harter Felsen sein Jägermesser aus der Scheide im Ärmel, langsam klopfte er damit auf seine Finger. »Sag mir nicht nein«, warnte er.

Viele Kinder neigte den Kopf, senkte die Augenlider und sah ihn aus zu Schlitzen verengten Augen an. »Gut«, sagte sie. »Ich gehe mit Freuden. Es ist lange her, seit ich einen Mann zwischen den Beinen hatte.«

Waxtal hob eine Handvoll Steine vom Strand auf und warf damit nach den Möwen, die sich an der Flutlinie um einen verfaulten Fisch balgten. Sie stieben kreischend auseinander, dann kreisten sie über dem Ufer und ließen sich wieder nieder.

»Wo sind die Harpunenspitzen?« fragte Eule.

Waxtal drehte sich um und gab ihm den Beutel.

»Zwei sind zerbrochen!« sagte Geflecktes Ei. Er blickte an seiner langen Nase entlang zu Eule und sagte: »Er hat drei Robbenmägen Öl gegen zerbrochene Harpunenspitzen getauscht. Er hat den ganzen Winter unser Essen gegessen, und nun vergilt er es uns hiermit.«

»Zwei Mägen mit Öl«, sagte Waxtal und bückte sich, um noch mehr Steine aufzuheben. Er sah Eule aus den Augenwinkeln an. Eule sprach selten, aber manchmal, während des Winters, wenn Essen knapp war, war Eule derjenige gewesen, der für Waxtal eingetreten war, der auf Waxtals Kräfte hingewiesen hatte, wenn Geflecktes Ei nur nörgeln konnte. Aber Eule schüttelte nur den Kopf.

»Wer will die haben?« sagte Geflecktes Ei und warf die Harpunenspitzen auf die Erde.

»Harter Felsen hat ihm wohl eine Frau versprochen«, sagte Eule.

Waxtals Gesicht glühte. »Ich habe nicht um eine Frau gebeten«, sagte er. Er wandte sich dem Wasser zu, dann sagte er über die Schulter zu Eule: »Du und dein Bruder, ihr habt jede Nacht, seit wir hier sind, Frauen gehabt. Ich habe geschnitzt – mit Geistern gesprochen und geschnitzt –, während ihr euch vergnügt habt. Wie viele von unseren Tauschwaren habt ihr für diese Frauen hergegeben? Wie viele Halsketten? Wieviel Öl? Und für etwas, für das ihr nichts zurückbekommt, etwas, das ihr niemand anderem zum Tausch anbieten könnt.«

Waxtal hielt die größte Harpunenspitze in die Höhe. »Seht, denkt hierüber nach«, sagte er. »Es ist die Harpunenspitze eines Waljägers.« Er drückte mit dem Daumen gegen den abgebrochenen Widerhaken. »Sie wurde benutzt, um Wale zu jagen. Welche Männer haben mehr Macht als die, die den Wal jagen? Denkt ihr, ich bin so dumm, zu glauben, daß Männer diese als Waffe haben wollen? Was ist eine Waffe wert? Eine Otternhaut für ein gebogenes Messer. Zwei Robbenmägen Öl für ein Jägermesser.« Er drehte sich um und hielt die Harpunenspitze zum Meer hin, blickte nach Osten, wo die Nacht begonnen hatte, den Rand des Horizonts grau zu färben. »Das ist keine Waffe, das ist ein Amulett. Es ist Macht. Was gibt ein Mann für Macht? Seine Seele gibt er dafür.«

Waxtal senkte den Kopf, blieb aber stehen, mit dem Rücken zu Eule und Geflecktes Ei. Lange Zeit war nichts zu hören als

Vögel und Wellen und gelegentlich eine erhobene Frauenstimme, die von den Kochstellen im Freien nahe den *ulas* kam.

Schließlich sagte Geflecktes Ei: »Diese Menschen haben keine Macht. Sie sind verflucht.«

»Du weißt nicht, was sie gewesen sind«, sagte Waxtal. Er drehte sich um und sah zu Geflecktes Ei, zu Eule, der auf den Fersen hockte. »Ihr wißt nicht, was sie gewesen sind, und die Menschen, mit denen wir diesen Sommer handeln, die Menschen draußen in den Dörfern weit entfernt von hier« – er lächelte und schüttelte den Kopf –, »sie wissen nicht, was aus den Waljägern geworden ist.« Er stellte sich neben Geflecktes Ei und beugte sich zu ihm, so daß sein Gesicht nahe an dem Gesicht von Geflecktes Ei war. »Wissen sie es?« fragte Waxtal, und seine Worte waren fast ein Flüstern.

»Du willst, daß wir Flüche zum Tausch anbieten?« fragte Geflecktes Ei, auch seine Stimme ein Flüstern, aber von Zorn geprägt, so daß Waxtal einen Speichelregen spüren konnte, der aus dem Mund des Mannes sprühte.

»Das Öl, das Waxtal getauscht hat, war seins«, sagte Eule. »Er hat die Robben getötet, er hat das Öl gewonnen.«

Geflecktes Ei sah seinen Bruder an und schnaubte. »Alles, was Waxtal hat, gehört uns. Er wäre tot, wenn wir ihn nicht gefunden hätten.«

»Vielleicht wäre ich tot«, sagte Waxtal. »Vielleicht gehört das Öl euch, aber ihr habt kein Anrecht auf meine Schnitzereien. Ich habe mit ihnen in der Welt der Geister gehandelt, und ihr seid dort nie gewesen.«

»Sprich mir nicht von deinen Geistermächten«, sagte Geflecktes Ei. »Wenn du so große Mächte besitzt, warum hast du uns dann in dieses verfluchte Dorf gebracht?«

Waxtal öffnete den Mund, um zu sprechen, doch Eule stand auf und legte seine Hand auf Waxtals Arm. »Sei still, sag nichts«, sagte er und deutete mit dem Kopf zu den *ulas*.

Waxtal blickte hinüber und sah Harter Felsen auf sie zukommen. Geflecktes Ei nickte und hob die Hand zum Gruß.

»Ich habe eine Frau für dich«, sagte Harter Felsen.

Langsam sah Eule Waxtal an, langsam wandte er sich ab. »Du hast nicht um eine Frau gebeten«, flüsterte er, und er lachte, ein leises Lachen, aber kalt, wie Wind, der über Eis fährt.

Geflecktes Ei lachte auch, aber in seinem Lachen lag Zorn, und Harter Felsen sah Waxtal mit hochgezogenen Augenbrauen an.

Waxtals Hände waren auf einmal kalt, sein Gesicht zu heiß. »Ich habe nicht um eine Frau gebeten«, sagte er, und er sprach die Worte laut genug, so daß Eule und Geflecktes Ei sie beim Weggehen hören konnten.

Harter Felsen drehte sich für einen Augenblick um und sah den Brüdern nach. »Sie sind zornig«, sagte er.

Waxtal schnaubte.

»Sie haben jede Nacht Frauen«, sagte Harter Felsen und hob mit den Worten die Stimme, als würde er eine Frage stellen.

»Sie sind Jungen«, sagte Waxtal. »Sie können nicht über den Fluch dieses Dorfes hinaussehen zu der Macht, die darin liegt.«

Die Lippen von Harter Felsen schlossen sich über seinen Zähnen, und die Muskeln seines Kiefers strafften sich.

»Aber ich weiß, was wahr ist«, fuhr Waxtal fort. »Ich bin froh, deine Frau für die Nacht zu haben. Es wird das letzte Mal für viele Nächte sein, daß ich eine Frau haben werde. Ich muß hinauf in die Berge, mit den Geistern sprechen. Ich muß schnitzen.«

»Ja, das hatte ich vergessen«, sagte Harter Felsen. »Du schnitzt.«

»Bring die Frau in mein *ulaq,* und ich zeige dir meine Arbeit«, sagte Waxtal.

Harter Felsen nickte, dann drehte er sich um und ging zurück zu den *ulas.*

31

Goodnews Bay, Alaska

Kiin paddelte nach Norden zu der großen Bucht, weniger als eine Tagesreise vom Dorf der Walroßmenschen entfernt. Dort war das Wasser ruhig, und sie fuhr am Ufer entlang zu dem Fluß, der in die Bucht mündete. Sie lenkte das *ik* von Lemmingschwanz so, daß es parallel zum Ufer lag, dann stieg sie aus, zog das Boot auf den dunklen, schlammigen Sand der Gezeitenbecken. Jeden Sommer errichteten die Walroßmenschen oberhalb der Mündung des Flusses ihr Lager, um Lachse zu fangen. Kreise, eine Handlänge tief in die Erde gegraben und mit Steinen umrandet, kennzeichneten die Stellen, wo sie ihre Zelte aus Walroßhaut aufschlugen.

Die Erde war noch naß vom eben geschmolzenen Schnee des Winters, aber Kiin konnte Gras schneiden und ein dickes Polster machen, um ihre Schlaffelle zu schützen, dann das *ik* aus dem Gezeitenbecken heben und festbinden, so daß sie und Shuku diese Nacht darunter schlafen konnten.

Sie nahm ihren Vorratskorb aus dem *ik* und trug ihn an das hohe, schräge Ufer, das von den Gezeitenbecken aufstieg, dann nahm sie Shuku aus seiner Tragschlinge, zog ihm die Gamaschen und die Windel aus Robbenhaut aus und stellte ihn auf seine kurzen, kräftigen Beine. Er blieb einen Moment stehen, dann plumpste er hin. Kiin sah zu, wie er sich auf Händen und Füßen abstieß, sich dann langsam aufrichtete, drei Schritte machte und wieder hinfiel. Sein Mund verzog sich und zitterte, aber Kiin klatschte in die Hände und lobte ihn, dann zeigte sie auf eine Möwe, die sie umkreiste. Shuku lächelte, das zögernde Halblächeln seines Vaters Amgigh. Kiins Brust zog sich in einem plötzlichen stechenden Schmerz zusammen, aber sie ließ den Kummer nicht in ihr Bewußtsein ein. Sie hob Shuku hoch und ging zu dem *ik* zurück. Sie setzte Shuku hinein, dann ergriff sie den Bug des *ik* und zog, stemmte sich mit ihrem ganzen Gewicht dagegen, bis es hoch im Raigras jenseits des Strandes war.

Mit dem Frauenmesser, das sie in einem Beutel an ihrer Taille trug, schnitt Kiin eine Handvoll Gras und trug es dorthin, wo sie Shukus Kleider gelassen hatte. Mit dem Gras wischte sie Shukus Gesäß und Beine ab, dann säuberte sie die Windel aus Robbenhaut. Sie wusch die Robbenhaut im Fluß aus, wickelte sie zum Trocknen um den Ärmel ihres *suk* und band sie mit einem Stück Tangschnur fest. Sie zog einen trockenen Streifen Robbenhaut aus ihrem Tragkorb, rollte ihn zwischen den Handflächen, um ihn weich zu machen, polsterte ihn mit Büscheln von Afterkreuzkraut aus ihrem Vorratskorb und wickelte ihn um Shuku, dann zog sie ihm seine Gamaschen mit den angearbeiteten Strümpfen wieder an. Er wehrte sich strampelnd gegen die Gamaschen, hörte aber auf, als Kiin ihn unter ihren *suk* nahm. Er schob sich an ihre linke Brust und zog die Brustwarze in seinen Mund.

Kiin hockte sich hin und sah aufs Meer hinaus. Sie hatte Glück gehabt. Die Winde waren mild gewesen, als sie paddelte, doch während des Tages in dem *ik* von Lemmingschwanz hatte sie erkannt, wie schwierig es sein würde, zu den Ersten Menschen zurückzukehren.

Die Erde, so sagte man bei ihrem Volk, war Mutter, der Himmel Vater, aber beide waren so unendlich groß, und sie und Shuku waren so klein.

Sie dachte an die vielen Abende im vergangenen Winter zurück, als Rabe mit Weißer Fuchs und Singender Vogel über ihre Reise zum Dorf der Flußmenschen gesprochen hatte.

Manchmal verbrannte Rabe einen Weidenstock, um eine verkohlte Spitze zu bekommen, und damit zeichnete er einen Umriß des Landes – Strände, Buchten und Flüsse – von der Bucht des Walroßvolkes bis zum Dorf der Flußmenschen. Immer bezog er die Bucht des Lagers, das zum Fangen von Lachsen aufgeschlagen wurde, mit ein – ein guter Ort, um haltzumachen beim Kommen und Gehen zwischen den Dörfern der Walroßmenschen und der Flußmenschen. Jedesmal, wenn er so eine Zeichnung machte, hatte Kiin einen Grund gefunden, aus ihrer Ecke zu kommen und Wasser oder Essen anzubieten, so daß sie Gelegenheit hatte zu sehen, was Rabe zeichnete.

Jetzt, mit Shuku auf einem Arm, stand sie auf und ging zum Ufer. Sie blieb am Rand des Sandes stehen, rupfte einen Grashalm aus, hockte sich hin und benutzte den festen Stengel, um die Spitze des Landes zu zeichnen, das sich vom Dorf der Flußmenschen bis in das Nordmeer hinaus erstreckte. Sie zeichnete das Land, das die kleine Bucht des Walroßvolkes vom Dorf der Flußmenschen trennte, und dann zeichnete sie die Bucht, wo sie jetzt war.

Von diesem Ufer aus würde sie sich nach Süden wenden. Berge schoben sich bis nahe an die Bucht heran, aber sie konnte Flußtälern folgen und hinter dem Dorf der Walroßmenschen vorbei abkürzen. Dann wollte sie der Meeresküste südlich und westlich vom Ufer der Händler folgen. Sie hoffte, daß die Tagesreise in dem *ik* – Richtung Norden, fort vom Ufer der Händler – die Zeit wert war, die sie dafür aufgewendet hatte, damit Rabe und die Walroßmenschen wirklich glaubten, sie fahre zum Dorf der Flußmenschen.

Kiin seufzte und stand auf. Die Zeichnung half. Aus irgendeinem Grund wirkten Himmel und Meer jetzt kleiner, sah ihre Reise nicht mehr so furchterregend aus. Sie sammelte die wenigen Stücke Treibholz auf, die oberhalb der Flutgrenze verstreut waren, trug das Holz zum Lachsfanglager und stapelte es in einem Kreis aus geschwärzten Steinen, der Feuerstelle, wo die Frauen für alle im Lager das Essen bereiteten. Sie ging zurück, ihren Vorratskorb und den Robbenmagen mit Öl holen, und brachte beides zum Lager. Sie kramte in ihrem Vorratskorb, fand das Afterkreuzkraut, das sie für Shuku verwendete, und zog eine Handvoll heraus. Sie rieb das Büschel über die Seiten des Ölbehälters aus Robbenmagen, dann nahm sie ihre Feuersteine aus dem Beutel an der Taille. Sie klemmte das ölige Büschel zwischen zwei der trockensten Holzstücke und schlug die Steine blitzschnell aneinander, bis ein Funke in das Büschel sprang. Sie blies das Feuer sachte an, lenkte es vorsichtig in das Holz und seufzte vor Erleichterung, als das Holz Feuer fing.

Die Hitze von den Flammen spannte die Haut ihres Gesichts, und sie hob ihren *suk* hoch, damit Shuku die Wärme fühlen konnte. Sie war müde und wollte ausruhen, doch zuerst mußte sie an Essen denken.

Sie wollte keinen Tag mit Fischen verschwenden, deshalb beschloß sie, Fallen für kleine Wale und Kabeljau zu machen, indem sie Steine vom Fluß holte und zu bogenförmigen Haufen stapelte, so daß sich, wenn die Flut zurückging, kleine Wasserlachen in ihnen bildeten, in denen Fische zurückblieben. Bei der nächsten Ebbe würde sie die Fische mit ihrem Gehstockspeer aufspießen, von jedem Fisch zwei flache Streifen Fleisch herunterschneiden und das Fleisch an die Außenseite ihres Tragkorbes binden, so daß der Fisch trocknen konnte, während sie ging.

Shuku wand eine Hand aus Kiins *suk* und streckte sie nach dem Feuer aus. »Nein, Shuku«, sagte Kiin und nahm seine Finger in ihre. »Heiß. Das ist heiß.« Sie stand auf, kehrte dem Feuer den Rücken zu und zeigte aufs Wasser. »Sieh, Shuku«, sagte sie. »Heute nacht kommt die Flut, darum müssen wir jetzt Fischfallen bauen. Morgen früh werden wir Fische einsammeln und putzen, dann beginnt unsere Reise. Es wird eine lange Wanderung, aber wir sind stark, Shuku.«

Shuku plapperte – Worte in der Sprache der kleinen Kinder, etwas, das nur Geister verstanden –, und Kiin lächelte. Beinahe ließ sie zu, daß sie an Takha dachte, sich den Klang seiner Stimme vorstellte. Doch etwas Dunkles auf dem Wasser lenkte ihre Gedanken plötzlich zurück zu der Bucht des Lachsfanglagers. Ein *ikyak?* Jemand – vielleicht Eisjäger – auf der Suche nach ihr? Sie hielt den Atem an, dann sah sie, daß es nur ein Seehund war.

Sie suchte die Bucht ab, prüfte jede Unterbrechung in der

gekräuselten Oberfläche des Wassers. Wenn ihr jemand folgte, sagte sie sich, würde er sie längst eingeholt haben. Das *ikyak* eines Jägers war viel schneller als ein *ik,* das Frauen zum Fischen benutzten, und fast alle Männer im Dorf waren kräftigere Paddler als sie. Trotzdem würde diese Reise viel leichter sein, wenn sie das *ik* nähme. Mit dem *ik* wäre sie in weniger als einem Mond am Ufer der Händler. Aber dort würde Rabe zuerst nach ihr suchen, und was würde mit Samiq, mit Shuku und Takha geschehen, wenn er Kiin bei ihrem Volk fände?

»Wir müssen das *ik* zurücklassen«, sagte sie zu Shuku und setzte sich in die Hocke, so daß ihr Rücken von der Hitze des Kochfeuers gewärmt wurde. »Es ist die einzige Möglichkeit für uns, in Sicherheit zu sein. Bis wir zu unserem Volk kommen, wird die Zeit des Handelns vorüber sein, und wir werden den langen Winter zusammen mit deinem Vater haben, um zu entscheiden, was wegen Rabe zu tun ist. Wenn wir Glück haben, wird Rabe unser *ik* hier finden und denken, wir sind ertrunken.«

Sie stand auf und schürte mit dem unteren Ende ihres Geh stockspeers das Feuer, aber ein starker Windstoß blies von der Bucht her, und die Flammen zogen sich in sich zurück, legten sich flach über die Holzkohle. Kiin zog ihren *suk* über Shuku herunter und schirmte das Feuer mit ihrem Körper ab. Als der Wind abflaute, ging sie zurück, um das *ik* zum Lager zu ziehen. Neben dem Feuer angebunden, würde es sie und Shuku trocken und warm halten und die Flammen vor dem Wind schützen.

Als Kiin mit dem *ik* zurückkam, hatte das Feuer einen Teil des Treibholzes zu Kohle verbrannt, und sie häufte Sand darüber, erstickte die Flammen, bis nur noch wenige Funken übrigblieben. Es war besser, das Holz für die Nacht aufzuheben. Jetzt mußte sie Steine suchen und Fischfallen machen, solange noch Ebbe war. Sie nahm Shuku aus ihrem *suk,* wo er sich in den Schlaf genuckelt hatte. Sie legte ihn in die Rundung vom Rumpf des *ik,* packte ihn fest in einen warmen Robbenpelz und umwickelte ihn dann mit einer Tangschnur, die Arme an den Seiten, als wäre er in eine Wiege gegurtet.

Sie ging am Strand entlang und sammelte so viele Steine, wie sie tragen konnte, dann häufte sie sie rings um Felsblöcke, die tief in den Sand eingesunken waren. Während sie arbeitete, erhob Kiin die Stimme zu allen anwesenden Geistern, bat sie, daß die Sogkraft der Wellen und Gezeiten die Steine nicht fortnehmen möge, zumindest nicht vor dem nächsten Sturm. Sie machte drei Fallen, gebogene Einfriedungen, die die Fische lange genug festhalten würden, bis sie sie während der nächsten Ebbe aufspießen konnte. Dann ging sie zu Shuku zurück. Er schlief noch. Sie hockte sich neben ihn, nahm das Netz mit Seeigeln, die sie frühmorgens am Ufer des Walroßvolkes gesammelt hatte, und brach einen auf.

Die Seeigeleier waren gut, sie füllten ihren Mund mit einem vollen, fischigen Geschmack. Sie schloß die Augen, während sie ihren Daumennagel sauber lutschte. Ja, dachte sie, ich habe das Richtige getan für Shuku und für mich. Es wird keine leichte Wanderung sein, aber wir werden zu unserem Volk zurückkehren.

Dieses Mal, gelobte sie sich, würde sie sich nicht scheuen, Samiq zu sagen, was sie wollte – seine Frau sein, zweite nach Drei Fische, aber trotzdem seine Frau. Was wäre besser, als die Tage mit Essen bereiten für Samiq zu verbringen, die Abende mit dem Nähen seiner Parkas und *chigadax?* Was wäre besser, als seine Söhne unter ihrem Herzen zu tragen?

Kiin erwachte vom Schimpfen der Möwen am Strand, dem Schnattern der Krickenten am Fluß. Sie blickte zum Himmel auf und sah, daß die Sonne schon über dem Horizont war. Sie hatte länger geschlafen, als sie beabsichtigt hatte, und sie biß sich auf die Lippen, als sie zu den Gezeitenbecken hinübersah. Das Wasser war auf Knöchelhöhe angestiegen, und sie wußte, daß einige Fische aus den Fallen entkommen sein konnten.

»Weniger Essen für die Reise«, sagte sie, und ihre Worte waren ein Seufzen, das sich mit dem Wind vereinte.

Sie stand auf und band das *ik* los, dann kippte sie es aufrecht. Sie griff nach Shuku in der Wärme unter ihrem *suk,* fühlte das plötzliche Schnappen seines Mundes, als sie ihn von ihrer Brust zog. Sie achtete nicht auf sein Schreien, als sie ihn in das *ik* setzte. Die Seiten waren hoch genug, daß er nicht hinauskrabbeln konnte. Sie würde seine Windel aus Robbenhaut später wechseln. Vorerst war es wichtiger, Fische zu fangen. Sie ergriff ihren Gehstockspeer, nahm ein großes Tragnetz aus ihrem Vorratskorb und lief zu den Gezeitenbecken. Ein Kabeljau zappelte in dem flachen Wasser hinter dem nächstgelegenen Steinwehr. Sie spießte ihn auf und warf ihn in ihr Tragnetz, dann ging sie zur nächsten Falle. Vier Fische. Alles kleine Wale. In der dritten Falle war ein einziger großer Kabeljau. Der Fisch war zu lang, um in ihr Tragnetz zu passen, deshalb ließ sie ihn an ihrem Speer und ging zurück zu Shuku. Er hatte zu weinen aufgehört und sah ihr, sitzend und mit dem Daumen im Mund, entgegen. Als sie näherkam, fing er wieder an zu weinen.

Kiin kauerte sich neben ihn, legte ihm die Hand auf den Mund und hielt ihm mit dem Daumen die Nase zu. Er hörte auf zu weinen, und sie nahm ihre Hand fort. »Shuku, nicht weinen«, sagte sie. »Wenn du weinst, hört es jemand. Vielleicht Wölfe. Vielleicht ein Geist. Sei still, Shuku, sei still.«

Shuku hörte zu, doch als Kiin zu Ende gesprochen hatte, verzog er das Gesicht und fing wieder an zu weinen. Noch einmal hielt Kiin ihm die Hand vor den Mund, und Shuku hörte auf. Kiin zog ihre Hand fort und hob ihn hoch. »Ah, du bist ein tapferer Junge, Shuku«, murmelte sie, während sie das Kind an sich drückte. »Du bist tapfer. Keine Wölfe werden uns hören.«

Sie setzte Shuku wieder in das *ik* und schlitzte einen von den kleinen Walen auf. Mit der gebogenen Klinge ihres Frauenmessers entfernte sie die Innereien, beließ das feste grüne Fleisch unter seinem Zelt aus Haut. Sie warf die Innereien in eine saubere Muschelschale, band die Muschelhälften mit einer Sehnenschnur zusammen und legte die Muschel in ihren Korb zurück. Sie wollte die Innereien am folgenden Tag oder am Tag darauf als Köder verwenden. Sie sah zu Shuku hinunter, auf die hellen Spuren, die seine Tränen in seinem Gesicht hinterlassen hatten. Sein Atem kam in zitternden Stößen, aber er weinte nicht.

»Ah, Shuku«, sagte sie, »du bist ein braver Junge, lernst schon, ein Mann zu sein.« Sie hob den kleinen Wal auf, drückte ihm mit dem Daumennagel die Augen aus und schob sie Shuku in den Mund. Shukus Lippen verzogen sich zitternd zu einem Lächeln, und Kiin mußte lachen. Welches Kind mochte keine Fischaugen? Eine kribbelnde Freude wuchs neben ihrem Herzen. Es war gut, Shuku Leckerbissen geben zu können, ohne daß Lemmingschwanz einen Anteil für sich verlangte.

Kiin wickelte den Fisch in Gras ein und legte ihn auf die warmen Kohlen von ihrem nächtlichen Feuer. Während der Fisch briet, packte sie ihre Vorräte in den großen Korb, löste alle Fische aus bis auf einen, dann band sie die Fleischstreifen an die Außenseite ihres Korbes.

Für einen Augenblick blieb sie bei den Kohlen sitzen und genoß den Geruch des bratenden Fisches, dann stand sie auf, nahm ihren Speer und ihr Frauenmesser und ging zu dem *ik* von Lemmingschwanz. Ihr Blick folgte den glatten Zedernrippen des *ik,* den Laschungen aus Tang, mit denen alle Verbindungsstellen umwunden waren, die geölte Bespannung aus gespaltener Walroßhaut. Es war ein gutes *ik,* wasserdicht und mühelos im Gleichgewicht zu halten, leicht genug, daß zwei Frauen es heben konnten.

Sie hob Shuku auf und schnallte ihn in seine Tragschlinge, so daß seine Beine sich um ihre linke Hüfte klammerten. Sie sah zum Himmel auf, zu den Wolken, die sich in einer grauen Linie voranschoben und die Sonne verdeckten, wie sich die Flut heranschiebt und einen Strand verdeckt.

Vielleicht sind die Wolken wie die Flut, dachte Kiin, und vielleicht verstehen die Geister, die bei den Tanzenden Lichtern wohnen, die Wolken, machen sie sich beim Fischen so leicht zunutze, wie sich die Menschen auf der Erde die Gezeiten zunutze machen.

Sie sah wieder auf das *ik* von Lemmingschwanz herunter und spürte seinen verweilenden Geist.

Sie hob den Speer, um die Bespannung aufzuschlitzen, hielt jedoch inne, als ihre innere Stimme sagte: »Laß es heil, Kiin. Es hat einen Geist, wie alle *iks*. Wer kann sagen, was dieser Geist tun wird, wenn du das *ik* zerstörst?«

»Qakan hat das *ik* unserer Mutter zerstört«, entgegnete Kiin.

Ihr Geist stöhnte, seine Stimme war die Stimme von jemandem, der sich fürchtet. »Und denke daran, was mit Qakan geschehen ist«, sagte ihr Geist. »Noch jetzt liegen seine Gebeine am Ufer der Händler, nur geschützt von den Steinen, die du auf ihn gehäuft hast. Rabe hat ihn verflucht, und sein Geist kann nicht zu den Tanzenden Lichtern fliegen. Was wird er tun, wenn deine Mutter stirbt und niemand mehr da ist, um sich an ihn zu erinnern?«

»Ich kann das *ik* nicht hierlassen«, sprach Kiin laut zu ihrem Geist, wie sie zu einem Menschen gesprochen haben würde. »Was wird Rabe denken, wenn er zum Lachsfanglager kommt und das *ik* findet, heil, ohne Schaden?«

Würde er vermuten, daß sie zu ihrem Volk zurückgegangen war? Würde er sich zum Ufer der Händler aufmachen, sie und Shuku und Takha finden, Samiq töten?

Wieder hob sie ihren Speer, dann fiel ihr etwas ein: Wenn das *ik* auf Felsen zerstört würde, würden die Felsen es vom Boden her aufreißen. Sie drehte das *ik* um und stieß, ihren Sinn vor ihrer Geisterstimme verschließend, den Speer durch die Walroßhaut, dann vergrößerte sie den Riß mit ihrem Frauenmesser. »Ich lasse deinen Geist frei«, sagte sie zu dem *ik*. »Ich lasse deinen Geist frei. Bleib hier, bis Rabe kommt. Bleib hier und rufe ihn an diesen Strand. Laß ihn glauben, daß ich und mein Sohn Shuku tot sind. Dann geh mit dem Wind zu meinem Volk, den Ersten Menschen. Sag ihnen, daß ich komme. Geh dorthin und warte auf mich. Wenn ich komme, baue ich dir ein neues *ik*. Ich werde es mit heiligen Dingen verzieren – Muscheln und Lundfedern, Robbenzähnen und lauter schönen Sachen. Ich werde dich ehren, und du und ich werden zusammenbleiben, solange mein Körper lebt. Und wenn ich sterbe, werde ich bitten, daß du mit mir begraben wirst, so daß ich dich mitnehmen kann zu den Tanzenden Lichtern.«

Dann schleppte Kiin das *ik* bis an die Flutgrenze und setzte es im Ufergras ab. Sie ging am Strand entlang, bis sie einen Stein fand, einen schweren, aber nicht zu schwer zum Tragen. Sie kehrte damit zu dem *ik* zurück, hob ihn über die mittlere Ducht des *ik* und warf ihn wieder und wieder, bis das Brett zerbarst. Sie nahm eine von den Halsketten, die Rabe ihr geschenkt hatte, und schnitt mit ihrem Messer die Sehnenschnur durch, die die Perlen zusammenhielt. Sie rieb die Halskette im Sand, zog die meisten Perlen von der Schnur und verstreute sie über die Gezeitenbecken, dann wickelte sie, was von der Kette übrig war, um das zersplitterte Sitzbrett. Sie stand über dem Boot, versuchte, sich in Rabes Kopf zu versetzen, versuchte, zu entscheiden, was er denken würde, wenn er das *ik* sah.

Sie trug den Stein zu seinem Platz am Strand zurück und ging zu ihrem Vorratskorb. Sie nahm ihr Amulett vom Hals, ohne auf den Schauder zu achten, der über ihre Arme lief, als das vertraute Gewicht nicht mehr auf ihrer Brust lag. Sie arbeitete geschwind, benutzte den Beutel als Muster und schnitt einen zweiten aus einem Stück Robbenhaut, bohrte mit der Ahle Löcher in beide Seiten und nähte eine Seite mit Sehnenschnur zusammen, die andere ließ sie offen. Sie legte einen schwarzen Stein und mehrere Muscheln, die sie am Strand gefunden hatte, in den Beutel, dann trug sie ihn zum *ik* und klemmte ihn unter die Laschungen im Bug. Sie zog sich Strähnen ihrer langen Haare aus dem Kopf und wand sie in die gesplitterten Enden der geborstenen Ducht, dann zog sie ihr Frauenmesser heraus, hob die linke Hand und schnitt sich in die Innenseite ihres linken Armes. Sie beugte sich über das *ik,* ließ ihr Blut auf die Walroßhaut tropfen, über den Amulettbeutel, über die Muschelperlen ihrer Halskette. Dann kniete sie sich in den Sand und betete zu allen Geistern, die zuhörten: »Beschützt mich, beschützt Shuku. Laßt Rabe nicht wissen, was ich getan habe.«

32

DIE WALJÄGER

Yunaska Island, Aleuten

Waxtal strich über den Stoßzahn von einem Walroß. Nie hatte er eine bessere Arbeit gemacht. Er fuhr mit den Fingern über die eingeritzten Menschen und Tiere, bewegte die Hände sachte, als würde er eine Frau berühren. Selbst bei dieser zarten Berührung fühlte er die Macht des Elfenbeins durch seine Hände dringen, und es brannte, als ob er seine Finger an schwelende Kohlen hielte. Er seufzte und schloß die Augen, fühlte, wie ein Aufwallen von Blut sein männliches Teil stark machte. Er legte eine Hand auf den Walroßstoßzahn, rieb ihn, als sei er ein Teil von ihm selbst.

»Diese Dummköpfe«, sagte er laut, als er an Eule und Geflecktes Ei dachte. »Sie verstehen nicht das geringste von der Macht meiner Schnitzereien. Und sie verstehen nicht das geringste von der Macht, die die Waljäger noch immer besitzen.«

Eine Stimme schien ihm zu antworten. Waxtal schüttelte den Kopf. Er war allein im *ulaq,* aber vielleicht war es ein Geist, den die Macht der Schnitzereien aus dem Walroßstoßzahn herbeigerufen hatte. Waxtals Herz schlug schneller, und er stand auf und strich seine Grasschürze glatt. Er fuhr mit der Hand durch sein Haar und über seinen langen Kinnbart. Die Stimme rief wieder, und da merkte Waxtal, daß sie vom Dach des *ulaq* kam. Waxtal sah hinauf.

Es war Harter Felsen.

Die Enttäuschung brachte Zorn mit sich, und Waxtal hockte sich wieder neben den Walroßstoßzahn, mit dem Rücken zum Kletterstamm. Dann fiel ihm die Frau ein, die Harter Felsen ihm versprochen hatte. Gut, dachte er. Es gibt Zeiten für Geister, und es gibt Zeiten für Frauen. »Ich bin hier«, rief er hinauf.

Als Harter Felsen auf dem Stamm in das *ulaq* hinunterkletterte, zog Waxtal sein Schnitzmesser aus einem Beutel an seiner Taille und beugte sich vor, um auf dem Stoßzahn eine Linie zu ziehen.

Soll er wissen, daß er mich bei der Arbeit gestört hat, dachte Waxtal. Soll er wissen, daß ich an mehr zu denken habe als an eine Frau, die in meinen Schlafplatz kommt.

Waxtal blickte über die Schulter und runzelte die Stirn. Die Frau bei Harter Felsen war Viele Kinder. Sie war alt, und sie war laut, aber Waxtal ließ seinen Unmut nicht in seinen Augen sichtbar werden. Es war eine Ehre, die erste Frau von Harter Felsen angeboten zu bekommen.

Viele Kinder machte ihm schöne Augen, dann öffnete sie den Mund, um mit der Zunge ihre Oberlippe zu berühren. Waxtal konnte sehen, daß sie einst eine schöne Frau gewesen war. Sogar unter den losen Falten ihres *suk* konnte er die breiten Rundungen ihrer Hüften erkennen, ihre ausladenden Brüste.

Harter Felsen stellte sich neben seine Frau. Der Mann hielt den Blick auf Waxtal gerichtet, den Kopf abgewandt, als würde er die Frau an seiner Seite gar nicht sehen. »Das ist deine Schnitzarbeit«, sagte er. Er ging zu Waxtal und hockte sich nieder.

»Ja.«

Harter Felsen streckte die Hand aus, um den Stoßzahn zu berühren, zog sie jedoch zurück, als Waxtal zischte. Der Mann sah Waxtal an, die Augenbrauen zusammengezogen, die Lippen zu einem Strich verkniffen.

»Sie hat einen Geist«, sagte Waxtal. »Sie ist ... sie ist lebendig.«

»Woher weißt du, was du schnitzen sollst?« fragte Harter Felsen und verschränkte die Arme.

Waxtal kniff die Augen zusammen und überlegte einen Moment. Es war immer gefährlich, zuviel zu erzählen.

»Es ist eine Geschichte«, sagte Waxtal schließlich. »Sie erzählt, was meinem Volk zugestoßen ist.« Mit der Spitze seines Schnitzmessers zeigte er auf eine Reihe von Kreuzschraffierungen am unteren Ende des Stoßzahns. »Dies ist ein fernes Ufer, östlich und südlich von hier, nahe den Eiswänden, die den Rand der Welt bilden. Daneben siehst du die Wellen, die unser Dorf zerstört haben.« Er zeigte auf eine Reihe von schrägen Linien, über Kreisen aufsteigend, die eine Gruppe von *ulas* darstellten. »Hier nehmen wir unsere *ikyan* und fahren zum Ufer des alten Mannes, des Schamanen und Schnitzers.«

Harter Felsen nickte.

»Hier treiben wir Tauschhandel mit unseren Brüdern, den Waljägern, und dies ist der Kampf mit den Kurzen Menschen. Dieser Mann bist du.« Waxtal legte die Klinge seines Messers an eine der Männerfiguren, größer als die anderen, ein Mann, der mit jeder Hand einen Speer umgriff.

Harter Felsen beugte sich vor, um die Schnitzerei eingehend zu betrachten, und Waxtal hob die Hand, um sein Lächeln zu verbergen. Warum Harter Felsen die Wahrheit sagen, daß der geschnitzte Mann Waxtal war, daß die erzählte Geschichte Waxtals Geschichte war?

Viele Kinder beugte sich über ihren Mann, um sich den Stoßzahn anzusehen. Sie leckte sich die Lippen und fragte: »Erfreust du Frauen so gut, wie du schnitzt?«

Sie strich Waxtal übers Haar, lachte und nahm sein Ohr zwischen ihre Finger. Harter Felsen stand auf und zog ihren Arm von Waxtal fort.

»Es tut mir leid, daß ich dir so einen schlechten Tausch für dein Öl anbiete«, sagte er zu Waxtal. »Vielleicht findest du Freude daran, daß sie meine erste Frau ist. Wenn nicht, suche dir jede Frau im Dorf aus, die du willst. Ich werde sie zu dir bringen.« Ohne zu Waxtal oder Viele Kinder zurückzublicken, kletterte Harter Felsen aus dem *ulaq*.

Waxtal beugte sich über den Walroßstoßzahn und ritzte mit seinem Messer eine Linie in das gelbe Elfenbein. Viele Kinder kniete sich neben ihn. Sie fuhr mit den Händen unter seinen *suk* und streichelte die Innenseiten seiner Beine. Waxtals männliches Teil wurde steif, aber mit Augen und Händen hielt er noch das Elfenbein fest. Sollte die Frau warten.

Eine Frau muß begreifen, daß es Dinge gibt, die einem Mann wichtiger sind als sie. Heute abend mußte er schnitzen.

Bald drückten und rieben die Hände von Viele Kinder. Waxtals Finger wurden kalt, und er wußte, sein Geist hatte seine Hände verlassen, um Freude zwischen seinen Beinen zu finden. Er seufzte und legte sein Messer hin. Manchmal mußte er an andere denken, bevor er an sich selbst dachte. Welche Frau, die diesen Stoßzahn sah, würde ihn, Waxtal, nicht begehren, und sei es nur für eine einzige kurze Nacht? Welche Frau würde sich nicht wünschen, sein Kind zu tragen?

Er drehte sich um und zog Viele Kinder ihren *suk* aus, dann legte er sie rücklings auf die Bodenmatten. Sie spreizte die Beine, und wieder seufzte er. Warum die Frau zurückweisen? Es würde wieder Zeit zum Schnitzen sein. Zudem wollte er Harter Felsen nicht beleidigen.

33

Das Schnarchen der Frau weckte Waxtal auf. Er stöhnte und wälzte sich auf den Schlafdecken herum. Wäre sie seine Frau gewesen, so hätte er sie wachgetreten und zu ihrem eigenen Schlafplatz geschickt, aber ein Händler kann die Frau des *alananasika* nicht treten. Er stieß sie an und schob sie langsam auf ihre Seite. Sie schnaubte und war einen Augenblick still, dann fing sie wieder an zu schnarchen.

Waxtal rückte so weit von ihr ab, wie er konnte, bis nahe an den Vorhang, hinter dem der Hauptraum des *ulaq* lag. Durch das grobe Grasgewebe des Vorhangs konnte er den Schein einer Ollampe sehen. Er preßte die Augen fest zu, dann hörte er die Stimmen – Eule und Geflecktes Ei, die Worte fast geflüstert.

Waxtal schüttelte den Kopf. Sollten sie die halbe Nacht aufbleiben und reden. Sie verbrachten ihre Tage im Schlaflager mit der einen oder anderen Frau. Er hatte Besseres zu tun. Wie konnte ein Mann mit den Waljägern die Sonne begrüßen, wenn er die ganze Nacht wach war und redete? Außerdem mußte er morgen einen Platz in den Bergen suchen, um zu meditieren und zu fasten und mit den Geistern zu sprechen. Was wußten Eule und Geflecktes Ei von den Dingen der Geister? Sie dachten nur an ihre Bäuche und ihre Lenden.

Er gähnte, dann hörte er Geflecktes Ei sagen: »Ihn verlassen!«

Eule antwortete, aber Waxtal konnte seine Worte nicht verstehen. Waxtal setzte sich auf und beugte sich näher zu dem Vorhang des Schlafplatzes. Die Männer sprachen noch, sie redeten in der tiefen, schnellen Sprechweise der Karibumenschen, aber Waxtal hatte die Sprache während des Winters, den er mit Eule und Geflecktes Ei verbracht hatte, gut gelernt.

Eule war gewöhnlich leichter zu verstehen, weil er langsamer redete als sein Bruder. Aber jetzt, da Eule sprach, war das Schnarchen von Viele Kinder zu laut, so daß Waxtal nicht hören konnte, was der Mann sagte. Waxtal rückte flink über den Schlafplatz auf die Seite von Viele Kinder und hielt ihr mit seiner Hand Mund und Nase zu. Sie zuckte mit dem Kopf und stieß Waxtals Hand fort.

»Viele Kinder«, flüsterte Waxtal. »Viele Kinder, schscht. Sei still.«

Die Frau richtete sich auf beide Ellenbogen auf. »Was?« fragte sie.

Waxtal drückte seine Fingerspitzen auf ihre Lippen. »Schscht«, sagte er. »Du hast im Schlaf geweint. Es war ein Traum. Sei ruhig. Sei still. Dir geschieht nichts.«

Sie kuschelte sich an Waxtal und griff ihm zwischen die Beine, aber Waxtal schob ihre Hände fort. »Schlaf weiter«, sagte er, hoffte aber, sie würde nicht schlafen – jedenfalls nicht, bevor er gehört hatte, was Eule und Geflecktes Ei über ihn redeten. Viele Kinder legte sich hin, und Waxtal kehrte an seinen Platz beim Vorhang zurück.

Er hielt den Atem an und wartete. Da war nichts, nur Schweigen. Er seufzte. Die Männer waren vermutlich in ihre Schlafplätze gegangen. Waxtal lehnte sich an die Erdwand des *ulaq*. Es war ja möglich, daß Eule und Geflecktes Ei aßen und später weiterreden würden. Am besten, er wartete. Er hatte die ganze Nacht zum Schlafen.

Nach einer Weile räusperte sich Eule, und Waxtal lächelte. Er hatte recht gehabt.

»Also, wir verlassen ihn«, sagte Eule. »Und was dann? Die Waljäger werden ihn nicht wollen. Er ist faul und kann nicht jagen. Harter Felsen wird böse auf uns sein, und wir werden nie mehr hierherkommen können, um zu handeln.«

»Du willst mit diesen Waljägern Handel treiben?« fragte Geflecktes Ei. »Der Fluch dieses Ortes hat sich schon in meine Knochen gesenkt. Wir sind zu lange geblieben. Ich will nicht zurückkommen. Was hat uns die Zeit, die wir hier verbrachten, eingetragen? Ein paar Robbenmägen mit altem Walöl. Wir haben mehr als das für ihre Frauen gegeben.«

»Waxtal hat Harpunenspitzen.«

»Vier, für drei Mägen mit Öl.«

Wieder trat Stille ein.

»Und wann?« fragte Eule.

»Morgen. Waxtal hat gesagt, er will in die Berge, um zu fasten. Welche Zeit wäre besser, um fortzugehen?«

»Und wenn die Waljäger versuchen, uns aufzuhalten?«

»Warum sollten sie? Ihnen liegt nicht daran, unsere Münder zu füttern.«

»Was ist mit Waxtals *ikyak?* Sollen wir es mitnehmen?«

»Wir müßten mehr sein als nur wir zwei, um *ik* und *ikyak* auf einer weiten Reise zu handhaben. Es ist eine Fahrt von vielen Tagen bis zum nächsten Dorf.«

»Was ist mit den Stoßzähnen?«

Wieder Stille, dann hörte Waxtal Gelächter, tief, leise.

»Er hat Nahrung im Wert von mehreren Stoßzähnen gegessen, seit er zu uns kam.«

»Die Harpunenspitzen nehme ich auch mit. In vielem ist der alte Mann ein Dummkopf, aber vom Tauschhandel versteht er etwas.«

»Er sagt, die Flußmenschen werden zwei Frauen für eine Harpunenspitze geben.«

»Ich wäre mit einer Frau zufrieden.«

Waxtal legte sich zurück auf die weichen Felle, die den Boden des Schlafplatzes bedeckten. Eule und Geflecktes Ei hatten also vor, seine Sachen zu nehmen und ihn zu verlassen. Lautloses Gelächter regte sich unter seinen Rippen.

Waxtal wartete, bis er Eule und Geflecktes Ei in ihre Schlafplätze gehen hörte. Er wartete, bis er ihren Atem in die langsame Sanftheit des Schlafes übergehen hörte. Dann kroch er zu den Packen, die die Männer ganz hinten in der Vorratsnische versteckt verwahrten. Dort befanden sich ihre meisten Tauschwaren. Nur ihre Waffen, ihre Halsketten, mehrere Mägen mit Walöl und einige Körbe mit getrockneten Beeren waren in ihren Schlafplätzen. Der Rest – Öl, Häute, Felle, getrocknetes Fleisch – war gebündelt in ihren Händlerpacken aus Karibuhaut in der Nische.

Waxtal zog die Packen von Geflecktes Ei heraus, dann die von Eule. Er nahm fast alles aus der Nische, dazu vier von den Wasserblasen, die von den Sparren herabhingen. Er holte seine eigenen Waffen und seinen Packen mit Schnitzwerkzeug aus seinem Schlafplatz, dann hob er eine Matte aus Robbenhaut vom Boden auf und legte sie über die Öllampe, bis die Flamme in dem Öl ertrank. Im Dunkeln schleppte er alles auf das Dach des *ulaq*. Während er arbeitete, flüsterte er Gebete und Gelöbnisse zu den Geistern und bat sie, Eule und Geflecktes Ei schlafen zu lassen, ihre Ohren zu verstopfen.

Schließlich waren nur noch seine Stoßzähne übrig, einer geschnitzt, einer blank. Er trug sie nach oben, dann brachte er alles zu seinem *ikyak*. Er packte Bug und Heck mit Vorräten und Tauschwaren voll, hielt einmal inne, um eine Schnur mit Muschelperlen aus Eules Packen zu ziehen und sich die Perlen um den Hals zu hängen. Er verschnürte alles, so daß es nicht rutschte, und verteilte die Ladung gleichmäßig auf beiden Seiten, vorn und hinten. Am Ende mußte er sechs Robbenmägen mit Öl am Ufer zurücklassen – dazu die leeren Packen der Händler.

Es war dunkel, die schwarze Mitte der Nacht. Das Wasser stand hoch, so daß es leichter sein würde, hoffte Waxtal, sein *ikyak* zu Wasser zu lassen und die Felsen zu meiden, die vom Meeresboden aufragten. Er brachte zwei Robbenmägen mit Öl zum *ulaq* von Harter Felsen und rief leise vom Dachloch herunter. Eine der Frauen von Harter Felsen kam in den Mittelraum des *ulaq*. Eine Öllampe brannte und warf den Schatten der Frau lang und dunkel an die Wände des *ulaq*.

Waxtal konnte sich nicht auf ihren Namen besinnen. Sie hatte mehrere Nächte mit Geflecktes Ei verbracht, soviel wußte er, aber mehr nicht. »Ich muß mit Harter Felsen sprechen«, sagte Waxtal.

»Wer bist du?« fragte die Frau. Sie stellte sich neben den taillenhohen Felsblock, der, oben abgeflacht und ausgehöhlt, die größte Öllampe des *ulaq* war.

»Waxtal, der Händler.«

Sie zögerte. »Harter Felsen schläft«, sagte sie schließlich.

»Ich habe Öl für ihn, um für den Tausch zu bezahlen, den wir abgeschlossen haben. Ich habe Gelöbnisse an Geister gemacht und muß jetzt gehen und fasten. Ich möchte, daß Harter Felsen das Öl bekommt, bevor ich gehe.«

Die Lampe beleuchtete den Kopf der Frau vom Kinn aufwärts und warf Schatten auf ihre Augen, so daß ihr Gesicht aussah wie eine Maske, angefertigt, um Geister zu rufen.

»Warte«, sagte sie. »Ich hole ihn.«

Waxtal wartete, bis die Frau zum Schlafplatz von Harter Felsen gegangen war, dann setzte er sich auf die Kante des Dachlochs, so daß seine Füße in das *ulaq* herunterbaumelten. Er legte die Arme um einen der Robbenmägen und stieg den Kletterstamm hinunter.

Er stellte den Magen mit Öl auf die Erde und stieg hinauf, den anderen zu holen. Er war noch oben auf dem Kletterstamm, als er eine Hand an seinem Fußgelenk fühlte.

»Waxtal?« Die Stimme von Harter Felsen.

»Ja.«

»Gut. Hast du mir mein Öl gebracht?«

»Ja. Ich möchte, daß du es hast, bevor ich gehe, um mit den Geistern zu reden.«

»Gut«, sagte Harter Felsen wieder. Er nahm Waxtal den Magen mit Öl aus den Armen.

»Kannst du essen, bevor du gehst?«

Waxtal blickte zum Himmel auf. Es war noch dunkel. »Ja«, sagte er.

Harter Felsen ging zur Speisenische und holte getrocknetes Fleisch und Öl heraus. Er reichte Waxtal eine Handvoll Fleisch. »Wohin gedenkst du zu gehen?«

Waxtal biß in das Fleisch, kaute. »Das ist etwas, das die Geister entscheiden werden.«

»Wirst du zurückkommen?«

Waxtal zuckte die Achseln. »Ich habe genug von Eule und Geflecktes Ei. Sag ihnen, sie sollen ohne mich weiterziehen.«

»Sie wissen nicht, daß du fortgehst?«

»Sie wissen es, aber sie hatten vor, auf mich zu warten. Sag ihnen, sie sollen nicht warten.«

»Ich werde es ihnen sagen.«

Waxtal legte ein Stück getrocknetes Fleisch zusammen und steckte es zwischen Kiefer und Gaumen, um es in der Feuchte seines Mundes aufzuweichen. Er sprach mit ausgebeulter Backe. »Es hat mir Freude gemacht, mit dir zu handeln. Ich hoffe zurückzukommen, aber es wird vielleicht in einem anderen Jahr sein. Halte in den Sommern Ausschau nach mir.«

Harter Felsen klopfte Waxtal mit einer Hand auf die Schulter. »Ich werde nach dir Ausschau halten.«

Waxtal ging zum Kletterstamm, dann drehte er sich um. Er griff in seinen *suk* und zog Eules Halskette hervor. »Du hast deine Frau gut unterwiesen«, sagte Waxtal. »Gib ihr dies von mir.«

Harter Felsen nahm die Halskette. »Sie hat mich unterwiesen«, sagte er und fing an zu lachen. Sein Gelächter folgte Waxtal aus dem *ulaq* hinaus in das Dunkel der kurzen Nacht.

34

Eule streckte sich und kratzte sich am Bauch. »Für einen Mann, der den ganzen Winter keine Frau hatte, hat er diese Nacht nicht viel Lärm gemacht«, sagte er zu Geflecktes Ei, während er zu Waxtals Schlafplatz hinübernickte.

»Sie sind beide alt«, sagte Geflecktes Ei. Er lachte, ein dünnes Pfeifen, das aus seinem Nasenrücken kam. »Vielleicht wollte er nur schlafen. Wie auch immer, er hat keine Frau verdient nach dem Tausch, den er mit Harter Felsen gemacht hat. Drei Robbenmägen mit Öl für vier abgebrochene Harpunenspitzen.«

»Zwei Robbenmägen.«

»Das sagt er. Er hat gelogen, was die Frau anging, warum nicht, was das Öl angeht?«

»Wir hätten ihn nie mitnehmen sollen. Dann wären wir nicht auf diese verfluchte Insel gekommen. Wir wären in einem Dorf bei den Robbenjägern, könnten uns an dicken Frauen laben und frischem Fleisch.«

Geflecktes Ei tauchte seinen Finger in die Öllampe und leckte das Robbenöl von seiner Hand. Eule verzog das Gesicht. »Es ist ranzig«, sagte er. »Ich kann es von hier aus riechen.«

Geflecktes Ei zuckte die Achseln. Er ging zur Speisenische, zog den Vorhang zur Seite und befingerte dabei das grob gewebte Gras. »Diese Waljägerfrauen können nicht weben«, sagte er.

»Was kümmert das uns?« fragte Eule. Er hatte seinen Parka von einem Pflock an der Wand genommen und fuhr mit dem Daumen die Stiche entlang, zerdrückte die grauleibigen Flöhe, die sich einen Weg in die Vertiefung einer jeden Naht gebahnt hatten. »Wir bekommen Matten von den Frauen der Robbenjäger. Wir bekommen Flöhe von den Waljägern.«

Geflecktes Ei ging in die Hocke, griff in die Nische, gab ein erstauntes Murmeln von sich und ließ sich hart auf den Boden fallen.

»Was ist?« fragte Eule und blickte von dem Parka hoch.

»Sie ist fast leer«, sagte Geflecktes Ei mit dünner Stimme.

»Was?«

»Sieh her.« Geflecktes Ei hielt den Vorhang zur Seite.

Eule durchquerte das *ulaq,* raffte den Vorhang mit einer Hand und riß ihn von den Pflöcken. Er griff in die Nische und zog einen teils gefüllten Seelöwenmagen mit Öl, eine flachgedrückte Wasserblase und einen Robbenmagen mit getrocknetem Fisch hervor.

»Alles ist weg, bis auf das, was hier war, als wir kamen«, sagte Geflecktes Ei.

Eule ging zu Waxtals Schlafplatz und riß auch dort den Vorhang von den Pflöcken. Viele Kinder kreischte und setzte sich auf, raffte Matten und Schlaffelle an sich.

»Wo ist Waxtal?« fragte Eule sie.

Die Worte der Frau stürmten hervor, überstürzten sich. Eule kroch schließlich in den Schlafplatz, packte sie an den Armen und zog sie auf die Füße.

»Sprich langsam, Frau. Wie soll ich deine dumme Sprache verstehen, wenn du nicht langsam sprichst?«

Viele Kinder riß sich von ihm los und kroch über den Schlafplatz. Sie hob ihren *suk* aus Otternhaut auf, dann tat sie einen langen Atemzug und eilte an Eule vorbei in die Mitte des *ulaq*. Sie blickte sich um, dann fragte sie Geflecktes Ei: »Wo ist Waxtal?«

»Das hat dich mein Bruder gefragt«, sagte Geflecktes Ei. Er trat gegen die Robbenhaut mit getrocknetem Fisch. »Alles, was in der Nische war, ist weg – unsere Packen mit Tauschwaren, unser Essen, unser Öl. Es ist nichts mehr da, bis auf das, was dein Mann uns gab, als wir in dieses *ulaq* kamen.«

»Woher soll ich wissen, wo Waxtal ist?« fragte Viele Kinder. »Ich habe ihm für die Nacht gehört – wie mein Mann, der *alananasika,* es verlangte. Das ist alles.« Sie zog ihren *suk* an. Er bauschte sich in dicken Falten über ihren Brüsten, und sie zog ihn herunter.

»Du hast ihn nicht fortgehen sehen?«

»Ich habe geschlafen.«

Eule packte sie an den Schultern, doch Viele Kinder rammte ihr Knie in seine Leisten. Eule sackte vornüber und sank langsam auf die Erde. Viele Kinder rannte zum Kletterstamm. »Mein Mann wird dich töten, wenn du mich anrührst!« schrie sie ihm zu.

Geflecktes Ei reckte die Faust. »Sag deinem Mann, dies ist es, was ich von den Waljägern halte.« Dann ging er zu Eule und hockte sich neben ihn.

»Ich bin nicht verletzt«, sagte Eule mit zusammengebissenen Zähnen.

Geflecktes Ei schüttelte den Kopf, hob seinen Parka auf, zog ihn an und kletterte den Stamm zum Dach des *ulaq* hinauf. »Ich gehe ans Ufer und sehe nach, ob Waxtal uns unser *ik* gelassen hat«, rief er zu Eule hinunter. »Komm, sobald du kannst.«

Waxtal setzte sich auf das Pelzrobbenfell und hielt die Hände über die kleine Flamme seiner Jägerlampe. Der Walroßstoßzahn mit seinen eingeritzten Schnitzereien lag zu seiner Rechten, der blanke Stoßzahn zu seiner Linken. Er war auf einer kleinen Insel östlich der Insel der Waljäger und hatte eine Felsbank an der Seite des Berges gefunden, der sich über dem Ufer erhob, wo er sein *ikyak* gelassen hatte. Er hatte dort ein Lager aufgeschlagen, hatte einen Platz gewählt, von dem aus er das Meer beobachten konnte, wenn er auf seinem Robbenfell saß. Der Wind blies vom Wasser herüber, kalt und naß, und schnitt tief in seine Knochen.

Er trug seinen *suk* aus Federn, den er von den Ersten Menschen hatte, und er stand auf, machte einen Schritt nach vorn, stellte sich über die Lampe, so daß er sie zwischen den Beinen hatte, dann hockte er sich so hin, daß der Saum des *suk* den Boden berührte. Die Wärme von der Lampe umhüllte seine Beine. Seine Haut kribbelte und bildete kleine Erhebungen, und er schloß die Augen, als die Wärme sich bis zu seinem Bauch und seiner Brust ausbreitete.

Als er sich wieder auf das Pelzrobbenfell setzte, stimmte er einen Gesang an, Lobpreisungen, die, so hoffte er, jegliche in der Nähe befindlichen Geister erfreuen würden. In der Kälte waren seine Lippen steif, und seine Stimme klang dünn, fast wie die Stimme einer Frau.

Warum machten die Geister alles so schwer? Warum schickten sie Regen und Kälte an dem Tag, an dem er mit seinem Fasten begann? Wie konnte ein Mann ohne Essen leben bei einem Wind, der alle Wärme aus seinem Körper zog? Es war schwer genug, sich über den Hunger eines leeren Magens zu erheben. Wie konnte ein Mann bei seinen Gebeten verweilen, wenn sein Leib vor Kälte zitterte?

Waxtal legte seine Hände um die Öllampe und fuhr fort mit seinem Gesang. Sein Lied war ein Lied der Dankbarkeit an das

Meer, an die Tiere im Meer. Der Gesang stieg aus seiner Brust, strömte aus seinem Mund und kreiste auf dem Wind zu ihm zurück. Die Worte kamen in seine Ohren, zeichneten Bilder in seinem Kopf – von Ottern, geschmeidig und geschwind, Robben, dunkel und dick, Seelöwen, groß und ohne Furcht. Er sah Walrosse und Wale, Seevögel und Fische. Zuletzt sah er die Geschenke, die diese Tiere brachten: Häute und Pelze, Fleisch und Fett, Öl, Zähne für Halsketten, Knochen zum Verbrennen, Elfenbein zum Schnitzen.

Er legte die Hände auf die Stoßzähne zu seinen Seiten. Die Stoßzähne waren warm, als erinnerten sie sich der Hitze im *ulaq* der Waljäger, wo sie zuletzt gelegen hatten. Unter den Fingern seiner rechten Hand konnte Waxtal die Linien fühlen, die er geschnitzt hatte. Ihre Macht zog seine Hand hinauf zu seinem Handgelenk, dann zu seinem Unterarm – ein Gleiten von Wärme, das sich bis in Schultern und Herz ausbreitete.

Wieder sah er die Meerestiere, dieses Mal, wie die Händler sie sehen: drei Seelöwenzähne für eine Bärenklaue, einen Robbenmagen mit Öl für einen Schaber aus Karibuknochen, ein Robbenpelz für dreißig Lundhäute, eine Robbenhaut mit getrocknetem Walfleisch für einen Parka und Gamaschen aus Karibuhaut, sechs Seelöwenmägen mit Öl für einen Umhang aus Kormoranfedern. Er sah sich den Parka und die Gamaschen aus Karibuhaut, Halsketten und einen Umhang aus Vogelhaut tragen, sah sich jede Nacht mit einer neuen Frau. Er sah sich mit einem neuen *ik,* groß genug, um alles zu fassen, was er beim Tauschen einhandeln würde, so viele Dinge, von denen die meisten Menschen nicht wußten, daß es sie gab auf der Welt. Er hörte die Stimmen der Frauen, als sie priesen, was er mitgebracht hatte; er sah die Furcht in den Augen der Männer, als sie die Macht seines Tauschhandels zu verstehen begannen; er schmeckte das Essen, das die Frauen ihm vorsetzten, er fühlte ihre streichelnden Hände an seinen Leisten.

Seine Gesänge kamen noch an seine Ohren, aber sie verloren sich in den Visionen von dem, was er zu haben hoffte, und so sprach

Waxtal wohl, hörte aber nicht, was er sagte. Und seine Danksagung wurde eine Danksagung an eine Halskette aus Bärenklauen; seine Gebete wurden Gebete an ein *ik* für einen Händler; seine Lobpreisungen wurden Lobpreisungen an schöne Parkas.

»Tu etwas, was eine Frau tun soll. Nähen. Einen Korb flechten«, sagte Harter Felsen, schüttelte den Kopf und rieb sich mit beiden Händen über das Gesicht. »Ich komme wieder.« Er ließ Viele Kinder, die immer noch weinte, im *ulaq* zurück.

Er ging zuerst zum *ulaq* der Händler. Als er dort niemanden antraf, ging er ans Ufer. Eule und Geflecktes Ei waren dort bei ihrem *ik,* fuhren mit den Händen über die Bespannung aus Walroßhaut.

Einen Augenblick blieb Harter Felsen stehen und beobachtete die Männer, ohne etwas zu sagen, dann rief er ihnen zu: »Ich habe meine Frauen mit den Händlern geteilt. Ich habe ihnen Essen und Wasser und Öl gegeben. Sie haben in einem guten *ulaq* gewohnt. Meine Frau ist jetzt in meinem *ulaq* und will nicht aufhören zu weinen. Was habt ihr ihr getan?«

»Wir haben nichts getan«, sagte Geflecktes Ei, seine Stimme laut, seine Worte hart.

»Frag Waxtal. Er ist der, der sie gehabt hat«, sagte Eule. »Wir haben jeder allein geschlafen.«

»Wo ist er?«

»Er ist fort«, sagte Eule. »Er hat unser Fleisch und unser Öl mitgenommen und was in unseren Packen war.« Eule trat gegen einen Packen aus Karibuhaut, der leer neben dem Gestell fur die *ikyan* lag.

»Sieh, was er mit unserem *ik* gemacht hat«, sagte Geflecktes Ei. Er zog ein Messer aus seinem Ärmel, und mit der Klinge hob er ein Ende von einem Schlitz an, der über die ganze Länge vom Bauch des *ik* verlief.

»Wollt ihr ihm nach?« fragte Harter Felsen.

»Womit? Wird einer von euren Jägern uns sein *ikyak* benutzen lassen?«

»Wie kann ein Jäger seinen Bruder jemand anderem geben?« fragte Harter Felsen.

»Hast du niemanden, der ein *ik* gegen ein *ikyak* tauschen würde?« fragte Eule.

»Du willst, daß ein Jäger sein *ikyak* für das Boot einer Frau hergibt? Ein Mann kann mit einem *ik* keine Wale jagen.«

»Das *ik* von Händlern«, sagte Geflecktes Ei.

»Was ist der Unterschied?« fragte Harter Felsen. »Boot einer Frau, *ik* von Händlern. Beides würde den Wal beleidigen. Aber ich werde fragen. Vielleicht ist einer von meinen Jägern ein Narr geworden.«

Das Gesicht von Geflecktes Ei färbte sich dunkel, aber er sagte nichts.

Schließlich fragte Eule: »Hat keine von euren Frauen ein *ikyak,* das einem Mann oder Bruder gehörte, der jetzt tot ist?«

»Die Männer des Waljägervolkes nehmen ihr *ikyak* mit, wenn sie zu den Tanzenden Lichtern gehen«, sagte Harter Felsen.

»Würde eine von euren Frauen ihr *ik* tauschen?«

»Gegen was?« fragte Harter Felsen, und er beugte sich vor und hob einen von den leeren Packen der Händler auf. »Was habt ihr zum Tauschen?«

Eule hob die vielen Perlenschnüre an, die er um den Hals hängen hatte.

»Eine Frau braucht ihr *ik* zum Fischen«, sagte Harter Felsen. »Denkst du, eine Frau kann Halsketten essen? Außerdem könnt ihr das *ikyak* von Waxtal nicht mit dem Boot einer Frau einholen.«

Mit zwei raschen Schritten stand Geflecktes Ei Auge in Auge vor Harter Felsen. Er packte den *suk* von Harter Felsen mit beiden Händen. »Wir sind auf diese verfluchte Insel gekommen, wir haben euch unsere Amulette und Talismane gebracht, damit ihr das Wohlwollen der Geister gewinnt. Jetzt haben wir alles verloren. Es ist eure Schuld. Euer Fluch ist über uns gekommen.«

Harter Felsen riß sein Ärmelmesser aus der Scheide und hielt es so, daß die Klinge seitlich am Hals von Geflecktes Ei anlag.

»Ich bin verantwortlich für euch?« fragte Harter Felsen mit zusammengebissenen Zähnen. »Ihr seid ohne Einladung auf diese Insel gekommen. Ihr habt mein Essen gegessen, habt in meinem Dorf gewohnt, habt meine Frauen benutzt, und nun gibst du mir die Schuld an eurem Verlust?«

Dann war Eule zwischen ihnen, zog die Hände von Geflecktes Ei von dem *suk* von Harter Felsen fort, dann umgriff er das rechte Handgelenk von Harter Felsen, zerrte das Messer fort vom Hals von Geflecktes Ei.

Harter Felsen trat zurück und wand sein Handgelenk aus Eules Griff. »Ihr habt Waxtal hergebracht«, sagte er. »Er ist einer von euch.«

»Er behauptet, daß er dein Bruder ist.«

»Nur auf die Weise, wie alle Robbenjäger Brüder von allen Waljägern sind. Nur so.«

Geflecktes Ei schnaubte und wandte sich wieder dem *ik* zu.

»Ich lasse euch von meinen Frauen helfen, euer *ik* instandzusctzcn«, sagtc Hartcr Fclscn.

»Wir haben hier vier Robbenmägen mit Öl«, sagte Eule und zeigte auf das Öl, das Waxtal am Ufer zurückgelassen hatte. »Ich gebe zwei für eine Frau – eine, die keine Kinder zu versorgen hat –, die uns mit dem *ik* hilft. Und uns am Abend die Betten wärmt. Vergewissere dich, daß sie kochen und nähen kann.« Als Harter Felsen nichts sagte, klopfte Eule auf die Perlenschnüre an seinem Hals. »Sie bekommt auch einige von diesen Halsketten«, sagte er.

Harter Felsen sah zum Himmel auf, dann hinunter auf seine Füße. Er scharrte mit einer Ferse im Strandkies.

»Sie kann alt sein. Das stört uns nicht«, sagte Eule.

»Nicht zu alt«, fügte Geflecktes Ei hinzu.

Harter Felsen nickte. »Ich will versuchen, euch zu helfen«, sagte er schließlich. »Wenn wir etwas haben in diesem Dorf, dann sind es Frauen.«

Er kehrte in sein *ulaq* zurück. Die Schnur mit Muschelperlen, die Waxtal ihm in der Nacht gegeben hatte, war kalt und kratzig unter seinem *suk*. Er ging in seinen Schlafplatz, zu einer Ecke, wo die Grasnarbe weich war zwischen Wandsteinen und Balken. Er nahm die Halskette ab, rollte sie zu einer Kugel und stopfte sie in eine Ritze. Er bedeckte sie mit der Grasnarbe und einer Handvoll Dachstroh. Lieber warten, bis die Händler die Insel verlassen hatten, dann die Halskette hervorholen und sie der einen oder anderen Frau geben, vielleicht, um die Geburt seines nächsten Sohnes zu ehren.

Die Worte seines Gesangs hatten ihn gewärmt, und Waxtal, den Kopf voller Bilder, was er sein wollte, griff nach dem Schnitzmesser, das er in einem Beutel an seiner Taille verwahrte. Es war ein schönes Messer, vor drei Jahren von Amgigh für ihn gemacht.

»Ein Geschenk vom Mann meiner Tochter«, sagte Waxtal laut, und er intonierte die Worte so, daß sie Teil seines Gesangs wurden. Dann ließ er einen Gesang auf sich selbst folgen für die Tapferkeit, die er bei der Rettung von Amgigh bewiesen, als ein Wal ihm beinahe das Leben genommen hatte. Aber wozu war es gut gewesen, den Mann zu retten? Die Geister hatten ihn für den Tod ausersehen.

Vielleicht wegen Kiin. Kiin war Waxtals Tochter, ja, aber welcher Mann würde sich so eine Tochter wünschen? Sie war verflucht vom Tage ihrer Geburt an. Als Waxtal zum ersten Mal in die Augen des Mädchens blickte, hatte er gesehen, daß da nichts war, kein Geist, keine Seele, nichts als die Leere der Habgier.

Waxtal fuhr vorsichtig mit den Fingern über die Obsidianklinge des Messers. Die Klinge war halb so lang wie sein kleinster Finger und am Ende zugespitzt, auf einer Seite dünn geklopft, und das machte es so scharf. Er hatte die Klinge oft nachgearbeitet, und sie war jetzt sehr dünn, von einer Seite bis zur anderen. Eines Tages würde er einen anderen Klingenschläger finden müssen, einen, der so begabt war wie Amgigh, und sich eine neue Klinge machen lassen. Den Griff würde er nicht ersetzen. Er war aus Elfenbein, aus dem Kieferknochen eines

Wals gefertigt, und in den Jahren, seit Waxtal das Messer benutzte, schien der Griff sich zu Windungen und Vertiefungen geformt zu haben, bis er sich seiner Hand angepaßt hatte, so wie seine Finger aneinander paßten, Seite an Seite, Knochen an Knöchelchen.

Waxtal hielt das Messer, bis es von seiner Berührung warm geworden war, dann zog er den geschnitzten Walroßstoßzahn über seinen Schoß. Er folgte mit den Fingern den Linien seiner Schnitzerei, bis er an die Stelle kam, wo er aufgehört hatte, die Stelle mit Kiins Geburt. Er hatte die Keilform von den weiblichen Teilen von Blaue Muschel geschnitzt, und darüber einen Kreis, der die Wölbung ihres Bauches war.

Zuerst war es seine Absicht gewesen, in diesem Teil der Schnitzerei die Geburt seines Sohnes Qakan zu zeigen. Er hatte Kiin vergessen wollen, aber wenn er Kiin vergaß, mußte er auch Amgigh und Rabe vergessen, zwei mächtige Söhne, die dank einer verfluchten Tochter die seinen waren. Vielleicht machten die Geister auf irgendeine Weise die Leiden im Leben eines Mannes wett. Und wer hatte ihm mehr Leiden bereitet als Kiin? Selbst Samiqs Zorn war auf Kiin zurückzuführen.

Als Waxtal den Kreis und den Keil fertig hatte, die Blaue Muschel darstellten, war er nicht imstande gewesen, zu entscheiden, wie er Kiin schnitzen sollte, deshalb hatte er sein Schnitzmesser weggelegt und gehofft, daß ihm im Traum oder von einem Geist eine Erleuchtung kommen würde. Heute, während seines Gesangs, hatte er plötzlich gewußt, was er tun würde. Er beugte sich über den Stoßzahn und vertiefte sich in seine Arbeit. Er führte sein Messer so, daß die Spitze noch einen Keil schuf, das Zeichen der Frau, aber er zeichnete ihn mit der spitzen Seite nach oben. Dann zeichnete er eine Linie, die von dem Keil von Blaue Muschel zu diesem neuen führte. Er zeichnete Linien, die den neuen Keil kreuzten, um das Mißfallen der Geister zu zeigen. Als er fertig war, rieb er mit der Hand über das Elfenbein und lächelte. Es war gut.

Er schloß die Augen und verlor sich wieder in dem Gesang.

Beim Singen malte er sich aus, welche Freuden er als Häuptling der Ersten Menschen genießen würde. Er würde Frauen und *ikyan* haben, die weichsten Felle für sein Schlaflager, viele Parkas und einen schönen *suk* aus Federn, warme Gamaschen aus Karibuhaut und einen Federumhang wie der von Rabe. Er würde eine neue Frau haben, wann immer er eine wollte, und die Speisenische würde überfließen von Robbenmägen mit Fleisch und Fisch und Öl.

Er lebte einen großen Teil dieses Tages in seinen Träumen, aber dann begann sein Bauch vor Hunger zu schmerzen, zu knurren und sich zu verziehen, bis er ihn aus seinen Gesängen riß. Er öffnete die Augen und sah auf das Meer hinaus. Es war dunkler geworden, wie immer, wenn die Sonne ihren Abstieg an der westlichen Seite des Himmels begann.

Waxtal sah auf den Stoßzahn, der noch in seinem Schoß lag. Erstaunt machte er die Augen weit auf, dann öffnete er den Mund und stieß ein Wehklagen mit harten Worten aus. Da, neben Kiins Keil, waren andere Linien, Kreise und Schnitte, tief in das Elfenbein gekerbt, als hätte sie jemand im Zorn gemacht. Sein Atem blieb in seiner Brust stecken, drückte gegen sein Herz, bis es mehr schmerzte als sein Bauch. Die Fingernägel seiner rechten Hand gruben sich in seinen Handteller, und er merkte, daß er sein Schnitzmesser noch fest in der Faust hielt. Er öffnete die Hand und ließ das Messer fallen. Er hatte diese Linien nicht gemacht. Sie waren ausgeprägt und tief, anders als das, was er vorher gezeichnet hatte.

Er schob den Stoßzahn von seinem Schoß und stand auf, um zu sehen, ob da Anzeichen von anderen Menschen waren – von Füßen zerdrücktes Gras, ein *ikyak* weit unten am Ufer. Aber da war nichts.

Er setzte sich langsam hin und griff nach dem Stoßzahn, konnte sich aber nicht überwinden, seine Hände darum zu schließen. Wieder stand er auf. Sein Atem ging zu schnell, als wäre er gerannt. Er wickelte seinen *suk* eng um sich, dann verließ er die Stoßzähne und seine Jägerlampe, sein dickes Pelzrobbenfell.

Er stieg den Berghang weiter hinauf. Er sah sich immer wieder um, bis er die Stoßzähne nicht mehr sehen konnte, dann setzte er sich in das nasse Gras, hockte sich so hin, daß er die Füße in die Wärme seines *suk* stecken konnte. Er beugte sich vor und wand die Arme um seinen Kopf.

Er wollte singen, fürchtete aber, die Geister, die seinen Stoßzahn geschnitzt hatten, würden ihn hören und zu ihm kommen, deshalb hielt er den Gesang in seiner Kehle fest, daß er, wie ein Amulett, den Weg zu seinem Herzen schützte. Er ließ die Worte des Gesangs seinen Kopf füllen, bis sie die Furcht in seinen Bauch hinunterschoben, wo sie brannte wie ein Feuer auf Knochen.

Harter Felsen blieb auf dem Dach des *ulaq* stehen und rief. Weinende Frau antwortete ihm, kam dann zum Kletterstamm und sah hoch.

»Komm herein. Ich habe Essen«, sagte sie, und als Harter Felsen hinunterkletterte, drückte Weinende Frau sich an ihn und flüsterte: »Mein Mann ist nicht hier.«

Harter Felsen nickte. Weinende Frau nahm ihren Säugling hoch und gab ihn der Tochter ihres Mannes. »Geh hinaus«, sagte sie und schob das Mädchen zum Kletterstamm. Harter Felsen trat zur Seite, machte Platz für das mürrisch dreinschauende Mädchen und den wimmernden Säugling.

Weinende Frau deutete auf eine Bodenmatte neben der größten Öllampe und ging zur Speisenische, nahm ein Stück geräucherten Fisch heraus und legte es vor Harter Felsen auf die Bodenmatte.

Harter Felsen grunzte, brach ein Stück von dem Fisch ab und aß langsam, ohne zu sprechen. Er zeigte auf eine Wasserblase, die von den Dachsparren des *ulaq* herabhing, und die Frau zog sie für ihn herunter, wartete, bis er getrunken hatte, und hängte die Blase wieder auf.

»Als ich dafür gesorgt habe, daß du Frau von Windjäger wurdest, hast du gesagt, du würdest mir helfen, wenn ich dich bäte.«

Weinende Frau lächelte zaghaft und kämmte mit den Fingern die Haare an den Seiten ihres Kopfes. »Möchtest du, daß mein Mann es weiß?« fragte sie.

»Warum sollte es mir etwas ausmachen, ob dein Mann es weiß?« fragte Harter Felsen und brach noch ein Stück Fisch ab.

»Er teilt nicht gerne«, sagte Weinende Frau. Sie senkte die Augenlider und sah ihn durch ihre Wimpern an.

Plötzlich lachte Harter Felsen, so daß sein Mund Fisch versprühte. »Ich habe vier Frauen«, sagte er. »Denkst du, ich brauche noch eine in meinem Bett?«

Weinende Frau machte den Mund zu. Sie tat einen langen Atemzug, so daß sich ihre Nasenflügel blähten und ihre Brust vorwölbte.

Harter Felsen wischte sich Fisch vom Kinn und sagte: »Ich brauche dich, um mit Kukutux zu sprechen.«

Weinende Frau wandte den Kopf ab, und Harter Felsen seufzte. Er aß noch einen Bissen Fisch. »Es ist keine leichte Sache, worum ich dich bitte. Deswegen komme ich zu dir.« Er hielt inne, und als Weinende Frau nichts sagte, fuhr er fort: »Wir brauchen Öl. Selbst wenn wir in diesem Sommer mehrere Wale fangen, brauchen wir jetzt Öl. Das muß ich dir nicht erst sagen. Die Händler haben Öl. Sie bitten um eine Frau, solange sie hier sind. Eine, die sich ihres *ulaq* annimmt.«

Weinende Frau holte Atem. »Und du willst ihnen Kukutux geben? Warum Kukutux? Warum nicht Langes Holz? Warum nicht Blaues Haar? Sie haben keine Männer.«

»Sie sind alt.«

»Warum nicht Runde Augen?«

»Sie hat Kinder zu versorgen.«

»Wissen sie von dem Arm von Kukutux?«

»Nein«, sagte Harter Felsen, »aber warum sich deswegen sorgen? Sie paddelt, näht, fischt. Was hat da ihr Arm zu bedeuten?«

»Sie hat Narben.«

»Sie wird ihren *suk* anbehalten.«

»Wenn sie das Lager mit ihnen teilt?«

»Wer sieht Narben in der Dunkelheit eines Schlafplatzes? Nebenbei, ich bin in ihrem *ulaq* gewesen, als sie keinen *suk* anhatte. Die Narben sind nicht schlimm.«

Weinende Frau zuckte die Achseln. »Wenn sie sie nicht wollen, gehe ich zu ihnen«, sagte sie.

»Wirst du deinen Mann nicht vermissen?«

»Was unterscheidet einen Mann vom anderen? Ich kann nähen, Essen machen und Körbe flechten. Ich achte darauf, die Geister nicht zu beleidigen. Ich bin stark und mache starke Kinder. Was braucht ein Mann mehr?«

»Du hast gesagt, daß dein Mann nicht gerne teilt«, erwiderte Harter Felsen. »Und du hast Kinder. Kukutux hat keine.«

»Meine Kinder können für sich selbst sorgen, und mein Mann wird teilen – wenn er weiß, daß wir Öl bekommen.«

»Dann hilf mir«, sagte Harter Felsen. »Die Händler haben zwei Robbenmägen mit Öl für Kukutux geboten. Ich gebe dir einen.«

Eine Weile sagte Weinende Frau nichts, dann lächelte sie langsam, nickte langsam mit dem Kopf. »Ich werde helfen«, sagte sie. »Was möchtest du, daß ich tue?«

35

Alaska

Zwei Tage ging Kiin bis zu dem Dorf des Walroßvolkes. Der Tragriemen ihres Vorratskorbes hatte die Haut ihrer Stirn aufgeschürft, und davon schmerzte ihr Kopf, aber als sie über die Niederung blickte, wußte sie, daß sie weiter gegangen war, als sie zu hoffen gewagt hatte. Sie hockte sich hin, nahm den Tragriemen ab und die Schultergurte, die den Korb auf ihrem Rükken festhielten, und stellte ihn auf die Erde. Er war ihr nicht so schwer vorgekommen, als sie sich am Morgen auf den Weg gemacht hatte, aber am Abend schmerzten ihr Rücken und ihre Schultern, als ob sie einen Korb voll Steine getragen hätte.

Sie zog Shuku aus seiner Tragschlinge und stellte ihn hin. Als er festen Boden unter seinen Füßen spürte, klatschte er in die Hände und machte zwei rasche Schritte, bevor er sich auf Hände und Knie fallen ließ. Er blickte auf, sah den Korb und gluckste, dann krabbelte er darauf zu.

»Nein, Shuku«, sagte Kiin, schwang ihn in ihre Arme und lachte, als er widerstrebend mit den Füßen trat. Sie setzte ihn hinunter, ging dann in die Hocke, schlang die Arme um ihre Knie und schloß die Augen, um einen kurzen Moment auszuruhen. Sie dachte an das Ufer der Händler, ließ diese Gedanken zum Himmel aufsteigen. Vielleicht würde ein Geist sehen, was sie wollte und ihre Füße lenken. Von dem, was sie durch das Belauschen von Rabe und verschiedenen Händlern, die in ihrem Dorf haltmachten, erfahren hatte, wußte sie, daß sie vom Dorf des Walroßvolkes zum Strand der Händler gehen konnte, ohne in einem *ik* oder *ikyak* einen Teil des Meeres überqueren zu müssen.

Es war seltsam, wieviel mehr die Walroßmenschen – sogar Frauen wie Lemmingschwanz – von der Erde wußten als das Volk der Ersten Menschen. Was hatte ihre Mutter ihr erzählt, als sie ein Kind war? Daß um alles herum der Kreis des Himmels war; in diesem Kreis war das Eis, dann das Meer und schließlich das Land. Ein Mann konnte sein *ikyak* nehmen und Tage, ja Monate paddeln, ohne zu dem Eis zu kommen, aber wenn er weit genug fuhr, den Zeichen von Sternen und Sonne folgend, würde er ans Ende der Welt kommen, zu den großen Eiswänden, die die Grenze zwischen der Erde und den Tanzenden Lichtern waren. Die Insel der Ersten Menschen war eine von vielen, die sich in einer langen Reihe von Eis zu Eis erstreckten, und die Berge der Inseln waren wie das riesige Rückgrat eines Tieres, das unter dem Meer schlief. Aber Lemmingschwanz hatte gelacht, wenn Kiin solche Sachen sagte.

»Wer weiß nicht, daß unsere Insel nur ein kleiner Stein in einem Fluß ist, wie ein Felsen, auf den man tritt, um auf die andere Seite zu kommen?« hatte Lemmingschwanz gesagt. »Wer weiß nicht, daß die Erde sich viel weiter erstreckt, als ein Mensch in seinem Leben gehen kann, und daß es Menschen gibt, so sagen Händler, die jenseits der Eiswände leben?«

Vielleicht hatte Lemmingschwanz recht. Die Ersten Menschen trieben nur mit dem Walroßvolk und den Waljägern Tauschhandel, aber die Walroßmenschen handelten mit den Flußmenschen und den Karibumenschen und mit Menschen, die, so sagte Lemmingschwanz, in einem Land mit stehendem Holz lebten, einem Ort, wo riesige Stämme – wie die, die manchmal nach einem Unwetter ans Ufer kamen – aufrecht aus der Erde wuchsen wie ungeheure Ugyuunpflanzen.

Aber wen kümmerte es, ob die Ersten Menschen recht hatten oder die Walroßmenschen? Vielleicht ließen die Geister, die die heimlichen Gedanken von allen Händlern, von allen Jägern kannten, jeden Menschen sehen, was er sehen wollte. Wer konnte sagen, wo die Gedanken aufhörten und wo Land oder Meer anfing? Aber wenn das wahr war, dann war es gut, daß Kiin glaubte, sie könnte zu ihrem Volk zurückgehen. Worauf sonst kam es an, als bei ihrem eigenen Volk zu leben? Worauf sonst kam es an, als ihre Söhne in Sicherheit zu wissen, sie aufwachsen zu lassen mit Samiq als ihrem Vater?

Kiins Gedanken flossen langsamer, und sie überließ sich der Erinnerung an Samiq, an den Klang seiner Stimme, seines Lachens. Sie sah ihn mit Takha in seinen Armen, der Junge stark und stämmig. Sie wünschte, Samiq könnte Shuku sehen, könnte wissen, daß er stark und wohlauf war. Sie griff nach Shuku, aber die Tragschlinge hing leer und schlaff an ihrer Seite. Ihr Herz zitterte in ihrer Brust, und plötzlich ging ihr auf, daß sie sich von den Geistern in Träume hatte führen lassen.

»Shuku«, flüsterte sie und schlug die Augen auf, sprang auf

die Füße. Sie suchte in dem hohen Gras, das alles auf dem Berghang gleich aussehen ließ, ein wogendes Meer von Grün. Er war nicht dort, nirgends.

»Shuku!« schrie sie. Sie lauschte, aber der Wind war stärker geworden, und sie konnte nichts hören außer seiner Stimme und dem Rauschen und Wogen des Meeres aus Gras.

Sie suchte, bis die Sonne nur noch ein Halbrund am Horizont war, rief, bis ihre Kehle brannte, aber sie fand Shuku nicht. Die Angst, die als kleiner Klumpen unten in ihrem Hals begonnen hatte, breitete sich aus, kreiste ihre Brust ein, und mit jedem Atemzug schien es, als ob eine riesige Hand sich gegen ihre Rippen preßte.

Zuerst war sie zu der Bucht zurückgerannt. Beim Laufen war ihr bewußt geworden, daß sie bis lange in die Nacht hinein brauchen würde, um das Ufer zu erreichen, aber der Gedanke, daß Shuku ertrinken könnte, füllte ihren Kopf. Welche Mutter fürchtete nicht die Wassergeister, die kleine Kinder riefen, sie an felsige Stellen lockten, wo die Wellen sie niederwerfen und ins Meer ziehen konnten? Während sie rannte, fand sie nichts, keine Abdrücke von Händen und Knien. Sie hörte keine Laute von einem weinenden Kind. Aber wer könnte bei dem Wind etwas hören?

Sie hob die Stimme, um die Windgeister anzurufen, im Zorn gegen ihre lauten Stimmen anzuschreien, aber der Wind blies weiter, und Kiin dachte daran, wie oft sie Leuten erzählt hatte, sie habe Takha dem Wind übergeben. Hatten die Geister, erbost über ihre Lügen, erbost über ihre gebrochenen Versprechen, statt dessen Shuku genommen?

Sie rannte weiter auf die Bucht zu, durch hohes Gras und durch die Heide mit schwarzen Krähenbeeren, dann in ein wild wucherndes Weidengehölz, aber immer noch sah sie nichts, hörte sie nichts. Sie sank auf die Knie, schlang die Arme um ihren Kopf und stimmte das langsame Wehklagen eines Trauergesangs an.

Aber dann kam eine Stimme zu ihr, es war ihr Geist, der sprach, wenngleich er während ihrer Suche geschwiegen hatte.

»Kiin, steh auf. Steh auf, Kiin. In all den Jahren, die du bei deinem Vater gelebt hast, bei all den Schlägen, all der Qual, hast du nur dies gelernt? Aufzugeben? Zu weinen und ohne Hoffnung zu leben?«

Kiin hob den Kopf. »Ich habe meinen Sohn verloren!« sagte sie, die Worte herausschreiend, plötzlich wütend auf eine Geisterstimme, die kein Mitgefühl zeigte.

»Kiin«, sagte die Geisterstimme, streng, wie die Stimme der Großmutter, die die Enkeltochter unterweist. »Du bist dorthin gerannt, wo das ist, was dir die meiste Angst machte, und hast nicht nachgedacht. Wie weit kann ein kleines Kind gehen, das kaum laufen kann? Hätte er diesen ganzen Weg kommen können? Geh zurück zum Vorratskorb, zurück dorthin, wo du losgegangen bist, und beginne dort. Umrunde den Korb, dann umrunde ihn noch einmal. Mach den Kreis mit jedem Mal größer. Das Gras ist zu hoch, als daß du Shuku sehen könntest, auch wenn er nur ein kleines Stück weit von dir weg ist.«

»Ich würde ihn weinen hören!«

»Und wenn er schläft?«

»Es gibt Einsturztrichter.«

»Ja, und wenn er in einen Trichter gefallen ist, ist er tot. Aber wenn nicht? Willst du ihn allein lassen, während du weinst? Willst du, daß Wölfe ihn finden, bevor du es tust? Es ist der Mond der zurückkehrenden Vögel. Die Sonne steht lange am Himmel. Du hast Licht genug, um zu sehen. Geh, suche ihn.«

Kiin wischte sich mit den Händen über die Wangen und stand auf, dann ging sie über die Hügel zu der Stelle, wo sie ihren Vorratskorb gelassen hatte. Als sie bei dem Korb ankam, begann sie in Kreisen zu gehen, die weiter und weiter wurden, sie rief und ging, schickte Gebete zu den Bergen hinauf und zu dem Wind, flehte, daß ihr Kind ihr zurückgegeben werde. Die Kreise dehnten sich aus, bis sie auf dem Kamm eines Hügels war. Sie blieb stehen, blickte zu den Bergen in weiter Ferne hinauf und dann auf der anderen Seite des Hügels hinunter.

Die Sonne versank in ihrem Bett im Meer, und das Licht

schwand, doch es war nicht die schwarze Dunkelheit einer Winternacht. Kiin rief, hörte aber nichts als das Echo ihrer eigenen Stimme. Ein plötzlicher Windstoß blies ihr kalt in den Rücken und zerteilte das Gras, als seien die Windgeister Menschen, die gingen. Sie verfolgte den Weg des Windes mit den Augen, dann hielt sie den Atem an, als das Gras sich über einem Bündel teilte, das am Fuß eines Hügels auf der Erde kauerte.

»Shuku! Shuku!« schrie Kiin. Sie rannte, spürte die scharfen Kanten der Gräser nicht, die sich an ihren Füßen verfingen, ihr die Haut zwischen den Zehen aufritzten.

Sie sank neben ihrem Sohn auf die Knie. Seine Augen waren geschlossen, sein Gesicht mit Schmutz beschmiert. Getrocknetes Blut quer über einer Wange zeugte von einem Grasschnitt. Sie hob Shuku auf, und er öffnete die Augen; sein Mund dehnte sich langsam zu einem Lächeln. Er tat einen tiefen, zitternden Atemzug. Kiin drückte ihn an ihre Brust, und er schlang seine Arme um ihren Hals, dann nahm er sie fort, um ihr mit beiden Händen auf die Wangen zu klopfen. Sie stand auf und trug ihn zum Vorratskorb, aus dem sie Robbenhäute herausnahm, dann legte sie Shuku hin, zog ihn aus, überzeugte sich, daß seine Beine und Arme heil, daß keine Knochen gebrochen waren.

Dann schob sie ihn unter ihren *suk*, um ihn zu stillen, während sie einen Fisch ausnahm, den sie tags zuvor gefangen hatte, und ihn roh als Abendessen verzehrte.

Am Ende des dritten Tages fand Kiin einen guten Platz auf der Rückseite eines Hügels, vor dem Wind geschützt und durch hohes Gras abgeschirmt. Sie drückte das Gras flach, damit Shuku spielen konnte, während sie Stiefel aus Robbenhäuten nähte, um ihre Füße vor dem scharfkantigen Gras zu schützen.

Sie wußte, wenn sie gerade nach Westen ging, dem Weg der Sonne folgend, würde sie zur Bucht des Walroßvolkes kommen. Am Tag zuvor, als sie auf jeden Hügel gestiegen war, hatte sie die Bucht wie blaues Eis glitzern sehen, und so war sie heute morgen, aus Furcht vor Frauen, die zu den Hügeln kämen, um Wurzeln oder Heidekraut zu sammeln, geradewegs nach Osten gegangen, weiter in die Hügel hinein, fast bis an den Fuß der Berge, die das Dorf des Walroßvolkes bewachten. Sie hatte beschlossen, den nächsten Tag mit Nähen und dem Suchen von Wurzeln zu verbringen. Es waren nur noch zwei Stücke Fisch von der Bucht des Lachsfanglagers übrig, und wer konnte sagen, wie viele Tage sie noch zu gehen hatte, bis sie wieder an ein Ufer kam? Aber wenn sie erst an einem Ufer war, konnte sie Seeigel und Käferschnecken sammeln, kleine Wale fangen und Muscheln ausgraben.

»Ich werde nicht verhungern«, sprach sie laut zu allen Geistern, die sie beobachteten. »Ich habe schon früher ohne einen Jäger gelebt.«

Sie machte kein Feuer. Die Wärme würde guttun, aber warum sich der Gefahr aussetzen, daß der Rauch, weiß vor dem grauen Himmel, gesehen würde? Sie drückte Shuku eng an sich und wickelte Robbenhäute und ihr Pelzrobbenfell um sie beide.

In der Nacht wurde sie von Wölfen geweckt, vom Klang ihrer Wolfsgesänge, aber ihre Stimmen waren weit weg, und sie hatte keine Angst. Sie hatte oft Wölfe heulen hören, als sie bei den Walroßmenschen lebte. Sie schlief wieder ein, und als sie aufwachte, war der Himmel fast klar und die Sonne warm genug, sie an den Sommer zu erinnern.

Sie saß und nähte, probierte die Stiefel, während sie arbeitete, und machte aus Resten ein zweites Paar Gamaschen für Shuku. In Rabes Behausung war Shuku mit bloßen Beinchen und oft nackt herumgekrabbelt, wie die meisten Kinder, aber hier im Wind brauchte er etwas, das ihn warmhielt, besonders, wenn er außen an den *suk* seiner Mutter gegurtet war. Gestern hatte er seine Gamaschen durchnäßt, und am Ende des Tages waren seine Beine rot und rissig gewesen. Jetzt konnte Kiin das eine Paar trocknen, während er das andere anhatte. Wenn sie an einen Bach kamen, konnte sie ein Paar auswaschen, und wenn sie die Gamaschen durch Kauen und mit Öl weichmachte, würden sie seine Beine nicht wundreiben.

Als die Sonne schließlich unterging, zog Kiin ihre neuen Stiefel an, packte ihren Vorratskorb und machte sich auf den Weg. Nach Sonnenuntergang würden die Walroßmenschen in ihren Behausungen oder am Ufer sein, und es bestünde geringere Gefahr, daß jemand Kiin sah, wenn sie auf den Hügeln hinter ihrem Dorf vorbeiging. Trotzdem achtete sie darauf, daß sie unterhalb der Hügelspitzen blieb, damit niemand, der im Freien war, eine Bewegung sehen und herkommen würde in der Hoffnung, etwas zu finden, das es zu jagen lohnte.

Der Rhythmus von Kiins Gehen schien Shuku in Träume zu wiegen, und er schlief bis Sonnenaufgang. Als er aufwachte, hielt Kiin an und ruhte sich aus, schälte ein paar von den Wurzeln, die sie tags zuvor gesammelt hatte, und aß sie. Nachdem sie Shuku gestillt hatte, nahm sie ihn an beiden Händen und ließ ihn ein kleines Stück selbst laufen; sie hoffte, ihn zu ermüden, so daß er später lange schlafen würde. Aber als der Tag verging, schien es, daß Shuku überhaupt nicht schlafen wollte. Er strampelte auf ihrer Hüfte, als er in seinem Tragriemen war, und weinte aus Protest, als sie ihn unter ihren *suk* gurten wollte, um ihn zu stillen.

Am Mittag nahm Kiin etwas von dem getrockneten Robbenfleisch zu sich, das sie eingepackt hatte, aber selbst das nahrhafte Fleisch reichte nicht aus, um ihre Füße in Bewegung zu halten, und schließlich mußte sie haltmachen. Sie löste den Vorratskorb von ihrem Rücken und hockte sich daneben. Ihre Gedanken schienen von einem lästigen Geist beherrscht, so daß sich Träume zwischen ihre Augen und Lider schoben, sie gefangennahmen wie die Stimme eines Geschichtenerzählers und sie fortzogen aus der Welt von Wind und Gras. Einmal waren ihre Augen lange genug zugefallen, um es Shuku zu ermöglichen, so weit zu krabbeln, daß Kiin aufstehen mußte, um ihn zu sehen.

»Wie will ich schlafen?« fragte sie laut, als seien andere in der Nähe, um ihr die Frage zu beantworten.

Dann hörte sie das leise Flüstern ihrer Geisterstimme: »Du hast schon ärgere Schwierigkeiten gehabt.«

Und da fiel Kiin die Tangschnur ein, die sie aus dem *ik* von Lemmingschwanz mitgenommen hatte. Sie maß eine Länge davon ab, band ein Ende um ihr Handgelenk, das andere um Shukus Fußknöchel. Er zog an dem Seil und verzog das Gesicht zum Weinen, doch Kiin gab ihm ein kleines Stück getrocknetes Robbenfleisch zum Kauen, und er vergaß die Schnur.

Dann hockte sich Kiin hin, legte den Kopf auf die Knie und schlief ein.

36

Kiin kam in der Nacht an dem Dorf der Walroßmenschen vorüber, der Vollmond lenkte ihre Schritte. Ihr Geist hatte sie gewarnt, im Dunkeln zu gehen, vor Aufgang des Mondes. Auch jetzt, beim Gehen, hörte sie ihre innere Stimme, laut, wie die Stimme einer Mutter, die ihr Kind schalt: »Jäger werden dich sehen! Jäger werden dich sehen! Du weißt, sie halten in Vollmondnächten Ausschau nach Karibus.«

Aber Kiin entgegnete: »Was würde schlimmer sein – von einem Walroßjäger gefunden und in das Dorf zurückgebracht zu werden oder in einen Einsturztrichter zu fallen? Die Walroßjäger wissen, weshalb ich fortgegangen bin. Ich werde ihnen sagen, ich habe das *ik* in den Felsen der Bucht des Lachsfanglagers verloren und beschlossen, ins Dorf zurückzulaufen.«

Ihr Geist antwortete nicht, und Kiin setzte ihren Weg fort. Sie folgte einem Pfad, der ihren Füßen vertraut war, einem, den die Frauen im Laufe der Jahre beim Suchen von Beeren und Wurzeln getrampelt hatten.

Sie war fast am Dorf vorbei, als der Wind Stimmen zu bringen schien, von Frauen und Kindern, von Großmüttern, von

Jägern, und in ihren Liedern waren die Worte der Trauer und auch die der Lobpreisungen, als hätte die Nacht die Geräusche von vielen Tagen zusammengebunden und zu Kiin gebracht. Ihr war plötzlich kalt, obwohl ihr *suk* warm an ihrer Haut lag, und sie schlug die Arme um sich, um Shuku, und hockte sich dann ins Gras.

»Es ist niemand«, flüsterte Kiin. »Du hörst nur den Wind, nur den Schlag deines eigenen Herzens.« Aber sie spürte einen kalten Hauch, als ob jemand neben ihr wäre.

»Geister«, sagte ihre innere Stimme. »Die Walroßmenschen sind eine lange Zeit hier gewesen. Sie haben viele Kinder an den Wind übergeben, viele Alte an die Tanzenden Lichter, Männer an das Meer, Frauen an die Geburt eines Kindes. Ist es so verwunderlich, daß hier in den Hügeln über dem Dorf Geister wohnen?«

Kiin stand auf, fühlte die Geister neben sich wie neugierige Kinder, die abwarteten, was sie tun würde. Sie fragte sich, welche Art von Höflichkeit erforderlich sei. War es am besten, so zu tun, als fühlte sie nichts? Daß die kalten Hände der Geister an ihrem Gesicht nur der Wind seien? Daß ihre Stimmen nur das Geflüster von Gras zu Gras seien?

Kiin tat einen langen Atemzug und setzte ihren Weg fort. Sie sah zum Mond hinauf, der jetzt hoch im Osten stand. Er hatte sein Licht in sich selbst zurückgezogen, als heller Dunstkreis umgab es sein Gesicht. Ein Sturmmond, sagten die Jäger dazu, und sie ließen ihre *ikyan* an Land, fest an den Gestellen vertäut. Kiin legte die Arme eng um Shuku in seinem Tragriemen. Sie würde ein schützendes Obdach für sie beide finden müssen. Einen Platz, wo sie das Ende von Regen und Wind abwarten könnten.

»Der Sturm wird nicht vor zwei, drei Tagen kommen«, flüsterte Kiins Geist.

»Ja«, sagte Kiin und sah wieder zum Mond hinauf. Der Wind umwirbelte ihr Gesicht, drückte mit kalten Fingern auf ihre Augenlider.

Diese Geister, dachte Kiin. Sie sind wie das Mondlicht, bilden einen Kreis.

Die ganze Zeit, als sie Beeren pflückte, als sie Wurzeln ausgrub, hatte sie ihre Anwesenheit nie gespürt. Warum waren sie heute nacht hier?

»Vielleicht kreisen auch sie wegen eines Sturms«, sagte Kiins Geist. »Vielleicht sind sie gekommen, um das Dorf zu beschützen.«

»Wovor?« fragte Kiin.

Ihre Geisterstimme antwortete nicht, und Kiin erinnerte sich, wie Rabe von der sicheren Lage des Dorfes der Walroßmenschen gesprochen hatte. Daß die Bucht es vor Wellen und Wind beschützte. Kiin dachte an Aka und Okmok, die heiligen Berge. Hatte ihr Zorn sich gestreckt wie greifende Finger, bis er dieses Dorf fand?

Kiin ging schneller, aber immer noch fühlte sie, wie die Geister sich an sie drückten.

»Ihr denkt, ich habe Angst«, sagte Kiin. »Ich fürchte mich nicht.«

Ihr eigener Geist erwiderte: »Vielleicht fürchtest du dich nicht, aber denke daran, die Geister können sehen, was du nicht sehen kannst. Ihre Welt ist nicht deine Welt.«

Kiins Herz schlug heftig in ihrer Brust, wie eine Stimme, die sagte: »Geh schnell, geh schnell, geh schnell, geh schnell.« Kiin zwang sich, stehenzubleiben, zu lauschen. Vielleicht mußte einer von den Geistern mit ihr reden.

Dann sagte ihr eigener Geist: »Geh. Es gibt nichts, was du tun kannst. Du kannst bereits eingeschlagene Wege nicht wechseln.«

»Es gibt immer etwas, das getan werden kann«, sagte Kiin. »Etwas Kleines.«

Sie setzte ihren Weg fort, und beim Gehen schickte sie Gebete für die Menschen im Dorf des Walroßvolkes empor, für jeden Mann, jede Frau. Ihre Schritte drückten sich fest in den Boden, als zögen ihre Füße Kraft aus Stein, Erde, Gras. Beim Beten begann Kiin zu singen, ihre eigenen Lieder, Lobpreisungen für alle

Dinge – die Wärme der Sonne, das Grau des Strandkieses, die Stimmen der Vögel. Und wie sie ihre Lieder sang, fühlte Kiin die Geister sich bewegen, als würden die Worte aus ihrem Mund sie zu ihren Plätzen rund um das Dorf zurückschieben, als wären die Worte, die sie sang, das, was die Geister gebraucht hatten.

37

DIE WALJÄGER

Yunaska Island, Aleuten

Kukutux deutete mit der Hand auf ein Polster aus Robbenfell nahe der Öllampe, und Weinende Frau setzte sich. Sie räusperte sich, sagte aber nichts.

Weinende Frau war sehr klein, und wenn sie gegen Regen oder Wind in ihren *suk* eingemummt war, hätte man sie für ein Kind halten können. Aber ihre Augen hatten nicht die klare Aufrichtigkeit von Kinderaugen, und seit der Bruder von Kukutux gestorben war, war Weinende Frau alt geworden. Falten furchten ihre Stirn und hatten sich zwischen ihren Augen eingegraben.

Kukutux setzte sich in die Hocke, legte die Hände um die Knie und sagte zu Weinende Frau: »Möchtest du Wasser? Es ist frisch heute morgen.«

Einen Moment sagte Weinende Frau nichts, und Kukutux war sicher, daß sie um Essen bitten würde, doch Weinende Frau sagte nur: »Ja, Wasser wäre gut.«

Kukutux brachte ihr eine Blase mit Wasser und wartete, bis sie getrunken hatte, dann hängte sie die Blase an den Pflock über ihren Köpfen.

»Ich muß dich etwas Wichtiges fragen«, sagte Weinende Frau.

Kukutux hockte sich neben sie und wartete, aber Weinende Frau starrte schweigend in das Feuer der Lampe. Kukutux war geduldig. Es wäre ungehörig, der Frau die Zeit zu verwehren, ihre Gedanken zu ordnen. Aber Kukutux kannte Weinende Frau gut genug, um zu wissen, daß ihr Schweigen ein Weg war, um Vertrauen zu sich selbst zu sammeln. Deshalb stand Kukutux schließlich auf, ging in die Ecke mit ihren Körben, drehte einen alten Korb um, stülpte ihn über ihren Korbpfahl und begann den Boden auszubessern.

»Ich sagte dir, daß ich dich etwas Wichtiges fragen muß«, sagte Weinende Frau, die Stimme zu einem Winseln erhoben.

Kukutux zuckte die Achseln. »Ich höre«, sagte sie. »Frag mich.«

Weinende Frau schnalzte mit der Zunge gegen das Gaumendach, wie eine Mutter, die einem Kind böse ist. »Harter Felsen möchte wissen, was du über die Händler denkst. Er möchte wissen, ob du denkst, daß sie gute Männer sind.«

Kukutux lachte. »Harter Felsen möchte, daß ich mich gastfreundlich erweise. Ich werde die Ehre haben, für die Händler zu arbeiten, und sie werden ihm Öl geben. Harter Felsen ist nicht mein Vater. Welches Recht hat er, Öl zu nehmen, das ich verdiene? Er hat Essen genug. Seine Frauen hungern nicht. Aber vielleicht braucht er Öl für Viele Kinder. Das Öl, das sie für ihre Haare nimmt, ist so alt, daß es riecht. Vielleicht ist Harter Felsen den Gestank in seinem Schlafplatz leid.«

Weinende Frau machte zischende Laute in ihrem Mund.

Kukutux hob den Blick von ihrem Korb und sah über den Raum hinweg in das Gesicht von Weinende Frau. »Und du«, fragte Kukutux, »wirst du etwas von dem Öl bekommen, wenn du mich überredest, zu den Händlern zu gehen?«

Weinende Frau machte den Mund auf, und Kukutux wartete, aber es kamen keine Worte heraus. Das Gesicht der Frau rötete sich, und für einen Augenblick dachte Kukutux daran, etwas Freundliches zu sagen, um ihren Worten die Schärfe zu nehmen, aber dann sah Kukutux die runden Arme von Weinende Frau, ihre vollen Wangen. Es war nicht leicht gewesen für Weinende Frau – für niemandem im Dorf der Waljäger –, aber sie hungerte nicht, und auch ihre Kinder hungerten nicht.

»Welches Recht hast du, Öl zu nehmen für etwas, das ich tue?« fragte Kukutux. »Ich habe dir heute kein Essen angeboten. Nicht aus Unhöflichkeit, sondern weil ich nichts anzubieten habe. Doch du bittest mich, mich einem Mann hinzugeben, den ich nicht kenne, ohne einen Mann oder Bruder, der mich beschützt. Du bittest mich, damit du noch mehr haben kannst.«

Weinende Frau hob den Blick und sah Kukutux fest ins Gesicht. »Denkst du, du bist die einzige in diesem Dorf, die gelitten hat?« fragte Weinende Frau. »Denkst du, du bist die einzige, die Mann oder Sohn verloren hat? Ich weiß, daß du nicht genug zu essen hast, daß du Öl brauchst, aber was kann ich tun? Soll ich das Kind von meinem zweiten Mann hungern lassen, damit ich die Schwester von meinem ersten Mann ernähren kann? Welche Frau würde so etwas tun?«

»Du kannst mir nicht ein wenig Öl abgeben, mich in dein *ulaq* einladen, mir ein kleines bißchen Essen anbieten – aus Höflichkeit?« fragte Kukutux.

Weinende Frau fuhr fort, als ob Kukutux nicht gesprochen hätte. »Du denkst, ich tue das für mich? Nein. Ich sehe, daß deine Trauer dein Leben verzehrt. Du brauchst jemanden, für den du sorgen kannst. Du denkst vielleicht, Männer wollen dich nicht wegen deinem Arm, aber das ist nicht wahr. Du kannst paddeln, du kannst nähen, du kannst fischen. Männer sehen den Schmerz in deinem Gesicht, die Trauer um einen Mann, der jetzt tot ist. Sie sind nicht dumm. Sie wissen, was geschehen wird, wenn sie dich zu lange ansehen. Dein Schmerz wird durch ihre Augen in sie eingehen, sich hinabschieben in ihre Brust. Welcher Mann ist ein guter Jäger, wenn Schmerz gegen sein Herz drückt?

Diese Händler sind keine schlechten Männer. Die jüngeren sind stark, und ihre Gesichter sind gut anzuschauen. Der älteste, Waxtal, er ist klein und schwach, aber Harter Felsen sagt, er hat Geisterkräfte, und er ist auch ein Schnitzer. Bedenke, was dir gehören wird, wenn du bei den Händlern lebst – Öl, Essen, Halsketten, alle Dinge, die Händler im Überfluß haben. Vielleicht werden sie beschließen, dich als ihre Frau zu behalten oder dich in ein Dorf zu bringen, das viele Jäger hat, und dich dort einen Mann nehmen zu lassen. Ist das Eigennutz, daß ich dir diese Dinge wünsche?«

Weinende Frau tat einen langen Atemzug und stand auf. Sie ging zu Kukutux hinüber und legte eine Hand auf ihren Kopf. »Du wünschst dir, was du nicht haben kannst«, sagte sie. »Dein Mann, dein Sohn, sie können nicht zu dir zurückkommen. Vergiß nicht, meine Schwester, eines Tages wirst du zu ihnen gehen. Wirst du stolz gehen, wissend, daß du Söhne für das Volk der Waljäger zurückläßt? Oder wirst du ihnen sagen müssen, daß du denen keine Hilfe gewährt hast, die noch am Leben sind?«

Als sie zu Ende gesprochen hatte, verließ Weinende Frau das *ulaq*. Lange Zeit blieb Kukutux sitzen, die Hände auf ihrem Korb, ohne etwas zu tun.

38

Waxtal wiegte den geschnitzten Walroßstoßzahn in seinem Schoß. Der Zahn war kalt an seinen Beinen. Alle Dinge waren kalt – Wind, Boden, Gras. Er hielt die Hände über seine Jägerlampe, aber selbst als er die Finger in die Zungen der Flammen hielt, konnte er keine Hitze spüren.

Ich bin wie ein Geist, dachte er. Ich sehne mich nach Wärme, es ist mir aber nicht möglich, sie zu genießen. Dann, als hätte der Gedanke ihm neue Augen gegeben, fragte er: Und wenn ich tot bin? Könnte diese Kälte, dieser Hunger mir das Leben entzogen haben?

Er begann zu zittern. Wieder hielt er die Hände über die Flammen der Öllampe. Wieder spürte er keine Hitze. Vielleicht hatten die Geister, die seinem Stoßzahn am ersten Tag seines Fastens ihre Schnitzerei hinzugefügt hatten, sein Leben zum Tausch für ihre Arbeit genommen. Waxtals Kehle schnürte sich zu, und seine Brust erbebte von dem heftigen Schlag seines Herzens.

Aber dann dachte er, welcher Mann, der tot ist, fühlt sein Herz schlagen? Und plötzlich wußte er, daß er nicht in der Welt der Toten gefangen war, sondern in einer Vision.

Warum fürchten, worum ich gebeten habe? fragte er sich. Die Geister haben mir gewährt, was ich erbat.

Er hatte sich vorgenommen, vier Tage und Nächte zu fasten – vier, die heilige Zahl der Erde, der vier Winde. Er hatte vier Blasen mit Wasser mitgebracht – eine für jeden Tag. Zwei waren leer. Er nahm die dritte und trank, und als er trank, fragte er sich, welcher Geist trinkt?

Er zog sein Schnitzmesser aus der Scheide und hielt die Klinge über den Stoßzahn.

Gab es eine bessere Zeit zum Schnitzen als während einer Vision?

Er schloß die Augen und ließ seine Gedanken frei schweifen. Er schnitzte, als sich sein Kopf mit Bildern von vielen Dingen gefüllt hatte – ein schönes, großes Händler-*ik*, einen Umhang von Kormoranfedern, eine Halskette aus Bärenklauen, eine Maske, aus Holz geschnitzt und mit bunten Farben bemalt, ein großes *ulaq* mit Speisenischen voll Fleisch und Öl.

»So«, sagte Harter Felsen zu ihr, »sag, weswegen du gekommen bist.« Er sah Kukutux nicht an, sondern schabte mit seinem Ärmelmesser ein Stück getrocknetes Robbenfleisch klein und krümelte es in eine Schale, die halb mit Öl gefüllt war.

Für einen Moment konnte Kukutux ihre Augen nicht von dem Fleisch abwenden. Ihr Magen zog sich zusammen, verknotete sich so dicht an ihrer Kehle, daß sie fürchtete, nicht sprechen zu können. Sie war heute morgen hinausgegangen, um Seeigel zu suchen, aber es gab keine, und sie hatte gehört, wie die Männer von mehreren Otterfamilien sprachen, die in den Seetangfeldern nahe beim Ufer lebten. Verzweiflung war in ihr aufgestiegen. Welche Frau hatte Aussichten, Seeigel zu finden, wenn zu viele Otter in der Nähe lebten?

Ich werde Wurzeln ausgraben, hatte Kukutux sich gesagt, ohne auf die Stimme in ihrem Inneren zu hören, die ihr sagte, sie werde verhungern. Was würde besser schmecken zu dem kleinen Wal, den sie ganz gewiß am Nachmittag fangen würde? Und bei Ebbe würde sie Muscheln ausgraben.

Aber sie hatte nichts gefangen und nur wenige Muscheln gefunden. Selbst Wurzeln waren schwer zu finden, weil die Asche so viele Pflanzen abgetötet hatte. Kein Wunder, daß die Robbenjäger an ein anderes Ufer gezogen waren. Wieviel besser wäre es für die Waljäger, wenn sie es genauso gemacht hätten.

Aber Robbenjäger konnten auf fast jeder Insel Robben finden. Wie konnten die Waljäger diese Insel verlassen und trotz dem Wale fangen? Diese Insel war der Ort, wo die Wale vorüberkamen, wenn sie im Frühjahr und Herbst zwischen dem Nordmeer und dem Südmeer wechselten.

Harter Felsen rülpste, und Kukutux sagte: »Ich habe beschlossen, zu tun, worum du mich bittest.«

Harter Felsen sah sie mit hochgezogenen Augenbrauen an. Er klopfte auf den Boden neben sich. »Setz dich, iß«, sagte er. Er reichte ihr die Schale mit Öl und Robbenfleisch. Kukutux hob den Rand der Schale an ihre Lippen und schob sich Fleisch in den Mund. Sie gab ihm die Schale zurück und wischte sich mit den Fingern das Kinn ab.

»Mehr?« fragte Harter Felsen.

Kukutux griff nach der Schale und nahm noch einen Mundvoll.

»Also hast du beschlossen, daß dir die Händler gefallen«, sagte Harter Felsen.

»Nein«, sagte Kukutux und leckte ihre Hand und das Öl ab,

das ihre Lippen überzogen hatte. »Aber ich habe keine Wahl. Wenn ich nicht zu den Händlern gehe, werde ich verhungern.«

»War dir das nicht bewußt, als ich neulich mit dir sprach?«

Kukutux zuckte die Achseln. »Seeotter sind gekommen und haben fast alle Seeigel gegessen«, sagte sie. »Beeren und Bitterwurzelknollen gibt es noch nicht. Ich habe kein *ik* zum Fischen oder um zu den Vogelklippen zu fahren.«

»Dann gehst du also zu den Händlern. Gut!« sagte Harter Felsen und stand auf. »Ich werde es ihnen sagen.«

Kukutux hob eine Hand. »Warte«, sagte sie. Harter Felsen hockte sich hin. Seine gewebte Grasschürze, die zwischen seinen Beinen hing, berührte den Boden. Er stützte die Ellenbogen auf seine Schenkel und sah Kukutux an.

»Wieviel Öl wirst du Weinende Frau geben, wenn ich gehe?« fragte Kukutux.

»Warum sollte Weinende Frau Öl bekommen?« sagte Harter Felsen und lachte kurz auf.

»Denkst du, ich bin ein Dummkopf?« sagte Kukutux. »Denkst du, ich kenne die Frau nicht, die drei Sommer lang Frau von meinem Bruder war? Denkst du, sie ist klug genug, zu verhindern, daß ich es erfahre, auf die eine oder andere Weise?« Kukutux ahmte das Lachen von Harter Felsen nach, kurz, rauh. »Sie haben dir Öl angeboten, wenn du ihnen eine Frau besorgst, die ihr *ulaq* in Ordnung hält und sie des Nachts wärmt. Du bist zu Weinende Frau gegangen und hast ihr einen Anteil an dem Öl versprochen, wenn sie dir helfen würde.«

»Woher weißt du das?« fragte Harter Felsen.

»Weinende Frau ist eine Prahlerin. Es ist nicht schwer, herauszufinden, was sie tut. Es gibt immer jemanden, der es einem erzählt.«

»Dann willst du ihren Anteil?«

»Ja«, sagte Kukutux. »Ihren Anteil. Zwei Mägen.«

»Sie lügt!« sagte Harter Felsen. »Ihr Anteil ist ein Magen.«

Kukutux zuckte die Achseln. »Dann einen«, sagte sie.

»Willst du es jetzt?«

»Nein. Bewahre es für mich auf. Das wird der Anfang von meinem Wintervorrat sein. Es wird hier sicherer sein als in meinem leeren *ulaq*, wo jeder hereinkommen und es wegnehmen kann.«

»Ich erinnere mich, wie die einzigen Diebe Möwen waren, die von den Trockengestellen stahlen«, sagte Harter Felsen, und seine Stimme war sanft. Kukutux sah ihn an und fragte sich, ob er erwartete, daß sie ihm antwortete, aber seine Augen waren die Augen von einem, der weit in die Ferne sah, und so sagte Kukutux nichts, saß nur da und wartete, bis der Mann schließlich aufstand.

Dann sagte Kukutux: »Ich würde auch stehlen – für meine Kinder. Vielleicht ist das, was ich jetzt tue, für meine Kinder, für die, die ich eines Tages haben werde.«

Harter Felsen ging zum Kletterstamm, als hätte er nicht gehört, was sie gesagt hatte. Kukutux folgte ihm.

Am Kletterstamm blieb er stehen und drehte sich nach ihr um. »Wer hat dir von dem Öl erzählt?« fragte er.

Kukutux lächelte ihn an. »Die Leute reden«, sagte sie.

39

»So, das also bringst du uns!« sagte Geflecktes Ei, seine Stimme zu laut in dem kleinen *ulaq*.

Kukutux hob den Kopf und sah die beiden Händler beherzt an. Sie waren jung – vom Volk der Karibumenschen, hatte Viele Kinder ihr gesagt. Geflecktes Ei war breit in den Schultern und groß. Die Geschichtenerzähler sagten immer, daß die Karibumenschen groß seien, aber Eule war es nicht. Doch er schien ein sanfter Mann zu sein, einer, der zuhörte, bevor er sprach, einer, der über die Worte eines Menschen hinaussah. Kukutux dachte, Eule könnte ihr am besten gefallen, aber wer konnte das sagen? Beide hatten hohe Backenknochen, die auf den Seiten ihrer Gesichter Vorsprünge bildeten, und Eule hatte Tätowierungen auf den Wangen, wie die Linien, die sich die Jungen des Waljägervolkes auf das Kinn machten, wenn sie alt genug waren, um zu jagen.

Die Augen der Händler waren rund, und ihre Brustkästen waren die dicken, schweren Brustkästen von Männern, die viel Zeit mit Paddeln in einem *ikyak* verbrachten, die den Wind nahe bei ihren Herzen halten müssen, als Puffer gegen das Meer.

»Sie ist stark, eine gute Arbeiterin«, sagte Harter Felsen und zeigte mit dem Kinn auf Kukutux.

Eule hielt den Kopf über seine Arbeit gebeugt; mit einer Ahle und einem steifen Sehnenstück verband er zwei Längen Seelöwenhaut zu einem Vorratspacken. Geflecktes Ei stand auf und ging um Kukutux herum, fuhr mit den Händen über die Rückseite ihres *suk* aus Otternhaut, hob die Spitzen ihrer kurzen Haare an.

»Deine Haare sind abgeschnitten«, sagte er.

»Ich bin in Trauer«, antwortete Kukutux.

Sie wollte sich entfernen, aber Geflecktes Ei faßte sie an den Armen. »Zieh deinen *suk* aus«, sagte er.

Der Tonfall des Mannes machte Kukutux zornig. Grobe Worte kamen ihr auf die Zunge, und sie sah Harter Felsen an. Er formte lautlos mit den Lippen das Wort »Öl«. Kukutux biß die Zähne zusammen, um ihre Worte im Mund zu halten. Sie zog den *suk* über ihren Kopf und stand in ihrer Schürze und mit den Halsketten, die ihr Mann ihr gegeben hatte, bevor sie seine Frau wurde, vor den beiden Männern.

Wieder umrundete Geflecktes Ei sie, dieses Mal nickend. Als er zu ihrem linken Arm kam, blieb er stehen, umfaßte sachte ihr Handgelenk und zog ihren Arm vom Körper weg. Er betrachtete eingehend ihren Ellenbogen, fuhr mit den Fingern über die drei gezackten Narben, die vom Unterarm zum Oberarm verliefen. »Ist das geschehen, als die Berge ...?«

Kukutux nickte.

»Tut es weh?«

Kukutux lächelte beinahe. »Was kümmert es dich?« fragte sie. »Du kannst meine Schmerzen nicht fühlen.«

Eule prustete ein kurzes, schnaubendes Lachen hervor, und das Gesicht von Geflecktes Ei wurde dunkelrot.

»Sie gebraucht den Arm«, sagte Harter Felsen schnell. »Sie fischt und paddelt und näht so gut wie jede andere Frau.«

»Und im Bett?« fragte Geflecktes Ei.

»Ob ich in euer Schlaflager komme oder nicht, liegt bei mir«, sagte Kukutux. »Ich habe zugesagt, zu kochen und zu nähen, Fische und Eier zu bringen, Muscheln auszugraben. Mehr verspreche ich nicht.«

»So, das also bringst du uns«, sagte Geflecktes Ei wieder.

Kukutux zog sich den *suk* wieder an, zog ihn über den Kopf – eine gute Art, ihr Gesicht zu verstecken, als die Kränkungen des Mannes an ihre Ohren kamen. Sie zog den *suk* herunter, strich ihn über Brüsten und Bauch glatt. Dann ließ sie ihre Augen zum Gesicht von Geflecktes Ei wandern, starrte ihn fest an und umrundete ihn, wie er sie umrundet hatte. Sie machte ein leises, schnalzendes Geräusch unter der Zunge und schüttelte den Kopf, dann ging sie im *ulaq* umher und spähte in die Schlafplätze. »Vielleicht braucht ihre keine Frau«, sagte sie schließlich. »Ihr holt besser Seeschwalben und Möwen her. Welche Frau möchte diesen Schmutz wegmachen?«

Wieder schnaubte Eule sein Lachen heraus, aber Geflecktes Ei sagte: »Du erwartest, daß wir saubermachen? Wir sind Händler. Waxtal hat die Frauenarbeit immer getan, aber jetzt, da er fort ist ...« Geflecktes Ei zuckte die Achseln.

Ah, der Alte ist nicht bei ihnen, dachte Kukutux. Viele Kinder hatte gesagt, er sei einer von den Robbenjägern, die gegen die Kurzen Menschen gekämpft hatten. Aber das war vor langer Zeit gewesen, bevor Kukutux das Alter des Wissens erreicht hatte, und mochte Waxtal auch einst ein großer Krieger gewesen sein, jetzt war er wie eine welke Wurzel, dunkel und voller Runzeln. Seine Augen schienen keine Weisheit zu enthalten, und woher bekam ein alter Mann ohne Weisheit seine Kraft? Er schnitzte, sagte Viele Kinder, aber niemand hatte seine Arbeit gesehen. Vielleicht, dachte Kukutux, trug er seine Weisheit in seinen Händen. Vielleicht war es zu hart von ihr, ihn nach seinen Augen zu beurteilen. Wie auch immer, es war gut, daß nur zwei Händler in dem *ulaq* waren. Welche Frau würde sich darüber beklagen? Ein Händler weniger bedeutete weniger Arbeit.

Kukutux ging zur Speisenische und zog den Vorhang zurück. Sie sah mit Erstaunen, daß die Nische fast leer war, aber wer wußte, wo Händler ihre Vorräte aufbewahrten? Sie zog einen halb mit Fisch gefüllten Behälter heraus. Mit ihrem Frauenmesser hackte sie die Fischbrocken klein. Hinten in der Nische fand sie einen dicht geflochtenen Korb mit getrockneten Beeren und einen mit gehärtetem Fett. Mit den Fingern schaufelte sie eine Handvoll Beeren heraus, dann brach sie einen Klumpen von dem Fett ab. Sie hackte das Fett in dünne Scheiben und sagte: »Dann habt ihr euren Vater Frauenarbeit tun lassen?«

Sie sah Geflecktes Ei nicht an, konnte aber seinen Zorn spüren. »Waxtal ist nicht, er ist nicht ...« sagte er, und seine Worte überschlugen sich.

»Ich verstehe, warum er fortgegangen ist«, fuhr Kukutux fort, ein Lächeln zwischen Wangen und Zähnen festhaltend, und sie sprach rasch, damit Geflecktes Ei keinen Raum fand, ihr zu sagen, was sie schon wußte – daß Waxtal nicht ihr Vater war. »Wir vom Volk der Waljäger behandeln unsere Väter mit Ehrfurcht«, sagte sie und sah Harter Felsen an, als würde sie erwarten, daß er ihre Worte bestätigte. Sie legte ihr Messer hin und ging wieder zu der Nische. »Ihr habt nicht viel Essen«, sagte sie und fühlte, wie das Lachen ihren Mund verließ. Hungerten die Händler fast genauso wie die Waljäger? Vielleicht hatten sie deswegen auf dieser Insel haltgemacht. Vielleicht waren sie deswegen geblieben.

»Waxtal ist nicht unser Vater«, sagte Geflecktes Ei. »Wir sind Karibumenschen. Wer kann sagen, was er ist? Niemand will ihn haben.«

Kukutux sah Harter Felsen an. Der Mund des Mannes war geöffnet, als ob er sprechen wollte, aber er sagte nichts.

Kukutux zerkrümelte die getrockneten Beeren mit den Fingern, dann vermengte sie mit der Klinge ihres Messers die Beeren mit Fett und Fisch. Sie fand vier hölzerne Schalen in der Nische und verteilte das Essen darauf, dann reichte sie jedem Mann eine Schale und behielt eine für sich. Sie hockte sich hin, hielt die Schale dicht an die Lippen und schob sich das Essen in den Mund.

Als die Männer fertig gegessen hatten, wandte Eule den Kopf und nickte zu Kukutux hinüber. »Sie ist ganz brauchbar«, sagte er zu Harter Felsen. Dann sagte er zu Kukutux: »Wir wissen, was hier im *ulaq* ist, und wir erwarten, daß du es hütest, wenn wir weg sind. Iß, was du essen mußt, und fülle immer Öl in die Lampen, aber alles übrige muß hier sein, wenn wir zurückkommen.«

Fast hätte sie die Männer gefragt, wohin sie gingen, aber dann sagte sie sich, daß es eine Zeit für Höflichkeit gab, eine Zeit, andere zu achten, und dieser Mann hatte sie nicht grob behandelt. Daher nickte sie und fragte schließlich: »Wann, glaubt ihr, werdet ihr zurückkommen?«

Eule zuckte die Achseln. »Wer kann das sagen?« antwortete er, und er sprach diese Waljägerworte mit der Betonung der Karibumenschen, in einem Rhythmus, der so anders war, daß Kukutux das Lächeln kaum von ihren Lippen fernhalten konnte.

»Ihr geht jetzt?« fragte Harter Felsen.

»Langes Holz und Alte Gänsefrau haben unser *ik* instandgesetzt«, sagte Eule.

»Wir haben bessere Aussichten, Waxtal einzuholen, wenn wir jetzt gehen«, sagte Geflecktes Ei. Er wandte sich an Kukutux: »Mach mehr davon«, sagte er, und hob seine Schale. »Es ist gut.«

Kukutux arbeitete, während die Männer ihre Sachen zusammensuchten, und als sie fertig waren, gab sie ihnen eine Robbenblase, die sie mit der Mischung aus Fisch, Fett und Beeren gefüllt hatte. Geflecktes Ei und Harter Felsen verließen das *ulaq*,

Eule dicht hinter ihnen. Am Kletterstamm blieb Eule stehen und drehte sich nach Kukutux um.

»In meinem Schlafplatz ist Korbgras von den Ufern der Walroßmenschen. Ich habe gehört, ihr habt wenig auf dieser Insel. Nimm es, wenn du willst.« Dann verließ auch er das *ulaq*.

Eine Weile wartete Kukutux. Als die Männer nicht zurückkamen, sah sie sich die Schlafplätze an, zählte und stapelte Felle und Matten, damit sie genau wußte, was die Händler hatten. Sie fand das Korbgras, fein und kräftig – nur das weiße innere Gras, das sich am besten zum Flechten eignet. Dann ging sie in ihr eigenes *ulaq*, sammelte Körbe und Nähzeug ein, Schlaffelle, Fischhaken und Schnur und nahm alles mit.

Sie brachte ihre Sachen in den einen leeren Schlafplatz. In der Speisenische fand sie ein ordentliches Stück getrocknetes Robbenfleisch. Sie steckte es in den Mund, um es aufzuweichen, dann setzte sie sich mit dem Korbgras und einer Schale lauwarmem Wasser hin.

Sie würde sich über die Händler Gedanken machen, wenn sie zurückkehrten. Für jetzt war alles gut. Was konnte eine Frau sich mehr wünschen, als Essen und Öl, ein ruhiges *ulaq* und einen Schoß voll Korbgras?

40

Es kam vor Sonnenaufgang, und es war eine neue Stimme, eine, die Waxtal nie zuvor gehört hatte. Sie schien nicht durch seine Ohren zu ihm zu kommen, sondern durch seine Finger, nicht vom Wind getragen, sondern von seinem Blut.

Zuerst konnte er die Worte nicht erkennen – als würde er auf Männer lauschen, die in einiger Entfernung sprachen. Dann wurden die Worte deutlich, ein Gesang, ein Lied, das er nicht kannte. Es erzählte vom Meer, von Sand und Schlamm und Fischen. Es erzählte von neugeborenen Walrossen und von kaltem Wasser, von der warmen Sonne auf alten Felsen. Bis Waxtal am Ende verstand, daß das Lied ein Walroßgesang war und von dem geschnitzten Stoßzahn kam.

Das Lied strömte durch seine Arme hinauf und lief in seiner Brust zusammen. Es war, als würde es sein Herz mit sanften Händen wiegen, es jubelnd emporheben, so daß er den Mund öffnete und Wort für Wort alles sang, was der Stoßzahn sang. »Deswegen bin ich gekommen«, flüsterte Waxtal, den Gesang unterbrechend. »Deswegen bin ich hier, in Regen und Kälte.«

Er kroch tiefer in seinen *suk* hinein, zog die Schultern hoch, so daß der Kragenrand über seine Ohren reichte. Er legte die Hände flach auf den geschnitzten Stoßzahn und fühlte wieder den Gesang. Er schloß die Augen und lauschte. Er rieb den Stoßzahn und dachte an die Macht, die der Zahn ihm bringen würde, an die Tauschgeschäfte, die er machen würde. Alle Männer, alle Frauen an allen Ufern der Welt würden seinen Namen kennen, würden ihn ehren, würden wünschen, sie hätten seine Macht.

Ja, sobald es Morgen war, wollte er aufbrechen. Er wollte nicht zurück zu Harter Felsen, sondern zu Tugix' Insel, in das alte Dorf. Er wollte sehen, was davon übriggeblieben war. Vielleicht hätte der alte Mann Shuganan, seit vielen Jahren tot, ihm etwas zu sagen. Vielleicht würde der Geist des alten Mannes, wenn er Waxtals geschnitzten Stoßzahn sah, ihm noch ein wenig mehr Macht zuteil werden lassen. Dann wollte Waxtal in andere Dörfer weiterziehen, bis er genug Macht gesammelt hatte, um zu Rabe zu gehen. Sie würden sich begegnen – von Schamane zu Schamane, Händler zu Händler –, und als Vater von Rabes Frau würde Waxtal ihn um Hilfe bitten, um Samiq zu töten. Dann würden alle Dinge ihm gehören.

Waxtal lachte, dann lauschte er auf den Gesang des Stoßzahns, aber der Gesang war schwächer geworden, so daß Waxtal nicht sicher war, ob das, was er hörte, ein Lied war oder der Wind, und so schlief er ein.

Worte weckten ihn, und zuerst dachte er, noch gefangen in seinen Träumen, der Stoßzahn würde wieder sprechen. Waxtal öffnete die Augen.

Eule und Geflecktes Ei standen über ihm, ein jeder mit einem Messer in der rechten Hand. Fast hätte Waxtal nach seinem Ärmelmesser gegriffen. Fast. Aber das Alter hatte ihn langsam gemacht. In seiner Jugend hätte er es vielleicht mit ihnen aufnehmen können, aber jetzt, gegen zwei, war es besser, auf eine andere Art zu kämpfen.

Er richtete seine Augen auf das Meer. Es war ruhig, und Nebel lag schwer über dem Wasser. Waxtals Blick wurde zu dem hellsten Teil des Himmels hingezogen, zu der Stelle, wo die Morgensonne darum kämpft, sich aus den Wellen emporzuziehen. Die Helligkeit gab ihm die Kraft, seine Stimme zu dem Gesang zu erheben, den der Stoßzahn ihn gelehrt hatte, dem Walroßlied, das aus seiner Schnitzerei gekommen war.

Aus den Augenwinkeln beobachtete er Eule und Geflecktes Ei, beobachtete sie und wartete, während die zwei Männer langsam ihre Messer sinken ließen und lauschend dastanden. Dann sagte Waxtal: »Mir wurde eine Vision gewährt.«

Eine Zeitlang sprach keiner von den Männern, bis Geflecktes Ei schließlich sagte: »Komm mit uns zum Strand.«

»Dies ist ein heiliger Ort«, sagte Waxtal. »Ich kann nicht fortgehen ohne viele Gebete.«

»Dann bete«, sagte Geflecktes Ei, seine Stimme tief und hart. »Wir warten bei deinem *ikyak* auf dich.«

»Ich habe viele Sachen hier«, sagte Waxtal und breitete die Hände, die Innenseiten nach oben, über seine Jägerlampe und die Stoßzähne.

Eule machte ein rauhes Geräusch hinten in seiner Kehle und hob den geschnitzten Stoßzahn auf. Geflecktes Ei bückte sich und riß das Pelzrobbenfell unter Waxtal weg, dann hob er den anderen Stoßzahn auf. »Komm bald«, sagte Eule, und die zwei Männer kehrten ihm den Rücken zu und gingen mit langen, behenden Schritten davon.

Waxtal schloß die Finger über der Leere, wo seine Stoßzähne gewesen waren. Er stand auf, rückte seinen *suk* zurecht und hockte sich dann wieder hin. Er versuchte, sich auf ein Lied oder Gebet zu besinnen, einen Segen für die Heiligkeit der Erde, aber er konnte an nichts denken als an die Kälte, die von der Erde heraufkroch. Dann fiel ihm ein Danksagungsgesang ein, ein Lied, das die Ersten Menschen zu den Tieren sangen, die sie erlegt hatten. Er öffnete den Mund, doch statt als Danksagung kamen seine Worte als Bitte um Schutz, gesungen mit zitternder Stimme. Während er sang, kamen Bilder in seinen Kopf, und er sah Eule und Geflecktes Ei mit seinen Stoßzähnen, wie sie sein *ikyak* nahmen und ihn hier am Ufer zurückließen, ohne Essen, ohne Öl. Er sah seine Stoßzähne im Tausch weggegeben, an jemanden, der die Macht stahl, die ihm zugedacht war.

Da beendete Waxtal seinen Gesang, hob seine Jägerlampe auf und rannte, bis er Eule und Geflecktes Ei einholte. Er folgte ihnen zu dem *ikyak*.

Kukutux stand auf, trat einen Schritt zurück und dehnte ihre Schultern. Sie neigte den Kopf, um ihren Korb von allen Seiten zu betrachten, die Glätte der Stiche, die Neigung der Seiten zu prüfen. »Es ist gut«, sagte sie laut, dann drückte sie die Finger auf ihre Lippen. »Es ist gut, daß du allein bist«, sagte sie. »Es ist gut, daß niemand anders dich dein eigenes Werk hat loben hören.«

Nachdem sie sich an den Vorräten in der Nische satt gegessen hatte, war sie lange aufgeblieben, um an dem Korb zu arbeiten. Es war ein großer Korb, und jetzt, als die zweite Nacht nahte, hatte sie ihn fast fertig. Sie hatte heute zweimal gegessen und war schon wieder hungrig. Sie lächelte, als sie daran dachte, wie viele Tage sie froh gewesen war, ein einziges kärgliches Mahl zu essen. Aber was würden Eule und Geflecktes Ei denken, wenn sie zurückkehrten und eine leere Nische vorfanden? Sie mußte etwas Nahrung herbeischaffen, wenn keine Seeigel, dann Muscheln und Ugyuunstengel.

Sie zog ihren *suk* an, löschte alle Öllampen bis auf eine und verließ das *ulaq*. Sie ging in ihr eigenes *ulaq*, das jetzt dunkel war mit Ausnahme des kleinen hellen Vierecks von dem Licht, das durch das Dachloch hereinfiel. Aber sie kannte das *ulaq* gut und fand das große Stück grauen Schiefer an seinem Platz, an eine Wand gelehnt.

Kukutux kramte in der Vorratsnische und zog ein Sammelnetz heraus. Sie hängte es über ihren Arm, hob die Muschelschaufel aus Schiefer auf und verließ das *ulaq*. Sie lud das Stück Schiefer auf ihren Kopf, hielt es mit einer Hand fest und ging zu den Muschelbecken. Der Morgen hatte mit viel Nebel begonnen, aber tagsüber war es warm geworden, und jetzt tat es gut, im Freien zu sein, ein Tag zum Sammeln und Fischen. Mehrere Frauen waren bei den Muschelbecken, eine jede beugte sich über ihr schiefernes Grabgerät und schaufelte Sand fort, um kleine, dicke Muscheln aufzudecken. Viele Kinder war dort und Weinende Frau. Viele Kinder kam zu Kukutux herüber und zeigte auf ein Stück Strand nahe der Flutmarke.

»Grab dort«, sagte sie. »Dort hat es noch keine versucht.«

Kukutux lächelte nur und schüttelte den Kopf. »Das überlasse ich anderen«, sagte sie, wohl wissend, daß, wer dort grub, wenig finden würde. Sie ging auf den Wasserrand zu, ohne auf den Protest von Viele Kinder zu achten, und hörte Weinende Frau zu Viele Kinder sagen: »Warum soll sie an der Flutmarke graben? Sie will Muscheln, keine Steine.« Da war Viele Kinder still.

Als sei sie von den Geistern begünstigt, fand Kukutux viele Muscheln, obwohl die meisten anderen Frauen nur wenige fanden. Kukutux hatte ihr Sammelnetz fast voll, als sie Scheckiger Korb rufen hörte: »Händler. Ich sehe ihr *ik*.«

Die Worte waren wie Steine in der Brust von Kukutux, und sie sah auf, beschattete die Augen. Ja, Scheckiger Korb hatte recht. Es war das *ik* der Händler. »Und ein *ikyak*«, sagte Kukutux.

»Dieselben Händler oder andere?« fragte Scheckiger Korb.

»Dieselben«, sagte Kukutux.

»Du solltest zurückkehren«, sagte Viele Kinder zu Kukutux. »Du bist jetzt ihre Frau.«

Kukutux wendete sich von den Worten von Viele Kinder ab und grub weiter. Warum sollte sie sich von Viele Kinder sagen lassen, was sie zu tun hatte?

Aber Weinende Frau sagte: »Du solltest gehen. Sie werden sich wundern, wo du bist.«

Ohne die Frauen anzusehen, ging Kukutux zum Wasserrand. Sie ließ das Sammelnetz herunter, um die Muscheln zu spülen, dann wusch sie ihre Schaufel, wischte das Wasser mit der Handkante ab und stemmte die Schaufel wieder auf ihren Kopf.

Als sie zum Ufer des Dorfes ging, webten kleine Geister Sorgen in ihre Gedanken. Was, wenn den Händlern das Essen nicht schmeckte, das sie bereitete? Was, wenn sie nicht genug Muscheln hatte, um sie zu sättigen? Dann dachte sie an Schlafplätze und das Verlangen, das das Leben aller Männer zu beherrschen schien.

»Was soll ich tun, wenn einer von ihnen mich für die Nacht will?« fragte Kukutux laut. Sie wartete, als ob der Wind antworten würde, als ob die lästigen Geister ebenso Weisheit wie Sorgen brächten. Als keine Antwort kam, sprach sie für sich selbst und sagte mit kräftiger Stimme: »Auf einen Sohn hoffen.«

41

DIE FLUSSMENSCHEN

Kuskokwim River, Alaska

Rabe nahm das Essen, das ihm angeboten wurde, und nickte der Frau von Dyenen seinen Dank zu. Sie war eine alte Frau, ihr Rücken bucklig, ihr Blick getrübt von dem weißen Netz, das die Augen der sehr alten Menschen überzieht.

»Meine Händler nennen dich Saghani«, sagte Dyenen in der Sprache der Flußmenschen.

Obwohl die Worte höflich waren, spürte Rabe das Unbehagen des alten Mannes. Dyenen saß mit steifem Rücken, seine rechte Hand streichelte die Ausbuchtung seines Ärmelmessers.

Welches Kind kannte nicht die Geschichten aus lange vergangenen Zeiten, als Fluß- und Walroßmenschen ein Volk gewesen waren? Welches Kind hatte nicht die Geschichten von dem Zorn gehört, dem Töten, das sie auseinandergetrieben hatte, den einen Stamm dem Fluß folgen, den anderen einen Platz an den Ufern des Nordmeeres finden ließ? Aber warum zulassen, daß der Zorn von Männern, die lange tot waren, die Lebenden vernichtete? Und so gab Rabe vor, die Unruhe des alten Mannes nicht zu bemerken.

Trotz des Zornes, der sie trennte, waren Fluß- und Walroßmenschen immer Händler gewesen, hatten ihre Streitigkeiten ausgesetzt, um gegenseitig ihre Dörfer zu besuchen und Waren zu tauschen. Rabe hatte selbst Handelsfahrten zu den Flußmenschen unternommen, daher verstand er das meiste von Dyenens Worten, trotzdem wandte er sich Weißer Fuchs zu und wartete auf die Übersetzung des Mannes. Es war am besten, wenn Dyenen nicht wußte, daß Rabe ihn verstand.

Was sagten die Geschichtenerzähler? Verborgenes Wissen ist eines starken Mannes Macht.

Weißer Fuchs wiederholte die Worte von Dyenen, und Rabe nickte langsam, und langsam sagte er: »Saghani s'uze' dilaen.« Saghani – Rabe. Ja, das war sein Name, doch er wollte seine Macht nicht allein auf einen Namen begrenzen. Vor langer Zeit, in seinem Trachten nach Visionen, war er Rabe geworden. Er war geflogen; er hatte auf die Erde herabgeblickt, hatte gesehen, wie klein die Menschen unter ihm waren. Welcher Mann, der so etwas gesehen hatte, konnte derselbe sein wie zuvor?

Der Schamane lachte, schüttelte den Kopf und sah die anderen Flußjäger an, die in der Behausung versammelt waren. Auch sie lachten, hoben die Hände, die Finger gespreizt, um ihren

Beifall zu bekunden, weil Rabe versuchte, ihre Sprache zu sprechen.

Die Frau des Schamanen, die neues Essen in die Schalen schöpfte, wandte den Kopf und lachte Rabe mit faulig riechendem Atem ins Gesicht. Rabe zwang sich, sie anzulächeln. Dann, um sie abzuwehren, schob er ihr seine noch volle Schale hin und sagte: »Gut!«

Weißer Fuchs wiederholte das Wort in der Sprache der Flußmenschen: »Ugheli.«

»Ugheli!« rief Rabe aus, was abermals beifälliges Gebrüll der Flußjäger hervorrief. Doch der Schamane kniff die Augen zusammen, und Rabe sah den kurzen Moment des Zweifels, deshalb schlug er mit dem Handrücken auf den Arm von Weißer Fuchs, deutete mit dem Kinn zu einem der Jäger des Flußvolkes, der gerade sprach, und beugte sich dann vor, um von Weißer Fuchs die Übersetzung der Worte des Mannes zu hören. Sie waren nicht von Bedeutung, diese Worte, nur eine Erkundigung, welcher Jäger das Fleisch besorgt hatte, das die Frau des Schamanen auftrug, doch Rabe nickte, senkte den Blick, als ob er auf die Worte von Weißer Fuchs lauschte, als ob eine Bedeutung sei in dem, was der Mann sprach.

Der alte Schamane ließ seine Augen rasch zu dem Mann vom Volk der Flußmenschen und dann mit einiger Zufriedenheit wieder zu Rabe wandern.

Genug jetzt, sagte sich Rabe. Kein weiteres Wort in der Sprache der Flußmenschen wird aus meinem Mund kommen, bis ich beschließe, Dyenen wissen zu lassen, daß ich seine Sprache spreche. Der alte Mann hat seine Jahre gut genutzt. Weisheit lenkt seine Augen. Rabe zog eine Halskette aus Wolfszähnen von seinem Hals und reichte sie dem Schamanen.

»Dyenen, zu Ehren deiner Weisheit«, sagte Rabe. Er wartete nicht, bis Weißer Fuchs es übersetzte, sondern stand auf und nahm eine Schnur mit Muschelperlen von seinem Hals. Er verließ den Kreis der Männer, die um die Feuerkohlen in der Mitte der Behausung saßen, und sorgsam darauf bedacht, hinter jedem Mann vorbeizugehen, um niemanden zu beleidigen, ging er zu der Frau von Dyenen. Die alte Frau stand hinten in der Behausung aus Karibuhaut, nahe dem Eingang, so daß sie rasch zu der Kochstelle im Freien gelangen konnte, um neues Essen zu holen. Rabe streifte der Frau die Halskette über den Kopf. Sie zeigte keine Überraschung, streichelte nur die Kette mit einem gekrümmten Finger. Rabe versuchte, ihr ins Gesicht zu sehen, um etwas zu entdecken, das ihm einen Begriff von ihrer Stellung in diesem Dorf gab. Wurde ihr Rat eifrig gesucht oder leicht genommen? Behandelten die Jäger sie mit Ehrfurcht oder mit Nachsicht? Aber die Netze auf ihren Augen ließen ihn nicht in ihre Seele blicken, und so erhielt er keine Gegengabe für sein Geschenk, außer vielleicht eine zusätzliche Schale mit Fleisch.

Er drehte sich um und kehrte an seinen Platz neben dem Schamanen der Flußmenschen zurück. Er nahm seine Schale in die Hand und begann zu essen, fing Fetzen von den Gesprächen der Jäger auf. Wenngleich er viel von ihrer Sprache verstand, sprachen sie zu schnell für ihn, so daß er nicht alles mitbekam. Außerdem schienen die dünnen Wände der Behausung aus Karibuhaut Wörter hinaus in den Wind entschlüpfen zu lassen, wo sie gezaust wurden wie Weidenblätter im Sturm. Als würde der Wind seine Gedanken hören, wurde er plötzlich stärker, drückte gegen eine Seite der Behausung und zwang den Rauch des Feuers von dem Dachloch wieder zurück, in die Gesichter der Jäger.

Die Männer des Flußvolkes schienen es nicht zu bemerken, doch Rabes Augen begegneten denen von Weißer Fuchs und Singender Vogel, die sich beide enger in die Wärme ihrer Parkas aus Pelzrobbenfell zurückzogen. Wie können die Flußmenschen in solch dürftigen Behausungen leben? fragte sich Rabe. Die Hütten waren nichts weiter als doppelt gelegte Karibuhäute, über gebogenen Weiden zu einer Kuppel gespannt und mit angespitzten Stöcken und einem Rund aus Flußsteinen am Boden befestigt. Rabe sehnte sich nach den soliden Erdwänden seiner eigenen Behausung, dem angenehmen dünnen Rauch, der von seinen Öllampen aufstieg, so viel besser als der dicke, die

Kehle verstopfende Rauch von dem Holz, das in den Behausungen der Flußmenschen verbrannt wurde.

Einer der Jäger von den Flußmenschen wedelte lachend den Rauch von seinen Augen und sagte laut: »Frühlingswind. Es ist gut, aus den dunklen Winterbehausungen fort zu sein, nicht?«

Andere Jäger taten lachend ihren Beifall kund, und Rabe, der beinahe in ihr Gelächter eingestimmt hätte, besann sich, Weißer Fuchs mit einem Blick um Übersetzung zu bitten. Als Weißer Fuchs fertig war, lachte auch Rabe und suchte nach einem Lob, um es den Flußmenschen für ihre Frühjahrsbehausungen auszusprechen. Eine gute Sache kam ihm in den Sinn, etwas, das ihm trotz Rauch und Kälte gefiel – die Helligkeit der Wände aus Häuten. So hob er denn seine Stimme über den Lärm der Jäger des Flußvolkes und sagte: »Welcher Walroßjäger schätzt nicht die Helligkeit in dem Frühjahrszelt eines Mannes vom Flußvolk?«

Weißer Fuchs beugte sich zu ihm und sagte mit leiser Stimme: »Die Zelte gehören den Frauen.«

»Sag ihnen, was ich gesagt habe«, erwiderte Rabe.

»Es ist eine Beleidigung«, flüsterte Weißer Fuchs. »Du verlangst von mir, diese Jäger Frauen zu nennen.«

»Du sollst ihnen sagen, was ich gesagt habe«, verlangte Rabe von Weißer Fuchs.

»Sie beleidigen?«

»Nein, erklären. Sag ihnen, was ich sagen will und was ich statt dessen gesagt habe.«

Weißer Fuchs sprach zu Dyenen, mit langsamen, besonnenen Worten. Als Weißer Fuchs sprach, wurde das Gesicht von Dyenen zuerst finster, dann fing er an zu lachen. Er nickte mit dem Kopf und lachte wieder, als Weißer Fuchs mit seiner Erklärung fertig war.

»Gut«, sagte Rabe leise zu Weißer Fuchs, dann machte er große Augen und zuckte mit den Schultern, erlaubte sich zu lächeln, als Dyenen seinerseits allen Männern erklärte, was Rabe gesagt hatte. Die Männer lachten ebenfalls, lachten dann wieder, als Weißer Fuchs erklärte, daß bei den Walroßmenschen die Behausungen den Männern gehörten.

Rabe beobachtete Dyenen aus den Augenwinkeln. Da war keine Spur von Argwohn, kein Anflug von Besorgnis im Gesicht des alten Mannes. Gut, dachte Rabe. Soll er denken, durch seine Macht sei er für mich unerreichbar. Soll er lachen. Soll er denken, ich sei ein Dummkopf. Welcher Mann zögert, mit einem Dummkopf Handel zu treiben?

42

Rabe schritt an den Tauschwaren entlang, die Weißer Fuchs und Singender Vogel ausgelegt hatten. Der Himmel war klar, verhieß keinen Regen, deshalb hatten sie ihre Waren im Freien auf einem Erdhügel ausgebreitet, der sich hinter dem Dorf erhob. Rabe griff in einen Grassack und nahm ein Stück getrocknetes Fleisch heraus. Der volle, kräftige Geschmack füllte seinen Mund und seine Nase, aber Rabe war kein Dummkopf; Walroßfleisch war zu streng für die Flußmenschen. Sogar ihre Jäger waren mit mildem Fischfleisch, mit dem feinfaserigen Fleisch von Karibus aufgewachsen. Weißer Fuchs hatte widersprochen, als Rabe darauf bestand, Walroßfleisch mitzunehmen, und gesagt: »Sie werden es nicht essen. Du weißt, die meisten Flußmenschen mögen den Geschmack nicht.«

Rabe hatte gelacht. »Um so besser für uns«, hatte er gesagt. »Wenn sie es zum Essen wollten, müßten wir es Sack für Sack verkaufen, es gegen die gleiche Menge Fisch oder Karibufleisch eintauschen. Jetzt können wir es Stück für Stück verkaufen, als Medizin für Macht, die zerstoßen und vor einem Visionsfasten mit Wasser genommen oder in kleinen Mengen gegessen wird.«

Weißer Fuchs hatte gelächelt, und Rabe hatte gelacht, aber

jetzt schien diese Zuversicht ihn verlassen zu haben, und es erging Rabe wie immer vor der Zeit des Tauschens. Er versteifte seinen Körper gegen den Zweifel, der ihm den Magen umdrehte und die Seiten seines Kopfes pochen ließ. Er ermahnte sich, daß jeder Handel auf diese Weise begann, daß seine Augen von neuem offen waren für Makel, als sehe er die Tauschwaren zum ersten Mal, die Pelzrobbenfelle, die dicker, die Körbe, die gleichmäßiger geflochten sein könnten, die Holzschalen zu dick oder zu dünn, die Ränder von dem getrockneten Fleisch – zeigte sich da schon der weiße Puder von Schimmel? Er sah lieber fort, redete sich ein, alle Sachen seien gut, besser als das, was diese Flußmenschen anzubieten hatten, diese Männer, deren Atem und Kleider und Haut nach Fisch stanken.

Er sah die erste Gruppe Männer kommen, und plötzlich war das Unbehagen verschwunden, und er war wieder Rabe, der Schamane, der die Gedanken der Männer in ihren Augen lesen, ihre Herzen an dem Zug um ihre Münder, ihre Wünsche an der Haltung ihrer Finger erkennen konnte.

Er stand auf und streckte ihnen seine Arme entgegen, lächelte und trat auf eine kleine Bodenerhebung, die er gefunden hatte, bevor die Söhne von Eisjäger die Tauschwaren ausgebreitet hatten, eine Anhöhe, so klein, daß nur wenige sie bemerkten, die ihm aber mehr Größe verlieh. So töricht es schien, Rabe hatte erkannt, daß der Mann, dessen Augen am höchsten waren, beim Handel oft im Vorteil war.

Die meisten Flußmenschen brachten getrockneten Fisch zum Tauschen. Dummköpfe, dachte Rabe, aber er war darauf bedacht, ein Lächeln auf seinem Gesicht zu bewahren. Zu was brauchte er Fisch? Er hatte schon genug für die Reise nach Hause. Solange sie hier waren, würden sie von Dyenens Vorräten essen. Wozu sich bemühen, sich selbst mit Nahrung zu versorgen?

Der letzte Mann der Flußmenschen hatte ein Mädchen bei sich, seine Hand fest um ihren Oberarm. Sie war jung, aber mit den Rundungen einer Frau. Diesmal wandte Rabe sich ab, überzeugt, daß sein Gesicht sein Mißfallen zeigen würde. Eine Tochter, getauscht für eine Nacht der Gunst von einem Vater, der Felle oder Speerspitzen wollte, war oft weniger wert als nichts. Im Schlaflager eines Mannes würde das Mädchen entweder wie eine Tote sein, oder sie würde sich wehren, treten, stoßen. So oder so, der kurze Augenblick der Erleichterung war den Kampf nicht wert.

Dann fragte sich Rabe, warum ihn das kümmern sollte. Er war nicht hier, um die Waren zu tauschen, die vor den Flußmenschen ausgelegt waren. Das war Weißer Fuchs und Singender Vogel überlassen. Er selbst würde mit Dyenen handeln, und zwar um etwas weit Kostbareres als die Dinge, die von einem Jäger gebracht oder von den Händen einer Frau gemacht worden waren. Für das, was Rabe eintauschen wollte, würde er alles geben – alles, ausgenommen sein Leben. Aber das konnte Dyenen nicht wissen.

Bis Dyenen kam, wollte Rabe beobachten, wollte er sehen, was die Flußmenschen zu bevorzugen schienen. Schon hatte sich Weißer Fuchs dem Vater mit der Tochter genähert. Der Vater zeigte auf einen Stoß Obsidiane, hob ein kleines Stück auf, nicht größer als der Daumen eines Mannes. Er zog das Mädchen zu Weißer Fuchs hin, sprach zu ihm, doch Weißer Fuchs schüttelte den Kopf. Wieder sprach der Vater, trat nahe heran, um Weißer Fuchs in die Augen zu sehen, aber Weißer Fuchs wich zurück, schüttelte wieder den Kopf. Rabe hielt sein Lächeln in seiner Wange zurück, als der Vater unter seinen Parka aus Karibuhaut griff und eine Handvoll Bärenklauen hervorzog. Weißer Fuchs hob beide Hände, und der Mann, der immer noch den Arm seiner Tochter gepackt hielt, griff abermals in seinen Parka, und diesmal zog er einen Medizinbeutel hervor, der aus der Haut eines Goldspechts gemacht war.

Rabe hielt den Atem an. Welcher Mann kannte nicht die Kräfte des Goldspechts, eines kleinen Vogels, der an den Stränden des Walroßvolkes nie zu sehen war? Weißer Fuchs lächelte und begann zu handeln. Seine Worte in der Sprache des Flußvolkes, mit denen er um mehr Nächte mit der Tochter feilschte, waren gerade laut genug, daß Rabe sie hören konnte.

Schließlich war der Handel abgeschlossen. Drei Nächte, die erste morgen. Die Tochter stand mit gesenktem Kopf, die Lippen geschürzt, doch als die zwei sich zum Gehen wandten, rief Weißer Fuchs ihnen nach, hielt das Mädchen mit einer Hand auf ihrer Schulter auf, und als sie stehenblieb, das Gesicht abgewandt, streifte Weißer Fuchs ihr eine Halskette aus Muschelperlen über den Kopf. Das Mädchen sah ihn an und gab überrascht ein kurzes Murmeln von sich.

Mit einer ungeduldigen Geste griff der Vater nach der Halskette, wobei er Weißer Fuchs kopfschüttelnd ansah, aber das Mädchen umklammerte die Perlen mit beiden Händen. Weißer Fuchs sagte ein paar Worte, worauf Vater und Tochter alsbald beide lächelten, beide lachten. Und auch Rabe lachte aus Bewunderung für den Handel von Weißer Fuchs. Für eine Halskette aus Muscheln hatte Weißer Fuchs sich drei Nächte Vergnügen gekauft, und wer konnte das sagen? Vielleicht kamen danach noch mehr, für nichts weiter als ein paar lobpreisende Worte für das reizende Gesicht und den jungen Körper des Mädchens.

Gegen Abend, als Weißer Fuchs und Singender Vogel die Tauschwaren einsammelten und in Bündel packten, kam Dyenen. Rabe rief den Männern zu, sie sollten die Häute ausrollen, die Tauschwaren wieder auslegen, aber als Dyenen sah, daß die Händler ihre Packen zu entrollen begannen, gebot er ihnen mit einer Handbewegung Einhalt.

»Ich werde morgen kommen«, sagte er in der Sprache des Flußvolkes, und Weißer Fuchs rief Rabe zu: »Er sagt, er will morgen wiederkommen.«

»Gut!« rief Rabe. Er klopfte auf den Korb mit Kiins Schnitzereien, den er unter seinem Umhang aus Vogelhaut versteckt hielt.

Dyenen kam langsam zu Rabe und blieb bei ihm stehen, und die zwei sprachen nicht, während Singender Vogel und Weißer Fuchs arbeiteten. Als alles eingepackt war, ging Dyenen fort, und Rabe, Singender Vogel und Weißer Fuchs kehrten in die Behausung zurück, die ihnen für die Zeit ihres Aufenthalts bei den Flußmenschen überlassen worden war.

Drei Frauen von den Flußmenschen warteten dort bei der Frau von Singender Vogel, hatten Essen und Schlafzeug ausgelegt. Die Frauen brachten Schale um Schale mit Fisch, Fleisch und Wurzeln, bis die Männer nichts mehr essen konnten. Die Frau von Singender Vogel setzte sich nahe zu ihrem Mann und betrachtete die Frauen der Flußmenschen mit Härte im Blick. Die Flußfrauen stellten sich zwischen Weißer Fuchs und Rabe; die Lippen zum Lächeln gekräuselt, ließen sie ihre Augen beherzt zu den Gesichtern der beiden Männer schnellen.

»Wählen wir?« fragte Weißer Fuchs.

»Frag sie, ob sie bleiben können«, sagte Rabe.

Weißer Fuchs fragte, und die Frauen kicherten und nickten. Eine begegnete Rabes Blick. Er lächelte, und in Erinnerung an das Vorbild von Weißer Fuchs, langte er unter seinen Parka und zog eine Halskette aus länglichen Vogelknochenperlen hervor. Als die Frau nach der Kette griff, nahm Rabe sie an den Händen und zog sie zu dem Berg aus Fellen, der sein Lager war. Dann, mit dem Rücken zu den anderen in der Behausung, zog er ihr die Gamaschen aus und drehte sie herum, so daß sie unter ihm lag.

43

Dyenen kam am nächsten Morgen – früh, bevor Weißer Fuchs und Singender Vogel die Packen aus Robbenhaut ausgerollt, ja noch bevor die Frauen sich bei den Kochstellen im Freien eingefunden hatten.

Im frühen Sonnenlicht sah der Mann älter, schwächer aus als am Abend zuvor. Die lange Spitze seiner Nase war scharf, beinahe, als hätte ein Steinschläger sie geschliffen. Seine Augen lagen tief in seinem Gesicht, ihre Lider sahen so dick und schwer aus wie die Vorhänge, die an den Eingängen zu den Schlafplätzen hingen. Er war ein großer Mann, wenn auch nicht so groß wie Rabe, und er trug ein langes, steifes Gewand aus braunem Fell, das muffig war vor Alter.

Mit beherzter Vertraulichkeit berührte Rabe das Fell. Er war erstaunt, wie weich es war.

»Moschusochse«, sagte der alte Mann, und auf seine Worte rief Weißer Fuchs dieselben Worte aus, denn das Tier trug in beiden Sprachen denselben Namen, einen Namen, der sich weder wie ein Wort der Flußmenschen, noch wie eines der Walroßmenschen anhörte, sondern wie etwas, das von anderen gesprochen wurde, vielleicht von diesen behaarten Menschen mit Schwänzen, die, wie Geschichtenerzähler sagten, am Rande der Welt lebten.

Weißer Fuchs stellte sich neben Rabe und Dyenen. Seine Worte an Weißer Fuchs richtend, sagte Dyenen: »Sag deinem Schamanen, daß ich gekommen bin, um zu tauschen. Sag ihm, ich habe Felle, Karibuparkas und die besten Fischspeere, sogar ein paar Speerspitzen aus Flint, gefertigt von den Männern, die an Flußsenken weit im Süden leben.«

Rabe gab vor, Weißer Fuchs zuzuhören, als der Mann übersetzte, dann streckte er die Hand zu den Bündeln mit Tauschwaren aus, die Singender Vogel soeben aufrollte. »Vieles ist gestern getauscht worden«, sagte Rabe, »aber wir haben einige Sachen übrig. Pelze, Robbenöl, getrocknetes Walroßfleisch. Wir haben Halsketten und Federn von Seevögeln, Muscheln und Obsidian. Alle diese Dinge wollen wir gegen deine Pelze und Speerspitzen tauschen.«

Weißer Fuchs wiederholte Rabes Worte, und Dyenen antwortete mit einem Grunzen, dann wartete er, bis Singender Vogel mit dem Auslegen der Tauschwaren fertig war. Der alte Mann verbrachte eine lange Zeit damit, sich alles anzusehen. Hin und wieder richtete er eine Frage an Singender Vogel, und Singender Vogel antwortete ihm. Rabe beteiligte sich nicht, sondern hockte sich hin. Er zog eine Handvoll getrockneten Fisch aus dem Ärmel seines Parkas und begann zu essen.

Als Dyenen sich alles angesehen hatte, kam er wieder zu Rabe und hockte sich neben ihn. Rabe gab ihm ein Stück Fisch, und beide Männer aßen schweigend. Schließlich stand Rabe auf. Während Dyenen seine Finger ableckte, richtete er sich langsam auf und stellte sich neben ihn.

»Eure Frauen machen gutes Fleisch«, sagte Rabe und wartete, als Weißer Fuchs seine Worte übersetzte.

Dyenen nickte. »Es ist besser, wenn es über einer Flamme erhitzt wird.«

Ja, dachte Rabe, während Weißer Fuchs Dyenens Worte wiederholte. Er hatte gesehen, wie die Flußmenschen die Hautseite von einem getrockneten Fisch über das Feuer hielten und warteten, bis die Haut in der Hitze faltig und schrumpelig wurde. Er hatte es selbst gekostet und für gut befunden. Die Flamme schien das Öl aus dem Fisch zu ziehen und das Fleisch weich zu machen. Aber wer hatte Zeit, ein Feuer anzufachen oder zu warten, bis die Frauen die Kohlen der Kochstelle zum Leben brachten? Wenn ein Mann hungrig war, mußte er essen. Das war die Art der Walroßmenschen.

»So«, begann Dyenen, »ein Mann mag Dinge sehen, die nützlich sein könnten. Ein Mann mag etwas haben, um es gegen diese Dinge einzutauschen.«

Rabe seufzte, während der alte Mann fortfuhr. Vielleicht war es dumm von ihm gewesen, vorzugeben, daß er die Sprache der Flußmenschen nicht verstand. Das Tauschgeschäft würde langwierig und ermüdend werden, wenn man alles zweimal sagen hörte. Die Flußmenschen sprachen stets in weitschweifigen Kreisen. Ihre langen Reden erinnerten Rabe an einen Wolf, der die Spur eines Karibus verfolgt, hin und zurück schnürt, hin und zurück, und schließlich einen weiten Kreis zieht, bevor er zum Angriff übergeht.

»Will er tauschen oder nicht?« fragte Rabe, das lange Gewinde von Worten unterbrechend, die aus dem Mund des alten Mannes kamen.

»Ja«, sagte Weißer Fuchs, und seine Augen rieten Rabe, auf der Hut zu sein, die Höflichkeit gebührend zu achten.

Ja, gestand sich Rabe, er mußte vorsichtig sein. Er tat einen langen Atemzug und zwang die Ungeduld aus seinem Mund, fort von seiner Zunge.

Weißer Fuchs und Dyenen kamen schließlich zu einem Angebot, Waren gegen Waren. Dann sagte Dyenen: »Ich habe auch eine Wolfshaut.«

Weißer Fuchs sah schnell fort, und Rabe wußte, der Mann schirmte seine Augen ab. Weißer Fuchs hatte gehofft, einen Wolfspelz zu bekommen. Die Frauen des Walroßvolkes würden viel geben, um Wolfsfell als Besatz für Parkas zu haben. Weißer Fuchs zuckte die Achseln. »Ich habe Pelzrobbenfelle«, sagte er zu dem Mann.

»Drei«, sagte Dyenen und hielt drei Finger in die Höhe.

Weißer Fuchs lachte. »Eins«, sagte er.

»Drei.«

Weißer Fuchs schüttelte den Kopf, stand auf und ging weg.

»Zwei«, rief Dyenen ihm nach.

»Eins und zwei Grasmatten, gewebt von den Frauen des Robbenjägervolkes«, bot Weißer Fuchs an, indem er sich dem Schamanen wieder näherte.

Dyenen hob den Kopf, blickte zum Himmel und sog die Luft geräuschvoll durch die Zähne ein. »Ja«, sagte er, »wenn ich das Fell aussuchen kann.«

»Bring die Wolfshaut. Wir werden sehen«, erwiderte Weißer Fuchs.

Dyenen stand auf und hielt Rabe eine Hand hin, die Innenseite nach oben. Rabe nickte und sah dem Mann nach, als er zu seiner Behausung ging.

»Du hast ihm die Schnitzereien nicht gezeigt«, sagte Weißer Fuchs zu Rabe.

»Ich werde es tun«, antwortete Rabe. »Er ist ein guter Händler, aber du bist besser.«

Weißer Fuchs bedankte sich nicht für das Lob, aber als er zu den Tauschwaren zurückkehrte, ging er mit straffen Schultern und hoch erhobenem Kopf.

Du bist ein guter Händler, ja, dachte Rabe. Und ich bin besser. Heute abend werde ich die Geheimnisse der Macht von diesem Schamanen kennen, werde wissen, wie er seine Stellung über diese Flußmenschen behauptet, und ich werde es für einen Korb voll Holz und Elfenbein bekommen.

Der Gesang kam aus dem Inneren der Behausung, Dyenens Stimme und noch eine andere, hoch, wie die Stimme einer Frau. Rabe blieb draußen stehen und lauschte. Zwei Leute drinnen, vielleicht drei, dachte er. Er wartete. Der Himmel wurde schon dunkel, aber es war noch hell genug, um das Dorf zu sehen, den weißgrauen Rauch, der aus jeder der vielen Behausungen aufstieg – dreimal zehn mindestens. Und zehn, zwölf Menschen in jeder Behausung.

Er hatte nie ein größeres Dorf gesehen, auch kein Dorf, das so viel Nahrung hatte, insbesondere zu dieser Zeit des Jahres, bevor die Vögel die Frühjahrseier gelegt hatten. Die Winterlager, Podeste auf Pfählen, höher als der Kopf eines Mannes, waren noch vollgepackt mit Fleisch und Fisch, getrockneten Beeren und Fett, und dabei war es kein leichter Winter gewesen. Wie hielt ein Mann so viele Menschen in Frieden beisammen? Wie befähigte er seine Jäger, diese Menschen zu ernähren? War er ein Rufer, ein Schamane, der Karibus, Bären und Elche herbeiholen konnte, so daß sein Volk immer Fleisch hatte?

Rabe war allein gekommen. Es war kein leichter Entschluß gewesen. Was war wichtiger, die Freiheit zu haben, mit Dyenen von Tauschgeschäften zu sprechen, von Mann zu Mann, Schamane zu Schamane, die Freiheit zu haben, seine Tauschgeschäfte zu machen, ohne daß Weißer Fuchs wußte, was er tat, oder den Vorteil zu haben, zu hören, ohne den alten Mann wissen zu lassen, daß er es verstand? In gewisser Weise war ihm die Entscheidung abgenommen worden. Weißer Fuchs genoß seinen Abend mit dem Mädchen vom Volk der Flußmenschen, der Frau, die er eingetauscht hatte. Warum stören? Warum das Mißfallen des Mannes wie eine dunkle Wolke über seiner Tauschsitzung mit Dyenen haben?

Wieder hörte Rabe die Stimmen, die hellen, singenden Worte einer Frau. In welcher Sprache wurde gesprochen? Es war nicht die Sprache der Flußmenschen, auch nicht die des Karibuvolkes. Dann eine weitere Stimme, eine Männerstimme, von einem jungen Mann, jemand, der stark war – ein Jäger? –, auch sie sprach in dieser unbekannten Sprache. Dann die Stimme von Dyenen, die Stimme eines Mannes, der alt geworden war, aber noch nicht schwach. Lange Zeit stand Rabe draußen vor der Behausung. Als die Stimmen verstummten, wartete er, daß der Mann und die Frau herauskommen würden, doch niemand kam, und in der Behausung war nur Stille.

So, dachte Rabe, diese Leute sind wie die Ersten Menschen, sitzen manchmal einen ganzen Tag beisammen, ohne zu sprechen. Es war ein Brauch, der Rabe immer ein Gefühl gab, als ob seine Muskeln gleich durch seine Haut springen würden. Er legte die linke Hand an die Behausung und hob die rechte Hand, um an der Türbespannung aus Karibuhaut zu kratzen, ein höflicher Brauch bei den Flußmenschen. Die Stimmen setzten wieder ein, und diesmal fühlte Rabe, eine Hand noch auf die Bespannung gedrückt, die Behausung zittern, als würde der alte Mann nicht zu Menschen sprechen, sondern zu der Behausung selbst.

Dann hatte Rabe genug vom Warten, genug vom Verwundern. Er kratzte mit dem Nagel an der Karibuhaut, einmal, zweimal, und Dyenen rief ihn herein. Rabe hob die Türklappe an und kroch durch den engen Eingangstunnel. Ein Feuer brannte in der Mitte der Behausung, schwelendes Holz, der Rauch bahnte sich unsicher einen Weg zu dem Rauchloch an der Decke. Der Rauch brannte in Rabes Augen, und er blinzelte die Reizung fort, wartete, bis die Tränen versiegten, dann setzte er sich in der Hocke ans Feuer. Plötzlich wurde ihm bewußt, daß er und Dyenen die einzigen Menschen in der Behausung waren. Da waren keine anderen, keine, denen die Stimmen gehörten, die Rabe vernommen hatte.

»Du bist allein?« fragte Rabe ohne die Höflichkeit eines Grußes, ohne die Hände zu heben oder Essen anzubieten.

»Du sprichst die Sprache der Flußmenschen?« fragte der alte Schamane.

»Ein wenig, nicht gut.«

»Besser, als du mich glauben machtest.«

Rabe lächelte. »Drei Tage bin ich in diesem Dorf. Ich lerne schnell.« Er zuckte die Achseln, dann fiel ihm ein, daß die Flußmenschen nicht mit den Schultern zuckten, sondern die Hände ausstreckten, die Finger aufwärts zeigend. »In den Wegen der Höflichkeit bin ich unwissend«, sagte er.

»Das sehe ich«, sagte Dyenen.

»Weißer Fuchs hat die ... die Freuden eurer Frauen entdeckt«, sagte Rabe.

Dyenen erwiderte nichts, zeigte nicht, daß er es gehört hatte. Rabe zog sein Lächeln in seinen Mund zurück. Die Flußmenschen sprachen nicht über Frauen, nicht einmal im Scherz, obwohl ihre Frauen oft begierig schienen, einem Mann in seinem Schlaflager Gesellschaft zu leisten.

»Da war ... ich habe eine Frau gehört, einen Mann«, sagte Rabe und wandte den Kopf, um in die Schatten der Behausung zu spähen, zu sehen, ob sie seinen von Rauch umwölkten Augen entgangen waren, oder ob es noch einen anderen Eingang zu der Behausung gab. Aber da war niemand und auch keine Tür.

Wieder ging Dyenen nicht auf Rabes Worte ein, sondern reichte ihm statt dessen ein Gefäß mit Fisch und den Blättern einer Pflanze, die das Walroßvolk Nieskraut nannte. Rabe nahm von jedem etwas und aß.

Schweigend saßen sie und sahen ins Feuer, Rabe blinzelte immer noch von dem Rauch. Schließlich sagte er: »Ich bin gekommen, um zu tauschen.«

Lange Zeit sagte Dyenen nichts. Er aß, beugte sich vor, um neue Scheite ins Feuer zu legen, und aß wieder. Schließlich sagte er: »Ich habe meine Tauschgeschäfte gestern gemacht. Ich habe, was ich brauche.«

Rabe zog den Korb mit Kiins Schnitzereien unter seinem Umhang hervor. »Du hast nicht alles gesehen. Ich habe Dinge zum Tauschen, von Schamane zu Schamane.«

Er blickte auf, um sicherzugehen, daß Dyenen zusah, dann stand er auf, warf seinen schwarzen Federumhang von den Schultern und legte ihn auf den Boden der Behausung zwischen sich und den alten Mann. Was gab es Besseres, um das Weiß von Kiins Elfenbein, das Gelb und Grau von ihrem Holz zu zeigen?

Rabe hockte sich wieder hin, nahm den Graskorb in beide Hände und öffnete langsam den Deckel. Er holte die größte Schnitzarbeit zuerst heraus – ein Walroß, so lang wie die Hand eines Mannes. Kiin hatte den Körper aus dem Zahn eines Walfisches geschnitzt. Die langen, scharfen, gebogenen Stoßzähne waren aus Walroßelfenbein. Rabe sah den Schamanen nicht an, hörte aber, wie der Mann die Luft anhielt. Neben das Walroß legte Rabe drei Seevögel, der kleinste nicht größer als das letzte Glied seines kleinen Fingers, ein jeder mit ausgebreiteten Flügeln geschnitzt, wie um den Wind einzufangen. Er legte Robben aus Elfenbein aus, einige mit glitzernden Augen aus Obsidian, und einen Seeotter, auf dem Rücken liegend, ein Junges auf dem Bauch. Da waren ein Mann in einem *ikyak,* ein Lund, fast so groß wie das Walroß, Lemminge, und, am schönsten von allen, ein Wolf, ein Tier, das Kiin nie gesehen hatte, bis sie in das Dorf der Walroßmenschen gekommen war. Der Wolf saß mit zurückgebogenem Kopf, und Rabe stellte ihn so hin, daß er hochsah, als wäre das Rauchloch der Behausung der Mond.

»Ich höre beinahe seinen Gesang«, sagte der alte Mann schließlich und deutete mit einem gekrümmten Finger auf den Wolf. Sie saßen lange Zeit, Dyenens Augen waren auf die Schnitzereien gerichtet. Dieses Mal verdroß das Schweigen Rabe nicht. Es war ein Schweigen des Lobes, sicherlich besser als Worte. Schließlich nahm Rabe den kleinsten Seevogel in die Hand, eine Möwe, die Flügel ausgebreitet, den Kopf zur Seite geneigt. Ohne zu sprechen, gab er sie dem Schamanen. Die Hände des alten Mannes zitterten, als der Vogel hineinfiel, aber er beugte sich weit vor, um ihn zu betrachten, hob die Schnitzarbeit auf seine Fingerspitzen, bewegte sie im sich wandelnden Licht des Feuers.

Schließlich fragte Dyenen: »Hast du die Figuren geschnitzt?«

»Nein.«

»Warum zeigst du sie mir?«

»Zum Tauschen.«

Die Augen des Mannes wurden weit. Er sog seine Wangen nach innen, bis sein Gesicht mehr Knochen als Fleisch schien. »Ich habe nichts zu geben«, sagte er. »Du wirst keine Pelze oder getrocknete Fische nehmen.«

»Nein, die will ich nicht.«

Dyenen gab Rabe die Schnitzarbeit zurück. »Ich habe sieben Töchter«, sagte er. »Eine ist noch ein Kind und eine erst ein Neugeborenes. Die anderen fünf haben Männer. Ich habe keine als Frau anzubieten.«

»Ich habe Frauen.«

»Was dann?«

»Wir sind Schamanen«, sagte Rabe, seine Worte sorgfältig wählend, indem er sie sich zuerst in seiner eigenen Sprache, der des Walroßvolkes, durch den Kopf gehen ließ und sie dann in die Schnalz- und Kehllaute der Sprache des Flußvolkes umformte. »Ich habe Macht. Macht biete ich in diesen Dingen.« Er fuhr mit der Hand über Kiins Schnitzarbeiten. »Dasselbe erbitte ich im Tausch.«

Langsam hob der Schamane des Flußvolkes den Kopf; langsam riß er seinen Blick von den Schnitzereien los.

»Fühlst du nicht ihre Macht?« fragte Rabe und deutete mit dem Kinn auf die Schnitzereien.

»Sie ziehen die Augen eines Mannes an«, sagte der Schamane.

»Seine Seele«, erwiderte Rabe.

Der Schamane rutschte auf seinem Polster aus Fellen herum. Er blickte ins Feuer, tat lange Atemzüge, dann wölbte er die Hände im Rauch des Feuers, als hätte es die läuternde Kraft des Wassers.

»Macht ist nichts zum Tauschen. Sie muß verdient werden«, sagte der Schamane.

»Wünschst du dir nicht mehr Macht, um ...« Rabe hielt inne, suchte nach dem Wort, das er brauchte, »deinem Volk zu helfen?«

»Ich wünsche nicht, was mir nicht zusteht.«

Rabe hob das geschnitzte Walroß auf, liebkoste mit den Händen das Walzahnelfenbein, aufs neue verwundert, wie Kiin mit der scharfen Schneide eines Messers eine solche Glätte erzielen konnte.

»Du hast ein großes Dorf«, sagte Rabe. »Du brauchst diese Macht. Dein Volk braucht sie. Um stark zu bleiben.«

»Dann bist du um meinetwegen gekommen?« fragte Dyenen mit einem listigen Lächeln. »Nicht um deinetwegen?«

»Welcher Händler kommt wegen eines anderen, sei dieser Händler ein Schamane oder nicht?« sagte Rabe. »Ich komme um meinetwegen. Wegen meiner eigenen Macht.«

»Ah«, sagte Dyenen.

»Deine Macht kenne ich«, sagte Rabe. »Deine Macht ist hier. Dieses Dorf.« Rabe breitete die Arme aus, als könnte er das Dorf der Flußmenschen durch die Karibuwände der Behausung sehen. »So viele Menschen, und Essen für alle, Frieden für alle.«

»Warum sollte ich diese Macht teilen?« fragte Dyenen.

Rabe hielt eine Hand über die Schnitzereien, wie ein Mann eine Hand über ein Feuer hält. »Wenn du es nicht fühlst, brauchst du es nicht«, sagte er.

»Und wenn du diese Dinge mit mir tauschst«, fragte Dyenen, »wie steht es mit deiner eigenen Macht?«

»Ich habe meine eigenen Schnitzereien – Schnitzereien, die ich nicht tauschen kann.«

»Wenn du diese nicht brauchst, warum brauche ich sie dann?«

Rabe streckte die Hände aus, die Finger nach oben, und lächelte, doch die Worte des Mannes knirschten in seiner Brust. »Wenn du es nicht fühlst, brauchst du es nicht«, sagte Rabe wieder und reichte dem Schamanen das geschnitzte Walroß. Aus den Augenwinkeln beobachtete er, wie der alte Mann die Schnitzerei mit den Händen umschloß und, die Augen geschlossen, einen langsamen Gesang anstimmte.

Rabe wartete, von innerer Ungeduld geplagt.

Schließlich sagte Dyenen: »Ja, ich will tauschen.«

Rabe preßte die Lippen zu einem Strich zusammen, um das Lachen, das plötzlich zu ihm kam, nicht aus seinem Mund schlüpfen zu lassen. »Macht gegen Macht«, sagte er.

»Macht gegen Macht«, stimmte Dyenen zu.

Der alte Mann stand auf, tat einen Schritt vorwärts, um sein Gleichgewicht zu halten, und ging zu einem Vorhang aus Karibuhaut an der Seite der Behausung. Er schob den Vorhang zur Seite und griff in das Dunkel dahinter. Er kehrte mit einem Fell in den Händen zu Rabe zurück und legte es ehrfürchtig zu Rabes Füßen. »Dies für die Schnitzereien«, sagte er.

Das Fell war von einem Tier, das Rabe nicht kannte. Es war groß – so lang wie der Arm eines Mannes –, und es war vollständig, mit Kopf, Beinen und einem kurzen schwarzen Schwanz. Der Schädel war entfernt worden, so daß die Kopfhaut sich vor dem Hals faltete wie eine Verschlußklappe.

Rabe streckte die Hand aus, um es zu berühren, hielt seine Finger darüber, und als Dyenen keinen Einwand erhob, ließ er seine Hand in das weiche, dichte Fell sinken. Das Tier hatte die graugelbe Farbe von altem Gras, und die Ohren hatten schwarze Büschel.

Dyenen hob den Kopf des Tieres, und Rabe sah, daß die Haut am Hals offengelassen worden war, so daß das ganze Tier ein Beutel war. Dyenen schob seine Hand hinein und zog Päckchen aus gefalteter Karibuhaut heraus, ein jedes mit gefärbten Schnüren verknotet.

»Du hast gefragt, wie ein Schamane so viele Menschen in Frieden zusammenhalten kann, mit genug Tieren zum Jagen, mit genug Fischen zum Fangen«, sagte Dyenen. »Du hast nach meiner Macht gefragt.« Er breitete die Päckchen neben den Schnitzereien aus. »Diese sind meine Macht«, sagte er. »Ich hatte gedacht, sie einem Sohn zu geben, aber meine Frauen geben mir nur Töchter. Wenn ein Mann alt ist, muß er sein Wissen weitergeben, bevor die Geister ihn holen. Sonst verliert das, was er gelernt hat, seinen Wert. Besser sein Wissen mit einem Mann teilen, der die Geister achtet, als mit einem, der keine Mächte versteht außer seinen eigenen.«

Rabe sah auf die Päckchen. Zweimal zehn, dreimal zehn insgesamt, ein jedes nicht größer als seine Hand.

»Darf ich sie aufmachen?« fragte er, die Finger über den Verknotungen des Päckchens, das ihm am nächsten lag.

»Ein Mann würde Macht verlieren, wenn er die Päckchen aufmachen würde, ohne ihre Geheimnisse zu kennen«, sagte Dyenen.

Für einen Augenblick fühlte Rabe die Schwere der Enttäuschung, aber er zog seine Hände fort. Warum Gefahr laufen, die Macht zu zerstören, die ihm schon beinahe gehörte?

»Willst du sie für die Schnitzereien tauschen?«

Der alte Mann nickte. »Für alle«, sagte er.

»Für alle«, wiederholte Rabe, »aber du mußt mir die Geheimnisse sagen, die in den Päckchen verborgen sind.«

»Ja, wenn du für mich dasselbe tust.« Dyenen zeigte auf die Schnitzfiguren.

Rabe hob den Kopf und dachte einen Augenblick nach. Kiin schien ihren Schnitzereien keine besondere Behandlung angedeihen zu lassen, noch hatte sie ihm von irgendwelchen Tabus erzählt, die es einzuhalten galt. Doch ja, er erinnerte sich an ihren Zorn, als Lemmingschwanz eine in Wasser gelegt hatte. Kiin hatte der Frau gesagt, sie müßten mit Öl gesäubert werden, und so sagte er: »Wenn ein Mann alle Schnitzfiguren in seinem Herzen ehrt und sie manchmal mit Öl einreibt – Öl von Seetieren, kein Talg von Landtieren –, dann bleiben die Mächte stark.«

Dyenen nickte, legte das Walroß auf den Federumhang und hob jede Schnitzfigur auf, eine nach der anderen, betrachtete sie, drehte sie in den Händen, hielt sie ans Licht des Feuers.

Rabe wartete eine lange Zeit, beobachtete den alten Mann, der die Schnitzfiguren betastete, doch nach und nach wurden Rabe die Augen schwer von dem Bedürfnis nach Schlaf, deswegen sagte er schließlich: »Und nun ... wirst du mir sagen, was ich wissen muß?«

Dyenen sah ihn verwundert an. »Es ist zuviel Macht in diesen Päckchen, um dir das Wissen in wenigen Worten zu geben«, sagte er. »Du mußt viele Tage mit mir lernen – einen Mond und die Hälfte von dem nächsten.«

Der alte Mann legte die Päckchen in das Fell zurück und reichte es Rabe. »Nimm es mit. Behandele es mit Ehrerbietung. Dieses Tier, der Luchs, hat Macht. Es ist ein Medizintier, das Gaben in seinem Bauch enthält. Nimm es mit, aber öffne die Päckchen nicht, bis ich dir gesagt habe, was du wissen mußt.«

Dyenen stand auf, nahm die Schnitzfiguren, eine nach der anderen, und legte sie an verschiedenen Stellen auf die Streben des Weidengerüsts der Behausung. Dann begab er sich zum Eingangstunnel und wartete, bis Rabe seinen Umhang aufhob und ging.

Rabe trat in die Nacht hinaus und sah zu dem breiten Band aus Sternen hinauf, das den Himmel erhellte. Die Sterne, sagten die Walroßmenschen, seien Feuer von denen, die gestorben waren. Er hätte gern gewußt, ob die Toten des Walroßvolkes die Toten der Ersten Menschen kannten, diese Menschen, die, wie Kiin ihm erzählt hatte, in den Lichtern tanzten. Und er hätte gern gewußt, wo sein eigenes Licht sein würde, wenn er starb. Er drückte den Luchspelz an seine Brust.

Warum an den Tod denken? fragte er sich. Lieber an die Macht denken, die ihm bald gehören würde, an das Dorf, das er eines Tages haben würde, so groß und stark wie das Dorf der Flußmenschen.

44

DIE WALJÄGER

Yunaska Island, Aleuten

Kukutux hörte die zornigen Stimmen sogar durch die Wände des *ulaq*. Sie lief zum Kletterstamm, dann wich sie zurück, als die Sparren aus Walfischbein unter dem Gewicht der brüllenden Männer erzitterten. Der alte Händler – Waxtal – war als erster im *ulaq*, dann kamen Eule und Geflecktes Ei, und beide Männer brüllten Waxtal unaufhörlich an, mit Worten in der Karibusprache, die Kukutux nicht verstehen konnte.

Geflecktes Ei hielt einen kurzen Wurfspeer. Er hob ihn über seinen Kopf und wies mit dem spitzen Ende auf Waxtal. Waxtal, die Augen blitzschnell auf den Kletterstamm richtend, sank auf die Knie und schlang beide Arme um seinen Kopf. »Nein«, rief er in der Sprache der Ersten Menschen, dann begann er in der Sprache der Händler zu reden. Als er zu Ende gesprochen hatte, ließ er die Arme sinken und sah zu Geflecktes Ei auf, doch Geflecktes Ei drohte dem alten Mann wieder mit dem Speer.

Kukutux stand da und sah zu, den Rücken an eine Erdwand gedrückt. Der alte Mann war mit Dreck beschmiert, sein Gesicht eingefallen und grau, und Kukutux erinnerte sich, daß Harter Felsen gesagt hatte, Waxtal habe Geisterkräfte.

Ja, dachte Kukutux. Er sieht aus wie einer, der gefastet hat.

Waxtal schlich zum Kletterstamm, doch Geflecktes Ei, den Speer erhoben, machte zwei Schritte auf den alten Mann zu. Kukutux drückte sich fester gegen die Wand. Sie sah fort von den Männern, aber dann hörte sie einen flehenden Schrei, und da konnte sie nicht mehr still bleiben. Mit einem Druck ihrer Ferse stieß sie sich von der Wand ab. Mit der Schulter erwischte sie die linke Seite von Geflecktes Ei und versetzte ihm einen festen Stoß, dann lief sie und stellte sich zwischen ihn und Waxtal. Der Hieb war geschwind genug gewesen, um Geflecktes Ei aus dem Gleichgewicht zu bringen, und er ließ den Speer sinken, um sich mit den Fingerspitzen beider Hände aufzufangen.

Kukutux fühlte Waxtals Griff an ihren Schultern. Seine Hände zitterten.

Geflecktes Ei richtete sich mit finsterem Gesicht auf und stieß einen Mundvoll lauter, rauher Worte aus.

»Sie kann dich nicht verstehen«, sagte Eule langsam in der Sprache der Ersten Menschen.

»Beiseite, Frau!« brüllte Geflecktes Ei.

»Er ist ein alter Mann«, rief Kukutux. »Wie kann er kämpfen? Er hat nicht einmal eine Waffe.«

»Misch dich nicht in Dinge ein, die du nicht verstehst«, sagte Geflecktes Ei, seine Stimme leiser, aber immer noch hart. Er trat vor und stieß Kukutux, aber Kukutux hatte ihre Kräfte zusammengenommen, die Knie gebeugt und die Füße fest auf den Boden gestemmt, so daß sich nur ihre Schultern unter seiner Hand bewegten. »Laß uns allein!« sagte Geflecktes Ei.

Kukutux sah ihm in die Augen. Ich habe schon Schlimmeres ausgehalten, dachte sie. Was ist der Zorn eines Mannes gegen den Verlust von Sohn und Mann?

»Geh jetzt!« sagte Geflecktes Ei.

»Warum?« fragte Kukutux. »Damit du ihn töten kannst? Wer soll dann hier saubermachen? Ich bin nicht in dieses *ulaq* gekommen, um das Blut eines Mannes vom Boden aufzuwischen. Ich bin nicht in dieses *ulaq* gekommen, um den Fluch eines toten Mannes auf mich zu laden. Harter Felsen sagt, dieser Mann hat Geisterkräfte. Denkst du, ein Mann, der hier getötet wird, würde nicht jegliche Geisterkräfte, die er hat, aufwenden, um dieses *ulaq* zu verfluchen, mit allen, die darin sind?«

»Frau, das verstehst du nicht«, sagte Eule, und seine Stimme war sanft. »Für das, was er getan hat, sollte dieser alte Mann tot sein. Er verdient dein Mitleid nicht.«

»Harter Felsen sagte mir, der alte Mann ist fortgegangen, um zu fasten, um zu beten. Wollt ihr ihn dafür töten?«

»Er hat unsere Vorräte gestohlen, alles, was wir hatten. Hast du das nicht gesehen, als du in unser *ulaq* kamst? Er hat uns nur das gelassen, was wir in unseren Schlafplätzen gelagert hatten. Alles andere hat er uns genommen.«

»Wo habt ihr ihn gefunden?« fragte Kukutux.

»Warum sollen wir dir das erzählen?« sagte Geflecktes Ei. »Du bist nur eine Frau. Was verstehst du von den Wegen der Männer? Mit welchem Recht stellst du uns Fragen?«

»Mit dem Recht einer, die im Begriff ist, durch deinen Speer mit einem Fluch beladen zu werden.«

Geflecktes Ei verdrehte die Augen und spie zornige Worte in der Karibusprache zu den Sparren des *ulaq* hinauf, dann sagte er: »Wir haben ihn auf einer Insel hier in der Nähe gefunden. Die nach Osten und Norden liegt.«

»Die Insel des Schönen Berges«, sagte Waxtal leise.

»Das ist eine Insel, zu der viele hingehen, um zu beten«, sagte Kukutux. »Hat er gebetet, als ihr ihn fandet?«

»Ich habe gebetet«, sagte Waxtal, und Kukutux drehte sich zu ihm um. »Ich habe gebetet«, sagte der alte Mann wieder. »Ich hatte beinahe vier Tage gefastet, und dann haben die Geister mir eine Vision geschickt.«

»Du hast unsere Tauschwaren genommen. Du hast Sachen genommen, die dir nicht gehörten«, sagte Geflecktes Ei.

»Ich habe nichts anderes getan, als was ihr mir antun wolltet«, sagte Waxtal.

Kukutux sah Eule an, dann Geflecktes Ei. Beide Männer hatten den Mund geöffnet, um zu sprechen, aber dann preßten sie die Lippen zusammen und sahen fort, die Augen auf das Gras gerichtet, mit dem die Wände des *ulaq* gepolstert waren.

Kukutux tat einen langen Atemzug und ging zu dem Pflock, wo der Sack mit den Muscheln aufgehängt war, die sie am frühen Morgen gesammelt hatte. Sie nahm den Sack und sagte zu

Eule: »Ich muß Essen machen. Wenn ihr ihn töten müßt, tut es draußen.«

Scheckiger Korb und Alte Gänsefrau hatten in der mit Steinen ausgelegten Kochgrube Feuer gemacht, und alle Frauen brachten ihre Grassäcke mit Muscheln. Als das Feuer heruntergebrannt war, wischte Alte Gänsefrau die Asche von den Steinen, und die Frauen legten ihre Säcke in die Grube. Scheckiger Korb bedeckte die Muscheln mit mehreren Lagen nassem Seetang, dann hockten die Frauen sich hin, nahmen sich Zeit zum Reden und Lachen, während sie warteten, daß die Muscheln gar wurden.

Kukutux hatte ihre Muscheln zu den anderen gelegt, aber obwohl sie sich zu den Frauen setzte, beteiligte sie sich nicht an ihrem Gespräch. Ihre Gedanken waren bei Waxtal und den Händlern. All dieser Zorn, all diese Bedrohungen, wegen eines *ikyak* mit Tauschwaren. Kam es denn darauf an, auf all diese Halsketten, all diese Bärenklauen und Gamaschen aus Karibuhaut? Das Öl, ja. Öl war Nahrung, Wärme, aber was war eine Halskette gegen das Leben eines Menschen? Sollte ein Mann Dinge mehr ehren als Menschen? So eine Dummheit.

Als die Muscheln fertig waren, nahm Kukutux einen gegabelten Stock, um ihren Sack herauszuziehen und ihn, heiß und dampfend, in das *ulaq* zu tragen. Eule und Geflecktes Ei standen neben dem Kletterstamm und sprachen leise miteinander, aber Kukutux ging an ihnen vorbei, als wären sie nicht da.

In der Mitte des Hauptraumes waren Händlerpacken gestapelt, Mägen mit getrocknetem Fleisch und Öl. Zwei lange Walroßstoßzähne lagen an einer Wand. Kukutux seufzte und bahnte sich einen Weg zwischen den Tauschwaren hindurch zur Speisenische. Sie nahm Schalen und eine Haut mit Öl heraus. Sie goß eine kleine Menge Öl in jede Schale, dann brachte sie eine zu Eule, eine zu Geflecktes Ei.

Sie warf ihnen einen Haufen von den dampfenden Muscheln vor die Füße. »Wo ist Waxtal?« fragte sie.

Geflecktes Ei zuckte die Achseln, aber Eule zeigte auf einen der Schlafplätze. Kukutux fühlte, daß seine Augen ihr folgten, als sie Muscheln und eine Schale mit Öl zu dem Schlafplatz brachte. »Ich habe Essen«, rief sie hinein. Der alte Mann antwortete nicht. Ein Frösteln zog ihr den Magen zusammen.

»Du hast ihn nicht getötet«, sagte sie, indem sie Geflecktes Ei über die Schulter ansah.

Geflecktes Ei lachte. »Wenn ich ihn getötet hätte, wäre er draußen«, sagte er. »Futter für die Vögel.«

»Keine Sorge, Kukutux«, sagte Eule und seine Stimme klang höflich. »Wir haben ihn nicht getötet.«

Kukutux stieß mit dem Ellenbogen den Vorhang auf und sah den alten Mann mit geschlossenen Augen sitzen, die Hände im Schoß gefaltet. »Ich habe Essen«, sagte Kukutux leise.

Langsam öffnete der alte Mann die Augen, langsam sagte er: »Ich kann nicht essen. Zum Dank für mein Leben habe ich den Geistern gelobt, noch einen Tag zu fasten.«

Kukutux ließ den Vorhang fallen. Sie nahm die Muscheln und die Schale mit Öl und setzte sich auf die andere Seite des *ulaq,* fort von Eule, fort von Geflecktes Ei. Und während sie aß, dachte sie an den alten Mann.

45

DIE FLUSSMENSCHEN

Kuskokwim River, Alaska

Am nächsten Morgen wartete Dyenen auf Rabe. Der alte Mann trug einen schönen Parka aus Karibuhaut mit grauweißem Wolfsfell an den Kanten von Ärmeln und Kapuze. Rotgefärbte Elchhaare waren in langen, erhabenen Reihen auf die Schultern des

Parkas genäht. Aus Furcht, daß seine Augen zu viel Bewunderung für den Parka zeigten, sah Rabe zum Himmel hinauf.

»Sonne heute«, sagte er und hob seinen Gehstock zu dem Nebel, der schwer über dem Fluß lag.

Dyenen grunzte und sagte: »Ich habe dir gesagt, bring den Luchspelz mit, Saghani.«

Rabe verschloß den Mund vor den raschen Worten, die ihm auf die Zunge gekommen waren. Dyenen hatte ihm nichts davon gesagt, daß er den Luchspelz mitbringen sollte. Aber der Mann war alt. Warum erwarten, daß er sich an alles erinnerte, was er gesagt oder nicht gesagt hatte? Rabe nickte und ging zurück zu der Behausung, die er sich mit den Söhnen von Eisjäger teilte. Beide Männer waren noch in ihren Schlafdecken. Singender Vogel war eng an seine Frau geschmiegt.

Sie ist faul, dachte Rabe. Sie sollte Essen für mich fertig haben. Statt dessen bleibt sie im Schlafplatz bei ihrem Mann.

Weißer Fuchs schlief auf der anderen Seite der Behausung, Arme und Beine über die Stelle gebreitet, wo das Mädchen vom Volk der Flußmenschen in der Nacht geschlafen hatte. Das Mädchen war fort, aber wenn Weißer Fuchs gut zu ihr gewesen war, würde sie wiederkommen. Rabe lächelte. Ein Mann konnte sich einer Frau einfach hingeben, sich eine Nacht an ihr erfreuen und sie bis zum Ende des nächsten Tages vergessen, eine Frau dagegen schien durch dieselbe Hingabe gebunden und würde fast immer wiederkommen.

Rabe hatte den Medizinbeutel unter seinem Stoß Schlafdekken versteckt. Er zog ihn heraus, schlang ihn sich über die Schulter und ging zurück zu Dyenen.

Die Sonne stand hoch genug, um sich in den bereiften Rändern der Gräser und Flußweiden zu fangen, und Vogelgesang webte sich zwischen die Behausungen des Dorfes.

»Ein guter Tag zum Lernen«, rief Rabe Dyenen zu.

Dyenen drehte sich nur um und schlug den Weg zum Fluß ein. Seinen Pfad mit dem Ende seines Gehstocks prüfend, änderte er die Richtung, um dem Flußufer zu folgen, die Augen auf den

Boden geheftet. Rabe paßte seine Schritte Dyenens langsamerem Gang an, und auch er beobachtete den Erdboden, neugierig, was Dyenen zu sehen hoffte. Sie gingen, bis die Sonne den Reif von dem Moos geschmolzen hatte, das die Erde zwischen Weidendickichten und den dünnen, dunklen Fichten polsterte.

Dyenen legte im Vorübergehen die Hände auf die Stämme der Bäume und schloß die Finger um die gelbgrauen Weiden, keine dicker als das Handgelenk eines Mannes. Auch Rabe legte seine Hände auf die kalten, harten Baumstämme – glatte Weiden und schuppige schwarze Fichten, klebrig von Harz. Die Fichten brachen aus der Erde, ihre dunklen, knorrigen Äste waren wie die Widerhaken an der Harpune eines Waljägers.

Dyenen räusperte sich, und Rabe wartete, daß der Mann sprach, aber Dyenen sagte nichts.

Rabe fühlte, wie sich die Spannung der Ungeduld in seiner Brust ausbreitete. Schließlich fragte er: »Du hast keine Gesänge, alter Mann? Die Schamanen des Walroßvolkes gebrauchen Gebete und Gesänge.«

»Welcher Schamane kann seine Gesänge teilen?« antwortete Dyenen im Gehen.

»Vergiß nicht, was ich dir zum Tausch gegeben habe«, sagte Rabe. Er schritt mit gesenktem Blick und beobachtete den Boden, hoffte, etwas zu sehen, das des Sehens wert war.

»Welcher Mann kann Gebete tauschen?« fragte Dyenen. »Sie sind die Gaben von Geistern, sie ehren einen Mann, der sich mit vielen Stunden des Fastens, mit Bitten und Lobpreisungen vorbereitet hat, mit einer guten Gesinnung, die das Schöne in der Erde sieht.«

»Dann ist ein Luchspelz alles, was du gibst?« fragte Rabe, seine Worte lauter, als er beabsichtigt hatte.

Dyenen blieb stehen, wandte langsam den Kopf und sah Rabe an.

»Ich biete, was in deinem Medizinbeutel ist«, sagte Dyenen. »Macht ist etwas, das jeder Mann für sich selbst suchen muß. Ist er würdig, wird sie ihm gegeben. In diesem Beutel ist die

Macht, deinem Volk zu helfen, dein Dorf wachsen zu lassen, die Menschen in Frieden zusammenzuhalten. Das ist es, was du wünschst, nicht?«

»Das ist es, was ich wünsche«, sagte Rabe, »aber muß ich ewig gehen, um es zu finden?«

»Was, bist du ein Junge? Du ermüdest schneller als ein alter Mann?«

Rabe knirschte über Dyenens Kränkungen mit den Zähnen, aber er sagte nichts. Er hob den Blick zu den Bäumen, dann sah er jenseits der Bäume zu dem Fluß, dessen schattige Ränder mit einer dünnen Eisschicht überkrustet waren. Das Wasser hatte noch braune Schlammstrudel vom Aufbrechen des Eises. Ein Flußotter, ein dunkler Fleck aus Pelz, tauchte an die Oberfläche, dann verschwand er. Rabe machte größere Schritte, bis er Dyenen um mehrere Längen voraus war.

Soll der alte Mann sehen, wer Mann ist und wer Junge, dachte er.

Dyenens Atem wurde schwer. Rabe lächelte und beschleunigte seinen Schritt noch einmal. Schließlich kam er an eine Stelle, wo das Ufer zu einem Hügel anstieg. Fichten und Weiden wichen Büschen mit brüchiger Borke, die in Fetzen mit dem Wind tanzte. Rabe blieb stehen und drehte sich um. Dyenen war nicht mehr hinter ihm. Rabe setzte sich in die Hocke und wartete.

Er sang ein Walroßjägerlied, eines, das die Flußmenschen mit den weichen Muskeln, diese Fischesser, nicht kannten. Als er sein Lied zu Ende gesungen hatte, war Dyenen immer noch nicht da. Voll Unmut ging Rabe zurück, schlängelte sich zwischen den Bäumen hindurch, bis er die Stelle fand, wo Dyenens Spur abbog, fort vom Fluß.

Rabe folgte der Spur, bis er zu dem alten Mann kam.

Dyenen saß auf den Fersen, den Rücken an die dicht stehenden Weiden gelehnt. Er sah zu Rabe hoch und sagte: »In alter Zeit war einmal ein Rabe. Sehr schnell. Er verachtete das Stachelschwein, das langsame, und forderte es jeden Tag lachend zu einem Wettlauf auf. Jeden Tag lehnte das Stachelschwein ab. Aber eines Tages stimmte das Stachelschwein, der Verhöhnungen des Rabes überdrüssig, zu. Die Strecke des Wettlaufs sollte die Länge eines bestimmten Flusses sein.

Das Stachelschwein wußte, daß es einen Morgen stetigen Gehens brauchen würde, um so weit zu kommen, aber es sagte sich, daß der Rabe es nach dem Wettlauf in Ruhe lassen würde, und das würde das Gehen lohnen. Außerdem gab es am Ende dieses Flusses manch gute Rinde, die Lieblingssorte des Stachelschweins. Als der Ruf zum Beginn des Wettlaufs ertönte, fing das Stachelschwein zu gehen an. Aber der Rabe flog auf und davon, vollführte Schleifen und Spiralen am Himmel, flog zuerst in die eine Richtung, dann in die andere, bis er weit außer Sicht war. Das Stachelschwein sah nicht zu dem Raben hinauf, sondern ging immerzu und blieb nicht ein einziges Mal stehen.

Schließlich sah es vor sich das Ende des Flusses, wo er sich zu einem See verbreiterte. Das Stachelschwein senkte den Kopf, wie es die Art der Stachelschweine ist, und ging weiter, bis es endlich da war. Es sah sich überall um, aber der Rabe war nirgends zu sehen. Das Stachelschwein verdroß das nicht lange. Es kletterte auf einen Baum und begann Borke zu essen, und schließlich sah es oben am Himmel einen winzigen schwarzen Fleck. Der wurde größer und größer, bis das Stachelschwein erkannte, daß es der Rabe war. Der Rabe landete und rief, daß er am Ziel sei. Da begann hoch über ihm das Stachelschwein zu lachen, und der Rabe wußte, daß er geschlagen war. Der Rabe flog davon und belästigte das Stachelschwein nie wieder.«

Dyenen sah Rabe an und lächelte. Aus einem Päckchen an seiner Taille nahm er zwei Stücke getrocknetes Fleisch und reichte ihm eins. Rabe nahm es, dann sagte er: »Bin ich ein Kind, daß du mir Geschichten erzählen mußt?«

Dyenen schnitt mit seinem Ärmelmesser eine dünne Scheibe von dem Stück Fleisch in seiner Hand herunter. Er drückte die Scheibe mit dem Daumen auf die flache Seite seiner Messerklinge und hob sie an den Mund.

»Offensichtlich«, sagte Dyenen und begann zu essen.

46

DIE ERSTEN MENSCHEN

Herendeen Bay, Alaska-Halbinsel

Samiq hob sein *ikyak* von dem Gestell.

»Du solltest nicht allein gehen.«

Samiq drehte sich um. Es war sein Vater, Kayugh.

»Ich habe nicht vor zu jagen.«

Kayugh strich über eine der Harpunen, die Samiq an seinem *ikyak* befestigte.

»Welcher Mann geht ohne Harpunen?« fragte Samiq. »Ich könnte Robben oder Seelöwen sehen.« Er sah seinem Vater in die Augen. »Viele Jahre warst du Häuptling dieses Dorfes. Die Menschen sind mit ihren Sorgen zu dir gekommen. Du verstehst mein Bedürfnis, zu beten.«

Kayugh drehte sich um und wies mit dem Kinn zu den Hügeln hinter den *ulas* der Ersten Menschen. »Gibt es in den Bergen keinen Ort für einen Mann, wo er allein sein kann, um mit den Geistern zu sprechen?«

Samiq strich über sein *ikyak.* »Dies ist für mich das beste«, sagte er.

Kayugh nickte. »Ich verstehe, daß es Zeiten gibt, wenn ein Mann allein sein muß, aber du solltest nicht allein jagen. Du mußt dir einen Jagdgefährten suchen.«

»Ja, ich werde mir einen suchen«, sagte Samiq. Er trug sein *ikyak* zum Rand des Wassers, stieg in das Boot und ließ es mit Hilfe seiner Hände in die Wellen gleiten. Er paddelte hinaus zur Mündung der Bucht, bis er die Stimmen der Menschen nicht mehr hören, den Rauch, der dünn und grau von den *ulas* aufstieg, oder seinen Vater, der am Ufer stand, nicht mehr sehen konnte.

Ja, nun, da es Frühling war, brauchte er einen Jagdgefährten.

Letzten Sommer, nachdem Amgigh gestorben war, hatte Samiq wenig gejagt. Warum jagen mit einer Hand, die keine Harpune werfen konnte? Aber er hatte nun genug geübt, um wieder jagen zu gehen. Er würde nie wieder sein, was er zuvor gewesen war, aber er konnte Fleisch mitbringen. Und er konnte fischen. Er konnte beten. Auf diese Weise würde er die Kraft seines Dorfes mehren.

Während er paddelte, dachte er über Jagdgefährten nach. Sein Vater und Große Zähne waren schon Gefährten, und Erster Schnee ging meistens mit ihnen. Blieb Kleines Messer. Manchmal nahm Kayugh den Jungen mit, aber für einen Mann war es das beste, immer denselben Gefährten zu haben, einen, der die Stärken von einem kannte und auch wußte, wo man nicht so stark war.

Du solltest Kleines Messer nehmen, sagte sich Samiq und schämte sich plötzlich, daß er den Jungen nicht schon früher mitgenommen hatte.

Heute, heute nachmittag, dachte Samiq, wenn das Wetter gut bleibt, nehme ich ihn mit hinaus. Gewöhnlich war es nicht klug, wenn Vater und Sohn Jagdgefährten waren. Ihre Geschicklichkeit paßte selten zusammen, der Vater war dem Sohn zuerst weit voraus und blieb später hinter ihm zurück. Aber in einem kleinen Dorf, welche Wahl hatte da ein Mann?

Samiq tauchte sein Paddel ins Wasser. Es tat immer gut, die Kälte des Meeres durch die Seitenwände des *ikyak* zu fühlen. Es tat gut, den Sog der Wellen an seinem Paddel zu spüren. Ein Lied kam ihm in den Sinn, eines, das Kayugh ihn gelehrt hatte, und er begann zu singen. Allmählich ging sein Gesang in Gebete über, und seine Gedanken erhoben sich, nicht zu Bergen oder Walen, sondern zu dem Schöpfergeist, dem, den er bei sich »Mysterium« nannte. War es nicht dieser große Geist, der vorigen Herbst die Wale in ihre Bucht gebracht hatte? Diese Wale hatten das Öl und das Fleisch gegeben, das sein Volk den Winter hindurch am Leben und bei Kräften gehalten hatten.

So betete Samiq, dankbar für Himmel und Erde, für Fleisch

und Öl. Er bat um Kinder, die eines Tages Jäger werden würden. Er betete für jeden Mann und jede Frau und jedes Kind im Dorf, und für Kiin und Shuku im Dorf der Walroßmenschen. Zuletzt betete er für sich selbst – um Weisheit, nur darum. Und als seine Gebete zu Ende waren, sah er, wie so oft, die Herrlichkeit der Erde, wie stark, wie schön alle Dinge sind. Im Vergleich damit schienen Samiqs Sorgen so klein, daß ein Mann ihnen ohne Furcht begegnen konnte.

»Ich brauche einen Jagdgefährten«, sagte Samiq zu Kleines Messer.

Der Junge sah von dem Stück Holz auf, an dem er schnitzte, und verhielt sich ganz still.

»Ich weiß, es ist schwer für einen Sohn, Gefährte seines Vaters zu sein, aber wir können einander helfen«, sagte Samiq. »Meine Hand ist schwach, aber mein Wissen ist stark, und ich kann dir beibringen, den Wal zu jagen. Du bist ein Waljäger und solltest wissen, was dein Volk gelernt hat in den vielen Jahren, die es dem Wal gefolgt ist.«

»Ich bin Waljäger, aber ich bin auch einer von den Ersten Menschen, und ich bin stolz, beides zu sein«, sagte Kleines Messer. »Es würde mich ehren, dein Jagdgefährte zu sein.«

Das war die Antwort eines Mannes. Samiq sah den Glanz in den Augen von Kleines Messer und war stolz, daß der Junge seine Aufregung nicht wie ein Kind in Sprüngen und Schreien hervorbrechen ließ.

Samiq gab ihm eine Obsidianklinge, um ihre Partnerschaft zu besiegeln, eine Klinge, die Amgigh gemacht hatte. Dann fuhren die zwei zusammen hinaus, kreisten in der Bucht, hielten Ausschau nach Seelöwen oder Seehunden. Sie sahen nichts, und als die Sonne sank, hielt Samiq auf Land zu, auf den Strand auf der anderen Seite der Bucht.

Sie schlugen ein Lager auf, verwendeten Robbenhäute und ihr *ikyak* als Schutz und wärmten sich an den kleinen Flammen ihrer Jägerlampen. Sie aßen getrocknetes Fleisch, und Samiq erzählte Geschichten von den Jägern der Ersten Menschen: Kayugh und Große Zähne, und Kayughs Vater, ein Mann, den Samiq nie gekannt hatte, nur aus Geschichten. Samiq erzählte von ihren Jagden – Erfolgen und Mißerfolgen –, und was sie von den Tieren gelernt hatten, die sie jagten.

Als Samiq mit seiner Folge von Geschichten zu Ende war, schwieg er, und in die Stille hinein sagte Kleines Messer: »Ich habe die Frauen reden hören. Sie sagen, du bist weise. Willst du mir eine Frage beantworten?«

Samiq lächelte. »Ich weiß nicht, ob ich antworten will, bevor ich die Frage gehört habe. Also frag.«

»Was ist das Beste, das ein Sohn für seinen Vater tun kann?«

Lange Zeit wußte Samiq keine Antwort, dann erinnerte er sich schließlich an seine eigenen Gebete. »Weisheit finden«, sagte er.

»Weisheit?«

»Viele gute Dinge kommen aus der Weisheit: Achtung, Ehre, Wissen, Liebe.«

Kleines Messer senkte den Blick und nickte. »Und wie findet ein Sohn Weisheit?« fragte er.

»Beten, die Erde betrachten, die Wege der Tiere lernen.«

»Und ist das Beste, was ein Vater für seine Kinder tun kann, ihnen Weisheit zu geben?«

»Ein Vater kann niemandem Weisheit geben. Jeder Mensch muß die Weisheit allein finden.«

»Was ist dann das Beste, was ein Vater für seine Kinder tun kann?« fragte Kleines Messer. »Sie ernähren?«

Wieder bedachte Samiq seine Antwort sorgfältig, dann sagte er: »Es war einmal ein Dorf, dessen Häuptling war ein großer Jäger. Die Leute hatten nichts zu tun, als zu kochen, was er ihnen mitbrachte. Sie wurden dick von dem Fleisch und Öl, das er besorgte. Aber am Ende wurde der Jäger alt und starb, und es war niemand da, um für die Menschen zu jagen. Einer nach dem anderen verhungerten sie, bis das Dorf zu klein war, um noch ein Dorf zu sein.

Das Beste, was ein Vater für seine Kinder tun kann, ist, sie lehren, was sie wissen müssen, um für sich selbst zu sorgen. Das Beste, was ein Vater für seine Kinder tun kann, ist, sie stark werden lassen.«

Kleines Messer sagte nichts, und in der Stille kramte Samiq in seinem Jägerpacken nach einer Wasserblase. Er zog den Stöpsel aus Elfenbein heraus, trank und reichte Kleines Messer die Blase.

Kleines Messer nahm sie in beide Hände, kippte sie und ließ seinen Mund voll Wasser laufen. Er schluckte und sagte: »Unser Dorf ist zu klein. Wir haben nicht genug Jäger.«

Die Worte von Kleines Messer überraschten Samiq. Warum sollte ein Junge sich wegen so etwas Sorgen machen? Dann ermahnte sich Samiq, daß Kleines Messer kein Junge mehr war, sondern ein Mann, ein Jäger. Deshalb gab Samiq Kleines Messer eine ehrliche Antwort und versuchte nicht, die Dinge besser scheinen zu lassen, als sie waren.

»Ja, es ist zu klein«, sagte er.

»Wenn ein anderer Stamm zu uns kommt«, sagte Kleines Messer, »wie einst, als die Kurzen Menschen zu den Waljägern kamen, bevor ich geboren war, wenn das geschähe ...«

»Wir würden für unsere Frauen und Kinder kämpfen«, sagte Samiq ruhig.

»Aber wir würden sterben.«

»Vielleicht«, antwortete Samiq, »aber merke dir, manchmal wird der stärkste Kampf mit Worten ausgetragen, nicht mit Waffen.«

»Worte können nicht töten.«

»Manchmal töten sie den Geist.«

»Mein Großvater von den Waljägern hat gesagt, ein Geist kann nicht getötet werden.«

»Wenn ein Mann sich um nichts sorgt, weder um sich selbst oder andere, noch um die Erde oder die Tiere«, sagte Samiq, »siehst du dann, daß sein Geist tot ist?«

»Ja«, sagte Kleines Messer. »Also lernst du, mit Worten zu kämpfen?« fragte der Junge.

Samiq nickte. »Aber ich muß auch mit dem Messer kämpfen können.«

Kleines Messer hob die rechte Hand. »Selbst mit deiner Hand?«

»Ja.«

»Es wird nicht genügen, mit Worten zu kämpfen?«

»Manche Männer sind nicht stark genug, um mit Worten zu kämpfen. In ihrer Schwäche benutzen sie Waffen. Daher muß auch ich imstande sein, Waffen zu benutzen.«

Kleines Messer nickte, dann fragte er: »Wie wirst du es lernen?« Er zog sein Ärmelmesser aus der Scheide und hielt es in die Höhe. »Mit dem Messer, meine ich?«

»Ich habe darüber nachgedacht«, sagte Samiq. Er sah Kleines Messer lange in die Augen. »Würdest du mir helfen?«

Kleines Messer schob seine Klinge in die Scheide zurück und wölbte die Hände über der Flamme seiner Jägerlampe. »Ja«, sagte er.

Dann saßen sie schweigend. Als die Kühle der Luft anfing, Samiqs Körper steif werden zu lassen, zog er zwei pelzbesetzte Decken aus seinem *ikyak*. Er wickelte sich in eine und warf Kleines Messer die andere zu. »Geh schlafen«, sagte Samiq. »Morgen gibt es viel zu tun.«

47

DIE WALJÄGER

Yunaska Island, Aleuten

Waxtal schlug die Augen auf. Die Stimmen, ein dumpfes Summen, das sich durch seine Träume wob, hatten gewechselt. Er lauschte. Harter Felsen. Waxtals Herz schlug schneller. Er stemmte die Hände gegen den Boden und versuchte aufzustehen, aber die Tage des Fastens und die Reise zurück zur Insel der Waljäger hatten ihm seine Kräfte genommen.

Er sank auf den Boden seines Schlafplatzes. Er hörte Harter Felsen, fragend. Er hörte die raschen Antworten von Geflecktes Ei, die bedächtige, kräftige Stimme von Eule, und er wußte, er mußte aufstehen, mußte bei Harter Felsen für sich selbst eintreten. Zudem war es Morgen. Seine Tage des Fastens waren vorüber, und er war hungrig. Er stieß sich auf Händen und Knien ab, kam langsam auf die Füße. Er hob die Arme zu der Haut mit Wasser, die über seinem Kopf hing, und trank. Das Wasser stärkte ihn. Er trank die Haut leer und warf sie beiseite.

Sollte die Frau sie füllen. Er hatte genug davon, Häute mit Wasser zu füllen. Plötzliche Freude durchströmte seine Brust. Sollten die Händler sagen, was sie wollten. Er hatte sein Versprechen an die Geister erfüllt. Wer konnte sagen, welche Macht ihm das verleihen würde? Vielleicht genug, um Harter Felsen für sich zu gewinnen. Er schob den Vorhang zur Seite und ging in den Hauptraum des *ulaq* hinaus.

Er beachtete die drei Männer nicht, sondern ließ seine Augen auf der Frau ruhen. Ihr Gesicht war rund, ihre Lippen waren voll. Sie hatte die länglichen, schmalen Augen, wie man sie so oft bei den Frauen des Waljägervolkes sah. Sie war groß und kräftig, wenngleich es Waxtal schien, daß sie den linken Arm zu nahe am Körper hielt, wie sie da stand, eine Hüfte vorgeschoben, den Ellenbogen auf den Hüftknochen gestützt.

Sie würde in seinem Bett willkommen sein, aber wahrscheinlich hatten Eule oder Geflecktes Ei schon Anspruch auf sie erhoben. Oder sie hatten sie, da sie Brüder waren, vielleicht geteilt. Seit sie gekommen war, war das *ulaq* sauber – keine Knochen oder Essensreste auf dem Boden –, aber seine Stoßzähne waren nicht an ihrem Platz neben der niedrigen Lampe, die aus einem Felsbrocken gemacht war. Einen Augenblick lang krampfte sich sein Herz zusammen, und sein Atem kam in kurzen, schnellen Stößen, aber dann sah er die Stoßzähne an der Wand gegenüber liegen, das Elfenbein schimmerte gelb im Licht der Öllampe.

»Waxtal«, sagte Geflecktes Ei. Seine Stimme war ein tiefes Knurren, das die Haare an Waxtals Hinterkopf kribbeln machte.

»Ich habe mein Fasten beendet«, sagte Waxtal. Die Worte schienen die Kraft zu verbrauchen, die das Wasser ihm gegeben hatte. Er sah sich in dem *ulaq* um, suchte seinen Gehstock, dann erinnerte er sich, daß er ihn in seinem Schlafplatz gelassen hatte. Er sackte zusammen, fürchtete plötzlich, er würde fallen, hier vor Harter Felsen und den Händlern, vor der Frau, die jetzt bei ihnen lebte. Die Frau kam zu ihm, half ihm, sich aufzusetzen, als wäre er ein alter Mann, und bevor er Einspruch erheben konnte, gab sie ihm eine Schale Brühe in die Hände.

Er hob die Schale an die Lippen und trank die Brühe. Sie war gut, kräftig von Fett und scharf vom Geschmack von Bitterwurzelknollen. Sie war warm, aber nicht so heiß, daß er sich verbrüht hätte, und die Wärme drang durch die Seiten der hölzernen Schale nach außen, zog die Morgenkälte aus seinen Fingern.

Harter Felsen hockte sich neben Waxtal und sah ihn an, aber Waxtal sagte nichts, hob nur die Schale wieder an seine Lippen. »Du hast ihre Tauschwaren genommen«, sagte Harter Felsen.

»Nur, weil sie nehmen wollten, was mir gehörte, und mich hier zurücklassen.«

»Ist das wahr?« fragte Harter Felsen. Er sah Eule und Geflecktes Ei an.

Eule zuckte die Achseln.

»Er ist zu alt, um mit uns mitzuhalten«, sagte Geflecktes Ei.

»Hat er alles genommen?« fragte Harter Felsen. »Alles, was in diesem *ulaq* war?«

»Nein«, sagte Eule. »Nicht die Sachen, die hier waren, als wir kamen, das Walöl und den getrockneten Fisch.«

Harter Felsen senkte den Kopf, doch Waxtal, der zu ihm hinschaute, sah den Anflug eines Lächelns auf dem Gesicht des Mannes. »Ihr denkt, er muß getötet werden, weil er genommen hat, was euch gehört«, sagte Harter Felsen.

Wieder zuckte Eule die Achseln. »Das ist uns einerlei. Wir wollen ihn nicht bei uns haben, das ist alles.«

»Das ist nicht dasselbe wie das, was Geflecktes Ei mir erzählt hat«, sagte Harter Felsen.

Eule sah Geflecktes Ei an und kniff die Augen zusammen.

»Wir hätten ihn nicht mit hierherbringen müssen«, sagte Geflecktes Ei. »Wir hätten ihn töten können, wo er war. Wir hätten alles nehmen können und verschwinden.«

»Aber ihr habt es nicht getan«, sagte Harter Felsen. »Warum nicht?«

»Er war beim Fasten, beim Beten«, sagte Geflecktes Ei. »Warum Gefahr laufen, sich den Zorn eines Geistes zuzuziehen, der an jenem Ort weilt?«

»Deshalb dachtet ihr, es ist besser, ihn hierherzubringen, damit die Insel der Waljäger den Fluch trage?« fragte Harter Felsen. »Besser, mich entscheiden zu lassen, ob er lebt oder stirbt? Ich habe genug Schwierigkeiten mit Flüchen.«

»Die Entscheidung liegt bei dir«, sagte Eule. »Wir werden ihn töten oder leben lassen. Aber wenn er am Leben bleibt, werden wir ihn nicht mit uns nehmen.«

Harter Felsen stand auf und schritt das *ulaq* der Länge nach ab. »Warum soll ich wollen, daß er stirbt?« fragte er. »Er hat nichts genommen, was den Waljägern gehört.«

»Gut«, sagte Geflecktes Ei. »Dann ernährt ihr ihn. Gewiß können die Waljäger noch einen alten Mann gebrauchen, den sie versorgen müssen. Was uns angeht, wir brechen auf. Hier ist für uns nichts zu holen. Wir haben euer Walöl probiert. Es ist alt. Wir haben eure Frauen probiert. Sie sind ...«

Eule unterbrach ihn und sagte etwas in der Karibusprache zu Geflecktes Ei, seine Worte zu schnell, so daß Waxtal nicht folgen konnte.

»Dann brechen wir morgen auf«, sagte Eule zu Harter Felsen. »Wir danken dir für deine Gastfreundschaft und überlassen dir die Häute mit Öl, die du in diesem *ulaq* siehst, als unseren Dank.« Er zog den Grasvorhang zurück, der vor dem Eingang zur Speisenische hing. Waxtal zählte blinzelnd vier Robbenmägen. »Wir lassen dir auch den alten Mann hier. Tu mit ihm, was du willst.«

Waxtal atmete tief ein und sah zu Harter Felsen hinüber, aber Harter Felsen war schon am Kletterstamm und verließ das *ulaq,* ohne etwas zu sagen.

»Sagt mir, was ihr getan haben müßt«, sagte die Frau und stand von ihrem Korbpfahl auf.

Geflecktes Ei zog seinen Parka von dem Stoß Häute, die beim Eingang zu seinem Schlafplatz aufgetürmt waren. »Unter einem Ärmel ist ein Loch«, sagte er, dann zog er Gamaschen und Stiefel hervor und warf sie ebenfalls der Frau vor die Füße. »Eule, hast du Kleider zu flicken?« fragte er.

Waxtal kehrte den Händlern den Rücken zu, hob seine Schale und leckte sie sauber. Er ging zu seinen Stoßzähnen, hob den geschnitzten auf und brachte ihn in seinen Schlafplatz, dann holte er den blanken.

Er legte seine Hände auf die Stoßzähne und fühlte das Getöse der Stimmen an seinen Fingerspitzen. Ja, dachte er. Er wollte hier warten, wo er nicht im Weg war. Er wollte hier warten und seine Stoßzähne bewachen. Doch sobald Eule und Geflecktes Ei fort wären, wollte er zu Harter Felsen gehen und sein Angebot machen. Sollten Eule und Geflecktes Ei denken, sie würden alle Tauschwaren mitnehmen, aber sie wußten nicht, was er zu tauschen hatte – Wissen, für das Harter Felsen alles geben würde, was er besaß.

48

DIE FLUSSMENSCHEN

Kuskokwim River, Alaska

»Jedes Päckchen enthält eine andere Medizin«, sagte Dyenen. »Jede Schnur, mit der die Päckchen umwickelt sind, hat eine andere Farbe und andere Knoten.« Er zog mehrere Päckchen aus seinem Medizinbeutel aus Luchspelz, dann deutete er mit dem Kopf auf den Medizinbeutel, den Rabe bei sich trug. »Sieh nach, Saghani, du hast dieselben.«

Rabe griff in seinen Beutel, fand Päckchen, die in derselben Art verschnürt waren wie Dyenens Päckchen.

»So weißt du, was in jedem ist«, sagte Dyenen. »Jetzt hör zu und präge es dir ein.« Er breitete seine Päckchen auf einer trokkenen Moosfläche aus und bedeutete Rabe mit einer Handbewegung, dasselbe zu tun.

Rabe griff in seinen eigenen Medizinbeutel und breitete die Päckchen aus, dann hockte er sich neben dem alten Mann auf die Fersen.

Dyenen hielt ein Päckchen in die Höhe und wartete, bis Rabe seines gefunden hatte, das mit Schnur von derselben Farbe und mit derselben Reihe von Knoten zusammengebunden war.

»Liebstöckel«, sagte Dyenen. »Man findet es im Sand nahe beim Meer. Die Pflanzen sind hoch, mit roten Blattstengeln am Boden. Die Blätter sind glänzend und geteilt, so daß drei eines ergeben. Blätter und Stengel müssen gepflückt werden, bevor die Blüten kommen. Man ißt sie grün bei Wunden im Mund oder trocknet sie für Tee, der die Schmerzen wegnimmt, die tief unten im Rücken sitzen. Rote Schnur, drei einzelne Knoten.«

Er nahm das zweite Päckchen, öffnete es und schüttete Nesselwurzeln heraus. »Getrocknete Nesseln«, sagte er. »Die Wurzeln sind gut bei Zahnweh. Man zerstößt sie und hält sie, in Gras gewickelt und über Kohlen erhitzt, an die Backe. Sie werden im Frühling gepflückt. Sie wachsen an schattigen Plätzen, wo einst alte Dörfer standen. Sie wachsen wie ein Mann, groß und mit einem einzigen Stengel. Die Blätter sind gut, um den Blutfluß zum Stillstand zu bringen. Rote Schnur, zwei doppelte Knoten.«

Er fuhr fort, die Augen auf die Päckchen gerichtet, und seine Fingerspitzen wurden fleckig von den Kräutern.

Doch während Dyenen sprach, kroch Kälte in Rabes Brust. Hier war nichts, keine Steine, die das Glitzern von Geistermächten in sich trugen, keine Felle von heiligen Tieren, keine Amulette, geweiht durch Fasten oder Visionen. Nur Kräuter, Pflanzen, die jedermann sammeln konnte, die jede Frau kochen, die jedes alte Weib bei Rückenschmerzen oder Fieber oder Beinkrämpfen anwenden konnte.

Er hatte Kiins Schnitzereien für etwas eingetauscht, das jedes Kind tun konnte.

Dyenens Worte setzten sich fort, eine lange Reihe von Nichtigkeiten über Schmerzen und Pflanzen, über Tees und Pulver. Die Kälte in Rabes Brust verwandelte sich in die Hitze des Zorns, eines Zorns, so groß, daß Rabe ihn nicht in Worte fassen konnte. Und so saß er schweigend, Dyenens Stimme war nicht bedeutender als das Geräusch des Stromes, der neben ihnen floß, nicht besser als das Wispern der Fichtenzweige im Wind. Dann hörte er über diesen Geräuschen den lauten, starken Schrei eines Raben, und als er aufblickte, sah er den Vogel über ihnen, die Flügelspitzen im Wind gebogen, und die Sonne verwandelte das Schwarz seiner Federn in Blau und Grün und Rot. Der Vogel erhob sich auf den Strömungen des Windes, und Rabe fühlte, wie auch sein Herz sich erhob. Der alte Mann hatte Macht. Es gab einen Weg, diese Macht zu erlangen.

Als Dyenen über jedes Päckchen gesprochen hatte, steckte er sie alle zurück in seinen Beutel aus Luchspelz. Rabe packte seine Päckchen wieder ein, wenngleich nicht mit derselben Sorgfalt, die Dyenen verwandte. Beide Männer standen auf, und Dyenen sagte: »So ist der Tausch gemacht. Medizin gegen Medizin. Jeden Tag werde ich dich mehr lehren, andere Arten, die Päckchen anzuwenden. Ich werde dir die Pflanzen zeigen, wo sie wachsen, wie sie aussehen. Bald wirst du soviel wissen wie ich.«

Rabe sah den alten Mann an und schüttelte langsam den Kopf. »Du denkst, Altweibermedizin, Kräuter und Pflanzen, sind ein würdiger Tausch für meine Schnitzereien?« fragte er. Ohne Dyenen die Möglichkeit zum Antworten zu geben, fuhr er fort: »Ich weiß, du hast Macht. Ich habe sie gesehen. Ich bin zu deiner Hütte gekommen. Ich habe Stimmen gehört. Doch du warst allein drinnen. Die Hütte hat gezittert von deiner Macht. Die Jäger sagen, du rufst Tiere. Die Jäger sagen, deine Macht bringt Fische, Karibus, Biber. Nichts davon hast du mit mir geteilt.«

Rabe wandte sich ab von dem alten Mann und machte sich, dem Fluß folgend, auf den Rückweg zum Dorf. Der alte Mann sagte nichts, und Rabe blickte nicht zurück, um zu sehen, ob er ihm folgte.

Als sie zu der ersten Behausung kamen, drehte Rabe sich um und sah erstaunt, daß der alte Mann dicht hinter ihm war. Rabe war nicht langsamer gegangen, hatte nicht darauf geachtet, ob Dyenen mit ihm Schritt halten konnte.

»Ich werde dir die Schnitzereien zurückgeben«, sagte Dyenen und streckte seine Hände nach dem Beutel aus Luchspelz aus.

»Ein Tausch ist ein Tausch«, erwiderte Rabe. »Ich habe gesagt, ich würde dir die Schnitzereien geben, und das werde ich, aber ich erwarte etwas mehr für das, was ich gegeben habe.«

»Ich habe nichts mehr.«

»Du bist Schamane von diesem Dorf. Sag mir nicht, du hast keine Macht.«

»Was ist mächtiger als die Erde?« fragte Dyenen. »Was ist mächtiger als die Pflanzen, die aus der Erde wachsen?«

Rabe bückte sich und pflückte einen braunen Knöterichschößling, der sich aus dem sumpfigen Erdboden schob. »Du willst mir erzählen, das hier ist mächtiger als der Vielfraß, als der Bär oder Wolf?«

»Ich würde sagen, daß jede Macht anders ist«, erwiderte Dyenen.

»Ich bin kein Dummkopf«, sagte Rabe. »Ich weiß, es ist Macht in dem Medizinbeutel. Ich will bleiben und die Geheimnisse dieser Macht von dir lernen. Aber ich weiß auch, daß du die Macht hast, Tiere zu rufen. Ich weiß, du hast die Macht der Geisterstimmen. Vielleicht war es dumm von mir, zu denken, du würdest die Macht meiner Schnitzereien erkennen und sie zum Tausch gegen dein gesamtes Wissen annehmen.«

»Ich habe dir das mächtigste Wissen gegeben, das ich habe«, sagte Dyenen.

Rabe biß sich auf die Zähne, so daß er spürte, wie sie sich in ihren Höhlen bewegten. »Die Stimmen, das Rufen der Tiere, das sind die Dinge, die ich möchte. Was möchtest du? Was kann ich dir zum Tausch für diese Mächte bringen?«

»Ich habe alle Dinge, die ich brauche. Es gibt nichts, was du mir geben kannst.«

»Manche Männer haben alles, was sie brauchen«, sagte Rabe, »aber kein Mann hat alles, was er möchte.« Er sah Dyenen fest in die Augen.

Dyenen wandte sich ab. »Ich bin zufrieden«, sagte er.

Da fiel Rabe etwas ein. Dyenen hatte keinen Sohn.

»Und du wünschst dir keinen Sohn«, sagte Rabe langsam.

Der alte Mann blieb stehen und wandte den Kopf, um Rabe anzusehen. »Du denkst, ich könnte mir keinen Jungen eintauschen?« fragte Dyenen. »Du denkst, es gibt bei den Flußmenschen keine Familien, die mir ihre Söhne geben würden?«

»Ein Sohn von deinen Lenden«, sagte Rabe. »Ein Sohn von deinem eigenen Samen.«

Dyenen lachte. »Das kannst du mir nicht geben.«

»Du hast recht«, sagte Rabe. »Kein Mann kann so etwas anbieten, aber eine Frau kann getauscht werden – eine Frau mit Geistermächten, eine Frau, die die Gabe hat, Söhne zu schenken.«

Der alte Mann stand still, seine Brust hob und senkte sich in langsamen, langen Atemzügen. »Du weißt eine solche Frau?« fragte er.

»Ja«, sagte Rabe.

Der alte Mann hob den Blick zu Rabes Augen. Und als sähe er Wahrheit darin, sagte er: »Erzähl mir von ihr.«

49

Dyenen streichelte die geschnitzte Walroßfigur und fühlte, wie ihr Geist in seine Hand eindrang, sich darin ausbreitete. Zuerst hatte er Saghani nicht geglaubt. Wer hätte so etwas glauben wollen? Diese Schnitzfiguren, von einer Frau gemacht? Aber es war nur Wahrheit in den Augen des Mannes gewesen, als er von Kiin sprach, von den Zwillingen, die sie geboren hatte: zwei Söhne, gesund und kräftig. Eine Frau wie diese, könnte sie ihm keine Söhne schenken? Er war alt, aber nicht zu alt, um Ferner Himmel eine Tochter gegeben zu haben, nicht zu alt, um sich fast jede Nacht an einer Frau in seinem Schlafplatz zu erfreuen.

»Wenn diese Frau Achtung bei ihrem eigenen Volk genießt, möchte sie vielleicht nicht in dieses Dorf kommen«, hatte Dyenen gesagt.

Rabe hob die Hände und spreizte die Finger. »Ihr Vater hat sie einem Mann gegeben, der wenig wert ist, faul und ein schlechter Jäger.«

»Wenn sie solche Macht hat, warum bleibt sie bei ihm?«

»Er hat ihrem Vater sehr viele Pelze und Waffen als Brautpreis gegeben.«

»Und der Mann wäre bereit, sie zu tauschen? Kennt er den Wert ihrer Schnitzereien nicht?«

»Er fürchtet sich vor ihren Schnitzereien. Er versteht die Figuren nicht. Er hat mir die Frau schon einmal gegen Tauschwaren angeboten.«

Lange Zeit saß Dyenen und dachte nach. Er hatte viel an Häuten und Pelzen, Fellen von Landtieren, die bei den Walroßmenschen viel wert sein würden. Vielleicht würde die Frau in diesem Dorf der Flußmenschen glücklich sein. Es war ein gutes Dorf; die Frauen würden freundlich zu ihr sein.

»Schnitzt sie gerne?« fragte Dyenen.

Rabe hob die Augenbrauen und stieß ein kurzes Lachen aus. »Warum sollte sie nicht gerne schnitzen? Aber sie muß ihre Schnitzarbeiten vor ihrem Mann verstecken. Sie bringt sie zu mir, tauscht sie gegen Essen für ihre Söhne und für sich selbst – Essen, das ihr Mann nicht herbeischaffen kann.«

»Ich würde sie schnitzen lassen. Ich habe Frauen genug für die Arbeit, zum Kochen und Nähen, zum Holz sammeln für das Feuer und zum Hüten der Hunde. Denkst du, sie möchte wohl kommen? Ihre Söhne, zusammen geboren, müssen große Macht haben. Ich werde Felle schicken zum Tausch für sie und ihre Söhne.«

»Wenn ich sie hierherbringe, erwarte ich etwas für mich selbst«, sagte Rabe.

»Die Geheimnisse der Geisterstimmen, des Rufens der Tiere?« fragte Dyenen.

Rabe lächelte. Er stand auf. »Ja.«

Dyenen stand ebenfalls auf. »Es ist abgemacht«, sagte er. »Wann wirst du sie bringen? Diesen Sommer? Nächstes Jahr? Ich bin ein alter Mann.«

»Ich werde morgen aufbrechen«, sagte Rabe. »Ich werde die Frau und ihre Söhne noch diesen Mond zu dir bringen.«

»Nein«, sagte Dyenen. »Ich habe dir gesagt, daß es einen Mond und noch einen halben dauern wird, um die Geheimnisse der Medizinpäckchen zu lernen. Ich muß tun, was ich versprochen habe.«

»Ich befreie dich von deinem Versprechen«, sagte Rabe.

»Wie kann ein Mann einen anderen von seinem Versprechen entbinden?« fragte Dyenen. »Wenn ich meine Versprechen nicht halten kann, die ich dir gegeben habe, wie sollen dann die Geister glauben, daß ich meine Versprechen halte, die ich ihnen gebe?«

Schließlich hob Rabe in einer Geste des guten Willens die Hände und verließ kopfschüttelnd die Behausung. Dyenen folgte ihm nach draußen, und mit der geschnitzten Walroßfigur in den Händen sah er dem Mann nach, der zwischen der Gruppe der Behausungen der Flußmenschen zur Hütte der Händler ging.

Dyenen lächelte. Anders als Saghani, mußte er sein Geheimnis nicht preisgeben – er verstand die Sprache des Walroßvolkes genauso, wie Saghani die Sprache der Flußmenschen verstand. Das Alter hatte einen Vorteil – die Jahre der Erfahrung, die Weisheit verliehen beim Umgang mit jungen Menschen, mit denen, die glauben, das Alter bringe nichts als spröde Knochen und steife Gelenke.

Ja, dachte Dyenen, im schlimmsten Fall verliere ich die Felle, die ich als Brautpreis schicke. Im besten Fall bekomme ich eine Frau, die sich auf Dinge des Geistes versteht. Eine Frau, die mir vielleicht, mit der Macht ihrer zusammen geborenen Kinder, einen Sohn schenkt. Und alles für ein bißchen Wissen, ein Wissen, das nicht einmal von den Geistern kam. Wie dumm von Saghani, zu denken, die Stimmen, die er gehört hatte, und das Zittern der Hüttenhaut wären etwas von großer Macht. Es waren Listen, die allen Schamanen der Flußmenschen gelehrt wurden, von einem Schamanen an den anderen weitergegeben. Und das Rufen der Tiere – ja, das erforderte Gebete, Gesänge, aber waren sie wichtiger als die Kenntnisse eines Mannes über Tierspuren, über den Ablauf der Jahre, dem alle Tiere folgen? Luchse leben am besten, wenn es Hasen im Überfluß gibt; die Anzahl der Bären nimmt nach Jahren mit vielen Lachsen zu; Karibus folgen uralten Pfaden in Abfolge von zehn und zweimal zehn Jahren, während sie auf die langsam wachsenden Pflanzen warten, die sie essen.

Dyenen würde also dieses Wissen an Saghani weitergeben, und Saghani würde denken, er hätte alle Macht, aber welche Macht war größer als jene, die Dyenen Saghani an diesem Morgen angeboten hatte – die Kenntnis der Medizin? Welcher Mann, wenn er krank war, würde nicht alle Geisterstimmen auf Erden für eine Medizin eintauschen, die die Krankheit aus seinem Körper vertreibt? Was brachte die Menschen eines Dorfes dazu, ihren Schamanen anhaltend zu ehren? Das Wissen, daß er ihnen helfen konnte, die Mächte der Krankheit zu besiegen.

Rabe kroch in die Behausung der Händler. Ja, er würde Kiin eintauschen. Er würde dafür sorgen, daß sie ihm viele Schnitzfiguren machte, bevor er zum Dorf der Flußmenschen zurückkehrte, so viele Schnitzfiguren, daß er für Jahre genug zum Tauschen hätte.

Jedesmal, wenn er in das Dorf der Flußmenschen käme, würde er Kiin sehen und neue Schnitzereien eintauschen. Außerdem würde der alte Mann nicht mehr viele Jahre leben. Dyenen würde Rabe die Geheimnisse seiner Macht geben, und dann würde Rabe sein eigenes Dorf groß und stark machen, bereit für die Zeit, wenn der alte Mann starb. Dann würde Rabe zu den Flußmenschen zurückkehren und Kiin wieder als Frau beanspruchen.

Er mußte nichts weiter tun, als ein weiteres Kind finden, einen Jungen, genauso alt wie Shuku, ihn eintauschen und zu Kiin bringen. Wer von den Flußmenschen würde wissen, daß es nicht Kiins Sohn war?

Aber wo sollte er dieses Kind finden? Es müßte ein Kind vom Volk der Ersten Menschen sein, ein Kind, das die glatte Haut und den runden Kopf, die länglichen Augen der Ersten Menschen hatte. Aber welche Mutter würde ihren Sohn einem Händler geben?

Als die Antwort schließlich kam, lachte Rabe laut. Es war so einfach. Eine Ugyuunmutter natürlich! Sie hatten immer mehr

Kinder, als sie ernähren konnten. Ein paar Robbenmägen mit Öl, ein Walroßmagen mit Fleisch. Jede Ugyuunfrau würde ihre Seele für Essen geben. Warum nicht einen Sohn?

50

DIE WALJÄGER

Yunaska Island, Aleuten

Kukutux trug den nächsten Robbenmagen mit Öl auf das Dach des *ulaq* und reichte ihn Geflecktes Ei. Sie schüttelte den Kopf. Wie dumm die Händler waren. Warum vor zwei Tagen ihre sämtlichen Tauschwaren in das *ulaq* schleppen, wenn sie heute wieder hinausgetragen wurden? Sie stieg den Kletterstamm hinunter und hob einen Packen Körbe auf, deren Größe so beschaffen war, daß sich einer in den anderen schieben ließ. Sie warf sie zu Geflecktes Ei hinauf.

Vielleicht fürchteten die Händler, daß die Waljäger ihnen ihre Tauschwaren stehlen würden. Wie könnten zwei Männer sich gegen ein ganzes Dorf erheben? Aber wenn sie das befürchteten, warum ließen die Händler dann heute nacht die Tauschwaren in ihrem *ik*? Kukutux schüttelte den Kopf. Wer konnte Händler verstehen?

Das Tragen und Heben war nicht leicht. Der linke Ellenbogen von Kukutux hatte zu schmerzen begonnen, und sie fragte sich, ob Alte Gänsefrau vielleicht eine Ugyuunwurzel hätte, woraus Kukutux einen Umschlag machen könnte, etwas, das die scharfen Geister des Schmerzes aus ihrem Arm ziehen würde.

Ach was, sagte sie bei sich, sei froh, daß die Händler ihren Zorn nicht an dir ausgelassen haben. Aber dann kam ihr ein stiller Gedanke: Es blieb noch eine Nacht. Eine Nacht, bevor sie fortgingen. Kukutux hob einen Robbenmagen mit getrocknetem Fisch hoch, lud ihn auf ihre Schulter und kletterte auf das Dach des *ulaq*.

Du hast Schlimmeres durchgemacht, sagte sie sich.

Als alle Tauschwaren aus dem *ulaq* getragen waren, nahm Kukutux ihren Sammelbeutel und ging am Strand entlang. Es war noch nicht Ebbe, aber das Wasser ging schon zurück. Vielleicht fand sie etwas Frisches, um eine Mahlzeit von getrocknetem Fisch zu ergänzen. Sie benutzte einen Gehstock, um kleine Steine umzudrehen und in Ritzen zwischen den Felsbrocken zu stochern, die die Untiefen des breiten Strandes der Waljäger bewachten. Sie fand ein paar Seeigel – nicht genug, um auch nur ein Kind satt zu bekommen –, aber sie ging zum *ulaq* zurück, und als sie sah, daß Eule und Geflecktes Ei nicht drinnen waren, brachte sie die Seeigel zu dem alten Mann, rief ihn durch den Vorhang seines Schlafplatzes an.

»Betest du?«

Der alte Mann räusperte sich. »Mein Beten ist vollbracht«, sagte er und lugte an der Seite des Vorhangs heraus.

»Hier, die sind für dich«, sagte Kukutux und gab ihm den Sammelbeutel. »Es sind nicht viele.«

Der Mann riß die Augen weit auf, und sein Mund teilte sich zu einem Lächeln. »Die anderen, Eule und Geflecktes Ei, gehen sie fort?« fragte er.

»Morgen, wenn das Wetter gut ist«, sagte Kukutux. »Brauchst du Wasser?«

Der alte Mann schloß den Vorhang, kam aber schnell mit einer leeren Wasserblase zurück. Kukutux nahm die Blase und gab ihm eine volle. Er nickte und sagte: »Sag mir, wenn sie fort sind.« Dann ließ er den Vorhang zwischen ihnen fallen.

Kukutux stand da und seufzte vor Erleichterung über das leere *ulaq*. Die Stöße der überall im Raum verstreuten Händlerpakken waren ihr verhaßt gewesen. Bald würden auch die Händler fort sein, doch zuerst mußte sie ihnen zu essen geben. Sie ging zu der Nische und zog alle Nahrungspacken heraus, die Eule und Geflecktes Ei übrig gelassen hatten.

Sie richtete getrocknete Beeren her, vermischt mit Robbenöl, getrocknetem Robbenfleisch, geräuchertem Fisch, mit zerkrümelten Ugyuunblättern gewürzt.

Als sie fertig war, waren die Händler noch nicht zurückgekehrt, und sie ging in die Schlafplätze, um nachzusehen, ob sie alles aus dem *ulaq* geräumt hatte, was Eule und Geflecktes Ei gehörte. Von allen Sachen, die die Händler in das *ulaq* gebracht hatten, waren nur ein paar Packen Essen und der Gehstock des alten Mannes geblieben. Dann fielen ihr die Stoßzähne ein. Auch sie waren fort. Eine plötzliche Traurigkeit machte ihr das Herz schwer. Ob der alte Mann es wußte? Sollte er es wissen? Was, wenn die Stoßzähne die Quelle seiner Kräfte waren? War es recht, daß die Händler sie mitnahmen? Sie ging zum Vorhang des alten Mannes.

»Deine Stoßzähne sind nicht hier«, rief sie. »Haben die Händler sie mitgenommen?«

»Sie sind hier bei mir im Schlafplatz«, antwortete der alte Mann, seine Worte dumpf, als hätte er den Mund voll.

Er ißt die Seeigel, dachte Kukutux. »Gut«, sagte sie. Sie entfernte sich von dem Vorhang, aber der alte Mann rief ihr nach.

»Danke für die Seeigel. Ich war hungrig.« Er hielt inne, dann sagte er: »Hast du meine Stoßzähne gesehen?«

»Du sagtest, du hättest sie«, antwortete Kukutux.

»Ich meine, hast du dir die Schnitzereien angesehen?«

»Ich habe gesehen, daß auf cinem Linien gezogen sind«, antwortete Kukutux.

»Komm herein und schau.«

Kukutux warf einen Blick zum Dachloch, dann sagte sie sich, es würde nichts ausmachen, wenn die Händler sie im Schlafplatz des alten Mannes fänden. Sie würde ihnen sagen, sie wollte sich vergewissern, daß der alte Mann nichts hatte, das ihnen gehörte. Sie zog den Vorhang zur Seite, rollte ihn auf und steckte ihn in das Grasstroh, das die Wände des *ulaq* bedeckte. Dann kroch sie zu ihm hinein.

Der alte Mann hielt den geschnitzten Stoßzahn auf seinem Schoß, seine Hände strichen über ihn, wie eine Mutter die Haut ihres Säuglings streichelt. Kukutux sah sich in dem Schlafplatz um, suchte nach Packen, Tauschwaren, aber der Schlafplatz war leer bis auf ein paar Felle und Grasmatten.

»Siehst du? Der Stoßzahn«, sagte der alte Mann, um ihren Blick wieder auf sich zu ziehen. Kukutux trat nahe heran und beugte sich über den Stoßzahn. Tief in das Elfenbein geschnittene Linien breiteten sich von dem großen Ende des Stoßzahns bis halbwegs zur Spitze aus. Sie flossen zusammen wie Gräser im Wind und zogen das Auge an wie die Flamme einer Öllampe.

»Er ist schön«, sagte Kukutux.

»Wenn ich mein Lebtag nur diese Stoßzähne habe«, sagte der alte Mann, »ist es genug.«

Kukutux setzte sich auf die Fersen, erinnerte sich, wie sie dasselbe gedacht hatte, als sie ihren neugeborenen Sohn in ihren Armen hielt, sein Haar noch feucht von der Geburt. Fast konnte sie seine Wärme wieder an ihrer Brust fühlen, doch dann hörte sie die Stimmen von Eule und Geflecktes Ei.

»Ich versuche später, dir Essen zu bringen«, flüsterte sie, als sie den Schlafplatz des alten Mannes verließ.

Harter Felsen war mit Eule und Geflecktes Ei gekommen, so bediente Kukutux alle drei Männer, dann nahm sie sich selbst etwas und ging in ihre Korbecke, um zu essen.

Die Männer aßen, ohne zu reden, aber als sie fertig waren, begann Harter Felsen von der Waljagd zu erzählen. Er sprach von Jägern, die noch lebten, und von einigen, die lange tot waren und deren Namen er nicht sagen konnte, aus Furcht, ihre Geister in das Dorf zurückzurufen. Kukutux saß mit leeren Händen und hörte ihm zu, genoß die seltenen Augenblicke des Nichtstuns.

Als die Jagdgeschichten zu Ende waren, sagte Harter Felsen:

»Es war einmal eine Zeit, da kamen andere Menschen hierher, auf diese Insel. Wir nannten sie die Kurzen Menschen. Sie kamen zuerst zu den Robbenjägern, zerstörten ihr Dorf, und alle sind umgekommen, bis auf eine Frau. Sie war Enkeltochter von dem Mann, der damals unser Häuptling war und jetzt tot ist. Sie kam auf unsere Insel, um uns zu warnen, sie und andere Robbenjäger.«

Kukutux lächelte. Sie hatte die Geschichte schon gehört, eine Geschichte, die von Kampf und Tapferkeit von Männern und Frauen berichtete. Als Harter Felsen jetzt sprach, nannte er den Namen Waxtal, und Kukutux wußte, er sprach von dem alten Mann, der in seinem Schlafplatz kauerte.

»Er hat einen Kurzen Menschen getötet und wurde bei dem Kampf selbst verletzt. Von ihm kam der Einfall, wie wir uns gegen die Kurzen wehren konnten. Er sagte uns, wir müßten zwei Kletterstämme in jedem *ulaq* haben, so daß unsere Jäger Rücken an Rücken hinaufsteigen und sich beim Kampf gegenseitig schützen könnten. Ihr seht also«, sagte Harter Felsen, »es ist schwer für mich, zu sagen, ›ja, tötet den alten Mann‹, denn er hat vor langer Zeit das Leben von Waljägern gerettet.«

Eule nickte, aber Geflecktes Ei stand auf und schritt rasch von einer Seite des *ulaq* auf die andere. »Du mußt es entscheiden«, sagte Geflecktes Ei. »Der Mann ist kein guter Mann. Er ist von dem Häuptling seines Stammes aus seinem eigenen Dorf vertrieben worden. Wer weiß, warum? Es scheint, als würde er niemandem etwas zuleide tun, aber wer kann das sagen?«

Harter Felsen stand auf und streckte sich. Er hatte seinen *suk* ausgezogen und ihn sich als Kissen auf den Boden gelegt. Jetzt hob er ihn auf und zog ihn an.

»Tötet ihn nicht«, sagte Harter Felsen. »Laßt ihn hier. Die Frau wird sich seiner annehmen.« Er zeigte auf Kukutux, und ein Zornesfunken brannte in ihrem Herzen, aber sie sagte nichts. Warum klagen? Sie hatte keinen Mann. Dieser Waxtal sollte, obwohl er alt war, imstande sein zu jagen.

Harter Felsen verließ das *ulaq*, und eine Weile steckten Eule und Geflecktes Ei die Köpfe zusammen und redeten mit leisen Worten, als fürchteten sie, Kukutux hören zu lassen, was sie sprachen. Kukutux lächelte und stand auf, näherte sich ihnen mit Bedacht, um übriggelassenes Essen und die Schalen der Männer wegzuräumen. Ihre Worte wurden ein Flüstern, bis Kukutux lachend zu ihnen sagte: »Warum flüstern? Ich spreche die Sprache der Karibumenschen nicht. Redet so laut, wie ihr wollt. Es sei denn, ihr habt Angst, daß der alte Mann euch hört.«

Geflecktes Ei blickte finster drein, aber Eule stand auf, ein Lächeln im Gesicht. »Geflecktes Ei sagt, es werden viele Tage vergehen, bis er wieder eine Frau in seinem Schlafplatz hat. Er möchte wissen, ob du kommen willst.«

Geflecktes Ei starrte geradeaus auf die Wand des *ulaq* und sagte nichts, darauf bückte sich Eule und hob die vielen Halsketten an, die auf der Brust von Geflecktes Ei lagen. »Wähle dir eine aus, und wenn du uns beide haben willst, wähle dir zwei aus.«

Kukutux fühlte, wie die Haut auf ihren Wangen brannte. »Und wenn ich wähle, allein zu schlafen?« fragte sie.

Eule zuckte die Achseln. »Das liegt bei dir«, sagte er, aber seine Augen waren sanft, als er sie auf ihrem Gesicht verweilen ließ.

Kukutux blickte fort, und vor ihrem inneren Auge sah sie das Essen, das in der Nische verblieben war. Sie hatte eine Robbenhaut aus ihrem eigenen *ulaq* halb voll Öl, einen Robbenmagen mit Öl, den sie von Harter Felsen bekommen würde, zwei Robbenhäute mit getrocknetem Fisch, eine Handvoll getrocknetes Robbenfleisch, einen Korb mit Beeren. Genug, um sich und den alten Mann durch die Zeit bis zur Robbenjagd zu bringen, aber wenn der alte Mann ein schlechter Jäger war, was dann? Ein Hungerwinter.

Sie beugte sich zu Geflecktes Ei vor und beobachtete sein Gesicht, während sie jede Halskette befingerte. »Nicht diese«, sagte er und legte die flache Hand auf die Halskette aus Bärenklauen, die sich in einem weiten Ring um seinen Hals wand. »Jede beliebige von den anderen.«

»Zwei?« fragte Kukutux.

Geflecktes Ei blähte die Nasenlöcher, aber er nickte.

»Diese und diese«, sagte sie, als sie eine Halskette aus Robbenzähnen aussuchte und eine andere mit glänzenden Ringen, die aus der weißen inneren Schicht von Muschelschalen geschnitten waren.

Geflecktes Ei streifte eine Halskette ab, dann die andere. Er gab sie Kukutux. Sie hielt sie ins Licht der Lampe, und einen Augenblick gab sie sich dem Glauben hin, daß die Halsketten ihr gehörten, daß sie solche Dinge tragen, etwas so Schönes für sich allein haben dürfte. Sie sah Eule und Geflecktes Ei wieder an und lachte. »Gehören sie mir?« fragte sie.

»Wenn du in unsere Schlafplätze kommst«, sagte Geflecktes Ei.

Kukutux nickte. Jetzt war es Zeit zu handeln. Wenn sie bis später wartete, wenn der Drang der Männer befriedigt war, würde es zu spät sein. »Sie sind schön«, sagte sie, »aber Halsketten kann ich nicht essen. Wenn sie mir gehören, dann gehören sie mir, um sie zu behalten oder zu tauschen, ja?«

Sie wartete, aber die Männer gaben ihr keine Antwort.

»Wieviel Öl gebt ihr mir für diese?« fragte sie und hielt ihnen die Halskette aus Robbenzähnen hin.

Geflecktes Ei wandte sich Eule zu, und die Männer sahen sich an, sagten aber nichts, als würden ihre Blicke für sie sprechen. »Keins«, sagte Geflecktes Ei schließlich.

Die Muskeln in Kukutux' Hals zogen sich zusammen, und ihr Hinterkopf begann zu schmerzen, aber sie hielt ihr Gesicht unbeweglich, lächelte nicht, runzelte nicht die Stirn. »Dann wieviel getrocknetes Fleisch?« fragte sie.

Geflecktes Ei knirschte mit den Zähnen und schüttelte den Kopf.

»Keins?« fragte Kukutux. Wieder lachte sie, wieder sagte sie:

»Halsketten kann ich nicht essen.« Sie beugte sich zu Geflecktes Ei, ließ die Halsketten von ihren Fingerspitzen in seinen Schoß gleiten. »Dann gehören sie dir«, sagte sie. Sie wandte sich von den Händlern ab und setzte sich, mit dem Rücken zu ihnen.

Sie fühlte ihre Blicke, lauernd, wartend, und die Haut auf ihren Armen zog sich zusammen, so daß sich kleine Erhebungen bildeten, und sie umfaßte ihre Ellenbogen, um nicht zu zittern. Sie drehte sich nicht zu den Männern um. Was bin ich gegen zwei junge Männer? fragte sie sich. Wie kann ich mich wehren, wenn sie beschließen, mich zu nehmen? Doch sie rührte sich nicht. Das *ulaq* war so still, daß sie ihren eigenen Atem hören konnte.

»Einen«, sagte Geflecktes Ei, und seine laute Stimme ließ Kukutux zusammenzucken.

Sie sah ihn über die Schulter an.

»Einen Robbenmagen mit Öl«, sagte er.

»Für euch beide?« fragte Kukutux.

»Bist du mehr wert?« fragte Eule.

Kukutux stand auf und trat vor die Männer. »Eben erst war ich zwei Halsketten wert«, sagte sie. »Ihr seid die Händler. Ihr wißt, was eure Halsketten wert sind. Warum fragt ihr mich?«

»Zwei Mägen mit getrocknetem Fleisch«, sagte Eule.

»Zwei Robbenmägen mit Öl«, sagte Kukutux. »Oder drei mit getrocknetem Fleisch.«

»Einen mit Fleisch, einen mit Öl«, sagte Eule, und er sah Geflecktes Ei nicht an, als der Mann zischend durch die Zähne ausatmete.

»Wer ist der erste?« fragte Kukutux.

51

Kukutux strich mit der Hand über die weichen Felle, mit denen der Boden von Eules Schlafplatz ausgelegt war.

»Ich gebe dir das Öl und das Fleisch, auch wenn du nicht in meinen Schlafplatz kommen willst«, sagte Eule. »Aber ich kann nicht für meinen Bruder sprechen.«

»Ich werde tun, was ich versprochen habe«, erwiderte Kukutux. Sie sah Eule an, dann blickte sie fort. Er hatte durchdringende Augen, und sie konnte seine Macht fühlen, als würde er sie über den Schlafplatz hinweg berühren. Sie begann, die Bänder aufzuschnüren, die ihre Schürzen hielten, aber er schüttelte den Kopf und sagte: »Leg dich auf den Bauch.«

Kukutux sah ihn an, mit fragenden Augen, aber er klopfte auf die Schlafdecken und zog sie glatt, als wäre er eine Frau. Kukutux legte sich hin, die Muskeln gespannt. Dann waren seine Finger an ihrem Rücken, rieben in kleinen Kreisen über ihre Schultern. Sie entspannte sich.

»Du arbeitest sehr schwer«, sagte er zu ihr, und seine Worte überraschten Kukutux derart, daß sie beinahe lachte.

»Wer arbeitet nicht schwer – Mann, Frau oder Kind?« fragte Kukutux.

»Waxtal arbeitet nicht schwer, Kukutux«, antwortete Eule. »Denke daran. Du bist eine Frau, die ein weiches Herz hat. Denke daran – nicht jeder verdient dein Mitgefühl. Hast du nicht genug Kummer in deinem Leben?«

»Was weißt du von meinem Kummer?« fragte Kukutux.

Eules Hände hielten still. »Du denkst, ich kann nicht sehen, daß du traurig bist?« fragte er. »Aber du bist eine starke Frau. Es wäre ein Glück für einen Mann, dich als Frau zu haben.«

Kukutux drehte sich herum, um Eule in die Augen zu sehen.

»Es ist genug Zeit vergangen«, sagte er zu ihr. »Du kannst jetzt zu meinem Bruder gehen, wenn du willst.«

»Nein«, sagte Kukutux. »Ich werde tun, was ich versprochen habe.«

Eule tat einen langen Atemzug und beugte sich vor, um ihre Schürzen aufzubinden. Als seine Finger Kukutux berührten, zitterten seine Hände. Dann streichelte er ihren Bauch, ihre Brüste, die weiche Haut auf der Innenseite ihrer Schenkel. Er spreizte ihre Beine und legte sich auf sie, während seine Hände sie weiter streichelten.

Seine Finger hielten ihre Schultern fest, als er sich gleichförmig auf ihr bewegte.

Kukutux hatte keinen Mann gehabt, seit ihr Mann tot war, und ein Teil von ihrem Körper wünschte, sich Eules Armen entgegenzuheben, sich an dem Gefühl seiner Bewegung in ihr zu erfreuen. Doch es gab auch einen Teil von ihr, etwas in ihrer Brust, das ihren Schmerz herauszuschreien schien, das sie nur an den einen Jäger denken ließ, mit dem sie so viele Nächte geteilt hatte.

Ihre Haut erinnerte sich an die Berührungen von Weißer Stein – seine großen, sanften Hände. Deswegen verhielt sie sich still und schob jegliche Wonnen, die das Begehren mit sich brachte, von sich. Und obwohl sie ihre Arme und Beine um Eules kräftigen Körper schlang, fühlte sie sich steif und kalt an, als würde sie Abstand halten, nur beobachten, was eine andere Frau machte.

Eule straffte sich, drückte sie fest an seine harte Brust, und dann erschlaffte er, und sein Gewicht legte sich auf sie wie eine Schlafdecke. Der Schweiß zwischen ihren Leibern prickelte auf der Haut von Kukutux, aber sie rührte sich nicht, bis seine Atemzüge tiefer wurden und sie wußte, daß er eingeschlafen war. Dann schob sie ihn sanft auf die Seite. Sie rieb sich mit einem Schlaffell über ihre Brüste und zwischen ihren Beinen und kroch aus dem Schlafplatz.

Sie war nackt, ohne ihre Schürze, die sie neben dem Vorhang gelassen hatte. Sie griff nach der Schürze, band sie sich um die Taille. Wer konnte sagen, was für Geister auf dem Dach des *ulaq* warteten, bereit, mit Krankheit oder Zwist durch die drei Öffnungen zwischen ihren Beinen hereinzukommen? Sie ging zu der Öllampe, die sie hatte brennen lassen, und wärmte ihre Finger an der Flamme.

»Einer noch«, flüsterte sie. Sie gönnte sich den Luxus, in die Speisenische auf das Öl und das Fleisch zu blicken, das Eule für sie dort hineingelegt hatte. »Einer noch«, sagte sie wieder, dann straffte sie die Schultern und wandte sich dem Schlafplatz von Geflecktes Ei zu. Sie wünschte, er hätte sie zuerst in Anspruch genommen. Dann wäre es jetzt mit ihm vorüber, und es bliebe nur noch Eule übrig. Eule war der Stille, der Sanfte. Er hatte sie gut behandelt. Aber wer konnte sagen, wie Geflecktes Ei sein würde?

Sie ging zu dem Schlafplatz von Geflecktes Ei und wollte gerade den Vorhang beiseite ziehen, als eine Stimme, leise, flüsternd, von der anderen Seite des *ulaq* zu ihr kam. »Warum gehst du zu ihm?«

Kukutux drehte sich um und sah Waxtal vor seinem Schlafplatz sitzen. »Bist du hungrig?« fragte sie, höflich, ohne nachzudenken.

»Warum gehst du zu ihm?« fragte Waxtal wieder, und Kukutux ließ den Vorhang los, ging zu dem alten Mann und hockte sich neben ihn.

»Er hat mir Öl und Fleisch gegeben, genug für mich, um ein paar weitere Monde zu leben.«

»Du hast keinen Mann?« fragte der alte Mann.

»Nein.«

»Ich brauche eine Frau«, sagte er.

Der Atem schien Kukutux in der Kehle steckenzubleiben. »Es gibt andere Frauen hier auf der Insel, die einen Mann brauchen«, sagte sie.

»Du würdest mich nicht als deinen Mann nehmen?« fragte er. »Ich bin ein starker Jäger.«

Zuerst schüttelte Kukutux den Kopf, doch dann sagte der alte Mann: »Ich habe die Macht, den Fluch von dieser Insel zu nehmen. Wenn du mir nicht glaubst, denk an meine Schnitzereien. Denk an die Geschichten von dem alten Schamanen vom Volk der Robbenjäger, dessen Macht half, die Kurzen Menschen zu besiegen. Er ist es, der mich das Schnitzen gelehrt hat. Er ist es, der mich mit diesen Kräften gesegnet hat. Frag Harter Felsen. Ich war es, der an der Seite des alten Schamanen war, als er starb. Ich war es, dem seine Segnungen zuteil wurden.«

Lange Zeit sagte Kukutux nichts. Schließlich antwortete sie: »Sprich hierüber morgen mit mir. Jetzt muß ich zu Geflecktes Ei gehen.«

Sie ging zum Schlafplatz von Geflecktes Ei, blickte nicht zurück zu dem alten Mann, sondern zog den Vorhang zur Seite, seufzte, als Geflecktes Ei nach ihr griff, als er ihre Schürze aufband und mit flinken, rauhen Fingern über die Innenseiten ihrer Schenkel fuhr. Dann verlor sie sich in Gedanken darüber, was gut und was schlecht daran wäre, Frau von einem Händler zu sein, bis Geflecktes Ei fertig war und der Mann auf ihr lag, sein Mund, offen im Schlaf, naß an ihrer Schulter.

52

Würde es so schrecklich sein, bei den Waljägern zu leben? Würde es so schrecklich sein, eine junge, schöne Frau zu haben? Waxtal lehnte sich an die Wand seines Schlafplatzes und seufzte. Eule und Geflecktes Ei hatten das *ulaq* früh am Morgen verlassen. Ihre lauten Stimmen hatten ihn geweckt, und er hatte unter seinen Schlaffellen versteckt gelegen, in jeder Faust ein Messer, und gewartet, ob sie kommen würden, um ihn oder seine Stoßzähne zu holen.

Aber sie waren nicht gekommen. Er hatte sie nicht einmal seinen Namen erwähnen hören. Gut. Eines Tages würde er ihnen gegenübertreten, aber es war besser, diese Zeit käme, wenn er Häuptling eines Dorfes sein würde, mit allen Kräften eines Schamanen, und mit jungen Männern, vielleicht seinen eigenen Söhnen, um ihn zu verteidigen.

Jetzt brauchte er nur zu warten. Warten, bis die Frau in das *ulaq* zurückkam, warten auf die Mahlzeit, die sie ihm bereitete, warten, bis er mit Harter Felsen sprach und sähe, was der Mann ihm für Samiqs Leben geben würde.

Kukutux sah zu, als Eule und Geflecktes Ei eine letzte Tauschsitzung am Strand abhielten. Geflecktes Ei hielt ein Paar Gamaschen aus Karibuhaut in die Höhe. Sie waren an den Seiten mit Fransen aus steifen, dunkelrot gefärbten Haaren verziert. Männer hielten Päckchen mit Nadeln aus Vogelknochen hoch, Widerhaken, aus den Kieferknochen eines Walfisches geschnitzt, Obsidianmesser, Vogelnetze. Geflecktes Ei ging zwischen ihnen umher, traf schließlich seine Wahl und reichte Krummer Vogel die Gamaschen. Dafür gab Krummer Vogel Geflecktes Ei zwei Fischhaken, einen *chigadax* aus Walzungenhaut, an Schulternähten und Brust mit weißen Stückchen aus der Speiseröhre einer Robbe verziert, und eine Vogelspeerspitze aus Obsidian.

Kukutux schüttelte den Kopf und sah fort. Krummer Vogel brauchte keine Gamaschen aus Karibuhaut. Mit dem *chigadax* konnte er auf Walfang gehen, mit dem Vogelspeer konnte er Vögel töten, mit den Haken konnte er fischen. Was würden die Gamaschen einbringen? In einem *ikyak* oder am Ufer getragen, würden sie naß und weich werden und leicht an Felsen zerreißen. Wenn eine von seinen Frauen das Salz nicht herausbekäme, würden die Gamaschen steif und brüchig werden. Und bei aller Pflege, die sie erforderten, was würden sie an Nahrung einbringen helfen? Nichts. Eine Frau würde vielleicht froh darüber sein, sie in den Hügeln zu tragen, wenn sie Beeren pflückte. Die hohen Gräser waren scharf. Aber welcher Mann würde einer Frau erlauben, etwas zu tragen, das er für einen *chigadax* aus Walzungenhaut erworben hatte?

Kukutux hockte am Ende des Strandes, es interessierte sie nicht mehr, was der eine oder andere sich beim Tauschen einhandelte. Es würde gut sein, wenn die zwei Männer fort wären. Dann könnten die Menschen vom Volk der Waljäger vielleicht wieder leben, wie sie immer gelebt hatten, Wale jagen, Beeren pflücken, am Ufer Nahrung sammeln.

Sie war müde. In der Nacht, nachdem Geflecktes Ei mit ihr fertig gewesen war, hatte sie nicht schlafen können. Ihr ganzes Denken war erfüllt gewesen vom Angebot des alten Mannes. War es ehrlich gemeint gewesen, etwas, das aus seinem Herzen kam? Wollte er sie als seine Frau für so lange, wie er bei den Waljägern blieb, oder für immer? Wenn er fortging, würde sie dann mit ihm gehen wollen? Wie würde das sein, viele Dörfer zu besuchen, die Wege der Händler zu lernen? Würde sie sich den Meeren ausliefern wollen, sie mit einem alten Mann, allein in einem *ik* oder *ikyak*? Dann hatten ihre Gedanken sich in Angst verwandelt, und sie hatte die vielen Dinge erwogen, die Eule und Geflecktes Ei tun könnten, um dem alten Mann Schaden zuzufügen, bevor sie fortgingen.

Schließlich war sie eingeschlafen, aber es war ein Schlaf mit vielen Träumen gewesen, und als sie am Morgen aufwachte, war ihr, als würde sie noch in diesen Träumen leben. Sie war nach draußen gegangen zur Kochstelle, hatte eine Brühe aus Fisch bereitet und mit Bitterwurzelknollen angedickt. Sie hatte die Kochhaut über dem Feuer fortgenommen und nach drinnen getragen, sie an die Balken gehängt und eine Schale für den alten Mann herausgegossen. Sie hatte sie in seinen Schlafplatz geschoben und nur kurz etwas geflüstert, aus Angst, daß Geflecktes Ei oder Eule sie dabei ertappten. Doch als der Morgen sich lichtete und durch das Dachloch Helligkeit in das *ulaq* strömte, lichteten sich auch die Ängste von Kukutux, und sie blickte auf ihre nächtlichen Träume und Sorgen zurück, wie eine Frau auf die Ängste ihrer Kindheit zurückblickt und ihre Dummheit belächelt.

Sie hatte Eule und Geflecktes Ei zu essen gegeben, ihnen Nahrung und Wasser eingepackt und zu ihrem *ik* getragen. Und schließlich hatten sie das *ulaq* verlassen, ohne ein Wort für den alten Mann, ohne auch nur einen Blick zu seinem Schlafplatz. Kukutux war ihnen an den Strand gefolgt, und hier war sie nun, kämpfte gegen den Schlaf an, der sie von der Nacht einholen wollte.

Sie stand auf, schüttelte den Kopf und sperrte die Augen weit auf. Es wird Zeit zum Schlafen sein, sobald sie fort sind, sagte sie sich.

Plötzlich traten die Frauen um sie auseinander, machten Platz für Eule, der zu ihr kam. »Ein letzter Tausch«, sagte Eule in dem eigenartigen, singenden Ton der Karibumenschen. Er blieb neben Kukutux stehen und sah sie an. Er hielt ihr eine Halskette hin, keine von den kleinen, die Kukutux sich am Abend zuvor ausgesucht hatte, Halsketten, die sie mit wenig Bedauern für Öl und Fleisch eingetauscht hatte, sondern eine Kette aus hellblauen Steinen, ein jeder Stein vom nächsten getrennt durch eine winzige Perle, so leuchtend gelb, daß es schien, als sei jede einzelne ein Stückchen von der Sonne, gerollt und durchbohrt und auf Sehnenschnur gefädelt.

»Ich habe nichts zum Tauschen«, sagte Kukutux und streckte ihre leeren Hände aus, doch Eule wand die Halskette um ihre Finger, und seine Hände streiften die ihren.

»Du willst nicht mit mir kommen, nein?« fragte er und sah ihr so fest in die Augen, daß Kukutux wegsehen mußte. »Ich bin nicht immer auf Reisen«, sagte er. »Ich habe eine gute Behausung. Ich brauche eine Frau.«

Erinnerungen an die Wonne, die Eules Hände ihr bereitet hatten, drängten sich in ihrem Kopf, doch dann richtete sie ihren Blick auf die Insel der Waljäger, auf die Hügel, die hinter dem Ufer anstiegen, auf die Berge, die in ihren Hüllen aus Wolken standen, auf die Menschen, mit denen sie ihr ganzes Leben zusammengelebt hatte. Ein großer, erstickender Kummer stieg in ihrer Kehle hoch. Wie könnte sie ihr Zuhause verlassen? Was wußte sie von diesem Mann?

Sie dachte an Waxtal. Wenn sie fortging, würde er seine Kräfte vielleicht nicht mit den Waljägern teilen. Aus Zorn würde er vielleicht den Fluch nicht fortnehmen, der gekommen war, um ihr Volk zu vernichten.

»Ich kann nicht«, sagte Kukutux schließlich. Sie zog ihre Hände fort von Eules Händen, er aber hob die Halskette hoch, den Kreis aus blauen Perlen offenhaltend, und ließ sie langsam über ihren Kopf gleiten, wobei er mit sanften Fingern das Otternfell ihres *suk* streichelte. »Sie gehört dir«, sagte er leise und wandte sich ab.

Als sie ihr *ik* ins Meer schoben, verließ Kukutux den Strand, ging zu ihrem *ulaq*, stellte sich auf das Dach und sah ihnen nach, bis die dunkle Linie des *ik* der Händler eins mit den Wellen wurde.

53

Waxtal rückte dicht an den Vorhang des Schlafplatzes heran und spähte durch den schmalen Spalt zwischen Vorhang und Wand. Die Frau war in das *ulaq* zurückgekehrt. Er beobachtete sie, als sie die Grasmatten und das Kraut der schwarzen Krähenbeere aus den Schlafplätzen von Eule und Geflecktes Ei schleppte.

Er kroch aus seinem Schlafplatz, stand auf und streckte sich, zog die Schultern hoch und beugte dann die Arme über dem Kopf. Die Frau sah ihn an und lächelte, ein knappes Lächeln, das ihre Zähne nicht sichtbar werden ließ.

»Sind sic fort?« fragtc cr.

»Ja«, sagte die Frau leise. Sie hatte eine Hand auf die Brust gelegt, und Waxtal bemerkte, daß sie eine neue Perlenschnur trug, eine Halskette, die er seit langem bewundert hatte, mit winzigen goldenen Perlen, kaum größer als der Winkel von einem Auge, und Steinen von der ungewöhnlichen blaugrünen Farbe des Meeres. Eule hatte ihm erzählt, daß die Halskette vielen verschiedenen Händlern gehört hatte und während einer Reise, die von irgendeinem Land im Süden ausgegangen war, von Hand zu Hand ging und somit den Segen der Sonne trug.

»Von Eule?« fragte Waxtal.

»Ja«, sagte die Frau, und obwohl ihre Augen auf Waxtal gerichtet waren, schien es, als sähe sie jenseits des *ulaq* auf andere Dinge, vielleicht andere Zeiten.

Waxtal lachte. »Du mußt ihm eine gute Nacht gegeben haben!«

Waxtal dachte, die Frau würde lächeln, aber sie zuckte nur mit den Schultern, so daß Waxtal einen plötzlichen Zorn aufsteigen fühlte, der seine Worte zu einer knappen, harten Folge zusammenschob, als er sagte: »Hast du dir überlegt, was ich dich gefragt habe?«

»Du sagtest, du hast Kräfte«, antwortete die Frau und starrte ihn an, als könnte sie durch Haut und Fleisch hindurch in seine Seele blicken.

»Du hast meine Schnitzerei gesehen«, sagte Waxtal.

»Ja.« Die Frau wartete.

Dachte sie, sie müßte mehr wissen als das, was seine Schnitzerei offenbarte? »Es ist viel Macht in der Schnitzarbeit«, sagte Waxtal. Was könnte er sonst sagen? Er war Händler und Schnitzer, vielleicht schon ein Schamane. Welcher Mann, dem eine Vision gewährt wurde, wie sie Waxtal zuteil geworden war, würde sich nicht für einen Schamanen halten?

»Die Schnitzarbeit ist gut«, sagte die Frau, »aber was tut sie für mein Volk? Wird sie unseren Fluch aufheben? Wir sehen noch immer keine Wale, und jetzt sind die Otter gekommen, um uns die Seeigel fortzunehmen. Schon sprechen einige von den Alten davon, daß sie sich im nächsten Winter den Windgeistern übergeben wollen, damit die Jäger und die Kinder mehr zu essen haben.«

Waxtal zuckte die Achseln. Was erwartete die Frau, daß er in dieser Sache tat? Warum sich wegen ein paar alter Leute grämen?

Er streckte die Arme aus und deutete auf die Nische, und dabei sah er, daß seine Hände sich seit seinem Fasten verändert hatten; die Adern traten unter der Haut hervor, die Knöchel waren dick, die Finger gekrümmt. »Ich brauche Essen«, sagte er. Er setzte sich in die Hocke und verschränkte die Arme.

Hinter dem Vorhang seines Schlafplatzes hörte er ein Flüstern, es war der Stoßzahn, der sprach. »Deine Hände sind die Hände eines alten Mannes«, sagte er.

Aber Waxtal dachte, meine Hände sind die Hände eines Schnitzers. Du wärst nicht imstande zu sprechen, wenn diese Hände nicht wären. Und er drehte den Kopf so, daß die Gedanken aus seinen Augen heraus in den Schlafplatz gehen würden.

»Diese Waljäger, was verstehen die vom Schnitzen?« fragte der Stoßzahn. »Sie denken, du bist alt. Sie werden dir sagen, du sollst dich den Windgeistern übergeben. Du mußt diesen Ort verlassen.«

Die Frau reichte Waxtal eine Schale mit Brühe. Er legte die Hände um die Schale, hob sie an die Lippen und wendete seine Gedanken fort von dem Stoßzahn.

Die Frau sagte: »Was wirst du tun, um uns zu helfen? Du bist kein junger Mann. Kannst du noch jagen?«

Die Worte der Frau kamen zu Waxtals Ohren, aber fast glaubte er nicht, daß sie sie gesagt hatte. Welche Frau beleidigt einen Mann, irgendeinen Mann, geschweige denn einen Schnitzer, einen Händler, einen Schamanen?

»Frau!« brüllte er, aber das Wort war so groß, daß es ihm in der Kehle steckenblieb und er zu würgen begann.

Obgleich er würgte, sagte die Frau: »Ich bin Kukutux. Vielleicht ist es bei deinem Volk höflich, jemanden mit ›Frau‹ anzureden. Es wird mir eine Ehre sein, dich ›alter Mann‹ zu nennen.«

Waxtal hustete, bis er endlich imstande war, Atem zu schöpfen, dann sagte er, während er sich die Tränen aus den Augen wischte: »Nenne mich Waxtal.« Er rief sich in Erinnerung, was er als Mann von Blaue Muschel gelernt hatte – daß, obwohl eine Frau ihren Mann fürchten mußte, es Zeiten gab für sanfte Worte.

Er setzte seine Eßschale ab und sagte ruhig: »Woher sollte

ich deinen Namen wissen? Du hast ihn mir nicht gesagt, und die Händler, verärgert über den Erfolg meines Visionsfastens, haben in den letzten paar Tagen nicht mit mir gesprochen. Was denkst du, warum sie so schnell aufgebrochen sind? Sie wissen, daß sie den Waljägern nicht helfen können. Sie wissen, daß ihre Kräfte schwach sind. Sie wissen, daß ihre Schwäche sie empfänglich macht für den Fluch, den ich bald von der Insel der Waljäger vertreiben werde.

Denkst du, daß Geister, die einen Fluch tragen, es zufrieden sind, fortzufliegen, hinein in den Wind, in den Himmel oder das Meer? Wieviel besser ist es doch, zu einem anderen Mann zu gehen, sich der Wärme seines Körpers, des Genusses seiner Frau, des Geschmacks seines Essens zu erfreuen.

Sie haben dir erzählt, ich hätte ihre Tauschwaren genommen? Nur das, was mir gehörte. Denkst du, diese beiden jungen Männer hatten selbst irgend etwas zum Tauschen? Ich bin seit vielen Jahren Händler. Denkst du, ich habe nichts vorzuweisen für diese Jahre? Ich habe die meisten meiner Tauschwaren auf diese Reise mitgenommen. Einige habe ich für die Stoßzähne weggegeben. Aber was übrig war, habe ich mit hierhergebracht. Jetzt haben es Eule und Geflecktes Ei, alles bis auf die wenigen Häute mit Öl und Fleisch, die sie zurückgelassen haben. Diese Sachen gehören mir. Warum, glaubst du, sind sie so großzügig zu dir gewesen?« Waxtal hielt inne, tat einen langen Atemzug und zeigte auf die Halskette aus blauen Steinen, die Kukutux trug. »Du denkst, eine Nacht in einem Schlafplatz ist das wert?«

Kukutux legte die Finger um die Halskette.

»Eule hat sie dir geschenkt, aber er hatte kein Recht, sic zu verschenken. Sie gehört mir.«

Die Augen von Kukutux weiteten sich, dann sackten ihre Schultern zusammen. Sie sah zu den Balken des *ulaq* hinauf und schüttelte den Kopf, dann nahm sie die Halskette ab und gab sie Waxtal. Waxtal lächelte und streifte sich die Kette vorsichtig über den Kopf. Er griff in seinen *suk* und zog eine Kette aus Muschelperlen heraus, eine gute, aber nicht so schöne.

»Hier«, sagte Waxtal, aber Kukutux nahm sie nicht. »In ihr wohnen besondere Kräfte«, sagte Waxtal. »Ich habe sie während meines Fastens getragen.«

Kukutux streckte die Hand aus und ließ die Muschelperlen über ihre Finger gleiten, dann schüttelte sie den Kopf. »Nein«, sagte sie. »Behalte alles, was deine Macht mehrt. Ich bitte dich nur, meinem Volk zu helfen.«

Waxtal neigte den Kopf und lächelte, als würde er ein kleines Kind necken, dann streifte er sich die Halskette wieder über. »Ich bedaure, daß ich dir diese nicht lassen kann«, sagte er und hob die blauen Steine an. »Jeder Stein enthält viel Macht.« Er steckte die Halskette in seinen *suk* und hob die Schale mit Brühe an seine Lippen. Er trank einen Schluck. Etwas Brühe tropfte von seinen Mundwinkeln in das dünne Gewirr von Barthaaren, die von seinem Kinn herabhingen. »Vielleicht wird eines Tages meine Frau die Halskette tragen, wenn sie mir viele Söhne gibt«, sagte er, aber seine letzten Worte schienen ihm wieder in der Kehle steckenzubleiben, und er begann abermals zu würgen.

Kukutux zog eine Blase mit Wasser herunter und reichte sie Waxtal. Er trank vorsichtig einen Schluck, dann wischte er sich das Kinn mit der Hand ab.

Er gab Kukutux die Wasserblase, trank seine Brühe aus und reichte dann Kukutux die Schale, um sie wieder füllen zu lassen. Sie gab ihm noch Brühe, dann ging sie in ihre Korbecke, setzte sich und begann zu flechten. Als Waxtal die zweite Schale geleert hatte, wandte er sich Kukutux zu. Ihre Finger waren geschäftig, Körbe im Kreis um sie aufgestellt.

»Sie haben dich das Gras behalten lassen?« fragte er.

Kukutux nahm ein Bündel feiner gespaltener Stränge in die Hand und hielt es Waxtal hin. »Ist das auch deins?« fragte sie.

»Nein«, sagte er. »Es hat Geflecktes Ei gehört. Er hat es eingetauscht. Öl gegen Gras. Sogar Eule war böse auf ihn.«

Kukutux zuckte die Achseln und beugte den Kopf über ihre Arbeit.

»Du hast mir nicht geantwortet«, sagte Waxtal.

Als Kukutux ihn nicht ansah, verkrampfte sich sein Magen, und er biß sich in die Wangen. Der Salzgeschmack seines Blutes war heiß in seiner Kehle. Wozu brauchte er diese Frau? fragte er sich. Wollte er eine zweite Blaue Muschel, eine, die ein schönes Gesicht, aber einen hinterlistigen Sinn hatte?

Er machte den Mund auf, um Kukutux zu sagen, sie solle gehen, aber bevor er sprach, sagte sie: »Wenn du meinem Volk hilfst, werde ich deine Frau sein.« Und als sie sprach, sah Waxtal ihre Hoffnung – wie die Flamme einer brennenden Öllampe.

So, sie tat nur, was er immer getan hatte, Ware gegen Ware tauschen. Sie würde seine Frau sein, wenn er seine Kräfte benutzen würde, um den Waljägern zu helfen. Wie könnte er darüber erzürnt sein? Wie könnte er zornig sein, wenn er schon wußte, was er zu bieten hatte – etwas, das Harter Felsen nicht zurückweisen konnte?

»Hole Harter Felsen«, sagte Waxtal zu Kukutux. »Hole ihn her. Heute nacht wirst du meine Frau.«

54

Harter Felsen setzte sich Waxtal gegenüber. Kukutux tat, als sei sie bei der Speisenische beschäftigt, doch aus den Augenwinkeln beobachtete sie die Männer.

Eine lange Zeit sprach keiner von beiden, jeder sah auf die Matte hinunter, wo Kukutux Essen ausgelegt hatte. Schließlich sagte Harter Felsen: »Du willst also diese Frau als deine Frau nehmen?«

Waxtal setzte sich gerade und sah in das Gesicht von Harter Felsen. »Ja.«

»Du willst hier bei uns bleiben, Teil dieses Dorfes sein?«

Kukutux sah, wie Waxtals Augen sich kurz weiteten, hörte das Zögern in seinen Worten. »Ich bin Händler«, sagte er. »Manchmal werde ich reisen. Manchmal werde ich hier sein.«

Harter Felsen nickte. »Wir brauchen Jäger«, sagte er. Er machte eine Handbewegung zu den Walroßstoßzähnen, die sich jetzt neben der größten Öllampe in dem *ulaq* befanden. »Es ist gut, daß du schnitzt«, sagte er. »Aber wenn ein Volk hungert, ist es wichtiger, daß du jagst.«

Waxtal streckte sein Kinn vor und antwortete nicht. Er hob einen Streifen getrocknetes Robbenfleisch auf, legte es zusammen und schob es sich in den Mund. »Wenn keine Tiere da sind«, sagte er, während das Fleisch seine Backe ausbeulte, »bringen auch die besten Jäger nichts mit. Aber wenn es einen Mann im Dorf gäbe, der Geisterkräfte hat, um Tiere zu rufen? Wer wäre dann am wichtigsten?«

»Wenn du hierbleibst, mußt du jagen können«, sagte Harter Felsen, seine Worte schneidend und streng, als spräche er zu einem Kind. Er stand auf und ging zu Kukutux hinüber. »Du willst diesen alten Mann als deinen Mann?« fragte er sie.

Waxtal unterbrach ihn rüde. »Seit wann suchen Frauen sich ihre Männer aus?« fragte er.

»Waljägerfrauen haben immer diese Wahl«, sagte Harter Felsen. »Welcher Mann ist Narr genug, mit einer Frau zu leben, die ihn nicht will? Aber vielleicht wurde den Robbenjägern die Gabe der Weisheit nicht verliehen.«

»Willst du ihn?« fragte Harter Felsen noch einmal.

Kukutux sah Waxtal an, seine schwieligen Hände, das Grau in seinem Haar. Sie sah zu den Walroßstoßzähnen hin, sah das schöne Muster, das der Mann geschnitzt hatte. Sie drehte den Kopf zur Speisenische, erinnerte sich, wie es war, einen Jäger im *ulaq* zu haben. »Wenn er jagen kann«, sagte sie.

»Wenn Flut ist, gehen drei von uns Robben jagen«, sagte Harter Felsen zu Waxtal. »Du kommst mit.«

Waxtal runzelte die Stirn. »Ich habe nicht gebetet. Ich habe meinen *chigadax* viele Tage nicht geölt.«

»Du hast Zeit zum Beten«, sagte Harter Felsen. »Welcher Jäger läßt seinen *chigadax* ungeölt?«

»Welcher Schamane denkt während einer Fastenvision an seinen *chigadax*?«

»Du behauptest also, ein Schamane zu sein?«

»Erst seit meinem Fasten.«

»Ich habe einige Schamanen gekannt. Den meisten wird ihre Gabe in der Kindheit offenbart. Wer bist du, so etwas als alter Mann zu empfangen?«

»Du hast den Schamanen von Tugix' Insel gekannt«, sagte Waxtal. »Seine Kräfte sind zu mir gekommen.«

»Wenn du Schamane bist«, sagte Harter Felsen, »bist du auf dieser Insel willkommen. Aber die Worte eines Mannes haben wenig Wert, wenn er nicht die Macht hat, ihre Wahrheit zu beweisen. Öle deinen *chigadax*, bete und komm mit uns. Wir werden sehen, ob du jagen kannst.«

Das Meer schwoll hoch an unter Waxtals *ikyak*, und er blickte zum Horizont. Er folgte den Waljägern, deren *ikyan* das seine bald hinter sich ließen, nachdem sie vom Ufer abgelegt hatten. Aber sie waren junge Männer mit festen Muskeln.

Keine Sorge, sagte er bei sich. Was sind Muskeln, verglichen mit den Kräften eines Mannes, der zu Geistern spricht, der Geister zu ihm sprechen hört?

Das Wasser war kalt durch die dünnen Wände des *ikyak*, und die Kälte sickerte durch das Pelzrobbenfell, auf dem Waxtal saß. Sie drang in die Knochen seiner Beine, und seine Knie begannen zu zittern. Aber welcher Jäger weiß nicht, daß Kälte, an die man denkt, schlimmer ist als Kälte, die man nicht beachtet? Deshalb stimmte Waxtal ein Lied an, einen Gesang für die Robbenjagd, den er gelernt hatte, als er noch ein Junge war. Das Lied hatte er von seinem Großvater – einem Mann, der kein großer Jäger gewesen war, der seinen Gehstock mehr als einmal benutzt hatte, um Waxtal den Rücken zu verprügeln. Doch selbst dieses Lied war besser, als nur an sein Unbehagen zu denken, deshalb drängte Waxtal die Erinnerung an seinen Großvater aus seinem Kopf und sang weiter. Er sang laut, in der Hoffnung, daß Harter Felsen ihn singen hörte, daß er, falls sie Robben fanden, denken würde, Waxtal hätte sie gerufen.

Sie paddelten den ganzen Tag, suchten nach Meerestieren, aber fanden keine, und am Ende kehrten sie in der Dunkelheit auf ihre Insel zurück.

Waxtal stemmte gerade sein *ikyak* an einen Platz auf dem Gestell, als Harter Felsen zu ihm kam. »Wenn du Schamane bist, warum hast du uns keine Robbe gerufen? Ich habe dich singen hören.«

Waxtal gab ein Lachen von sich. »Heute bin ich als Jäger ausgezogen. War es nicht das, was die Frau wollte? Das Lied, das ich gesungen habe, war ein Gesang für die Robbenjagd, den mir mein Großvater beibrachte, als ich noch ein Junge war. Es ist ein gutes Lied, aber es hat keine Schamanenmacht. Ich werde jetzt hingehen und meinen *chigadax* einölen. Welcher Jäger läßt seinen *chigadax* ungeölt? Wenn du wieder jagen willst, sag es mir. Ich werde mit dir gehen.« Er ging auf sein *ulaq* zu, dann drehte er sich zu Harter Felsen um. »Wenn du bereit bist, daß ich für dich Schamane bin und Tiere rufe, sag es mir. Auch das werde ich tun.«

Kukutux suchte ihre Sachen zum Fischen zusammen und verließ das *ulaq*. Waxtals Gesänge folgten ihr, und selbst am Strand, über das Tosen der Wellen und die Schreie der Möwen hinweg, meinte sie seine Stimme zu horen, das Singen, das in seine Nase aufzusteigen und dumpf und heiser herauszukommen schien, als hätte sich das Lied durch die harten Knochen von Waxtals Schädel geschoben.

Was weißt du von Gesängen und Schamanenkräften? schalt Kukutux sich selbst. Welche Kräfte besitzt du, die dir erlauben, darüber zu urteilen, was jemand anders tut?

Sie hockte sich auf die windgeschützte Seite eines Felsbrokkens und benutzte eine Haarsträhne, um Fischeingeweide an ihren Köderhaken zu binden. Die Flut ging zurück, aber das Wasser war noch tief genug, so daß sie von der Spitze eines Felsens aus fischen konnte, der sich auf der Südseite des Strandes ins Meer hineinschob. Sie rollte eine Länge Schnur von ihrem Haltestock ab, knüpfte einen kleinen Stein als Gewicht daran und warf ihren Haken ins Wasser. Mit ihrem Stock rollte sie die Schnur ein, und sie sang beim Fischen ein Lied, das sie von ihrer Mutter hatte.

Fisch ergib dich meinem Haken.
Ernähre meine Kinder.
Ich will dich ehren.

Diese schlichten Worte sang sie wieder und wieder.

Schließlich fühlte sie ein Ziehen an der Schnur, holte sie ein und zog einen schönen Kleinwal heraus. Wieder versah sie ihren Haken mit einem Köder, warf die Schnur aus und sang ihr Lied. Bevor das Wasser so niedrig wurde, daß sie nicht mehr von den Felsen aus fischen konnte, hatte sie sechs Kleinwale gefangen, und in ihrem Tragebeutel glitzerte es von den Fischen.

Sechs Kleinwale! dachte Kukutux. Sie erinnerte sich an Wintertage ohne Essen, an Abende, wo sie Streifen aus Robbenhaut gekaut hatte, um ihren Mund glauben zu machen, er bekomme zu essen. Als sie sich ihrem *ulaq* näherte, hörte sie wieder Waxtals Lied. Vielleicht hat er doch Kräfte, dachte sie. Zumindest, um Fische zu rufen.

55

Alaska-Halbinsel

Einen Mond war Kiin schon gewandert, sich am Ufer haltend, den Stränden folgend, wo sie Muscheln ausgegraben und bei Ebbe Seeigel gefunden hatte. Manchmal kam sie an kleinen Inseln vorüber, deren Klippen erfüllt waren vom Lärm nistender Alken und Lummen. Aber ohne ein *ik* konnte sie nicht zu den Inseln gelangen, und so drehte sie ihr Gesicht fort von den Vogelklippen und vertrieb die Erinnerung an den Geschmack von frischen Eiern, in Wasser hartgekocht oder roh aus der Schale geschlürft.

Heute war sie gegen einen Regen angegangen, der vom Nordmeer her blies. Ihr Tragekorb hielt den Rücken ihres *suk* trokken, und Shuku war ein kleines, warmes Bündel, an ihre Brust gegurtet, doch sie wußte, sie würde die Nacht wohl frierend und naß verbringen müssen, unter Robbenhäuten kauernd, die die Kälte nicht abhalten konnten.

»Denk daran, warum du gehst«, sagte sie bei sich. »Was ist ein bißchen Regen, wenn du bald bei deinem Volk sein wirst?«

Sie stimmte ein Lied an, etwas, das ihren Füßen half, stetig vorwärts zu gehen, und als der Himmel gegen Abend dunkelte, hielt sie nach einem Platz Ausschau, durch Felsen oder Klippen geschützt, der sie von Regen und Wind abschirmen würde.

Der Kiesstrand war mit Steinen übersät, vom Wasser glatt geschliffen, von der Größe von Möweneiern. Die Steine machten das Gehen schwer, aber sie wollte lieber auf dem Strand gehen als durch das aufgeweichte Gras oberhalb der Flutmarke.

Sie war stehengeblieben, um sich nach allen Richtungen umzusehen, in der Hoffnung, einen Felsvorsprung zu finden, als sie am Fuße eines nahen Hügels drei Felsblöcke sah. Sie waren weit genug vom Ufer entfernt, so daß das Wasser sie bei Flut nicht erreichen konnte, und sie würden etwas Schutz vor dem Regen bieten. Vielleicht konnte sie aus ihren Robbenhäuten ein Zelt machen, um sich und Shuku trocken zu halten.

Sie trug Shuku zu den Felsen, streifte sich den Tragriemen von der Stirn und stellte ihren Tragekorb ab. Shuku wimmerte, und Kiin beruhigte ihn, dann zog sie die Robbenhäute aus ihrem Korb. Sie benutzte ihren Gehstock als Mittelpfosten und legte ihre Robbenhäute darüber, um innerhalb des Halbkreises, den die Felsen bildeten, ein Obdach zu schaffen. Der Boden war naß, aber die Robbenhäute würden den Regen abhalten, und die Felsen wehrten den Wind ab. Es gab schlimmere Plätze, um die Nacht zu verbringen.

Kiin zog Shuku aus ihrem Parka; er machte schmatzende Geräusche mit den Lippen. Kiin lachte. »So, du bist hungrig«, sagte sie. Ihr getrocknetes Fleisch war aufgebraucht, aber sie hatte Fisch und Rosenwurz. Sie gab Shuku ein Stück Fisch, dann nahm sie etwas Rosenwurz in den Mund und kaute. Sie spuckte die gekaute Wurzel aus und drückte die Paste zwischen Shukus Lippen. Er zog ein Gesicht, aß aber, was sie ihm gab.

»Wir müssen bald wieder anhalten und Fische fangen«, sagte Kiin zu Shuku. Sie dachte an die Vogelinseln, an denen sie vorbeigekommen waren, und an Eier, und versuchte, den Hungerschmerz in ihrem Bauch nicht zu fühlen.

Shuku antwortete ihr mit einem Schwall von Kleinkindworten, und Kiin nahm ihn auf den Schoß und hob ihren *suk*, damit er saugen konnte. Sie gönnte sich ein kleines Stück Fisch und kaute es langsam, genoß den Geschmack. »Morgen werden wir neuen Rosenwurz finden und vielleicht ein bißchen Ugyuun«, sagte sie zu Shuku. »Wenn wir Fische fangen, haben wir ein Festessen. Ich muß sehen, daß du schön dick bleibst, damit dein Vater stolz auf dich ist.« Kiin schloß die Augen und dachte an Samiq, an Takha. Ihre Sehnsucht nach ihnen war so groß, daß ein Schmerz ihr ans Herz drückte, so als sei etwas unter ihren Rippen gebrochen.

Sie öffnete den Mund, um ein Lied zu singen, doch über die Geräusche von Wind und Regen hinweg hörte sie ein Schnattern, wie den Lärm von vielen Stimmen. Sie saß ganz still und lauschte, so daß sogar Shuku zu saugen aufhörte und sich von ihrer Brust abkehrte.

Sie drückte einen Finger auf die Lippen ihres Sohnes. »Schsch, sei still«, flüsterte sie, dann zog sie ihren *suk* über Shuku und kroch aus ihrem Obdach aus Robbenfellen.

Der Regen war in Nebel übergegangen, und obwohl die Sonne gesunken war, kam noch genug Licht vom westlichen Himmel, um den Umriß des Ufers erkennen zu lassen. Kiin ging durch das nasse Gras auf die Spitze des Hügels hinter den Felsbrocken. Sie blieb stehen, lauschte wieder, dann lachte sie. »Vögel, Shuku!« sagte sie. »Vögel. Horch!«

Sie ging weiter und achtete nicht darauf, daß das nasse Gras in ihre Füße schnitt, achtete nicht darauf, daß der Nebel ihr Haar durchnäßte. Auf der Spitze des zweiten Hügels sah sie es, eine steile, graue Klippe, die sich aus dem Meer erhob, eine Klippe, die zum Himmel aufragte und surrte von dem Nistgemurmel von Lummen.

»Eier, Shuku, Eier!« sagte sie und tanzte so schnell im Kreis, daß ihr Sohn in seinem Versteck an der Vorderseite ihres *suk* gickelte.

Der Morgen war strahlend, ein seltener Tag mit Sonne und klarem, blauem Himmel. Nebel stieg von den Niederungen zwischen den Hügeln auf, als würden in allen Tälern Trockenfeuer brennen. Kiin verließ ihr Obdach aus Robbenhäuten, Shuku an ihre Seite geschlungen. Zwei locker geflochtene Tragekörbe hingen an ihren Armen. Sie konnte die Eier nicht als Vorrat in Öl und Sand vergraben, aber sie konnte sie hartkochen, und sie würden für viele Tage reichen.

Es war kein schwieriger Aufstieg. Wohl ragte die Klippe steil aus dem Wasser, aber die Hügel hinter dem steinigen Strand führten in sanfter Steigung zur Spitze der Klippe hinauf. Wenn Kiin mit anderen Eier sammeln ging, verwendeten sie ein Geschirr, an dem eine Frau die andere hinunterließ. Auf sich selbst gestellt, mußte Kiin sich vorbeugen und zum obersten Vogelgesims hinunterlangen. Sie kauerte sich an den Rand und sah hinüber, folgte dem Gesims mit den Augen zu der Stelle, wo sie auf eine Armlänge an die Spitze der Klippe herankam.

»Da«, sagte sie zu Shuku. »Siehst du, ich kann die Eier da drüben erreichen.«

Sie trat von der Kante zurück und trampelte die Gräser nieder, dann trieb sie mit Hilfe eines Steines, den sie vom Strand mitgebracht hatte, einen Treibholzpflock in die Erde und band eine Schnur aus Seetang darum. Sie setzte Shuku auf die Erde, gab ihm ein Stück Fisch und band die Tangschnur um seine Brust, schlang sie um seine linke Schulter und zwischen seinen Beinen hindurch und verknotete sie dann noch einmal, damit sie nicht wegrutschte.

»So, Shuku«, sagte Kiin, »du bleibst hier, und ich gehe Eier holen.«

Sie ging wieder zu der Klippe und kehrte auch nicht um, als Shuku zu wimmern anfing. »Später wirst du froh sein, wenn wir Eier zum Essen haben«, rief sie ihm zu. Sie ging an den Rand der Klippe und schlug wieder einen Treibholzpflock ein, band wieder eine Tangschnur darum, und diesmal wickelte sie sie um ihre eigene Taille. Dann legte sie sich auf den Bauch und griff hinab, um die Lummen von den flachen Matten aus Federn und Grasfasern zu stoßen, die unter jedem Vogelei lagen.

Als sie mit ihr schimpften und sie in die Hand pickten, sagte Kiin zu ihnen: »Legt ein neues Ei. Ich sammle hier nur ein einziges Mal. Ihr werdet trotzdem euer Vogelkind haben, aber mein Sohn und ich müssen essen.«

Sie legte jedes Ei, das sie einsammelte, neben sich ins Gras und hinterließ so beim Arbeiten eine Spur am Klippenrand. Shukus Schluchzen ging in ein wimmerndes kleines Lied über, begleitet von Schluckaufs und leisen, schaudernden Seufzern.

»Nur noch drei, Shuku«, rief Kiin ihm zu. Sie blickte über die Schulter zurück, während sie sich vorbeugte, um noch ein

Ei zu nehmen, dann fühlte sie wieder die scharfe Spitze eines Vogelschnabels an den zarten Knochen ihrer Finger. Sie riß ihre Hand vor dem Angriff des Vogels zurück und rutschte dabei auf dem nassen Gras aus. Sie versuchte, sich nach hinten zu werfen, konnte aber ihr Gleichgewicht nicht halten.

Es geschah schnell, doch als sie über die Kante rutschte, sahen ihre Augen alles. Sie sah den Vogel, der ihre Hand angegriffen hatte, die Flügel ausgebreitet, die Brustfedern aufgeplustert, die dunkle Mitte seiner Augen einwärts gezogen, so klein wie die Spitze einer Ahle. Sie sah sein dunkel gesprenkeltes grünes Ei. Dann war nur noch die Klippe da, grau, dunkel. Um ihren Sturz abzufangen, griff Kiin nach den Steinen, krallte sich mit den Fingern fest, dabei wurde ihre Haut aufgeschürft, wurden ihre Fingernägel zerschrammt. Und dann straffte sich das Tangseil, riß sie in einem Bogen rückwärts, bis sich die Knochen ihres Rückgrats aneinander rieben.

»Laß das Seil halten. Laß es halten«, betete Kiin und hoffte, daß irgendein Geist sie hörte.

Ihr Herz schlug so schnell, daß es schien, als ob ein Vogel von dem Eiergesims unter ihren Rippen gefangen wäre. Langsam hob sie den Kopf, dann langte sie hinauf, um das Seil zu fassen. Sie legte die Hände fest um die Tangschnur, blickte hoch und sah, daß zwei Nägel ihrer rechten Hand und einer von ihrer linken abgerissen waren. Ihr rechter Unterarm war roh geschrammt, und an ihren Fingern hingen Hautfetzen.

Die Klippe war steil und glatt, mit wenigen Ritzen als Halt und keinen greifbaren Vorsprüngen außer dem Eiergesims fünf oder sechs Armlängen über ihrem Kopf. Die Vögel kehrten auf das Gesims zurück, aber sie waren still, und die einzigen Geräusche, die Kiin hörte, waren der Wind und das Meer und das Kratzen des Seetangfaserseils an dem Felsen.

»Du mußt klettern«, sagte Kiins Geisterstimme. »Wenn du hierbleibst, wird der Klippenrand dein Seil zerschneiden.«

Kiin sah hinunter auf die Wellen des Nordmeeres, die weiß gegen die Klippe krachten, und ihr Atem schien stehenzubleiben und in ihrer Brust zu schwellen. Sie richtete den Kopf nach oben, fing das Eiergesims mit den Augen und hielt es so fest, als würde sie es mit den Händen halten.

»Hinaufklettern. Hinaufklettern«, sagte ihre Geisterstimme.

Kiin umfaßte die Tangschnur und zog. Das Seil, schmal, straff gespannt, war wie eine Messerklinge an ihrer Haut. Tränen sikkerten aus ihren Augen, aber sie rückte ihre linke Hand ein kleines Stück über ihre rechte. »Ich kann es schaffen«, sagte sie zu sich selbst, sagte es zu den Windgeistern, die sich gegen den Felsen schwangen. Langsam, rechte Hand, linke Hand, bewegte sie sich die Klippe hinauf. Dann zog sie die Füße hoch, stemmte sie gegen den Felsen, stieg die Klippe hinauf, während sie sich mit den Händen zog, bekam mit den Zehen kleine Ritzen und Vorsprünge zu fassen.

Schweiß juckte in ihrer Leistengegend und ihren Achselhöhlen, und ihr Herz war wie eine Trommel, die heftig in ihrem Brustkorb schlug. Ihre Hände brannten, und sie mußte die Lippen zusammenpressen, damit der Schmerz keine Stimme fand. Wieder hob sie die rechte Hand, doch diesmal wollten ihre Finger nicht greifen. Einen Moment hing sie reglos dort an der Seite der Klippe. Sie sah zu dem Gesims hinauf, hoffte, daß es nah wäre, doch obwohl eine unter ihr hängende Seilschlinge zeigte, wie weit sie sich bewegt hatte, schien das Eiergesims so weit entfernt, wie es gewesen war, als Kiin mit dem Klettern begann.

»Es ist näher«, flüsterte Kiins Geisterstimme. »Es sind nur deine Schmerzen, die es so weit weg erscheinen lassen. Nicht hinaufsehen. Nicht hinuntersehen. Nur klettern. Nur klettern.«

Hand über Hand. Hand über Hand. Die Schmerzen in ihren Schultern schienen sich dem Brennen in ihren Armen anzupassen. Hand über Hand. Hand über Hand. Der Wind blies stärker, er kam vom Meer, drückte Kiin gegen die Klippe. Die Muskeln ihres rechten Beines verkrampften sich, und sie mußte anhalten.

»Ich kann nicht«, sagte sie.

Aber ihr Geist sagte: »Wer bist du, daß du aufgibst, wenn du so nah an dem Eiergesims bist? Schau hinauf. Siehst du?«

Kiin sah hoch. Das Gesims war nah. Wenn sie sich streckte, konnte sie es mit den Fingerspitzen greifen.

»Noch ein paar Schritte. Nur ein paar«, sagte ihr Geist. »Wenn du zu dem Gesims kommst, kannst du dich ausruhen, und dann ist es eine Kleinigkeit bis zur Spitze der Klippe.«

Kiin zog ihr rechtes Bein noch einen Schritt aufwärts, bewegte die linke Hand, dann die rechte. Ihr rechtes Bein bekam wieder einen Krampf, diesmal so heftig, daß Kiin vor Schmerzen aufschrie. Sie zog das Bein an ihre Brust, versuchte dann, es auszustrecken, damit die verkürzten Muskeln sich dehnten. Der Krampf ließ nach, und Kiin holte tief Atem. Langsam legte sie ihr Gewicht auf das Bein und bewegte das linke Bein aufwärts, bewegte die rechte Hand an dem Seil, dann stöhnte sie, als wieder ein Krampf einsetzte.

Ihr rechtes Bein rutschte am Felsen ab, und ihr linkes, das seinen nächsten Schritt noch nicht gesichert hatte, rutschte ebenfalls. Sie fiel, die ganze Kraft ihres Gewichts an ihren Händen.

Einen Augenblick gelang es ihr, sich zu halten, aber dann begann das Seil unter ihren Fingern zu rutschen. Das Blut von ihrer Kletterei hatte die Seetangschnur glitschig gemacht, als wäre sie eingeölt, aber am Ende gelang es Kiin, ihren Griff zu sichern und das Rutschen aufzuhalten. Sie sah zu dem Seil hoch, sah an den Blutflecken, die sie hinterlassen hatte, wie tief sie gefallen war.

»Ich war oben«, rief sie, und der Wind nahm ihre Worte und warf sie in die Klippe.

»Du mußt klettern, wieder klettern«, sagte Kiins Geist zu ihr.

»Ich kann nicht«, sagte Kiin und versuchte nicht, ihre Tränen aufzuhalten.

»Und wenn du nicht kletterst, wirst du sterben«, antwortete ihre Geisterstimme. »Der Wind bewegt dein Seil. Die Felsen am Rand der Klippe werden es durchschneiden, und du wirst ins Meer stürzen.«

»Dann bin ich eben tot«, sagte Kiin, sie schrie die Worte gegen den Wind, gegen das Meer, gegen die grauen Felsen der Klippe. »Es macht mir nichts aus.«

»Dir, die du Flüche und Sklaverei überlebt hast, dir macht es nichts aus? Und was ist mit denen, die du liebst – deine Mutter, Chagak, Kayugh? Was ist mit Samiq und Takha?«

Kiin legte den Kopf in ihre Armbeuge und stöhnte gegen die Schmerzen in ihren Händen an, als sie sich an die Tangschnur klammerte.

»Horch«, sagte ihre Geisterstimme. »Horch, und sag mir, was du hörst.«

Zuerst hörte Kiin nur Wind, Vogelstimmen und Wellen, die gegen Felsen schlugen, aber dann hörte sie, gleich einem Lied, das über den Geräuschen der Erde aufsteigt, Shuku, die Stimme erhoben, als ob er nach ihr riefe.

»Shuku«, flüsterte Kiin.

»Ja, Shuku«, sagte ihre Geisterstimme.

Kiin schwang sich gegen das Seil, stemmte die Füße gegen die Klippe und begann abermals zu klettern.

Als Kiin das Eiergesims erreichte, klemmte sie die Fersen über die Kante und hielt sich still, ließ die Muskeln in ihren Beinen sich ausruhen. Bei der Kletterei hatte sich die Haut von den Zehen geschabt, und Blut tropfte von ihren Fußsohlen und befleckte die Federn der Lummennester.

»Das Seil, das Seil«, rief ihre Geisterstimme ihr zu. »Es könnte reißen. Zieh dich hoch. Zieh dich hoch!«

»Sei still«, sagte Kiin. »Laß mich; laß mich ausruhen.« Aber sie begann sich hochzuziehen. Die plötzliche Angst, daß ihre Geisterstimme recht hatte, daß das Seil reißen und sie ins Meer stürzen würde, gab ihr Kraft, und sie zog sich nach oben, bis sie mit den Füßen fest auf dem Gesims stand und ihren Oberkörper auf dem Rand der Klippe ruhen lassen konnte.

Sie hielt das Seil noch fest, faßte es aber oberhalb von dem ausgefransten Stück, das an der Kante der Klippe scheuerte. Lange Zeit rührte sie sich nicht, doch schließlich durchbrach Shukus Geschrei ihre Lähmung, und sie zog sich über den Klippenrand auf Gras und Steine. Da blieb sie schwer atmend liegen, das Seil noch immer gepackt, als könnten ihre Hände nichts anderes tun als greifen und ziehen.

Shukus Schreie schienen jetzt lauter und die Geräusche des Meeres sanfter. »Shuku«, rief Kiin. »Shuku.«

Die Schreie des Kindes hörten auf und fingen dann wieder an. Kiin stemmte sich auf Hände und Knie und kroch zu ihm.

Sein Gesicht war rot, seine Hände und Wangen mit Schmutz beschmiert. Als er Kiin sah, begann er heftiger zu weinen und streckte die Hände nach ihr aus. Sie nahm ihn auf den Schoß, dann legte sie sich im Gras auf die Seite und hob ihren zerfetzten *suk,* damit Shuku saugen konnte. Sie sah nicht auf ihre Hände. Die Schmerzen wogen nicht so schwer wie die Weichheit von Shukus Haut an ihrer.

Als sie seufzend über die Klippe hinaus auf das Nordmeer blickte, sah sie die gesprenkelten Lummeneier am Rand der Klippe aufgereiht wie ein Spiel, das ein Riesenkind mit Muscheln und Kieselsteinen gespielt hat. Plötzlich, trotz ihrer Schmerzen, trotz ihrer Erschöpfung, fing sie an zu lachen.

»O Shuku«, sagte sie. »Wir haben Eier. So viele Eier. Genug, daß sie uns den ganzen Weg bis zum Ufer der Händler reichen.«

56

DIE WALJÄGER

Yunaska Island, Aleuten

»Welche Insel?« fragte Harter Felsen, während er aus seinem Schlafplatz kroch.

»Die Insel der Vier Gewässer«, antwortete Rote Füße. Der Mann stand neben dem Kletterstamm, beide Hände um einen Gehstock gelegt. Er hob den Stock, um ihn wieder und wieder in die aus Gras gewebten Bodenmatten des *ulaq* zu stoßen.

»Diese kleine Insel«, sagte Harter Felsen langsam. »Bist du sicher?« Er runzelte die Stirn und zeigte auf den Gehstock von Rote Füße. Rote Füße lehnte den Stock gegen den Kletterstamm und hockte sich hin.

»Ich habe sie selbst gesehen. Ich habe sie selbst gehört.«

»Hast du vorher schon einmal Walrosse gesehen?«

»Im Ozean.«

»Das ist nicht dasselbe. Vielleicht sind es Seelöwen.«

»Nein.«

»Wie viele?«

»Zu viele zum Zählen.«

»Fischesser hat sie als erster gesehen?«

»Ja.«

»Geh, bitte ihn, zu mir zu kommen«, sagte Harter Felsen. Aber als Rote Füße aufstand, um hinauszugehen, streckte Harter Felsen seine Hand aus und sagte: »Warte. Ich werde zu ihm gehen. Es gibt noch jemanden, den ich sehen muß.« Er zog seinen *suk* von einem Pflock und war den Stamm hinaufgeklettert, ehe Rote Füße etwas erwidern konnte.

Kukutux hörte die Männer kommen und zog sich vom Kletterstamm zurück, drückte sich in einer dunklen Ecke des *ulaq* an die Wand. Ihre Stimmen waren laut. Waren sie zornig?

Dann hörte sie Gelächter, und Harter Felsen kletterte in das *ulaq,* ohne vorher hinunterzurufen. Drei Jäger folgten ihm: Rote Füße, Fischesser und Sterbende Robbe. Die Männer beachteten Kukutux nicht, ausgenommen Sterbende Robbe, der, als er sie in der Ecke sah, eine Hand zum Gruß erhob. Kukutux hob ihre Hand, dann rutschte sie hinunter in die Hocke und lehnte sich an die Wand.

»Ist Waxtal hier?« fragte Harter Felsen, nachdem er das *ulaq* von einer Seite bis zur anderen durchschritten hatte. Er blieb stehen, um in die schattige Ecke zu spähen, wo Kukutux saß. »Ist Waxtal hier?« fragte er wieder.

»In seinem Schlafplatz, aber er betet«, sagte Kukutux, verwundert, daß der Mann den hellen Gesang nicht hörte, der sich aus Waxtals Schlafplatz wand.

Harter Felsen stand still, die Hände locker an den Seiten, als wüßte er nicht, was als nächstes zu tun sei.

»Wann wird er fertig sein?« fragte Sterbende Robbe.

Kukutux stand auf und trat ins Lampenlicht, hob die Schultern. »Wer kann das sagen?«

»Er ist ein Schamane«, sagte der alte Mann Fischesser. »Ich habe euch gesagt, er ist ein Schamane. Ich habe es allen gesagt, als er mit den Händlern zu uns kam, aber wer hört auf einen alten Mann, einen, der kaum jagen kann? Wer hört auf ihn?« Er straffte die Schultern unter seinem *suk* aus Otternfell, umfaßte eine Hand mit der anderen und rieb die geschwollenen Knöchel. Dann sah er Kukutux an, spreizte die Finger und sagte: »Siehst du, was einem alten Mann geschieht, wenn er jagen geht? Für jede Robbe, die er erlegt, handelt er sich zwei Tage mit Schmerzen ein. Ich habe ihnen gesagt, daß ich Walrosse gesehen habe. Sie haben mir nicht geglaubt. Sie haben mich genötigt, zurückzukehren, ihnen die Insel zu zeigen. Sie war voll mit Walrossen, so eng beieinander, daß ein Mann keinen Boden finden konnte, um zwischen ihnen auszuschreiten. ›Walrosse‹, habe ich zu ihnen gesagt. Jetzt glauben sie es. Wenigstens diese zwei«, sagte er und zeigte mit seinen gekrümmten Fingern auf Sterbende Robbe und Rote Füße. »Aber dieser hier, dieser Häuptling, er denkt, er weiß mehr als ein alter Mann. Er sagt, ich soll mit ihnen gehen. Wir alle zusammen, und noch einmal die Walrosse ansehen. Er will sie jagen. Womit? Welcher Mann unter uns hat schon Walrosse gejagt? Sollen wir Robbenharpunen benutzen? Welches Walroß würde sie nicht wegschieben, über unsere kleinen Waffen lachen? Sollen wir unsere Walfischwaffen mit Walroßblut besudeln?«

Während Kukutux dem alten Mann zuhörte, schritt Harter Felsen weiter auf und ab. Er blieb mehrere Male vor dem Vorhang von Waxtals Schlafplatz stehen, und Kukutux sah, wie er den Kopf neigte, um auf Waxtals Gesänge zu lauschen.

Schließlich wandte er sich, die Klagen von Fischesser unterbrechend, an Kukutux und sagte: »Hat er dir aufgetragen, ihn nicht zu stören? Hat er dir gesagt, du sollst still sein, wenn er betet?«

»Er hat mir nichts gesagt«, antwortete Kukutux.

»Dann will ich jetzt mit ihm sprechen.« Harter Felsen sagte die Worte laut, doch dann stellte er sich vor den Vorhang des Schlafplatzes und starrte darauf, als würde dieser sich zur Seite bewegen, ohne daß er ihn berührte. Schließlich beugte sich Kukutux zu Harter Felsen vor und zog den Vorhang auf. Harter Felsen bückte sich, um hineinzusehen, und noch bevor er ein Wort sagte, kam Waxtals Stimme aus dem Schlafplatz, laut, deutlich.

»Habt ihr die Walrosse gefunden, die ich für euch rief?« fragte er.

Harter Felsen fuhr zurück, als hätte der Mann ihn geschlagen.

»Denkt ihr, die Geister sprechen nicht zu mir?« fragte Waxtal. Er kam aus dem Schlafplatz, richtete sich auf und streckte die Arme zu den Dachsparren des *ulaq* hinauf.

»Du hast die Walrosse gerufen?« fragte Sterbende Robbe, und Kukutux sah den Zweifel in seinem Gesicht.

»Habt ihr je zuvor Walrosse in der Nähe dieser Insel gesehen? Eure Väter und Großväter haben Geschichten aus uralten Zeiten erzählt. Haben sie von Walrossen gesprochen?«

»Nein«, sagte Fischesser. »Aber ich habe sie zuerst gesehen. Ich habe sie gesehen und die anderen geholt. Sie haben mir nicht geglaubt.«

»Glaubt ihr ihm jetzt?« fragte Waxtal.

»Ich habe sie nicht gesehen«, sagte Harter Felsen, »aber Sterbende Robbe ist ein Mann, der bekannt dafür ist, daß er die Wahrheit spricht.«

»Dann wirst du mit ihm gehen, um selbst nachzusehen?«

»Wir gehen zusammen«, sagte Harter Felsen. »Wir alle.«

Waxtal drehte sich fort von den Männern. »Ich rufe Walrosse. Ich jage sie nicht«, sagte er, während er an seinen Schlafplatz zurückkehrte.

Harter Felsen packte den Mann an beiden Schultern und zog ihn zurück in den Hauptraum des *ulaq.* »Wenn du Schamane bist, werden wir dich als Schamane ehren, aber nicht, bevor es bewiesen ist. Du hast mir gesagt, du willst diese Frau als deine Frau. Geh jetzt mit uns. Es ist nicht einmal eine Tagesreise bis zur Insel der Vier Gewässer und zurück. Hole deinen *chigadax* und deine Speere. Hole deine Wasserblasen und deine Öllampe.«

Er ließ Waxtal los und sah Kukutux an. »Du hast mir gesagt, du wolltest seine Frau sein, wenn er ein Jäger ist. Was, wenn er ein Schamane ist?«

»Wenn er genug Fleisch herbringen kann, daß es den Winter über reicht, was kümmert es mich, ob es der Anteil eines Jägers oder der Anteil eines Schamanen ist?« antwortete Kukutux. Dann half sie Waxtal, seine Sachen zusammenzusuchen. Sie füllte Häute mit Wasser und eine Blase mit Öl, fand eine Jägerlampe und flickte geschwind einen Riß in seinem *chigadax.*

Aber als die Jäger aufbrachen, kletterte Kukutux nicht auf das Dach des *ulaq,* um ihnen mit den Augen zu folgen. Vielmehr blieb sie in der Mitte vom Hauptraum stehen, der jetzt still war und leer nach dem Getriebe und den lauten Stimmen der Jäger. Sie schloß die Augen und seufzte. Vielleicht hatte die Zeit, die sie nach dem Tod von ihrem Mann und ihrem Sohn allein war, ihren Geist verformt. Warum würde sie sonst die Ruhe eines leeren *ulaq* so genießen? Welche Frau würde Ruhe gegen Kindersegen eintauschen? Gegen den Lärm von Tanten, Onkeln, Eltern, Großeltern? Doch, ermahnte sie sich, meistens hatte das Leben auch eine gesegnete Seite. Warum nicht genießen, was ihr beschieden war?

Sie packte eine Robbenhaut mit getrocknetem Fleisch um und

legte sie wieder in die Speisenische. Während sie arbeitete, dachte sie darüber nach, was die Jäger gesagt hatten. Sie wischte den Stöpsel des Magens mit Öl, das die Jäger dagelassen hatten, sorgfältig ab. Das Öl war frisch. Wie verlockend, eine kleine Schale davon zu nehmen und es mit dem getrockneten Fisch zu verzehren, den sie als ihre nächste Mahlzeit geplant hatte. Aber das Öl war das beste Öl. Besser, es für Waxtal verwahren. Für den, der jagte.

Harter Felsen hatte sie gefragt, ob sie Frau von Waxtal sein wolle, zweimal schon hatte er gefragt. Beide Male hatte sie Bedingungen gestellt: Wenn er jagen könne, wenn er ein Schamane sei. Warum? Waren sie erst einen Mond vorbei, die Tage des Hungerns, als sie jeden Mann genommen haben würde? Warum fiel es ihr jetzt schwer, ja zu sagen?

Waxtal war kein schöner Mann. Sein Gesicht würde bei einer Frau keinen Gefallen finden wie das Gesicht von Harter Felsen. Sein Körper war nicht stark wie der Körper von Sterbende Robbe. Seine Augen waren nicht die sanften Augen von Eule, dem Händler. Aber er hatte Kräfte. Was war wichtiger für die Kinder, die sie vielleicht haben würde – sanfte Augen, ein schönes Gesicht oder die Macht, sie zu ernähren, sie vor Flüchen zu schützen?

»Welche Frau bringt keine Opfer für ihre Kinder, auch die noch nicht geborenen?« fragte Kukutux laut. »Ja, ich will Waxtal als Mann nehmen.« Dann fiel ihr etwas ein, was ihre Mutter ihr gesagt hatte. Öl, frisches Öl, machte kräftige Kinder. Sie ging wieder zur Speisenische, holte den Magen mit neuem Öl hervor und zog den Stöpsel heraus.

»Für meine Kinder«, sagte Kukutux.

57

Die Harpunen sind nicht lang genug, die Spitzen sind nicht groß genug. Welcher Mann hatte je mit einer Robbenharpune ein Walroß getötet? Waxtal schüttelte den Kopf, hoffte, die Furcht zu vertreiben, die seinen Arm beim Paddeln niederzudrücken schien. Schon waren Harter Felsen, Sterbende Robbe und Rote Füße, sogar Fischesser so weit voraus, daß er ihre *ikyan* auf dem flimmernden Meer kaum erkennen konnte.

Waxtal richtete seine Gedanken fest auf sein Amulett. Es lag an seiner Brust, schwer und warm, als sei seine Macht so groß, daß es Hitze abgab. Vor dem Verlassen des *ulaq* hatte er ein dünnes Stück Elfenbein vom stumpfen Ende seines geschnitzten Stoßzahns geschabt. Sobald er das Elfenbein in den weichen Lederbeutel des Amuletts steckte, hatte er den Unterschied gespürt. Er hatte die Schnur seines Amuletts über den Kopf gestreift und gemerkt, er war nun stärker, zuversichtlicher.

Aber jetzt schwappten Zweifel von den Wellen hoch, und er hörte die höhnenden Stimmen jener Geister, die so mühelos über das Meer glitten, um einen Mann in seinem *ikyak* zu finden. Sie spotteten, und ihr Geflüster war wie Nadeln, die seinen Körper durchstachen. »Ho! Es war deine Macht, die die Walrosse brachte. Deine Macht! Wann hast du Tiere gerufen, irgendwelche Tiere, und seien es nur Lemminge? Denkst du, eine einzige Zeit des Betens und Fastens kann solche Macht verleihen? Dann sollte es jeder Mann genauso machen. Welcher Jäger würde jemals ohne Fleisch nach Hause kommen?«

»Ich habe die Walrosse gerufen«, sagte Waxtal laut. »Ich habe sie gerufen. Vielleicht mit meinem Messer an dem Stoßzahn, vielleicht mit meinen Träumen, vielleicht mit meinen Gesängen. Ich war es, der sie rief. Würde ein Waljäger Walrosse rufen? Sie jagen den Wal. Würden Eule oder Geflecktes Ei sie rufen? Sie sind Karibumenschen. Ich bin es, der den Stoßzahn von einem Walroß schnitzt. Ich bin es, dessen Tochter Frau von einem Schamanen des Walroßvolkes ist. Ich habe sie gerufen.«

Da schienen die Wassergeister ihn zu verlassen, und auf einmal waren Waxtals Arme wieder stark. Er paddelte kräftig, bis er nahe an das *ikyak* von Rote Füße herankam, und blieb dort, bis die Geräusche über die Wellen kamen – der starke, hallende Ruf des Walroßbullen, das Meckern und Grollen der niederen Männchen. Und indem die Waljäger ihre *ikyan* nach dem Wind drehten, kamen sie zu der Insel. Harter Felsen und Sterbende Robbe brachten ihre *ikyan* zum Stillstand, indem sie die Paddel senkrecht ins Wasser hielten, bis Rote Füße und Fischesser bei ihnen waren. Sie wendeten und warteten auf Waxtal.

»Die Walrosse sind hier«, sagte Harter Felsen, dann fragte er Waxtal: »Ist dies die Insel, auf der du zum Fasten gewesen bist?«

Fast hätte Waxtal nein gesagt, aber er machte den Mund zu, bevor das Wort entschlüpfen konnte. Er hob den Kopf und sah Harter Felsen in die Augen. »Ja«, sagte er und dachte, wer wird es merken? Eule und Geflecktes Ei sind fort. Sie werden nie zurückkommen. Er war derjenige, der die Walrosse gerufen hatte, warum nicht alle Verdienste für sich beanspruchen? Warum nicht alles nehmen, was er konnte, für die schweren Monde, verbracht auf einer Insel, die verflucht war von demselben Mann, der ihn verflucht hatte? »Ja, dies ist die Insel«, sagte er zu Harter Felsen, und er hob das Blatt seines Paddels aus dem Wasser und wies auf die Hügel über dem grauen Uferfelsen. »Dort in den Hügeln.«

»Du hast diese Tiere gerufen, während du hier warst?« fragte Sterbende Robbe.

»Ich habe sie gerufen«, antwortete Waxtal, »aber sie sind erst gekommen, als ich fort war.«

»Und wenn wir sie nicht gefunden hätten? Wenn Fischesser auf seiner Robbenjagd nicht diesen Weg gekommen wäre?« fragte Harter Felsen. »Du hättest uns sagen müssen, daß du sie gerufen hast.«

»Hättet ihr mir geglaubt?« fragte Waxtal. »Seht mich an. Ich bin kein junger Mann. Ich bin kein starker Mann. Ich habe sogar alle meine Tauschwaren, die vielen Bündel mit Fellen, die Mägen mit Öl, alles habe ich für die Walroßstoßzähne gegeben. Und weil ich so wenig habe, zweifeln jetzt alle Männer in eurem Dorf daran, daß ich ein Schamane bin, daß ich die Kräfte eines Schamanen habe. Hat irgendein Mann jemals Walrosse auf dieser Insel gesehen? Nein. Und eines Tages, wenn ich meine Kräfte mitgenommen haben werde zu den Tanzenden Lichtern, werden die Walrosse wieder von hier fortgehen.« Er drehte sich zu Rote Füße um, dann wieder zu Harter Felsen und Sterbende Robbe. »Wenn ich gesagt hätte, ›Es sind Walrosse zur Vierwasserinsel gekommen – geht jagen‹, würdet ihr mir geglaubt haben?«

Die Männer antworteten nicht, und in dieser Stille beobachteten sie eine Weile den Strand, die Geplänkel des riesigen Bullen, seinen großen Leib wie ein Berg aus rotbraunem Fels, sein Brüllen wie etwas, das im Stöhnen und Krachen von Eisströmen zu hören war.

Dann nahm Rote Füße seine Seelöwenharpune aus ihrer Halterung auf dem Deck des *ikyak,* befestigte sein Wurfbrett an seiner rechten Hand und schob die Harpune in die Rille des Brettes, so daß das untere Ende vom Schaft an dem Elfenbeinhaken anlag, der die Harpune festhielt.

»Nein«, sagte Waxtal. »Wir sind nicht bereit zum Jagen. Wir beleidigen die Walrosse mit unseren Robbenharpunen.« Er sah Harter Felsen an, erkannte, daß er Worte gesprochen hatte, die nur der *alananasika* hätte sagen dürfen. Er wappnete sich für den Zorn von Harter Felsen, aber zu Waxtals Erstaunen zeigte Harter Felsen keinen Zorn, nur Angst.

Er fürchtet meine Macht, dachte Waxtal, und ein rieselndes Lachen stieg in seinen Mund. Waxtal stimmte einen Gesang an, ein Gebet um Schutz, ein Loblied auf alle Walrosse, die sich der Harpune eines Jägers ergaben. Wer konnte sagen, wozu es gut sein würde? Er hatte die Aufschneidereien und Prahlereien der Jäger des Walroßvolkes zur Genüge gehört. Wer wußte nicht, daß der richtige Weg, Walrosse zu jagen, an Land war, wo sie langsam waren und leicht zu erlegen? Im Wasser besaßen sie ihre ganze Kraft. Was vermachte ein Jäger gegen sie auszurichten?

»Warte!« rief Waxtal wieder.

Aber Rote Füße sagte: »Das da gehört mir«, als hätte Waxtal nichts gesagt. Er zeigte auf ein kleineres Walroß in einiger Entfernung von dem Bullen.

Waxtal schaute hin, sah die gelbe Färbung auf den Stoßzähnen des Walrosses. Es war ein Robbentöter, dieses Walroß, seine Stoßzähne gelb gefärbt vom Speck der Robben, die er erlegt hatte. Waxtal hatte Geschichten von solchen Walrossen gehört, die das *ikyak* eines Händlers angegriffen hatten.

»Warte!« sagte Waxtal wieder, aber er sprach zu langsam, und Rote Füße warf die Harpune, schrie auf, als sie das Walroß in die Brust traf. Ein Schwall von hellem Blut hinterließ eine Spur, als das Walroß sich unbeholfen ins Wasser schleppte, dann unter den Wellen verschwand.

»Seht«, sagte Harter Felsen und zeigte auf den Harpunenschaft, der mit dem hinteren Ende nach oben in den Wellen auf und ab tanzte. Der Schaft war mit einer Schnur aus geflochtenen Sehnen an der Harpunenspitze befestigt, die in dem Walroß steckte. Harter Felsen, Fischesser, Rote Füße und Sterbende Robbe bildeten mit ihren *ikyan* einen Kreis um den Harpunenschaft, warteten auf das Auftauchen des Walrosses, wie ein Mann auf eine Robbe oder einen Seeotter wartet. Aber Waxtal lenkte sein *ikyak* nicht in den Kreis, und als Harter Felsen ihm winkte, schüttelte er den Kopf.

Waxtal schloß die Augen und legte seine ganze Kraft in die Worte eines Gesangs. Dann sah er hinter dem Dunkel seiner Augenlider plötzlich die Helligkeit des Lichts, und gleichzeitig hörte er die Schreie der Jäger. Als er die Augen öffnete, wurde sein *ikyak* von anschwellendem Wasser emporgehoben, einer riesigen Welle, als würde das Meer selbst gegen die Waljäger kämpfen. Vom Kamm dieser Welle sah er das Walroß sich aus dem Wasser erheben, und Waxtal wußte, daß das Walroß Macht aus der Welle zog, Kraft sammelte, um die Schmerzen von der Harpunenspitze zu überwinden. Das Tier warf sich gegen das *ikyak* von Rote Füße, daß der Bug zerbarst und Rote Füße aus der Lukenöffnung geschleudert wurde.

Waxtal paddelte in die kleinen gegeneinanderlaufenden Wellen, die eine große Welle manchmal im Gefolge hat. Fast wäre sein *ikyak* umgekippt, aber die Angst verstärkte seine Kraft, und er richtete sich auf, wendete und paddelte geschwind fort vom Ufer, fort von den starken Nachströmungen, die dem Paddel eines Jägers trotzen. Und als er sich weit genug weg bewegt hatte, blickte er zurück. Drei *ikyan* schwammen noch, in jedem ein Mann. Waxtal beobachtete, wartete, und als das Meer ruhig war, paddelte er zu den anderen zurück, erhob die Stimme in Gesängen, damit sie wußten, daß er für sie alle betete, daß seine Kraft nicht in festen Armen oder geschicktem Paddeln lag, sondern in Gebeten und Gesängen und der Macht eines Schamanen.

»Er kann nicht leben«, sagte Sterbende Robbe. Trotzdem banden er und Harter Felsen ihre *ikyan* zusammen. Sie zogen den Mann aus dem Wasser und legten ihn quer über die Decks der *ikyan*.

Waxtal kam heran, schaute und drehte dann schnell den Kopf zur Seite. Nein, auch mit all seinen Gesängen, mit all seinen Gebeten, mit den Kräften des mächtigsten Schamanen würde Rote Füße nicht leben. Welcher Mann konnte leben, wenn seine Brust zerquetscht war, der Kiefer abgerissen, wenn mit jedem Atemzug Blut aus dem Mund gurgelte?

Harter Felsen sah Waxtal an und schlug zornig mit dem Paddel. »Führe uns!« sagte er.

Waxtal machte den Mund auf, um Harter Felsen zu erinnern, daß Rote Füße dumm gehandelt hatte. Er, Waxtal, hatte die Männer davor gewarnt, Robbenharpunen gegen Walrosse zu verwenden. Aber es würde Zeit zu sprechen sein, wenn sie wieder auf der Insel der Waljäger in Sicherheit wären. Wer konnte sagen, ob beobachtende Geister, die ihre Harpunen sähen, ihnen noch eine Welle entgegenschicken würden, so daß sie alle im Meer blieben, um sich zu den wispernden Stimmen zu gesellen, die der Wind Jägern in *ikyan* zuträgt? Und so brach er durch die Wellen, das Paddel schwer und fest in seinen Händen.

58

Kukutux war am Strand, als die Männer zurückkehrten, Waxtal an der Spitze, Fischesser zum Schluß, Harter Felsen und Sterbende Robbe mit aneinander gebundenen *ikyan,* über deren Bugs Rote Füße lag.

Kukutux schloß die Augen vor Kummer, als sie die zwei jungen Frauen von Rote Füße den Klagegesang anstimmen hörte, und sie erinnerte sich an ihren eigenen Schmerz, als ihr Mann bei der Waljagd getötet wurde.

Dann hörte sie über das Klagelied hinweg Waxtals Stimme. Sein ungehöriges Gebrüll übertönte die Frauen. »Ich habe die Walrosse gerufen, aber euch Walmännern gesagt, daß ihr nicht jagen dürft. Wer weiß nicht, daß Walrosse durch Robben- und Seelöwenharpunen entehrt werden? Welcher Mann ist so dumm, das Tier zu entehren, das er als Nahrung braucht?«

Sterbende Robbe kam von seinem *ikyak,* packte Waxtal bei den Schultern und drückte mit seinen kräftigen Händen zu, bis Waxtals Worte zu einem Flüstern erstarben, bis der Mund des alten Mannes sich schloß. »Wer ist so dumm, die Toten zu entehren?« fragte Sterbende Robbe, dann ließ er Waxtal so schnell los, daß der Mann taumelte, als wäre er geschlagen worden.

Harter Felsen, Sterbende Robbe und Fischesser verließen das

Ufer, Harter Felsen, ohne etwas zu sagen. Aber Waxtal blieb, lud Ballaststeine und Ölblasen aus seinem *ikyak*, und dann begann er die Nähte mit Öl einzureiben, als wären keine Trauernden da, als wäre Rote Füße lebendig von der Jagd zurückgekehrt und bewege sich jetzt auf zwei kräftigen Beinen wie jeder andere Mann.

Kukutux ging in das *ulaq* zurück und brachte Essen zur Kochstelle heraus. Sie hängte einen Kochbeutel über das Feuer, füllte ihn mit Wasser und mit frischem und geräuchertem Fisch, dann wartete sie auf Waxtal.

Er kam, zornige Worte murmelnd, aber Kukutux tat, als hörte sie ihn nicht. Der Mann kletterte in das *ulaq* hinunter und dann wieder hinaus, den Gehstock in der Hand. Er schwenkte den Stock beim Gehen gegen Steine und Grasbüschel, aber Kukutux beachtete ihn nicht, bis der Stock nahe an ihre bloßen Füße schwang. Da stand sie auf und sagte mit lauter Stimme: »Das Essen, das ich bereite, ist Essen, das ich selbst besorgt habe. Wenn du essen willst, wirst du deinen Stock weglegen.«

Aber Waxtal schwenkte den Stock wieder, schlug diesmal mit dem Ende gegen Kukutux' Schienbeine und hinterließ einen brennenden Striemen.

Im Zorn griff Kukutux nach ihrem Frauenmesser. Im Zorn zog sie die Klinge über Waxtals Finger. Waxtal schrie auf und ließ seinen Gehstock fallen, hielt die Hand an den Mund, um das Blut aufzusaugen, das aus dem Schnitt quoll. Kukutux sprang nach dem Stock und packte ihn gerade, als Waxtal danach greifen wollte. Dann hob sie ein Knie, zerbrach den Stock darüber und schob die Bruchstücke in das Kochfeuer, während sie Waxtal mit der Klinge ihres Frauenmessers fernhielt, bis der Stock zu glimmen und zu verbrennen begann.

»Er war heilig, dieser Stock!« schrie Waxtal sie an, aber Kukutux schwenkte nur ihr Frauenmesser in weitem Bogen. Waxtal sprang zurück, und Kukutux bückte sich, um mit der linken Hand einen Stein von der Feuerstelle aufzuheben. Sie hielt den Stein hoch, als wollte sie ihn werfen.

Ohne auf die Schmerzen in ihrem linken Ellenbogen, auf den

Widerstand von Knochen und Muskeln gegen das Gewicht des Steins zu achten, sagte sie: »Du, Robbenjäger, denke nicht, du kannst Waljägerfrauen behandeln, wie du deine Robbenjägerfrauen behandelst. Glaubst du, Waljägermänner sind die einzigen, die durch das jahrelange Essen von Walfischfleisch Kräfte sammeln? Denkst du, daß nichts von dieser Kraft zu den Frauen kommt? Sei froh, daß ich nur deinen Stock zerbrochen habe.«

Waxtal öffnete den Mund und fletschte die Zähne, aber Kukutux, stark mit Stein und Messer, hatte keine Angst. Dann hörte sie eine Stimme rufen. Sie wendete ihre Augen vorsichtig von Waxtal ab und sah Harter Felsen zu ihnen kommen. Waxtals Stimme ging in ein Winseln über, und als Harter Felsen nahe genug heran war, um ihn zu hören, zeigte Waxtal auf Kukutux und auf seinen Gehstock, der jetzt mit hellen gelben Flammen im Kochfeuer brannte.

»Sie hat meinen Gehstock benutzt, um ihr Kochfeuer zu nähren«, sagte Waxtal, seine Stimme ruhig, wie die Stimme eines Mannes, der als weise galt und wegen seines guten Rates gefragt war.

Kukutux ließ den Stein wieder an seinen Platz fallen und wischte sich die Hand an ihrem *suk* ab. »Er hat mich damit geschlagen«, sagte sie.

Harter Felsen runzelte die Stirn. »Mit seinem Stock?«

Kukutux nickte.

»Du glaubst einer Frau?« fragte Waxtal.

»Ja«, sagte Harter Felsen.

Waxtals Gesicht verzog sich zu einem Lächeln. »Welcher Mann muß nicht von Zeit zu Zeit Weisheit mit einem Stock lehren?«

Zorn engte die Brust von Kukutux ein. Sie öffnete den Mund, um zu sprechen, aber Harter Felsen bedeutete ihr mit einer Handbewegung zu schweigen. »Es scheint, was immer geschah«, sagte Harter Felsen, »daß Kukutux imstande war, für sich selbst zu sorgen. Jetzt mußt du mit mir in mein *ulaq* kommen. Die Jäger wollen mit dir reden.«

Waxtal ging mit Harter Felsen zu seinem *ulaq*. Kukutux sah ihnen nach. Die Schritte von Harter Felsen waren schwer, er verlegte sein Gewicht zuerst auf die Fersen, aber Waxtal ging so leicht, daß sogar das Gras, das seine Füße platt drückten, sich sogleich wieder aufrichtete.

Als die zwei Männer im *ulaq* von Harter Felsen waren, benutzte Kukutux einen gegabelten Stock, um ein brennendes Kohlestück in ihr eigenes *ulaq* zu tragen, das jetzt leer und dunkel war. Ihre Füße tasteten sich den Kletterstamm hinunter und dann zu jeder Öllampe. Zwei von den vier Lampen hatten genug Öl, so daß die Dochte brannten, dann legte Kukutux das Kohlestück in eine von den leeren Lampen und ging zurück zum Kochfeuer. Mit zwei starken Stöcken nahm sie die Kochhaut von dem Dreifuß aus Treibholz, von dem sie über dem Feuer gehalten wurde. Vorsichtig trug sie sie, nicht zum *ulaq* der Händler, sondern in ihr eigenes *ulaq,* und hängte sie an einen Balken über eine der brennenden Lampen.

Drei Gänge machte sie zum *ulaq* der Händler. Sie nahm alle Gegenstände, die ihr gehörten: Schlaffelle, Matten, Korbgras und Körbe, Mägen mit Öl und getrocknetem Fleisch, Wasserblasen, und brachte sie in ihr eigenes *ulaq*. Dann ging sie in den Schlafplatz ihres toten Mannes, fand die wenigen Waffen, die er nicht mitgenommen hatte zu den Tanzenden Lichtern. Eine abgebrochene Harpunenspitze. Einen krummen Vogelspeerschaft. Einen Haken, um Fische an Land zu ziehen. Den Speer eines Jungen. Sie legte diese Gegenstände neben sich, dann schöpfte sie sich eine Schale voll Brühe und Fisch aus der Kochhaut. Wenn Waxtal käme, sie zu holen, war sie bereit, zu kämpfen.

»Was hätte ich noch mehr tun können?« fragte Waxtal. »Ich habe die Walrosse gerufen. Ich habe sie zu euren Jägern gebracht. Ich habe euch gesagt, ihr dürft sie nicht mit Robbenharpunen jagen. Denkt ihr, Wale sind die einzigen Tiere, die Jäger mit behutsamen Tabus ehren müssen?« Er machte ein anzügliches Geräusch mit den Lippen und blies Luft zwischen seinen Gesäßbacken heraus.

Harter Felsen rümpfte die Nase über den Gestank, und Waxtal sagte: »Die Walrosse, sie riechen noch den Gestank eurer Dummheit.« Waxtal stand auf und sah die Männer an. Als er als junger Mann gekommen war, um diesen Waljägern gegen die Kurzen Menschen beizustehen, hatte es so viele Jäger in diesem Dorf gegeben, daß nicht alle in einem *ulaq* Platz fanden. Und jetzt, wie viele? Er ließ seine Augen von einem zum anderen wandern, acht, zehn, und viele von ihnen alt. Er zeigte rüde auf Harter Felsen. »Der Fluch, der von dem Mann Samiq über euch kam, ist noch hier.«

Harter Felsen holte schnell und heftig Atem. »Der Mann ist tot. Willst du einen neuen Fluch über uns bringen, daß du seinen Namen nennst?«

»Ich weiß Dinge, die ihr nicht wißt, Dinge, welche die Geister dem enthüllen, der sie ehrt«, sagte Waxtal. »Ich habe Walrosse zu euch gebracht – gut für Fleisch, Häute und Öl. Ich habe bei dem Walroßvolk gelebt. Meine Tochter ist Frau von einem Schamanen der Walroßmenschen. Ich weiß, wie sie jagen, ich weiß, was einem Walroß zur Ehre gereicht. Ich habe euch Fleisch gebracht, und ihr beschuldigt mich, einen Fluch gebracht zu haben. Der Fluch, den ihr habt, ist Samiqs Fluch. Ihr denkt, der Fluch wird euch verlassen? Ihr denkt, sein Geist wird den Weg aller Geister gehen – zu den Tanzenden Lichtern? Ihr wißt nichts, und wenn einer, der helfen kann, zu euch kommt, weist ihr ihn zurück.«

Gemurmel regte sich unter den Männern. In einer Ecke des *ulaq* erhoben der Bruder und der Vater von Rote Füße ihre Stimmen im Zorn. In einer anderen Ecke hob Krummer Vogel, Mann von Scheckiger Korb, um Anhörung bittend die Hände. Aber Waxtal beachtete sie alle nicht. Er kehrte ihnen den Rücken zu und kletterte zum Dachloch des *ulaq* hinauf. Oben am Kletterstamm sah er zu ihnen hinunter. »Ihr müßt nicht mit dem Fluch leben. Ich weiß, wie er aufgehoben werden kann. Ich habe euch die Walrosse gegeben und nichts dafür verlangt. Aber wenn einer von euren Jägern Tabus bricht, gebt ihr mir die Schuld an seinem Tod. Ich werde nichts mehr preisgeben.

Überlegt euch, was ihr zum Tauschen habt. Wenn es ein guter Tausch ist, werde ich euch sagen, wie der Fluch von euch genommen wird.« Er hob eine Hand und streckte sie nach dem Vater von Rote Füße aus. »Überlegt es euch jetzt«, sagte Waxtal, »bevor dies ein Dorf der Frauen und Kinder wird.«

In dieser Nacht sah Kukutux es, während sie schlief, sah es groß und rollend in der Brandung, und sie schreckte aus ihrem Traum auf. Die Vision war voll von Leben, aber Kukutux war sich nicht sicher, was sie gesehen hatte. Einen anderen Mann – tot?

Sie setzte sich auf und schüttelte den Kopf. »Es war kein Mann«, flüsterte sie und mühte sich, sich an das Bild zu erinnern, das ihren Sinn erfüllt hatte. Nein, welcher Mann hatte die Gestalt eines Fisches? Welcher Mann hatte eine Haut von der Farbe von Bergpreiselbeeren?

Sie legte sich wieder hin und schmiegte ihre Wange in das weiche Pelzrobbenfell, das sie sich unter den Kopf geschoben hatte. Sie klopfte auf den Speer, der neben ihr lag.

Du bist in Sicherheit, sagte sie sich. Schlaf weiter.

59

Nach ihrem Traum konnte Kukutux dem Meer nicht fernbleiben. Es war, als hätte eine Stimme sie gerufen, und der Schmerz, der seit dem Tod von ihrem Mann und ihrem Sohn bei ihr war, schien tiefer zu werden.

»Warum bist du hier?« fragte sie sich und bewegte den Kopf, so daß die Worte mit dem Wind fliegen und ungehört hinweggetragen würden über die Männer, die auf der windgeschützten Seite der *ikyak*-Gestelle hockten, über die Frauen, die im flachen Wasser der Ebbe wateten, um Käferschnecken von den Felsen zu klauben. »Warum bist du hier, wenn es in deinem *ulaq* so viel für dich zu tun gibt?«

Sie besann sich auf das Kraut der schwarzen Krähenbeere, das jetzt, während der langen Tage des Sommers, auf den Hügeln in die Höhe schoß. Es war an der Zeit, das alte Heidekraut hinauszuwerfen, das auf dem Boden des *ulaq* lag, und es durch frisches zu ersetzen. Sie dachte an Fische, die sie fangen würde, an den *suk,* den sie machte. Sie sollte den Strand entlanggehen, Käferschnecken auf Felsen sammeln, die weiter vom Dorf entfernt waren, und diese nahen Felsen den alten Frauen und den Kindern überlassen. Sie würde vielleicht sogar ein paar Seeigel finden, übriggelassen von den Seeottern, die sich jetzt in den Seetangfeldern nicht weit vom Ufer tummelten.

Aber etwas hielt sie am Strand fest, wo sie aufmerksam in die Ferne blickte, als könnte sie über Wasser und Himmel hinaussehen, um den Traum zu verstehen, der ihr geschickt worden war.

Schließlich zwang sie sich, umzukehren, zu ihrem *ulaq* zurückzugehen. Vier Tage waren vergangen, seit Harter Felsen und Sterbende Robbe den toten Rote Füße ins Dorf gebracht hatten, vier Tage der Trauer. Sie hatten das Begräbnis begangen, hatten die Steine über Rote Füße und die Überreste seines *ikyak* gehäuft, aber die Jäger sprachen noch immer mit leiser Stimme, als fürchteten sie, die Aufmerksamkeit der Geister anzuziehen. Wer konnte es sagen? Einer von ihnen könnte der nächste sein, der bei der Jagd getötet wurde.

Die Frauen folgten ihren Männern mit angsterfüllten Augen, fanden Vorwände, um Ufer und Meer von den Dächern ihrer *ulas* zu beobachten, selbst bei Kälte, selbst bei Wind, als könnten sie durch das Beobachten die Geister fernhalten, die den Tod bringen mochten.

Vielleicht überträgt sich nur auf mich, was jene fühlen, die um mich sind, dachte Kukutux. Vielleicht ist es ihre Angst, ihre Sorge, die mich an diesen Strand bringt.

Die Bilder von ihrem Traum kamen wieder – etwas Rotes im Meer. Der Körper eines Mannes? Noch ein getöteter Waljäger? Eine angstvolle Stimme drang in ihren Kopf, jammerte gegen Ängste an, die zu groß waren, um sie in Worte zu kleiden.

Oben auf dem *ulaq* gähnte Waxtal und streckte sich. Er hatte aufstehen und mit den Waljägern die Sonne begrüßen wollen, aber seine Schlaffelle waren warm, und aus irgendeinem Grund hatte seine Blase ihn nicht früh aus dem Schlaf getrieben, wie sie es sonst oft tat. Er blinzelte in der Helligkeit des Tages, in dem weißen Nebel, der vom Ufer aufstieg. Er kratzte sich mit einem Fingernagel den Schlafsand aus den Augenwinkeln und schnippte ihn in den Wind, dann schauderte er und kletterte geduckt in das *ulaq* zurück, um seinen *suk* zu holen.

Der Wind war kalt, zu kalt für einen Mann, um sich im Fluß zu waschen, aber ohne eine Frau im *ulaq* wollte er keinen Nachtkorb für seinen Urin benutzen, wollte sich nicht die Mühe machen, ihn jeden Tag auszuleeren, oder Urin aufzubewahren, wie es die Walroßmenschen taten, damit er reifen und dazu dienen konnte, Öl aus Fellen und Fett aus Haaren zu waschen oder Farben zu binden, damit sie nicht ausliefen oder verblaßten.

Er kratzte sich am Bauch, dann zog er seinen *suk* über und ging wieder nach draußen. Er suchte den Strand ab, sah Kukutux zu den *ulas* gehen. Dann blieb sie stehen und sah aufs Meer, ihr Gesicht wie eine Maske, starr, unbeweglich.

Er folgte ihrem Blick und sah nichts. Er erinnerte sich, was Harter Felsen ihm über sie erzählt hatte, daß die Augen von Kukutux wie die Augen von einem Adler seien, die weiter sahen, als die meisten Menschen sehen konnten, daß sie schon als Kind immer die erste gewesen war, die die Jäger zurückkehren sah, immer die erste Warnung vor Stürmen am fernen Horizont gegeben oder Schwärme von Fischen angekündigt hatte, die zum Ufer der Waljäger schwammen.

So wartete er, die Augen wie Kukutux auf das Meer gerichtet, und dann sah auch er etwas in der Brandung, rollend und rumpelnd, so daß er zuerst dachte, es sei ein Baumstamm, als Treibholz an den Strand gespült. Dann sah er die rote Farbe, fühlte den schnellen Schlag seines Herzens – ein Mann? Eule oder Geflecktes Ei, ihr umgekipptes *ik?* Die Strömungen hätten sie an dieses Ufer bringen können.

Aber nein, es war zu groß, um ein Mann zu sein.

Während Waxtal es beobachtete, wußte er plötzlich, was es war, und als sei er wieder jung, rannte er zum *ulaq* von Harter Felsen und zum Dachloch hinauf.

Er tat einen langen Atemzug und rief hinunter.

»Ich bin Waxtal. Ist Harter Felsen hier?«

Harter Felsen antwortete selbst, seine Worte ein Murmeln, als hätte er etwas im Mund. Er kam zum Kletterstamm und sah zu Waxtal hoch. Eine Wange von Harter Felsen war ausgebeult von dem, was er gerade aß, und einen Augenblick kaute er, dann fragte er schließlich barsch: »Was?«

Waxtal lächelte und sagte: »Die Waljäger sind gut zu mir gewesen. Ich habe beschlossen, euch ein Geschenk zu machen. Während der letzten vier Tage der Trauer habe ich etwas an dieses Ufer gerufen. Es wird bald hier sein. Nutzt es, wie ihr wollt.«

Dann ging er und stellte sich neben Kukutux, die noch immer auf das Wasser hinausstarrte, sie und die anderen Frauen, die am Strand waren.

»Ich habe es gerufen«, sagte Waxtal, seine Worte leise, und er brachte seinen Mund nahe an das Ohr von Kukutux. »Ich habe es gerufen.«

Sie entfernte sich einen Schritt von ihm, dann noch einen. »Warum?« fragte sie. »Was ist es?«

»Das Walroß«, sagte Waxtal.

»Das von Rote Füße?« fragte Kukutux, dann verschloß sie den Mund mit ihrer Hand.

»Hab keine Angst«, sagte Waxtal. »Ich lasse nicht zu, daß sein Geist dir etwas tut.«

»Du hast es gerufen?« sagte Kukutux, die Brauen zusammengezogen, die Lippen straff. »Warum?«

»Ein Jäger sollte seine letzte Beute haben – um sie seiner Familie zu geben«, sagte Waxtal. Er zog die Schultern hoch. »Denkst du, es wird den Kummer seiner Frauen nicht lindern, zu wissen, daß ihr Jäger noch immer besorgt genug um sie ist, um ihnen Fleisch zu schicken?«

Zwei Frauen ließen ihre Sammelbeutel liegen und riefen die Männer bei dem *ikyak*-Gestell, dann war Harter Felsen bei Kukutux und Waxtal.

»Es ist das Walroß«, sagte Waxtal und beobachtete die Männer, als sie ins Wasser wateten. Drei von ihnen trugen scharfe Fischhaken, einer einen Gehstock, andere *ikyak*-Paddel.

»Dürfen sie es berühren?« fragte Harter Felsen.

»Um es an Land zu bringen«, antwortete Waxtal, »aber einer muß ein Gebet über ihm sprechen und die richtigen Walroßgesänge anstimmen, bevor es geschlachtet und geteilt wird.«

»Kennst du die Gesänge?« fragte Harter Felsen Waxtal.

»Ja.«

Waxtal sah zu, wie die Männer das Tier an Land schleppten, dann wandte er sich an Kukutux. »Geh in das *ulaq,* wo die Leute trauern. Sag ihnen, sie sollen hierherkommen, um zu sehen, was die Geister ihnen geschenkt haben.«

Kukutux stieg das *ulaq* hinauf und rief hinunter in das verräucherte Innere. Sie bekam keine Antwort, und sie rief noch einmal, wartete, bis sie eine leise Stimme hörte, dann sah sie hinunter in das runzlige Gesicht von Viele Hände, Mutter von dem, der gestorben war. »Es ist etwas am Strand, das du sehen sollst, Mutter«, sagte Kukutux sanft, Worte der Höflichkeit benutzend, um ihre Anteilnahme zu zeigen.

Aber die alte Frau antwortete mit barscher Stimme. »Wie kann ich Mutter sein«, fragte sie, »wenn alle meine Kinder bei den Tanzenden Lichtern sind?« Sie kehrte sich vom Kletterstamm ab und zog sich wieder in den Schatten des *ulaq* zurück. »Ich will nicht an den Strand gehen. Laß mich hierbleiben. Vielleicht haben die Geister Erbarmen und lassen mich sterben.«

Kukutux hörte leises Gemurmel, ohne Zweifel die Stimme von Kleiner Wal, erste Frau von Rote Füße, Mutter seines kleinen Sohnes. Oder vielleicht die von Fischefängerin, zweite Frau von Rote Füße.

»Selbst wenn eines deiner Kinder dir ein Geschenk geschickt hat, selbst wenn das Geschenk jetzt am Ufer ist, willst du nicht kommen?« fragte Kukutux. Sie kniete sich hin, so daß sie ihr Gesicht in das Dachloch drücken konnte, damit ihre Worte zu allen Menschen dort unten getragen würden.

Die alte Frau drehte sich langsam um, und im Dunkeln konnte Kukutux das Rot in den Augen der Frau sehen, die Spuren, welche Tränen auf ihren Wangen hinterlassen hatten.

»Von Rote Füße?« fragte die alte Frau, und Kukutux hörte ein rasches »Schsch«, ein Verwahren gegen die Verwendung des Namens von dem toten Mann. Aber die alte Frau sah fort von dem Dachloch und sagte mit lauten, scharfen Worten: »Was kümmert es mich, ob er zurückkommt? Was kümmert es mich, ob er uns alle zu den Tanzenden Lichtern bringt?«

Die leise Stimme antwortete: »Mein Sohn ist jung. Er braucht Jahre, um zu jagen. Er braucht Sommer in einem *ikyak,* Winter, um die Geschichten von unserem Volk zu lernen.«

»Was weißt du schon?« sagte die alte Frau. »Du warst nur seine Frau.« Sie kletterte zum Dachloch hoch. Kukutux reichte ihr beide Hände, um der Frau vom Stamm auf das Dach zu helfen. Kleiner Wal kam auch, ihren Sohn in einem Tragriemen an ihre Seite geschlungen, und Fischefängerin, ihr Bauch dick von der Schwangerschaft. Sie folgten Kukutux an den Strand, die alte Frau als letzte, eine Hand hinten in Fischefängerins *suk* gekrallt.

Als Kleiner Wal das Walroß sah, hob sie ihre Stimme zur Klage, schrie auf, als sei dies der erste Tag ihres Verlustes, und als Kukutux zu ihr trat und einen Arm um ihre Schultern legte, stieß sie sie fort.

»Ich will es nicht. Ich will es nicht«, sagte sie.

Aber die Mutter von Rote Füße wankte zum Strand und ging zu dem Walroß; das rotbraune Tier war größer als der größte Mann. Sie pflanzte ihre Füße fest neben das Walroß und rief: »Die letzte Beute von meinem Sohn. Sie gehört mir, wie einst seine erste Beute. Das Fleisch gehört mir, und ich werde es mit niemandem teilen.«

Harter Felsen verließ die Versammlung der Männer, ging zu den Frauen und bückte sich, die Hände auf den Knien, um ihr in das runzlige Gesicht zu sehen. »Großmutter«, sagte er, »du kannst kein ganzes Walroß essen. Teile es mit allen im Dorf, damit dein Sohn unter den Jägern bei den Tanzenden Lichtern den Blick stolz nach vorn richten kann.«

Die alte Frau seufzte, dann hob sie die Hände und ließ sie seitlich sinken. »Ich werde teilen«, sagte sie und trat von dem Kadaver zurück.

Harter Felsen wandte sich den Frauen am Strand zu, viele hielten schon Schlachtmesser bereit. »Der Schamane sagt, es müssen Gebete gesprochen werden.«

»Er ist nicht Schamane, er ist Händler«, sagte Viele Hände, zu Waxtal blinzelnd.

»Er hat das Walroß an unser Ufer gerufen«, sagte Harter Felsen.

»Es ist ein Geschenk!« schrie die alte Frau. »Es ist von meinem Sohn. Es ist ein Geschenk.« Sie hob eine gekrümmte Hand zu Waxtal hin. »Er hat es nicht getan!«

»Er hat große Macht«, sagte Harter Felsen. »Er spricht zu Geistern. Er ...«

Dann war Waxtal bei Viele Hände. Er nahm eine Kette aus Vogelknochen von seinem Hals und wand sie über die Schultern der Frau. »Ich habe mit deinem Sohn gesprochen«, sagte er. »In den Tagen der Trauer, bevor er zu den Tanzenden Lichtern ging, habe ich angehört, was er zu mir gesagt hat. Er möchte, daß du diese Halskette bekommst. Er möchte, daß du Beeren und Seeigel sammelst, um zu helfen, seinen Sohn zu ernähren.« Waxtal blickte über die Schulter zu Kleiner Wal, die mit dem Säugling auf der Hüfte da stand. »Er möchte, daß ihr dieses Walroß bekommt, du und seine Frauen und die Leute von diesem Dorf. Er bat mich, es für ihn hierher zu rufen. Ich habe es getan.« Er räusperte sich. »Meine Kräfte sind nur die Kräfte eines Schamanen«, sagte er, »deshalb hat das Rufen vier Tage gedauert, aber jetzt ist das Walroß hier, und das Fleisch ist für uns alle da.«

Die alte Frau ergriff die Vogelknochenkette mit beiden Händen, trat von Waxtal zurück und sagte mit zitternder Stimme: »Du nimmst den Anteil des Jägers.«

Waxtal lächelte, und das Lächeln brachte einen Schauder auf die Arme von Kukutux. War der Mann so mächtig, wie er behauptete? Konnte er mit toten Männern sprechen und dennoch nicht ihrer Macht anheimfallen, ihn zu den Tanzenden Lichtern zu ziehen? Wie sonst wäre das Walroß gekommen, wenn nicht durch jemandes Macht?

Aber in Waxtals Augen, in seinen zusammengebissenen Zähnen, in der Geschmeidigkeit seiner Worte sah sie nur Habgier. Sogar jetzt, als sie unter der Wölbung des Himmels stand, schien es, als würden alle Dinge – das Meer, der Strand, die *ulas,* selbst die *ikyan* auf ihren Gestellen – zu Waxtal hingezogen, als hätte er die Macht, sie in seine Seele zu holen, so mühelos, wie ein Mann Suppe aus einer Schale trinkt.

Waxtal ging an den Rand der Wellen, schöpfte mit den Händen Wasser, trug es zu dem Walroß und bespritzte das Tier damit. Wieder und wieder, viermal, holte er Wasser. Dann rief er den Frauen zu: »Ich brauche etwas aus dem Meer, eine Miesmuschel oder eine Schnecke.«

Eine der Frauen hielt eine gerippte Käferschnecke aus ihrem Sammelbeutel in die Höhe, der dunkle Panzer fast kreisförmig geringelt.

»Gut«, sagte Waxtal. Er nahm die Käferschnecke und steckte sie in das Maul des Walrosses. Dann stimmte er einen Gesang an, in einer Sprache, die Kukutux nicht kannte, die Worte zu rauh für die Karibusprache, die Eule und Geflecktes Ei gesprochen hatten.

Als der Gesang zu Ende war, streckte Waxtal einer der Frauen seine Hand hin, und die Frau reichte ihm ihr Schlachtmesser. Waxtal beugte sich über das Walroß, machte den ersten Schnitt, mühte sich, das Messer durch die dicke Haut zu bekommen, machte ein paar weitere Schnitte, hielt dann inne, um seine Hand einer anderen Frau hinzustrecken und mit einer frischen Klinge fortzufahren, und schlitzte vom Hals zum After am Bauch entlang.

Waxtal sprach zu der alten Frau, als hätte er ihre Worte eben erst vernommen, als hätte er keine Zeit mit Gesängen und Riten verbracht. »Nein«, sagte er, »der Anteil des Jägers gehört dir. Ich will ihn nicht. Ich brauche ihn nicht. Du und die Frauen deines Sohnes sollt diesen Anteil bekommen.«

»Dann den Anteil des Häuptlings«, sagte die alte Frau.

Die Augen von Kleiner Wal weiteten sich, und sie sah Harter Felsen an. Ihre beiden Hände flogen hoch, um ihr Gesicht zu bedecken.

Kukutux war neugierig, was Harter Felsen sagen würde. Eine alte Frau konnte den Anteil des Häuptlings der Jäger nicht verschenken. Aber Harter Felsen sagte nichts.

Waxtal schüttelte den Kopf. »Ich werde keinen Anteil nehmen, nichts von dem Fleisch«, sagte er. »Es ist nicht für mich, sondern für das Dorf.« Er ging ein paar Schritte auf sein *ulaq* zu, bevor er sich umdrehte und die Hände ausstreckte, um über die Stoßzähne des Walrosses zu streichen, erst über den einen, dann über den anderen. Er lächelte die alte Frau an, die mit einem Messer in der Hand wartete, denn ihr stand das Recht des Schneidens und Teilens zu. »Die Stoßzähne sind schön«, sagte er. Dann ging er über den Strand zurück, sah niemanden an, sprach zu niemandem. Kukutux wandte den Kopf, um ihm nachzusehen, bis er das *ulaq* der Händler hinaufgestiegen und drinnen verschwunden war.

60

Waxtal setzte sich neben die Öllampe. Der Docht mußte geputzt werden. Er zog sein Ärmelmesser heraus und stemmte sich auf die Füße, blickte auf den geflochtenen Moosdocht, auf die dünne Spirale aus schwarzem Rauch, die sich von der flakkernden Flamme nach oben ringelte, setzte sich dann wieder hin und steckte sein Messer weg. Wer konnte sagen, was mit dem Messer geschehen würde, wenn er es für Frauenarbeit benutzte? Warum Gefahr laufen, einen Fluch auf sich zu laden, insbesondere auf dieser Insel der Flüche?

Er dachte daran, etwas zu essen, aber die Frau hatte ihm nur eine Robbenhaut halbvoll mit getrocknetem Fisch und eine Handvoll Robbenfleisch dagelassen. So eine Närrin, dachte Waxtal. Frauen hatten keinen Blick für Dinge des Geistes. Aber was konnte er erwarten? Sogar die meisten Männer waren blind dafür.

Er kroch zu seinen Walroßstoßzähnen, setzte sich neben sie und legte seine Hände auf das kühle Elfenbein. Er schloß die Augen und stellte sich das tote Walroß am Strand vor. Vielleicht hatte er es gerufen. Wer konnte das sagen? Warum wäre es sonst hier angespült worden, ein Tier, das nicht auf dem Wasser trieb, wenn es tot war? Was konnte es hierhergebracht haben, wenn nicht seine, Waxtals, Macht?

Er dachte an sein eigenes armes Dorf. Vielleicht waren sie alle tot, verhungert während des ersten Winters fort von Tugix' Insel, ohne Nahrung oder Öl. Es würde ihm nichts ausmachen, zu einem *ulaq* der Toten zurückzukehren, angefüllt mit ihren Knochen, selbst denen von seiner Frau Blaue Muschel. Sollten sie alle tot sein.

Aber Samiq? Waxtal lächelte. Nein, er wollte nicht, daß Samiq tot war. Samiq mußte Waxtal als Schamane sehen, mußte seine Macht sehen. Danach mochte er sterben, mochte Waxtals eigener Speer ihn töten. Freilich, wenn alle tot wären, wer wäre dann noch übrig, um in seinem Dorf zu leben? Aber wozu sich sorgen? Er hatte Walrosse an diesen Strand gerufen. Ja, er hatte sie alle gerufen. Wer sonst hätte das vermocht? Wenn Harter Felsen imstande wäre, ein Tier zu rufen, dann würde es ein Walfisch sein.

Ich habe sie gerufen, dachte Waxtal. Ich habe die Walrosse gerufen. Und wenn ich Walrosse rufen kann, kann ich Männer rufen, Jäger und Händler, die in mein Dorf kommen werden. Und weil ich sie rufe, werde ich Häuptling sein. Waxtals Magen knurrte. Er legte seine Hand auf seinen Bauch und sagte: »Warte, bald wirst du Essen haben. Was sie bringen, wird mehr sein, als wenn ich den Anteil des Jägers genommen hätte.« So saß er und wartete, bis ihn der Schlaf übermannte.

Er erwachte von einer Stimme, die vom Dach des *ulaq* rief. Es war die Witwe Kleiner Wal mit der alten Frau Viele Hände. Jede trug frisches Fleisch, in Scheiben geschnitten und gekocht, triefend von Öl. Kleiner Wal trug auch eine Blase mit Bitterwurzelknollen, die sie Waxtal gab, als sie den Kletterstamm hinunterkam. Die Blase war warm von den Bitterwurzeln und roch stark nach geräuchertem Fisch. Er öffnete sie und sah, daß die Frau den Fisch in die Wurzeln geschabt und auch getrocknete Ugyuunblätter eingestreut hatte. Er fischte ein paar Wurzeln heraus und leckte sich das Essen von den Fingern.

»Für dich, für das Fleisch, das du uns gegeben hast«, sagte Kleiner Wal, und obwohl ihre Augen von ihrer Trauer geschwollen waren, sah Waxtal, daß sie eine schöne Frau war, groß und kräftig, die Gesichtshaut straff über den Knochen, die Augen groß, die Nase klein.

Zu schade, dachte er, daß Rote Füße nicht früher gestorben ist. Wenn Kleiner Wal nicht in Trauer wäre, würde Waxtal lieber sie als seine Frau erbitten als die, die sie Kukutux nannten. Zwar war auch Kukutux nicht häßlich, doch ihr gekrümmter Arm minderte ihre Kräfte, und sie war eine Frau mit scharfem Mundwerk und bitterer Rede. Aber wer konnte es sagen? Wenn

Waxtal beschloß, für den Winter auf dieser Insel zu bleiben, würde er Kukutux vielleicht für eine kurze Zeit nehmen, und wenn dann Kleiner Wal ihre Trauer beendet hätte, würde er Kukutux hinauswerfen. Wer würde es ihm verübeln? Sogar Harter Felsen klagte über den Eigensinn von Kukutux.

»Danke«, sagte Waxtal und tauchte seine Finger abermals in die Bitterwurzeln. »Das ist gut.«

»Ich bin es, die dir danken sollte«, sagte Kleiner Wal. »Es ist nicht leicht für eine Frau allein, an Fleisch zu kommen.«

Die zwei Frauen gingen, und Waxtals Blick folgte Kleiner Wal, als sie den Kletterstamm hinaufstieg. Seine Augen verweilten auf ihren Füßen und Beinen, und er wünschte, er könnte weiter in ihren *suk* hinaufsehen, aber der Schatten erlaubte ihm nicht, weiter zu sehen als bis zu ihren Knien. Doch selbst das ließ Waxtal für einen Augenblick seinen leeren Magen vergessen. Aber als er die Frauen nicht mehr auf dem Dach seines *ulaq* hören konnte, setzte er sich neben die Öllampe und aß.

Drei Frauen kamen an diesem Abend, alle brachten gekochtes Walroßfleisch, das Fleisch von strengem Geschmack, vielleicht nicht so gut wie Robbenfleisch, aber besser, sagte sich Waxtal, als Walfischfleisch. Eine Frau versprach ihm einen Robbenmagen mit Walroßöl, und nach einem Blick auf seine Lampe nahm sie ihr Frauenmesser und putzte den Docht. Eine andere brachte Walroßfleisch, sehr dünn geschnitten, zwischen jedem Stück eine Scheibe rohen Fisch, das Walroß in Öl gekocht, bis sich eine knusprige Kruste bildete, so daß der Fleischsaft nicht austrat. Eine andere brachte ein Eintopfgericht, das in einer dicken Brühe siedete, und hängte das Gefäß an einen Balken.

Jedesmal, wenn eine Frau gegangen war, trug Waxtal das Essen, das sie gebracht hatte, in einen der leeren Schlafplätze. Warum etwas zum Abgeben haben? Wenn später welche von den Männern zu ihm kämen, um über das Jagen von Walrossen zu sprechen, warum Essen haben, das sie verzehren würden, sie, die Frauen und Mütter hatten, die für sie kochten?

Waxtal aß, bis er satt war, dann legte er das, was von dem Fleisch übrig war, das Kleiner Wal gebracht hatte, auf eine Matte, rollte sie zusammen und schob sie in die Speisenische. Er setzte sich mit gekreuzten Beinen hin und sah lange in die Flamme der Öllampe. Und als befände er sich in einem Traum, hörte er Stimmen.

Zuerst dachte er, es sei noch jemand, der Essen brachte, aber dann merkte er, daß die Stimmen aus dem Inneren des *ulaq* kamen. Vorsichtig bewegte er sich auf das Geräusch zu, bis er schließlich zu dem geschnitzten Stoßzahn kam. Er senkte den Kopf, lauschte auf die Stimmen, die kaum mehr als ein Flüstern waren.

»Was?« sagte eine Stimme. »Du läßt nichts übrig für die, die vielleicht kommen werden?«

»Warum sollte ich?« fragte Waxtal, ebenfalls flüsternd. »Ich habe ihnen ein Walroß gegeben und nichts für mich selbst genommen. Was sollte ich noch mehr tun?«

»Du hast das Walroß gerufen?« fragte die Stimme.

»Wer sonst?«

»Selbstsucht erntet nichts als Reue«, sagte die Stimme, Worte, die Waxtal schon gehört hatte, von Großmüttern, die Enkelkinder unterwiesen.

»Bin ich ein Kind, daß du mir das sagen mußt?« fragte er, aber er ging wieder zu der Speisenische, nahm die Matte heraus und legte sie neben die größte Öllampe auf den Boden. »Da«, sagte er, und er sagte es laut. »Da ist Essen.«

Die Stimme antwortete nicht, und auch als Waxtal zu dem Stoßzahn zurückging, sich für eine Weile daneben hockte, sprachen die Stimmen nicht wieder. Schließlich ging er in seinen Schlafplatz, holte sein Päckchen mit Schnitzwerkzeug heraus und legte es neben der hellsten Öllampe zurecht. Er nahm sich einen Bissen Walroßfleisch und kaute es, während er den geschnitzten Stoßzahn zu der Lampe brachte und neben sich auf den Fußboden legte.

Er schloß die Augen, um zu sehen, ob ihm ein Bild in den

Sinn kommen würde, eine Vorstellung, was er als nächstes schnitzen sollte. Bald zog er Linien, Bilder von Samiq, dem Mann mit einer verkürzten Hand, die er an seine Brust gedrückt hielt, mit Zeichen wie Speere für die Flüche, die von Geistern gegen ihn geworfen wurden.

Waxtal hörte Harter Felsen vom Dach des *ulaq* rufen. Waxtal stellte den Stoßzahn beiseite und legte sein Werkzeug daneben.

»Komm herein, ich bin hier!« rief er zu dem Mann hinauf. Harter Felsen kam und zog seinen *suk* aus. Der Mann hatte sich kaum hingesetzt, als Waxtal ihm die Reste von dem Walroßfleisch anbot, das Kleiner Wal gebracht hatte.

Harter Felsen nahm ein Stück, kaute es langsam, schluckte langsam. Schließlich deutete er mit dem Kinn auf Waxtal und sagte: »Du hast das Walroß gerufen.«

»Ja.«

»Es ist gut, daß du hier bist. Jetzt hat unser Dorf wenigstens frisches Fleisch.«

Waxtal neigte den Kopf und verzog den Mund zu einem Lächeln.

»Unsere Jäger«, sagte Harter Felsen, »sie wissen nicht, wie man Walrosse jagt. Kannst du ihnen helfen?«

»Ein wenig. Ich habe mit den Walroßmännern gejagt, aber ich kenne nicht alle ihre Geheimnisse. Ich weiß aber, daß sie nicht mit Robben- oder Seelöwenharpunen jagen. Das habe ich euch schon gesagt.«

Harter Felsen nickte.

»Du mußt deine Männer Waffen für Walrosse machen lassen. Lange Schäfte aus dem härtesten Holz. Vorderschäfte aus Knochen, so lang wie der Unterarm eines Mannes. Die Speerspitzen sollten so lang sein wie die Hand von einem Mann, vom Handgelenk bis zur Spitze seines längsten Fingers.

Sag deinen Männern auch, daß Walrosse vom Land aus erlegt werden«, sagte Waxtal. Er sah fort von Harter Felsen und richtete seinen Blick auf die Öllampe. »Muß ich dir sagen, warum?«

»Ich habe gesehen, was geschehen ist«, sagte Harter Felsen. Er nahm sich noch ein Stück Fleisch, und obwohl Waxtals Bauch so voll war, daß er unangenehm gegen seine Rippen drückte, nahm auch er sich ein Stück Fleisch. »Wenn wir alle diese Dinge tun, wirst du unsere Waffen segnen und Lieder für unsere Jagd singen?«

»Ja«, sagte Waxtal. »Die Waljäger waren gut zu mir.« Er machte eine ausladende Bewegung mit der Hand. »Ihr laßt mich in diesem *ulaq* wohnen.« Er lächelte, wußte, daß Harter Felsen die Kahlheit des Raumes sehen würde.

»Haben die Frauen dir Essen gebracht?« fragte er.

Waxtal zeigte auf die Matte neben Harter Felsen. Harter Felsen sah auf die wenigen Fleischstücke und hob die Augenbrauen.

»Ich habe etwas gegessen, bevor du kamst«, sagte Waxtal. »Ich hätte mehr übriggelassen, wenn ich gewußt hätte, daß du kommst.«

Eine Zeitlang herrschte Stille, dann fragte Harter Felsen: »Wenn wir diese Dinge tun, wird unsere Jagd erfolgreich sein?«

Waxtal öffnete den Mund, um zu sprechen, dann machte er ihn wieder zu. Er zuckte die Achseln. »Wer kann das sagen?«

»Da ist noch ein Fluch«, sagte Harter Felsen mit leiser Stimme, der Stimme eines Mannes, der zu lange, zu hart gearbeitet hat, ohne zu schlafen.

»Ja«, sagte Waxtal. »Warum, denkst du, wurde euer Jäger getötet?«

»Wegen seiner Harpune. Weil wir keine Gebete gesprochen haben.«

»Das ist genug, um das Jagen eines Mannes mit einem Fluch zu belegen«, sagte Waxtal. »Das ist genug, um ihn nach Tagen auf dem Meer ohne Beute zurückkehren zu lassen – vielleicht einen Sommer lang, sogar zwei. Aber um ihn zu töten?« Waxtal schüttelte den Kopf.

»Ist es derselbe Fluch, der diese Insel in diesen zwei Jahren heimgesucht hat?« fragte Harter Felsen.

Waxtal senkte den Kopf und sprach lange Zeit nicht. Schließlich schloß er die Augen und stimmte einen langen Gesang an, etwas in der Sprache der Walroßmenschen, gefolgt von Worten und Wendungen in der Sprache der Ersten Menschen, dann wieder in der Walroßsprache, und die Worte verschmolzen miteinander wie die geflochtenen Strähnen gedrehter Sehnen. Als er den Gesang beendet hatte, öffnete er die Augen und sagte zu Harter Felsen: »Du mußt diese Insel verlassen.«

Die Augen von Harter Felsen weiteten sich. »Ich muß diese Insel verlassen?«

»Du mit deinen stärksten Jägern. Es ist der einzige Weg.«

»Wenn wir gehen, wird der Fluch von unserem Volk genommen?«

»Wenn du tust, was getan werden muß.«

»Was muß getan werden?«

Waxtal senkte den Kopf und wartete lange, bevor er antwortete. Schließlich sagte er: »Manchmal sagen die Geister nicht alles, was gesagt werden muß.«

»Wenn wir nicht wissen, was wir tun müssen, welchen Sinn hat es dann, daß wir unsere Insel verlassen?« fragte Harter Felsen, und Zorn härtete seine Worte.

Waxtal streckte die Hände aus, die Handteller nach oben. »Geh in jedes *ulaq,* zu jedem Jäger in diesem Dorf. Bitte alle Männer, die Nacht im Gebet zu verbringen. Ich werde dasselbe tun, und am Morgen werde ich dir sagen, was getan werden muß.«

Harter Felsen stand auf, und Waxtal stemmte sich auf die Füße. Er wartete, bis der Mann seinen *suk* angezogen hatte, dann ging er mit ihm zum Kletterstamm. Oben auf dem Stamm drehte Harter Felsen sich um und sah zu Waxtal hinunter. »Ich war gekommen, um dir zu sagen, die Leute wünschen, daß du die Stoßzähne von dem Walroß bekommst.«

Waxtal hob eine Hand. »Sag ihnen meinen Dank. Geh du nun zu deinen Männern. Bete. Sag ihnen, sie sollen beten. Sag ihnen, daß auch ich die Nacht im Gebet verbringen werde.«

Waxtal kletterte den Stamm hinauf, kauerte sich auf das Dach des *ulaq,* draußen im kalten Wind, ohne *suk,* und beobachtete, wie Harter Felsen von *ulaq* zu *ulaq* ging.

Später, in seiner Behausung, wärmte sich Waxtal die Hände über der Flamme einer Öllampe und lachte. »Vier Stoßzähne«, sagte er. »Selbst die Geister werden meiner Macht nicht widerstehen können.« Er ging in seinen Schlafplatz, rollte sich in seine Decken und schlief ein. Er war Schamane. Seine Träume würden seine Gebete sein.

61

Waxtal blickte sich im Kreis der Männer um. Ihre müden Augen waren Antwort auf seine Frage, dennoch fragte er: »Ihr habt gebetet?«

»Ja«, sagte Harter Felsen und hielt inne, um jeden Mann für sich selbst antworten zu lassen. »Haben die Geister zu dir gesprochen?« fragte er Waxtal.

Er nickte. »Sie haben gesprochen.«

Die Männer warteten, die Augen auf Waxtals Gesicht gerichtet. Er fühlte ihre Aufregung, die Dringlichkeit ihrer Fragen. Das kräftigte seine Hände und Arme, seinen Rücken und seine Beine, und so sagte er einen Augenblick nichts, wartete nur, bis ihre Kraft zu ihm geflossen war. Schließlich sagte er: »Ich weiß, weshalb ihr verflucht seid.«

Ein Stöhnen erhob sich unter den Männern im *ulaq* von Harter Felsen. »Jedermann hier weiß, weshalb wir verflucht sind«, sagte Harter Felsen. »Wenn es das ist, was die Geister dir mitgeteilt haben, dann hast du uns nichts Wichtiges zu sagen.«

Die Männer um Waxtal schienen plötzlich größer, stärker. Er ballte die Hände zu festen Fäusten, und trotzdem konnte er seine Macht verebben fühlen. »Samiq«, sagte Waxtal, und das Wort tat, was seine Hände nicht vermochten – es stutzte die Waljäger wieder auf die Größe von Menschen zurück.

Harter Felsen zischte, einige andere desgleichen. »Du verfluchst uns mit seinem Namen«, sagte Harter Felsen.

»Die Geister haben mir erzählt, was ihr nicht wißt«, sagte Waxtal. Er hielt inne und sah jedem Jäger ins Gesicht. »Ich bin ebenso ein Händler wie ein Schamane. Was gebt ihr mir für die Macht, den Fluch zu beenden?«

»Sag mir zuerst, was wir wissen müssen«, sagte Harter Felsen; er beugte sich vor und sah Waxtal lange ins Gesicht.

Waxtal lachte. »Wenn ich es dir sage, warum mir dann etwas geben?«

»Und wenn dein Wissen den Fluch nicht von uns nimmt?«

»Dann werdet ihr zurückbekommen, was ihr mir gegeben habt.«

Harter Felsen machte eine Geste zum Nordmeer hin. »Wie will ich dich finden? Ich bin kein Händler. Ich kenne die Seewege nicht, die zu dem Karibuvolk und zu den Walroßmenschen führen.«

»Ich werde bei euch bleiben, bis der Fluch aufgehoben ist«, antwortete Waxtal.

Harter Felsen grunzte und sah die anderen Männer an.

»Was gebt ihr mir?« drängte Waxtal.

Eine Zeitlang saß Harter Felsen da und sagte nichts. Waxtals Magen knurrte, und er wünschte, er hätte gegessen, bevor er gekommen war. Er hatte gedacht, sein eigenes Essen für später aufzubewahren. Die Frauen von Harter Felsen hatten immer Fleisch bereit, aber heute morgen hatte es nichts gegeben als einen Segen, von Harter Felsen erbeten, und das Versprechen anhaltenden Fastens.

»Was willst du?« fragte Harter Felsen schließlich. »Ein *ikyak?* Felle, Robbenhäute? Nahrung, Öl?«

»Das alles«, sagte Waxtal, »und eine Frau.«

»Du verlangst alle diese Dinge?« fragte Harter Felsen.

»Kein *ikyak*«, sagte Waxtal. »Ich habe ein gutes *ikyak.* Aber etwas von jedem Mann – Essen, Fell, Öl, vielleicht nur einen Sammelbeutel mit Seeigeln.« Waxtal verlangsamte seine Stimme, senkte den Kopf und sah dann auf, ließ seine Augen im Kreis der Jäger schweifen. »Was jeder Mann meint, daß sein Jagen wert ist. Das und eine Frau.«

»Ich habe dir eine Frau gegeben«, sagte Harter Felsen. »Wo ist sie?«

Waxtal zuckte die Achseln. »Sie ist in ihr eigenes *ulaq* zurückgegangen. Ich weiß nicht, warum. Ich will sie wiederhaben. Oder eine andere Frau. Eine junge, die gut im Fischen und Nähen ist.«

»Ich werde sie zurückholen«, sagte Harter Felsen schließlich. »Sag uns jetzt, was du uns zu sagen hast.«

»Bringt mir zuerst, was ihr zu bringen habt. Wenn das, was ich euch sage, dann den Fluch nicht aufhebt, könnt ihr euch wieder holen, was jeder Mann gegeben hat.«

Waxtals Magen knurrte. Warum ohne Essen hier in diesem *ulaq* bleiben, dachte er, wenn mein eigenes *ulaq* Fleisch bereit hat? Ich brauche nicht zu fasten. Ich bin nicht verflucht. Er stand auf und sagte zu Harter Felsen: »Bringt, was ihr zu bringen habt – in mein *ulaq.* Dann werde ich es euch sagen.«

Kukutux kordelte zwei Strähnen Seelöwensehnen aus einem Ballen, den sie in ihrem Vorratskorb verwahrte. Sie tauchte die Finger in eine Holzschale mit Wasser und feuchtete die Sehnen an, dann begann sie, die Sehnen auf ihrem Schenkel zu rollen.

»Kukutux!« Es war Harter Felsen.

Kukutux achtete nicht auf die Stimme und zog die Sehnen auseinander, prüfte Länge und Drehung, rollte sie dann wieder.

Harter Felsen stieg den Kletterstamm halb hinunter und sprang auf den Boden. Mit zwei langen Schritten war er an ihrer Seite. »Ich habe gerufen«, sagte er, seine Worte ein Vorwurf.

Kukutux zuckte die Achseln. »Ich arbeite«, sagte sie und hob die linke Hand, an deren Fingern die lange Sehnenkordel hing.

»Warum hast du den Händler verlassen?« fragte er.

»Er ist kein guter Mann«, sagte Kukutux.

Die Augen von Harter Felsen weiteten sich, als könnte er durch bloßes Schauen die Geister sehen, die durch ihre Worte vielleicht beleidigt wurden.

»Er ist ein Schamane!«

»Er hat mich geschlagen!«

»Vielleicht schlagen Robbenjägermänner ihre Frauen.«

»Ich bin eine Waljägerfrau!«

»Du bist, was dein Mann ist.«

»Ich bin, was ich sein will! Welche Waljägerfrau sucht ihren Mann nicht selbst aus? Jeder Waljägermann weiß, daß er seinen Geist zerstört, wenn er seine Frau schlägt.« Kukutux legte die Sehnen weg und stand auf, um Harter Felsen ins Gesicht zu sehen. »Er ist nicht mein Mann.«

»Ein Glück für ihn!« sagte Harter Felsen. Er schritt der Länge nach durch das *ulaq* und zurück. »Er hat versprochen, uns zu sagen, wie der Fluch gebrochen werden kann, wenn du zu ihm zurückgehst.«

»Das ist alles, was er will?« fragte Kukutux.

Harter Felsen stolperte über seine Worte, bis er am Ende sagte: »Das und ein paar Tauschwaren. Von jedem Jäger etwas.«

Ein Lächeln erschien in einem Mundwinkel von Kukutux. »Ein paar Tauschwaren«, sagte sie, die Stimme von Harter Felsen nachmachend.

Harter Felsen seufzte. »Dann soll ich ihm sagen, daß du nicht kommst?«

»Sag ihm das.«

»Ich soll ihm sagen, es ist dir einerlei, wenn noch mehr Jäger verflucht sind. Wenn noch mehr junge Männer wie der Mann von Kleiner Wal – wie dein Mann – sterben?«

Kukutux wandte sich ab. »Und wenn er nicht weiß, wie der Fluch aufgehoben wird?« fragte sie.

»Dann kannst du in dein eigenes *ulaq* zurückgehen, ohne Mann leben oder dir einen anderen aussuchen.«

Kukutux drehte sich um und sah Harter Felsen in die Augen. »Glaubst du, daß er den Fluch aufheben kann?«

»Ich weiß es nicht«, sagte er langsam. »Aber wenn er es kann? Wie kann ich es ihm verweigern, es zu versuchen?«

Kukutux wickelte die Sehnen zu einem Knäuel und legte es in ihren Nähkorb. »Wenn der Fluch nicht aufgehoben wird, kann ich mir einen Mann aussuchen?«

»Ja.«

»Jeden?«

»Ja. Wirst du gehen?«

»Ich werde gehen«, sagte Kukutux, »aber vergiß dein Versprechen nicht.« Sie fing an, ihre Sachen zusammenzusuchen.

Vom Ältesten bis zum Jüngsten kamen sie, Fischesser als erster. Er brachte einen Robbenmagen mit Öl, alt, nach dem Gestank dessen zu urteilen, was aus dem zugestöpselten Ende hervorgesickert war, aber für Fischesser war es vermutlich ein großes Opfer. Öl, um Lampen viele Tage brennen zu lassen. Große Ohren kam als nächster, mit Pelzrobbenfellen, dann Schwimmender Fisch mit einem Seelöwenmagen mit getrocknetem Fisch, drei Blasen mit ausgelassenem Robbenöl und einer Schlafdecke aus zusammengestückelten Otterfellen. Dann kam Harter Felsen, die Arme voll beladen.

Um den *alananasika* zu ehren, stand Waxtal auf. Harter Felsen legte ihm einen Parka aus dem Fell des Seehundes mit einer Kapuze nach der Art des Walroßvolkes zu Füßen, zwei Speerschäfte, gerade und stark, drei Harpunenspitzen aus Elfenbein, jede in einem schwarzen Korb aus geflochtenem Walfischbein, und zwei Seelöwenmägen mit frischem Robbenöl. Waxtal hielt das Lächeln von seinen Lippen zurück, nickte aber und setzte sich wieder, wartete die Gaben der jüngeren Männer ab, von denen sich jeder bemühte, die anderen zu übertreffen.

Waxtal preßte voller Zufriedenheit die Lippen zusammen. Wer konnte das Jagdgeschick eines Mannes angemessen bezahlen? So war jede Gabe besser als die vorige, bis nur noch ein paar

Jungen übrig waren. Sie hatten wenig zu geben, nur das, was sie von Müttern und Großmüttern erbettelt hatten – Körbe, Sammelbeutel, Sehnen, geflochtene Seetangschnüre. Doch welcher Händler wies solche Dinge zurück?

Als die Waren in Haufen in den Ecken des *ulaq* angesammelt waren, brachte Harter Felsen Kukutux, die Frau mit mürrischem Gesicht, ihre Arme beladen mit allem, was eine Frau für wichtig erachtet – Körbe und Nadeln, Felle und Wasserblasen. Waxtal sah sie nicht an, ließ sie nicht wissen, daß er ihre Anwesenheit im *ulaq* überhaupt bemerkte, doch aus den Augenwinkeln wartete er, wie sie sich verhalten würde, wenn sie die Haufen mit den Waren sähe. Aber sie blickte daran vorbei, als ob alles, was die Jäger gebracht hatten, schon immer dagewesen wäre. Sie legte die Sachen fort, die sie mitgebracht hatte, ging zur Speisenische und begann Essen zu bereiten.

Waxtal merkte, daß die Männer ihn beobachteten. Er merkte, daß es still war im *ulaq,* das Schweigen nur gebrochen vom Geräusch des Messers von Kukutux, als die Frau tat, was immer Frauen tun, wenn sie Essen bereiten. Und hierin war sie wie alle Frauen, die dachten, es gebe nichts Wichtigeres auf der Welt als die kleinen Verrichtungen einer Frau.

Waxtal erhob sich, hielt die ausgestreckten Hände über die Männer, schloß die Augen und stimmte einen Gesang an. Es war ein Segensspruch, und er begann mit Worten der Walroßmenschen, um allem etwas Geheimnisvolles zu geben, wechselte aber bald zu Worten der Ersten Menschen, damit die Waljäger verstehen konnten, was er sprach, wissen konnten, daß er Segnungen erflehte. Er bewegte seine Hände und dann seine Füße im langsamen Gleichklang der Worte. Mit ihren Gaben hatten die Männer sich mehr verdient als eine kurze Anerkennung. Welcher Jäger hatte keine Freude an einer Zeremonie?

Also sang Waxtal, und als er durch die Schlitze seiner Augen sah, daß einige Männer unruhig wurden, ging er zu den Tauschwaren. Er legte seine Hände auf jeden einzelnen Gegenstand und murmelte Segensworte, dann hob er einen Robbenmagen mit Öl auf, den einer von den jüngeren Jägern gebracht hatte, und hielt ihn von sich gestreckt; der Magen war so schwer, daß Waxtals Arme unter seinem Gewicht zitterten. Er hielt ihn und sprach zu allen Männern: »Die Geister sagen, dieser Robbenmagen soll zu den neuen Witwen gehen, die Frauen dessen, der dem Walroß zum Opfer fiel. Die Geister sagen, es ist das erste Zeichen, daß der Fluch von dieser Insel genommen werden wird.«

Ein Murmeln entstand in dem Kreis der Männer, und Schwimmer, der Bruder von Kleiner Wal, trat vor und nahm den Seelöwenmagen aus Waxtals Armen. »Für Kleiner Wal danke ich dir«, sagte er, die Augen ehrerbietig gesenkt.

Waxtal erwiderte: »Danke nicht mir, danke den Geistern.« Er wartete, bis der junge Mann seinen Platz im Kreis der Jäger wieder eingenommen hatte, dann sagte er: »Ich habe versprochen, euch zu sagen, was die Geister mir gesagt haben. Lauscht und sprecht nicht. Lauscht und hört, denn es wird nicht leicht sein, diesen Fluch aufzuheben, und einige möchten vielleicht nicht tun, was getan werden muß.«

Er sah jeden einzelnen Mann in dem Kreis an, versuchte, jeden Jäger mit Harpune und Speer in der Hand zu sehen, versuchte zu sehen, welche Männer sich gegen andere Männer erheben könnten, versuchte sich zu erinnern, welche von den älteren Jägern am besten gegen die Kurzen Menschen gekämpft hatten. Dann begann er: »Vor zwei, drei Sommern kam ein junger Mann von den Robbenjägern an dieses Ufer. Er war der Enkelsohn von dem *alananasika* der Waljäger, dem, der jetzt tot ist und bei den Tanzenden Lichtern geehrt wird.

Jener Alte, er wollte, daß der Sohn seiner Enkeltochter die Wege der Waljäger lernte. Wer wollte das nicht? Warum einen Enkelsohn, geschickt mit Harpune und *ikyak,* bei den Robbenjägern leben lassen? Wer glaubt, daß ein Robbenjäger geschickter, mächtiger ist als ein Waljäger?«

Beifälliges Gemurmel erhob sich, bevor Waxtal fortfuhr.

»Sogar die Mutter des Jungen, die Frau Chagak, wenngleich Tochter eines Robbenjägermannes, wollte, daß ihr Sohn von seinem Großvater aufgezogen wurde, um die starken Wege der Waljäger zu lernen. Aber diese Frau Chagak – in ihren Träumen von der Macht, die zu ihrem Sohn kommen würde – belog ihren Großvater, sagte dem alten Mann nicht die Wahrheit. Der Junge Samiq ...« plötzlich angehaltenes Atmen ließ Waxtal die Hand heben und noch einmal beginnen, »dieser Junge Samiq war von einem Kurzen Menschen gezeugt, einem von den Feinden, die auf diese Insel kamen. Und während die Waljäger nach dem Kampf mit den Kurzen Menschen ihren Sieg feierten, versammelten die Geister der Kurzen Menschen, auf dieser Insel bezwungen, ihre Macht in einem einzigen Mann, damals noch ein Säugling, von einer Robbenjägerfrau genährt.«

Die Jäger flüsterten, die Köpfe nickend, die Augen zornsprühend, so daß Waxtal beide Hände in die Höhe halten, warten mußte, bis wieder Stille eintrat, bevor er fortfahren konnte. Er öffnete den Mund, um zu sprechen, doch ein Mann unterbrach ihn.

»Wie hast du das erfahren?« fragte eine Stimme hinter ihm. Es war der Jäger Sterbende Robbe.

»Auf zwei Wegen«, antwortete Waxtal. »Erstens, weil ich bei dem Schamanen der Robbenjäger, Shuganan, war, als er starb. Damals wurden seine Kräfte meine Kräfte.« Waxtal zog ein Schnitzmesser aus einer Scheide an seiner Taille und hielt das Messer ausgestreckt auf der flachen rechten Hand. »Seine Begabung zum Schnitzen wurde meine Begabung. Er selbst hat mir von Samiq erzählt. Er selbst fürchtete, was aus dem Kind werden könnte.

Und zweitens, weil Samiq es mir erzählt hat.«

»Er hat es gewußt, als er auf diese Insel kam? Er hat gewußt, daß er unser Feind war?« fragte einer von den jüngeren Männern, der, den sie Krummer Vogel nannten.

Waxtal schüttelte den Kopf. »Nein, er hat es nicht gewußt, bis er wieder bei seinem eigenen Volk war, bis er mit seinem Vater um die Führung der Robbenjäger stritt und sie nach Osten zum Ufer der Händler brachte.«

»Nein«, sagte Harter Felsen. »Der junge Mann, von dem du

sprichst, er ist tot. Er starb hier auf dieser Insel, zermalmt unter den Steinen eines Felsvorsprungs, er und seine Frau und ein Junge aus diesem Dorf.«

Waxtal lächelte. »Er lebt. Ich habe ihn gesehen, habe mit ihm gesprochen. Er herrscht über mein Dorf, und seine Macht ist eine böse Macht. Warum, glaubst du, habe ich, der ich kein junger Mann mehr bin, mein Volk verlassen, um Tauschhandel zu treiben?«

»Woher wissen wir, daß du uns die Wahrheit sagst?« fragte Sterbende Robbe.

»Wenn meine Worte nicht wahr wären«, sagte Waxtal und sah Sterbende Robbe ins Gesicht, »würde ich dann so einfach Samiqs Namen aussprechen?«

»Du behauptest, ein Schamane zu sein. Schamanen haben Macht. Du sagst den Namen von dem Alten, dem Schamanen der Robbenjäger.«

»Shuganan lebt durch mich«, sagte Waxtal. »Wir sind eins.«

Die Männer sprachen unter sich, und Waxtal, der sie beobachtete, sah den Zweifel in ihren Augen. Er lachte und sagte: »Ihr wollt das Wissen von einem Schamanen nicht anerkennen. Wollt ihr das Wissen von einem Robbenjäger anerkennen?« Er hielt inne, dann sagte er: »Die Frau, die er mitgebracht hat, ist Drei Fische. Der Junge ist Kleines Messer.«

Und als wären sie Frauen, hoben die Männer Finger an die Lippen, bedeckten sie ihre Überraschung mit hohlen Händen.

Harter Felsen sagte: »Sag uns, was wir tun müssen, um den Fluch zu brechen.«

Waxtal fühlte seinen Geist sich erheben, als sei etwas, das zu eng gefesselt gewesen war, freigelassen worden. Die Freiheit ließ ihn lachen, und durch sein Gelächter sagte er: »Samiq töten.«

Kukutux bot Essen an, aber die Männer wiesen es zurück, deshalb setzte sie sich, hörte zu und wartete. Sie planten und redeten, verbrachten den größten Teil des Tages damit, über eine

Fahrt zum weit entfernten Ufer der Händler zu palavern, einen Ort, wo außer Waxtal keiner von ihnen je gewesen war. Die Männer waren in ihrer Aufregung wie Jungen, sie fuchtelten mit den Händen, und ihre Augen blitzten. Nur Sterbende Robbe schwieg; so still war der Mann, daß Kukutux, hätten seine Augen nicht hervorgeleuchtet aus der dunklen Ecke, wo er saß, geglaubt hätte, er schliefe.

Schließlich waren sie fertig mit Planen, alle Worte waren gesprochen, und die Männer, auch Harter Felsen, gingen. Kukutux saß mit den Händen im Schoß. Ja, wenn es den Fluch aufheben würde, wollte sie Frau von dem Händler sein. Es gab Schlimmeres. Es war schlimmer, die Kinder im Dorf hungrig zu sehen, ihre Schreie nach Essen zu hören, den Kummer in den Augen junger Mütter zu sehen, die Klagegesänge von Witwen zu hören.

Schließlich kam Waxtal zu ihr und stellte sich vor sie hin.

»Willst du essen?« fragte Kukutux.

Waxtal sagte: »Du bist meine Frau.«

»Ja«, antwortete Kukutux, aber sie senkte nicht in Ehrerbietung die Augen, neigte nicht den Kopf. Der Mann ballte die Fäuste.

»Essen ist in dem Schlafplatz dort«, sagte er und wies mit dem Kinn auf den Schlafplatz, der seinem am nächsten war.

Sie stand auf und ging hin, überzeugt, daß Waxtal gelogen hatte. Wer bewahrte Essen in einem Schlafplatz auf? Er wollte nur, daß sie gefügig, willig hinging. Dann würde er hereinkommen und seine Rechte als Mann beanspruchen. Doch da war Essen – ein Kochbeutel mit Eintopf, Fleisch und Brühe, erkaltet und mit einer festen Fettschicht überzogen. »Willst du etwas hiervon?« rief sie zu Waxtal hinaus.

»Ja, ich bin hungrig.«

»Wenn du wartest, bringe ich den Eintopf nach draußen und wärme ihn auf«, sagte Kukutux und trug den Beutel zwischen ihren Händen.

Waxtal schüttelte den Kopf und holte zwei Schalen, tauchte

jede in das Fleisch und bröckelte etwas von dem Fett in jede Schale. »Häng ihn über eine Öllampe. Er wird sich allmählich erwärmen«, sagte er.

Sie hängte den Kochbeutel auf, dann hockte sie sich neben Waxtal. Er reichte ihr eine Schale. »Iß«, sagte er.

Sie wartete, bis er den ersten Bissen genommen hatte, dann aß sie. Als ihre Schale leer war, fragte er: »Dein Mann wurde beim Jagen getötet?«

»Ja.«

»Du bist bereit, wieder Frau zu sein?«

Als Kukutux nicht antwortete, fragte er: »Wie lange ist er tot?«

»Es ist jetzt mehr als ein Jahr«, sagte Kukutux.

»Lange genug«, sagte Waxtal.

Er stand auf und streckte eine Hand nach ihr aus. Seine Finger sahen alt aus, die Knöchel geschwollen, aber im Geiste sah sie seine Hand um einen Gehstock gelegt, sah die Finger sich straffen, als er den Stock erhob, um sie zu schlagen.

»Hast du noch eine andere Frau?« fragte sie, als sie aufstand, ohne seine ausgestreckte Hand zu beachten.

»Sie ist tot.«

»Wir trauern beide.«

»Du wirst kein schlimmes Leben haben«, sagte Waxtal und breitete die Arme aus, als wollte er die Stöße mit den Tauschwaren umarmen.

»Das gehört nicht mir.«

»Du bist eine Frau. Welche Frau erwartet, dies alles zu bekommen?« Er lachte. »Aber ich will dir etwas schenken, weil du meine Frau bist«, sagte er. »Such dir etwas aus.«

»Irgend etwas?« fragte Kukutux.

»Irgend etwas.«

Kukutux sah lange auf all die Felle und Häute, das Fleisch und das Öl. Schließlich zeigte sie auf Waxtals Brust, auf die Halskette aus blauen Steinen, die Eule ihr gegeben hatte.

»Die«, sagte sie.

Waxtal kniff die Augen zusammen, zögerte, doch schließlich nahm er die Halskette ab und gab sie ihr. Dann ging sie mit ihm zu seinem Schlafplatz.

62

Alaska-Halbinsel

Kiin entfernte die Schale von einem Ei und hielt es Shuku hin. Er schürzte die Lippen und drehte den Kopf weg. »Es ist besser als nichts«, sagte Kiin zu ihm. Aber sie hielt es an ihre Nase und wußte, warum er es zurückwies. Zu viele Tage waren vergangen, seit sie die Eier gesammelt und gekocht hatte. Schimmel hatte das Weiße verfärbt und fraß sich schon in das Gelbe hinein.

Kiin seufzte und blickte über das Nordmeer. Sie sollte fischen. Die Küste fiel hier steil ab. Sie könnte eine Handschnur verwenden, um kleine Wale oder vielleicht sogar Kabeljau zu fangen. Sie blickte zum Himmel hinauf, sah nach dem Stand der Sonne. Besser warten, bis Ebbe ist, dachte sie, dann Seeigel sammeln oder Muscheln ausgraben. Sie nahm den Tragekorb vom Rücken und setzte sich hin. Sie wollte nicht daran denken, daß sie sich tags zuvor dasselbe gesagt und trotzdem nichts getan hatte, als Ebbe war.

Sie war zwei Monde ununterbrochen gegangen und wußte, sie mußte mehr als den halben Weg bis zum Ufer der Händler zurückgelegt haben. Wenn sie sich zum Weitergehen bewegen könnte, würde sie in weniger als zwei Monden zur Mündung der Bucht der Händler kommen. Dann wäre sie nahe genug, um sich hinzusetzen und zu warten, bis einer von den Jägern der Ersten Menschen sie fände.

Seit sie gestürzt war, waren Kiins Hände geheilt, nur kleine rosa Narben waren auf ihrer braunen Haut zurückgeblieben. Wo die Nägel abgerissen waren, waren ihre Finger empfindlich, aber schon konnte sie die zarten Wülste der neu wachsenden Nägel sehen. Um ihre Fingerspitzen zu schützen, hatte sie sich Holznägel geschnitzt, dünne Plättchen, die sie sich jeden Tag an die Finger band, um die weiche Haut der Nagelbetten zu schützen.

Doch mit jedem Tag fiel ihr das Gehen schwerer. Entzündete rote Linien waren von den Schnitten in ihren Füßen hochgekrochen und reichten jetzt fast bis zu ihren Knien.

Jeden Morgen wickelte Kiin ihre Füße in Streifen von Robbenhaut, bevor sie ihre Stiefel anzog. Jeden Abend wickelte sie ihre Füße aus und wusch sie mit Meerwasser. Doch jeden Tag mußte sie früher haltmachen, sich mehr Zeit zum Ausruhen gönnen. Vor zwei Tagen war sie nur bis zum nächsten Hügel gewandert und da geblieben, war nur einmal zum Strand gegangen, um ein paar Stücke Treibholz aufzulesen, die vom Nordmeer herangespült worden waren, und um Muscheln auszugraben. Gestern hatte sie nichts getan.

Sie griff in ihren Tragekorb neben sich im Ufergras und fand den Vorratsbehälter aus Robbenmagen. Der Behälter, einst ausgebeult von Fischen, war jetzt flach, leer. Drei Stücke Fisch hingen zum Trocknen an der Außenseite von ihrem Korb.

»Drei Stücke«, sagte Kiin mit einem Blick auf den Fisch, und ihre Worte waren wie Steine in ihrer Brust. Sie gab Shuku ein Stück. Ich sollte essen, dachte sie, aber sie war nicht hungrig. Ihr Gesicht war heiß, sogar in dem kalten Wind, und ihre Augen schienen viel zu schnell zu sehen, so daß ihr Kopf pochte und ihr Magen schmerzte.

»Ich werde fischen«, sagte sie zu Shuku. Sie nahm eine Fischschnur aus Seetang aus dem Korb und band sie an einen Haken, den sie aus einer Muschelschale geschnitzt hatte. Sie knotete die Schnur, dann fühlte sie, wie ihr Magen in ihre Kehle hochstieg, und schloß die Augen.

Nachdem sie einen Moment ausgeruht hatte, brach sie von einem der am Korb verbliebenen zwei Stücke Fisch einen kleinen Brocken ab und band ihn mit einer Strähne von ihren Haaren an den Haken, dann hob sie Shuku auf, steckte ihn in die Schlinge und legte sie sich so um, daß er an ihrem Rücken war und sein Kopf am Halsausschnitt ihres Parkas herausschaute.

Kiin umwickelte ihre linke Hand mit einem Streifen Robbenhaut, dann erhob sie sich langsam auf die Füße. Ihr *suk* war bei dem Sturz zerfetzt worden, deswegen trug sie den Parka und die Gamaschen, die sie aus dem Dorf der Walroßmenschen mitgenommen hatte. Sie zog ihre Stiefel aus und ging langsam über den Kieselstrand zum Wasser, den Sandhang hinunter, den die Flut zurückgelassen hatte. Sie watete hinaus, bis der Sand in tiefes Wasser abfiel, dann wickelte sie ihre Schnur ab und wand sie um ihre gepolsterte linke Hand. Das kalte Wasser betäubte die Schmerzen in ihren Füßen, aber mit Shukus Gewicht auf ihrem Rücken fiel es Kiin schwer, in den Wellen das Gleichgewicht zu halten. Sie stand breitbeinig gestemmt, die Knie gebeugt, und betete zu den Großmuttergeistern von Sonne, Mond und Erde, ihr einen Fisch zu schicken.

Als einer anbiß, dachte Kiin, es sei nur wieder eine Welle, die an ihr zerrte, als sie sich ins Meer zurückzog. Dann merkte sie, daß das Ziehen von der Schnur kam, und sie wußte, es war ein Fisch. Sie hob die Augen, um den Geistern zu danken, aber vom Grau des Himmels schmerzte ihr der Kopf, und so sah sie statt dessen auf die Schnur, ließ sie vorsichtig abrollen, wie Krumme Nase es ihr vor langer Zeit gezeigt hatte. War es ein Kabeljau, mußte sie fest an der Schnur reißen, damit der Haken sich im Maul des Fisches verankerte. War es ein kleiner Wal, mußte sie vorsichtiger sein und warten, bis sie sicher war, daß der Fisch nicht nur an den Rändern des Köders knabberte.

Sie fühlte einen langen, starken Zug an der Schnur. Kabeljau, dachte sie, und zog fest, indem sie die linke Hand hob und senkte. Sie wand die Schnur einmal und noch einmal um ihre Hand, und sich mit dem Fisch bewegend, ließ sie ihn sich im Kampf gegen die Schnur erschöpfen.

Fast taten ihre Füße nicht mehr weh, fast vergaß sie, daß sie

Shuku trug. Da waren nur noch Kiin und der Fisch. Wenn der Fisch sich ihrem Haken überließ, dann hätte sie genug für wenigstens einen weiteren Tag des Gehens, vielleicht zwei. Sie sah wieder zur Sonne, blinzelte gegen das Strahlen der grauen Wolken, die sie verdeckten.

Sie wand die Fischschnur um ihre Hand, einmal, zweimal. Der Kabeljau wurde endlich müde, schwamm in kleineren Kreisen. Kiin wickelte die Schnur weiter auf, bis sie den Fisch schließlich im klaren Wasser sehen konnte.

»Nicht Kabeljau, Heilbutt«, keuchte sie, »Heilbutt«, und lachte, als Shuku seine Stimme zu krähendem Gebrüll erhob.

Sie begann rückwärts zu gehen, brachte den Fisch ins flache Wasser, bis er schließlich auf den Sand platschte. Sie hatte keine Keule, deshalb hob sie einen Stein auf und zerschmetterte damit den Kopf des Heilbutts. Der Fisch zitterte und war still. Fast so groß wie ein Seeotter, lag er platt und dunkel auf dem Kies. Essen für sechs, sieben Tage, dachte Kiin. Sie hakte die Hände in die Kiemen des Fisches und zog ihn höher das Ufer hinauf.

Die Anstrengung schien die Schmerzen in ihre Füße und Beine zurückzuzwingen. Sie wickelte die Fischschnur von ihrer linken Hand, setzte sich dann neben den Fisch und löste die Robbenhautstreifen von ihren Füßen. Oberhalb der Bandagen waren ihre Beine geschwollen und rot, und das plötzliche Abwickeln brachte neue Schmerzen.

»Wir haben Essen, Shuku«, sagte Kiin zu ihrem Sohn, doch noch während sie sprach, fielen ihr die Augen zu, schlossen den allzu strahlenden Himmel aus. »Wir müssen ausruhen, Shuku. Es ist fast Ebbe. Wir ruhen aus, und danach werde ich Seeigel sammeln. Wir werden im Gras des nächsten Hügels unser Lager aufschlagen und einen Tag bleiben, unseren Fisch trocknen und unsere Seeigel essen. Und dann gehen wir weiter, deinen Vater suchen.«

Sie legte sich am Strand hin. Sie zog Shuku von ihrem Rükken an ihre Brust, so daß er saugen konnte, dann rollte sie sich um den Heilbutt auf die Seite. Sie wollte eine kleine Weile hier liegen, sie wollte nur einen Moment die Augen schließen.

63

DIE WALJÄGER

Yunaska Island, Aleuten

Kukutux erhob sich von den Knien, dann legte sie ihre Hand ein letztes Mal auf die Steine, die das Grab ihres Mannes bedeckten. »Weißer Stein«, flüsterte sie, »ich wäre es zufrieden, für immer hier bei dir zu sitzen.«

Sie wischte sich mit den Handrücken die Tränen von den Wangen, dann ging sie zu dem kleinen Hügel, der das Grab ihres Sohnes war. »Wenigstens deine Knochen werden Teil dieser Insel sein«, sagte sie zu ihm. Sie wandte sich ab, ging über die Hügel ans Ufer, wo sich alle Bewohner des Dorfes eingefunden hatten.

Die *ikyan* der Männer und drei längere, breitere Frauen-*iks*, beladen mit Packen aus Robbenhaut, waren am Ufer aufgereiht.

Die Leute waren nach Familien versammelt, und Kukutux hielt nach ihrem Mann Waxtal Ausschau. Sie sah, daß er schon in seinem *ikyak* war und vom Ufer weg paddelte.

»Soll er ziehen; soll er fort sein«, flüsterte ein lästiger Geist in ihr. »Dann kannst du zurückbleiben. Er wird es nicht merken, bevor alle für die Nacht anhalten. Dann wird es zu spät sein, um dich holen zu kommen.«

Der Gedanke war wie etwas Süßes im Mund von Kukutux, aber sie ermahnte sich, daß sie Waxtals Frau war, und eine Frau ging mit ihrem Mann.

»Wenn ich hierbleibe«, flüsterte sie in den Wind, »dann führt Waxtal unsere Männer vielleicht nicht an Samiqs Ufer, und Samiq wird nicht sterben. Welche Aussichten hat dieses Dorf, wenn Samiq lebt und der Fluch bestehen bleibt?«

Sie sah, daß Harter Felsen zu seinem *ikyak* gegangen war und zu den zwei alten Männern und sieben alten Frauen sprach, die auf der Insel der Waljäger zurückbleiben würden. »Behütet die Kinder, die wir bei euch lassen«, sagte er. »Wir werden nächsten Sommer zurücksein. Haltet Ausschau nach uns.«

Du wirst zurückkommen, dachte Kukutux. Ich nicht.

Waxtal hatte nicht vor, zurückzukehren. Er hatte ihr gesagt, er wollte nach dem Kampf am Ufer der Händler im Dorf der Ersten Menschen bleiben. Er wollte bleiben und seinen Platz als Häuptling einnehmen.

Kukutux sah zu Atal hinauf, dem Berg der Waljäger, dann wieder zu den Hügeln, wo ihr Mann und ihr Sohn begraben waren. Jetzt hatte sie als Erinnerung nur noch den Fellstreifen von der Decke, in die ihr Sohn gewickelt gewesen war, und die Haarsträhne und die Bärenklaue vom Schlafplatz ihres Mannes. Der Schmerz in ihrer Brust war so groß, daß jeder Atemzug wie ein schneidendes Messer war.

Sie seufzte, um das Gewicht des Kummers zu erleichtern, dann fragte sie sich: »Ist mein Leid größer als das von Scheckiger Korb? Sie muß ein Kind, zwei Sommer alt, bei ihrer Großmutter zurücklassen. Ist mein Kummer stärker als der, den Alte Gänsefrau empfindet, die Sohn und Tochter fortgehen sieht?«

Kukutux wartete, während Harter Felsen weitersprach, die Anzahl der Robbenmägen mit Öl, der Häute mit Fleisch und Fisch aufzählte, die er den Alten und den Kindern geben würde – genug, daß sie über den Winter und darüber hinaus leben konnten.

Wir, die wir mit Waxtal gehen, dachte Kukutux, wir sind diejenigen, die hungrig sein werden. Aber wie Waxtal an den vielen Abenden, die mit dem Planen der Reise verbracht worden waren, erklärt hatte, die Frauen, die nicht paddelten, würden Handschnüre benutzen, um Fische zu fangen. Die Männer in ihren *ikyan* würden stets nach Robben und Seelöwen Ausschau halten.

Außerdem würde es Vögel zu fangen, Seeigel, Käferschnekken und Muscheln zu sammeln geben. Waxtal und die Händler waren erst letztes Jahr diesen Weg gekommen. Er kannte die guten Ufer, die Stellen, wo Essen zu finden war.

Endlich war Harter Felsen fertig mit Reden, und die Männer stiegen in ihre *ikyak,* sieben Jäger insgesamt. Kukutux war in einem *ik* mit der zweiten Frau von Harter Felsen und ihren älteren Kindern, und mit Scheckiger Korb, Weinende Frau und der Stieftochter von Weinende Frau, Schnee-im-Haar. Anders als die meisten Frauen hatte Weinende Frau ihr Baby nicht auf der Insel zurücklassen wollen, obwohl die Mutter von Weinende Frau sich um das Kind hätte kümmern können. Die anderen schalten die Frau, aber Kukutux tat es nicht. Wenn Kukutux es kaum ertragen konnte, das Grab ihres Sohnes zu verlassen, warum Weinende Frau tadeln, weil sie ihr Kind nicht zurückließ?

Kukutux machte Weinende Frau ihre Entscheidung nicht zum Vorwurf, aber als die Leute sich am Strand versammelten, fiel ihr auf, daß Weinende Frau ihre Mutter kaum ansah und keine Worte des Lebewohls zu ihr sprach. Als sie die Traurigkeit in den Augen der Frau, die Tränen auf ihren Wangen sah, ging Kukutux zu ihr, legte ihre Arme um die schmalen, knochigen Schultern und weinte ihre eigenen Abschiedstränen in das wirre weiße Haar der alten Frau. Dann ging Kukutux wieder zu dem *ik* und half den Frauen, es ins Meer zu schieben.

Wegen ihrer scharfen Augen und ihres schwachen Arms saß Kukutux im Bug. Ein letztes Mal sah sie zurück zur Insel der Waljäger, dann richtete sie den Blick voraus auf die flache, blaue Weite des Meeres.

Sie fragte sich, wo Eule sein mochte – ob er und sein Bruder auch auf diesem Meer waren, in ihrem Händler-*ik* weit nach Osten fuhren. Dann eilten ihre Gedanken zum fernen Ufer der Händler, zu Samiq und dem Kampf, der dem Dorf der Ersten Menschen bevorstand.

64

Alaska-Halbinsel

Kiin erkämpfte sich durch Träume den Weg nach oben. Sie war ein Kind im *ulaq* ihres Vaters. Sie fühlte die Schlafmatten an ihrer Wange, roch den schweren Duft von kochendem Fleisch, hörte die Stimme eines Mannes.

Sie schauderte und versuchte, wieder in den Schlaf einzutauchen. Doch nein, wenn ihr Vater wach war, würde sie mit Sicherheit geschlagen werden. Sie hätte schon lange auf sein müssen. Sie hätte die Abfälle der Nacht hinaustragen und Wasser aus dem Bach holen, die Dochte der Öllampen putzen und sich bereithalten sollen, ihrer Mutter mit dem Essen für den neuen Tag zu helfen. Sie duckte sich, als sie daran dachte, wie der Gehstock ihres Vaters hart auf ihren Rücken krachte.

Sie streckte einen Arm aus ihren Schlafdecken, um ihren *suk* zu suchen, etwas, das ihrer Haut Schutz böte, aber ihre Hand fand nichts, nicht einmal die kühlen *ulaq*-Wände aus Erde und Stein.

Sie öffnete die Augen und versuchte, sich aufzusetzen, aber alle Muskeln ihrer Arme und Beine brannten vor Schmerzen, und sie fühlte das vertraute Pochen von übervollen Brüsten. »Shuku«, flüsterte sie, und Angst umschloß ihre Kehle.

Nein, sie war nicht im *ulaq* ihres Vaters, auch in keiner Behausung, wie sie die Walroßmenschen machten, und doch schmerzten ihre Arme und Beine, als hätte ihr Vater seinen Gehstock gegen sie verwendet.

Wo bin ich? Wo ist Shuku? Dann erinnerte sie sich an den Heilbutt, den Strand. Wie konnte sie so töricht sein, einzuschlafen, während Shuku der Flut hilflos ausgeliefert war?

War sie jetzt in einer Geisterwelt? Wenn ja, mußte sie Shuku finden, damit sie den Weg zu den Tanzenden Lichtern gemeinsam gehen konnten. Sie setzte sich auf, preßte die Zähne zusammen gegen die Schmerzen und sprach zu der Furcht, die ihre Gedanken einengte: Wenn ich tot bin, warum habe ich dann Schmerzen? Wenn ich tot bin, warum bin ich dann in einer Behausung und nicht draußen bei Wind und Meer?

Sie dachte an *ulas* für die Toten, an Tote, die, die Beine an die Brust gebunden, in Grasmatten gewickelt waren. Ihre Furcht kehrte wieder. Vielleicht war sie jetzt in einem *ulaq* für die Toten, einer Behausung, die von einem anderen Dorf benutzt wurde, einem fremden Volk, mit Wegen, die anders waren als die der Ersten Menschen.

Sie stemmte sich mühsam auf Hände und Knie und kroch im Dunkeln, griff dabei aus, um die Wände zu ertasten, bis ihre Hände einen gewebten Grasvorhang fanden. Sie zog den Vorhang zur Seite und spähte in einen großen Raum, sah in der hinteren Ecke dünn flackerndes Licht und neben dem Licht einen Mann und eine Frau, die miteinander sprachen. Die Frau stillte ein Kind.

»Shuku?« sagte Kiin, aber ihr Hals war rauh, und die Worte waren nur ein heiseres Flüstern.

Die Frau sah hoch und stand auf, das Kind saugte weiter. »Kind?« sagte sie in der Sprache der Walroßmenschen und hielt es Kiin hin.

Kiin zog sich auf die Knie, dann auf die Füße und machte ein paar taumelnde Schritte. Die Frau eilte an ihre Seite und hielt dabei das Kind auf einem Arm.

Kiin griff nach der Schulter der Frau und sah, den Atem hinter den Zähnen festhaltend, auf das Kind hinunter. Mit einem Freudenschrei rief sie: »Shuku!«

Shuku, der mit geschlossenen Augen saugte, drehte sich ruckartig um, ließ die Brust der Frau los und streckte die Arme nach seiner Mutter aus. Kiin, deren Beine zu schwach waren, um sie zu tragen, ließ sich auf den Boden fallen und setzte sich nach der Art der Walroßmenschen, mit gekreuzten Beinen. Die Frau sagte etwas zu dem Mann, und er verließ das *ulaq,* dann legte sie Shuku in Kiins Schoß. Shuku schlang seine Arme um den

Hals seiner Mutter, zog sich auf die Füße und hielt sich an ihr fest, und zwischen schnellen Atemstößen summte er eine kleine Weise aus Worten der Kleinkindsprache.

Kiin sah zu der Frau auf und preßte die Lippen zusammen, um ihre Tränen zurückzuhalten. »Danke«, sagte sie in der Sprache der Walroßmenschen.

Die Frau lächelte, deutete auf Shuku und sagte: »Er ... er ...« Sie hielt inne und fuhr sich mit den Fingern über die Wangen, um eine Tränenspur anzudeuten. »Ich ... mmm ... ich.« Ihr Gesicht legte sich vor Anstrengung in Falten, und am Ende zeigte sie auf ihre Brust, deren Warze noch rosa und langgezogen war von Shukus Saugen. »Ich, ich getan«, endete sie und lächelte.

»Danke«, sagte Kiin wieder, dann bemerkte sie zum erstenmal das Webmuster von der Grasschürze der Frau. Kiin lächelte und wechselte von der Walroßsprache zur Sprache der Ersten Menschen. »Ihr seid Erste Menschen?« fragte sie.

Die Frau zog die Augenbrauen hoch und lachte. »Ich heiße Kleine Pflanze. Du bist nicht vom Walroßvolk?« fragte sie klar und deutlich in der Sprache der Ersten Menschen und zeigte dabei auf Kiins Kleidung – den Parka der Walroßmenschen, die Gamaschen aus Karibuhaut.

»Nein, von den Ersten Menschen«, sagte Kiin. »Ich bin Kiin vom Volk der Robbenjäger.«

Die Frau wollte antworten, konnte aber ihre Worte nicht durch ihr Gekicher hervorbringen, und Kiin, mit Shuku warm und wohlauf in ihren Armen, fühlte in ihrer eigenen Kehle ein Kichern aufsteigen, und eine Weile sprach keine von den Frauen, sondern sie ließen ihr Lachen ein Netz zwischen ihnen weben, das sie in gemeinsamer Freude gefangenhielt.

Sie sind Ugyuunmenschen, sagte sich Kiin, als sie bei Kleine Pflanze und sechs anderen Frauen saß, die in das *ulaq* gekommen waren. Alle Frauen hatten die wirren, schmutzigen Haare der Ugyuun. Selbst der Geruch ihrer Haut war wie etwas, das sauer und alt war.

Mit der Erkenntnis kam eine Schwere in Kiins Brust, aber dann rollte sie ihre Gamaschen hoch, betrachtete die Schnitte und Kratzer an Schienbeinen und Füßen. Sie waren gut geheilt, keine roten Linien verliefen von ihren Wunden aufwärts, um ihr Gift bis in ihr Herz auszubreiten.

»So«, flüsterte ihre Geisterstimme, »sie sind Ugyuun. Du siehst die Fürsorge in ihren Augen, du hörst ihr Lachen, wenn sie miteinander über die kleinen Dinge des Lebens sprechen. Warum soll es dich kümmern, welches Dorf sie ihr eigen nennen? Es sind gute Menschen.«

Und Kiin nickte. Was war wichtiger? Die Sauberkeit des *suk* einer Frau oder was sie in ihrem Herzen trug?

»Sechs Tage hast du geschlafen«, sagte eine alte Frau. »Sechs Tage hat meine Tochter hier über dich gewacht und dein Kind gestillt, als sie dich nicht bewegen konnte, es zu füttern.«

Kiin sah Kleine Pflanze an. »Ich habe sechs Tage geschlafen?« fragte sie.

Das sanfte Lächeln von Kleine Pflanze sagte Kiin, sie hege keinen Groll wegen der Zeit, die Kiin sie beansprucht hatte.

»Sechs Tage«, sagte die alte Frau wieder und nickte viele Male schnell mit dem Kopf, etwas, das offenbar alle Ugyuunfrauen taten, wenn sie Kiin mit der Wahrheit ihrer Worte beeindrucken wollten.

»Manchmal schienst du aber wach zu sein«, sagte Kleine Pflanze. »Du hast in der Walroßsprache gesprochen und oft nach deinem Sohn gerufen. Er heißt Shuku?«

»Ja«, sagte Kiin.

»Was ist mit deinen Beinen und Füßen geschehen?« fragte Kleine Pflanze.

Kiin verschränkte die Arme um Shuku, der in dem Rund saß, das ihre Beine bildeten. Er beobachtete die Ugyuunfrauen, blickte manchmal über die Schulter zu Kiin, seine dunklen Augen so ernst wie die eines alten Mannes.

»Ich bin von einer Klippe gestürzt«, erklärte Kiin. »Ich habe Eier gesammelt.«

»Ja«, sagte Kleine Pflanze. »Mein Mann, Adler, hat dich am Vogelstrand gefunden. Dich und deinen Sohn.«

»Wußtest du nicht, daß du Himbeerblätter auf deine Beine legen mußtest?« fragte eine alte Frau. Sie sah Kiin kopfschüttelnd an und schnalzte mit der Zunge. »Es gibt Himbeeren in den Bergen.«

»Ja«, sagte Kiin, dem Blick der alten Frau begegnend. »Aber meine Gedanken waren bei anderen Dingen.«

»Du warst allein an dem Ufer?« fragte eine andere Frau, und dann fingen die anderen Frauen, die vier, die mit Kleine Pflanze auf dem Boden saßen, und die zwei, die mit verschränkten Armen hinter ihnen standen, alle auf einmal zu sprechen an, und ihre Worte flossen in vielen Fragen ineinander, ihre Stimmen schwollen an, bis am Ende eine von den Frauen, die hinten standen, ausrief: »Seid still! Wir sind schlimmer als Lummen auf ihren Eiern.«

Kiin meinte die Frau zu kennen – ihre spitze Nase – von vor langer Zeit, als Kiin und ihr Bruder Qakan in dieses Ugyuundorf gekommen waren, bevor Qakan Kiin an Rabe verkauft hatte. Ein Schauder des Unbehagens überlief sie, doch ihr Geist flüsterte: »Sie wird sich nicht an dich erinnern. Du bist jetzt innerlich stark. Damals fingst du erst an, stark zu sein. Du siehst nicht mehr aus wie damals. Du bist nicht mehr dieselbe.«

Da hob Kiin den Kopf, ließ in ihren Augen die Kraft leuchten, die sie durch Gebete und Gesänge und Leben gewonnen hatte. Sie lachte, wie die Ugyuunfrauen lachten, und wartete auf die nächste Frage.

Wieder sprach die alte Frau: »Kleine Pflanze sagt, du wirst Kiin genannt. Hast du dir den Namen selbst ausgesucht oder wurde er dir von jemand anderem gegeben?«

»Von meinem Vater«, sagte Kiin.

»Warum wollte ein Vater seiner Tochter so einen Namen geben?« fragte eine andere Frau.

Kiin preßte die Lippen zusammen, fühlte, wie ihr Gesicht

heiß wurde. Ja, welcher Vater wollte seine Tochter Kiin nennen – »Wer«, eine Verleugnung ihres Daseins?

Kiin sah die Frau an. »Er wollte einen Sohn«, sagte sie, und mehr erklärte sie nicht – weder die Schläge, noch die Jahre, die sie in dem Glauben gelebt hatte, keine Seele zu haben, die Jahre, als sie nicht sprechen konnte, ohne zu stottern.

Einige Frauen nickten, dann fragte eine: »Wo ist dein Mann?«

»Nicht weit von hier«, sagte Kiin. »Am Ufer der Händler.«

Mehrere Frauen nickten.

»Warum trägst du die Kleidung der Walroßmenschen?« fragte Kleine Pflanze. Eine andere Frau, die jung war und Kleine Pflanze so ähnlich sah, mit dünnem Gesicht und runden, schwarzen Augen, daß Kiin wußte, sie mußten Schwestern sein, bekundete nickend ihre Zustimmung zu der Frage von Kleine Pflanze. »Warum rufst du dein Kind mit einem Walroßnamen?«

Kiin sah in die Gesichter der Ugyuunfrauen. Alle Frauen waren dünn, die Haut einer jeden zu blaß, die Lippen aller Frauen trocken und rissig. Kiin dachte daran, was Rabe für ihre Rückkehr geben würde, und sie hatte Angst.

»Mein Vater ist ein Handelsmann«, sagte Kiin langsam, mit Worten beginnend, die wahr waren, hoffend, daß die Ugyuunfrauen die Wahrheit in ihren Augen, in der Aufrichtigkeit ihrer Worte erkennen würden. »Mein Bruder war auch Händler, bis er starb. Diese Kleider habe ich mit meinen eigenen Händen nach der Art des Walroßvolkes gemacht. Wenn andere Frauen sie sehen, wollen sie sie haben, um sie im Winter zu tragen, und so kann mein Vater diese Sachen tauschen und den Robbenjägern für das, was ich gemacht habe, Messer, Öl und Fleisch mitbringen.«

Einige Ugyuunfrauen, darunter Kleine Pflanze, nickten verständnisvoll, doch andere, wie die große Frau mit der lauten Stimme, kniffen die Augen zusammen, als wollten sie durch Kiins Haut die Geheimnisse sehen, die sie in ihrem Herzen verbargen.

»Und das Kind?« fragte die Frau mit der lauten Stimme. »Warum heißt es Shuku?«

»Sein Name wurde ihm von einem Schamanen des Walroßvolkes gegeben«, sagte Kiin. »Es ist ein Name der Macht.«

Die Frau neigte den Kopf, als bedenke sie Kiins Antwort. Die nächste Frage hatte mit dem Nähen von Gamaschen zu tun, und da wußte Kiin, daß die Frauen ihr glaubten. Dann redeten alle Frauen zugleich, und Kiin drückte Shuku an ihre Brust, und sie lächelte vor Freude, weil sie in dem Ugyuundorf war, geborgen und so nahe beim Ufer der Händler.

65

Später an diesem Tag half Kleine Pflanze Kiin, aus dem *ulaq* zu klettern. Sie setzten sich zusammen auf das Dach des *ulaq,* Kleine Pflanze mit Shuku in den Armen. Es war ein warmer Tag; die Sonne stand hoch am Himmel und schien Kiin auf den Kopf.

Ihre Gelenke an Ellenbogen und Knien schmerzten, aber sie streckte die Arme zum Himmel hinauf, zuckte zusammen, als der Wundschorf an ihren Beinen und Füßen an ihrer Haut zog.

Kleine Pflanze sah ihr ins Gesicht und sagte mit leiser Stimme: »Ich habe Gänsefett, frisch in diesem Frühling. Es wird den Schorf weichmachen.«

Kiin lächelte sie an, schüttelte aber den Kopf. Wie konnte sie Gänsefett, das sich zum Essen verwenden ließ, von einer Frau nehmen, die so wenig hatte?

»Es geht mir gut«, sagte Kiin. »Schon macht die Sonne, daß ich mich stark fühle.« Sie streckte die Arme nach Shuku aus, und sie bemerkte, daß ihre Arme und Hände trotz ihrer Krankheit, trotz der Tage des Hungerns voller, kräftiger aussahen als die von Kleine Pflanze. Wer konnte es nicht sehen, an den Falten in ihren Gesichtern, der Sprödigkeit ihres Haars, daß die

Ugyuunfrauen während des Winters Hunger gelitten hatten, vielleicht viele Winter hindurch? Doch in diesen sechs Tagen hatte Kleine Pflanze Kiin zu essen gegeben und über Shuku gewacht.

Shuku beugte sich seiner Mutter entgegen, aber für einen Augenblick hielt Kleine Pflanze den Jungen fest, drückte ihn an ihre Brust. »Ich hatte einen Sohn«, sagte sie leise, dann entließ sie Shuku in Kiins Arme.

Kiin blickte in die Augen der Frau. Sie sah Leid dort, aber das Leid war geheim, etwas, das Kleine Pflanze gehörte, deshalb sah Kiin schnell fort.

»Der letzte Winter war hart«, murmelte Kleine Pflanze.

Kiin nickte, obwohl sie sich nicht erinnerte, daß der Winter besonders hart gewesen war. Wer konnte das sagen? Vielleicht war jeder Winter ein harter Winter für das Ugyuunvolk. Wer wußte nicht, daß die Ugyuunmänner schlechte Jäger waren? Warum sonst hatten ihre Kinder immer den Lippenausschlag derer, die *ugyuun* roh aßen, ohne den äußeren Stengel sorgfältig abzuschälen, was wohl nur hungrige Kinder tun mochten?

Kleine Pflanze rutschte seitlich am *ulaq* hinunter und ging voran auf die windgeschützte Seite von einem größeren *ulaq*. Dort hockte sie sich hin und winkte Kiin, dasselbe zu tun. Kiin bewegte sich langsam, ihre Knie und Hüften waren so steif, daß sie schließlich lachte und sagte: »Ich bin schon wie eine alte Frau geworden.«

Kleine Pflanze lächelte, dann begann sie, von den kleinen Dingen des Lebens zu sprechen: Fisch zum Trocknen in Scheiben schneiden, die Stellen suchen, wo die besten Beeren wuchsen, Matten weben. Sie erzählte Kiin von den Streitigkeiten, die zwischen einer jungen Frau namens Krähenbeere und Sieruft wüteten, der Schwester des Vaters von Kleine Pflanze. Während Kleine Pflanze sprach, erkannte Kiin, daß es etwas Wichtigeres gab, das Kleine Pflanze zu sagen hatte.

Es brachte jedesmal ein Lächeln in Kiins Gesicht, wenn sie Jäger zuerst vom Wetter und vom Jagen reden hörte, bevor ein

Mann aussprach, was ihm wirklich am Herzen lag. Jetzt merkte sie, daß die Frauen es genauso machten. Ihre Geschichten mochten von Beeren pflücken und Essen zubereiten handeln, von anderen Frauen und ihren Worten, aber es war trotzdem dasselbe. Deshalb verschränkte Kiin die Hände um Shuku und hörte höflich zu, bis Kleine Pflanze bereit war, zu sagen, was sie sagen mußte.

Fragen erhoben sich in Kiins Kopf, ließen ihre Beine unruhig zucken. Adler, der Mann von Kleine Pflanze, hatte sie gefunden. Erwartete er eine Gegengabe dafür, daß er sie und Shuku gerettet hatte? Was hatte Kiin zu geben? Kleine Pflanze hatte nichts von Kiins Tragekorb gesagt. War er verloren gegangen? Er enthielt Kiins Schnitzwerkzeug.

Kleine Pflanze beendete eine Geschichte von zwei Ugyuunfrauen, wie ein Streit zwischen ihren Kindern ein Streit zwischen ihnen geworden war, dann sagte sie: »Mein Mann Adler hat dich gefunden. Er ist jetzt in seinem *ikyak* Robben jagen, aber wenn er zurückkommt, will er mit dir sprechen.«

»Es ist gut von euch, dir und deinem Mann, mich in eurem *ulaq* aufzunehmen«, sagte Kiin.

Kleine Pflanze sah fort, wollte Kiins Blick nicht begegnen, und eine Unruhe drehte einen harten, festen Knoten in Kiins Bauch.

Adler kam an diesem Abend zu Kiin, nachdem im *ulaq* eine zweite Öllampe angezündet worden war, nachdem Kleine Pflanze und Kiin das Essen weggeräumt und die Kochhaut von ihrem Platz über der großen Öllampe an einen Haken gehängt hatten, der an einem Balken bei der hinteren Wand des *ulaq* befestigt war.

Der Mann war groß und dick, mit Händen so groß wie Robbenschädel. Sein Gesicht war flach, in der Mitte eingesunken, so daß die Spitze seiner Nase nicht weiter vorstand als seine Augenknochen, und seine Haut war schwarz von Ruß. Sein *suk* war gut gearbeitet, aus Lundhäuten und Pelzrobbenfellen, aber er stank nach Moder, weshalb Kiin in kurzen Stößen durch den Mund atmete, um den Gestank aus ihrer Nase zu halten.

»Ich habe dich gefunden«, sagte er ohne die Höflichkeit belangloser Worte. »Dich und deinen Sohn.«

»Danke«, sagte Kiin.

»Ich habe deinen Packen.«

Kiin nickte. Sie blickte sich in dem Raum um, sah, daß Kleine Pflanze Shuku in ihrem Schoß wiegte. Shuku war unruhig, gab wimmernde Laute von sich, die Kiin sagten, daß er hungrig war. Kleine Pflanze legte das Kind auf den Rücken und hielt es an ihre linke Brust. Kiin sah an Adler vorbei und sagte zu Kleine Pflanze: »Ich werde ihn füttern.«

Aber Kleine Pflanze tat, als hätte sie nicht gehört, und Adler sagte: »Milch ist Milch. Wen kümmert es, welche Frau ihn füttert? Er gehört beiden.«

Seine Worte waren wie ein Schlag auf Kiins Kopf. Sie öffnete den Mund, um zu sprechen, konnte aber nichts sagen.

»Ich habe dich gefunden; wenn du keinen Mann hast, gehörst du mir«, sagte Adler.

Kiin saß da mit offenem Mund. Sie wendete den Blick von Kleine Pflanze ab und sah Adler an.

Ihre Geisterstimme sprach. »Adler!« zischte sie. »Wer würde sich ausdenken, dem Mann so einen Namen zu geben, langsam und schmutzig, wie er ist?« Aber Kiin schüttelte den Kopf, bis sie nicht ihre Geisterstimme hörte, sondern nur die klaren, starken Worte ihrer eigenen Gedanken.

»Ich bin ohne meinen Mann gereist«, sagte sie.

»Allein?« fragte Adler. Er kniff die Augen zusammen und verzog die Lippen zu einem nassen Kreis.

»Ja«, antwortete Kiin.

»Wie kann eine Frau allein reisen, ohne einen Jäger? Ohne einen Mann, der sie vor Geistern beschützt?«

»Ich bin Schamane«, antwortete Kiin, und die Worte schmerzten in ihrer Brust wie schneidende Messer, so daß ihre Geisterstimme gegen die Lüge aufschrie und Kiin die Zähne zusammenbeißen mußte, um zu verhindern, daß der Schrei ihrem Mund entschlüpfte.

Bei Kiins Worten kreischte Shuku, und Kiin sprang auf die Füße, die Angst so schwer in ihrer Brust, daß sie nicht atmen konnte. Die Geister mochten sie für eine Lüge bestrafen, aber würden sie auch ihr Kind bestrafen?

Ohne Adler anzusehen, ging sie zu Kleine Pflanze, nahm ihr Shuku aus den Armen und drückte das schluchzende Kind fest an ihre Brust.

»Er hat mich gebissen, da habe ich ihn gekniffen«, sagte Kleine Pflanze, ihre Stimme ruhig und ohne Zorn.

Kiins Angst verließ sie, und sie lächelte über den besorgten Blick in den Augen der Frau. Kiin hielt Shuku auf Armeslänge von sich und sagte zu Kleine Pflanze: »Er ist groß genug, um zu wissen, daß er das nicht darf.« Dann sagte sie zu Shuku: »Nein! Nein! Nicht beißen!«

Shuku sah sie an, eine Augenbraue hochgezogen, und er sah seinem Vater Amgigh so ähnlich, daß Kiin ihn wieder an sich drückte, sein Köpfchen fest und warm unter ihrer Halsbeuge.

Dann war Adler an ihrer Seite und zog sie herunter, so daß sie neben Kleine Pflanze zu hocken kam. »Du hast einen Mann?« fragte er Kiin, als hätte es keine Unterbrechung ihres Gespräches gegeben.

»Ja«, sagte Kiin. »Samiq von den Ersten Menschen.«

»Du kennst sie«, sagte Kleine Pflanze. »Sie leben am Ufer der Händler.«

Adler räusperte sich, dann streckte er die gewölbten Hände von sich und sah seine Frau an. Kleine Pflanze stand auf und ging in die Ecke, wo sie und Kiin die Kochhaut für die Nacht aufgehängt hatten. Sie nahm eine Holzschale und schöpfte etwas von dem Eintopf aus Robbenfleisch hinein, unterdessen kalt geworden, Fleisch und Ugyuunstengel mit hellgelbem Talg überzogen. Sie gab Adler die Schale. Er schöpfte mit den Fingern etwas von dem Eintopf heraus und schob es sich in den Mund.

»Wenn du nicht zu ihm zurückgehen willst, ich brauche eine zweite Frau«, sagte er, den Mund voll Essen. »Die hier ist eine gute Frau, aber ihre Kinder sind nicht stark. Sie leben nicht.«

Aus den Augenwinkeln sah Kiin, daß Kleine Pflanze schnell den Kopf senkte und sich abwandte, als wollte sie die Worte ihres Mannes bestreiten.

»Oftmals«, sagte Kiin, »sterben Säuglinge in harten Wintern. Eine Mutter kann nicht genug Milch geben, wenn sie nicht genug zu essen hat.«

Adler nahm noch eine Handvoll Fleisch und sagte nichts, daher fuhr Kiin fort: »Die Jäger müssen genug Robben mitbringen, nicht nur für den Tag, an dem sie leben, sondern damit ihre Frauen Öl und getrocknetes Fleisch für die Wintermonde lagern können, wenn das Eis die *ikyan* am Ufer hält und die Winde die Jäger in ihren *ulas* halten.«

»Die Frauen hier, sie fischen«, sagte Adler. »Sie trocknen den Fisch für den Winter. Wir hungern nicht.«

Kiin tat einen langen Atemzug und sagte: »Fisch ist nicht genug, um einer Frau gute Milch zu geben. Sie muß Öl haben und Fleisch, das fett ist.«

Adler hob die Schale zu ihr hin und deutete mit dem Kinn auf sie. »Und du weißt das, weil du Schamane bist?«

»Ich weiß das, weil ich eine Frau bin, die Kinder gestillt hat. Ein Hunger überkommt alle Frauen mit Säuglingen, ein Verlangen nach Öl, nach Fett.«

Wieder kniff der Mann die Augen zusammen. »Du hast noch ein Kind?« fragte er.

»Einen Sohn, der bei seinem Vater am Ufer der Händler ist.«

Adler nickte. Er sah Kiin an, sah nicht fort, bis sie seinem Blick begegnete. »Wenn du zurück willst, bringe ich dich hin«, sagte er. »Zu deinem Mann und zum Ufer der Händler. Es ist nur wenige Tage von hier.« Er kratzte den letzten Bissen Fleisch heraus, dann leckte er seine Schale sauber und gab sie Kleine Pflanze. Sie stellte sie zurück auf den Stapel Schalen, mit denen der Boden vor der Speisenische übersät war. »Er wird mir wohl etwas dafür geben, daß ich dich zurückbringe«, sagte Adler und stieß einen langen Rülpser aus. Er sah seine Frau an, die noch neben der Speisenische stand. »Gut«, sagte er zu ihr und klopfte sich auf den Bauch.

»Wenn du Schamane bist, dann hast du Kräfte und weißt, wie man mit den Geistern spricht«, sagte Adler.

Kiin, die Augen niedergeschlagen, nickte nur.

»Ich habe Geschichten von den zwei alten Frauen gehört, Schwestern, die einst Erste Menschen waren und jetzt beim Walroßvolk leben. Sie sind Schamanen, so sagt man. Kennst du sie?«

»Ich habe von ihnen gehört«, sagte Kiin vorsichtig.

»Die Walroßmenschen«, sagte Adler. »Eines von ihren Dörfern ist nicht so weit weg. Manchmal kommen ihre Handelsmänner hierher, nachdem sie am Ufer der Händler waren.« Adler rülpste wieder, aber das Rülpsen ging in einen Schluckauf über, kräftig und laut, bis Kleine Pflanze eine Blase mit Wasser von einem Balken nahm und ihm brachte. Sie blieb neben ihm stehen, als er trank, dann klopfte sie ihm auf den Rücken, bis der Schluckauf vorbei war.

Adler hielt Kiin die Wasserblase hin, aber sie schüttelte den Kopf. Adler zuckte die Achseln und gab die Blase seiner Frau zurück, dann nahm er ihr Handgelenk, umgriff es mit seinen Fingern. »Diese Frau, sie muß ein Kind haben«, sagte Adler. »Ich habe deinen Packen gefunden. Ich weiß, was darin ist – nicht, was eine Frau mit sich trägt. Da sind Messer, solche, wie ein Mann sie benutzt, und Tiere, aus Holz und Elfenbein gemacht.«

Er verstummte, und Kiin sagte: »Ich schnitze.«

Adler nickte, und ein Leuchten trat in seine Augen. Kiin schauderte. Wollte dieser Mann, wie Rabe, versuchen, sie wegen ihrer Schnitzereien zu behalten?

»Wenn du Schamane bist und schnitzt«, sagte Adler, »kannst du etwas machen, das dem Kind meiner Frau Kraft bringt?«

Kleine Pflanze, die neben ihrem Mann stand, legte eine Hand auf ihren Bauch.

»Du erwartest ein Kind?« fragte Kiin.

»Noch nicht«, antwortete Kleine Pflanze, »aber Kinder kommen leicht in meinen Leib. Sie überleben den Winter nicht.«

Kiin sah Adler an. »Ich bin nicht Schamane von der Art, wie die meisten Menschen Schamane sind«, sagte sie. »Meine Kraft ist in meiner Schnitzerei und in meinen Liedern. Meine Macht ist keine große Macht, aber du hast mir und meinem Sohn das Leben gerettet. Ich will versuchen, deiner Frau mit ihren Kindern zu helfen. Du mußt genug Robben bringen, damit Kleine Pflanze Öl haben kann, das für zwei Winter reicht.«

»Ich bin ein guter Jäger.«

»Dann tu das. Für einen Sohn.«

Kleine Pflanze kniete sich neben Kiin, schlang ihre Arme um Kiins Schultern und flüsterte ihre Dankbarkeit in Kiins Ohr.

»Ich will es versuchen, ich will es versuchen«, flüsterte Kiin zurück und fürchtete plötzlich, daß, wegen ihrer Behauptung, mehr zu sein, als sie war, alle Kräfte sie verlassen würden.

Adler gab ein bellendes Lachen von sich und stand auf, hob seine Frau auf, die Wasserblase noch in ihren Händen, und trug sie in einen Schlafplatz.

Kiin nahm Shuku auf den Schoß und hob ihren Parka an, so daß ihr Sohn saugen konnte. Shukus leise Schluckgeräusche wurden von Adlers lärmendem Lieben übertönt. Kiin lächelte. Adler hatte gesagt, bis zum Ufer der Händler seien es nur wenige Tage mit einem *ikyak*. Vielleicht würde sie bis zum nächsten Vollmond Samiq sehen, würde sie wieder bei ihrem eigenen Volk sein. Freude ließ ihr Herz hüpfen, bis ihr das Versprechen an Adler einfiel, und sie schickte Gebete zu den Geistern, Gebete, daß sie nicht zornig sein mochten. Und ihre Geisterstimme flüsterte: »Du hast nicht mehr zu sein behauptet, als was du bist, eine Frau, die singt, eine Frau, die schnitzt. Sind diese Kräfte nicht so groß wie die, die Rabe für sich beansprucht?«

Da wendete Kiin ihre Gedanken Liedern zu, und als würden Hoffnung und Freude ihrer Stimme Kraft verleihen, kamen

Worte mühelos aus ihrem Mund, ein Lied um Stärke, ein Lied der Hoffnung, ein mächtiges Lied für Kleine Pflanze.

66

DAS WALROSSVOLK

Goodnews Bay, Alaska

»Ein kurzer Halt. Nur für diese Nacht«, sagte Rabe.

Weißer Fuchs und Singender Vogel zogen das Händler-*ik* an das Ufer, wo die Menschen ihr Lager aufschlugen, wenn die Lachse zum Laichen kamen, doch Rabe wandte sich ab, zog seinen Federumhang eng um seine Schultern und ging den Strand entlang, betrachtete Gezeitenmarken und Treibgut, das die Wellen hinterlassen hatten. Er schritt rasch aus, bis er zu weit entfernt war für die Männer, um ihn zu rufen und um seine Hilfe mit *ik* oder Vorräten zu bitten. Sie hatten die Frau von Singender Vogel mitgenommen. Sie war stark. Rabe brauchte Zeit zu planen, zu entscheiden, was er als nächstes tun mußte.

Zuerst ein kurzer Aufenthalt in ihrem Dorf, um Tauschwaren abzuladen und Kiin zu holen. Die Frau von Singender Vogel stillte nicht, und wenn Rabe in das Ugyuundorf ging, um ein Kind einzutauschen, brauchte er eine Frau, die es stillte. Ein Säugling war nicht wie ein Stoß Tauschwaren, etwas, worum man feilschte und das man dann in einem *ik* oder *ikyak* verstaute, bis es gebraucht wurde. Er wollte zudem ein gesundes Kind, keinen halbverhungerten Säugling, der sterben würde, bevor er ihn zu Dyenen bringen konnte. Kiin war eine kluge Frau. Sie würde ihm sagen können, welches Kind gesund war und welches nicht. Und es war ein Vorteil, daß sie die Sprache der Flußmenschen nicht sprach. Bis sie die Sprache gelernt und Dyenen gesagt hätte, daß das Ugyuunkind nicht ihr richtiger Sohn war, würde Rabe die Schamanengeheimnisse des alten Mannes längst kennen, und einmal verraten, konnten die Geheimnisse nicht zurückgenommen werden. Aber zuerst mußte Rabe sich überlegen, auf welche Weise er Kiin dazu bringen konnte, mit ihm zu kommen.

Wenn Kiin wäre wie Lemmingschwanz, könnte er ihr erzählen, daß sie zum Ufer der Händler führen, daß er sie zu dem Mann Samiq zurückbringen würde, aber Kiin war nicht wie Lemmingschwanz. Kiin würde an der Sonne und den Sternen sehen, in welche Richtung sie fuhren. Vielleicht konnte er ihr Geisterkräfte oder Ehrungen für ihre Schnitzereien versprechen. Aber jeder dieser Gedanken hinterließ ein Unbehagen in seiner Brust. Kiin war nur mit ihm in das Dorf der Walroßmenschen gekommen, um Samiq das Leben zu retten. Was hatte er aufzuweisen, das für sie von so großem Wert war wie das? Vielleicht ein Versprechen, sie nach einem Jahr zu ihrem eigenen Volk zurückzubringen. Aber würde sie ihm glauben?

Dann plötzlich wußte er es – Shuku. Rabe hatte Shuku Dyenen versprochen, nicht wahr? Kiin würde die Wahl haben, ob sie mit ihrem Sohn gehen oder bei dem Walroßvolk bleiben wollte ...

Die Frau von Singender Vogel, ihre schrille Stimme zu einem eigenartigen Schrei erhoben, riß Rabe aus seinen Gedanken. Er drehte sich um und sah die Frau mit über dem Kopf erhobenen Händen winken und auf einen Haufen Treibholz am hohen Ufer zeigen.

Singender Vogel und Weißer Fuchs verließen das *ik* und gingen zu der Frau. Weißer Fuchs deutete mit der Hand auf Rabe, winkte ihm, zu kommen.

Rabe ging langsam. Warum sich beeilen wegen etwas, das eine Frau entdeckt hatte? Aber er kniff die Augen zusammen, um besser zu sehen, neugierig, worüber die Söhne von Eisjäger, die gewöhnlich alle Gedanken hinter trägen Lidern und finsteren Gesichtern versteckten, so aufgeregt waren.

Dann nahm Singender Vogel etwas von dem Holzstoß, und als Rabe näherkam, sah er, daß es eine Halskette war, die Schnur gerissen. Singender Vogel hielt sie in die Höhe, und Perlen sprangen von der Sehnenkordel.

Die Frau von Singender Vogel sah Rabe mit angsterfüllten Augen an. »Sie gehört Kiin«, flüsterte sie.

Rabe runzelte die Stirn, hockte sich zwischen Singender Vogel und Weißer Fuchs. Mit seinem Gehstock stocherte er in dem Haufen aus Holz und schwerem, nassem Sand.

»Es ist ein *ik*«, sagte er langsam.

»Die Halskette gehört Kiin«, sagte die Frau von Singender Vogel wieder. Sie fing an, im Sand zu graben, legte Holzstücke frei, die das Gerippe des *ik* gewesen waren.

»Das meiste davon können wir gebrauchen«, sagte Weißer Fuchs. »Das Holz ist noch gut, sogar die Walroßhaut – eine Frau könnte sie für Stiefel oder Bodenmatten verwenden.«

»Mach damit, was du willst«, sagte Rabe, und er sprach wie zu einem kleinen, quengelnden Kind.

Weißer Fuchs zog an einem Lederriemen, riß ihn aus dem Sand. Ein Beutel war daran befestigt, und als Weißer Fuchs ihn sah, ließ er ihn geschwind fallen. »Ein Amulett«, sagte er und beugte sich vor, um Rabe fest in die Augen zu sehen. »Dies ist das *ik* von Lemmingschwanz. Die Halskette und das Amulett gehören Kiin.«

Rabe stand auf und ging weg, als ob Weißer Fuchs nichts gesagt hätte. Weißer Fuchs wollte ihm folgen, aber Singender Vogel packte den Arm seines Bruders und hielt ihn zurück. »Laß ihn gehen«, sagte er. »Es ist eine schlimme Sache, eine Frau zu verlieren.«

Rabe drehte sich um. »Es ist nicht das *ik* von Lemmingschwanz«, sagte er. »Es ist nicht Kiins Halskette.«

Weißer Fuchs und Singender Vogel sahen sich aus den Augenwinkeln an, dann sagte Singender Vogel zu seiner Frau: »Ich werde Treibholz sammeln und das Feuer in Gang bringen. Du verwahrst, was wir vielleicht brauchen können«, und er zeigte auf die Überreste von dem *ik*.

An diesem Abend und am nächsten Morgen sprach Rabe wenig. Als Weißer Fuchs die zerrissene Walroßhaut und die zerbrochenen Stücke des Holzrahmens im *ik* der Händler festband, starrte Rabe einen Augenblick auf die Ladung, sagte aber immer noch nichts.

Als er zum Dorf des Walroßvolkes paddelte, schien Rabe die Kraft von zwei Männern zu haben, und Weißer Fuchs in seinem *ikyak* paddelte angestrengt, um mitzuhalten. Und als ob Geister Gezeiten und Winde schickten, um beim Paddeln zu helfen, schafften sie die Fahrt vom Ufer der Lachse zu ihrem Dorf in nur einem halben Tag.

Als sie ankamen, brachte Rabe mit einem einzigen kräftigen Stoß seines Paddels das *ik* an Land und trat ans Ufer, dann ging er mit langen, raschen Schritten durch das Dorf, sagte nichts zu denen, die ihn grüßten, die Augen auf die Behausung gerichtet, die er und seine Frauen sich mit Grasohren teilten.

Er fing schon an zu rufen, als er in den niedrigen Tunnel trat, der in den Teil der Behausung führte, der Grasohren gehörte, rief nach Lemmingschwanz und Kiin und grüßte die Frauen von Grasohren nicht, zwei Schwestern mit Augen so rund wie ihre Gesichter. Sie flüsterten etwas, die gebeugten Köpfe zusammengesteckt, aber Rabe blieb nicht stehen, um mit ihnen zu sprechen. Er schob den gewebten Vorhang beiseite, der die Behausung teilte.

Lemmingschwanz, ihren Sohn neben sich, saß auf dem Schlafpodest. Sie lächelte Rabe zaghaft an und legte den Kopf auf eine Seite. »Hast du mir Geschenke mitgebracht?« fragte sie.

Rabe machte ein finsteres Gesicht und zog die Stirn kraus, als würde ihn die Frage verwirren. »Ich habe Geschenke«, sagte er. »Wo ist Kiin?«

»Du brauchst Kiin nicht«, sagte Lemmingschwanz. »Sie versteht es nicht, einen Mann in den Schlafdecken zufriedenzustellen.« Sie streckte beide Arme nach ihm aus. »Komm zu mir«, sagte sie. »Ich will meine Geschenke verdienen.«

»Geh, hole Kiin«, sagte Rabe. »Ich habe Geschenke für euch beide.«

Lemmingschwanz leckte sich die Oberlippe und sah sich im *ulaq* um, als würde sie Kiin suchen. Sie zuckte die Achseln. »Du hättest sie nicht hierlassen sollen«, sagte sie schließlich. »Du weißt, daß sie nicht bei den Walroßmenschen leben wollte.«

»Was meinst du?«

Wieder zuckte Lemmingschwanz die Achseln. »Sie ist nicht hier. Sie ist wenige Tage, nachdem du aufgebrochen warst, fortgegangen.« Lemmingschwanz schob die Unterlippe vor. »Sie ist fortgegangen und hat mein *ik* genommen.«

Mit zwei Schritten durchquerte Rabe die Behausung. Er griff nach Lemmingschwanz, aber die Frau wich geschwind an die Wand zurück. Maus fing an zu weinen.

»Du hast sie gehen lassen?« fragte Rabe.

»Wie konnte ich sie aufhalten?«

»Du hast Brüder, und Grasohren hätte dir geholfen.«

Lemmingschwanz bedeckte ihr Gesicht mit den Händen, aber Rabe hatte ihr schon den Rücken gekehrt, schob sich schon durch den Trennvorhang.

Er blieb lange genug stehen, um zu ihr zu sagen: »Ich bin hungrig. Bereite etwas zu. Ich komme wieder.«

Der Vorhang fiel an seinen Platz, und ohne auf die Schluchzer ihres Sohnes zu achten, kroch Lemmingschwanz vom Schlafpodest zur Speisenische und begann, Robbenmägen mit getrocknetem Fleisch herauszunehmen.

»Ist sie tot?« fragte Rabe.

»Möglicherweise«, antwortete Frau der Sonne. Sie sah Rabe nicht an, sondern webte weiter an der Totenmatte, die über ihren Schoß gebreitet war.

»Du hast ihr *ik* gefunden?« fragte Frau des Himmels.

»Hat Weißer Fuchs dir das erzählt?« fragte Rabe.

»Niemand hat es mir erzählt«, sagte sie.

»Wir haben ein *ik* gefunden. Es könnte das von Lemmingschwanz sein.« Die Decke der Behausung der alten Frauen war niedrig, und Rabe konnte sich nicht voll aufrichten, sondern schritt mit gesenktem Kopf, die Schultern eingezogen, auf und ab. Schließlich hockte er sich vor die alten Frauen. »Lemmingschwanz sagt, Kiin hat das *ik* gestohlen und ist fortgegangen. Lemmingschwanz sagt, Kiin wollte zu ihrem eigenen Volk zurückkehren.«

Frau der Sonne schüttelte den Kopf und erwiderte: »Die Brüder von Lemmingschwanz haben Kiin gezwungen, die Behausung zu verlassen. Sie haben gesagt, sie müsse woanders wohnen, bis du zurückkommst. Kiin hat den Frauen erzählt, sie würde zum Dorf der Flußmenschen gehen, um dich zu finden. Sie hat Shuku mitgenommen.«

»Kiin ist nicht tot?« fragte Rabe.

»Kiin?«

»Ja, Kiin!« schrie Rabe, seine Worte ohne jede Höflichkeit.

»Ich hatte keine Träume«, sagte Frau der Sonne.

Rabe stand auf und verließ die Behausung.

Frau der Sonne wandte sich ihrer Schwester zu. »Sie ist nicht tot?« fragte sie.

Frau der Sonne schüttelte nur langsam den Kopf. »Ich hatte keine Träume«, sagte sie wieder.

Die Brüder von Lemmingschwanz waren nicht jagen. Sie hätten jagen können. Andere Jäger hatten am Morgen an der Mündung der Bucht Seelöwen gesehen, aber das *ikyak* des ältesten Bruders mußte ausgebessert werden, und er und seine zwei jüngeren Brüder waren an Land geblieben; alle drei erneuerten die Nähte und rieben die Bespannung des *ikyak* mit Walroßfett ein, bis die Haut beinahe durchscheinend war.

Als Rabe das Händler-*ik* an Land gebracht hatte, hatten die zwei jüngeren Brüder, die bei den *ikyak*-Gestellen arbeiteten, sich mit fragenden Augen angesehen. »Meine Frau braucht mich«, sagte der jüngste, aber der älteste Bruder sagte: »Bleib hier. Er ist nichts. Er gibt vor, Schamane zu sein, aber er ist nichts. Warst du jemals mit ihm jagen?« Er lachte. »Eine Frau könnte mehr Fleisch mitbringen.«

Also blieben sie, fetteten die Haut des *ikyak* ein und warteten.

Als Rabe zu ihnen kam, waren sie nicht überrascht, aber der jüngste flüsterte: »Was hat sie ihm erzählt?«

»Unsere Schwester? Sie hat ihm nichts erzählt.«

»Ich habe mit meiner Frau Lemmingschwanz gesprochen«, sagte Rabe. »Sie hat mir erzählt, daß ihr, ihr drei, Kiin aus meiner Behausung vertrieben habt, daß ihr Kiin wie eine Frau benutzt habt, um mir Schande zu bereiten, ihr drei, und daß Kiin in ihrer Scham das Dorf verlassen hat. Meine Frau Lemmingschwanz sagt, daß sie in ihrer Güte Kiin ihr *ik* gegeben hat. Meine Frau Lemmingschwanz sagt, sie ist nicht mehr eure Schwester.«

»Wir haben es nicht getan«, sagte der jüngste, aber der älteste Bruder ging zu Rabe, bis nur noch eine Handbreit Platz zwischen ihnen war, und sagte: »Ich würde mich nicht mit deiner Frau beschmutzen. Sie gehört dem Volk der Robbenjäger an. Welcher Walroßmann nimmt die Gefahr eines Fluches auf sich, indem er sich mit einer Robbenjägerfrau vereint? Aber du bist nicht einmal für die Robbenjägerfrau genug. Sobald du fort warst, ist Kiin zu ihrem eigenen Volk zurückgegangen. Ich habe sie nicht aufgehalten. Ohne sie ist es besser für unser Dorf.«

»Du sagst, deine Schwester hat mich belogen?«

»Ich sage, du lügst.«

»Du schuldest mir den Preis einer Frau«, sagte Rabe. Er fuhr mit den Händen über das *ikyak,* das die Brüder ausbesserten. »Ich werde dies statt dessen nehmen.«

»Du hast kein Recht, es zu nehmen«, erwiderte der älteste Bruder.

»Wie wäre es dann hiermit?« sagte Rabe und zog eine Walroßharpune mit aufgesetzter Harpunenspitze aus ihren Riemen auf dem Deck des *ikyak.*

Der Mann griff nach der Harpune, doch Rabe trat zurück und

richtete die Spitze auf ihn. Rabe hielt die Überreste von Kiins Halskette hoch. »Wenn Kiin beschlossen hatte, zu ihrem Volk zurückzukehren«, sagte er, »warum habe ich dann dies am Ufer der Lachse gefunden? Es ist ihre Kette. Ich selbst habe sie ihr gegeben.«

»Viele Frauen haben Halsketten wie die«, sagte der älteste Bruder. »Meine Frau ...«

»Leben für Leben«, sagte Rabe und warf plötzlich die Harpune. Es war ein ungeschickter Wurf. Die Harpune war für ein Wurfbrett gemacht. Aber die Spitze war scharf, und die Waffe bohrte sich in die Brust des ältesten Bruders.

Der Mann schloß die Hände um den Schaft, sein Gesicht verzog sich in einem gurgelnden Schrei, und er stürzte, dann lag er still.

Und als hätte er weiter nichts getan, als einem Mann einen Fisch angeboten, sagte Rabe zu den anderen zwei Brüdern: »Lemmingschwanz sagt, er war es, der Kiin genommen hat. Sie sagt, ihr zwei habt versucht, ihn zurückzuhalten. Ist das so?«

Der jüngste Bruder zog sein Ärmelmesser und trat vor, doch der andere packte seinen Bruder am Handgelenk und hielt ihn fest. »Das ist so«, sagte er. »Wir haben versucht, ihn zurückzuhalten.«

»Dann gebe ich euch das Recht, dieses Dorf zu verlassen«, sagte Rabe. »Sucht eure Sachen zusammen, nehmt eure Frauen und Kinder und geht. Ich will euch nie wiedersehen.« Rabe stieß den Leichnam ihres Bruders mit dem Fuß an. »Wenn ihr wollt, könnt ihr ihn mitnehmen. Wenn nicht, werden die Jäger ihn hier begraben.« Ohne ihre Antwort abzuwarten, drehte Rabe sich um und ging zu seiner Behausung.

67

DAS WALROSSVOLK

Chagvan Bay, Alaska

Rabe hielt Lemmingschwanz das Treibholz vors Gesicht und ein gebogenes Messer, dessen Andesitklinge in die Seite eines Rippenknochens von einem Karibu eingepaßt war. »Schnitze!« befahl er.

Langsam griff sie nach dem Holz. Rabe rammte ihr den Rippenknochen in die Hand. Lemmingschwanz wischte sich mit dem Unterarm über die Augen und fing leise an zu weinen. »Was soll ich schnitzen?« fragte sie.

»Woher soll ich das wissen?« entgegnete Rabe. »Ich habe Kiin nie gesagt, was sie schnitzen sollte.«

»Ich bin nicht Kiin!«

»Frau der Sonne und Frau des Himmels haben mir erzählt, was geschehen ist. Kiin ist wegen dir und deinen Brüdern fortgegangen. Ich habe sie und ihre Söhne einem Schamanen des Flußvolkes versprochen. Ich werde das Versprechen, das ich ihm gegeben habe, nicht brechen. Also wirst du Kiin sein. Ihre Kräfte werden deine Kräfte sein. Deine Kinder werden ihre Kinder sein.«

»Du willst mich zum Flußvolk bringen?« fragte Lemmingschwanz mit leiser Stimme.

»Ja.«

»Wann?«

»Schnitze!«

Lemmingschwanz, die Zähne zusammengebissen, hielt Holz und Messer in die Höhe, und indem sie Rabe in die Augen starrte, stach sie wieder und wieder in das Holz.

»Tu, was du willst«, sagte Rabe. »Du wirst diejenige sein,

die leidet, wenn der Schamane des Flußvolkes entdeckt, daß du nicht schnitzen kannst.«

Lemmingschwanz warf Messer und Holz auf die Erde. »Was kümmert es mich? Wenn er mich tötet, tötet er mich. Doch bevor ich sterbe, werde ich ihm erzählen, was du getan hast.«

»Wie willst du es ihm erzählen?« fragte Rabe. »Er spricht deine Sprache nicht. Du wirst warten müssen, bis du die Sprache des Flußvolkes gelernt hast, und bis dahin werde ich weit fort sein – zu weit für einen alten Mann, um mir zu folgen.«

Lemmingschwanz hob den Kopf und tat einen langen Atemzug. »Wann brechen wir auf?« fragte sie.

»Du brauchst Zeit, um zu packen und zu trauern«, sagte Rabe. »Sechs, sieben Tage.«

»Kiin ist tot?« fragte Lemmingschwanz.

Rabe zuckte die Achseln. »Wer kann das sagen? Frau der Sonne hatte keine Träume.«

»Warum sollen wir dann trauern?«

»Ich habe nicht gesagt, ich würde trauern. Du sollst trauern. Dein ältester Bruder ist tot«, sagte Rabe und hielt inne, um die Augen von Lemmingschwanz zu beobachten. »Für das, was er Kiin angetan hat, habe ich ihn getötet. Vergiß in deiner Trauer nicht, zu beten, daß deine jüngeren Brüder dich verschonen.«

»Warum sollten sie mir etwas antun?« fragte Lemmingschwanz mit kleiner Stimme.

»Wegen dem, was du mir erzählt hast«, antwortete Rabe. »Wegen dem, was du gesagt hast, das deine Brüder Kiin angetan haben.«

»Ich habe dir nichts erzählt! Ich habe dir nichts erzählt!« sagte Lemmingschwanz, und ihre Worte stiegen zu einem Schrei an. Sie hob das gebogene Messer vom Boden auf und stürzte sich auf Rabe. Er fing sie auf, faßte ihre Arme und umgriff mit seinen langen Fingern ihre Handgelenke.

»Denkst du, nachdem ich deinen Bruder getötet habe, könnte ich dich nicht töten?« fragte er, flüsternd, als seien es Worte der Liebe. Er ließ ihre linke Hand los und verdrehte ihr den rechten Arm hinter dem Rücken, bis sie das Messer fallen ließ. Er preßte seinen Unterarm auf ihren Hals. »Du trauerst«, sagte er, »dann brechen wir auf. Es ist gut, daß du in das Dorf des Flußvolkes gehst. Dort wirst du weit genug entfernt sein von den Walroßmenschen, so daß du deine jüngeren Brüder nicht fürchten mußt. Sie haben Rache geschworen.«

68

Schließlich waren die Tage der Trauer zu Ende. Alles war gepackt, und Rabe und Lemmingschwanz hatten einen Plan gefaßt, um Dyenen glauben zu machen, Lemmingschwanz sei Kiin.

Sie verließen das Dorf am frühen Morgen und sagten es niemandem. Eine lange Zeit paddelte Lemmingschwanz angestrengt und sprach nicht; ein leises, unmelodisches Lied kam aus ihrem Mund. Schließlich begann sie zu sprechen, plapperte über das Wasser und das *ik* und über die Flußmenschen, bis Rabe seine Ohren vor ihrer Stimme verschloß. Aber er hörte sie, als sie sagte: »Dies ist nicht der Weg zu den Flußmenschen.«

»Bist du Händler? Kennst du die Handelswege?« fragte Rabe.

»Ich bin nicht dumm. Ich sehe die Sonne. Ich kenne ihre Bahn am Himmel.«

Rabe lachte. »Du wirst dem Schamanen des Flußvolkes vielleicht besser gefallen, als ich dachte«, sagte er. »Zuerst gehen wir in das Ugyuundorf. Die Leute dort sind Erste Menschen. Wir werden mit ihnen Waren tauschen, dann gehen wir zu dem Flußvolk.«

Eine Weile sagte Lemmingschwanz nichts, dann hörte Rabe schließlich ihre Stimme, fast im Flüsterton: »Ich habe Körbe.« Mit lauterer Stimme fragte sie Rabe: »Machen die Frauen schöne Parkas? Haben sie Halsketten?«

»Sie sind Erste Menschen«, sagte Rabe, »die Frauen machen *suks* aus Vogelfedern, keine Parkas, und sie sind arm. Ihre Jäger sind faul, deshalb müssen die Frauen im Winter oft hungern, aber sie werden viele Halsketten haben, auch Körbe und Matten, Gegenstände, die du vielleicht tauschen kannst. Tausche nicht die Schnitzereien, die du gemacht hast. Laß mich sie tauschen. Ich werde mehr dafür bekommen als du.«

Er sah Lemmingschwanz an, die das Paddel ins Wasser tauchte, betrachtete das glänzende schwarze Haar, das am Hinterkopf zusammengeschlungen war, so daß es aussah wie das Fell eines Vielfraßes.

»Ich will meine Schnitzereien selbst tauschen«, sagte sie mit hoher, trotziger Stimme.

»Du wirst tun, was ich sage«, erwiderte Rabe. »Du weißt, du solltest eigentlich tot sein, dein Leben zum Tausch für Kiins.«

Die Frau schien sich unter dem Fell ihres Parkas zu einem kleinen Bündel zusammenzuziehen. Warum ihr sagen, daß ihre Schnitzereien wertlos waren, das Holz zerschnitten und gesplittert? Er würde sie nicht eintauschen. Er wollte sie wegwerfen, wo niemand sie finden würde.

Wenn ich erst die Geheimnisse von Dyenen habe, dachte Rabe, wird Lemmingschwanz sich plagen müssen, zu schnitzen, was der alte Mann wünscht. Ich muß nicht in das Dorf der Flußmenschen zurückkehren. Es gibt andere Orte zum Tauschen. Soll Lemmingschwanz für ihren Betrug leiden.

Sie war keine gute Frau gewesen. Es würde eine Erleichterung sein, sich von ihren Klagen und Schlampereien zu befreien. Bevor Kiin zu ihm gekommen war, in den Tagen, als Gelbes Haar und Lemmingschwanz seine Frauen waren, da war er an den Gestank von schmutzigen Fußböden und modriger Kleidung gewöhnt gewesen. Aber bei Kiin war die Behausung immer erfüllt von dem guten Geruch nach kochendem Essen, die Böden waren sauber, die Flöhe von den Nähten seiner Kleidung gelesen, die Dochte der Öllampen geputzt und ohne Rauch. Es war eine gute Art zu leben, und er wollte nicht wieder zurück zu dem, was vorher gewesen war.

Sobald er Lemmingschwanz an Dyenen übergeben hatte, mußte er eine neue Frau für sich finden. Keine junge Frau. Junge Frauen erwarteten von einem Mann, daß er zuviel von sich selbst gab. Er hatte keine Zeit, an Geschenke zu denken oder sich Sorgen zu machen über die albernen Tränen einer Frau.

Wenn er die Geheimnisse von Dyenen erfahren hatte, mußte er sie zu einem Teil seines Lebens machen, mußte er darüber befinden, welches die beste Art war, um sie beim Walroßvolk anzuwenden. Das konnte er nicht ohne lange Tage sorgfältigen Planens. Das konnte er nicht mit einer jungen Frau, die erwarten würde, daß alle seine Gedanken ihr galten. Er wollte eine Witwe finden, alt, aber nicht zu alt. Sie könnte kochen und saubermachen und nähen. Wenn er alle Macht als Schamane hatte, dann konnte er sich um junge Frauen für sein Schlaflager bemühen.

Als sie zu dem Ugyuundorf kamen, sah Rabe Lemmingschwanz angewidert die Nase rümpfen, noch bevor sie das *ik* ganz an Land gezogen hatten.

»Da ist nicht ein einziges gutes *ikyak* auf dem Gestell«, sagte sie und zeigte mit allen Fingern ihrer linken Hand. »Wo sind die Behausungen?«

»Da, siehst du?« sagte Rabe. »Die Hügel. Hat dir nie jemand von den Behausungen der Ersten Menschen erzählt?«

»Kiin«, sagte Lemmingschwanz. »Aber wer würde Kiin glauben? Du bist dumm, daß du hierherkommst. Sie werden nichts zum Tauschen haben.«

Zorn stieg in Rabes Brust auf. Welches Recht hatte eine Frau, an ihm zu zweifeln? Aber er sagte nur: »Du hast keine Angst, den Namen der Toten zu benutzen?«

»Kiin ist nicht tot. Sie haßt dich nur und hat getan, was sie konnte, um wegzukommen.«

Da war Rabe an ihrer Seite, eine Hand fest um ihren Kiefer geklemmt, seine Finger krallten sich in die sanften Höhlungen ihrer Wangen. »Ich bin dein Mann«, sagte er, die Worte geflüstert, dennoch laut. »Du wirst tun, was ich sage. Du wirst mir mit Ehrerbietung begegnen, oder ich lasse dich hier bei den Ugyuunmenschen und nehme eine andere Frau, um sie Dyenen zu geben.«

Ugyuunmänner kamen, sie zu begrüßen, und Lemmingschwanz und Rabe traten ihnen lächelnd gegenüber, Rabe mit zum Gruß ausgestreckten Händen. »Ich bin gekommen, um zu tauschen«, sagte er in der Sprache der Ersten Menschen und tat so, als würde er die Überraschung in den Gesichtern der Ugyuun nicht sehen. Wenige Händler kamen in ihr Dorf. Warum dorthin gehen, wo die Menschen wenig zu tauschen haben? Warum in ein Dorf gehen, so arm, daß es wenig Essen gab, um es mit Besuchern zu teilen?

Rabe wies mit einer Hand auf das *ik.* »Meine Frau und ich haben genug Essen, um es mit jedem Mann zu teilen, der uns in seinem *ulaq* Obdach gewährt«, sagte er und verbarg sein Lächeln, als drei Jäger vortraten, um ihre *ulas* anzubieten, sich dann umdrehten, um untereinander zu beraten, wer den Handelsmann und seine Frau aufnehmen würde.

Wir haben Glück, dachte Rabe, als er das *ulaq* sah, das am Ende ausgewählt wurde. Es war unsauber und düster, mit nur zwei rauchenden Öllampen, um Licht zu spenden, aber es war groß. Ein Holzstamm mit Einkerbungen zum Klettern verlief schräg vom Dachloch zum Fußboden. Rabe hörte Lemmingschwanz zornige Worte vor sich hin flüstern, als sie sich den Kletterstamm hinuntertastete.

»Sei höflich«, zischte er.

»Ich will heute nacht nicht hierbleiben.«

»Wenn ich beschließe, daß wir bleiben, dann bleiben wir.«

»Sie sind schmutzig. Ihre Behausungen sind nicht mal geeignet, um Steine aufzubewahren.«

»Sei still. Sie können dich hören.«

»Sie sind zu dumm, um die Walroßsprache zu sprechen«, sagte sie.

»Das weißt du nicht«, erwiderte Rabe. »Sei still und biete an, zu helfen, wenn du kannst. Das bringt dir bessere Tauschgeschäfte.«

Lemmingschwanz schürzte die Lippen und nickte, dann folgte sie ihm leise und stellte sich hinter ihn, als er sich nach der Art der Ersten Menschen hinhockte und anfing, mit ihnen zu reden.

Sie sprachen von Fischen, dann von Robben, schließlich von dem schweren Regen, der tags zuvor am Ufer der Ugyuunmenschen niedergegangen war. Während die Männer redeten, suchte Rabe, dessen Augen sich schließlich an die Dunkelheit gewöhnten, die Ecken und Nischen in den dicken Erdwänden ab. Da waren Körbe, die meisten alt und schadhaft. Da lehnten mehrere lange, gerade Speerschäfte in einer Nische, etwas, das tauschenswert war, besonders für die Menschen von den Inseln, die wenigen Waljäger, die zum Tauschen kamen.

Eine gewebte Grasmatte hing an einer Wand, vielleicht, um einen Vorratsraum zu verdecken. Das Webmuster waren Streifen aus hellem und dunklem Gras, und ihre Schönheit zog die Augen auf sich. Frauen vom Flußvolk würden viel für einen solchen Gegenstand geben, dachte Rabe, aber sonst war nicht viel von Wert vorhanden. Er bezweifelte, daß die Speisenische von Robbenmägen mit Öl überquoll. Sogar die Jäger des Dorfes hatten die blasse, ungesunde Haut derer, die nicht genug zu essen bekommen.

Schließlich, als es im Gespräch eine Pause gab, deutete Rabe mit dem Kinn auf die Grasmatte. »Deine Frau webt?« fragte er den ältesten von den Ugyuunmännern.

»Ja«, sagte er.

»Sie ist begabt. Vielleicht würde sie tauschen.«

Der Mann hob die Hände. »Du mußt sie fragen. Ich kann nicht weggeben, was sie macht.«

Rabe nickte, froh, daß Lemmingschwanz nicht verstand, was der Mann gesagt hatte. Die Ersten Menschen behandelten ihre Frauen immer viel zu sanft, gaben immer mehr, als man Frauen geben sollte.

»Ist sie hier?« fragte Rabe und sah sich in dem *ulaq* um.

»Nein, sie ist bei ihrer Schwester. Sie wird zurück sein, um Essen zuzubereiten.«

Wie von den Worten ihres Mannes gerufen, stieg die Frau den Kletterstamm hinunter, die langen, dünnen Beine weiß unter dem Rand ihres *suk*.

»Rauch«, rief ihr Mann. »Ein Händler ist gekommen. Er hat Essen gebracht, aber er braucht dich, um es zuzubereiten.«

»Nur Öl und getrockneten Fisch«, sagte Rabe.

»Dies ist die Frau des Händlers«, sagte der Ugyuunmann und beugte sich vor, um nach dem Namen von Lemmingschwanz zu fragen.

Rabe mußte einen Moment überlegen, wie der Name in der Übersetzung lautete, dann sagte er: »Sie heißt Lemmingschwanz. Das Kind unter ihrem Parka ist Maus, mein Sohn.«

Die Ugyuunfrau begann auf Lemmingschwanz einzureden, sie lugte in den Parka hinein und machte zu dem Kind leise Laute in ihrer Kehle.

»Meine Frau versteht die Sprache der Ersten Menschen nicht«, sagte Rabe, doch der Ugyuunmann lachte und sagte, indem er den Kopf ruckartig zu den zwei Frauen drehte: »Es gibt Dinge, die alle Frauen verstehen.«

Auch Rabe lachte, dann lehnte er sich zurück, um zuzuhören, als die Ugyuunmänner begannen, Geschichten von ihren Jagden zu erzählen, von Robben und Seelöwen, die sie erlegt hatten. Es waren Männer, die die Macht nicht kannten, Walrosse zu jagen, aber Rabe verbarg seine Verachtung sorgsam unter Worten des Lobes.

Sie begannen mit ihrem Tauschhandel um Kleinigkeiten – Körbe, Halsketten, dann um Walfischbein und weiche braune Pelze von Seeottern. Rabe gab Öl, getrocknetes Fleisch, Parkas, Gamaschen. Während Lemmingschwanz mit den Frauen beschäftigt war, war Rabe zum *ik* gegangen. Als er seine Handelswaren herausholte, hatte er die Schnitzereien von Lemmingschwanz genommen, im Uferkies ein Loch ausgehoben und sie vergraben. Später erhielt er zum Tausch für ein kleines Stück Walroßhaut vier Halsketten – zwei aus Muscheln, eine aus Walfischbein und eine aus Steinen. Er ging zu Lemmingschwanz, als sie arbeitete, und gab ihr die Halsketten.

»Für deine Schnitzereien«, sagte er.

Während Lemmingschwanz die Frauen ringsum anlächelte, lehnte sie sich zurück und flüsterte in das Ohr ihres Mannes: »Wann brechen wir auf? Es ist zu dunkel hier, und die Frauen bleiben den ganzen Tag in diesem *ulaq.* Ich bin bereit, zu gehen. Warum bist du hierhergekommen? Wegen ein paar Halsketten und Otternpelzen?«

Rabe lächelte die Frauen ebenfalls an, lächelte, als er seine Frau auf die Füße zog, lächelte, als er ihr den Kletterstamm hinaufhalf nach draußen an die frische Luft. Sie setzten sich auf das Dach. Lemmingschwanz atmete ein, dann hustete sie, reinigte ihre Lungen von dem Rauch der Öllampen. Sie griff in ihren Parka, um Maus herauszunehmen; er schrie seinen Unwillen heraus, als sie ihn von ihrer Brust zog. Dann blinzelte er im Sonnenlicht und griff nach den Haaren seiner Mutter.

»Nicht«, sagte Lemmingschwanz und zog die Haare aus seiner Faust.

Rabe nahm den Jungen und setzte ihn auf das Dachstroh des *ulaq.* »Er muß in die Sonne«, sagte Rabe. Er hatte einst gedacht, der Junge sei von ihm, aber wenn er im Gesicht des Kindes so deutlich die Züge von dem Mann von Schieferwerferin sah, konnte er nicht einmal vorgeben zu glauben, was Lemmingschwanz nach wie vor behauptete.

»Ich habe zuviel Zeit mit Schieferwerferin verbracht«, hatte Lemmingschwanz zu Rabe gesagt. »Warum sähe mein Kind sonst aus wie ihr Mann? Aber das ist deine eigene Schuld. Du warst es, der Kiin in unsere Behausung brachte. Wer kann lange mit dieser Frau an einem Ort bleiben? Ihre Zunge ist so scharf wie eine Harpunenspitze.«

Es ist eine gute Sache, Lemmingschwanz zu Dyenen zu bringen, dachte Rabe. Warum Maus um sich haben, der heranwachsen und einem anderen Jäger ähnlich sehen würde? Es war nicht so, daß der Mann der Bruder oder Jagdgefährte von Rabe war, nicht, als ob alle denken würden, daß Rabe die Frau freiwillig geteilt hätte. Bestimmt würde er eine bessere Frau als Lemmingschwanz finden. Eine, die eine Behausung sauberzuhalten verstünde und sich nicht aus seinem Schlaflager davonmachen würde.

»So«, sagte Lemmingschwanz, »wann gehen wir fort von hier?«

»Wenn wir haben, weswegen wir gekommen sind.«

»Was ist das? Ich habe meine Halsketten. Du hast Felle und die Speerschäfte, die du wolltest.«

»Ich bin hierhergekommen, um dir einen Sohn zu verschaffen.«

Lemmingschwanz kniff die Augen zusammen. »Du willst mich für die Freuden einer Nacht an diese schmutzigen Ugyunmänner verschachern?«

Rabe lachte. »Du hast dir nie eine Nacht mit irgendeinem Mann versagt, Frau«, sagte er.

»Ich bin dir eine gute Frau gewesen. Habe ich mich je deinem Schlafplatz verweigert? War ich wie Kiin, steif und still, als würden deine Hände mich gar nicht berühren?«

Rabe runzelte die Stirn. Schließlich sagte er: »Wir sind hier, um dir einen Sohn zu verschaffen. Ein Kind, eines, das schon geboren ist.«

Lemmingschwanz machte den Mund auf und bewegte die Lippen, als wollte sie sprechen, aber es kamen keine Worte heraus.

»Dyenen will Kiin nicht nur wegen ihrer Schnitzereien, sondern weil sie zwei Söhne hat, zur gleichen Zeit geboren. Er ist ein alter Mann, und seine Frauen haben ihm nur Töchter gegeben. Er wünscht sich einen Sohn.«

Lemmingschwanz verzog grollend die Lippen. »Ich muß also den Sohn einer anderen Frau nehmen, ihn aufziehen, als wäre er mein eigener. Ich muß zweimal so hart arbeiten, um zwei Kinder großzuziehen!«

Rabe zuckte die Achseln. »Ich hätte dich töten können«, sagte er. »Du hast mich um eine Frau gebracht, eine, deren Schnitzereien so wertvoll sind, daß ein Mann von den Tauschwaren leben könnte, die er dafür bekommt.« Rabe funkelte Lemmingschwanz an, ließ seinen Zorn in seinen Augen brennen.

»Dann töte mich«, sagte sie. »In der Welt der Geister werde ich wenigstens Zeit haben für Freude, für Lachen, muß mich nicht immer um Kinder kümmern, und eins davon nicht mal mein eigenes!«

Rabe knirschte vor Zorn mit den Zähnen, beruhigte sich aber mit Gedanken an die Macht, die er besitzen würde, wenn Lemmingschwanz ohne Aufhebens zu Dyenen ginge.

»Du würdest darauf verzichten, Frau von einem Schamanen zu sein?« fragte Rabe leise. »Einem Schamanen, dessen Macht allen Händlern der Welt bekannt ist? Du würdest auf die Parkas und Gamaschen verzichten, mit gefärbten Haaren bestickt und mit Muscheln behangen? Du würdest darauf verzichten, seine Frau in den Schlafdecken zu sein, während seine anderen Frauen das Nähen und das Kochen besorgen?«

Rabe schwieg und ließ seine Worte auf Lemmingschwanz einwirken.

Schließlich wandte sie sich ihm zu. »Er ist alt?« fragte sie.

»Alt, aber stark, er hat noch gute Jahre vor sich.«

»Er ist häßlich.«

»Nein.«

Lange Zeit sagte sie nichts, dann straffte sie die Schultern, fuhr sich mit den Händen über die Vorderseite ihres Fellparkas und sagte: »Erzähl mir von seiner Behausung. Erzähl mir, was er darin hat. Erzähl mir, wie eine Frau des Flußvolkes sich benehmen muß – um ihren Mann zufriedenzustellen.«

69

DAS UGYUUNVOLK

Alaska-Halbinsel

Es ist ein Traum, sagte sich Kiin. Wie viele Male, seit sie das Dorf der Walroßmenschen verließ, hatte sie geträumt, Rabe hätte sie gefunden? Viele Male mehr als sie sich merken konnte. Dies war nur wieder einer von diesen Träumen. Rabe würde nie zum Tauschen in das Ugyuundorf kommen. Was besaßen die Ugyuunmenschen, das irgend jemand haben wollte?

Kiin hatte den Tag damit verbracht, am Strand nach Treibholz und Knochen zu suchen, zum Schnitzen und als Brennstoff für die Kochstellen. Sie hatte zwei Körbe gefüllt – einen, der an einem Tragriemen, den sie um die Stirn geschlungen hatte, auf ihrem Rücken hing, und einen, den sie auf dem Kopf trug. Nach allem, was die Ugyuunmenschen für sie getan hatten, konnte sie wenigstens Brennholz für sie sammeln.

Sie hatte Shuku bei Kleine Pflanze gelassen, so war es ihr möglich, sehr viel schneller zu arbeiten. Aber jetzt, trotz des Gewichts des Holzes, das auf ihren Rücken, und des vollen Korbes, der auf ihren Kopf drückte, war sie sicher, daß ihr Sammeln nichts mehr gewesen war als ein Traum. Ihre Schritte schienen langsam, als sie sich dem *ik* näherte, aber ging ein Mensch in einem Traum denn anders? In dem *ik* waren Rabes Paddel, mit gelber Farbe gekennzeichnet. Die Duchten des *ik* waren ockerfarben. An den Rippen des *ik* festgebunden waren Rabes Gehstock, seine Handelspakken und die Vorratsbeutel mit Essen. Kiins Herz verkrampfte sich in ihrer Brust, trotzdem berührte sie die Walroßbespannung. Die geölte Haut fühlte sich glatt und weich an.

»Es ist kein Traum«, flüsterte die innere Stimme ihres Geistes.

»Er konnte nicht wissen, daß ich hier bin«, sagte Kiin. »Aber zum Tauschen wäre er nicht hierhergekommen.«

Sie bückte sich und strich über die erhärtete Karibuhaut eines Handelspackens, dann glitt ihre Hand zu einer Ducht. Sie berührte das Holz, und ein Splitter verfing sich an einem Finger, stach in ihre Haut. Sie zog die Hand zurück und saugte an dem Blutstropfen, der aus der Wunde quoll.

»Es ist kein Traum«, sagte ihr Geist wieder.

»Es ist kein Traum«, wiederholte Kiin. Sie entfernte sich von dem *ik,* stellte beide Körbe an dem Weg ab, der zum Dorf führte, und rannte in die Hügel hinauf. Sie hörte nicht auf zu rennen, bis sie ein Weidendickicht fand, in dem sie sich verstecken konnte. Sie kauerte sich hin, zog die Knie an die Brust und keuchte, bis sie wieder zu Atem kam.

Wenn er gekommen ist, um mich zu holen, kann ich nicht entfliehen, dachte Kiin. Wenn er gekommen ist, um zu tauschen, und ihm niemand von mir erzählt, wird er nie erfahren, daß ich hier bin.

Ihre Geisterstimme flüsterte: »Shuku. Kleine Pflanze hat Shuku. Was, wenn Rabe ihn sieht? Dann wird er es wissen.«

Kiin senkte den Kopf auf die Knie. Ihr Herz war ein Stein in ihrer Brust, als sie an Adlers Versprechen dachte, das er ihr an diesem Morgen gegeben hatte: »Am nächsten schönen Tag werde ich euch zum Ufer der Händler mitnehmen. Du und Kleine Pflanze könnt in ihrem *ik* fahren, das sie zum Fischen benutzt. Ich nehme mein *ikyak.* Vielleicht kommt mein Bruder mit. Wir werden eine Handelsfahrt machen.«

Der Mann hatte gelacht, und Kiin hatte in sein Lachen eingestimmt. Ein paar Tage bis zum Ufer der Händler, dann würde sie bei Samiq sein, bei Takha. Bei ihrem ganzen Volk.

Tränen brannten in ihren Augen, und sie drückte die Lippen auf ihre Knie und hielt die Schluchzer im Mund fest.

Ihre Geisterstimme schalt sie: »Willst du hier sitzen wie ein Kind, bis er dich findet? Willst du, daß er sich Shuku abermals holt? Nach allem, was du getan hast, um zu deinem Volk zurückzukehren?«

»Was kann ich tun?« flüsterte Kiin.

»Geh zurück ins Dorf, erkunde, in welchem *ulaq* Rabe ist. Suche Kleine Pflanze und Shuku. Geh jetzt. Du hast keine Zeit zum Weinen.«

Kiin stand auf und wischte sich mit den Händen über das Gesicht. Es gab einen Pfad, der vom Dorf in die Hügel führte, wo Beeren wuchsen. Sie bahnte sich einen Weg durch das Weidendickicht, bis sie den Pfad fand, dann folgte sie ihm zum Dorf. Eine Weile kauerte sie neben dem Abfallhaufen an der Bergseite des *ulakidaq*. Sie wartete, bis eine der Frauen aus dem Dorf vorbeikam, eine alte Frau mit zwei leeren Beerenkörben an jedem Arm. Kiin hatte sie schon gesehen, konnte sich aber nicht an ihren Namen erinnern.

»Großmutter«, rief Kiin, »ich brauche deine Hilfe.«

Die alte Frau sah Kiin an und runzelte die Stirn. »Du bist die Walroßfrau, die Adler auf seiner langen Jagd gefunden hat«, sagte die Frau. Sie war eine Frau mit großen Ohren, und sie sprach laut, als wollte sie diese Ohren mit ihrer eigenen Stimme füllen.

»Ich bin Kiin von den Ersten Menschen«, erwiderte Kiin. Dann sagte sie, und sie wählte ihre Worte sorgfältig: »Ich muß Kleine Pflanze sehen. Kannst du sie zu mir bringen?«

Die Frau schnaubte. »Ich bin alt. Du bist jung. Kannst du nicht selbst in ihr *ulaq* gehen und sie dort sehen?«

Kiin deutete auf die Beerenkörbe der Frau. »Wenn ich verspreche, deine Körbe zu füllen, wirst du sie mir dann herholen?«

Die Frau hob die Augenbrauen, und ihr Gesicht runzelte sich zu einem langsamen Lächeln. »Wirst du alle vier füllen?« fragte sie.

»Alle vier.«

»Heute?«

»Ja.«

Sie gab Kiin die Körbe und machte sich auf den Weg zurück ins Dorf. Ihr Gang erinnerte Kiin an Shukus breitbeiniges Watscheln. Als die Frau ein kleines Stück gegangen war, rief Kiin ihr nach.

Die alte Frau blieb stehen und sah über die Schulter zu Kiin zurück.

»Wenn du Kleine Pflanze zu mir schickst, sag nicht meinen Namen.«

Die alte Frau schnaubte. »Ich weiß deinen Namen nicht mehr, Walroßfrau«, sagte sie.

»Was immer du zu ihr sagst, flüstere, damit andere es nicht hören«, sagte Kiin.

Die alte Frau zog die Nase kraus, und Kiin hielt die Beerenkörbe in die Höhe. Die alte Frau zuckte die Achseln und ging auf wackligen Beinen zum Dorf. Kiin trat zurück in die Bäume, die den Abfallhaufen umstanden, und wartete.

Der Anführer der Jäger war ein junger Mann. Sein Gesicht war dunkel, die Augen eingesunken unter einer vorspringenden Stirn. Er trug sein Haar auf eigenartige Weise, nach hinten und nach oben gestrafft und auf dem Kopf zusammengebunden. Der *suk* des Mannes, wenngleich mit Muschelbesatz und Fransen verziert, war in einem schlechten Zustand, und sein *ulaq* stank nach altem Urin und verfaultem Fleisch.

Lemmingschwanz hob eine Hand, um sich die Nase zuzuhalten, aber Rabe, der erkannte, was für eine Kränkung darin lag, packte sie am Handgelenk und zog ihre Hand herunter. »Es ist nicht schlimmer als meine Behausung, bevor Kiin kam«, flüsterte er ihr zu.

Lemmingschwanz zog die Lippen zurück und zischte ihn an, dann lächelte sie dem Anführer der Jäger zu. Die Frau des Jägers winkte Lemmingschwanz, und sie ging mit der Frau und half, den Männern Essen vorzusetzen.

Beide Männer aßen, niemand sprach, bis kein Fleisch mehr da war. Die Ugyuunfrau bot Wasser aus einer Robbenblase an, und als Rabe und der Anführer der Jäger getrunken hatten, fragte Rabe: »Machen viele Händler hier halt?«

»Viele kommen«, sagte der Anführer der Jäger. »Viele tauschen.«

»Ah-h-h-h«, sagte Rabe. »Ich bin froh.« Er lächelte. »Aber jetzt verstehe ich, warum eure Männer so gute Tauschhändler sind. Ein Mann wie ich muß vor einem Dorf wie diesem auf der Hut sein; es ist voll von Männern, die etwas vom Tauschen verstehen und hart zu feilschen wissen.«

Der Anführer der Jäger lachte. »So«, sagte er, »wirst du bei uns bleiben?«

»Nicht lange«, sagte Rabe. »Ich bin zu euch gekommen, um einen bestimmten Tausch zu machen. Ich brauche etwas für einen Mann, der ganz ähnlich ist wie du – oberster Jäger von unserem Dorf.«

»Meine Waffen sind nicht zum Tauschen«, sagte der Anführer der Jäger.

Rabe hielt die Hände in die Höhe. »Es ist nichts zum Jagen. Unser Häuptling ist ein starker Jäger. Vor drei Sommern hat er eine gute Frau gefunden, eine Frau von den Ersten Menschen. In ihrem ersten gemeinsamen Sommer hat sie einen Sohn geboren, aber das Kind ist gestorben. Seitdem hat sie drei Kinder verloren, die zu früh aus ihrem Leib gekommen sind. Der Schamane sagt uns, sie trauert so sehr um ihren ersten Sohn, daß sie dem Häuptling keinen lebenden Sohn geben kann. Jetzt ißt sie nicht, sie schläft nicht und spricht nur davon, zu den Tanzenden Lichtern zu gehen, zu ihren Kindern.«

»Es ist besser für ihn, wenn er sie sterben läßt. Dann wird sie glücklich sein, und er kann sich eine andere Frau nehmen.«

»Er will keine andere Frau. Er denkt, sie wird glücklich sein, wenn sie einen Sohn hat. Deswegen wurde ich ausgeschickt, einen Sohn zu finden, ein Kind aus einem Dorf von den Ersten Menschen. Meine Frau ist mit mir gekommen«, sagte Rabe und wies mit dem Kinn auf Lemmingschwanz. »Sie stillt unseren eigenen Sohn Maus und hat genug Milch für einen zweiten.«

Der Anführer der Jäger sah Lemmingschwanz an und nickte.

»Habt ihr hier ein Kind, einen kleinen Jungen von vielleicht sechs, acht Monden, den wir mitnehmen können, auf daß er als Sohn von einem Häuptling aufgezogen wird?«

Eine Weile sagte der Ugyuunmann nichts, dann fragte er: »Du würdest gute Tauschwaren geben, viel Öl, viel Fleisch?«

»Alles Öl, das ich bei mir habe, alles Fleisch, außer dem, was wir für die Reise brauchen, die meine Frau und ich machen müssen, um in unser Dorf zurückzugelangen.«

Wieder nickte der Anführer der Jäger. »Ich werde mit meinen Jägern sprechen«, sagte er. »Ich werde sehen, ob einer seinen Sohn geben will, um ihn von einem Häuptling aufziehen zu lassen.«

Kleine Pflanze kam und rief Kiins Namen. Kiin eilte der Frau entgegen, gebot ihr Schweigen und zog sie in die Weidenbäume.

»Kiin ...« sagte Kleine Pflanze. »Warum versteckst du dich?«

»Wo ist Shuku?«

»Im *ulaq*. Er schläft in deinem Schlafplatz. Wo ist das Holz?«

»An dem Pfad, der vom Ufer hinaufführt«, sagte Kiin.

»Gut«, sagte Kleine Pflanze, dann fragte sie wieder: »Warum bist du hier?«

»Ich habe das *ik* eines Händlers am Ufer gesehen.«

»Ja, ein Handelsmann und seine Frau sind heute morgen gekommen, nachdem du gegangen warst, um Holz zu sammeln.«

»Warum sind sie hier?«

»Um Waren zu tauschen, warum sonst?«

»Ich kenne ihn«, sagte Kiin. »Er hat den Bruder meines Mannes getötet.«

»Dann hast du Angst vor diesem Händler? Er scheint ein guter Mann zu sein. Er lacht viel, und seine Frau ist eine fleißige Arbeiterin, wenngleich sie unsere Sprache nicht spricht.«

»Heißt seine Frau Lemmingschwanz?« fragte Kiin.

Kleine Pflanze lachte. »Denkst du, mein Mann würde sich die Mühe machen, so etwas zu erkunden?«

Kiin versuchte zu lächeln, aber ihr Gesicht war starr, als wären ihre Tränen zu einer Maske getrocknet. »Dieser Händler – er hat gedroht, meinen Mann zu töten und mich als seine Frau zu nehmen.«

»Dann tust du recht daran, dich zu verstecken«, sagte Kleine Pflanze. »Ich werde herausfinden, wie lange er zu bleiben gedenkt. Willst du hier warten?«

»Ich muß Beeren sammeln für ... für ...« Sie hielt die Beerenkörbe der alten Frau in die Höhe.

»Schwarzgrundel.«

»Schwarzgrundel«, sagte Kiin. »Bring Shuku her. Ich will ihn bei mir haben.«

»Das brauchst du nicht. Ich passe auf ihn auf.«

»Der Händler«, sagte Kiin. »Er wird ihn erkennen.«

»Welcher Mann erkennt ein kleines Kind, zumal wenn es nicht sein eigenes ist?«

»Wenn er Lemmingschwanz mitgebracht hat – sie wird wissen, wessen Kind es ist.«

Kleine Pflanze zuckte die Achseln. »Dann bleib hier und warte. Ich bringe Shuku zu dir.«

70

Lemmingschwanz wartete, bis der Häuptling das *ulaq* verlassen hatte, dann trat sie an Rabes Seite, lehnte sich an ihn und jammerte: »Wann können wir aufbrechen? Mich juckt es schon von ihren Läusen. Mir ist schon übel von ihrem Essen.«

Rabe stieß einen Seufzer des Abscheus aus und schob die Frau fort. »Wenn sie uns das Kind bringen. Dann brechen wir auf.«

»Wann wird das sein?«

»Das weiß ich nicht.« Er schlug mit der Hand in die Luft und sagte: »Geh! Geh und tu, was eine Frau tun soll!«

Die Frau des Häuptlings drehte sich um und sah zu ihnen hinüber, ein Feixen im Gesicht, und Rabes Wangen wurden rot vor Verlegenheit – von einer Ugyuunfrau ausgelacht zu werden! Aber warum einer Ugyuunfrau zürnen, wenn Lemmingschwanz die Schuldige war? Gab es etwas Besseres, als Lemmingschwanz an Dyenen zu übergeben und sie los zu sein?

Schmutz rieselte von den Dachsparren des *ulaq* herab, und am Dachloch waren Stimmen zu hören.

»Ich habe ein Kind für dich«, rief der Häuptling. Er kam mit einem Bündel im Arm, stieg drei Einkerbungen des Kletterstamms hinab und sprang auf die Erde. »Seine Mutter ist tot, und der Vater sagt, es macht zuviel Mühe, ihn aufzuziehen, bis er alt genug ist, um zu jagen. Aber der Mann will viel Öl.«

»Ich habe viel Öl«, sagte Rabe. Er stand und wartete, während der Häuptling das Kind zu ihm brachte.

Er wickelte das Kind aus.

»Wie viele Monde?«

»Zehn«, sagte der Häuptling. Der Junge lag still in den Armen des Häuptlings, die Augen zu den Dachsparren gerichtet. Er war ungefähr so groß wie Maus und hatte das runde Gesicht und die länglichen Augen der Ersten Menschen.

Rabe nickte. »Gut«, sagte er, dann rief er Lemmingschwanz zu: »Nimm ihn. Ich gehe das Öl holen.«

Lemmingschwanz saß im *ulaq* des Häuptlings, als Rabe und mehrere Ugyuunmänner zehn Robbenmägen mit Öl, drei mit getrocknetem Fisch und zwei mit Robbenfleisch hereinbrachten.

Maus plapperte, stieß mit seinen dicken Fingern nach dem Ugyuunkind, aber das Ugyuunkind zeigte keine Reaktion. Lemmingschwanz lachte ihren Sohn an. »Ihr werdet beide gute Jäger sein«, sagte sie, und als sie aufsah, merkte sie, daß die Frau des Häuptlings sie mit einem Lächeln im Gesicht beobachtete.

Lemmingschwanz bot dem Ugyuunkind ihre Brust. Eine Zeitlang tat der Säugling nichts, ließ seine Lippen nur an ihrer

Brustwarze ruhen, aber dann begann er zu saugen, nicht in festen, kräftigen Zügen wie Maus, sondern sachte, wie ein neugeborenes Kind.

Lemmingschwanz strich ihm die Haare zurück. Es war nicht häßlich, dieses Kind aus dem Ugyuundorf. Sie nahm seine Hand und wartete, daß es seine Finger um ihre schloß, sie festhielt, wie Maus es tat, aber die Finger des Kindes rührten sich nicht. Lemmingschwanz runzelte die Stirn und sah die Frau des Häuptlings an. Die Frau blickte rasch fort.

Lemmingschwanz benutzte einen Finger, um dem Kind ihre Brustwarze zu entziehen, dann setzte sie es auf ihr Bein. Sein Kopf ruckte hin und her, und der Junge kippte zur Seite. Sie setzte ihn wieder auf, versuchte dann, ihn auf seine Beine zu stellen. Er sackte zusammen, als hätte er keine Kraft.

»Dieses Kind ist ... ist krank«, sagte sie zu der Frau des Häuptlings, aber die Frau schaute sie nicht an. »Sie ist zu dumm, um die Walroßsprache zu verstehen«, sagte Lemmingschwanz zu Maus, und immer noch benahm sich die Ugyuunfrau, als hätte Lemmingschwanz nicht gesprochen.

Als alles Öl im *ulaq* war, stand Lemmingschwanz auf, ging zu ihrem Mann und drückte ihm das Ugyuunkind in die Arme. Rabe sprang auf, schob ihr das Kind wieder hin und schrie eine Reihe zorniger Worte heraus.

»Sei still und hör mir zu«, sagte Lemmingschwanz. »Sieh dir den Jungen an. Er ist nicht kräftig. Er ist älter als Maus, aber er kann nicht einmal seinen Kopf halten. Kein Wunder, daß der Vater bereit war zu tauschen. Das Kind wird nie ein Jäger sein.«

»Sei still«, sagte Rabe zu ihr. »Es ist ein Junge. Es kümmert mich nicht, ob er jagen wird.«

»Natürlich kümmert es dich nicht«, sagte Lemmingschwanz, so zornig, daß Speichel aus ihrem Mund sprühte, als sie sprach. »Du mußt nicht bei dem Schamanen der Flußmenschen leben. Du mußt ihm nicht zu Gefallen sein, Tag für Tag. Er glaubt, er wird zwei starke Söhne haben. Was sage ich, wenn er entdeckt, daß einer –«

»Sag ihm, das Kind war kräftig, als es im Dorf des Walroßvolkes lebte. Sag ihm, das Kind hat sich die Schwäche von dem Flußvolk geholt.«

»Du hast mir erzählt, daß die Flußmenschen stark sind. Du hast gesagt –«

Rabe drückte eine Hand auf ihren Mund, aber Lemmingschwanz schnappte die Kante von Rabes Hand mit den Zähnen und biß kräftig zu.

Rabe riß seine Hand weg und schlug Lemmingschwanz ins Gesicht. Die Ugyuunmänner schauten beiseite, als ob sie nichts sähen, und Lemmingschwanz bedeckte ihr Gesicht mit den Händen.

»Du hast die Wahl«, sagte Rabe. »Du kannst Lemmingschwanz sein und hier bei den Ugyuunmenschen bleiben, oder du kannst Kiin sein und mit mir und Maus und dem Ugyuunkind zu den Flußmenschen gehen. Also frage ich: Bist du Kiin oder Lemmingschwanz?«

»Ich bin Lemmingschwanz!«

Rabe wandte sich an den Ugyuunhäuptling. »Was gibst du für diese Frau?« fragte er in der Sprache der Ersten Menschen.

Der Mann hob überrascht die Augenbrauen und sah zu seiner Frau hinüber.

»Was hast du zu ihm gesagt?« fragte Lemmingschwanz.

»Sie näht gut und macht gesunde Söhne«, sagte Rabe.

Der Mann zeigte auf drei Robbenmägen mit Öl.

»Er sagt, er gibt mir drei Robbenmägen mit Öl für dich«, sagte Rabe zu Lemmingschwanz.

»Du hast zehn für dieses kranke Kind gegeben.«

»Fünf«, sagte Rabe zu dem Ugyuunmann und hielt fünf Finger in die Höhe.

»Du feilschst um dein eigenes Öl!« sagte Lemmingschwanz. »Und was ist mit Maus und dem Ugyuunkind? Wer wird sie füttern?«

»Sie werden nicht verhungern, bevor ich ins nächste Dorf komme. Ich werde mir dort eine Frau nehmen.«

»Denkst du, du bekommst so einfach eine Frau? Denkst du, jede Frau will mit dir gehen?«

»Du bist Kiin?«

»Ich bin Lemmingschwanz!«

Der Ugyuunmann zeigte auf das Öl und hielt vier Finger in die Höhe.

»Du solltest froh sein, daß ich die Kinder behalte«, sagte Rabe. »Mit dem Öl, das ich hierlasse, wirst du in den ersten Monaten des Winters nicht verhungern. Wenn du fischen gehst, wirst du genug Essen haben, um bis zum nächsten Sommer am Leben zu bleiben. Aber es ist traurig, eine schöne Frau hungrig zu sehen. Die Frauen des Flußvolkes sind sogar am Ende des Winters noch dick.« Rabe seufzte. »Dein Mann, der Schamane, hätte sich gefreut, deine schönen Beine in Gamaschen aus Karibuhaut zu sehen. Hast du die Stickereien gesehen, die die Frauen des Flußvolkes machen? Ihre Kleider bringen beim Tauschen viel ein. Jede Frau hat mehr Halsketten, als sie tragen kann.«

Rabe sah den Ugyuunhäuptling an, dann sagte er zu Lemmingschwanz: »Du könntest einen Hund haben. Die meisten Frauen der Flußmenschen haben einen eigenen Hund, um Pakken zu tragen und auf ihre Kinder aufzupassen.«

»Ich will keinen Hund.«

»Vier«, sagte Rabe zu dem Ugyuunmann und hielt vier Finger über den mit Öl gefüllten Robbenmägen in die Höhe.

Lemmingschwanz kreischte. »Warte!«

»Du wirst das Ugyuunkind annehmen?«

»Ja«, sagte sie.

»Du bist Kiin?«

Eine lange Zeit stand Lemmingschwanz mit gesenktem Kopf, die Augen niedergeschlagen. Schließlich flüsterte sie: »Ich bin Kiin.«

71

Kiin wartete, ihre Finger fuhren in flinken kleinen Mustern über ihre Hände. Wie lange konnte eine Frau brauchen, um ein Kind zu holen? Die winzigen stechenden Insekten, die die Walroßmenschen Lange Nase nannten, summten in ihren Ohren, und sie schlug sich auf den Hals und fragte sich, warum diese Tierchen das Land der Walroß- und Ugyuunmenschen heimsuchten, aber nicht auf den Inseln der Ersten Menschen lebten.

»Komm, kleine Pflanze, komm«, flüsterte Kiin, dann nahm sie, erzürnt über ihre eigene Ungeduld, ihr Frauenmesser aus der Scheide an ihrer Taille und schnitt mehrere Zweige von einem Weidenbaum ab. Sie murmelte dem Baum ihren Dank zu, dann setzte sie sich in die Hocke und benutzte ihr Messer, um die Rinde abzuschälen. Die weiche, schwammige innere Rinde – in Wasser eingeweicht und als bitterer Tee getrunken – ergab ein gutes Heilmittel, etwas, um leichte Schmerzen zu lindern. Außerdem, wer wußte nicht, daß Warten schneller verging, wenn Hände und Augen beschäftigt waren?

»Wir sind jetzt bereit«, sagte Rabe und winkte Lemmingschwanz, ihm den Kletterstamm hinauf zu folgen.

»Gut«, murmelte sie leise vor sich hin. »Ich bin bereit, die düsteren Hütten der Ugyuun zu verlassen.«

Sie wartete neben Rabe auf dem Dach des *ulaq,* während er Augen und Ohren benutzte, um Wind und Meer zu prüfen.

»Werden wir zuerst in unser Dorf zurückkehren?« fragte Lemmingschwanz.

Rabe warf ihr einen finsteren Blick zu und behielt das Meer im Auge. »Wenn das Meer ruhig ist, halten wir nur an, um Wasser zu holen. Wir werden nicht einmal eine Nacht bleiben.«

»Ich muß Schieferwerferin Lebewohl sagen«, sagte Lemmingschwanz.

Rabe sah auf Maus hinunter. Mit seiner langfingrigen Hand zog er an den Haaren des Kindes. »Schieferwerferin oder ihrem Mann?« fragte er. Er rutschte vom Dach des *ulaq,* bevor Lemmingschwanz antworten konnte.

Lemmingschwanz hatte Maus in einer Schlinge an ihre linke Hüfte gebunden und trug das Ugyuunkind unter ihren Parka gegurtet wie ein Neugeborenes. Sie biß sich auf die Lippe, und einen Arm um jedes Kind gelegt, rutschte sie hinter Rabe hinunter. Sie hatte es nicht eilig, zum Ufer zu kommen. Sollte Rabe es übernehmen, das *ik* zu Wasser zu lassen. Als die daher einen Mann rufen hörte, blickte sie über die Schulter zurück und sah, daß er mit einer Ugyuunfrau sprach, die oben auf dem nächsten *ulaq* stand. Ein kleines Kind war in einer Schlinge an ihre Hüfte gebunden. Der Mann sprach in der Sprache der Ersten Menschen, bedeutete der Frau mit einer Handbewegung, zu ihm zu kommen. Sie setzte das Kind auf dem Dach des *ulaq* ab und ließ es dort, während sie dem Mann in ein anderes *ulaq* folgte. Das Kind war nur ein wenig größer als Maus, es war feist und trug einen Parka aus weichem Seeotternfell, und nur seine Augen lugten aus der mit einem Zugband versehenen Kapuze.

Lemmingschwanz flüsterte Maus zu: »Es trägt einen Parka nach Art der Walroßmenschen. Ich wußte nicht, daß Rabe einen zum Tauschen mitgebracht hatte.« Sie ging näher heran und stellte sich auf die Zehenspitzen, um das Kind zu sehen.

Lemmingschwanz legte eine Hand auf den Säugling unter ihrem Parka und hob mit einem langen Atemzug die Schultern, dann krabbelte sie schnell an der Seite des *ulaq* hoch. Sie griff nach dem Kind, das dort saß.

»Ein Junge«, flüsterte sie den Geistern zu. »Macht, daß es ein Junge ist.«

Sie stieß ihn um. Sein Gesäß über seinen Gamaschen war nackt. Sie sah das kleine rosa Teil eines Jungen, atmete erfreut aus, zog ihren Parka hoch und nahm das Ugyuunkind aus dem Trageriemen. Sie legte es auf das *ulaq* und schob das andere Kind unter ihren Parka.

Dann rannte sie zum Ufer, beide Kinder an sich gedrückt, zwei gesunde Jungen. Sie wartete, während Rabe das Gewicht auf dem beladenen *ik* gleichmäßig verteilte und Knoten prüfte.

»Wir sollten gehen«, sagte Lemmingschwanz. »Jetzt.«

Rabe sah sie mit hochgezogenen Augenbrauen an. »Du bist also bereit, aufzubrechen?« fragte er.

Lemmingschwanz verzog mißbilligend den Mund. »Es juckt mich von ihren Läusen«, sagte sie. »Meine Nase ist voll von dem Gestank ihrer Behausungen.«

Er lachte. »Du möchtest also lieber bei den Flußmenschen leben.«

»Ja.«

Rabe bedeutete ihr mit einer Handbewegung, in das *ik* zu steigen, dann stieß er es vom Ufer ab, stieg ein und begann mit den langen, kräftigen Paddelschlägen, die das *ik* über den Sog der Brandungswellen hinausbrachten.

Auch Lemmingschwanz paddelte – tiefe, kraftvolle Züge. Rabe lachte und rief ihr zu: »Du hast also auf dieser Fahrt etwas gelernt. Ich kann dem Schamanen des Flußvolkes sagen, daß du eine gute Paddlerin bist.«

Aber Lemmingschwanz, die über die Schulter zurückblickte, antwortete nicht. Sie stieß ihr Paddel mit kräftigen Schlägen ins Wasser, bis das Dorf nur noch ein Rauchfleck im Grau und Grün der Ugyuunhügel war.

Endlich hörte Kiin jemand kommen. Sie stand auf, die Beine steif vom langen Hocken. Ihr Herz klopfte heftig unter ihren Rippen. Es hatte zu lange gedauert. Da stimmte etwas nicht. Rabe wußte, daß sie hier war. Warum würde Kleine Pflanze sonst fast den ganzen Morgen brauchen, um Shuku zu ihr zu bringen?

»Ich bin da«, rief Kleine Pflanze, aber ihre Stimme war schwach und dünn.

»Hast du Shuku?« fragte Kiin. Sie trat aus den Weiden hervor und ging um den Abfallhaufen herum auf den Pfad, wo Kleine Pflanze stand.

»Der Händler ist fort, er und seine Frau«, erwiderte Kleine Pflanze.

Ein Zittern in ihrer Stimme ließ Kiins Herz flattern. »Hast du Shuku?« fragte sie wieder.

»Kiin ...« sagte Kleine Pflanze, und bei dem Namen brach ihre Stimme.

Die Arme der Frau waren leer, und Kiin sprang vor, packte sie an den Schultern. »Wo ist Shuku?«

»Kiin ...« Die Augen der Frau waren plötzlich naß, und ihre Schultern bebten. »Der Händler, er ... er hat ihn mitgenommen.«

Da begannen die Schreie, und zuerst dachte Kiin, es seien die Schreie von Kleine Pflanze, aber schließlich merkte sie, daß sie aus ihrer eigenen Kehle kamen.

Dann waren andere da – der Mann von Kleine Pflanze, der Häuptling und die alte Schwarzgrundel. Ihre Hände waren auf ihr, schoben sie zu den *ulas,* und Kleine Pflanze erzählte, ihre Worte kamen durch ihre Tränen. »Ich habe ihn nur einen Augenblick auf dem *ulaq* gelassen, nur einen Augenblick, als ich meinem Mann half, etwas zu suchen. Ich kam heraus, und da war Shuku verschwunden.«

Dann sprachen andere Stimmen, die Worte gerieten durcheinander, kamen so schnell heraus, daß Kiin wenig von dem verstehen konnte, was gesagt wurde. Am Ende brachten sie sie zum *ulaq* des Häuptlings, und dort erzählte ihr Gebrochener Zahn, wie er seinen Sohn getauscht hatte, ein Kind von zehn Monden, das noch immer die Art von einem Neugeborenen hatte. Rabe hatte zehn Robbenmägen mit Öl und fünf mit getrocknetem Fleisch dafür gegeben, aber dann zeigte Gebrochener Zahn, daß er das Kind noch hatte, und der Junge starrte zum Dach des *ulaq* hinauf, als er Kiin hingehalten wurde.

»Sie müssen zurückgekommen sein und Shuku statt meines Sohnes genommen haben«, sagte der Mann. »Das habe ich nicht gewollt.«

»Hier«, sagte er. »Wähle. Meinen Sohn oder das Öl.«

Doch auf seine Worte begannen die Schreie wieder und wollten nicht mehr aufhören.

72

DAS WALROSSVOLK

Beringmeer

Lemmingschwanz behielt das Ugyuunkind während des ganzen langen Tages, an dem sie paddelten, unter ihrem Parka, aber das Kind zappelte so sehr, daß sie beinahe wünschte, sie hätte das erste Kind behalten.

»Denke an deinen Platz als Frau von einem Schamanen«, sagte sie in den Wind. »Dafür lohnt es sich, ein paar Tage ein zappelndes Kind zu ertragen.«

Schließlich rief Rabe ihr etwas zu, deutete auf ein langgestrecktes, abfallendes Ufer und paddelte das *ik* zum Land, wo sie die Nacht verbringen wollten.

Lemmingschwanz half Rabe, das *ik* ans Ufer zu bringen, dann kehrte sie ihm den Rücken zu und ging zu einer Stelle, die von dicken Felsbrocken geschützt war. Als Rabe sich beschwerte, rief sie ihm zu: »Du willst, daß ich zwei Söhne habe. Ich muß sie beide füttern. Bist du nicht Mann genug, einen Magen mit Öl und etwas getrockneten Fisch auszupacken? Bist du ein kleiner Junge, der eine Mutter braucht?«

Rabe spie mehrere Beleidigungen aus, zog aber das *ik* weiter ans Ufer und band einen Robbenmagen mit Öl und einen mit getrocknetem Robbenfleisch los. Er nahm, was er für sich brauchte, dann hockte er sich neben das *ik* und aß.

»Kannst du mir nichts bringen?« rief Lemmingschwanz.

»Bist du ein kleines Mädchen, das einen Vater braucht?« antwortete Rabe.

Lemmingschwanz lehnte sich an einen Felsbrocken und sah nach den beiden Jungen. Sie tranken, jeder eine Hand an einer Brust. Das Ugyuunkind sah sie an, die Augen naß von Tränen. Es schauderte und blickte fort, ließ aber ihre Brust nicht los.

»Gierig bist du«, sagte Lemmingschwanz. »Du wirst dich an mich gewöhnen. Denk daran, du trinkst die Milch meines Sohnes. Nimm nicht mehr, als dir zusteht.«

Plötzlich sprang sie auf und riß das Kind von sich, während Urin von der Innenseite ihres Parkas auf ihre Gamaschen tropfte.

»Du dummes Kind!« schrie Lemmingschwanz. »Hat deine Mutter dir denn nichts beigebracht? Ich habe Rabe gesagt, es war dumm von ihm, einen Ugyuunjungen zu nehmen. Du bist älter als Maus, und trotzdem machst du den Parka von deiner Mutter naß!«

Sie zerrte das Kind aus seinem Trageriemen und setzte es auf die Erde. Sie achtete nicht auf seine Schreie, während sie Maus, noch an ihre Brust geschmiegt, zu dem Händler-*ik* trug. Sie fand ein Bündel Robbenhäute und zog eine aus der Seetangschnur, die den Packen zusammenhielt. Sie streifte den Parka ab, setzte Maus neben dem *ik* ans Ufer und ging an den Rand des Wassers. Sie wartete, bis eine Welle nahe heranspülte, dann tauchte sie die Robbenhaut hinein. Sie benutzte sie, um ihre Brüste und Gamaschen abzuwaschen, dann, um den Urin von der Innenseite ihres Parkas zu wischen.

Fröstelnd zog sie sich den Parka wieder über den Kopf, hob Maus auf und ging zu dem Ugyuunkind zurück. Es hatte sich auf dem Sand zusammengerollt, das nackte Gesäß nach oben, die Beine, die in Gamaschen aus Robbenhaut steckten, an die Brust gezogen. Der Junge hatte sich beschmutzt. Lemmingschwanz schnaubte, dann beugte sie sich über ihn, benutzte die nasse Robbenhaut, um ihn den Hintern abzuputzen, und ließ ihn wieder dort zurück, während sie zu einem Gezeitentümpel am Strand ging, wo sie die Robbenhaut ausspülte.

Sie hielt nach Rabe Ausschau, sah ihn aber nicht, und so zuckte sie die Achseln, nahm einen Packen mit Essen aus dem *ik* und ging damit an die Stelle, wo sie das Ugyuunkind gelassen hatte. Sie nahm geräucherten Fisch heraus, einen Streifen getrocknetes Robbenfleisch und einen Behälter Beeren, mit Fett vermischt. Sie gab Maus ein Stück getrockneten Fisch und nahm sich selbst eins, dann griff sie nach dem Ugyuunkind, um es zu schütteln.

Das Kind stöhnte und gab aufstoßend einen Schluchzer von sich. Sie drehte das Kind mit dem Gesicht zu sich, band die Kapuze seines Parkas auf und stieß einen Laut des Erstaunens aus.

»Shuku!« rief sie. Sie schüttelte den Kopf, schloß die Augen und machte sie wieder auf. »Nein«, sagte sie lachend. »Meine Augen spielen mir einen Streich. Du bist größer als Shuku.« Mit den Fingerspitzen befühlte sie den Hals des Kindes. Da war eine geflochtene Sehnenschnur, und sie zog sie unter seinem Parka hervor. Eine Elfenbeinschnitzerei – ein halbes *ikyak* – hing an der Schnur.

Einen Augenblick saß Lemmingschwanz ganz still, die Stirn in Falten gelegt, dann sagte sie zu dem Kind: »Wie bist du in das Ugyuundorf gekommen? Ist deine Mutter dort?« Sie kniff die Augen zusammen. »Wenn deine Mutter dort ist, was glaubst du, was Rabe für dieses Wissen geben wird?«

Das Kind stieß wieder auf und griff nach dem Brocken getrockneten Fisch in der Hand von Lemmingschwanz.

Lemmingschwanz gab ihm den Fisch. Maus warf sein Stück Fisch hin und versuchte, sich auf den Schoß seiner Mutter zu ziehen, wobei er Shuku mit einer Hand und einem Fuß anstieß.

»Maus, nicht«, sagte Lemmingschwanz. »Ihr könnt beide hier sitzen.« Sie hob den getrockneten Fisch auf, den Maus hingeworfen hatte, wischte den Sand ab und setzte die Kinder Rükken an Rücken, ein jedes mit Fisch versorgt.

Das Kinn an den Kopf von Maus gelehnt, sagte sie: »Wenn ich ihm sage, daß ich Shuku habe, werden wir umkehren. Die Ugyuunmenschen werden mich für den Diebstahl dieses Kindes hassen, und Rabe wird nichts von der Schuld auf sich nehmen. Wenn Kiin nicht da ist, wird Rabe wütend auf mich sein, vielleicht sogar wütend genug, um mich bei den Ugyuunmenschen zu lassen.

Und wenn Kiin da ist, wenn Rabe sie dazu bewegen kann, mit uns zu kommen, wird er sie statt meiner bei dem Schamanen des Flußvolkes eintauschen. Dann wird Kiin die Ehre haben, Frau von einem Schamanen zu sein, und Rabe wird vielleicht sogar beschließen, mich bei den Ugyuunmenschen zu lassen.«

Einen Arm um jedes Kind, stand Lemmingschwanz auf und hielt abermals das Ufer hinauf und hinunter Ausschau nach Rabe, dann setzte sie die Kinder auf die Erde und benutzte Robbenhäute, um einen Windschutz für sie zu machen. Sie brachte sie hinein, dann legte sie auf einer Matte Essen für Rabe aus.

Als Rabe von seinem Gang am Ufer zurückkehrte, begegnete ihm Lemmingschwanz mit einem Lächeln. Sie gab ihm getrockneten Fisch, in Meerwasser aufgeweicht, und fein geschabtes Robbenfleisch, mit Beeren und Fett vermischt. Während er aß, rieb sie ihm die Schultern, bis er am Ende sein Essen beiseite stellte und sie dort auf dem Sand nahm, und er fragte nicht nach den Kindern, bis er fertig war.

Sie sagte: »Der eine, den du von dem Ugyuunvolk hast, der ist besser, als ich dachte. Er ist nicht so gut wie Maus, aber er ist ja auch nicht dein Sohn wie Maus.«

»Ich weiß sehr wohl, wessen Sohn Maus ist«, sagte Rabe. »Ich habe genug von deinen Lügen.«

Lemmingschwanz kehrte dem Mann den Rücken zu, nahm die Kinder aus ihrem Windschutz und schob sie unter ihren Parka, um sie zu stillen. Sie legte sich auf die Seite, rückte die Kinder so, daß eines das andere stützte, und erwiderte nichts auf Rabes Anschuldigung.

73

DIE ERSTEN MENSCHEN

Herendeen Bay, Alaska-Halbinsel

»Ich bin jetzt stark genug«, sagte Samiq zu seinem Vater. Er hockte auf dem Ufersand und strich über die Finger seiner rechten Hand, den Zeigefinger an einen Vogelknochen gebunden, die anderen Finger einwärts gebogen.

Kayugh schüttelte den Kopf. »Erinnere dich, wie geschwind Rabe sich bewegte, sogar, nachdem er lange und hart mit deinem Bruder gekämpft hatte.«

»Ich hatte nie mit Messern gekämpft. Aber jetzt habe ich es getan. Jeden Tag kämpfen wir. Kleines Messer und ich.«

»Mit Messern?« fragte Kayugh.

Samiq lachte. »Mit Holz, nach der Größe eines Messers geformt, aber stumpf.«

»Erzählst du mir das, damit ich sage, du sollst zu den Walroßmenschen gehen, damit ich zustimme, daß du mit Rabe um Kiin kämpfst?«

»Ich erzähle es dir, damit du weißt, daß ich gehe.«

»Du denkst, der Junge Kleines Messer kann dich darauf vorbereiten, den Schamanen Rabe zu bekämpfen? Rabe hat Kräfte, die über die Stärke seiner Arme hinausgehen. Hast du gebetet? Hast du gefastet?«

»Ja, ich bete immer«, sagte Samiq. »Und ich werde fasten.« Er sah an seinem Vater vorbei und rief etwas.

Kayugh blickte über die Schulter und sah Kleines Messer.

»Paß auf«, sagte Samiq zu Kayugh, dann fragte er Kleines Messer: »Hast du deine Waffe mitgebracht?«

Kleines Messer ließ seine Augen rasch zu Kayugh schweifen, dann zurück zu Samiq. »Ich habe sie«, sagte er ruhig.

»Ich habe deinem Großvater von unseren Kämpfen erzählt«, sagte Samiq.

Kleines Messer blickte in Kayughs Augen.

»Zeigt es mir«, sagte Kayugh und trat zurück, um den Männern Platz zum Kämpfen zu machen.

Samiq band den Knochen los, der seinen Zeigefinger streckte, dann nahm er einen kurzen, wie ein Messer geformten Stock aus der Tasche an seiner Taille. Er bog die Finger seiner rechten Hand auf und ließ sie zurückschnellen, so daß sie das Holzmesser fest umschlossen, dann ging er vor Kleines Messer in die Hocke, und beide Männer umkreisten sich mit ausgestreckten Armen, die Beine gebeugt.

Kleines Messer machte den Anfang, er sprang vor, um mit seinem Holzmesser in weitem Bogen nach Samiqs Bauch zu zielen, aber Samiq sprang zurück und wich der Klinge aus. Bevor Kleines Messer seine Haltung wieder einnehmen konnte, stürzte Samiq vor. Er erwischte den rechten Unterarm von Kleines Messer. Der Junge hob sein Messer zu Samiqs Gesicht, zog die Klinge über Samiqs Wange und hinterließ einen roten Striemen.

Kayugh verschränkte die Arme vor der Brust und sah zu. Er war erstaunt, wie schnell Samiq sich bewegte, vielleicht schneller als Rabe, aber wer konnte das mit Sicherheit sagen? War das Messer erst fest in Samiqs Hand, hätte niemand, der zuschaute, gemerkt, daß der Mann verkrüppelt war. Wenn Samiq verhindern könnte, daß Rabe es erfuhr, hatte er vielleicht Aussichten. Samiq war stark, und es war nicht schwer zu erkennen, daß der Kampf mit hölzernen Klingen langwieriger war als ein Kampf mit richtigen Messern; doch immerhin hatte Samiq es zugelassen, daß die Klinge von Kleines Messer ihn an Wange, Arm und Knie berührte. Ein Striemen von einer hölzernen Klinge war nichts, aber was, wenn alle Wunden offen lagen und bluteten?

Schließlich traten die zwei Männer zurück, beide atmeten tief ein, und Kayugh hob die Hände. »Du hast recht«, sagte er zu Samiq. »Du bist gut. Es besteht Aussicht, daß du Rabe besiegst, vor allem, wenn er nichts von deiner Hand weiß und so nicht darauf abzielen kann, dir das Messer aus der Hand zu schlagen. Aber du mußt noch mehr Zeit mit Beten verbringen, bevor du gehst. Die innere Kraft eines Mannes muß so groß sein wie seine äußere Kraft, wenn ihm Erfolg beschieden sein soll.«

»Ich werde beten«, sagte Samiq.

Kayugh nickte.

»Und wenn er dir das Messer aus der Hand schlägt?«

»Versuche es«, sagte Samiq und hielt seinem Vater seine Hand hin. Kayugh zog an den Fingern, aber jeder einzelne war fest an Ort und Stelle. Er zuckte die Achseln und wandte sich von Samiq ab, dann drehte er sich rasch um, bevor Samiq reagieren konnte. Kayugh holte aus, und sein nackter Fuß traf Samiqs Finger mit einem kräftigen Tritt. Die hölzerne Klinge blieb in Samiqs Hand.

Kayugh lächelte.

»Ich hörte deine Mutter heute mit deinem Vater sprechen«, sagte Drei Fische. Sie und Samiq waren im *ulaq,* und Drei Fische stillte ihren gemeinsamen Sohn.

Samiq beugte sich über sie, rieb mit einem Finger über die Wange ihres Sohnes. Sie hatten ihn Großer Wal genannt, damit der Name abermals voll Hoffnung und Achtung ausgesprochen werden konnte. Samiq setzte sich neben seine Frau, und Großer Wal, den Mund noch an der Brust seiner Mutter, deutete auf seinen Vater. Samiq nahm die Hand des Jungen in seine.

»Sie hat gefragt, ob du gegen Rabe kämpfen wirst«, sagte Drei Fische.

»Was hat mein Vater ihr gesagt?«

»Er hat ja gesagt.«

»Meinst du, ich soll?«

Drei Fische sah ihn an, Auge in Auge. »Es wird nichts ändern, wenn ich nein sage.«

Samiq senkte den Blick.

Drei Fische strich mit einer Hand über das dunkle Haar ihres Sohnes. »Du hast schon eine Frau und einen Sohn.«

»Ja, eine gute Frau, einen feinen Sohn«, sagte Samiq, »aber Kiin ist auch meine Frau. Und ich habe meinem Bruder ein Versprechen gegeben. Ich habe ihm gesagt, ich würde für Kiin und ihre Söhne sorgen.«

»Wir haben Takha«, sagte Drei Fische und blickte zu dem Jungen hinüber, der in der Korbecke saß, wo er mit drei Körben und einem Haufen glatter Strandsteine spielte. Er türmte die Steine in einen Korb, dann kippte er sie in einen anderen.

»Du bist eine gute Mutter und eine gute Frau. Du bist meine erste Frau. Ob Kiin hier ist oder nicht, du wirst in meinem Herzen denselben Platz haben.«

»Ich möchte, daß Kiin wieder bei uns ist«, sagte Drei Fische. »Mein Vater hatte zwei Frauen. Als seine erste Frau starb, habe ich um sie getrauert wie um eine Mutter. Ich weiß, es wird gut für Takha sein, Shuku hier zu haben. Ihre Macht ist nicht vollkommen, wenn sie nicht zusammen sind. Ich möchte nur nicht, daß du kämpfst.«

»Ich werde beten. Ich werde planen. Wenn ich versage, werdet du und Takha und Großer Wal wenigstens hier in Sicherheit sein. Kleines Messer wird für euch jagen.«

»Er ist ein Mann. Bald wird er eine Frau nehmen, bei ihr leben, für ihren Vater jagen.«

»Ich werde meinen Vater bitten, zu anderen Dörfern von Ersten Menschen zu gehen, um für dich einen Mann mitzubringen, der hier leben und unsere Söhne unterweisen wird. Drei Fische«, sagte Samiq und faßte ihren Kopf, um ihn zu sich zu drehen, »ich muß kämpfen. Wie kann ich sagen, ich bin ein Mann, wenn ich es nicht tue?«

Drei Fische blickte kurz auf Samiqs rechte Hand hinunter, dann sah sie ihm wieder ins Gesicht. »Du bist ein Mann«, sagte sie. »Laß es genug sein, daß ich es dir sage.«

Samiq lächelte, ein Lächeln, wie er es einem Kind schenken mochte. »Drei Fische«, sagte er, »ich werde kämpfen.«

»Wann?«

»Bald, nach dem Fasten, nach dem Gebet.«

Drei Fische senkte den Kopf. Schließlich sagte sie: »Werden die Gebete einer Frau helfen?«

»Ja«, sagte Samiq. »Bete.«

74

DAS UGYUUNVOLK

Alaska-Halbinsel

»Wie lange?« fragte Kiin. Ihre Stimme war dünn, gebrochen.

»Zehn Tage.«

»Zehn Tage!«

»Seelenrufer sagte, daß dein Geist dich verlassen hat, um deinem Sohn zu folgen. Er war nicht sicher, ob du zu uns zurückkommen würdest.«

Kiin mühte sich, ihre Augen auf einen festen Punkt zu richten. Die Frau, die da neben ihr sprach – wie war ihr Name? Kleine Pflanze. »Aber ich sitze hier in dem *ulaq*.«

»Du warst wie eine schlafende Frau, mit offenen Augen, tatest, um was ich dich bat, aber ohne zu verstehen, was um dich vorging.«

Kiin stemmte sich langsam auf die Füße und ging mit unsicheren Schritten von einer Seite des *ulaq* auf die andere. »Ist es Morgen?« fragte sie Kleine Pflanze.

»Ja.«

»Würdest du mich dein *ik* nehmen lassen, um ihnen zu folgen?«

Kleine Pflanze stand auf, legte einen Arm um Kiins Schultern und geleitete sie zurück an ihren Platz neben der Öllampe. »Kiin«, sagte sie leise, »wenn ich denken würde, du könntest sie finden, würde ich dich gehen lassen. Aber das kannst du nicht. Du weißt nicht, wohin sie gegangen sind.«

»Sie sind in das Dorf der Walroßmenschen zurückgekehrt.«

»Das ist ein weiter Weg. Zu weit für eine Frau, um ihn allein zu unternehmen.«

»Ich bin allein so weit gekommen.«

»Und ihr seid beinahe gestorben, du und dein Sohn.«

Kiin fühlte, wie Tränen ihre Brust einschnürten, heraufdrängten, bis sie sie nicht mehr zurückhalten konnte. Sie sank auf die Knie und bedeckte ihr Gesicht mit beiden Händen.

Kleine Pflanze blieb an ihrer Seite, tätschelte ihr den Rükken, strich ihr übers Haar, als sei Kiin ein Kind. Sie legte ihre Arme um Kiin und wiegte sie, sang ein Wiegenlied, ein Lied der Ersten Menschen, eines, das Kiin einst Shuku gesungen hatte.

Zwei Tage lang tat Kiin, was Kleine Pflanze ihr sagte, Wurzeln ausgraben, Beeren suchen, Fische fangen, Seeigel sammeln. Der Kummer in ihrer Brust schien ihren Verstand zu dämpfen, als ob sie stets in Nebel wandelte, dessen Grau die Sonne, die Erde und alle schönen Dinge verhüllte.

Am Abend des zweiten Tages kam Adler zu ihr, und der Mann sah oft zu seiner Frau hin, als würde er die Worte, die er sagen mußte, in den Augen von Kleine Pflanze finden.

Er sprach zuerst vom Jagen, als ob Kiin ein Mann wäre, dann vom Nähen, als ob er eine Frau wäre, bis selbst Kiins Kummer ihr Lächeln nicht zurückhalten konnte.

Zum Schluß sagte er: »Ich werde dich zu deiner Familie bringen.«

Kiin sah ihn an, die Lippen geöffnet, konnte aber keine Worte finden.

»Ich weiß nicht, wohin der Händler und seine Frau deinen Sohn gebracht haben, aber wenn ich dich zu deinem Mann ans Ufer der Händler bringe, dann wird er dir vielleicht helfen, den Jungen zu finden.«

Wieder öffnete Kiin den Mund, um zu sprechen, wußte aber

nicht, was sie sagen sollte. Sie hatte während der vergangenen zwei Tage oft daran gedacht, zu Samiq zurückzukehren, aber wenn nun Rabe, nachdem er Shuku gefunden hatte, zum Ufer der Händler gefahren wäre, Takha gefunden und auch ihn mitgenommen – oder, schlimmer noch, gegen Samiq gekämpft und ihn getötet hätte, wie er Amgigh getötet hatte?

Tränen traten in ihre Augen, und sie konnte sie nicht fortblinzeln. Ich kann nicht hierbleiben, sagte sie sich. Die Ugyuun können nicht noch eine Frau gebrauchen, die sie ernähren müssen.

Kiin leckte sich die Lippen und schluckte, rieb eine Wange an ihrer Schulter. »Wann?«

Adler zuckte die Achseln. »Morgen, wenn das Wetter gut ist.« Kleine Pflanze, möchtest du mitkommen? Du und Kiin könntet in deinem *ik* paddeln, ich werde in meinem *ikyak* fahren.

Kleine Pflanze sah von ihrer Näharbeit auf. »Ja«, sagte sie, »wir werden zusammen gehen, um Kiins Mann und ihren anderen Sohn zu finden.« Sie klopfte Kiin auf die Schulter. »Dann werden deine Tränen Freudentränen sein.«

75

DIE FLUSSMENSCHEN

Kuskokwim River, Alaska

Rabe sah Lemmingschwanz an. Maus lugte aus der Halsöffnung des Parkas von Lemmingschwanz, und das Ugyuunkind war eine runde Ausbuchtung an ihrer Seite.

»Du bist Kiin, Maus ist Shuku, das Ugyuunkind ist Takha«, sagte er.

»Der Ugyuunjunge ist Shuku«, erwiderte Lemmingschwanz. »Es sieht aus wie Shuku, nur größer.«

Rabe zuckte die Achseln und fragte: »Ist er viel größer als Maus?«

»Ein bißchen, aber welche zwei Säuglinge sind gleich groß?«

Rabe nickte, stieß sein Paddel tief ins Wasser und lenkte das Händler-*ik* zur Mündung des Flusses. Dort, wo Meer und Fluß sich trafen, war das Wasser aufgewühlt, und Rabe stützte sich beim Paddeln, indem er die Knie weit auseinanderstemmte.

»Die Strömung ist stark«, sagte Lemmingschwanz.

»Du sollst paddeln. Ich habe dir gesagt, es würde nicht leicht sein«, sagte Rabe.

Lemmingschwanz ließ sich auf die Knie nieder, um das Paddel tiefer ins Wasser zu stoßen. Als sie zum Fluß kamen, war die Strömung so stark wie ihr Paddeln.

»Wir sollten lieber gehen«, rief Lemmingschwanz schließlich.

»Weißer Fuchs, Singender Vogel und ich hatten keine Schwierigkeiten.«

Die Frau gab keine Antwort, zog nur ihr Paddel aus dem Wasser des Flusses und legte es quer über die Oberseite des *ik*.

»Nimm das Paddel!« schrie Rabe.

»Laß mich aussteigen. Ich will gehen.«

Rabe brüllte seinen Zorn heraus. »Da, siehst du? Eine Stelle mit Sand. Wir werden das *ik* dort lassen. Dann werden wir gehen.«

Lemmingschwanz tauchte ihr Paddel wieder ins Wasser, stieß es in den Schlamm des Flußgrundes und half Rabe, das *ik* in flaches Wasser zu schieben.

Rabe wollte gerade aus dem *ik* klettern, als eine Stimme ertönte: »Saghani, sieh dich vor.« In dem dichten Weiden- und Erlengestrüpp des Flußufers sah Rabe Dyenen. Der alte Mann zeigte auf einen Strudel mit klarem Wasser im hellen Sand am Rande des Ufers.

»Siehst du, wie dort das Wasser hochdrängt? Es kommt von

unten, wo es Geister gibt, die einen Mann herunterziehen würden.«

Lemmingschwanz starrte den alten Mann an, ihre Augen folgten der rot-blauen Stickerei, die Schultern und Ärmel seines Parkas aus weißem Fell zierte.

»Das ist Kiin?« fragte der alte Mann in der Sprache der Flußmenschen.

»Ja«, sagte Rabe, hielt aber den Kopf gesenkt, als suchte er etwas in seinen Vorratspacken.

Dyenen beugte sich vor, wählte sorgsam eine Stelle, um einen Fuß aufzusetzen, und griff nach dem Bug des *ik*. Er zog es dicht ans Ufer und reichte Lemmingschwanz eine Hand. Sie warf Rabe einen Blick zu, dann kletterte sie, Dyenens Hand umklammernd, aus dem *ik*.

»Dein Sohn?« fragte Dyenen und zeigte mit langen braunen Fingern auf Maus.

»Er fragt, ob Maus dein Sohn ist«, sagte Rabe.

»Er ist Takha«, antwortete Lemmingschwanz.

»Takha«, sagte Rabe, »aber manchmal nennen wir ihn Maus.«

Dyenen lachte. »Gut. Ein Kind mit zwei Namen ist ein geliebtes Kind.«

»Der andere Sohn trinkt«, sagte Rabe und deutete auf die Ausbuchtung im Parka von Lemmingschwanz.

Dyenen wies auf einen Pfad, der zwischen den Bäumen verlief. Lemmingschwanz schob sich durch Gebüsch, bis sie den Pfad erreichte, dann wartete sie, zwischen Bäumen und Büschen hindurchblickend, bis Dyenen und Rabe das *ik* aus dem Fluß gezogen und festgebunden hatten.

»Das wird halten, bis ich meine Männer schicken kann, die Packen zu holen«, sagte Dyenen.

»Es ist gut, daß du hier bist«, erwiderte Rabe. In der Sprache der Walroßmenschen sagte er zu Lemmingschwanz: »Dyenens Männer werden kommen, um unsere Packen zu holen. Ihm sei Dank. Ich hätte eine lange Zeit gebraucht, um alle Packen auszuladen und ins Dorf zu tragen.«

»Ich wäre diejenige gewesen, die sie hätte tragen müssen«, sagte Lemmingschwanz.

Rabe beugte sich vor und flüsterte ihr ins Ohr: »Du bist Kiin. Kiin klagt nicht.«

»Gibt es irgend etwas, das du jetzt mitnehmen möchtest?« fragte Dyenen.

»Nur das hier«, sagte Rabe, griff in das *ik* und band einen Packen auf. Er zog den Medizinbeutel aus Luchsfell heraus, den Dyenen ihm gegeben hatte.

»Ich kann etwas tragen«, sagte Lemmingschwanz.

»Hier.« Rabe gab ihr einen Packen mit Essen. Sie lud ihn sich auf den Kopf, hielt ihn mit einer Hand im Gleichgewicht, den anderen Arm um Shuku, der unter ihren Parka gegurtet war.

Dyenen streckte die Hände aus, aber Rabe sagte: »Deine Männer werden tragen. Zeig du uns den Weg.«

Dyenen und Rabe gingen durch die Bäume voran und ließen Lemmingschwanz folgen.

»Er ist alt, aber er ist nicht häßlich, und er ist stark«, flüsterte Lemmingschwanz Maus zu, der von ihrer Schulter aus zusah. Sie begann ein Lied zu summen, eines, das sie einmal gehört hatte, vor langer Zeit, etwas von Fellen, Nahrung und einem Dorf mit vielen Behausungen.

Nachdem sie eine lange Zeit gegangen waren, begann Lemmingschwanz, Rabe Fragen zuzurufen. »Wie lange noch? Wie weit noch?«

Rabe antwortete ihr nicht. Vielmehr richtete er seine Worte an Dyenen. Rabe hoffte, daß Dyenen die Grobheit in der Stimme von Lemmingschwanz nicht bemerkte. Auf der Rückreise von dem Ugyuundorf hatte sie keine Schwierigkeiten gemacht, und Rabe hatte schon die Hoffnung gehegt, daß sie angefangen hatte, sich zu ändern und endlich auch die guten Dinge in ihrem Leben zu würdigen.

Als sie im Dorf des Walroßvolkes haltgemacht hatten, war Rabe überzeugt gewesen, daß Lemmingschwanz die ganze Zeit mit ihren Freundinnen verbringen würde, doch zu seiner Überraschung hatte sie gesagt, sie sei müde. Sie brauche Schlaf, weil sie am nächsten Tag weiter wolle. Sie sagte ihm, sie hätte allen ihren Freundinnen Lebewohl gesagt und wolle nicht zweimal Abschiedstränen vergießen.

Rabe hatte die Achseln gezuckt und sie in der Behausung gelassen. Er hatte seine Zeit damit verbracht, Vorräte und Tauschwaren zusammenzusuchen, das *ik* auszubessern und seine Harpunen und Messer zu prüfen. Sein Parka war zerrissen, und als er ihn Lemmingschwanz zum Flicken gab, rechnete er mit einer scharfen und wütenden Erwiderung auf sein Verlangen, aber sie hatte gelächelt und versprochen, den Parka rasch zu nähen.

Trotzdem waren sie zwei Tage in dem Dorf geblieben, Tage, an denen Lemmingschwanz bat, daß niemandem gestattet werde, in Rabes Teil der Behausung zu kommen. Sie habe zuviel mit Vorbereitungen zu tun.

Sie waren am frühen Morgen aufgebrochen, und Rabe hatte Lemmingschwanz nicht aus den Schlafdecken zerren, hatte sie nicht wegen ihrer Langsamkeit schelten müssen.

Sie hatten das *ik* zu Wasser gelassen, und niemand war am Strand gewesen, um Gesänge oder Gebete darzubringen; dennoch meinte Rabe, als er die ersten kräftigen Schläge mit seinem Paddel tat, die zwei Alten, Großmutter und Tante, am Ufer zu sehen. Er lachte. Warum so etwas denken? Die zwei alten Frauen waren so schwach, daß sie ihre Behausung selten verließen.

Und jetzt war er endlich hier, und wenn Dyenen glaubte, daß Lemmingschwanz Kiin war, daß die Kinder Shuku und Takha waren, dann würde er, Rabe, alle Macht haben, die ein Mann sich wünschen konnte.

Als sie auf die Lichtung des Flußdorfes traten, hörte Dyenen, wie Lemmingschwanz der Atem stockte. Es wurde ihm eng um die Brust, und er drehte sich nach ihr um, hoffte, daß sie den Atem aus Freude angehalten hatte, nicht aus Verzweiflung.

Als etliche von seinen Jägern ins Dorf gelaufen waren, um Saghanis Ankunft zu verkünden, hatte Dyenen seinen schönsten Parka angezogen. Er hatte sich gründlich gewaschen und Gesicht, Brust und Hände mit Öl eingerieben. Unter seinem Parka trug er eine Halskette aus Bärenklauen und Karibuknochen, alle von Tieren, die er in seiner Jugend erlegt hatte. Was wäre besser geeignet als so eine Halskette, um die Geister daran zu erinnern, daß er ein geschickter Jäger gewesen war?

Tagelang hatte Dyenen gebetet; nächtelang hatte er wachgelegen und sich auszudenken versucht, auf welche Weise er seine neue Frau erfreuen könnte, eine junge Frau mit eigenen Geisterkräften, eine Frau, die von seiner Stellung bei dem Flußvolk vielleicht nicht beeindruckt sein würde. Immerhin stammte sie von den Ersten Menschen und vom Walroßvolk ab. Warum Bedeutung in irgendeinem anderen Stamm sehen? Hatte er nicht seine eigenen Töchter Angebote von Männern anderer Stämme zurückweisen sehen, Jägern, die einer guten Frau viel zu geben hatten?

Um Eindruck auf Kiin zu machen, hatte Dyenen sich von einem Mann, der gut zu zeichnen und mit Farben umzugehen verstand, Bilder auf seine Behausung malen lassen, die die Geschichte von Dyenens Leben erzählten. Er hatte mehrere Frauen aus dem Dorf gebeten, für Kiin einen schönen Parka und Gamaschen zu machen, und sie hatten Karibuhäute genommen und so lange gearbeitet, bis sie so glatt und weich waren, daß Dyenens schwielige Finger kaum spüren konnten, daß er sie berührte. Er hatte ihr ein Schlafpodest neben seinem gemacht, es mit den weichsten Fuchs- und Hasenfellen gepolstert. Er hatte dafür gesorgt, daß alles Öl in seiner Speisenische frisch war, daß viel Fleisch auf dem Vorratspodest war, das er mit zwei anderen Männern des Dorfes teilte. Und er hatte seinen vier anderen Frauen gesagt, daß sie diese neue Frau als Schamane anzuerkennen hätten, mit den Ehrungen, die einem Schamanen gebührten, denn wenngleich sie eine solche Ehre vielleicht nicht für sich beanspruchte, so seien ihre Schnitzereien doch Beweis für ihre Kräfte.

Saghani hatte nicht gelogen. Die Frau war schön. Ihre Augen verliefen von der kleinen Nase schräg nach oben, ihre Brauen verliefen ebenfalls schräg, wie die Flügel eines Vogels. Ihre Haare waren lang und glatt, eingeölt, bis sie glänzten. Ihr Parka war ausgebeult von ihren Kindern, so daß er ihre Gestalt nicht erkennen konnte, nicht sah, ob sie schlank oder dick war, aber selbst wenn sie zu dünn wäre, es würde ihm nichts ausmachen, wenn sie ihm Söhne gebar. Zudem waren ihre Hände und Füße fleischig und wohlgeformt. Würde ihr Körper nicht ebenso sein?

Dyenen sah sie an und lächelte. Kiins Augen waren geweitet, ihr Mund offen, und nachdem sie einige Augenblicke gestarrt hatte, begann sie zu deuten und zu plappern und viele Fragen zu stellen. Dyenen wartete höflich, während Saghani ihre Fragen beantwortete, manchmal falsch, aber Dyenen unterbrach ihn nicht, weil Saghani ja immer noch nicht wußte, daß er die Sprache der Walroßmenschen sprach. Dyenen war froh, Kiin die Walroßsprache so gut sprechen zu hören. Er kannte nur wenige Worte von der Sprache der Ersten Menschen. Er wollte sie bitten, sie ihm an den langen Winterabenden beizubringen, wenn sie zusammen in seiner Behausung wären. Wie sonst würde ein Mann die Sprache erlernen? Die Ersten Menschen waren keine Händler. Die meisten schienen es zufrieden, auf ihren kleinen Inseln zu bleiben und Meerestiere zu jagen. Ihre Steinschläger machten Messer und Harpunenspitzen, die nur auf einer Seite abgeflacht waren, was bedeutete, daß sie das Wissen nicht besaßen, den Stein zu erhitzen, bevor sie ihn bearbeiteten, ein Wissen, das den Flußstämmen eigen gewesen war, solange ihre Geschichtenerzähler sich erinnern konnten.

Dann stellte Rabe Fragen und riß Dyenen aus seinen Gedanken.

»Wie viele Menschen sind in diesem Dorf?« fragte er.

»Zwanzig mal zehn im Sommer«, antwortete Dyenen, und er wartete, während Rabe der Frau Kiin berichtete, was er gesagt hatte.

Die Frau sah Dyenen an, verbarg die Augen nicht aus Schüchternheit oder Bescheidenheit, sondern sah in sein Gesicht und lächelte. Dyenen fühlte die Furcht sein Herz verlassen, so leicht, als wäre sie Eis, das in der Sonne schmolz.

An diesem Abend aßen sie zusammen, Dyenen, Lemmingschwanz und Rabe. Rabe beobachtete Lemmingschwanz genau, suchte ihren Blick, wenn sie etwas tat, das bei den Flußmenschen als unhöflich galt. Einmal wäre sie fast zwischen Dyenen und das Herdfeuer getreten, aber Rabe fing sie ab und zog sie durch den schmalen Eingangstunnel nach draußen, und als sie gingen, sagte er über die Schulter zu Dyenen: »Ich hätte ihr die Wege eures Volkes sagen sollen. Sie sind anders als unsere.«

Draußen fuhr Lemmingschwanz ihn an, die Lippen zurückgezogen, so daß sie ihre Zähne zeigte. »Bin ich ein Kind, daß du mich aus der Behausung zerrst?«

»Du hast ein rüdes Benehmen«, sagte Rabe.

»Du hättest mir diese Dinge vorher sagen sollen«, sagte Lemmingschwanz. »Ich bin nicht dumm.«

»Hättest du zugehört?«

»Ja. Ich möchte Dyenen eine gute Frau sein.«

»Dann hör jetzt zu«, sagte Rabe. »Es ist unhöflich, zwischen das Feuer und einen Menschen zu treten, der in der Behausung sitzt, sei es Mann oder Frau.«

»Sie sollten ihre Kochfeuer draußen haben wie das Walroßvolk, wie die Ersten Menschen.«

»Willst du zuhören oder dich beklagen?«

»Zuhören.«

»Frauen essen kein Fleisch von einem Bären.« Rabe wartete, daß Lemmingschwanz sprechen würde, aber sie sagte nichts.

»Frauen rühren die Waffen eines Mannes nicht an.«

»Das ist nicht anders als beim Walroßvolk«, sagte Lemmingschwanz.

»Gut, dann denke daran. Frauen essen, wenn ein Mann fertig ist, außer sie werden aufgefordert, mit ihm zu essen.«

Lemmingschwanz nickte.

»Frauen leben während ihrer Blutungen für sich in einer eigenen Behausung.«

»Das alles tun die Walroßmenschen auch.«

»Gut«, sagte Rabe. »Dann merke dir, daß die Walroß- und die Flußmenschen einst ein Volk waren. Ihr Unterschied liegt in der Sprache und in den Tieren, die sie jagen.« Er legte eine Hand auf seine Brust. »Im Herzen sind sie gleich.«

Lemmingschwanz tat einen langen Atemzug. »Ich will es mir merken.«

»Gut. Dann komm herein und sei höflich, und wenn er dich bittet, zu schnitzen, denke daran, was ich dir gesagt habe. Und denke daran, was wir geplant haben, wenn wir ihm die Kinder zeigen.«

Lemmingschwanz hob das Kinn und lächelte eigenartig, ein Lächeln, an das Rabe später in der Nacht denken sollte.

Als sie fertig gegessen hatten, bedeutete Rabe Lemmingschwanz mit einem Handzeichen, die Reste wegzuräumen. »Wo sind seine anderen Frauen?« flüsterte sie, aber Rabe gab ihr stirnrunzelnd zu verstehen, sie solle still sein, und als sie an ihm vorbeiging, packte Rabe ihren Fußknöchel und drückte so fest zu, daß seine Fingernägel Spuren auf ihrer Haut hinterließen.

Er und Dyenen sprachen von Dingen, die für Männer von Interesse waren, doch während er sprach und zuhörte, beobachtete Rabe Lemmingschwanz aus den Augenwinkeln, beobachtete sie, als sie in Vorratsbehältern und Körben aus Fischhaut kramte, in denen Essen aufbewahrt wurde.

Endlich setzte sich Lemmingschwanz still in die Ecke, ihren Parka ausgebeult von beiden Jungen. Sie saß auf eine Weise, die jeden Mann erfreuen würde, die Hände gefaltet, die Füße unter sich gezogen. Dyenen, der die Frau ansah, sagte zu Rabe: »Nun frage sie, ob sie bei mir bleiben will.«

Rabe drehte sich um und sagte zu Lemmingschwanz: »Er fragt, ob du bei ihm bleiben willst.«

»Ja«, sagte sie.

»Sprich mehr«, sagte Rabe, die Stimme zu einem Flüstern gesenkt.

Lemmingschwanz beugte sich vor. »Warum?«

»Aus Höflichkeit«, sagte Rabe. »Die Flußmenschen reden lange aus Höflichkeit.«

Lemmingschwanz legte die Stirn in Falten, dann hob sie eine Hand zu den Pfählen, die die Kuppel der Behausung bildeten, und sagte: »Alle Dinge hier sind gut. Das Dorf ist groß. Die Speisenischen sind gefüllt. Die Kinder lächeln, die Frauen sind dick. Diese Behausung ist die beste von allen Behausungen, und alle Behausungen sind gut. Dieser Mann hier, Dyenen, ist ein guter Mann. Sein Gesicht zeigt die Kräfte, die die Geister ihm gegeben haben. Seine Augen zeigen die Güte seines Herzens. Seine Hände zeigen die Jahre, die er als Jäger verbracht hat. Es ist eine Ehre für mich, seine Frau zu sein.«

Einen Augenblick lang sagte Rabe nichts. Die Worte von Lemmingschwanz waren eine solche Überraschung für ihn, daß seine Zunge in seinem Mund gefangen schien. Dann fragte sich Rabe, gegen ein Lächeln ankämpfend, ob die Mutter dieser Frau wohl genauso gewesen war wie Lemmingschwanz und mit jedem Mann geschlafen hatte, so daß Lemmingschwanz vielleicht die Tochter eines Flußmannes war, der zum Tauschen zu den Walroßmenschen gekommen war. Wer hätte besser sprechen können?

Also drehte er sich um und sagte zu Dyenen, was Lemmingschwanz zu ihm gesagt hatte, fügte hinzu, was er für hilfreich hielt, und wartete auf die Antwort des alten Mannes.

»Ich bin froh«, sagte Dyenen – schlichte Worte, gesprochen, als wäre Dyenen ein Walroßmann, kein Flußmensch. »Ich will sie nehmen, doch zuerst muß ich die Kinder sehen, und ich möchte sie beim Schnitzen beobachten. Dann wird sie meine Frau sein.«

76

DAS UGYUUNVOLK

Alaska-Halbinsel

»Ich habe Kiin gesagt, ich werde sie zu ihrem Mann bringen.« Adler sprach laut, um über das Stimmengewirr im *ulaq* des Häuptlings hinweg verstanden zu werden.

»Sie wäre tot, wenn du sie nicht gefunden hättest«, sagte der Häuptling. »Beide, sie und das Kind. Warum Gefahr laufen, den Zorn des Mannes zu erregen, weil das Kind verschwunden ist? Er denkt bestimmt, daß beide tot sind.«

»Sie sagt, ihr Mann wird mir Öl und Fleisch geben und viele Robbenhäute.«

»Was weiß eine Frau von den Wegen eines Mannes?«

Eine ruhige Stimme kam aus dem Hintergrund, die Stimme einer Frau, und obwohl erstaunt, weil eine Frau sprechen wollte, waren die Männer plötzlich still. »Wenn du sie nicht zurückbringst, wird sie allein gehen. Ich kenne sie. Sie wird nicht bleiben. Sie ist eine starke Frau. Welche Frau könnte überleben, was sie überlebt hat, nur mit Geistern allein an fremden Ufern?«

»Und wenn sie verflucht ist?« fragte einer von den Männern. »Wenn sie von ihrem eigenen Volk vertrieben wurde und Adler, indem er sie fand, ihren Fluch über uns gebracht hat?«

»Wenn sie verflucht ist, ist es besser, daß sie zum Ufer der Händler zurückgeht. Dann haben wir nichts zu befürchten.«

»Kleine Pflanze hat recht«, sagte ihr Mann. »Ich habe euch gesagt, ich will sie zurückbringen, und ich werde es tun. Meine Frau und ich fahren zusammen, mit *ik* und *ikyak*. Es ist besser so.«

Mehrere Leute nickten, doch der Vater von Kleine Pflanze stand auf, sah seine Tochter an und erhob die Stimme in vielerlei Zweifeln, ließ eine Frage auf die andere folgen. Die Antworten von Kleine Pflanze waren ruhig und entschlossen, bis der alte Mann keine Gründe mehr wußte, weshalb seine Tochter und ihr Mann bleiben sollten. »Geht, wenn ihr müßt«, sagte er. »Es wird besser sein, wenn sie nicht mehr bei uns ist.«

Darauf verließen Adler und Kleine Pflanze das *ulaq* und kehrten in ihre eigene Behausung zurück zu Kiin, die auf sie wartete, die Hände fest im Schoß verschränkt.

»Morgen brechen wir auf – wenn das Wetter gut ist«, sagte Adler. »Schlaft jetzt, ihr zwei. Nach Tagen des Paddelns werdet ihr erschöpft sein.«

Kiin konnte nicht schlafen. Ihre Gedanken waren angefüllt mit Sehnsucht nach Shuku und Takha und mit Furcht, daß Rabe zum Ufer der Händler gegangen war. Sie verließ ihren Schlafplatz und nahm ihr Schnitzwerkzeug zur Hand. Aus einem Stück Holz schnitzte sie eine Lumme, etwas, um es Kleine Pflanze für ihre Güte zu schenken. Denn wer weiß nicht, daß die Lumme, die ein Ei verliert, ein neues legt, um sich eine neue Möglichkeit für ein Vogelkind zu geben?

Als Kiin die Lumme vollendet hatte, kehrte sie zu ihrem Schlafplatz zurück, und endlich schlief sie ein, aber sie hatte seltsame Träume von ihrer Mutter, von Kayugh und Samiq, die bei Rabe lebten. Sie wachte von ihren eigenen Schreien auf, und als der Morgen kam, fühlte sie sich erschöpft.

Sie arbeitete emsig, um Essen und Vorräte für die Reise einzupacken, aber sobald sie *ik* und *ikyak* zu Wasser gelassen hatten und über den Sog der Brandungswellen hinaus gepaddelt waren, schienen Kiins Augen sich zu trüben, und ihre Gedanken verwoben sich mit den Paddelliedern, die Adler sang. Mit jedem Schlag ihres Paddels sagte sich Kiin, daß sie näher zu Samiq kam, näher zu Takha, und so hielt sie sich wach.

Sie kamen langsam voran, machten früh halt und brachen spät auf, und Kiins Ungeduld wuchs, als die Tage vergingen. Als das Ende des dritten Tages nahte, kamen sie zur Mündung der Bucht der Händler. Wäre sie allein gewesen, wäre Kiin sogar im Dunkeln weiter gepaddelt zum Dorf ihres Volkes, doch Adler sprach von Rast und der Notwendigkeit zu warten, die Nacht in Ruhe zu verbringen, in Vorbereitung auf das Wiedersehen mit Mann und Sohn.

»Du wirst den klaren Kopf brauchen, der mit dem Morgen kommt«, sagte Adler. »Und du wirst Geduld brauchen, um auf ihre vielen Fragen zu antworten.«

Kiin stimmte ihm zu, doch ihre Geisterstimme flüsterte: »Hat der Mann Angst? Denkt er, Samiq wird ihn wegen des Verlustes von Shuku mit Messer oder Speer zum Kampf herausfordern?« Und die beunruhigendste Frage: »Denkst du, Rabe ist dort, am Ufer der Händler?«

Er ist nicht dort, sagte sich Kiin. Wenn er gegangen wäre, um sich Takha zu holen oder Samiq herauszufordern, dann wäre der Kampf jetzt vorüber. Rabe würde zu seinem Volk zurückgekehrt sein. Es wird niemand am Ufer der Händler sein, nur mein eigenes Volk, meine Mutter und mein Vater, mein Mann und seine Frau Drei Fische. Mein Sohn Takha.

Während der Fahrt vom Ugyuundorf hatte Kiin versucht, nicht an ihre Söhne zu denken, aber als sie dem Ufer der Händler so nahe war, wie konnte sie ihre Gedanken von Takha fernhalten? Sie sah Takha als Säugling, der nicht gewachsen war seit der Zeit, als sie ihn verlassen hatte, und das ließ sie sich fragen, ob er noch am Leben war oder nicht. War er bei den Tanzenden Lichtern, wo er nicht mehr wuchs, wie ein Kind auf Erden wächst?

Und wenn er am Leben war, was würden Samiq und Drei Fische zu dem Verlust von Shuku sagen? Wenn Samiq und Drei Fische Takha für sie bei Kräften gehalten hatten, was würde Samiq denken, wenn er erfuhr, daß sie Shuku an Rabe verloren hatte?

Die Nacht wurde ihr lang, und Kiin schlief wieder nicht, ihre Gedanken waren wie die einer träumenden Frau, vermischten alle Bruchstücke ihres Lebens miteinander. Doch als das erste Sonnenlicht kam und sie und Kleine Pflanze wieder im *ik* waren, fühlte Kiin sich plötzlich stark, stärker als sie sich gefühlt hatte, seit sie auf den Vogelklippen gestürzt war.

Warum denken, daß alles schrecklich sein wird? fragte sie sich. Warum nicht glauben, daß Samiq und Drei Fische sich freuen werden, mich zu sehen, daß sie mir helfen werden, Shuku zurückzubekommen? So paddelte Kiin mit aller Kraft, und ein Lied entschwebte ihren Lippen, hielt sich im Takt mit ihrem Paddel, bis sie den ersten Rauchfleck von den *ulas* ihres Volkes sah. Sie roch brennendes Robbenöl, und schließlich hob sie ihr Paddel und deutete mit dem Blatt auf die Hügel, die von der Bucht her kaum sichtbar waren.

»Das Dorf«, sagte sie. Sie legte ihre ganze Kraft in ihre Augen, beobachtete den Strand, suchte die *ulas* ab. Dort war jemand nahe beim Wasser, ein Mann mit einem Speer und einem Speerwerfer in der Hand.

Sie beobachtete ihn eine Weile, bis sie ihn erkannte, dann rief sie Kleine Pflanze zu: »Es ist Samiq! Es ist Samiq!« Und die Worte waren wie eine Freudenflut in Kiins Herz, wie etwas Helles, Gutes, Strahlendes.

Dann beugte Kiin sich vor und stemmte die Füße auf den Boden des *ik*, als könnte sie es dadurch bewegen, schneller ans Ufer zu kommen. Sie hob die Stimme und rief: »Samiq! Samiq! Samiq!«

77

DIE ERSTEN MENSCHEN

Herendeen Bay, Alaska-Halbinsel

Langsam drehte Samiq sich um. Er hob eine Hand, um seine Augen zu beschatten, und stand vollkommen still, als wäre er eine Schnitzarbeit, die von Kiins Messer kam. Schließlich rief er Kiins Namen. Er ließ seinen Speer fallen, zog den Speerwerfer aus seiner Hand und rannte ins Wasser hinaus.

Dann waren seine Arme um Kiin, er zog sie an sich, drückte sie an seine Brust. Er murmelte ihren Namen, wieder und wieder, wie einen Gesang, wie ein Gebet. Kiin fühlte den starken, festen Schlag seines Herzens durch die Schichten ihrer Parkas. Dies ist wirklich, dachte sie. Es ist kein Traum. Ich bin hier bei Samiq. Rabe hat ihn nicht getötet.

Kiin strich Samiq die Haare aus dem Gesicht, schob ihn von sich und sagte: »Du mußt mich loslassen, sonst können wir das *ik* nicht an Land bringen.«

Und so ließ er sie los, um das *ik* ans Ufer zu holen, wartete, bis die Frauen ausgestiegen waren, dann zog er es weit hinauf auf den Sand. Wieder waren seine Arme um Kiin, und Kiin kümmerte es nicht, wer es sah – ihr Vater oder ihre Mutter, Kayugh oder Große Zähne. Es kümmerte sie nicht, was Adler dachte oder Kleine Pflanze. Nach einer langen Zeit hob Samiq sein Gesicht aus Kiins weichem dunklem Haar und sagte zu Adler: »Sie ist meine Frau.«

Adler lachte, dann winkte er Kleine Pflanze an seine Seite und sagte: »Meine Frau.«

Samiq machte sich von Kiin los. »Du und ich, wir haben Glück«, sagte er zu dem Ugyuunmann. Er sah Kiin an, und sie sah die Freude in seinen Augen und die Fragen.

»Wie bist du hierhergelangt?« fragte er. »Wie bist du aus dem Walroßdorf entkommen?«

»Ich bin gegangen«, sagte Kiin.

»Und Rabe?« fragte Samiq. »Ist er tot?«

»Nein, aber vielleicht denkt er, ich bin tot.« Ihr Herz klopfte wieder heftig, die Angst schlich sich in ihre Kehle, und Kiin fragte mit kleiner Stimme: »Takha?«

Bevor Samiq antworten konnte, waren viele Menschen am Ufer – Große Zähne und Kayugh und Erster Schnee, Krumme Nase und Blaue Muschel, Chagak und Rote Beere. Alle drängten sich um Kiin, alle lachten, die Frauen weinten, und Blaue Muschel und Kiin, Mutter und Tochter, hielten einander fest umschlungen.

Samiq lauschte, als Blaue Muschel Waxtals Verbannung von der Insel erklärte, hörte zu, als Kiin versuchte, die vielen Fragen über ihre Reise ans Ufer der Händler zu beantworten.

Samiq sah Drei Fische am Rande der Gruppe, Großer Wal auf ihren Rücken gegurtet, Takha auf die Hüfte geschlungen. Samiq sah die Unsicherheit in ihrem Gesicht, etwas wie Furcht in ihren Augen. Er trat an ihre Seite und legte einen Arm um ihren breiten Körper. »Du weißt, daß du immer meine Frau bist«, sagte er sanft.

Drei Fische sah ihn an, und einen Moment glaubte Samiq den Schimmer von Tränen in ihren Augen zu sehen, aber dann dachte er, nein, denn ihre Augen waren klar, und ihre Lippen lächelten.

»Sie wird Takha sehen wollen«, sagte Drei Fische.

»Ja, aber er wird sie nicht erkennen.«

»Bald wird er es verstehen.«

»Drei Fische ...«

Sie hob eine Hand und drückte die Finger sanft auf Samiqs Mund. »Nichts hat sich geändert«, sagte sie. »Kiin ist immer bei uns gewesen.« Dann beobachtete Samiq, wie Drei Fische sich durch die Menschen um Kiin schob und mit den Kindern stehenblieb.

»Takha«, sagte Kiin leise, und Tränen erstickten ihre Stimme.

Takha drehte den Kopf weg und verbarg das Gesicht im Fell des Parkas von Drei Fische, aber Drei Fische beugte den Kopf über das Kind und legte ihr Gesicht an sein dunkles Haar. »Das ist deine Mutter«, sagte sie ruhig. »Deine Mutter. Sie möchte dich sehen.« Drei Fische band die Schlinge auf, die Takha an ihrer Hüfte festhielt, und Kiin drückte das Kind an ihre Brust.

Drei Fische trat an Samiqs Seite, und beide hörten zu, als Kiin, während sie sich hin- und herbewegte, um Takha zu wiegen, mit ihrer Erzählung von ihrer Reise zum Ufer der Händler fortfuhr.

Dann flüsterte Drei Fische Samiq die Frage zu, die ihm noch nicht in den Sinn gekommen war: »Wo ist Shuku?«

»Ich könnte dir alles geben, was ich besitze«, sagte Samiq und breitete die Arme im Rund seines *ulaq* aus, »aber es wäre immer noch nicht genug für die Rückkehr meiner Frau.«

Adler schüttelte den Kopf. »Deine Frau ist eine gute Frau. Ich frage nicht, was sie wert ist, und ich bedaure nur, daß ich dir nicht auch deinen Sohn bringen konnte.«

Samiq hob eine Schale mit Brühe an die Lippen und blickte über den Rand auf den Ugyuunmann, der vor ihm saß. Er hatte die ungesunde Blässe des Ugyuunvolkes, das Aussehen von einem, der von einer Krankheit genas. Sprach der Mann die Wahrheit? Hatten Rabe und die Frau, dic bei ihm war, Shuku nur zufällig genommen, oder war das Kind getauscht worden? Kiin glaubte Adler. Samiq brauchte ihr nur in die Augen zu sehen, um das zu wissen. Aber selbst wenn Adler Shuku getauscht hatte, er hatte Kiin gebracht. Rabe hätte viel für Kiin gegeben, also sprach der Ugyuunmann wohl doch die Wahrheit. Aber warum war Rabe, als er Shuku hatte, nicht an das Ufer der Händler gekommen, um Kiin zu suchen? Es sei denn, er glaubte, daß Kiin tot war.

Die Ugyuunfrau sagte, Rabe hätte Kiin nicht gesehen, und er

hätte das Kind vermutlich gestohlen, weil er das Ugyuunkind nicht wollte, das man ihm ursprünglich im Tausch gegeben hatte.

Dann sagte die Ugyuunfrau, als hätte sie den Zweifel in Samiqs Gedanken vernommen: »Es ist wegen meiner Unachtsamkeit, daß dein Sohn verloren ist. Ich habe ihn ein paar Augenblicke allein gelassen, und als ich zurückkam, war statt Shuku der Sohn von Gebrochener Zahn dort auf dem Dach des *ulaq*.« Während sie sprach, ging sie mit kleinen Schritten zu ihrem Mann, bis ihre Beine sich an seinen Rücken drückten. Auch Kiin kam und stellte sich neben Samiq, Drei Fische aber blieb bei der Speisenische und schabte gehärtetes Fett in getrocknete Beeren.

»Wir sollten nichts nehmen«, sagte die Ugyuunfrau.

Aber der Ugyuunmann sagte schnell: »Nur, was deine Frau gegessen hat, als sie bei uns war.«

»Meistens war sie krank. Meistens hat sie nichts gegessen«, sagte die Frau. »Außerdem hat sie mir schon eine Schnitzarbeit gegeben.« Sie zog an einer Schnur um ihren Hals und hielt die geschnitzte Lumme hoch, die an der Kordel hing.

Das Gesicht des Ugyuunmannes verfinsterte sich, doch er sah Samiq an und sagte: »Ich verlange nichts, nur Essen und Unterkunft für meine Frau und mich für diese Nacht.«

Da glaubte auch Samiq, was der Mann und seine Frau sagten. Warum sollte ein Mann, wenn er ein Kind im Tausch weggegeben hatte, nichts für die Rückkehr einer Frau verlangen?

»Du sollst Öl haben und Fleisch und Robbenhäute«, sagte Samiq. »Du sollst Messer und Körbe und Bodenmatten haben. Immer, wenn du dieses Weges kommst, am Ufer der Händler vorbei, werdet ihr eine Bleibe haben, du und die, die mit dir kommen. Indem ihr uns Kiin zurückgebracht habt, seid ihr unsere Brüder geworden. Wenn du mich als Bruder annehmen willst ...«

Der Ugyuunmann lächelte und seine Frau auch. »Brüder«, sagte er, und er hob seine Schale an die Lippen und trank einen langen Zug.

Bei all dem Reden, dem Lachen, in der Menge der Menschen, die sein *ulaq* füllten, sogar durch den Schmerz hindurch, den Samiq über den Verlust von Shuku empfand, war Kiin in seinem Sinn, ihr Name wie ein Lied in seinen Gedanken: Kiin in seinen Armen, Kiin in seinem Schlafplatz.

Er konnte die Zeichen von ihrer Krankheit sehen. Ihre Arme waren dünn, ihr Gesicht war abgespannt, ihr Haar stumpf. Die Narben von ihrem Sturz auf den Eierklippen waren leuchtend rosa, ihre abgerissenen Fingernägel noch nicht nachgewachsen, aber er wollte sie festhalten, seine eigene Kraft in ihren Körper fließen lassen. Doch was konnte er anderes machen, als hier bei all den Menschen zu bleiben, so zu tun, als würde er sich anhören, was sie sagten, zu versuchen, Fragen zu beantworten?

»Bist du glücklich?« Es war seine Mutter Chagak, ihre Hände und Arme waren beladen mit Gefäßen mit getrocknetem Fisch, geräuchertem Fisch und frischen Seeigeln, die Schalen geknackt, die Stacheln abgeschlagen.

»Ich bin müde«, sagte Samiq und lächelte, um die Worte abzuschwächen.

Sie wollte etwas sagen, aber einer der Männer bat um Essen, und sie verschwand. Dann sprach Kayugh, mit lauter Stimme, um sich über die anderen Stimmen Gehör zu verschaffen.

»Adler und Kleine Pflanze werden in meinem *ulaq* bleiben«, sagte er. »Ich bitte um die Ehre, weil sie meine Tochter zurückgebracht haben. Alle sollen kommen. Ich habe viel Essen.« Kayugh führte die zwei aus Samiqs *ulaq*, Chagak folgte, und bald waren auch alle anderen gegangen, sogar Drei Fische.

Eine Weile beschäftigte sich Samiq damit, Gefäße aufzuheben, Bodenmatten glattzuziehen. Er blickte auf und sah, daß Kiin ihn beobachtete, lächelnd, wie eine Mutter über etwas lächeln mochte, das ihr Kind tut, und dann war sie in seinen Armen. Ihre warmen Brüste, noch hart von Milch für Shuku, drückten sich an seine Brust. Er schob seine linke Hand unter die Wärme ihrer langen Haare, die Wölbung ihres Rückens hinauf zu ihrem Hals.

»Meine rechte Hand«, sagte er und hielt die gebogenen Finger hoch, damit sie sie sehen konnte.

»Es stört mich nicht, was mit deiner Hand ist«, sagte Kiin und drückte ihren Bauch an sein männliches Teil. Sie lachte leise, und er hob sie auf seine Arme und trug sie in seinen Schlafplatz.

78

Leise ging Drei Fische zu jedem Mann und jeder Frau in Kayughs *ulaq*, leise bat sie sie, sich anzuhören, was sie zu sagen hatte.

Als Drei Fische zu Chagak kam, blickte Chagak der Frau fest ins Gesicht, versuchte zu erkennen, ob ihre Augen voll Kummer oder voll Zorn waren, aber sie sah nur Sorge. Sie hatte gewartet, bis Drei Fische mit jedermann im Dorf gesprochen hatte, eine so kleine Gruppe, daß es Chagak vor Furcht das Herz zusammenzog. Wie konnten sie weiterleben, mit so wenig Jägern, so wenig Frauen? Aber, sagte sie sich, wir sind bis jetzt am Leben geblieben, und es ist nicht von Nachteil, daß unser Dorf am Ufer der Händler ist.

Schließlich begann Drei Fische zu sprechen. Ihre Worte waren langsam, aber laut, und sie hatten noch den schweren Tonfall der Waljäger. »Ich bin nur eine Frau«, sagte sie, »nicht einmal eine von eurem Volk, aber ich bin diejenige, die sprechen muß, weil ich Frau von Samiq, Mutter von Takha und Schwesterfrau von Kiin bin.«

Chagak hörte die Worte, aber sie sah auch, als wären ihr zum ersten Mal die Augen aufgegangen, die Frau, die Drei Fische geworden war, sanfter, da sie Mutter von drei Kindern, stärker, da sie Frau des *alananasika* war.

»Kiin kommt zu uns in Freude, weil sie zu ihrem Volk zurückkehrt. Sie kommt zu uns in Schmerz, weil sie Shuku verloren hat. Ich bin nun schon drei Sommer Frau von Samiq. Ich kenne ihn. Ich weiß, was er tun wird. Er wird zum Dorf des Walroßvolkes gehen. Er wird mit Rabe um seinen Sohn kämpfen. Samiq ist jetzt stärker, und er hat gelernt, gut mit seinem Messer umzugehen. Er könnte Rabe töten, aber vielleicht wird Rabe ihn töten. Es ist genug, daß wir einen Mann durch Rabe verloren haben. Wir können Samiq nicht gehen lassen. Er hat hier drei Söhne, und wir haben nicht genug Jäger. Wenn er getötet wird, wie wollen wir leben?«

»Wie können wir ihn aufhalten?« fragte Kayugh. »Ich bin sein Vater, aber er ist *alananasika.* Kann ich zu ihm sagen, ›du mußt hierbleiben. Du mußt einen Walroßmann deinen Sohn als seinen eigenen aufziehen lassen‹? Kann ich Samiq behandeln, als wäre er ein Junge?«

Chagak hörte die Qual in den Worten ihres Mannes. Der Verlust von einem Sohn war genug. Samiq zu verlieren, dieser Gedanke schien ihr die Seele aus der Brust zu reißen.

»Wenn wir alle zu ihm gehen, wenn wir ihn alle um dasselbe bitten – daß er hierbleibt –, würde er bleiben?« fragte Große Zähne.

Seine Frau Krumme Nase schüttelte den Kopf. »Du weißt, daß er nicht bleiben würde«, sagte sie.

Niemand sprach, und als das Schweigen lang wurde, schien es Chagak, daß Drei Fische sich in sich zurückzog, kleiner und kleiner wurde, als wäre sie eine alte Frau, die ihren Körper im Verlangen nach der nächsten Welt verlor. Dann stand am äußeren Rand des Kreises Blaue Muschel auf. Sie wartete, bis sich aller Augen ihr zugewendet hatten.

Im Licht der Öllampe war Blaue Muschel beinahe die junge Frau, wie sie Chagak in Erinnerung hatte, als Kayugh und seine Leute einst an Shuganans Ufer gekommen waren. Damals war Blaue Muschel die schönste Frau gewesen, die Chagak je gesehen hatte. Ihr Bauch war geschwollen von ihrer Tochter Kiin.

Ihr Mann Grauer Vogel – Waxtal – hatte die Fröhlichkeit und Schönheit noch nicht aus ihr herausgeprügelt. Und jetzt, nach Monden, die sie Frau von Große Zähne war, hatte sie ihren furchtsamen Blick verloren. Sie hatte genug zu essen und keine Angst vor Schlägen, keine Scham, weil sie einen Mann hatte, der aß, aber nicht jagte.

»Ich habe einen Plan«, sagte Blaue Muschel, und sie sah ihren Mann Große Zähne an, sah ihre Schwesterfrau Krumme Nase an. »Es ist Zeit gewesen, Robben zu jagen und Wurzeln zu sammeln. Die Händler werden bald an dieses Ufer kommen.« Blaue Muschel streckte die Hände aus, die Handgelenke aneinandergelegt. »Wenn die Walroßmenschen kommen, verkauft mich als Sklavin an sie.«

Große Zähne sprang auf. »Ich werde dich niemals verkaufen. Warum sollte ich so etwas tun?«

Blaue Muschel drehte sich zu ihrem Mann um und sagte: »Ich will Shuku finden und ihn hierher zurückbringen, zu uns. Ich bin stark. Ich kann das tun. Wir haben die Geschichte von Kiins Reise gehört, wie sie von der Bucht des Walroßvolkes fortgegangen ist.«

»Sie wäre fast gestorben«, sagte Krumme Nase.

»Du bist nicht jung. Du kannst nicht so weit gehen«, sagte Erster Schnee.

»Aber wir wußten nicht, daß Kiin kam. Wenn ihr wißt, daß ich komme, werdet ihr euer *ikyak* bringen, um mich zu holen. Ich werde nicht so weit gehen müssen wie Kiin.«

»Ich werde meine Frau niemals als Sklavin verkaufen«, sagte Große Zähne wieder.

»Sag nicht nein zu mir«, sagte Blaue Muschel. »Shuku ist mein Enkelsohn. Eines Tages wird er ein Jäger sein. Ich bin nur eine alte Frau, jenseits der Jahre, da ich Söhne und Töchter geben kann. Laßt mich dies geben. Als Vergeltung für diese Monde, in denen ich gut gelebt habe, ohne Schläge, ohne einen Mann, der mich mit jedem Atemzug verflucht.«

Und es schien Chagak, als ob Blaue Muschel plötzlich größer geworden wäre, so groß wie ein Jäger, der Fleisch mitbringt. Wenn es ihr gelänge, wenn sie Shuku zu ihnen zurückbringen könnte, würde dann nicht eines Tages, wenn er ein Jäger wäre, jedes Tier, das er mitbrachte, auch Blaue Muschel gehören?

Dann sprachen alle auf einmal, machten Pläne, die Stimmen laut und leise, streitend und flehend. Und der Lärm brachte Chagaks Geist Hoffnung, daß Shuku zu ihnen zurückkommen würde, daß sie endlich ihre ganze Familie hier haben würde, am Ufer der Händler.

In Samiqs Schlafplatz sahen Kiin und Samiq niemanden, hörten sie niemanden außer einander. Obwohl Samiqs rechte Hand verkrüppelt war, benutzte er sie zum Liebkosen, Kiins Brüste und Bauch zu streicheln, während seine linke Hand sich in langsamen Kreisen im weichen Fleisch zwischen ihren Beinen bewegte.

Als Samiq sie schließlich nahm, konnte Kiin die Tränen nicht in ihren Augen zurückhalten. Im Dunkeln berührte sie Samiqs Gesicht und merkte, daß auch er weinte, seine Wangen und Augenwimpern waren naß. Sie bewegten sich zusammen, Kiin erfuhr wieder die Freude, Frau zu sein. Und für kurze Zeit fühlte sie nicht den Schmerz über den Verlust von Shuku.

Spät am Abend kehrte Drei Fische in das *ulaq* zurück. Sie nahm ihren Sohn Großer Wal aus seinem Trageriemen unter ihrem Parka und legte ihn in die Wiege, die Samiq für ihn gemacht hatte. Sie hängte sie an die Sparren ihres Schlafplatzes. Takha lag mit dem Gesäß nach oben in ihre Schlafdecken gekuschelt. Irgendwann im Laufe des nächsten Mondes, wenn er begriff, daß auch Kiin seine Mutter war, würde er in Kiins Schlafplatz gehen, und dort würde er bleiben, bis er fünf, sechs Sommer zählte und alt genug war, um allein zu schlafen.

Jemand war auf dem *ulaq* zu hören, dann waren die flinken Füße von Kleines Messer auf dem Kletterstamm.

»Wir sind alle hier«, sagte Drei Fische, »alle außer Shuku.

Und bald wird auch er kommen.« Sie sah einen Moment zu Samiqs Schlafplatz hinüber, und ihre Augen starrten, als könnten sie durch Wände und Vorhänge sehen.

Kleines Messer blickte ebenfalls dorthin, lächelte und sagte: »Es ist gut.«

79

DIE FLUSSMENSCHEN

Kuskokwim River, Alaska

»Zieh deinen Parka aus. Er möchte dich sehen«, sagte Rabe.

Lemmingschwanz stand auf und legte langsam den Parka ab, schwenkte ihre Hände und Arme, als würde sie tanzen. Rabe drehte den Kopf fort, doch ihre aufreizenden Bewegungen zogen ihn immer wieder an. Er tat einen langem Atemzug. Lemmingschwanz war in vieler Hinsicht eine unzulängliche Frau, aber in seinen Schlafdecken würde sie ihm fehlen.

Rabe sah Dyenen an. Der Mann saß mit halb geschlossenen Augen, die Hände schlaff im Schoß. Lemmingschwanz fuhr mit den Händen ihre Beine hinunter. Sie streifte ihre Stiefel ab, zog ihre Gamaschen aus. Sie drehte sich dreimal, trug nur ihre Grasschürzen, vorne und hinten.

»Ihre Beine«, sagte Dyenen. Er beugte sich zu Rabe vor und zeigte auf das tätowierte Muster aus Dreiecken und Punkten, das ihre Beine von den Knien bis zu den Fesseln bedeckte. »Ist es bei den Walroßfrauen Brauch, ihre Beine mit Malen zu zeichnen?«

Rabe streckte die Hände aus, die Innenseite nach oben. »Bei manchen. Es verleiht Schönheit, nicht wahr?«

Der alte Mann hob die Augenbrauen. »Verleiht es Stärke?« fragte er. »Hilft es bei der Geburt?«

Die Fragen ärgerten Rabe, und er sagte: »Wer kann sagen, warum Frauen solche Dinge tun? Wenn eine Frau einem Mann gefällt, wen soll es kümmern?«

»Ich möchte eine starke Frau«, sagte Dyenen.

Lemmingschwanz band ihre Schürzen auf und ließ sie auf die Erde fallen. Sie stand breitbeinig, die Hüften vorgeschoben, aber Dyenen schien es nicht zu bemerken.

»Findest du hieran keinen Gefallen?« fragte Rabe.

Dyenen grinste ihn an, das Lächeln eines Jungen im Gesicht eines alten Mannes, und Rabe fing an zu lachen. Er mußte daran denken, daß Dyenen als Händler hier war. Warum Schmeicheleien erwarten?

»Sie ist gut«, sagte Dyenen.

Rabe schnippte mit einer Hand zu Lemmingschwanz hinüber und sagte zu ihr: »Zieh deine Kleider an. Laß ihn die Kinder sehen.«

Bevor sie mit ihrem Tanz begann, hatte Lemmingschwanz die Kinder in den hinteren dunklen Teil der Behausung gelegt. Sie ging nun zu ihnen, noch während sie ihre Schürzen zuband und Gamaschen und Stiefel überstreifte.

Rabe hatte entschieden, daß Lemmingschwanz beim Vorzeigen der Kinder jedes für sich bringen sollte, damit Dyenen den Unterschied zwischen ihnen möglichst nicht bemerkte. Zuerst brachte sie Maus, und der Junge klammerte sich an sie. Er schlang seine Arme fest um ihren Hals, seine Beine um ihren Körper, bog gar die Füße einwärts, um sich an seiner Mutter festzuhalten.

»Das ist ...« begann Rabe in der Sprache der Flußmenschen.

»Takha«, sagte Lemmingschwanz und sah Rabe starr in die Augen.

»Takha«, sagte Rabe.

Lemmingschwanz reichte Dyenen das Kind. Der alte Mann nahm den Jungen und hielt ihn auf Armeslänge von sich, dann gab er ihn ihr zurück.

»Bitte sie, ihm Parka und Gamaschen auszuziehen«, sagte Dyenen zu Rabe. Rabe schnippte mit den Fingern zu Lemmingschwanz hinüber. »Zieh ihm seine Kleider aus«, sagte er zu ihr.

Lemmingschwanz setzte sich und nahm den Jungen auf den Schoß, zog ihm den Parka aus und strich die Haare zurück, streifte ihm die Gamaschen ab und stellte ihn auf seine stämmigen Beine. Einen Augenblick blieb er stehen, dann plumpste er auf seinen Hintern. Er sah zu Dyenen hoch, dann fing er an zu lächeln und klatschte in die Hände. Dyenen hockte sich hin und streckte seine Arme aus. Das Kind kroch zu dem alten Mann und zog sich hoch, indem es sich an Dyenens Arm festhielt.

»So, dann laß uns jetzt den Bruder sehen«, sagte Dyenen zu Rabe.

Für einen Moment schnellten Rabes Augen zu Lemmingschwanz, und sie sagte zu ihm: »Ich sollte Maus zuerst anziehen.«

»Sie möchte diesen hier zuerst anziehen«, sagte Rabe zu Dyenen, dann begann er ein Gespräch über das Fischen von Lachsen und die Laichwanderung der Fische im Sommer. Das Dorf war überfüllt mit Fischgestellen, an denen rote Lachsstreifen zum Trocknen hingen.

Dyenen hielt schließlich eine Hand hoch, um das Gespräch zu beenden, dann stand er auf und verließ die Behausung. Am Eingangstunnel drehte er sich um und sagte: »Ich bin bald zurück.«

Rabe beugte sich vor, um zu beobachten, wie der alte Mann durch den Tunnel kroch, dann drehte er sich wieder zu Lemmingschwanz um und fragte: »Der Ugyuunjunge, schläft er?«

»Ich habe ihm die Medizin gegeben, die du von Großmutter und Tante bekommen hast«, sagte sie. »Er hat den ganzen Tag geschlafen.«

»Gut«, sagte Rabe und wartete dann schweigend, bis Dyenen zurückkehrte.

Als der alte Mann in die Behausung kam, hatte er die Hände voll mit getrocknetem Lachs. Jeder Fisch war halbiert, die Hälften am Schwanz noch miteinander verbunden. Das Fleisch war fünf- oder sechsmal kreuzweise eingeschnitten, wurde aber von der Haut zusammengehalten. Dyenen gab Rabe einen Fisch und Lemmingschwanz einen, dann setzte er sich hin und riß ein wenig Fleisch von dem Fisch herunter, den er für sich behalten hatte.

Rabe beobachtete den alten Mann und tat, was er tat, riß einen Brocken Fleisch heraus und steckte es in den Mund. Das Fleisch war an den Rändern getrocknet, aber in der Mitte noch feucht.

Dyenen nickte Lemmingschwanz zu und sagte zu Rabe: »Laß sie das andere Kind herbringen.«

Rabe gab Lemmingschwanz, die angefangen hatte, ihren Fisch zu essen, ein Handzeichen. Sie seufzte, legte den Fisch weg und ging zu dem Kind. Sie hob es auf, hielt es Dyenen hin. »Er schläft«, sagte sie.

Rabe sagte: »Ich bedaure, daß er schläft. Die Reise hierher muß ihn ermüdet haben.«

Dyenen betrachtete das Kind und ließ dann seine Augen zu Rabe schweifen. »Sein Name?«

»Shuku«, sagte Rabe.

»Shuku«, wiederholte Lemmingschwanz.

»Zieh seinen Parka aus, laß mich diesen Jungen sehen«, sagte Dyenen.

»Zieh ihm seine Kleider aus«, sagte Rabe zu Lemmingschwanz und runzelte die Stirn, als die Frau zögerte. Schließlich legte sie das Kind zwischen ihnen auf die Erde, hielt Maus mit einer Hand zurück, als er sich vorbeugte, um das Gesicht des schlafenden Kindes zu knuffen.

Sie zog Shuku Gamaschen und Parka aus.

»Seine Kleider sind anders«, sagte Dyenen zu Rabe.

»Ein Geschenk von einem Händler«, erklärte Rabe ihm, dann sagte er in der Sprache der Walroßmenschen zu Lemmingschwanz: »Einen schönen Tausch hast du mit Shukus Parka gemacht.«

Lemmingschwanz nickte zum Zeichen, daß sie verstanden hatte, hielt aber den Kopf gesenkt. Als sie Shuku ganz ausgezogen hatte, reichte sie ihn Dyenen.

»Er ist größer«, sagte Dyenen.

»Kiin sagt, er ißt mehr«, erwiderte Rabe. »Er ist auch kräftig. Wenn er wach ist.« Rabe lachte, beugte sich vor und legte eine Hand auf den Kopf des Kindes, doch als er ihm ins Gesicht sah, war es, als ob ein Geist ihm das Herz zerquetschte.

Der Junge war Shuku, Kiins Sohn!

Einen Augenblick konnte Rabe nicht denken, nicht sprechen. Plötzlich mußte er würgen von dem Fisch, den er im Mund hatte, würgen und husten, bis Lemmingschwanz das Kind allein ließ und zu ihm kam, um ihm mit beiden Händen auf den Rücken zu klopfen. Schließlich war sein Hals frei. Rabe atmete schaudernd ein und stand auf.

Wieder betrachtete er das Kind. Es war Shuku, ohne Zweifel. Wie waren sie an Shuku gekommen? War Kiin in das Dorf der Walroßmenschen zurückgekehrt und hatte Lemmingschwanz ihren Sohn gegeben? Nein, das hätte ihm jemand gesagt. War Shuku von einem der Walroßjäger lebend gefunden worden? Nein, auch das würde ihm jemand erzählt haben. Aber wenn nun einer von den Ugyuunmenschen Shuku gefunden hatte? Vielleicht hatte der Ugyuunvater, bevor sie das Dorf verließen, beschlossen, seinen eigenen Sohn zu behalten und ihnen statt dessen das gefundene Kind gegeben, Shuku.

Nein, dachte Rabe. Kiin muß am Leben sein. Sie muß bei den Ugyuunmenschen gewesen sein. Irgendwie hatte Lemmingschwanz es erfahren und Shuku an sich genommen ... Warum hatte sie es ihm nicht erzählt? Aber Rabe kannte die Antwort auf seine Frage. Lemmingschwanz war nicht dumm. Sie hatte gewußt, daß er sie bei den Ugyuunmenschen gegen Kiin eintauschen würde. Aber warum Shuku überhaupt mitnehmen? Warum Gefahr laufen, sich Rabes Zorn zuzuziehen? Dachte sie, Shuku trüge die Geisterkräfte seiner Mutter in sich, genug

Macht, um Rabes Augen zu blenden, um sich Geborgenheit bei dem Flußvolk zu sichern?

»Fremde Geister«, murmelte Dyenen, indem er auf Rabes Hals und Brust zeigte.

»So«, sagte Rabe, die Stimme schwach vom Würgen. Er räusperte sich und fragte: »Diese Kinder, diese Frau, gefallen sie dir?«

Dyenen saß ganz still. Schließlich sagte er: »Alle Dinge sind gut, aber ich möchte die Frau schnitzen sehen.«

Während Lemmingschwanz Shuku anzog, fragte Rabe Dyenen: »Haben deine Männer meine Packen gebracht? Kiins Schnitzwerkzeug ist darin.«

Dyenen zeigte auf die andere Seite der Behausung. »Deine Packen sind unter den Karibuhäuten. Meine Frauen wissen, daß es deine sind.«

Rabe durchstöberte die Packen, bis er den fand, der die Messer enthielt, die er eingepackt hatte: ein Frauenmesser mit einer stumpfen Klinge zum Glätten, ein gebogenes Messer mit einer schmalen Klinge für Feinarbeiten, einen Grabstichel und einen spitzen Bohrer. Er hatte sorgsam darauf geachtet, alte Messer einzupacken. Kiin schnitzte seit langer Zeit. Ihre Messer mußten gebraucht aussehen.

Er hob auch einen Korb auf, einen, der Kiin gehört hatte. Der Korb war voll mit Holz und Elfenbein und enthielt zudem einige Schnitzarbeiten, die Kiin schon zu gestalten begonnen hatte. Er brachte Korb und Werkzeug zu Lemmingschwanz und stellte sie neben sie hin. Sie hielt beide Jungen auf dem Schoß. Maus saugte, aber Shuku schlief immer noch. Rabe richtete seine Augen auf Shuku.

Der Anblick von Shukus Gesicht bereitete Rabe Unbehagen. Welche Geister waren hier am Werk? Wie konnte so etwas geschehen? Er hatte viele Fragen für Lemmingschwanz. Die Frau sollte nur ja gute Antworten haben.

»Schnitze«, sagte er zu ihr.

»Die Kinder trinken«, entgegnete Lemmingschwanz.

»Maus trinkt«, sagte Rabe und nahm ihr das Kind fort. Der Junge streckte die Arme nach seiner Mutter aus und begann zu wimmern, sperrte den Mund weit auf, als sein Weinen sich zu einem Heulen steigerte.

»Ich nehme ihn«, sagte Dyenen.

Rabe reichte ihm das Kind. Dyenen nahm ein kleines Stück Fisch und legte es auf die Zunge von Maus. Der Junge machte den Mund zu und öffnete erstaunt die Augen. Er hörte auf zu weinen, steckte die Hände in den Mund, nahm den Fisch heraus, betrachtete ihn und lutschte ihn von seinen Fingern.

Rabe sah zu, als Lemmingschwanz die Schnitzmesser aus Kiins Korb nahm. Ihre Hände zitterten, und Rabe hoffte, daß Dyenen es nicht bemerkte. Aber warum sich sorgen? Selbst der richtigen Kiin würde angst und bange sein, wenn sie schnitzen müßte, um sich einen Mann zu verdienen.

Lemmingschwanz kramte in den Elfenbeinstücken, und bei jeder Bewegung ihrer Hände wurde es Rabe eng in der Brust. Schweiß juckte unter seinen Armen. Er hatte die Stücke in eine bestimmte Ordnung gebracht. Wenn Lemmingschwanz sich nicht vorsah, würde sie ihre Pläne verderben.

Aber nein, sie zog das richtige Stück heraus – einen langen Span vom Stoßzahn eines Walrosses, noch kaum gestaltet, auf einer Seite braun und fleckig. Sie zögerte einen Moment, hielt das gebogene Messer über dem Stoßzahn bereit. Dann schabte sie einen dünnen Elfenbeinring herunter.

Rabe hatte die Frau dies an den Abenden, als sie ihr Lager aufgeschlagen hatten, üben lassen. Es war nicht schwierig, erforderte lediglich sichere Hände und Geduld, aber Lemmingschwanz war keine geduldige Frau, und Rabe hatte ihre Klagen ertragen. Er dachte an dieses Winseln zurück, als er sie jetzt bei der Arbeit beobachtete. Er mußte Erinnerungen an Nächte fortschieben, die sie zusammen verbracht hatten, mußte das Bedauern fortschieben, daß er die Frau nie wieder zwischen den Schlafdecken unter sich haben würde.

Lemmingschwanz blinzelte ihm zweimal zu, und Rabe beugte

sich zu Dyenen vor, um ihm den Blick zu versperren. Rabe sprach zu dem Kind, das auf Dyenens Schoß spielte. Sie hatten nicht damit gerechnet, daß Maus helfen würde, den Mann abzulenken, aber das Kind machte die Sache leichter, und bis Rabe wieder neben dem alten Mann saß und Dyenen eine deutliche Sicht auf Lemmingschwanz erlaubte, hielt sie ein anderes Stück Elfenbein in der Hand, eines, das Kiin selbst gestaltet hatte, den Anfang von einer Robbe oder einem Seelöwen.

Lemmingschwanz hielt den Kopf über ihre Arbeit gebeugt. Ihre Haare waren offen von ihrem Tanz, sie fielen um ihr Gesicht und über ihre Hände, so daß vieles von dem, was sie tat, schwer zu erkennen war. Am Ende sah sie Rabe wieder an, blinzelte wieder zweimal. Rabe stand auf, streckte sich, sagte zu Dyenen: »Wir sollten spazierengehen. Wir müssen nach draußen, die Sterne sehen.«

Dyenen schüttelte den Kopf. »Ich möchte zuschauen«, sagte er.

Und als Lemmingschwanz Rabe mit fragenden Augen ansah, konnte er nur den Kopf schütteln und hoffen, daß ihr etwas einfallen würde, um den Wechsel zu vollziehen. Der Unterschied zwischen diesem Stück Elfenbein und dem nächsten war zu groß, um es zu wagen, die Stücke auszutauschen, während der alte Mann in der Behausung war. Lange Zeit verharrte Lemmingschwanz mit gesenktem Kopf, bis Rabe abermals zu Dyenen sagte: »Du siehst, daß sie schnitzt, aber du kannst nicht erwarten, daß die Frau eine Schnitzarbeit an einem Abend vollendet.«

»Dann werden wir die Nacht über zusehen«, sagte Dyenen.

Lemmingschwanz sah zu Rabe auf, und Rabe sagte zu ihr: »Dyenen sagt, er will die Nacht über zuschauen. Wie lange du auch immer brauchst.«

»Sag ihm, ich muß meinen Sohn – meine Söhne – füttern«, erwiderte Lemmingschwanz.

»Sie muß die Kinder füttern«, sagte Rabe zu dem alten Mann.

»Warum?« fragte Dyenen. Er legte die Hände um Maus und

ließ ihn auf seinem Schoß reiten. Maus kicherte. »Der hier ißt Fisch«, sagte Dyenen. »Der andere schläft.«

»Er sagt, sie sind nicht hungrig«, erklärte Rabe Lemmingschwanz.

Lemmingschwanz legte ihr Schnitzwerkzeug hin und umfaßte ihre Brüste mit den Händen. »Ich habe Schmerzen von zuviel Milch«, sagte sie.

Rabe zeigte nur hin, sagte nichts.

Dyenen warf den Kopf zurück, murmelte etwas, das Rabe nicht verstand, und übergab Maus an Lemmingschwanz. Lemmingschwanz nahm das Kind an sich, huschte geschwind fort von den Männern und lehnte sich an einen von Rabes Handelspacken.

»Wollen wir nun gehen?« fragte Rabe und fühlte, wie ihm eine Last vom Herzen fiel, als der alte Mann sich auf die Füße stemmte.

»Und werden wir reden von Händler zu Händler?« fragte der alte Mann.

»Ja«, antwortete Rabe und ging voran aus der Behausung in die kühle Nachtluft.

80

Lemmingschwanz stillte Maus und versuchte gleichzeitig, Shuku aus seinem tiefen Schlaf zu wecken.

»Was hast du mir gegeben, alte Frau?« sagte sie laut. »Er schläft zuviel. Der alte Mann, er wird merken, daß etwas nicht ist, wie es sein soll.« Sie beugte sich über Shuku. Der Atem des Jungen war so flach, daß sie einen Augenblick fürchtete, er würde überhaupt nicht atmen. Aber dann tastete sie die weiche Haut seines Halses ab und fühlte seinen Herzschlag. Sie seufzte vor Erleichterung, nahm das Kind hoch, schob ihre Brustwarze zwischen seine Lippen und drückte ihre Brust, bis ein Tropfen Milch in seinen Mund sickerte.

»Trink, Kind, trink«, sagte sie, und endlich fing Shuku an zu saugen.

Mit beiden Jungen huschte sie zu ihrem Schnitzwerkzeug. Sie versteckte das gestaltete Elfenbein auf dem Boden des Korbes und nahm ein drittes Stück heraus. Kopf und Augen einer Robbe waren schon zu erkennen. Sie benutzte das stumpfe Frauenmesser, um das Elfenbein zu glätten, drückte sanft auf den Rand der Klinge.

»Das ist nicht schwer, Kiin«, sagte sie. »Du hast uns weisgemacht, du hättest Geisterkräfte. Ha! Ich kann so gut schnitzen wie du.« Aber ihr Messer rutschte ab und rillte das Elfenbein, und Lemmingschwanz schwieg still, biß sich auf die Unterlippe und arbeitete langsamer.

»Sie ist so schön, wie ich dir erzählt habe«, sagte Rabe.

»Ja, Saghani, aber das eine Kind. Es schläft zuviel. Ist es krank?«

»Nein, Shuku ist größer und stärker als Takha.« Rabe sah auf, sein Blick wurde angezogen von den vielen schönen Behausungen des Flußdorfes. Der alte Mann begann wieder zu sprechen, und obwohl Rabe sich gebot, zuzuhören, aufmerksam zuzuhören, schweiften seine Gedanken ab. Der Schrecken des Erkennens, daß Shuku Shuku war, schien sich über seinen Verstand zu legen wie Nebelschwaden.

»Saghani ... Saghani?« Die Hand des alten Mannes schob sich dicht an Rabes Arm, verweilte dort, als wollte er ihn berühren, um seine Aufmerksamkeit zu wecken.

»Verzeih«, sagte Rabe. »Ich habe dich nicht gehört. Meine Gedanken wandern. Es ist kein einfacher Entschluß, den ich getroffen habe, diese Frau und ihre Söhne aufzugeben. Sie bedeutet unserem Volk sehr viel.«

Dyenen nickte, sagte aber nichts. Er lenkte ihre Schritte im

Kreis um das Dorf, ging langsamer, wenn sie zu gefüllten Speisenischen oder Gestellen kamen, auf denen Fleisch getrocknet wurde.

Als er schließlich sprach, sagte Dyenen: »Es ist ein guter Ort zum Leben für Kinder.«

»Ja.«

»Eine Frau würde viele Freundinnen finden und niemals hungrig sein.«

»Ja.«

»Wir sind uns also einig: Wenn ich sterbe, werden die zwei Söhne zum Walroßvolk zurückkehren, und die Frau tut, was sie will. Aber alle Söhne, die sie mir gibt, werden hier beim Flußvolk bleiben.«

»Ja.«

»So, dann ist der Handel abgeschlossen.«

»Und du wirst mir die Geheimnisse des Rufens von Tieren sagen, der Gesänge und Gebete und der Zeiten des Fastens«, sagte Rabe. »Du wirst mir sagen, wie ich Geister rufe, so daß ihre Stimmen in meinem Dorf zu hören sind und ihre Anwesenheit in den Wänden meiner Behausung zu fühlen ist.«

»Es sind nicht alle Dinge, wie sie scheinen«, sagte Dyenen. »Wir sehen jede Nacht Sterne, aber wer weiß, was sie sind? Manche Männer sagen, sie sind die Feuer der Toten, andere, daß sie die Geister sind, die diese Erde erschaffen haben. Die Frauen nennen die Sterne dies, die Jäger jenes. Als ich dem Tausch zustimmte, war ich einverstanden, dir zu sagen, was du tun mußt. Ich kann nicht sagen, was die Geister tun werden.«

»Welcher Mann versteht das nicht?« sagte Rabe, aufs neue verärgert über die vielen Worte des alten Mannes.

»Wir sollten in die Behausung zurückkehren«, sagte Dyenen.

»Wann wirst du mich unterweisen?«

»Morgen fangen wir an.«

Rabe nickte. »Wie lange wird es dauern?«

Dyenen ging zu seiner Behausung zurück. Am Eingangstunnel sah er Rabe an. »Vier Tage hier bei mir, und danach den Rest deines Lebens.«

Rabe sagte nichts. Vier Tage hier. Er würde den alten Mann von Lemmingschwanz und den Kindern fernhalten müssen. Sie konnten nicht erwarten, daß Shuku vier Tage schlief.

In der Behausung glättete Lemmingschwanz die Schnitzarbeit mit einem Stück Lavagestein. Sie hielt das Elfenbein in die Höhe, drehte es so, daß die Männer es sahen. »Es ist etwas, das eilig gemacht wurde, aber trotzdem ...« sagte sie, und Rabe übersetzte ihre Worte.

»Besonders für etwas, das eilig gemacht wurde«, sagte Dyenen, »ist es gut.«

Er bot Rabe noch Essen an, aber Rabe schüttelte den Kopf. Dyenen nahm ein Stück Fisch, aß es und ging zu den Kindern, beugte sich über sie. Shuku schlief noch, aber Maus war wach, seine Hände geschäftig, während er sich von einem Gegenstand zum anderen bewegte. Schließlich krabbelte der Junge zu dem alten Mann, zog sich hoch und sah Dyenen ins Gesicht. Dyenen gluckste und nahm Maus auf den Schoß. Er sprach lange Zeit in der Sprache der Flußmenschen zu Maus, bevor er ihn schließlich neben seine Mutter setzte.

Dyenen ging zu Shuku, hob das schlafende Kind auf, streichelte sein Gesicht, seine Arme und Beine und legte es wieder auf die Felldecke, wo es geschlafen hatte. Dann verließ Dyenen die Behausung, ohne etwas zu Rabe oder Lemmingschwanz zu sagen.

Lemmingschwanz hob den Blick und sah Rabe an. Rabe zuckte die Achseln. »Er sagt, er wird mich vier Tage lang unterweisen, dann wird der Handel abgeschlossen sein. Willst du bleiben?«

Lemmingschwanz lächelte zaghaft. »Ich will bleiben.«

Rabe deutete auf Shuku. »Woher hast du ihn?« fragte er.

»Von den Ugyuunmenschen«, sagte sie und blickte zum Eingangstunnel.

Rabe hockte sich hin und beugte den Kopf, um in den Tunnel zu sehen. Dyenen war nicht da. »Er ist fort«, sagte Rabe.

Lemmingschwanz biß sich auf die Lippen.

»Er ist vielleicht draußen«, sagte Rabe und setzte sich dicht neben sie. »Sprich leise.«

»Aber er versteht die Sprache des Walroßvolkes nicht«, sagte Lemmingschwanz.

»Beurteile andere nie danach, was du bist.«

Lemmingschwanz lachte. »So, das ist deine Weisheit?« fragte sie. »Wie können wir anders urteilen? Was kenne ich außer mich selbst?«

Zorn, scharf wie eine Nadel, schob sich in Rabes Brust hinauf. Er packte Lemmingschwanz am Handgelenk und hielt ihre Hand still.

»Ich schnitze«, sagte sie.

Rabes Lippen kräuselten sich zu einem Feixen, und Lemmingschwanz, das Gesicht gerötet, blickte fort.

»Was ist mit dem Ugyuunkind geschehen?« fragte Rabe, seine Worte fast ein Flüstern.

»Ich habe Kind gegen Kind getauscht«, sagte Lemmingschwanz. »Shuku saß draußen auf einer Behausung. Ich habe ihn gesehen und ausgewechselt.«

»Und hast mir nicht gesagt, daß es Shuku war?«

»Ich wußte nicht, daß es Shuku war. Er war in einen Parka mit Kapuze gehüllt. Ich hatte Angst, jemand würde mich sehen, deshalb habe ich mich beeilt. Ich habe das eine Kind unter meinem Parka hervorgeholt und das andere hineingesteckt. Wir waren schon lange im *ik* unterwegs, bevor ich sein Gesicht ansah.«

»Wo ist Kiin?«

»Wie soll ich das wissen? Du warst es, der mir sagte, du hast ihr *ik* gefunden. Du warst es, der sagte, daß sie tot ist. Sie hat gesagt, sie wollte zum Flußvolk, um dich zu suchen.«

»Du hättest sie nicht aus der Behausung weisen sollen.«

»Das war nicht ich«, sagte Lemmingschwanz und befreite ihre Hand mit einem Ruck aus Rabes Griff. Sie hielt sie hoch und zeigte auf die roten Male, die seine Finger auf ihrem Handgelenk hinterlassen hatten.

»Du verdienst mehr als das«, sagte Rabe.

»Du hast mir mehr gegeben als das«, erwiderte Lemmingschwanz, ihre Worte von Flüstern zu Schreien wechselnd. »Du verkaufst mich hier an einen alten Mann, läßt mich bei Menschen leben, die ich nicht kenne. Das ganze Dorf riecht nach Fisch. Die Hunde – sie könnten Maus verletzen.«

»Komm mit mir zurück in das Walroßdorf«, sagte Rabe, und seine Lippen kräuselten sich, als Lemmingschwanz sich abwandte. »Dann tu nicht, als ob du gestraft wärst«, sagte er. »Kiin war gestraft. Für nichts. Sie war eine gute Frau. Eine starke Frau. Sie würde mir viele Söhne gegeben haben. Hast du sie wirklich nicht in dem Ugyuundorf gesehen?«

»Das habe ich dir doch gesagt!«

»Wie ist dann Shuku dorthin gekommen?«

»Vielleicht ist es nicht Shuku, nur ein Kind, das so aussieht wie er.«

»Zwei Kinder, die vollkommen gleich aussehen? Nicht einmal Shuku und sein Bruder Takha sahen sich so ähnlich.«

Lemmingschwanz zuckte die Achseln. »Alle Kinder von den Ersten Menschen sehen gleich aus.«

»Ich werde zu den Ugyuunmenschen zurückkehren, wenn ich von hier fortgehe«, sagte Rabe, und dann wurden seine Worte so leise, daß Lemmingschwanz sich zu ihm vorbeugte, den Kopf schief gelegt.

»Was hast du gesagt?«

Rabe zeigte auf Shuku. »Ich habe gesagt, ›wieviel Medizin hast du ihm gegeben?‹«

Lemmingschwanz sah ihn mit hochgezogenen Augenbrauen an. »So viel, wie du mir gesagt hast. Du warst es, der die Medizin von Großmutter und Tante bekommen hat. Hast du ihnen gesagt, daß sie für ein kleines Kind ist?«

Rabe schloß die Augen und atmete langsam durch die Nase aus. »Wie konnte ich ihnen sagen, daß sie für ein Kind ist? Sie hätten mir Fragen gestellt.«

»Du hättest ihnen sagen können, daß Maus nicht schlafen würde.«

»Es war besser, ihnen nichts von Kindern zu sagen. Wer weiß, was sie in ihren Träumen sehen?«

»Wenn wir ihm zuviel gegeben haben, wird es ihm schaden?« fragte Lemmingschwanz.

»Es macht nur, daß er schläft«, antwortete Rabe, obwohl er es nicht wußte. Warum Lemmingschwanz noch mehr Anlaß zu Besorgnis geben, noch mehr Grund, zornig zu sein?

»Wie lange?«

»Diese Nacht. Mehr nicht. Lange genug, daß der alte Mann keinen so großen Unterschied zwischen den zwei Jungen bemerkt. Sie sollten sich ähnlicher sehen. Das Ugyuunkind hatte ungefähr dieselbe Größe wie Maus.«

»Und du denkst, der alte Mann würde nicht gemerkt haben, daß das Kind von einem Geist verflucht war? Was hätte ich dann getan? Sein Zorn hätte sich gegen dich gerichtet, aber ich hätte ihn ertragen müssen.«

»Du bist gut im Lügen«, sagte Rabe.

»Maus ist groß. Er wächst jeden Tag. Er wird bald so groß sein wie Shuku.«

»Es ist nicht nur seine Größe«, sagte Rabe. »Shuku wird früher sprechen. Shuku läuft schon.«

»Denkst du, alle Kinder tun dasselbe zur selben Zeit?«

»Denkst du, der alte Mann ...«

Ein Geräusch am Eingangstunnel ließ Rabe innehalten. Es war eine von Dyenens Frauen, seine jüngste. Ein neugeborenes Kind war in einem Tragekorb auf ihren Rücken gegurtet. »Mein Mann sagt, du sollst jetzt in die Behausung für die Händler gehen, um dort die Nacht zu verbringen. Du und die Frau. Morgen früh sollt ihr wieder hierherkommen.« Sie sah Lemmingschwanz an und kniff die Augen zusammen.

Lemmingschwanz hielt die Schnitzerei mit ihrer linken Hand in die Höhe, drehte die Schnitzarbeit und hob den Kopf. Sie lächelte, dann sah sie Rabe an und zeigte auf die Frau. »Was hat sie gesagt?«

»Daß wir in eine andere Behausung gehen sollen, um dort über Nacht zu bleiben.«

»Es ist behaglich hier«, sagte Lemmingschwanz.

»Der Handel ist noch nicht abgeschlossen. Du kannst nicht bei Dyenen bleiben.«

»Der alte Mann wird hierbleiben?«

»Es ist seine Behausung.«

»Es ist die beste im Dorf.«

»Ja.«

»Dann will ich hierbleiben.«

Rabe zuckte die Achseln. »Was kümmert es mich? Du bist diejenige, die heute nacht für ihn schnitzen wird. Du bist diejenige, die er nach den Kindern fragen wird.«

Lemmingschwanz war für einen Augenblick still, dann steckte sie die Schnitzarbeit in ihren Korb, sammelte ihr Werkzeug ein und hob einen Packen auf. Sie hielt Dyenens Frau den Packen hin, dann zeigte sie auf ihre zwei Kinder.

»Ich kann das nicht alles tragen«, sagte sie.

»Sie bittet dich um Hilfe«, sagte Rabe zu Dyenens Frau und wartete, bis sie zögernd den Packen nahm. Sie folgten ihr zur Behausung für die Händler. Rabe verschloß die Ohren vor den wehleidigen Klagen von Lemmingschwanz über die Enge der Behausung, den Rauch des Herdfeuers und die Mücken, die in den dunklen Ecken summten, in die der Rauch nicht vordrang.

Dyenen wartete, bis er Rabe und die Frau gehen sah. Daß sie Rabes Frau war, daran hatte er keinen Zweifel. Sie hatten einen ungezwungenen Umgang miteinander, Fragen wurden mit ein, zwei Worten, dem Heben einer Augenbraue oder einem Kopfnicken beantwortet. Es war nicht ungewöhnlich, daß ein Mann seine Frau im Tausch weggab, vor allem für die Kräfte, die Rabe zu erwerben glaubte. Aber zwei Söhne? Zwei Söhne, die aus derselben Geburt kamen? Nein.

Dyenen stieß ein kurzes, schnaubendes Lachen aus. Rabe war ein Narr. Jeder konnte sehen, daß die Kinder nicht seine waren.

Maus sah der Frau sehr ähnlich, aber der andere glich keinem von beiden. Die Jungen waren nicht einmal Brüder, da war er ganz sicher. Sie waren ungefähr sechs, acht Monde auseinander. Dyenen war nicht mit Söhnen gesegnet, aber er hatte viele Töchter. Junge oder Mädchen, Kinder wuchsen auf ziemlich dieselbe Weise heran – sitzen, stehen, krabbeln, laufen. Maus – Takha – krabbelte, und er war ein kräftiger Junge, einer, den jeder Mann mit Freuden Sohn nennen würde. Das schlafende Kind, der Junge namens Shuku, er konnte laufen. Die Füßlinge an seinen Gamaschen waren abgetragen, einer hatte ein Loch im Zeh.

Der alte Mann lachte wieder. Trotzdem, eine gute Frau – eine, die schnitzte – und zwei kleine Jungen. Es war kein schlechter Tausch, zumal, wenn er bedachte, was er Saghani dafür geben würde.

Die Gesänge waren heilig, aber die allerheiligsten konnte er nicht weitergeben. Die mußte ein Mann für sich selbst finden, durch Suchen und Beten und Fasten.

»Außerdem«, flüsterte Dyenen, »Dinge der Seele können nicht gegen Packen mit getrocknetem Fleisch, gegen Robbenöl oder bestickte Parkas eingetauscht werden. Wenn ein Mann endlich an jenen Ort gelangt, wo die Geister geachtet werden, haben Tauschwaren in seinem Leben geringe Bedeutung.«

Er würde Saghani also ein paar Gesänge geben, ein Lied, das er selbst bei einem anderen Schamanen eingetauscht hatte, ein wenig Wissen über Tiere und das Geheimnis der Stimmen. Diese wenigen Dinge waren eine starke Frau wert, eine, die schnitzte und ihm vielleicht Söhne geben würde.

81

Am ersten Tag lernte Rabe Gesänge und Lieder. Am zweiten lauschte er den alten Männern des Dorfes, die ihm die vielen Dinge erzählten, die sie während ihrer Jahre des Jagens über die Tiere gelernt hatten. An beiden Tagen verbrachte er viel Zeit damit, Dyenen wenige Dinge mit vielen Worten sagen zu hören. Aber sein dritter Tag war der Tag, auf den Rabe gewartet hatte. An diesem Tag wollte Dyenen ihn lehren, die Stimmen zu rufen.

Obwohl es Morgen war, verdunkelten Wolken den Tag. In Dyenens Behausung zog nicht einmal das Herdfeuer die feuchte Kühle aus der Luft, aber Rabe raffte seinen Federumhang enger um die Schultern und klagte nicht.

Dyenen trug Gamaschen und Lendentuch, keinen Parka, keine Decke. Seine Brust und sein Bauch waren weiß im Vergleich zu seinem dunklen, verwitterten Gesicht. Sein einziger Schmuck war ein Amulett, aus Fischhaut gefertigt und mit den grauschwarzen Federn eines Goldspechts verziert.

Dyenen bedeutete Rabe mit einer Handbewegung, sich neben ihn zu setzen. Rabe setzte sich.

»Schließe deine Augen«, sagte Dyenen.

Rabe schloß die Augen.

»Sei still und lausche«, sagte Dyenen.

In der Stille hielt Rabe den Atem an, wartend, lauschend. Dann kamen die Stimmen – leise und laute, alte und junge, männliche und weibliche. Einige sprachen in einer Sprache, einige in einer anderen, so daß Rabe nicht überrascht gewesen wäre, wenn er die Augen geöffnet und die Behausung voller Menschen gesehen hätte. Aber als Dyenen ihm sagte, er solle die Augen öffnen, war die Behausung leer, wenngleich Rabe sicher war, eine Fülle von Geistern fühlen zu können, die ihn von allen Seiten bedrängten.

Die Wände der Behausung bebten, einmal, zweimal, dann wandte Dyenen sich Rabe zu und sagte: »Sie sind fort.«

Rabes Atem kam in kurzen, keuchenden Stößen, und seine Arme zitterten so sehr wie die Wände der Behausung. Ein Mann, der die Macht hatte, Geister zu rufen, konnte alle Dinge auf Erden besitzen.

»Hole sie zurück«, flüsterte Rabe.

Der alte Mann lachte.

»Du kannst es nicht?«

»Ich kann es, wann immer ich will«, sagte Dyenen.

»Ist die Gefahr eines Fluches gegeben?«

»Nur, wenn du ihn verdienst, Saghani.«

Rabe wartete einen Augenblick, dann sagte er: »Ich habe nichts getan, das einen Fluch verdient.«

»Saghani«, sagte Dyenen, »alle Männer verdienen einen Fluch. Alle Männer haben anderen Männern geschadet. Alle Männer haben Dinge nachlässig getan. Alle Männer haben selbstsüchtig gehandelt. Welcher Mann denkt an jemand anderen außer sich selbst, wenn sein Bauch leer ist?«

»Warum ist es so schlimm für einen Mann, einen vollen Bauch zu wollen?« fragte Rabe.

»Saghani«, sagte Dyenen, »die meisten Männer haben so viele Bäuche zu füllen.«

Rabe seufzte. Noch mehr Worte. »Wirst du die Geister zurückrufen?« fragte er.

»Horch«, sagte Dyenen. Er hielt sich die gewölbten Hände an die Ohren und nickte, dann hörte auch Rabe die Stimme, eine leise Stimme, die Stimme eines Kindes, eine Stimme, die in der Sprache des Flußvolkes sprach. »Ich bin Shuku.«

Rabes Kehle schnürte sich zu, und seine Eingeweide begannen zu schmerzen. »Rufe andere Stimmen, andere Geister«, sagte er zu Dyenen, seine Worte so gepreßt und trocken wie seine Kehle.

»Ich bin Shuku«, sagte die Stimme wieder. »Warum sagst du, Maus ist mein Bruder?«

»Was für ein Geist ist das?« fragte Rabe, indem er einen langen Atemzug tat und seine Worte so laut machte, als würde er sich nicht fürchten.

»Was glaubst du, wessen Stimme das ist?« fragte Rabe.

Wie nahe war Dyenen den Geistern? Kamen und gingen die Geister auf sein Geheiß?

Dyenen sagte: »Hier, fühle.« Er nahm Rabes Hand und legte sie auf seine Kehle, dann sprach der alte Mann Worte der Höflichkeit, als seien sie beide sich eben erst begegnet. Rabe fühlte das Vibrieren der Worte in der Kehle des Mannes.

Die Shuku-Stimme kam wieder. Sie rief aus dem Rauchloch, als würde das Kind oben auf der Behausung aus Karibuhaut knien. Zuerst dachte Rabe nur an Shukus Worte, aber dann merkte er, daß seine Hand, noch auf Dyenens Kehle, wieder das Vibrieren von Worten fühlte, daß die Stimme von Shuku aus der Kehle des alten Mannes kam.

Erleichterung durchströmte ihn, dann Zorn, bis ein dünnes blubberndes Lachen aufstieg und alles andere durchbrach.

»Es ist ein Trick«, flüsterte Rabe.

»Es ist ein Trick«, sagte Dyenen. »Trick gegen Trick.«

Rabe lachte, lachte, daß ihm der Bauch weh tat und Tränen aus seinen Augen quollen.

»Der Medizinbeutel war die wahre Macht«, sagte Dyenen.

Aber Rabe sagte nur, indem er sich die Augen wischte: »Unterweise mich.«

»Es erfordert Übung, lange Tage allein.«

»Ich habe mich schon zum Fasten, zu der Bitte um Visionen verpflichtet.«

»Das ist nicht dasselbe.«

»Es ist schwerer«, sagte Rabe.

»Nein«, sagte Dyenen. »Es ist schwerer, zu fasten, zu beten. Höre. Wenn ein Mann spricht, läßt er die Kehle weit offen, so daß Worte herauskommen können. Um es zu machen, wie ich es mache, mußt du die Kehle eng machen, sie zusammenpressen, so daß die Worte langsam herauskommen. Der Mund ist fast geschlossen, und die Zunge, die ziehst du zurück. Sie bewegt sich nicht, nur die vorderste Spitze. Hier« – er legte eine Hand um seinen Hals – »ist es ganz eng. Je weiter entfernt du die Stimme klingen lassen willst, desto enger mußt du hier sein.«

Wieder legte der alte Mann Rabes Hand an seine Kehle, und er sprach mit einer Stimme, die dünn und weit entfernt klang. »Fühlst du es?« fragte er. »Jetzt versuche du es.«

Rabe legte seine Hand an seine eigene Kehle, machte den Mund schmal, zog die Zunge zurück und ließ seine Worte langsam herauskommen.

Dyenen legte den Kopf schief und lauschte. »Nein«, sagte er, »aber du bist nahe daran. Wenn du weiter daran arbeitest, wirst du imstande sein, die Stimmen zu machen. Heute und morgen werden wir zusammen üben.«

»Und du wirst mich lehren, die Wände der Behausung zu bewegen?« fragte Rabe.

Dyenen gluckste und schlug dort, wo er saß, eine Bodenmatte zurück. Rabe sah vier Schnüre, zusammengeknotet, verbunden wie die Fäden eines Spinnennetzes. Dyenen schob seine Hand unter den Knoten und zog. Die Wände der Behausung zitterten leicht. »Die Schnüre führen zu den Pfählen hier hinter mir.«

Wieder lachte Rabe. »Noch ein Trick. Was ist größer als solche Macht? So sieht ein Mann, was er nicht sieht, und glaubt, was nicht wahr ist.«

»Manchmal ist das notwendig«, sagte Dyenen.

»Manche Männer würden nicht so denken«, erwiderte Rabe. »Und du?«

»Ich glaube, alles was mir Macht bringt, ist notwendig«, sagte Rabe.

82

DIE ERSTEN MENSCHEN

Herendeen Bay, Alaska-Halbinsel

Die Händler kamen, aus den Dörfern der Ersten Menschen und den Behausungen des Walroßvolkes, von den Ufern des Großen Flusses und den Stämmen des Karibuvolkes im Landesinneren. Sie kamen, füllten den Strand mit ihren Tauschwaren, füllten den Himmel mit ihren Stimmen.

Erster Schnee sprach mit jeder Gruppe von den Walroßmenschen, fragte, aus welchem Dorf sie waren, welchen Schamanen sie den ihren nannten. Schließlich fand er Männer aus dem Dorf von Rabe. Es waren drei Männer, eine Frau war bei ihnen. Chagak erinnerte sich an die Männer, besonders an den großen, Eisjäger, der Samiq bei seinem Kampf gegen Rabe zurückgehalten hatte. Als sie Eisjäger sah, schwand Chagaks Angst um Blaue Muschel. Er war ein guter Mann, gerecht, auch beim Handeln mit Tauschhändlern von anderen Stämmen.

Sie verweilte in der Nähe, als Erster Schnee mit den Männern zusammenkam; sie und Drei Fische arbeiteten zu zweit, boten den Händlern, die bei ihren Tauschwaren saßen, Schalen mit warmer Brühe an, denn der Wind, der vom Wasser her blies, war kalt und brachte einen Nebel mit, der alle Gegenstände durchfeuchtete.

»Eine Handvoll Muschelperlen für euer Essen«, rief ein Händler, und Drei Fische tauchte eine Schale in die Kochhaut, die Chagak trug, reichte dem Händler die Brühe und nahm die Perlen.

Chagak stand mit der Kochhaut so dicht bei Erster Schnee, wie sie nur konnte, lauschte auf alle Worte, die der Wind nicht fortschnappte.

»Eine gute Frau habe ich bei den Ugyuunmenschen gekauft«, hörte Chagak Erster Schnee sagen.

Eisjäger murmelte eine Frage, die Chagak nicht hören konnte, aber sie hörte einen Teil der Antwort von Erster Schnee – »... du weißt, daß sie ... nicht ernähren ...« –, dann nichts mehr, da Drei Fische kam, um wieder Brühe in eine Schale zu schöpfen.

»Wieviel?« fragte Eisjäger.

Chagak wußte, Erster Schnee würde keine rasche Antwort geben. Der Handel könnte den ganzen Tag dauern, und sie konnte nicht ewig stehenbleiben und lauschen. Es gab zuviel zu tun. Als daher keine weiteren Händler Essen wollten, kehrte sie mit Drei Fische zu den *ulas* zurück, jede an ihre eigene Arbeit, Drei Fische in das *ulaq* von Samiq, wo Kiin Takha und Großer Wal hütete.

In Kayughs *ulaq* nahm Chagak Sehnen und Nadeln zur Hand, konnte aber anscheinend ihre Finger nicht dazu bringen, zu arbeiten. Die Stiche, die sie machte, waren wie die Stiche von einem Kind, so schlecht, wie Wren sie machen würde, und schließlich legte sie ihr Nähzeug fort und ging in das *ulaq* von Große Zähne. Krumme Nase und Blaue Muschel waren beide dort, beide Frauen arbeiteten, nähten, redeten, lachten, als wären die Männer nur zum Jagen gegangen und nicht im Begriff, eine Frau im Tausch als Sklavin wegzugeben.

Große Zähne kam zu Kayugh und bedeutete ihm mit einem Handzeichen, ihm zu folgen. Die zwei gingen fort von dem Dorf, fort von dem Getöse des Tauschhandels, in ein Dickicht mit Bäumen, wo die Blätter, die sich im Wind bewegten, ihre Stimmen unkenntlich machen würden.

»Sie wollen sie nehmen?« fragte Kayugh.

»Ja«, sagte Große Zähne. »Sie wollten nicht, aber sobald Erster Schnee sie herausbrachte, sobald sie sie sahen ...«

Kayugh legte seine Hand auf die Schulter des Mannes. Wie viele Male auf der Jagd hatten die Schnelligkeit und die Stärke von Große Zähne Kayugh gerettet? Wie viele Male hatte Kayugh für Große Zähne dasselbe getan? Doch jetzt konnte Kayugh keine Worte finden. Wie könnten Worte das Band zwischen Jagdgefährten erklären? Schließlich ballte er seine rechte Hand zur Faust, drückte sie an seine Brust und sagte zu Große Zähne: »Hier, wie ein Speer ...«

Große Zähne nickte. »Ich möchte sie nicht gehen lassen«, sagte er, und seine Stimme brach, wie Wasser sich auf Felsen bricht.

»Laß sie es tun. Denkst du, jedesmal, wenn du jagen gehst, möchte sie dich gehen sehen? Denkst du, du bist geringer, weil du eine starke Frau hast? Du bist es, der sie stark gemacht hat. Vergiß nicht, was sie war, als sie Frau von Waxtal war.«

Große Zähne hockte sich auf die Fersen und ließ Sand durch seine Finger rieseln. »Sie haben zwei Mägen mit Öl geboten«, sagte er.

Kayugh öffnete den Mund, um »guter Tausch« zu sagen, aber dann dachte er, wie kann ein Mann einen Wert für eine gute Frau bemessen? Was sind zwei Mägen mit Öl, verglichen mit der Wärme der Haut einer Frau, verglichen mit dem Feuer, das in ihren Augen blitzt?

»Hebe das Öl auf«, sagte Kayugh. »Wenn wir müssen, werden wir Blaue Muschel zurückkaufen.«

»Ich dachte, ich übergebe es vielleicht den Windgeistern, um sie um Schutz zu bitten.«

Kayugh zuckte die Achseln. »Tu, was du für das Richtige hältst. Sie ist deine Frau. Du weißt, was das Beste ist.«

»Erster Schnee sagt, Eisjäger will morgen aufbrechen.«

»Sie wollen sie heute nacht?«

»Ja, aber Erster Schnee hat ihnen gesagt, sie können sie erst haben, wenn sie fortgehen. Ich werde sie noch eine Nacht haben. Sie wird nicht mit Händlern am Strand schlafen.«

»Hast du beschlossen, wann du sie treffen wirst?«

Große Zähne hielt einen Finger in die Höhe. »Ich gehe sie beim nächsten Vollmond holen. Wenn ich sie nicht finde, werde ich in das Walroßdorf gehen und sie zurückkaufen, auch wenn es alles kostet, was ich besitze.«

Kayugh sagte nichts, sah nur in die Augen von Große Zähne, von Bruder zu Bruder.

Zuviel Kummer, dachte Kiin. Sie war zurückgekehrt und hatte Takha ganz so vorgefunden, wie sie es sich erhofft hatte – stark, voll von Lachen –, und Drei Fische klüger, sanfter, eine wahre Schwester. Aber sie hatte Shuku verloren. Sie war zurückgekehrt und hatte gesehen, daß ihr Vater fort war, vom Stamm verbannt, ihre Mutter glücklich als Frau von Große Zähne. Aber jetzt würde ihre Mutter als Sklavin verkauft werden. Und welche Hoffnung gab es für eine alte Frau? Kein Mann würde sie als Frau haben wollen. Sie würde für die härteste Arbeit benutzt werden und wenig zu essen bekommen.

»Für einen Mond, nicht mehr«, sagte Blaue Muschel zu ihr, dann streckte sie die Arme aus, und die zwei versanken in einer Umarmung.

Kiin klammerte sich fest an ihre Mutter und unterdrückte ein Schluchzen. Blaue Muschel trat zurück, sah Kiin ins Gesicht und hob eine Hand, um eine Träne von Kiins Wange zu wischen.

»Tochter, laß mich dies für dich tun. So vieles habe ich nicht getan«, sagte Blaue Muschel. »Ich ließ zu, daß dein Vater dich schlug ...« Sie erstickte an den Worten, dann tat sie einen langen Atemzug. »Ich hatte Angst. Laß mich dir zeigen, daß ich Mut habe. Laß mich mir selbst zeigen ...«

Kiin nickte. »Ich wünschte, ich könnte statt deiner gehen«, sagte sie.

»Sie kennen dich.«

»Vielleicht werden sie dich auch erkennen.«

Blaue Muschel lächelte und schüttelte den Kopf. »Nein, ich bin nur ein Graukopf. Jemand, um Essen zu bereiten und Parkas zu nähen. Sie werden mich nicht erkennen. Aber ich muß jetzt gehen. Ich habe noch diese Nacht, um sie mit meinem Mann zu verbringen.« Blaue Muschel drehte sich um und ging zum Kletterstamm. Sie blickte zu ihrer Tochter zurück. »Ich hoffe nur, daß ich so stark sein werde wie du«, sagte sie.

Kiin streckte die Hand aus, und Blaue Muschel tat dasselbe. Die zwei waren durch die Breite des *ulaq* voneinander getrennt, aber es schien, daß ihre Finger sich berührten.

83

DIE FLUSSMENSCHEN

Kuskokwim River, Alaska

Dyenen stand und sah zu, als das *ik* sich flußabwärts in Bewegung setzte. Eine leichte Reise zum Meer, dachte Dyenen. Aber die Reise zum Walroßdorf? Nicht leicht für einen Mann allein in einem *ik*. Ah, warum sich Sorgen machen? Wenn Saghani starb, dann starb er.

Dyenen war unbehaglich zumute, wenn er bedachte, wie viele von seinen Tricks er dem Mann beigebracht hatte. Saghani sah keinen Wert in der Kräutermedizin, und die Tricks waren nicht dazu gedacht, die Menschen zu täuschen, sondern nur, sie zu überzeugen, daß die Medizin Macht besaß. Aber Saghani – was würde er mit einem solchen Wissen anfangen?

Freilich, wenn die Walroßmenschen Furcht statt Verwunderung fühlten, würden die Stimmen keine Macht mehr in sich tragen, und die Tricks würden nur benutzt, um Kinder zu unterhalten und Männer und Frauen für eine Weile die Härte des Lebens vergessen zu lassen.

Dyenen drehte sich um und ging zurück zu seiner Behausung. Seine neue Frau war dort mit Maus und Shuku. Er hatte sie gebeten, ihm einen Vogel zu schnitzen, um ihn als Amulett an seinem Herzen zu tragen. Er war ein alter Mann. Das Ende seines Lebens rückte näher. Er brauchte etwas, um seinen Geist zu ermahnen, hochzublicken, zu fliegen, wenn er aus seinem Körper befreit wurde.

Doch bevor die Zeit kam, würde diese Frau ihm einen Sohn geben. Ihre Kräfte waren stark, auch wenn nicht beide Jungen ihre eigenen waren.

Dyenen trat in seine Behausung und lehnte sich an eine Rükkenstütze aus geflochtenen Weidenzweigen. Er hatte seine anderen Frauen geheißen, fortzubleiben für die sechs Tage, die einer neuen Braut dem Brauch gemäß gegeben wurden. Junge Männer mochten wohl einen stillen Ort am Fluß aufsuchen, aber er war alt und hatte sich an die Annehmlichkeiten seiner Behausung gewöhnt. Er wollte die sechs Tage mit Kiin hier verbringen.

Kiin war schön, und Dyenen war begierig, sie in sein Schlaflager zu nehmen. Doch als er in die Behausung trat, begrüßte sie ihn nicht, und sogar jetzt waren ihre Augen auf das Elfenbein gerichtet, das sie in ihren Händen hielt.

»Hast du den Vogel fertig?« fragte Dyenen in der Sprache der Walroßmenschen.

Die Frau sah zu ihm auf, mit runden Augen, so als hätte er sie erschreckt. »Du sprichst die Walroßsprache«, sagte sie.

»Erzähle es nicht Saghani«, sagte Dyenen und lächelte.

Die Frau lächelte auch, aber dann blickte sie auf die Schnitzarbeit in ihren Händen herunter und runzelte die Stirn. »Es braucht eine lange Zeit, um manche Dinge zu schnitzen«, sagte sie.

»Deine Robbe, du hast sie an einem Abend geschnitzt«, sagte Dyenen.

»Ein Vogel ist nicht so einfach – die Flügel. Wie würdest du einen Flügel schnitzen?«

Dyenen hörte die Schärfe in ihrer Stimme, die Tränen, die ihre Kehle verschlossen. Er verließ seine Rückenstütze und hockte sich neben die Frau. »Leg das Messer weg«, sagte er, seine Stimme wie die Stimme von jemandem, der zu einem Kind spricht. »Warum weinst du? Möchtest du mit Saghani zurückgehen?«

Die Frau senkte den Kopf, bis ihr Kinn auf ihrer Brust ruhte. »Nein.«

»Du willst nicht meine Frau sein?«

Die Augen der Frau wurden plötzlich weit. »Ich bin froh, deine Frau zu sein«, sagte sie.

»Du hast Angst, weil ich weiß, daß eins von den Kindern nicht deins ist.«

Die Frau wich eilends vor ihm zurück.

»Denkst du, ich bin ein Dummkopf? Denkst du, ich kann nicht sehen?« fragte Dyenen.

»Ich hatte zwei Söhne«, sagte die Frau. »Zusammen geboren.« Sie zeigte auf Maus. »Einer ist gestorben. In meinem Kummer brachte mir Rabe – Saghani – Shuku, den er getauscht hattc.«

»Wirst du mir einen Sohn geben?« fragte Dyenen.

»Ich bin gut im Austragen von Söhnen.«

»Du hast noch andere?«

»Eines Tages werde ich mehr haben«, sagte die Frau, und ein Mundwinkel hob sich zu einem Lächeln. Sie sah zu den Kindern. Sie schliefen. Sie stand auf und löste die Bänder von ihren Schürzen. Sie fielen auf die Erde. »Es ist ein guter Tag für Söhne«, sagte sie, beugte sich vor und nahm Dyenens Gesicht in ihre Hände. »Laß es uns jetzt versuchen.«

Lemmingschwanz lächelte. Das Schnarchen des alten Mannes erschütterte die Behausung. Sie hatte ihn zufriedengestellt. Wenn sie ihn jede Nacht ins Schlaflager locken könnte, würde er bald zu erschöpft sein, um sich über ihre Schnitzerei Gedanken zu machen.

Shuku fing zu wimmern an, und Lemmingschwanz schlüpfte aus ihren Schlafdecken, um ihn zu stillen. Er trank zuviel, dieses Kind. Wenn sie ihn nicht so oft stillte, würde er vielleicht nicht so schnell wachsen. Dann würde Maus ihn einholen. Sie trug Shuku an Dyenens Platz beim Herdfeuer und lehnte sich an seine Rückenstütze aus Weidengeflecht. Shuku, die Augen geschlossen, fand ihre Brustwarze und begann zu saugen; das *ikyak* aus Elfenbein, den Anhänger, den Kiin für ihn geschnitzt hatte, hielt er fest in der Hand.

Lemmingschwanz zog ihm den Anhänger aus den Fingern. Sie hatte den Anhänger zum erstenmal gesehen, als Kiin in das Walroßdorf zurückgekehrt war. Ihm wohnte eine Schutzmacht inne, das wußte Lemmingschwanz.

»Er sollte Maus gehören«, flüsterte Lemmingschwanz Shuku zu. »Er braucht ihn nötiger als du.«

Sie ließ Shuku saugen, bis er einschlief, dann brachte sie ihn wieder in seine Schlafdecken. Sie weckte Maus auf und fütterte auch ihn, und während er saugte, nähte sie den *ikyak*-Anhänger auf seinen Parka.

Teil Drei

SPÄTSOMMER

7037 v. Chr.

84

DAS WALROSSVOLK

Chagvan Bay, Alaska

Blaue Muschel lag auf den Grasmatten und wartete. Ein Kind wimmerte im Schlaf, und der Jäger Kinnhaare murmelte und wälzte sich herum, so daß seine Schlafdecken auf dem Podest raschelten. Blaue Muschel hörte das leise Schnarchen, das ihr sagte, daß Tagmädchen schlief, aber sie wartete noch etwas länger.

Als sie zum erstenmal in diese Walroßbehausung gekommen war und die Frau Tagmädchen sich nach ihrem Namen erkundigte, hatte Blaue Muschel Eisjäger gebeten, »Asxahmaagikug« zu sagen. Und obwohl Tagmädchen nicht wußte, was dieses Wort der Ersten Menschen bedeutete, hatte sie zustimmend genickt. Blaue Muschel hatte den Namen selbst gewählt, nach der Art der Männer, wenn sie feierten oder ein Gedenken begingen. Ein neuer Name, hinzugefügt zu dem, was gewesen war, etwas, das seinen eigenen Geist trug und sagen würde, was auf andere Weise nicht gesagt werden konnte. So war sie jetzt Asxahmaagikug.

Asxahmaagikug – ich bin einsam – Asxahmaagikug.

Blaue Muschel arbeitete hart und ohne die Verdrießlichkeit vieler Sklavinnen, und so bekam sie beinahe genug zu essen. Zwar hatte sie ihren alten *suk* angezogen, aber Krumme Nase hatte ihn geschickt mit geglätteten Eichhörnchenfellen eingefaßt und viele Dinge in die Säume und versteckten Taschen genäht – ein Frauenmesser, Nadeln, Fischhaken, Seetangschnur, Grabstichel –, Werkzeug und Gerätschaften, die Blaue Muschel vielleicht brauchen würde auf der Reise mit Shuku, zurück zum Ufer der Händler.

Aber jetzt wußte Blaue Muschel, daß es ohne Shuku sein würde. Der Junge war nicht in dem Walroßdorf, und lange Zeit konnte Blaue Muschel nichts über ihn in Erfahrung bringen, so daß ihr Herz in den Nächten, wenn sie in ihren Schlafdecken lag und endlich Zeit für eigene Gedanken hatte, kalt wurde vor Furcht. Das Kind mußte tot sein.

Sie lauschte aufmerksam. Alles schlief, da war sie ganz sicher. Von ihrem Platz neben dem Eingangstunnel kroch sie aus der Behausung. Sie ging hinaus ins Dunkel der Nacht, blieb stehen und sah nach dem Mond. Er stand am fernen westlichen Himmel. Fast voll, ja. Bald würde sie davonschleichen, in der Nacht am Strand entlanggehen. Aber sie würde ihrem Mann mit leeren Armen begegnen und ihrer Tochter nichts mitzuteilen haben, wenn sie in das Dorf der Ersten Menschen zurückkehrte, würde nichts vorzuweisen haben für einen Mond des Arbeitens bei den Walroßmenschen.

Aber noch hatte sie ein paar Tage. Erst heute morgen hatte sie etwas erfahren, woraus Kiin vielleicht schließen könnte, was mit ihrem Sohn geschehen war.

Sie hatte mit fünf Walroßfrauen Muscheln ausgegraben, sie und Tagmädchen arbeiteten Seite an Seite. Die Frau, die sie Schieferwerferin nannten, hatte jemanden namens Lemmingschwanz erwähnt. Blaue Muschel wußte, daß Lemmingschwanz Kiins Schwesterfrau gewesen war. Aber Schieferwerferin hatte schnell gesprochen, in der Walroßsprache, und obwohl Blaue Muschel viele von ihren Wörtern lernte – und schon einige von Waxtals Gesprächen mit Händlern gekannt hatte –, konnte sie nicht verstehen, was sie sagten.

Wo war Lemmingschwanz? Wenn sie tot wäre, würden die Walroßfrauen ihren Namen nicht aussprechen.

»Lemmingschwanz?« hatte Blaue Muschel gefragt. »Welche Lemmingschwanz?«

Drei der Frauen gruben weiter, als ob Blaue Muschel nicht gesprochen hätte. Eine andere stieß ein kurzes, kicherndes Lachen hervor. Aber Schieferwerferin, eine Frau von vielen Worten und – soweit Blaue Muschel sagen konnte – wenig Verstand, sagte: »Jedermann weiß, daß Lemmingschwanz Rabes Frau ist. Aber manchmal stellt jemand eine dumme Frage. Manchmal bringt eine Frau sich selbst in Verlegenheit, indem sie andere merken läßt, wie dumm sie ist.«

Blaue Muschel verstand viele der Worte von Schieferwerferin, doch noch mehr verstand sie die Bosheit hinter den Worten, den Hohn in der Stimme von Schieferwerferin. Blaue Muschel öffnete den Mund, um zu sprechen, besann sich aber, daß sie Sklavin war, seit vielen Jahren Sklavin gewesen war, nach dem, was die Walroßmenschen wußten. Deshalb senkte sie den Kopf und hielt den Mund geschlossen. Dann merkte sie, daß sie nichts erfahren hatte, was sie nicht schon wußte. Also sprach sie wieder, und diesmal breitete sie dabei die Hände aus. »Lemmingschwanz? Wo?«

Diesmal antwortete Tagmädchen. »Mit Rabe auf einer Handelsfahrt zu den Flußmenschen.«

»Warum erzählst du ihr das überhaupt? Sie kann dich nicht verstehen«, sagte Schieferwerferin. »Außerdem, was geht sie das an? Sie ist eine Sklavin.«

»Ich weiß nicht, warum dein Mann sie gekauft hat«, sagte eine andere Frau zu Tagmädchen.

Tagmädchen wollte antworten, doch ehe ihre Worte herauskamen, sagte Schieferwerferin: »Er brauchte jemand Gutes in seinen Schlafdecken.«

Die anderen Frauen lachten, und Blaue Muschel tat so, als hätte sie nicht verstanden, aber Tagmädchen warf ihr Tragnetz mit Muscheln auf die Erde und schritt mit langen Schritten das Ufer hinauf. Blaue Muschel hob das Tragnetz auf, während eine andere Frau zornige Worte zu Schieferwerferin sagte.

Blaue Muschel, den Kopf gebeugt, die Schultern hochgezogen, grub weiter, und die Walroßfrauen verließen eine nach der anderen den Strand, bis nur noch Blaue Muschel und Schieferwerferin übrig waren. Schieferwerferin trat nahe an Blaue Muschel heran und sprach mit langsamen Worten, jeden Ton in die Länge gezogen, und Blaue Muschel mußte ihr Lachen über die Torheit der Frau verbergen.

»Asxahmaagikug«, sagte sie, »Lemmingschwanz ist mit ihrem Mann Rabe auf eine Handelsfahrt gegangen. Sie sind noch nicht zurückgekommen.«

»Wohin?« fragte Blaue Muschel.

Schieferwerferin schien über die Frage erstaunt, antwortete aber: »Zu den Flußmenschen.« Sie wies mit einer Hand nach Norden. »Sie leben weit dort hinten. Drei Tage, vier Tage.« Sie zuckte die Achseln. »Viele Tage.«

»Kommen sie zurück?«

»Wie soll ich das wissen?« sagte Schieferwerferin. »Habe ich die Macht, die Zukunft zu sehen? Frage Großmutter oder Tante. Sie wissen alle Dinge.«

»Großmutter, Tante«, sagte Blaue Muschel und richtete sich langsam auf. Ihr Rücken schmerzte nach der langen Zeit, die sie mit Graben verbracht hatte. Sie drehte sich zum Dorf hin und zeigte auf die Behausung, von der sie glaubte, daß die zwei alten Frauen dort lebten.

»Ja«, sagte Schieferwerferin, und dann begann sie eine lange Geschichte von den alten Frauen. Bald sprach Schieferwerferin so schnell, daß Blaue Muschel das meiste von dem, was sie sagte, nicht mehr verstehen konnte, deshalb fing Blaue Muschel wieder zu graben an und nickte hin und wieder, um Schieferwerferin glauben zu machen, daß sie zuhörte.

Jetzt, im Mondlicht, ging Blaue Muschel zur Behausung der alten Frauen. Sie hatte Kiin einmal von ihnen sprechen hören, und Furcht und Zorn waren in der Stimme ihrer Tochter gewesen. Aber Blaue Muschel wußte, daß die Walroßmenschen sie für Schamanen hielten, mit der Macht, zu wissen, was die meisten Menschen nicht wußten. Sie ging um die Behausungen herum, hielt sich im Schatten der Nacht, und als sie schließlich zu der Behausung der Schwestern kam, wartete sie, weil sie plötzlich Angst hatte, an die Türklappe aus Gras zu klopfen.

Dann hörte sie eine Stimme rufen: »Asxahmaagikug, wir warten auf dich. Willst du die ganze Nacht draußen bleiben?«

Also kroch Blaue Muschel durch die Tür hinein, richtete sich auf und stand vor den Schwestern. Jede Frau saß mit einer Totenmatte auf dem Schoß.

»Du bist mit deinen Fragen gekommen«, sagte die eine Frau, und Blaue Muschel merkte plötzlich, daß sie in ihrer eigenen Sprache sprachen. Die Worte der Ersten Menschen waren etwas Schönes in ihren Ohren.

»Sei nicht erstaunt«, sagte die andere Frau. »Wir sind Erste Menschen, Männer von diesem Stamm des Walroßvolkes haben uns als Frauen genommen.«

»Es ist gut, Worte auf die richtige Art gesprochen zu hören«, sagte Blaue Muschel.

Die eine Schwester lachte. »Keine Sprache ist die richtige Art«, sagte sie. »Die richtige Art ist etwas, das man nicht mit den Ohren hört, sondern hier ...« Sie drückte eine geschlossene Faust an ihr Herz.

»Du bist gekommen, um nach Lemmingschwanz zu fragen«, sagte die andere Schwester. »Sie ist fort. Sie wird nicht zurückkommen. Rabe hat sie im Tausch weggegeben.«

Die Worte waren kalt im Herzen von Blaue Muschel. »Ihr wißt alle Dinge?« fragte Blaue Muschel.

»Wir wissen sehr wenig, aber mehr als andere Menschen.«

Wieder lachte die eine Schwester, doch es war ein freundliches Lachen, und da wußte Blaue Muschel, daß sie sich nicht über sie lustig machten. »Rabe ist euer Häuptling?« fragte Blaue Muschel.

»Kennst du Rabe?« fragten die Schwestern, und ihre zwei Stimmen verschmolzen zu einer.

Blaue Muschel schlug die Augen nieder. »Nein«, sagte sie. »Aber ich habe die Frauen von ihm sprechen hören.«

Die eine der alten Frauen zuckte die Achseln. »Manche sagen, er ist Häuptling von diesem Dorf, aber Eisjäger ist ihr Sohn.« Sie neigte den Kopf zu ihrer Schwester hin. »Er ist unser Häuptling.«

Blaue Muschel nickte, dann sagte sie langsam, und sie wählte ihre Worte sorgfältig: »Die Frauen haben mir erzählt, daß Rabe drei Söhne hat, aber daß einer tot ist.«

»Er hat keine Söhne«, sagte die eine alte Frau. »Nicht mehr.«

»Was ist mit dem Sohn von Lemmingschwanz geschehen?«

»Du weißt von dem Sohn von Lemmingschwanz?«

»Ich habe gehört ...«

»Er wurde eingetauscht, er und Lemmingschwanz.« Die alte Frau hielt inne und beugte sich in dem trüben Licht über die Matte, die sie webte. Sie räusperte sich und sagte: »Lemmingschwanz und ihr Sohn Maus und der Sohn von Rabes Frau Kiin, das Kind namens Shuku, sie sind alle eingetauscht.«

Bei den Worten der Frau konnte Blaue Muschel ihre Hände nicht stillhalten. Sie knautschten ihren *suk.* »Warum?« fragte sie leise und merkte kaum, daß sie das Wort gesprochen hatte.

Die Schwestern taten, als hätte sie nichts gesagt, und nahmen ihre Webarbeit wieder auf, als wäre sie nicht da. Ich bin auch nicht hier, ermahnte sich Blaue Muschel. Ich bin eine Sklavin.

Sie stand auf und dankte den Schwestern, die ihr jedoch nicht antworteten, und dann verließ sie die Behausung. Doch als sie ihren Weg durch die Schatten des Dorfes nahm, zurück zu der Behausung von Kinnhaare und Tagmädchen, hörte sie, wie jemand sie rief. Sie drehte sich um und sah eine der Schwestern. Die alte Frau kam zu ihr, faßte Blaue Muschel am Arm und zog, so daß Blaue Muschel sich zum Mund der alten Frau herabbeugen mußte.

»Kiin«, sagte die alte Frau, »geht es ihr gut?«

»Sie ist tot«, sagte Blaue Muschel, wie Kiin es ihr aufgetragen hatte.

»Takha?«

»Er ist tot.«

Die Worte brannten Blaue Muschel auf der Zunge.

85

In der Nacht des Vollmonds kroch Blaue Muschel wiederum aus der Behausung von Kinnhaare. Diesmal trug sie ihren kleinen Beutel mit ihrer Habe bei sich, den wenigen Dingen, die ihr gehörten. Sie ging zuerst zu den Trockengestellen, wo sie sich einige Händevoll Fleisch nahm. Sie blickte auf das Wasser hinaus, an der linken Seite der Bucht. Sie wollte an diesem Strand entlanggehen, sich in der Niederung halten, nahe am Ufergras.

Bei Vollmond waren viele Walroßmenschen im Freien, sie fischten und setzten *ikyan* instand, als ob es Tag wäre, daher mußte sie auf der Hut sein. War sie erst fort von der Bucht, würde dort niemand sein – außer Große Zähne, der sie holen kam, um sie zu ihrem eigenen Volk zurückzubringen. Der Schmerz, der ein Teil ihres Körpers geworden zu sein schien, verging, und sie fühlte nur die Aufregung der Hoffnung, der Freude, wieder bei ihrer Tochter und bei Takha zu sein, bei allen Menschen ihres Dorfes.

Sie schlich aus den Schatten der Behausungen, an den *ikyak*-Gestellen vorbei. Sie bewegte sich, als sei auch sie ein Schatten, ging vorsichtig, langsam.

Sie hörte Stimmen am Strand, Männer, die lachten, redeten. Sie waren ein eigenartiges Volk, diese Walroßmenschen, lebten im Mondlicht, als wären sie die Tiere, von denen sie Geschichten erzählten – Wölfe, Bären, Karibus. Benutzten Nacht und Tag wie eins. Schliefen, aßen nur nach Bedarf.

Sie hatte das Dorf nun schon weit hinter sich, ging die Biegung der Bucht entlang und näherte sich der Mündung, wo Bucht und Meer sich vereinten, wo der Ufersand von Kies und Felsen abgelöst wurde. Da hörte sie einen Mann singen, und als ob ihr Kiins Geist den Namen ins Ohr flüsterte, wußte Blaue Muschel, daß es Rabe war.

Sie kauerte sich in das hohe Gras, und als sie hervorspähte, sah sie, daß er ein Händler-*ik* paddelte und daß er allein war. Er bewegte das Paddel auf der Buchtseite des *ik* und hielt auf das Ufer zu. Rabe kam an Land.

Der Atem blieb Blaue Muschel in der Kehle stecken. Sie war plötzlich außerstande, sich zu rühren, als wären ihre Füße in die Erde hineingewachsen. Erst als Rabe aus dem *ik* stieg, konnte sie Hände und Füße heben. Sie huschte tiefer in das Gras und blieb still liegen.

Sie hörte Rabes Stimme wieder, erhoben, als spräche der Mann zu jemandem, und sie spähte durch das Gras, bewegte den Kopf, bis sie den Mann auf den Fersen neben seinem *ik* sitzen sehen konnte. Dann blieb sie liegen, wo sie war und beobachtete ihn.

Rabes Hals war rauh vom Üben, trotzdem sprach er weiter. Die Stimme kam vom Bug des *ik.* Er sprach wieder, und die Stimme kam von einem Felsen am Ufer, dann aus einem Grasbüschel am Rand der Gezeitenmarke. Er stimmte einen Gesang an, aber die Worte kamen in seiner eigenen Stimme heraus, deshalb fing er noch einmal an.

Diesmal verengte er die Kehle, bis es schien, als kämen seine Worte aus einem schmalen Tunnel hinter seiner Zunge. Er nickte zufrieden, als die Stimme aus dem hohen Raigras hinten am Strand zu ihm kam.

Das Gras bewegte sich. Ein Wolf? dachte er und versuchte, im Dunkeln zu sehen. Nein, kein Wolf, aber da war etwas. Ein Bär? Nein, zu klein für einen Bären. Vielleicht ein halb ausgewachsenes Junges, dachte er. Er lehnte sich langsam zurück, griff in das *ik* und nahm einen Speer und ein Wurfbrett heraus. Er schob die Hand in das Wurfbrett und blickte nach unten, als er das Ende des Speers in den Haken des Brettes schob. Doch als er wieder hinsah, war, was immer da gewesen war, verschwunden, im Schatten verloren.

Rabe bewegte den Kopf hin und her, um die klarere Nachtsicht zu nutzen, die der Blick aus den Augenwinkeln verleiht, aber er sah trotzdem nichts. Ein Geist? fragte er sich. Freilich wußte er noch nicht, welche Kräfte er mit seinen Stimmen anziehen konnte. Er sprach wieder und verengte die Kehle, so daß die Worte aus dem Gras kamen. Wieder glaubte er eine Bewegung zu sehen.

»Wenn du ein Geist bist, zeige dich«, rief er schließlich mit seiner eigenen Stimme. »Wenn du ein Geist bist, sage mir, was du mir sagen willst.« Er wartete, aber da war nichts.

Er hatte gedacht, eine Zeitlang hier im Mondlicht zu verweilen, seine Stimmen zu üben, bevor er in das Dorf zurückkehrte, aber wie konnte er das tun, wenn sich ein Tier im Gras verborgen hielt?

Er blickte über das Wasser auf das Dorf, sah die Strandfeuer und wußte, daß Männer wach waren. Er wollte noch nicht zu ihnen gehen. Sollten sie am Morgen aufwachen und ihn im Dorf sehen. Sollten sie sich fragen, wann er gekommen war. Sollten sie etwas Geheimnisvolles sehen in dem, was er tat.

Doch nun, da ein Geist an diesem Ufer war, konnte er nicht bleiben. Im Zorn beugte er seinen Wurfarm, im Zorn zog er den Speer zurück. Er ließ ihn von dem Wurfbrett zu dem Dunkel im Gras fliegen. Er hörte ihn auftreffen, und mit dem Treffer kam ein Geräusch wie ein plötzliches Zischen des Windes, dann nichts mehr, kein Heulen, kein Schrei.

»Es war ein Geist«, sagte Rabe, seine Stimme ein Flüstern. Er beobachtete das Gras, sah keine Bewegung, hörte nichts. Doch niemand wußte, was einen Geist erzürnen könnte. Beinahe wäre er gegangen, um seinen Speer zurückzuholen, beinahe wäre er geblieben, um seine Stimmen zu üben. Aber dann sah er sich im Geiste in seinem *ik* zu den Männern am Strand kommen, aus dem Dunkel hervor. Wer konnte das Geheimnisvolle darin nicht sehen? Warum sollte er bis zum Morgen warten?

Und so schob er sein *ik* wieder ins Wasser und ließ seinen Speer zurück. Wenn er einen Geist getroffen hatte, warum sich noch weiter der Gefahr aussetzen, die vom Zorn dieses Geistes ausging? Er wollte morgen einen Jungen schicken, den Speer zu holen.

Rabe paddelte mit langen, leichten Schlägen. Die Bucht war ruhig. Er konnte den dicken, beißenden Rauch des Strandfeuers riechen – brennende Robbenknochen –, konnte die Spiegelungen der Flammen auf dem Wasser sehen. Er rief zu den Männern hinüber, hob sein Paddel, und vorsichtig stand er in seinem Händler-*ik* auf. Er öffnete den Mund, um seinen Namen zu rufen, und hörte über das Wasser die Männer rufen, hörte, wie sie seinen Namen fast zu einem Gesang erhoben.

Er setzte sich, und mit drei kräftigen Schlägen brachte er sein *ik* an Land.

»Wo sind deine Tauschwaren?« fragte einer der Männer.

»Hier«, sagte Rabe und drückte eine Hand an seine Brust. »Dyenen, der mächtige Schamane des Flußvolkes, hat das Wissen seiner Macht mit mir geteilt. Ich habe viele Tage mit Fasten und Beten verbracht, um mir diese Macht zu verdienen.«

»Es geschieht selten, daß jemand dich fasten sieht«, sagte der Mann von Schieferwerferin.

Einige Männer lachten, doch Rabe versagte sich eine zornige Erwiderung. Statt dessen verengte er seine Kehle und brachte eine Stimme aus dem Strandfeuer hervor. »Wer bist du, daß du an den Geisterkräften eines Schamanen zweifelst?«

Die Männer wichen zurück und blickten verwundert zuerst auf das Feuer, dann auf Rabe. Eine Zeitlang waren sie still, dann fingen alle auf einmal zu reden an. Worte des Lobes, der Furcht und der Ehre. Rabe dachte an Lemmingschwanz, Shuku und Maus. Er lächelte und flüsterte: »Ein guter Tausch.«

86

DIE WALJÄGER

Beringmeer

Sie kamen in der Nacht am Ufer der Händler vorbei, in der Dunkelheit, nachdem der Vollmond untergegangen war. Kukutux konnte das *ikyak* ihres Mannes hinter dem *ik* der Frauen fahren sehen, konnte die Stimme ihres Mannes hören, als er Zornesworte gegen den Häuptling des kleinen Dorfes im Hintergrund der zweiarmigen Bucht flüsterte. Sie konnten das Dorf vom Meer aus nicht sehen, doch Kukutux fühlte einen Unterschied in der Luft, als sie vorüberkamen, als ob die Stimmen von den Gebeten der Menschen den Wind besänftigten. Bald war sie zu sehr mit ihrem Paddel beschäftigt, mit dem Kampf gegen das aufgewühlte Wasser, wo die Bucht ins Meer mündete, um irgendeinen Unterschied zu bemerken, der von Gebeten kam.

Dann waren sie wieder in der gleichmäßigen Dünung des Nordmeeres. Kukutux strich sich die vom Salz steif gewordenen Haare aus den Augen und wünschte, sie hätte mit den Alten im Dorf der Waljäger bleiben dürfen. Sie würden in diesem Jahr ein gutes Leben haben. Mit wenigen Mündern zu füttern, und mit dem Öl und dem Fleisch, das Harter Felsen ihnen dagelassen hatte, würden sie nicht hungern.

»Siehst du die Männer?« fragte Scheckiger Korb.

»Nur Waxtal«, sagte Kukutux. »Er ist hinter uns.« Und sie fragte sich, wieso Scheckiger Korb von ihr erwartete, daß sie im Dunkeln etwas sah. »Ich glaube, sie sind weit voraus«, sagte Kukutux.

»Sie wollten, daß wir mitkamen, und jetzt wollen sie nicht auf uns warten«, sagte Weinende Frau, ihre Stimme ein Winseln, das Kukutux in den Ohren weh tat.

»Sie klagen über unsere Langsamkeit«, sagte Scheckiger Korb, »dabei haben sie gewußt, daß wir in unseren *iks* nicht mit ihnen mithalten können. Nicht einmal ein Jäger kann ein *ik* so schnell paddeln wie ein *ikyak.*«

»Wir sollten umkehren«, sagte Weinende Frau.

Kukutux knirschte mit den Zähnen, um sich davor zu bewahren, der Frau zu antworten. Wer war so töricht, zu denken, sie könnten umkehren? Zwei Monde waren sie schon unterwegs.

Jeder Tag war angefüllt mit Klagen, angefüllt mit Zorn. Aber die Klagen richteten sich gegen die Männer der Frauen, nicht gegen Waxtal. Er war es, der den Fluch von den Waljägern nehmen würde. Warum ihm Vorwürfe machen?

Aber je länger Kukutux Frau von dem Mann war, desto mehr zweifelte sie an seinen Kräften. Er hatte den Stoßzahn geschnitzt, aber Schnitzen schien das einzige zu sein, was er konnte. Er jagte nicht, er machte keine Waffen, er fischte nicht.

Er betete, und manchmal fastete er auch. Aber gewöhnlich aß er genug für zwei Jäger, und Kukutux wußte, daß er in der Zeit, wenn er zu beten behauptete, oft schlief. Dennoch, warum an einem Mann zweifeln, der mit Geistern sprach? Was, wenn seine Behauptungen wahr waren? Was, wenn er wirklich große Macht besaß? Dann würden ihre Zweifel nicht nur ihren Mann erzürnen, sondern auch die Geister.

Im Kampf gegen Samiq und die Robbenjäger werden sich Waxtals Kräfte beweisen, dachte Kukutux. Aber sie konnte Ängste und Sorgen nicht davon abhalten, in ihre Gedanken einzudringen.

Wie konnte ein alter Mann wie Waxtal einen jungen Mann töten, einen Jäger wie Samiq?

Als Antwort auf ihre eigene Frage ermahnte sich Kukutux, daß die Kräfte von Muskeln und Knochen nicht alles waren. Waxtals Kraft war eine innere Kraft, die von seinen Schnitzereien kam.

Sie tat einen langen Atemzug. Ihre Schultern schmerzten, und ihre Hände lagen so fest um das Paddel, daß sie nicht wußte, ob sie ihre Finger jemals wieder gerade biegen konnte. Aber die Monde in dem *ik* schienen ihren linken Arm gekräftigt zu haben, hatten ihren Ellenbogen gelockert, so daß sie den Arm mit etwas Mühe gerade halten konnte.

Und wenn Waxtal getötet wurde? Kukutux schauderte – sie war fern von ihrem Dorf, fern von der Insel, die sie kannte. Wenn sie ohne Mann zurückbliebe, würden die Waljäger dann für sie sorgen?

Ja, sagte Kukutux und versuchte, nicht an die Geschichten zu denken, die sie von längst vergangenen Zeiten gehört hatte, als man Frauen ohne Männer in harten Wintern verhungern ließ, damit Jäger und Mütter leben konnten.

Außerdem, dachte Kukutux, warum würde Harter Felsen Waxtal kämpfen lassen? Besser, wenn einer von den jungen Waljägern mit Samiq kämpfte, besser, wenn ein Waljäger den Fluch brechen würde. Vielleicht würde Harter Felsen selbst kämpfen. Der Mann, der den Fluch brach, würde die Führung des Waljägerdorfes für sich beanspruchen können. Wer würde einem solchen Mann die Ehre verweigern, *alananasika* zu sein? Würde Harter Felsen sich der Gefahr aussetzen, diese Ehre an jemand anderen zu verlieren?

Kukutux zog ihr Paddel aus dem Wasser, legte es über das *ik* und straffte die Schultern. Waxtal hatte verheißen, wenn sie die Bucht der Händler erst hinter sich hätten – bald, in ein, zwei Tagen –, würden sie zu einem Dorf von Ersten Menschen kommen, die sich Ugyuun nannten. Dort würden sie bleiben, hatte Waxtal versprochen, einen Tag und eine Nacht, eine lange Rast, bevor sie die Fahrt von acht, zehn Tagen antraten, die sie brauchen würden, um zum Dorf der Walroßmenschen zu gelangen. Waxtal hatte gesagt, daß er und die Waljäger in dem Walroßdorf willkommen sein würden, daß Waxtals Tochter – Frau von dem Schamanen des Walroßvolkes – ihre Behausung und ihr Essen mit ihnen teilen würde.

Kukutux lenkte ihre Gedanken von dem Schmerz in ihren Armen ab und dachte statt dessen an den Geruch von kochendem

Fleisch, den Duft von Bitterwurzelknollen und Robbenöl, den Geschmack von Seeigeln, von ihren nahrhaften feuerroten Eiern, roh aus der Schale. Sie träumte von Tagen, die sie mit Weben und Nähen, mit Ausgraben von Muscheln verbrachte. Sie dachte an die Wärme und Stille eines *ulaq,* an brennende Öllampen, und war froh, daß Waxtal nicht für immer Händler sein wollte. Wie schrecklich, immer ein *ik* zu paddeln, Tage und Tage. Wieviel besser war es, im *ulaq* ihres Mannes geborgen zu sein, ihre Augen anzufüllen mit Dingen, die sie kannte und verstand.

87

DAS WALROSSVOLK

Chagvan Bay, Alaska

Zuerst waren keine Schmerzen gewesen, nur ein plötzlicher Stoß in ihrem Rücken und die Erkenntnis, daß sie sich nicht bewegen konnte. In ihrer Überraschung konnte Blaue Muschel nicht einmal rufen, aber sie hatte den Mann gesehen, hatte seinen Federumhang gesehen und gewußt, daß es Rabe war. Er war allein und hatte aus irgendeinem Grund seinen Speer nach ihr geworfen. Sie wartete, wußte, er würde kommen, um nachzusehen, was er getan hatte.

Statt dessen war er wieder in seinem *ik* und stieß es vom Ufer ab. Sie hob ihre Stimme, rief nach ihm, aber er schien nicht zu hören. Mit einem Arm griff sie nach hinten und faßte den Speer. Ihr Blut klebte an dem Schaft. Sie zog, konnte den Speer aber nicht bewegen. Dann kamen die Schmerzen. Sie schrie auf, rief nach Menschen, die lange tot waren, ihrer Mutter, ihrem Vater. Sie rief nach ihrer Tochter Kiin, jetzt weit fort am Ufer der

Händler, und nach ihrem Mann Große Zähne, einem Mann, der viel lachte und von freundlichem Wesen war.

Die Schmerzen zogen Träume an, und eine Weile verlor sich Blaue Muschel in fremden Welten. Sie schlief und schlief doch nicht, sie flog mit ihren Träumen an Orte, wo nur Vögel hinkommen konnten, dann kehrte sie zurück und fand sich durch Rabes Speer an die Erde gefesselt.

Endlich hörte sie wieder das Geräusch eines Paddels. Bestimmt war es Rabe, wieder versuchte sie zu rufen. Diesmal war ihre Stimme stark. Er würde sie hören. Wenn er nur den Speer aus ihrem Rücken zöge, würde sie in das Dorf zurückkehren, hart für die Menschen arbeiten ... aber nein, sie sollte doch ihren Vater treffen ... nein, ihren Mann, Große Zähne. Um ihm zu sagen ... ihm zu sagen ... es gab etwas, das sie ihm sagen mußte.

Ihre Augen fielen zu, aber sie zwang sich, sie zu öffnen. Sie rief, bis ihr Mund keine Worte mehr bilden konnte. Sie war zu müde, der Schmerz verbrannte ihren Rücken, und der Speer schien sie weiter und weiter in die Erde zu drücken. Sie schlief ein, dann rief eine Stimme.

»Man nennt mich Asxahmaagikug«, flüsterte Blaue Muschel. »Ich bin Sklavin ...« Jemand war neben ihr, versuchte, sie umzudrehen. Sie öffnete die Augen. Große Zähne. Sie hob eine Hand, konnte aber nicht weit genug reichen, um seine Tränen fortzuwischen.

»Warum?« fragte er sie. »Warum?«

Einen Moment verstand Blaue Muschel seine Frage nicht, aber dann fühlte sie seine Hand auf dem Speer.

»Nein«, flüsterte sie. Die Schmerzen kamen wieder, schnitten in ihren Körper wie die Klinge eines Messers. Die Erde war plötzlich weich unter ihr, und sie griff nach Große Zähne, schrie mit aller Kraft: »Fluß, Fluß, Fluß ...«

Dann waren die Schmerzen fort, und die Welt war eine neue Welt, die leuchtete, und sie machte die Augen weit auf, um sie zu sehen.

88

Große Zähne hob den Speer auf. Er betrachtete die Zeichen, dann sagte er: »Rabe.« Das Wort war ein Flüstern, stieg dann an zu einem Ruf, einem Schrei. »Rabe! Rabe! Ist es nicht genug, daß du Amgigh getötet hast? Mußtest du auch meine Frau töten?«

Er erhob die Stimme zu einem langen, klagenden Ruf, dann kniete er sich neben Blaue Muschel, strich ihr über das Haar, streichelte ihr Gesicht. Lange Zeit rührte er sich nicht, sprach er nicht. Schließlich bedeckte er das Gesicht mit den Händen und weinte.

Als die Sonne am östlichen Himmel sichtbar wurde, eine dünne rote Linie über den Anhöhen, ging Große Zähne zu seinem *ikyak* und holte eine Robbenhaut aus seinem Vorratspakken. Er breitete sie über Blaue Muschel. Er sammelte Steine am Strand und deckte seine Frau zu.

Dann band er Rabes Speer auf dem Deck seines *ikyak* fest und schob das Boot in die Bucht. Er paddelte zum Walroßdorf.

Rabe ging auf seine Seite in der Behausung von Grasohren. Die Lampe war kalt, das Öl darin dick und zum Teil geronnen. Da war kein Geruch von kochendem Essen, kein Geräusch von Frauenstimmen. Er stellte seinen Packen auf die Erde und rief dann nach den Frauen von Grasohren, bat sie, zu kommen und die Öllampe anzuzünden, Essen zu bringen.

Eine kam und putzte mit ihrem Frauenmesser den Docht der Lampe. Sie entzündete das Öl, und ihre Schwester brachte getrockneten Fisch und ein paar frische Seeigel.

Rabe brach die Seeigel auf und benutzte seinen Daumennagel, um die Eier herauszukratzen. Er machte den Mund auf, um nach Wasser zu verlangen, doch die Frauen von Grasöhren waren schon zu ihrer Seite der Behausung zurückgegangen. Rabe stand auf und zog eine Wasserhaut herunter. Sie war fast leer. Die anderen Blasen, die gewöhnlich gebündelt unter dem Dach der Behausung hingen wie kleine weiße Monde, waren ebenfalls leer. Erwarteten die Frauen dieses Dorfes, daß ihr Schamane sich sein Wasser selbst holte?

Er band die Blasen los und brachte sie zu den Frauen, dann kehrte er, ohne etwas zu sagen, in seine Hälfte der Behausung zurück. Er würde sich eine Frau besorgen müssen. Ein Mann konnte nicht leben ohne eine Frau, die ihm seinen Parka nähte, sein Essen bereitete, sein Schlaflager wärmte und sein Wasser brachte.

Er brach noch einen Seeigel auf. Aber welche? Es waren keine schönen Frauen mehr übrig im Dorf. Sie hatten alle schon einen Mann. Da war die junge Tochter von Kinnhaare, aber sie hatte ihre erste Blutung noch nicht gehabt. Außerdem wollte er eine ältere Frau. Eine, die schon wußte, wie ein Mann am besten zufriedenzustellen war. Er seufzte. Die einzigen Frauen ohne Männer im Dorf waren die Frauen des ältesten Bruders von Lemmingschwanz. Und welche Frau würde den zum Mann nehmen, der ihren Mann getötet hatte?

Freilich, er hatte Kiins Mann getötet ... Und nun fragte sich Rabe, ob die Frau lebte, ob sie wieder bei dem Mann war, den sie Samiq nannte, oder ob sie tot war, umgekommen irgendwo im Nordmeer. In wenigen Tagen wollte er in das Ugyuundorf zurückkehren. Wenn Kiin lebte, würde er sie finden.

Der Vorhang, der Rabes Seite der Behausung von der Seite von Grasohren trennte, bewegte sich, und Rabe wartete, daß die Frauen von Grasohren ihm Wasser bringen würden. Sie waren langsam. Ein Gefühl von aufsteigendem Zorn engte seine Brust ein. Was konnte er erwarten? fragte er sich. Grasohren verlangte so wenig von seinen Frauen, daß sie nie gelernt hatten, ordentlich zu dienen.

»Ihr habt euch viel Zeit gelassen«, sagte er, ohne von dem Seeigel, den er aß, aufzusehen.

»Ich bin gekommen, um deinen Speer zurückzubringen.«

Die Worte waren in der Sprache der Ersten Menschen gesprochen, und die Stimme war hart. Rabe sah auf. Er kräuselte die Lippen und knirschte mit den Zähnen. Wer war dieser Mann, der in seine Behausung kam und ohne Höflichkeit sprach?

»Wer bist du?« fragte Rabe barsch. Er stand auf, und ohne dem Mann den Rücken zuzuwenden, machte er zwei rasche Schritte zu seiner Waffenecke. Er ergriff eine Walroßharpune mit der linken Hand, einen Wurfspeer mit der rechten.

»Ich bin Große Zähne von den Ersten Menschen, Mann von Blaue Muschel, der Frau, die du mit deinem Speer getötet hast.«

Rabe sah auf den Speer in den Händen des Mannes und wußte, es war der Speer, den er am frühen Morgen ins Gras geworfen hatte. An der Andesitspitze war Blut.

»Ich habe dich nicht in meine Behausung eingeladen«, sagte Rabe. »Ich habe deine Frau nicht getötet. Ich kenne dich nicht einmal. Ich kenne sie nicht.«

Dann war Eisjäger in der Behausung und riß den Trennvorhang zur Seite.

Aus den Augenwinkeln konnte Rabe Grasohren vor der gegenüberliegenden Wand kauern sehen, seine Frauen hinter ihm.

»Ich habe meine Söhne gerufen«, sagte Eisjäger in der Sprache des Walroßvolkes zu Rabe. »Wer ist dieser Mann?«

»Er sagt, er ist von den Ersten Menschen.«

Eisjäger, ein Ärmelmesser in der einen Hand, einen Speer in der anderen, zeigte mit dem Messer auf Große Zähne und fragte. »Der Speer? Wessen Blut?«

»Er sagt, ich habe ihn benutzt, um seine Frau zu töten«, antwortete Rabe.

Als würde er Eisjäger nicht sehen, als würde er die Stimme des Mannes nicht hören, hielt Große Zähne den Speer mit einer Hand in die Höhe und fragte Rabe: »Ist das dein Speer?«

Eisjäger betrachtete den Speer. Mit einem schnellen Ruck deutete er mit dem Kinn auf die Zeichen am Schaft und sah Rabe an. »Ist es deiner?« fragte er.

»Ja, es ist mein Speer«, sagte Rabe.

»Wessen Blut?« wiederholte Eisjäger, dann wandte er sich an Große Zähne und fragte in der Walroßsprache: »Wo war deine Frau? Warum hätte Rabe sie töten sollen?«

»Ich weiß nicht, warum er sie getötet hat«, antwortete Große Zähne, »aber sie ist tot. Ich habe sie heute morgen mit einem Speer im Rücken gefunden. Diesem Speer.«

»Warst du hierhergekommen, um zu jagen oder zu tauschen?« fragte Eisjäger.

»Meine Frau wurde geraubt und als Sklavin verkauft. Ich habe sie gesucht. Ihr Name ist Asxahmaagikug.«

»Asxahmaagikug ist Sklavin von Kinnhaare. Wenn jemand sie getötet hat, war es vielleicht Kinnhaare.«

»Ist dies der Speer von Kinnhaare?« fragte Große Zähne. »Ich kam in dieses Dorf, fragte die Männer bei den *ikyak*-Gestellen, wem der Speer gehörte und in welcher Behausung der Mann lebte. Sie sagten mir, er gehöre einem Schamanen namens Rabe. Sie sagten mir, dies sei Rabes Behausung. Haben sie gelogen?«

»Es ist sein Speer«, sagte Eisjäger.

»Ich habe die Frau nicht getötet«, sagte Rabe, und sein Zorn auf alles an diesem Tag sammelte sich und ließ ihn die Worte schreien. Er hatte den Speer nach einem Geist geworfen. Aber wer konnte sagen, was ein Geist tun würde? Vielleicht hatte er sich in die Frau verwandelt, die Kinnhaare gekauft hatte. Vielleicht war sie eine, die dem Walroßvolk Schaden bringen würde. Wenn es so war, dann war das Beste geschehen. Warum ihm Vorwürfe machen?

Dieser Jäger von den Ersten Menschen erwartete wohl, daß er ihm eine Art Entschädigung gab, vermutlich genug, um sich eine neue Frau zu kaufen. Der Mann war ein Dummkopf, wenn er dachte, Rabe würde seine Tauschwaren verwenden, um für eine tote Sklavin zu bezahlen.

Dann sagte Eisjäger: »Bleibt hier und tötet euch nicht gegenseitig. Ich gehe Kinnhaare holen.«

Große Zähne nickte kurz, ließ aber Rabe nicht aus den Augen. Die zwei Männer warteten, jeder mit Waffen in den Händen, jeder den anderen belauernd, bis Eisjäger mit Kinnhaare zurückkehrte.

»Er sagt, Asxahmaagikug war heute morgen verschwunden«, sagte Eisjäger. »Er sagt, er hat sie seit gestern abend nicht mehr gesehen.«

»Ich habe deine Sklavin nicht getötet«, sagte Rabe zu Kinnhaare. »Ich werde nicht für sie bezahlen.«

»Dieser Mann sagt, er ist ihr Mann«, sagte Eisjäger zu Kinnhaare und zeigte auf Große Zähne.

»Euer Schamane hat meine Frau getötet«, sagte Große Zähne.

»Wenn du sie nicht getötet hast«, sagte Eisjäger zu Rabe, »warum hat er deinen Speer? Warum ist Blut an der Speerspitze?«

»Ich bin gestern abend von meiner Reise zu den Flußmenschen zurückgekehrt«, sagte Rabe. »Ich brachte mein *ik* an Land, nicht weit von hier, um zu beten, zu singen, um Schutz für dieses Dorf zu bitten. Da war ein Wolf am Strand. Im Dunkeln habe ich meinen Speer geworfen. Nach einem Wolf. Vielleicht hast du deine Frau nicht wirklich gekannt. Vielleicht war sie Tier, nicht Frau. Wenn das so ist, dann ist es besser, daß sie tot ist.«

Große Zähne starrte den Mann lange Zeit an. Dann ließ er Rabes Speer schließlich sinken und lehnte ihn an die Wand der Behausung. Er schloß die Augen und schüttelte den Kopf. »Sie war nicht Wolf; sie war Frau.«

»Wenn du sie getötet hast, schuldest du mir zwei Robbenmägen mit Öl«, sagte Kinnhaare zu Rabe.

Rabe zeigte auf Große Zähne. »Wenn sie ihrem Mann geraubt wurde und du sie als Sklavin genommen hast«, sagte Rabe zu Kinnhaare, »schuldest du ihm mehr als das.«

Kinnhaare sagte leise etwas, dann drehte er sich um und verließ die Behausung.

»Ich werde dir das Öl geben«, sagte Rabe zu Große Zähne.

Große Zähne öffnete den Mund, um zu sprechen, dann schüttelte er den Kopf und wandte sich ab.

»Ich sage nicht, daß die Frau nur zwei Robbenmägen mit Öl wert ist, aber es ist besser als nichts«, sagte Rabe. »Hat sie Kinder?«

»Eine Tochter«, sagte Große Zähne.

»Nimm das Öl für sie.«

Große Zähne sah zu, wie Rabe zwei Robbenmägen mit Öl aus seiner Speisenische holte. »Willst du sie nehmen?« fragte Rabe.

Große Zähne nickte.

»Sage der Tochter, die Frau war ein Wolf. Ich hatte keine Wahl.«

»Ich werde es ihr sagen«, sagte Große Zähne.

Rabe gab ihm das Öl, und Große Zähne klemmte einen Magen unter jeden Arm. Der Jäger von den Ersten Menschen schloß die Augen. Als er sie wieder öffnete, sah Rabe seine Tränen.

»Nimm dies«, sagte Rabe. Von seinem Hals nahm er eine Schnur mit runden, hohlen Perlen, aus Rückenknorpeln des Lachses gefertigt. Er streifte sie über den Kopf von Große Zähne. »Ich habe sie von einem Schamanen des Flußvolkes bekommen. Ich war dort, um von ihm zu lernen. Die Halskette hat Macht.«

Danach verließ Große Zähne die Behausung. Eisjäger ging mit ihm bis zum Wasserrand, half ihm, die Mägen mit Öl in seinem *ikyak* festzubinden.

»Das alles tut mir leid«, sagte Eisjäger zu Große Zähne.

Große Zähne räusperte sich, beugte sich vor, um sein *ikyak* zu streicheln, dann sah er zu Eisjäger hoch und sagte: »Da war eine andere Frau, ebenfalls als Sklavin verkauft. Sie gehört nicht mir, aber ihr Vater kam einmal auf der Suche nach ihr in unser Dorf. Sie hatte zwei Söhne. Ihr Name ist Kiin.«

Eisjäger schloß die Augen und rieb sich mit der Hand über sein Gesicht. »Es tut mir leid«, sagte er. »Sie ist auch tot, sie und ihre Söhne. Sie war draußen in ihrem *ik*. Es ist etwas geschehen. Sie ist ertrunken.«

»Wenn ich ihren Vater sehe«, sagte Große Zähne, »werde ich

es ihm sagen.« Er hob seine Hand zu der Halskette, die Rabe ihm gegeben hatte.

»Rabe ist ein Schamane«, sagte Eisjäger. »Ihm ist sehr viel an Macht gelegen. Meine Söhne sagen, er hat seine Frau Lemmingschwanz und ihren Sohn Maus dem Schamanen des Flußvolkes zum Tausch gegeben, damit der Mann ihn unterwies. Die Halskette ist mehr wert, als sie aussieht.«

Große Zähne antwortete nicht. Er schob sein *ikyak* ins Wasser und setzte sich hinein, dann paddelte er fort. Er kehrte dorthin zurück, wo er den Leichnam von Blaue Muschel gelassen hatte, zu dem Grab aus Steinen. »Der Junge ist fort«, flüsterte er ihr zu. »Eisjäger sagt, er ist tot.«

Lange Zeit blieb Große Zähne bei dem Grab sitzen, doch schließlich ging er zu seinem *ikyak.* Dann kehrte er um, nahm die Halskette ab, die Rabe ihm gegeben hatte, und trug sie zu dem Grab. Er ließ sie zwischen die Steine fallen, die den Leichnam seiner Frau bedeckten.

Er war in seinem *ikyak,* fast schon an der Mündung der Bucht, als der Wind sprach – ein einziges Wort, das letzte Wort von Blaue Muschel: »Fluß.«

89

DIE FLUSSMENSCHEN

Kuskokwim River, Alaska

»Du schnitzt nicht, nicht wahr?« fragte Dyenen die Frau.

Sie lächelte und hob ihre Schürze hoch, spreizte die Beine und streckte die Arme nach ihm aus.

»Ich bin ein alter Mann. Du denkst, du kannst mich vergessen machen, indem du mich in die Schlafdecken lockst? Ich habe vier andere Frauen, die mich mehr erfreuen als du.«

Die Frau schob die Unterlippe vor. »Ich schnitze«, sagte sie, und mit einer ausladenden Handbewegung wies sie auf die Stükke aus Holz und Elfenbein, die an einer Wand der Behausung aufgereiht waren. »Sieh, Tiere«, sagte sie. »Wölfe und Robben und Seelöwen. Zwei Walrosse und vier Vögel.«

»Du hast sie nicht geschnitzt«, erwiderte Dyenen und verließ die Behausung.

Er schritt durch sein Dorf. In der großen Behausung, derjenigen, die der Frau Zwei Hände gehörte, hatte es Tote gegeben: ein neugeborenes Mädchen und ein Junge von drei Sommern. Dem Säugling war der Atem in der Nacht gestohlen worden, der Junge war an Fleisch erstickt.

Zwei Hände machte Dyenen keine Vorwürfe. Beide Kinder waren tot, als sie zu dem Schamanen gebracht wurden. Was hätte er tun können?

In der nächsten Behausung war ein alter Mann gestorben. Einst war er ein großer Jäger gewesen. Es war sogar noch in hohem Alter stark gewesen, doch ein plötzlicher reißender Schmerz in seiner Schulter hatte ihn geschwächt, und nach sechs, sieben Tagen war er gestorben. Dyenens Gesänge hatten den Tod nicht fernhalten können.

In einer Behausung am Rande des Dorfes war eine junge Mutter gestorben. Niemand wußte, warum. Sie hatte eine Fischfalle im Fluß ausgebessert, dann war sie tot. Ihre Schwester war ebenfalls gestorben, nur drei Tage später; ein Schmerz in ihrer Seite war so stark geworden, daß sie es nicht ertragen konnte, in der Welt der Sonne zu bleiben. Ihr Mann sagte, sie habe ihre Schwester in der Nacht nach ihr rufen hören.

Dyenen konnte sich nicht erinnern, schon einmal so viele unerklärliche Todesfälle in so kurzer Zeit erlebt zu haben. Wozu war ein Schamane nütze, wenn er sein Volk nicht beschützen konnte? Niemand hungerte, niemand brach Tabus, und doch starben die Leute. Und was hatte sich im Dorf verändert, was war Neues gekommen, das dieses Sterben verursacht haben könnte? Nichts außer der Frau Kiin.

Eine kleine Stimme, wie eine von den Stimmen, die Dyenen in seiner Kehle verwahrte, kam zu ihm. Sie sprach aus der fernen Ecke seiner Gedanken, die dünne Stimme eines Kindes. »Rabe hat gelogen. Die Frau, die er dir gegeben hat, ist nicht Kiin. Die Kinder, die er dir gegeben hat, sind nicht Kiins Kinder. Du hast die Sicherheit dieses Dorfes für die Hoffnung auf einen Sohn eingetauscht. Für dich selbst. Deine Selbstsucht. Du hast im Leben alles gehabt – gute Frauen, ein starkes Dorf, eine gute Behausung, genug Essen, schöne Töchter, die Achtung der Männer in deinem Dorf und in Dörfern weit fort vom Fluß. Du hast alles gehabt außer einen Sohn. Und doch konntest du nicht glücklich sein mit dem, was du hattest.«

Während Dyenen zwischen den Behausungen umherging, antwortete er der Stimme im Zorn: »Ist es unrecht von einem Mann, sich einen Sohn zu wünschen? Ein Sohn jagt. Er bringt Fleisch für das Dorf, und die Kinder bekommen zu essen. Ist ein Mann schlecht, weil er sich einen Sohn ersehnt? Außerdem habe ich Kräfte. Ich habe viel gelernt. Ich brauche jemanden, ihn zu unterweisen, damit das Wissen, das ich erworben habe, nicht vergessen wird.«

»Du hast schon jemanden unterwiesen«, sagte die Stimme, und sie sprach in der Sprache der Walroßmenschen, mit den harten, eigenartigen Lauten dieser Sprache.

»Er hat wenig gelernt. Er hat nicht verstanden, was wichtig war«, sagte Dyenen.

»Dann hast du nicht klug gewählt.«

»Wie kann ein Mann wissen, was im Herzen eines anderen Mannes ist?«

»Würde dein Sohn anders sein?«

»Er würde mein Blut haben.«

Dann schwieg die Stimme. Doch Dyenens Zorn schwoll an zu einer Fülle, daß ihm die Brust schmerzte. Er kehrte in die Behausung zurück und fand dort seine neue Frau vor, die eines der Kinder stillte. Der Vogel aus Elfenbein lag neben ihr, der Vollendung nicht näher als am Tag zuvor.

Ein Mann sieht, was er sehen will, sagte Dyenen bei sich.

»Belüge mich nicht«, sagte Dyenen. »Ich habe Wege, die Wahrheit zu wissen. Du hast mich mit Geistern sprechen hören. Du hast sie diese Behausung bewegen sehen. Du hast ihre Stimmen gehört. Wenn du mir nicht die Wahrheit sagst, werde ich alle die Geister heute nacht herbeirufen. Sie werden bei dir bleiben. Ich kann nicht sagen, was sie mit dir machen werden, wenn ich fort bin.«

Das Gesicht der Frau wurde bleich, und sie streckte die Hände nach ihm aus wie ein Kind, das danach verlangt, gehalten zu werden.

»Wer bist du?« fragte Dyenen.

»Ich bin Kiin«, sagte sie, doch ihre Stimme war leise.

»Wer bist du?« fragte Dyenen wieder.

»Kiin.«

»Du lügst!«

»Ich bin Kiin!«

»Nein! Nimm deine Kinder und verlasse unser Dorf. Geh zurück zu Saghani.«

»Ich weiß den Weg nicht«, sagte die Frau. Sie legte die Arme um den Jungen auf ihrem Schoß.

»Du kannst nicht bleiben, wenn du mir nicht sagst, wer du bist«, sagte Dyenen.

Schließlich sagte die Frau: »Kiin ist tot. Als Rabe sie dir versprach, wußte er nicht, daß sie tot war. Ich war seine andere Frau.« Sie hob das Kinn, straffte die Lippen zu einem dünnen Strich und sagte dann: »Ich war seine erste Frau – wichtiger als Kiin –, darum hat er dir mich statt ihrer gegeben.«

»Und diese Jungen, sind das ihre Söhne?« fragte Dyenen. Er zeigte auf Maus und Shuku.

Die Frau sah die Jungen einen langen Augenblick an, Maus, der an ihrer Brust saugte, und den älteren, kräftigeren Shuku, der aufrecht mit schnellen Schritten von einer Seite der Behausung zur anderen lief. »Einer von ihren Söhnen ist tot«, antwortete sie. »Das habe ich dir schon gesagt. Den anderen Jungen hat Rabe dir gebracht.« Sie wies mit dem Kinn auf Shuku. »Er ist mein Sohn. Dieser«, sagte sie und hob Maus von ihrer Brust, »ist der Sohn von Kiin. Er ist derjenige, der zum Schamanen erzogen werden soll. Er trägt die Kräfte seiner Mutter in sich.« Sie befühlte das geschnitzte *ikyak* aus Elfenbein, das auf den Parka des Kindes genäht war. »Siehst du? Sein Amulett ist eine Schnitzarbeit von seiner Mutter.«

»Maus sieht aus wie du«, sagte Dyenen. »Er sieht aus, als wäre er dein Sohn.«

»Kiin war meine jüngere Schwester«, sagte die Frau. »Ich sehe aus wie sie; sie sah aus wie ich.«

Es ist möglich, dachte Dyenen. Männer nehmen sich oft Schwestern zu Frauen. Außerdem, die Jungen gehörten jetzt ihm. Sie hatten einen Platz in seinem Herzen gefunden. Er wollte sie nicht aufgeben, und die Frau schien ihnen eine gute Mutter zu sein.

Dyenen dachte an sein Dorf, an die Lügen, die Rabe ihm erzählt hatte. Die Frau war nicht Kiin, und doch hatten sie sie Kiin genannt und damit die Macht dieses Namens mißbraucht. Sie hatten eine Frau gekränkt, die eine begabte Schnitzerin war, hatten den Zorn ihrer Geister erregt – des Geistes ihrer Seele, des Geistes ihres Namens. Es war kein Wunder, daß Menschen gestorben waren.

Wenn er fastete und betete, wenn er der toten Kiin sagte, er wolle sie mit Gesängen und Liedern ehren, er wolle ihre Söhne ehren und ihre Schwester, würde er vielleicht imstande sein, auf diese Weise den Fluch von seinem Dorf zu nehmen und die beiden Jungen dennoch zu behalten.

»Wie wirst du genannt?« fragte er die Frau.

»Ich bin Lemmingschwanz«, antwortete sie.

»Lemmingschwanz«, sagte Dyenen. »Ich werde dich als Frau behalten, und ich werde deine Söhne behalten.«

90

DIE WALJÄGER

Alaska-Halbinsel

Kukutux beobachtete, daß die *ikyan* auf das Ufer zuhielten. »Die Männer wollen an Land«, sagte sie zu den anderen Frauen. Auf einmal ging es in den *iks* sehr rege zu, Frauen schnürten Pakken, holten Fischschnüre ein.

Die Frauen paddelten, bis sie zu dem Wasserlauf kamen, in den die *ikyan* eingebogen waren, dann brachten sie ihre *iks* in seichtes Wasser. Als sie zu dem Kiesstrand kamen, wo die Männer an Land gegangen waren, paddelten die Frauen ans Ufer, dann trugen sie Blasen mit Wasser und Robbenhäute mit getrocknetem Fisch zu der Lagerstatt, die die Männer ausgesucht hatten.

Kukutux nahm zusammengerollte Robbenhäute, aus denen sie ein Obdach für Waxtal und sich selbst errichtete. Als sie zu Waxtals *ikyak* ging, bemerkte sie Spuren im Sand. Pfade, die das Raigras durchzogen.

Sie eilte zu Waxtal. »Hier sind Leute«, sagte sie und neigte sich dicht zu ihrem Mann, der über den Rumpf seines *ikyak* gebeugt war.

»Hol mir Sehnenschnur und Ahle«, sagte Waxtal zu ihr, als ob sie nicht gesprochen hätte.

»Hier sind Leute, andere Leute«, sagte Kukutux wieder, diesmal lauter. »Ist dies das Ufer des Ugyuunvolkes?«

»Ich habe dir gesagt, ich brauche Sehnenschnur und Ahle«, wiederholte Waxtal mit erhobener Stimme. Er legte die Hand auf einen dünnen Schnitt in der Bespannung des *ikyak*. Der Schnitt war nicht durch die Seelöwenhaut gedrungen, aber er war lang und könnte aufreißen, wenn das *ikyak* gegen einen Felsen schlug oder in unruhige See geriet.

Kukutux schüttelte verärgert den Kopf, begab sich aber zu ihrem Vorratspacken. Sie fand Ahle und Sehnenschnur und kehrte dann zu Waxtal zurück.

Da sie mit gesenktem Kopf ging, wäre sie beinahe mit Sterbende Robbe zusammengestoßen.

»Kukutux!« sagte er, Erstaunen und Lachen in der Stimme.

Kukutux dachte nicht an Höflichkeit, an Entschuldigungen, sondern sah Sterbende Robbe an und sagte: »Hier sind Leute. Andere Leute.« Sie zeigte auf die Pfade im Gras und die Fußabdrücke im Sand.

»Wir sind in der Nähe von einem Dorf«, sagte Sterbende Robbe. »Waxtal nennt die Leute Ugyuun. Er sagt, es sind Erste Menschen.«

»Dann haben wir noch acht, zehn Tage, bin wir das Walroßdorf erreichen?« fragte sie.

Sterbende Robbe zuckte die Achseln. »Frag Waxtal.«

Kukutux öffnete den Mund, um noch eine Frage zu stellen, aber Waxtal rief nach ihr, die Stimme zornig, und sie wandte sich von Sterbende Robbe ab und ging zu ihrem Mann, gab ihm Ahle und Sehnenschnur, während er sie schalt. Seine Worte rannen wie Regen über ihren Kopf.

Und als wären sie Regen, achtete Kukutux nicht auf sie.

Sie ist keine unnütze Frau, dachte Waxtal, als er das Obdach betrachtete, das seine Frau errichtet hatte. Es war gut, wasserdicht und mit genug Platz, daß ein Mann sich in voller Länge zum Schlafen ausstrecken konnte. Doch in vielerlei Hinsicht ärgerte ihn Kukutux. Das eine Mal, als er sie schlug, hatte sie ihn zurückgeschlagen, mit voller Kraft. Seitdem hatte er seinen Zorn nur mit Worten an ihr ausgelassen. Manchmal waren Worte nicht genug.

Waxtal stand bei Harter Felsen und Sterbende Robbe. Die beiden Männer sprachen über das Jagen von Walen. Waxtal zog die Lippen kraus. Was war das Jagen von Walen, verglichen mit dem Beherrschen von Geistern? Was war das Jagen von Walen, verglichen mit Schnitzen? Wer würde sich zu der Zeit der Kindeskinder ihrer Kinder der Namen Harter Felsen oder Sterbende Robbe erinnern? Aber sie würden Waxtals Stoßzähne betrachten und seiner gedenken.

»Du kennst dieses Volk?« fragte Harter Felsen, zu Waxtal gewandt.

»Die Ugyuun?« fragte Waxtal. »Ich habe schon mit ihnen Handel getrieben«, sagte er.

Harter Felsen grunzte, ein Laut, der Waxtal jedesmal ärgerte. Der Mann war geizig mit Worten, als wären seine Gedanken zu bedeutend, um sie mit anderen zu teilen. Harter Felsen konnte Samiq die Schuld an dem Fluch geben, der über das Dorf des Waljägervolkes gekommen war, aber als *alananasika* war Harter Felsen verantwortlich für das, was seinem Volk geschah. Vielleicht verbrachte er nicht genügend Zeit mit Fasten, genügend Zeit fern von seinen Frauen. Vielleicht fühlten die Wale seine Unreinheit und wollten sich nicht den Harpunen der Waljäger übergeben.

Waxtal zeigte auf den Pfad, der zu dem Ugyuundorf führte. Er trat beiseite, um Harter Felsen und Sterbende Robbe vorangehen zu lassen, doch als die niedrigen Erhebungen von den *ulas* der Ugyuunmenschen in Sicht kamen, verlangsamte Harter Felsen seine Schritte.

»Geh du voran«, sagte er zu Waxtal.

Sogar Harter Felsen sieht mich als Anführer, dachte Waxtal. Was ist *alananasika,* verglichen mit Schamane?

Sterbende Robbe wies auf die schäbigen *ikyak*-Gestelle, und Waxtal wandte den Kopf und sagte: »Die Ugyuun sind faule Leute und haben nicht viel, aber einige ihrer Frauen sind schön.«

Als Waxtal drei Ugyuunmänner hinter den Gestellen sah, zwei weitere auf dem Dach eines *ulaq,* allesamt untätig, nickte er, wie im Einverständnis mit seinen eigenen Gedanken. Ein altes *ulaq* war der Verrottung überlassen, gute Sparren wie schlechte, das Dach und eine Wand eingedrückt. Die *ikyak*-Gestelle fielen zusammen, sie waren mit Stöcken und Steinen gestützt.

Waxtal rief die Ugyuunmänner an, rief und grüßte sie mit geöffneten Händen. »Wir sind vom Volk der Waljäger. Wir sind unterwegs, um mit dem Walroßstamm Tauschhandel zu treiben, aber wir brauchen frisches Fleisch. Seid ihr gewillt, Seeigel gegen getrockneten Fisch zu tauschen? Vogelfleisch gegen Robbenhäute?«

Die zwei Männer auf dem *ulaq* rutschten vom Dach und gesellten sich zu denen am Strand. Ein Mann trug einen Vogelspeer in der Hand. Die anderen behielten ihre Hände in ihren Ärmeln.

Die Haare in Waxtals Achselhöhlen kribbelten.

»Du hast gesagt, du kennst sie«, flüsterte Harter Felsen.

Sterbende Robbe trat vor, streckte die Hände aus und wiederholte Waxtals Gruß.

Der größte von den Ugyuunmännern streckte ebenfalls die Hände aus, und die anderen Ugyuunmänner folgten, einer nach dem anderen.

Waxtal tat einen langen Atemzug, dann trat er nach vorn, noch vor Sterbende Robbe. »Wir kommen nicht als Händler, aber zum Tauschen, und um zu fragen, ob wir die Nacht hier am Strand verbringen dürfen.« Er drehte sich um und deutete auf die Stelle.

»Ihr könnt gerne bleiben, aber wir haben wenig zum Tauschen«, sagte der größte Ugyuunmann.

»Wasser?« fragte Harter Felsen.

»Ja, wir haben Wasser.«

»Sehnen?« fragte Sterbende Robbe.

»Einige. Was bietet ihr dafür?«

»Öl«, sagte Waxtal und achtete nicht auf den Zorn im Gesicht von Harter Felsen. Sie hatten genug Öl, um bis zum Dorf des Walroßvolkes zu gelangen. Was kümmerte es Waxtal, ob das Öl darüber hinaus reichte? Er würde nicht mit den anderen zur Insel der Waljäger zurückkehren. Er und Kukutux würden bleiben – und Harter Felsen hätte zwei Leute weniger zu ernähren.

Vielleicht würden die Waljäger, wenn sie nicht genug Öl für

die Rückreise hätten, ja beschließen, Teil von Waxtals Dorf zu werden und ihm so Schamanenmacht über mehr Menschen geben. Oder sie würden vielleicht einige von den Kindern zurucklassen. Er würde bereitwillig die Stieftochter von Weinende Frau als zweite Frau nehmen. Die meisten Schamanen hatten wenigstens zwei Frauen. Wenn sie Samiq töteten, würden die Waljäger ihm ohnehin eine Frau schulden, eine Frau und noch viel mehr. Und wenn sie etwas dafür haben wollten, würde er ihnen Blaue Muschel geben. Er lächelte beinahe. Eine alte Frau für eine junge.

»Wir wollen etwas von unserem Öl tauschen«, sagte Harter Felsen. »Und getrockneten Fisch. Robbenhäute, ein paar. Harpunenspitzen aus Walbein und Perlen.«

Der Mann, der der Anführer der Ugyuunmenschen zu sein schien, hob die Augenbrauen und sah rasch zu den Männern neben ihm. Einige nickten.

»Wir werden holen, was wir zum Tauschen haben«, sagte Harter Felsen. Er und Sterbende Robbe drehten sich um, aber Waxtal hob das Kinn, um auf das Ugyuundorf zu deuten, und sagte: »Ich gehe mit ihnen.«

Waxtal wußte, daß Harter Felsen nicht viel Öl mitbringen würde, aber er wollte nicht mit ihnen gehen. Warum sich mit Robbenhäuten und getrocknetem Fisch beladen? Warum Körbe und Wasserblasen tragen? Sollten Harter Felsen und Sterbende Robbe tragen, was zu tragen war. Waxtal war der Händler. Er wollte tun, was er gut konnte, und die Waljäger würden mehr bekommen, als wenn er Harter Felsen und Sterbende Robbe hätte sprechen lassen.

Er spürte den Zorn im Blick von Harter Felsen, aber er kehrte dem Mann den Rücken und folgte den Ugyuunmännern.

In einem der *ulas* der Ugyuunmenschen hockten die Männer neben einer Öllampe. Aus einem trüben Winkel des Raumes kam eine Frau, eine schöne junge Frau, in einem *suk*, den Chagak selbst hätte gemacht haben können, so sorgfältig war die Näharbeit, so schön waren die Federn.

Als Waxtals Augen sich an das Licht gewöhnt hatten, betrachtete er das Innere des *ulaq*. Es war reinlich und in guter Ordnung, was ihn überraschte. Er war ein- oder zweimal in anderen *ulas* von Ugyuunmenschen gewesen. Alle Gegenstände waren gewöhnlich durcheinandergeworfen, und der Geruch nach verrottendem Heidekraut auf dem Fußboden und der Gestank nach altem Fisch waren so schwer gewesen wie Rauch. Aber dieses *ulaq* roch nach frischem Heidekraut, nach neu gewebtem Raigras, nach kochendem Fleisch. Die Dochte der Öllampen waren geputzt, und selbst über die Breite des *ulaq* hinweg konnte er sehen, daß der Vorhang vor der Speisenische sich von ihrem Inhalt bauschte.

»Ich bin Adler. Dies ist meine Frau Kleine Pflanze«, sagte ein Ugyuunmann. »Willkommen in meinem *ulaq*.«

Waxtal nickte, dann nahm er sich einen Brocken getrocknetes Fleisch aus einer Schale, die die Ugyuunfrau ihm hinhielt. »Deine Behausung ist gut«, sagte Waxtal. »Ihr hattet einen guten Sommer zum Jagen.«

»Es war ein guter Sommer«, sagte der Mann und lächelte seine Frau an. Sie legte eine Hand auf ihren Bauch, und Waxtal fragte sich, ob sie ein Kind trug. Er hob die Augen zur Schulter von ihrem *suk,* zu einem Stück Elfenbein, das dort angenäht war. Sobald er es erblickte, zog sich sein Magen zusammen, und sein Mund wurde trocken. Die Schnitzarbeit war eine Lumme mit ausgebreiteten Flügeln.

Es war eine von Kiins Schnitzereien. Wer würde ihre Arbeit nicht erkennen? Das Schnitzwerk war so ... so ... was könnte ein Mann sagen? Vollkommen. Als ob das Messer wüßte, was notwendig war, welche Linien, welche Kurven – und dann dort ansetzte.

»Ihr wollt also Wasser und Fleisch zum Tausch?« fragte Adler.

»Ja«, sagte Waxtal. »Wir wollen tauschen für das, was wir brauchen, und auch noch für andere Dinge.« Er hob die Hand und zeigte auf die Schnitzerei. »Das«, sagte er. »Was willst du dafür haben?«

Die Frau legte die gewölbte Hand über die Schnitzarbeit und sah ihren Mann mit besorgtem Blick an.

»Das ist nicht zum Tauschen«, sagte Adler.

Waxtal legte den Kopf auf eine Seite und nahm sich noch ein Stück Fleisch. »Dann wirst du mir vielleicht sagen, woher du es hast. Vielleicht kann ich den Schnitzer finden und eines wie das bekommen.«

Der Ugyuunman lächelte, sagte aber nichts.

»Ein Magen mit Öl«, sagte Waxtal.

»Robbenmagen oder Seelöwe?«

»Seelöwe.«

Der Mann sah seine Frau mit hochgezogenen Augenbrauen an, und ein paar Momente hielten ihre Blicke sich fest, als sprächen sie ohne Worte. Schließlich sagte sie: »Er ist Waljäger, nicht vom Walroßvolk.«

Ihr Mann nickte. »Der Schnitzer ist eine Frau«, sagte Adler. »Sie ist von den Ersten Menschen. Sie lebt mit ihrem Mann und ihrem Sohn am Ufer der Händler, nur zwei Tage von hier.«

»Aber«, sagte die Frau, »wenn du zu den Walroßmenschen gehst, erzähle ihnen nichts von ihr. Sie hat Feinde dort.«

»Feinde?« fragte Waxtal, aber die Augen der Frau nahmen wieder den besorgten Blick an, und sie preßte die Lippen zusammen und wollte nichts mehr sagen.

Die Erkenntnis war wie Sand auf Waxtals Haut. Kiin – welcher Vater hatte eine schlechtere Tochter? Schon hatte sie Rabe verlassen und war zu Samiq zurückgekehrt. Wie konnte er, Waxtal, Rabe jetzt um Hilfe bitten? Aber dann trat langsam ein Lächeln in Waxtals Gesicht.

»Die Walroßmenschen wissen nicht, wo sie ist?« fragte er.

Die Ugyuunfrau schüttelte den Kopf.

»Keine Sorge«, sagte Waxtal. »Ich werde es ihnen nicht erzählen.«

91

DIE ERSTEN MENSCHEN

Herendeen Bay, Alaska-Halbinsel

Kiin sah Große Zähne, als er noch draußen in der Bucht war. Sie hob eine Hand, und er tat desgleichen, aber als er sein *ikyak* an Land brachte, zog er das Boot mit dem Rücken zu ihr ans Ufer, und dann fand er etwas an der Lukeneinfassung, um seine Hände und Augen zu beschäftigen.

Kiin wartete, daß er sich umdrehte, aber schließlich konnte sie nicht länger warten. Sie trat zu dem Mann, zögerte, dann legte sie ihre Hand sanft auf seinen Rücken.

»Meine Mutter?« fragte sie.

Eine Weile schien es, als hätte er sie nicht gehört, als wüßte er nicht, daß sie neben ihm stand, doch dann hob er den Kopf und sah sie an, und Kiin sah, daß seine Wangen naß von Tränen waren. »Sie ist tot«, sagte er, und sein Weinen färbte seine Stimme.

Kiin hatte keine Worte, nichts, und plötzlich schien es, als wäre ihre Brust kalt und hohl. »Wie kann ich leben ohne meine Mutter?« fragte eine kleine kindliche Stimme in ihrem Inneren. »Wer wird für mich sorgen?«

Sie stimmte einen Klagegesang an, dann merkte sie, daß sie statt dessen eines der Wiegenlieder ihrer Mutter sang.

»Es tut mir leid, es tut mir leid«, sprach Große Zähne über ihren Gesang hinweg. »Wäre ich früher dort gewesen, hätte ich sie vielleicht retten können.«

»Und mein Sohn?« fragte Kiin, und die Frage war so groß, so schwer, daß sie das Gefühl hatte, nicht atmen zu können.

»Er ist bei dem Flußvolk. Rabe hat ihn eingetauscht.«

Die Welt verfinsterte sich, wurde klein, aber dann flüsterte Kiins Geisterstimme leise Worte, die sie trösteten, wie eine

Mutter ein Kind tröstet. »Er ist nicht tot. Du wirst ihn finden. Samiq wird ihn finden. Trauere um deine Mutter, aber trauere nicht um deinen Sohn.« Dann kam die Welt zurück – das Rauschen und Brausen der Wellen, die Strenge und Kälte des Windes, die Stimme von Große Zähne, gebrochen im Schmerz.

»Was ist meiner Mutter zugestoßen?« flüsterte Kiin, und dann waren plötzlich, ohne daß sie wußte, wie, Samiq bei ihr und Drei Fische, Chagak und Kayugh und Krumme Nase, die mit ihren starken Armen Große Zähne an sich drückte, noch während er sprach.

»Der Mann Rabe hat sie getötet«, sagte er.

Zorn erfüllte Kiins Brust, so daß sie nichts tun konnte als schreien, aber am Ende wurden ihre Schreie zu Worten, und sie rief: »Warum, warum, warum?«

»Sie hatte das Dorf verlassen, um mich zu treffen«, sagte Große Zähne. »Sie hielt sich im Gras versteckt an einem Strand, wohin Rabe kam, um zu beten. Er dachte, sie sei ein Wolf.«

»Ein Wolf?« sagte Kiin, und ihre Stimme erhob sich beinahe zu einem Lachen. Samiq nahm sie in die Arme und barg ihren Kopf an seiner Schulter.

»Ich habe sie nach der Art der Waljäger begraben, dort am Strand, mit Gebeten.«

»Ich muß zu ihr«, sagte Kiin und versuchte, sich aus Samiqs Armen loszureißen. »Ich muß gehen.« Aber Samiq ließ sie nicht los.

»Deine Mutter ist hier«, sagte Samiq. »Sei still und warte. Warum zum Walroßvolk gehen? Sie wollte dort nicht bleiben. Sie ist dem *ikyak* von Große Zähne gefolgt, um zu uns zurückzukehren. Sei still, und du wirst ihren Geist bei uns spüren.«

Da wehrte Kiin sich nicht mehr, sondern ließ sich von ihrem Mann in das *ulaq* zu Takha bringen, der sie umarmte und ihr mit seinen Kinderhänden die Wangen tätschelte, bis er ihr ein Lächeln entlockt hatte.

»Ich gehe jetzt«, sagte Samiq. »Wenn du mitkommen willst, dann komm. Wenn nicht, bleibe hier.«

»Es bildet sich Eis in der Bucht«, sagte Kayugh. Er hob eine Hand zum Himmel. »Vielleicht gibt es Schnee.«

»Ich kann nicht bis zum Frühjahr warten«, sagte Samiq. »Ich weiß nicht, wie die Leute sind, die ihn haben. Wenn ihnen die Nahrung knapp wird, lassen sie ihn vielleicht hungern – als erstes, vor ihren eigenen Kindern.«

»Du weißt, daß jeder Mann, der ein Kind als sein eigenes annimmt, obwohl seine Frau es nicht geboren hat, dieses Kind so behandelt wie seine anderen Kinder«, erwiderte Kayugh.

»Das ist die Art der Ersten Menschen. Bei den Flußmenschen ist es vielleicht anders.«

»Du weißt nicht einmal, wie das Kind aussieht«, sagte Kayugh. Er bückte sich, um eine Handvoll Gras aus der Erde zu zupfen, und hielt die Halme einen nach dem anderen in die Höhe, ließ den Wind jeden einzelnen aus seinen Fingern davontragen.

»Ich werde nach dem Kind fragen, das Rabe vom Walroßvolk getauscht hat. Ich werde alles bieten, was ich habe. Shuku ist mein Sohn. Ich kann ihn nicht von Flußmenschen aufziehen lassen, die die heiligen Worte der Ersten Menschen nicht sprechen, die nicht wissen, wie man Robben oder den Wal jagt, die keine *ikyan* bauen können.«

Kayugh blickte fort, hinaus auf die Bucht. Der Himmel war grau, die Sonne näherte sich dem westlichen Horizont, alle Dinge wirkten dunkel.

»Morgen?« fragte Kayugh.

»Die Flut ist jetzt am besten«, antwortete Samiq.

Kayugh nickte. »Ich hole Essen. Hole du alles, was du zum Tausch für das Kind brauchst.«

Samiq machte sich das Ufer hinauf auf den Weg zu seinem *ulaq*.

»Du solltest einen Trageriemen mitnehmen«, rief Kayugh ihm nach. »Etwas, um das Kind auf der Rückreise unter deinem Parka zu tragen.«

Die Worte seines Vaters schienen Kraft in Samiqs Beine zu bringen, und er ging schneller.

Das *ulaq* war erfüllt von den Klagegesängen der Frauen. Krumme Nase und Kiin waren in der Mitte der Gruppe, beide Frauen mit geschlossenen Augen, mit tränennassen Gesichtern. Samiq winkte Drei Fische zu sich, und die Frau kam, hörte zu, als er flüsterte, was er tun wollte. Ihre Augen waren rund vor Angst, und sie öffnete den Mund ganz weit, und da wußte Samiq, sie würde bald zu wehklagen beginnen, aber er preßte seine Hand auf ihr Gesicht, sprach zu ihr mit der Strenge eines Vaters zum Kind.

»Weine nicht. Ich komme zurück, mit Shuku. Sage es Kiin nicht, bevor du mußt. In fünfzehn, zwanzig Tagen bin ich wieder da. Jetzt hole, was ich brauche – Öl, einen kleinen Korb mit Kiins Schnitzereien, einen Trageriemen für Shuku, getrocknetes Fleisch und getrockneten Fisch, meine Jägerlampe.«

Er wartete nicht auf sie, sondern ging in seinen Schlafplatz, nahm seine Harpunen und mehrere Messer, einen zweiten Parka und den Packen mit Vorräten, den er immer bei sich trug, wenn er jagen ging.

Er blieb stehen, um seine Wange an das Gesicht von Drei Fische zu drücken, einen Moment mit Kleines Messer zu sprechen, Takha und Großer Wal in den Arm zu nehmen. Er hob das kleine *ikyak* aus Elfenbein an, das Takha um den Hals trug, die Hälfte von dem *ikyak*, das Shuku trug, und mit einem Blick auf Kiin nahm er Takha die Halskette ab. »Ich bringe sie dir wieder«, flüsterte er ihm zu, dann sah er Kiin noch einmal an. Ihre Augen waren geschlossen, ihr Mund bewegte sich in den Worten der Trauer. Ihr Schmerz war ein Messer in seinem Herzen.

Samiq verließ das *ulaq* und ging ans Ufer, wartete auf seinen Vater. Dann brachen die zwei zusammen auf, paddelten hinaus in das Grau der anbrechenden Nacht.

92

DIE WALROSSJÄGER

Chagvan Bay, Alaska

Waxtal machte den Mund auf und lachte. Es war eine alte Geschichte, er hatte sie schon gehört, aber warum es Rabe sagen? Sollte der Mann seine Freude an kleinen Dingen haben.

Rabe kniff die Augen zusammen und sah ihn an. »Ich kenne dich«, sagte er. »Du warst schon einmal hier – um zu tauschen.« Rabe sprach in der Walroßsprache, und Waxtal war froh, daß Harter Felsen, der bei ihnen in Rabes Behausung saß, nichts verstand.

Fünf Männer waren versammelt, Rabe und Waxtal saßen auf dem Schlafpodest, die anderen – zwei Walroßjäger und Harter Felsen – standen. Es schien keine Frau in der Behausung zu sein, und Rabe hatte kein Essen angeboten.

»Ich habe hier und in anderen Walroßdörfern Tauschhandel getrieben«, sagte Waxtal.

Rabe saß einen Moment still, nickte mit dem Kopf und beobachtete Waxtal, so daß dieser sich zwingen mußte, still zu sitzen, zu warten. Schließlich lächelte der Mann und sagte: »Ihr seid also zum Tauschen gekommen, du und diese Waljäger. Was haben sie, das so viel wert ist?«

»Harpunenspitzen und Speerspitzen«, sagte Waxtal. »Einige sind neu, andere wurden benutzt, um Wale zu töten. Ihnen wohnt viel Macht inne.« Er bemerkte, daß Rabe und die zwei Männer, die bei ihm waren, ein junger Mann mit einer Narbe, die von einem Augenwinkel zum Kinn verlief, und ein älterer Mann, groß und stattlich, sich vorbeugten. Der jüngere Mann streckte eine Hand nach dem Korb aus, der die Spitzen enthielt, aber Waxtal zog den Korb zurück und stellte ihn zwischen seine Beine.

»Wir haben Frauen«, sprach Waxtal weiter. Er sah sich in der Behausung um, ließ seine Augen auf dem Essen verweilen, das auf dem Boden verfaulte, auf den Gamaschenhäuten, die durcheinander in einem Haufen auf dem Schlafpodest lagen, und auf der Öllampe, von deren Docht schwarze Rauchkringel aufstiegen.

»Ich bin in Trauer«, sagte Rabe, und bei seinen Worten wurde Waxtal plötzlich das Herz leicht, er fühlte Freude aufsteigen.

»Um deine Frau«, sagte Waxtal. Er dachte, Rabe würde Überraschung zeigen, aber der Mann deutete nur auf den Korb mit Harpunenspitzen.

Waxtal reichte ihm den Korb und wartete, während Rabe jede Spitze betrachtete und auf ein Pelzrobbenfell legte, das neben ihnen ausgebreitet war.

»Um deine Frau trauerst du also?« fragte Waxtal.

»Ja«, sagte Rabe, sah aber nicht auf.

»Wir haben Frauen. Gute Waljägerfrauen. Sie machen starke Söhne.«

»Es ist zu früh«, sagte Rabe, »aber vielleicht kannst du mir eine für heute nacht überlassen. Es wäre möglich, daß ich beschließe, sie zur Frau zu nehmen.«

»Ich wüßte da eine andere Frau«, sagte Waxtal, und er sprach seine Worte langsam und bedächtig. »Sie könnte dir gefallen. Sie ist nicht bei uns, aber ich weiß, wo sie ist.«

Rabe gab kein Zeichen, daß er Waxtals Worte gehört hatte, aber Waxtal sagte: »Sie ist schön, und es ist etwas Seltsames an ihr. Sie schnitzt. Sie hat Geisterkräfte, sagen manche Männer.« Er warf eine geschnitzte Robbe in den Korb mit Harpunenspitzen. Es war eine Schnitzerei von Kiin – eine winzig kleine hölzerne Robbe, die Waxtal im Tausch von einem Ugyuunmann erworben hatte.

Rabe nahm die Schnitzerei in die Hand und sah Waxtal an, seine Augen so hart und hell, daß sie wie Messer waren, die Waxtals Haut durchbohrten.

»Woher hast du das?«

»Ihr Name ist Kiin«, sagte Waxtal.

»Woher hast du das?«

»Du kennst sie?«

Rabe sprang vom Schlafpodest, verstreute die Harpunenspitzen auf dem Boden. Er packte die Vorderseite von Waxtals *suk*, zog Waxtal auf die Füße und begann in der Walroßsprache zu sprechen; die Worte waren zu schnell für Waxtal, um sie zu verstehen.

Waxtal schob den Mann mit beiden Händen fort, dann trat er von ihm zurück und stellte sich neben Harter Felsen. Harter Felsen stand mit einem Messer in der Hand, die Klinge sichtbar, aber Waxtal packte das Handgelenk von Harter Felsen. »Er ist nicht böse auf mich«, sagte Waxtal. »Ich habe ihm nur erzählt, was Samiq mir angetan hat. Er ist böse auf Samiq.«

Waxtal ließ die Hand von Harter Felsen los und sagte in der Walroßsprache zu Rabe: »Ich weiß, wo sie ist. Ich weiß es und will dir sagen, wie du sie bekommst. Aber ich bin Händler. Ich gebe nichts, ohne etwas dafür zu nehmen.«

»Was willst du?« fragte Rabe.

»Du siehst, daß ich nicht allein hierhergekommen bin«, sagte Waxtal. »Ich habe viele Männer mitgebracht.« Er legte seine Hand auf die Schulter von Harter Felsen. »Sie sind Waljäger. Sie sind gekommen, um Rache zu nehmen an dem Mann, der ihre Insel verflucht hat.« Er machte eine Pause, damit Rabe die Bedeutung seiner folgenden Worte verstünde. »Er ist derselbe Mann, der Kiin geraubt hat.«

Rabes Augen verengten sich.

»Dies ist der Handel«, sagte Waxtal. »Ich werde dir helfen, wenn du uns hilfst.«

Rabe schüttelte den Kopf und lachte. »Und du bist damit zufrieden?« fragte er. »Du willst nichts für dich selbst?«

»Ich habe alles, was ich brauche.«

»Kein Mann ist zufrieden mit dem, was er hat«, erwiderte Rabe. »Es gibt immer etwas, was ein Mann sich wünscht und das er nicht erreichen kann.« Rabe lachte. »Sonst gäbe es ja keine Händler.«

»Du bist zu klug«, sagte Waxtal.

»Nun?«

»Nun, du hast recht. Es gibt etwas, das ich mir wünsche.«

»Und dieses Etwas, ist es hier in meinem Dorf?«

Waxtal setzte sich in die Hocke und ließ Rabe so den Vorteil, zu stehen, auf ihn herabzusehen. »Über Jahre habe ich gefastet und gebetet und die Geister angerufen«, sagte Waxtal. »Über Jahre war ich bestrebt, mein Volk zu stärken, indem ich es lehrte, die Geisterwelt zu achten. Ich bin nahe daran, ein Schamane zu werden.«

»Du weißt, daß ich Schamane von diesem Dorf bin?« fragte Rabe.

»Wer weiß das nicht?« antwortete Waxtal, zu dem Mann aufschauend.

»Du bittest darum, die Geheimnisse meiner Schamanenkräfte zu erfahren?«

»Ja.«

Rabe warf den Kopf zurück und lachte. Waxtal fühlte, wie die Hitze von diesem Lachen auf seinem Gesicht glühte. Beinahe hätte er Rabes Behausung verlassen. Doch dann ging Rabe zu der gegenüberliegenden Wand der Behausung. Er nahm ein Fell herunter, von einem Tier, das Waxtal nicht kannte, und warf es Waxtal zu. Das Fell war ganz und schwer, dick von Päckchen, die darin verwahrt waren.

»Das ist ein Medizinfell. Es ist die Quelle meiner Macht«, sagte Rabe. »Ein Schamane des Flußvolkes hat es mir gegeben. Wenn du betest, halte es in die Höhe, damit die Geister wissen, daß du sie ehrst.«

»Du gibst es zu leicht her«, sagte Waxtal. »Warum soll ich glauben, was du sagst?«

»Versuche es. Wenn es dir Macht gibt, dann wirst du wissen, daß ich die Wahrheit spreche. Heute nacht lasse ich dich in dieser Behausung allein. Bete. Wenn nichts geschieht, dann sagst du mir nichts über die Frau. Wenn etwas geschieht, wird es ein gerechter Tausch sein.«

»Und deine Jäger werden uns helfen, gegen den Mann zu kämpfen, der deine Frau geraubt hat?«

»Ja, sie werden tun, worum ich sie bitte«, sagte Rabe.

»Dann ist der Handel abgeschlossen«, sagte Waxtal und strich mit den Händen über das dicke Fell des Medizinbeutels.

Sie machten andere Tauschgeschäfte – Öl gegen Harpunenspitzen, Walroßhäute gegen Walfischbein, Robbenhäute gegen Pelzrobbenfelle. Dann tat Rabe, was er versprochen hatte. Er ließ Waxtal in der Behausung allein. Rabe blieb auf der Seite von Grasohren, bat Grasohren und seine Frau, ihm für diese eine Nacht die ganze Behausung zu überlassen. Grasohren ging hinaus, den Magen mit Öl an sich drückend, den Rabe ihm dafür gegeben hatte, und Rabe wartete, aß aus der Speisenische von Grasohren, bis er zu voll war, um noch mehr zu essen. Dann setzte er sich hin, die Beine unter sich, die Hände gefaltet, und sprach ein kurzes Gebet, um Geister anzurufen, die ihm vielleicht helfen könnten.

Als er Waxtal seine dünne Stimme zu einem Gesang erheben hörte, hob Rabe seine eigene Stimme, um von der Spitze der Behausung zu rufen, etwas mit einer kleinen, hellen Stimme in der Sprache des Flußvolkes. Dann rief er mit einer anderen Stimme aus dem Trennvorhang, etwas in der Walroßsprache.

Waxtals Gesang brach ab, und bald brabbelte er, eine Mischung aus Lachen und Prahlereien. Die Nacht hindurch ließ Rabe hin und wieder die Stimmen aus der Behausung kommen, und jedesmal, wenn er Waxtal mit glühenden Gesängen antworten hörte, verbarg Rabe sein Lachen hinter gewölbten Händen.

93

DIE FLUSSMENSCHEN

Kuskokwim River, Alaska

Sie waren keine Tauschhändler. Warum würden Händler es mit Schnee und beginnendem Eis aufnehmen? Sie hatten *ikyan*, keine *iks*, und sie verhielten sich wie Jäger. Sie sprachen nicht die Sprache des Flußvolkes.

Der ältere Mann war groß, und wenn man von seinem Parka absah, nach der Art des Walroßvolkes genäht, oder seinen Stiefeln, wie die Robbenflossenstiefel der Ersten Menschen gemacht, würde man denken, er sei einer vom Karibuvolk, mit den langen Beinen, der hellen Haut, den scharfen Gesichtsknochen.

Der jüngere Mann gehörte einem Volk an, das Dyenen nicht kannte. Er war breitschultrig, kurzbeinig, ein Mann, dessen Körper allein schon durch die Art, wie er ging, von Kraft kündete. Auch er trug eigenartige Kleidung, halb Walroßvolk, halb Erste Menschen.

Was sie zum Tauschen brachten, war von guter Beschaffenheit, aber viel war es nicht; allerdings hatte der junge Mann ein Messer – die Klinge aus schwarzem Obsidian, der Griff umwickelt mit etwas, das wie Haare aussah. Dafür, dachte Dyenen, würde ich viel Öl geben.

Es wäre gut, wenn sie Hunde wollten, dachte Dyenen. Er hatte viele Hunde, abgerichtet, um Packen zu tragen, doch wenn auch manche Walroßmenschen Hunde hatten, so schienen die meisten zu glauben, ihre *ikyan* seien genug.

»Walroß?« fragte Dyenen. »Sprecht ihr die Walroßsprache?«

Der ältere Mann hob die Hände, sagte etwas zu dem jüngeren.

Dyenen machte mit den Händen das Zeichen, das bei Händlern für den Stamm der Walroßmenschen bekannt war. Wenn diese zwei Männer die Kleidung des Walroßvolkes trugen, mußten sie die Sprache sprechen. Aber die Männer gaben keine Antwort.

»Geh und hole Lemmingschwanz«, sagte er zu seiner dritten Frau, die in der Nähe verweilte, um die Männer, die in Dyenens Behausung hockten, mit Fleisch, Öl und getrockneten Beeren zu versorgen.

Die Frau senkte rasch den Kopf zum Zeichen, daß sie verstanden hatte, stellte die Schalen mit Essen so hin, daß die Männer sie erreichen konnten, und verließ die Behausung.

Als sie zurückkam, war Lemmingschwanz bei ihr; sie trug zwei kleine Kinder. Die Händler sahen die Frau an, und der jüngere Mann streckte eine Hand nach den Kindern aus. Dyenen schüttelte den Kopf. Welcher Jäger beachtete Kinder?

»Lemmingschwanz«, sagte Dyenen zu seiner Frau, »diese Männer, sieh, ob deine Sprache ihre Sprache ist.«

Die Frau setzte sich hin, nahm die Kinder auf den Schoß und sagte etwas zu den zwei Männern. Dyenen lauschte auf ihre Worte. Er wollte die Männer täuschen, wie er es bei Saghani gemacht hatte. Ein Mann konnte durch Zuhören viel mehr lernen als durch Sprechen.

Der ältere Mann sagte ein paar Worte, und Dyenen verstand genug, um zu erfahren, daß er von dem Ort namens Ufer der Händler kam, daß er den Ersten Menschen angehörte und neu im Tauschhandel war. Der junge Mann bei ihm war sein Sohn. Obwohl die zwei sich nicht glichen, erkannte Dyenen eine Ähnlichkeit in der Art, wie sie ihre Hände benutzten, wie sie den Kopf hielten; allerdings hatte der jüngere Mann die rechte Hand in den Ärmel seines Parkas geschoben, so daß sie den Blicken verborgen war. Das eine Mal, da Dyenen Gelegenheit hatte, die Hand zu sehen, betrachtete er sie eingehend, sah die lange Narbe auf dem Handgelenk, die klauenartig gekrümmten Finger. Die Narbe war deutlich und dünn, als sei der Schnitt mit einem Messer beigebracht worden, und Dyenen fröstelte plötzlich vor Furcht. War der Mann ein Kämpfer? Einer, der andere Männer herausforderte?

Dann sprachen die zwei Männer miteinander in einer Sprache, die Dyenen für die Sprache der Ersten Menschen hielt. Er lauschte, und verstand er auch die Worte nicht, so erkannte er doch die Gefühle darin – Zorn, Schmerz. Schließlich sah der jüngere Mann Dyenen an, seine Augen begegneten den Augen von Dyenen.

»Sage ihm, er möge gut hinsehen, lange hinsehen«, bat der Vater Lemmingschwanz. »Sage ihm, er möge auch mich ansehen und erkennen, daß wir ohne Falschheit kommen. Wir sind hier, um etwas zu erbitten, das euer Volk vielleicht nicht geben will. Aber es gehört uns, man hat es uns geraubt.«

Dyenen hörte dem Mann zu, lauschte dann wieder, als Lemmingschwanz Worte des Flußvolkes benutzte – ihre Kenntnis der Sprache war nicht vollkommen, wurde jedoch mit jedem Tag besser –, um ihm mitzuteilen, was gesprochen worden war.

»Du sprichst gut, Lemmingschwanz«, sagte Dyenen zu ihr.

Sie lachte. »Ich rede gern, und deine Frauen hier kennen die Walroßsprache nicht. Aber du solltest selbst mit diesen Händlern sprechen. Du sprichst die Walroßsprache.«

»Nicht so gut wie du«, erwiderte er.

Sie legte den Kopf schief und lächelte Dyenen zögernd an. »Du willst sie nicht wissen lassen, daß du sie verstehst«, sagte sie.

Die Frau war schlau. In mancher Hinsicht würde es besser sein, wenn sie es nicht wäre – aber wenn sie ihm einen Sohn gäbe, würde er froh sein über diese Klugheit. Viele Male hatte er gesehen, daß dumme Frauen dumme Söhne hatten.

»Ich glaube, sie sind Erste Menschen«, sagte Dyenen. »Sprich in der Sprache der Ersten Menschen zu ihnen. Rabe sagte, du und deine Schwester Kiin seid Erste Menschen.«

»Rabe hat gelogen«, sagte Lemmingschwanz leise. »Ich gehöre zum Walroßvolk.«

Dyenen sah sie mit zusammengekniffenen Augen an, doch Lemmingschwanz wandte sich den Händlern zu, hob die Hände zum Zeichen, daß sie für ihre Fragen bereit war.

»Du gehörst nicht dem Flußvolk an«, sagte der ältere von beiden.

»Ich bin vom Walroßvolk«, erwiderte Lemmingschwanz. Maus griff in die Haare seiner Mutter und packte eine Handvoll.

»Wie ist dein Name?«

Lemmingschwanz sah Dyenen an. »Soll ich ihnen meinen Namen sagen?« fragte sie. Sie befreite ihre Haare aus der Hand von Maus.

»Sag ihnen, du bist Utsula' C'ezghot. Es ist ein guter Name für dich«, sagte er.

»Ich lüge nicht«, sagte Lemmingschwanz. »Rabe lügt«, und sie schüttelte den Kopf über den Namen, den Dyenen ihr gegeben hatte. Dann wandte sie sich an die Männer und sagte: »Ich bin Lemmingschwanz.«

»Kennst du eine Frau von den Ersten Menschen namens Kiin?« fragte der ältere Händler.

Die Frau furchte die Stirn und legte die gefalteten Hände auf die Kinder in ihrem Schoß.

Dyenen lehnte sich auf den Fußballen nach vorn. »Kiin?« fragte Dyenen.

»Ja.«

»Frage sie, woher sie sie kennen.«

»Sie ist tot«, erwiderte Lemmingschwanz. »Ich kann ihren Namen nicht sagen.«

»Du hast ihn früher schon gesagt. Frage.«

Lemmingschwanz schob trotzig die Unterlippe vor, sagte aber mit niedergeschlagenen Augen zu den zwei Männern. »Die Frau, nach der ihr fragt, ist tot.«

Der Vater hob den Kopf, sah seinen Sohn einen Augenblick an und sagte: »Ich weiß, daß sie tot ist.«

»Warum fragt ihr dann nach ihr?«

»Er war ihr Mann«, sagte der Mann, indem er mit dem Kinn auf seinen Sohn wies.

Sie sah Dyenen an. »Sie lügen«, sagte sie in der Sprache des Flußvolkes.

»Warum sagst du das?« fragte Dyenen.

»Sie war meine Schwester. Bevor Rabe sie als Frau nahm, hat er ihren ersten Mann in einem Messerkampf getötet.«

»Dieser hier ist mit einem Messer verletzt worden.«

»Woher weißt du das?«

»Sieh dir seine rechte Hand an.«

Die Frau beobachtete den Mann eine Weile. »Er hält sie versteckt«, zischte sie Dyenen schließlich zu. »Denkst du, daß ich den Mann von meiner eigenen Schwester nicht kenne?«

»Darauf kommt es nicht an«, sagte Dyenen. »Frage ihn, warum er hier ist.«

»Mein Mann fragt, warum du hier bist«, sagte Lemmingschwanz.

»Um Kiins Sohn zu holen.« Wieder wies der Händler mit dem Kinn auf den jungen Mann neben ihm. »Und seinen Sohn – Shuku.«

Lemmingschwanz keuchte. »Der Sohn der Frau ist auch tot«, sagte sie, und ihre Worte kamen so schnell, daß sie sich überschlugen.

»Frage ihn, warum er denkt, daß wir Kiins Sohn haben«, sagte Dyenen, aber Lemmingschwanz schien ihn nicht zu hören. Sie brabbelte in der Walroßsprache vor sich hin, Worte, die ohne Sinn waren. »Frage ihn!«

»Frage du ihn!« kreischte Lemmingschwanz. »Ich sage bestimmt etwas Falsches.« Maus streckte beide Hände aus, packte die Haare seiner Mutter und hielt sie fest. Shuku fing an zu weinen.

Dann sprach Dyenen, mit lauter Stimme, um über Shukus Weinen hinweg verstanden zu werden. »Dies sind Kinder vom Flußvolk«, sagte er in der Walroßsprache. Er deutete mit dem Kopf auf Shuku und Maus. »Wir haben Kiins Sohn nicht.«

Lange Zeit sah Kayugh den alten Mann an. Lange Zeit hielt er dem Blick des alten Mannes stand, ohne zu blinzeln. Schließlich erhob der Alte die Stimme über das Weinen und sagte: »Man nennt mich Dyenen.«

Lemmingschwanz stand auf und stellte sich hinter Dyenen. Sie wiegte die Kinder auf ihren Armen, bis sie zu weinen aufhörten, dann sagte Kayugh: »Ich bin Kayugh von den Ersten Menschen. Dies ist mein Sohn Samiq.«

Kayugh wandte sich an Samiq und sagte in der Sprache der Ersten Menschen zu ihm: »Der Alte wird Dyenen genannt. Er behauptet, daß sie deinen Sohn nicht haben.«

»Rabe hat meinen Sohn hierhergebracht«, sagte Samiq, und Kayugh übersetzte dem alten Mann die Worte langsam in die Walroßsprache.

»Wenn Kiin Frau von Samiq war, warum hatte dann Rabe sie und ihren Sohn?« fragte der alte Mann.

Kayugh faßte das rechte Handgelenk von Samiq und hielt die Hand in die Höhe, so daß der alte Mann die Narbe sehen konnte. »Dies hat Rabe getan, dann hat er Kiin und ihre zwei Söhne geraubt. Als Kiin und ein Sohn starben, beschloß er, den anderen Sohn einzutauschen. Er hat auch die Frau getauscht, die Kiins Tod zu verantworten hat – Lemmingschwanz.«

»Lemmingschwanz behauptet, daß sie die Schwester von Kiin ist«, sagte der alte Mann.

Kayugh schüttelte den Kopf. »Nein, das ist sie nicht.«

Der alte Mann wandte sich an Lemmingschwanz, seine Augen blickten zornig: »Ist das wahr?« fragte er. »Du hast Kiin getötet?«

Lemmingschwanz sagte: »Ich habe sie nicht getötet. Ich habe sie nur fortgeschickt.«

»Und sie ist gestorben«, sagte Dyenen.

Lemmingschwanz antwortete nicht.

»Welches Kind ist dein Sohn?« fragte Dyenen Samiq.

Kayugh sagte: »Der, der ein Amulett trägt wie dieses.« Er streckte die Hand aus, und Samiq legte das elfenbeinerne *ikyak* in Kayughs geöffnete Hand.

Dyenen machte Lemmingschwanz ein Handzeichen. »Dreh die Kinder so, daß wir ihre Gesichter sehen können«, sagte er.

Lemmingschwanz schüttelte den Kopf, aber Dyenen sagte: »Tu es jetzt, sonst rufe ich Zwei Hände und Wiesel. Du weißt, sie stehen vor der Tür.«

Langsam drehte Lemmingschwanz die Kinder um, langsam hob sie den Kopf und sah Kayugh haßerfüllt an.

»Der da«, sagte Kayugh und zeigte auf die Schnitzerei, die auf den Parka des kleineren Kindes aufgenäht war.

»Nein!« schrie Lemmingschwanz. »Er ist mein Sohn. Ich habe das Amulett auf seinen Parka genäht, um ihm Macht zu geben.«

»Gib mir die Kinder«, sagte Dyenen, doch Lemmingschwanz rannte zur Tür der Behausung.

Sogleich waren zwei Männer von den Flußmenschen in der Behausung und versperrten Lemmingschwanz den Fluchtweg.

»Nehmt die Kinder«, sagte Dyenen zu den Männern. »Gebt sie mir, dann bringt Lemmingschwanz in die Behausung für die Frauen und laßt sie nicht heraus.«

Lemmingschwanz brachte die Kinder selbst zu Dyenen und bat mit leiser Stimme, bleiben zu dürfen.

»Du hast heute schon zuviel Ärger bereitet«, sagte Dyenen, dann schnippte er mit den Fingern zu den Flußmännern. Lemmingschwanz versuchte, die Kinder aus Dyenens Armen zu reißen, doch die Flußmänner zerrten die Schreiende fort. Schließlich legte einer der Männer seine Hände auf ihren Mund, hob sie auf und trug sie aus der Behausung.

In die Stille hinein sagte Samiq: »Der Junge ohne das Amulett, er ist Shuku.«

»Weißt du das genau?« fragte Kayugh. »Du hast ihn vor fast einem Jahr zuletzt gesehen. Kleine Kinder verändern sich, wenn sie wachsen.«

»Er ist mein Sohn«, erwiderte Samiq.

Lange Zeit betrachtete Kayugh das Kind, dann sagte er zu dem alten Mann: »Dieser hier.«

»Weißt du das genau?« fragte Dyenen.

»Ja.«
»Ist er einer von zwei Söhnen, die zusammen geboren wurden?«
Kayugh blickte in die Augen des alten Mannes. »Ja«, sagte er schließlich.

»Ich bin Schamane von diesem Dorf«, sagte Dyenen. »Ich habe keinen Sohn. Ich habe viele Töchter, aber keine Söhne. Mir wurde gesagt, der Vater dieses Jungen wollte ihn nicht haben. Sonst hätte ich ihn nicht genommen.«

»Es tut mir leid«, sagte Kayugh.

»Ich will deinen Sohn nicht behalten«, sagte Dyenen, »aber ich habe viel für ihn gegeben.«

»Alles, was wir haben, gehört dir«, sagte Kayugh.

»Nein«, sagte Dyenen. »Ich will keine Tauschwaren, aber nimm die Frau Lemmingschwanz. Das ist alles, was ich verlange. Das andere Kind, Maus, wird mein Sohn sein, aber nimm du sie.«

»Ich habe eine gute Frau«, sagte Kayugh.

»Dann gib Lemmingschwanz dem Walroßvolk zurück.«

»Was verlangt er?« fragte Samiq seinen Vater. »Ich will alles geben, was ich habe. Ich werde hierbleiben und einen Sommer mit den Flußmenschen jagen und ihnen alles geben, was ich erbeute. Ich will ihnen beibringen, *ikyan* zu bauen, Wale zu jagen.«

»Biete nicht zuviel«, sagte Kayugh. »Er verlangt nur, daß wir die Frau Lemmingschwanz mitnehmen.«

»Wir werden sie nehmen«, sagte Samiq.

94

Lemmingschwanz wehrte sich gegen die Hände, die sie festhielten. Sie war kein Dummkopf. Die Jäger von den Ersten Menschen glaubten, Maus sei Kiins Sohn. Sie würden ihn mitnehmen. Dyenen in seinem Zorn würde es zulassen.

Die Jäger vom Flußvolk öffneten die Türklappe der Frauenbehausung und warfen Lemmingschwanz hinein. Sie fiel auf die Erde und schürfte sich an einem Stein der Kochstelle den Ellenbogen auf. Sie stand auf, strich ihren Parka glatt und kehrte den anderen Frauen in der Behausung den Rücken zu. Sie starrten sie unverfroren an.

Sie hatte alles gehabt. Als Frau von Rabe hatte sie Ehre, eine gute Behausung, die Achtung der anderen Frauen im Dorf besessen. Dann war Kiin gekommen. Kiin und ihre Söhne. Die Frau war zweite Frau gewesen, aber ihre Schnitzereien hatten sie allzu bedeutend gemacht. Kiin hatte die Geschenke und Ehrungen empfangen, die Lemmingschwanz zustanden.

Dann war Kiin gestorben, und wieder war Lemmingschwanz die Geehrte, nicht als Frau von Rabe, sondern wegen ihrer Stellung als Dyenens Frau. Was waren Rabes Kräfte, verglichen mit denen von Dyenen? Doch jetzt griff Kiin von den Toten abermals nach der Ehre von Lemmingschwanz und auch nach ihrem Sohn Maus. Jetzt war sie wegen Kiin Utsula' C'ezghot, eine Lügnerin, dabei hatte sie doch nur getan, wozu ihr Mann sie gezwungen hatte.

Lemmingschwanz suchte die Wände der Frauenbehausung ab. Da waren keine Waffen, nichts, was Lemmingschwanz gegen die Männer verwenden konnte, die sie gefangenhielten. Die Behausung war für Frauen in der Zeit ihrer Blutungen bestimmt, damit ihr Blut keinen Fluch über die Waffen und die Kleidung ihrer Männer brachte. Heute waren drei Frauen hier – ein Mädchen, nur wenige Monde nach ihrer ersten Blutung, eine alte Frau, die nicht mehr viele Sommer in dieser Behausung haben würde, und eine Mutter, die ein kleines Mädchen stillte. Gewöhnlich sprachen die Frauen in der Behausung mit viel Gelächter und Lärm, aber jetzt waren sie still.

Das Geräusch des saugenden Mädchens bewirkte, daß die Milch von Lemmingschwanz zu fließen begann. Sie schob die Hände in ihren Parka, wischte über ihre Brüste und begann zu weinen. Kiin. Lemmingschwanz erinnerte sich, wie sie die Frau zum ersten Mal gesehen hatte. Kiins Bauch war dick von ihren ungeborenen Söhnen, ihre Gesichtshaut schälte sich vom Salz – die Folge langer Tage in einem Händler-*ik*. Schon damals hatte Lemmingschwanz gewußt, daß Kiin Unheil über ihr Dorf bringen würde. Großmutter und Tante, auch sie hatten das Unheil gekannt, das Kiin brachte. Aber wo andere Unheil sahen, sah Rabe Macht.

Macht! dachte Lemmingschwanz. Tod!

Wer konnte daran zweifeln, daß Kiins unheilvoller Geist hier bei dem Flußvolk war? Lemmingschwanz kauerte sich an das Feuer und stocherte mit einem verkohlten Stock, der auf den Steinen der Kochstelle lag, in der Asche.

Die Frauen beobachteten sie jetzt, aber heute nacht würden sie schlafen. Dyenen war ein alter Mann. Sie war stärker als er. Sie würde Maus holen, und er würde sie nicht aufhalten können.

Kayugh und Samiq schliefen in dieser Nacht in der Behausung für die Händler, Shuku lag zwischen sie geschmiegt. Samiq zog den Jungen eng an seine Seite, erfreute sich an der Wärme des kleinen Körpers.

Shuku hatte zuerst geweint, es war ihm nicht geheuer, mit ihnen allein zu sein, aber als sie in der Sprache der Ersten Menschen zu ihm sprachen, beruhigte er sich, und bald spielte er mit Samiq kleine Spiele. Schließlich, als der Himmel dunkel war in der kurzen Nacht, war der Junge auf Samiqs Schoß geklettert und eingeschlafen, den Kopf an Samiqs Brust.

»Kiin wird sich freuen«, sagte Kayugh, und mit diesen Worten im Herzen schlief Samiq ein.

Lemmingschwanz wartete, bis die anderen Frauen schliefen, dann kroch sie auf Händen und Knien zur Tür. Sie spähte hinaus. Die Männer, die die Behausung bewacht hatten, waren fort.

Die Flußmenschen – diese Narren! Dachten sie, sie wäre so dumm, daß sie ihnen ihren Sohn überlassen würde?

Sie hielt sich im Schatten zwischen den Behausungen, mied die Hunde, die zusammengerollt vor jeder Tür lagen. Vor Dyenens Behausung blieb sie stehen. Ob Maus hier drinnen war, oder ob eine von Dyenens Frauen ihn in einer anderen Behausung hatte? Besser zuerst hier nachsehen, dachte sie.

Dyenens Hunde hoben die Köpfe und knurrten. Das Herz von Lemmingschwanz klopfte heftig. Sie konnte Hunde nicht leiden, aber diese kannte sie; sie hatte sie jeden Tag gefüttert, seit sie in das Dorf der Flußmenschen gekommen war.

Sie sprach leise zu ihnen und ließ das Weibchen, Mutter der meisten anderen, an ihrer Hand schnuppern. Die Hunde beruhigten sich und ließen sie an ihnen vorbei in die Behausung schlüpfen.

Drinnen ließ sie sich auf Hände und Knie nieder. Es war dunkel in der Behausung bis auf den roten Schimmer der glühenden Holzstücke von der Kochstelle. Sie sah Dyenen in seine Schlafdecken gehüllt, dann suchte sie, mit den Augen der Krümmung der Wände folgend, nach Maus. Sie horchte auf die leisen Kinderlaute, die er manchmal im Schlaf machte.

In die Stille hinein sagte Dyenen: »Denkst du, ich würde die Kinder hier bei mir behalten?«

Die Stimme kam so plötzlich, daß Lemmingschwanz zusammenfuhr, und sie huschte zurück zur Tür.

»Du wirst sie nicht finden«, sagte Dyenen. »Du weißt nicht, wer sie hat.«

Lemmingschwanz tat einen langen Atemzug. »Warum diesen Ersten Menschen Maus überlassen?« fragte sie. »Ich bin dir eine gute Frau gewesen. Ich werde dir noch mehr Söhne geben. Vielleicht trage ich schon einen Sohn in meinem Bauch.«

»Ich habe genug von deinen Lügen«, sagte Dyenen. »Deine Lügen haben einen Fluch über dieses Dorf und meinen Leuten den Tod gebracht.«

Lemmingschwanz setzte sich auf die Fersen. Sie konnte Dyenen wie einen Schatten in seinen Schlaffellen sehen. Er richtete sich auf einem Ellenbogen auf.

»Dann sage mir, wo Maus ist, und ich werde gehen«, sagte sie zu ihm.

»Du kannst nicht gehen«, sagte Dyenen. »Ich habe dich den Händlern gegeben. Dich und Shuku.«

Eine große Furcht schwoll in der Brust von Lemmingschwanz. Er hatte sie den Händlern gegeben! »Laß sie Shuku nehmen«, sagte sie, »aber laß mich hier bei dir und Maus bleiben. Ich habe versprochen, dir einen Sohn zu geben. Du mußt mir erlauben, dieses Versprechen zu halten.«

»Du hast mir einen Sohn versprochen«, sagte Dyenen. »Ich habe Maus gewählt.«

»Er gehört nicht dir«, sagte Lemmingschwanz. »Er gehört auch nicht Rabe, aber das weiß Rabe nicht. Gib ihn mir, und ich werde ihn zu seinem richtigen Vater zurückbringen.«

»Er gehört mir«, sagte Dyenen. »Verlasse meine Behausung. Verlasse mein Dorf. Ich werde nicht versuchen, dich aufzuhalten, aber Maus kannst du nicht haben.«

Er drehte ihr den Rücken zu.

Lemmingschwanz atmete mehrmals langsam ein und suchte die Wände der Behausung nach einer Waffe ab, um sie gegen den Mann zu verwenden, etwas, womit sie ihn zwingen konnte, ihr zu sagen, wo Maus war. Aber alle Waffen waren hinter Dyenens Schlafplatz. Die Augen von Lemmingschwanz füllten sich mit Tränen des Zorns, und die Glutstücke der Kochstelle verschwammen zu roten Kugeln. Sie biß die Zähne zusammen, riß eine Karibuhaut vom Boden, drehte sie zu einer festen Rolle und hielt dann das Ende in die Glut, bis es Feuer fing. Sie ging langsam zu Dyenens Schlaflager und trug die gedrehte brennende Haut vor sich her.

Der alte Mann setzte sich auf und keuchte.

»Sag mir, wo Maus ist!« schrie Lemmingschwanz. Sie senkte die Flamme, bis sie nur eine Handbreit über seinem Kopf war.

Dyenen hob den Blick zu der Flamme. »In der großen Behausung am anderen Ende des Dorfes. Du kennst den Jäger. Fleischgeber. Seine Frau ist Fischbeobachterin.«

Lemmingschwanz zögerte, und Dyenen sagte: »Ich lüge nicht. Er ist dort.«

Lemmingschwanz wollte die Karibuhaut auf die Kochstelle werfen, in den Kreis aus Steinen, doch als sie sich umdrehte, stieß Dyenen sie mit aller Kraft. Sie fiel auf die brennende Haut. Das Feuer züngelte an ihrem Gesicht und an ihren Armen, und sie rollte sich herum und schleuderte die Haut von sich. Die Haut fiel auf die Schlaffelle, die um Dyenens Beine gewickelt waren. Dyenen schlug mit den Händen auf die Flammen ein.

Lemmingschwanz sprang auf die Füße und ging auf den alten Mann zu, dann blieb sie stehen. Sie beobachtete ihn einen Augenblick, und langsam bildete sich ein Lächeln auf ihrem Gesicht, dann rannte sie aus der Behausung.

Sie hörte Dyenen schreien, und sie hielt an, doch dann wandte sie sich der Behausung von Fischbeobachterin zu.

Soll der alte Mann verbrennen, dachte sie. Er wird mir Maus niemals fortnehmen.

Das Geräusch kam zuerst als ein Teil von Samiqs Traum, aber dann rief Kayugh ihn. Samiq wickelte seinen Sohn in ein Schlaffell und legte ihn an die Wand der Behausung, die am weitesten vom Eingangstunnel entfernt war.

»Was ist?« fragte er seinen Vater und wartete, während Kayugh nach draußen kroch, wartete, bis er Kayugh nach ihm rufen hörte.

»Soll ich das Kind hierlassen?«

»Nein«, antwortete Kayugh. »Da ist ein Feuer, einige von den Behausungen brennen. Das Feuer könnte sich ausbreiten. Bring Wasserblasen.«

Samiq nahm Shuku in die Arme, zog den Trageriemen aus seinem Packen und befestigte ihn so, daß er Shuku auf dem Rücken hatte. Dann band er die Wasserblasen von den Sparren der Behausung los und folgte seinem Vater.

In der Dunkelheit waren die Flammen zu hell für seine Augen. »Es ist die Behausung des alten Mannes«, rief Kayugh ihm zu.

Aber Samiq beobachtete die anderen Männer. Manche schlugen mit Häuten auf die Flammen ein, andere schlitzten Wasserblasen auf und warfen sie dorthin, von wo das Feuer seinen Ausgang nahm. Samiq tat es ihnen gleich, aber die Flammen schienen stärker zu werden und sich auszubreiten.

»Ist Dyenen in Sicherheit?« rief Samiq, doch niemand antwortete ihm, und Samiq merkte, daß niemand seine Worte, in der Sprache der Ersten Menschen gesprochen, verstand.

»Dyenen! Dyenen!« rief Samiq, bis eine Frau auf Dyenens Behausung zeigte und sprach, ihre Worte mit Tränen vermengt.

Dann sah Samiq, wie sich in den Flammen jemand bewegte. Er löste Shukus Trageriemen und übergab Kayugh den Jungen. Samiq nahm von einer neben ihm stehenden Frau eine Wasserblase, schlitzte sie mit seinem Ärmelmesser auf und schüttete das Wasser über seinen Kopf und die Vorderseite seines Parkas. Er lief schnell durch die Flammen, fühlte das Brennen von Glut und heißer Erde an den bloßen Füßen. Er atmete ein, und es war, als greife ihm das Feuer mit seinen langen Fingern in die Brust. Endlich erreichte er den Menschen in den Flammen. Es war Dyenen, die Haare vom Kopf gesengt, die Haut schwarz, das rohe Fleisch rot hervorleuchtend, wo seine verkohlte Haut aufgeplatzt war.

Der alte Mann hielt eine leere Wasserblase umklammert. Der Gestank von seiner verbrannten Haut stieg Samiq durch den Rauch in die Nase, aber er hob Dyenen auf und verschloß seine Ohren vor seinem Stöhnen, als er ihn aus den Flammen trug.

Jemand breitete eine weiche Pelzdecke aus, und Samiq legte Dyenen darauf. Samiq nahm seine Arme ganz vorsichtig fort, trotzdem löste sich die Haut des alten Mannes von seinem Körper und blieb an Samiqs Parka kleben. Samiq ging weg und erbrach sich. Als sein Magen leer war und er verschnauft hatte, ging er zu Dyenen zurück, schob sich durch den Kreis der Jäger, die ihn umstanden, der Frauen, die schon die Stimmen zum

Klagegeschrei erhoben. Auch Kayugh war in dem Kreis der Männer, Shuku an sich gedrückt.

Einer der Männer sprach und zeigte auf etwas. In der Ferne hörte Samiq eine Frau schreien, einmal, dann viele Male. Schließlich erstarb das Geschrei, und aus geschwärzten Lippen sprach Dyenen zu Kayugh. Kayugh antwortete in der Sprache der Walroßmenschen, dann gab er Samiq mit einem Handzeichen zu verstehen, er möge kommen.

»Dyenen sagt, die Frau Lemmingschwanz hat das Feuer gelegt«, sagte Kayugh. »Die Schreie, die du soeben gehört hast, waren ihre Schreie. Dyenen sagt, die Männer seines Flußvolkes haben sie getötet. Es tut ihm leid, daß wir sie nicht zum Tausch haben können. Er möchte, daß wir Maus mitnehmen. Er sagt, seine Leute werden den Jungen töten, wenn er hierbleibt.«

»Wir werden ihn mitnehmen«, sagte Samiq.

Dyenen rief etwas in der Sprache der Flußmenschen, und die Menschen, die sich in der Nähe versammelt hatten, traten zurück, um fünf Frauen Platz zu machen. Bei den Frauen war ein Mädchen von vielleicht sieben Sommern, und in ihren Armen war ein neugeborenes Kind.

»Seine Töchter«, sagte Kayugh. Er stand auf, aber Dyenen streckte die Hand nach ihm aus, und Kayugh beugte sich zu ihm, Shuku in seinen Armen.

Dyenen sprach, seine Stimme ein Flüstern.

Kayugh wandte sich an Samiq. »Er sagt, er hat keine Söhne«, sagte Kayugh.

»Sage ihm, er hat zwei Söhne«, sagte Samiq. »Sage ihm, wir werden beide Jungen als seine aufziehen.«

Kayugh gab das Versprechen in der Sprache der Walroßmenschen, dann sprach Dyenen zu einer seiner Töchter. Sie kam zu Kayugh, hob die Hände und streifte dem Kind etwas über den Kopf. Samiq blickte hinunter, sah, daß es die Schnur von einem Schamanenamulett war, vom Feuer geschwärzt. Das Mädchen sprach, aber es waren Worte in der Sprache der Flußmenschen. Dann rief sie nach einer anderen Frau. Die Frau brachte Maus, legte Samiq das weinende Kind in die Arme und bedeutete den Männern mit einer Handbewegung, sie möchten gehen.

Sie kehrten in die Behausung der Händler zurück, suchten ihre Vorräte zusammen, kauten Fleisch, bis es weich war, und fütterten die Kinder. Dann gingen sie, Maus auf Kayughs, Shuku auf Samiqs Rücken gegurtet, zum Fluß, wobei sie einen weiten Kreis um die Trauernden beschrieben.

Schließlich waren sie in ihren *ikyan*, glitten über das sich bildende Eis in die Mitte des Flusses, wo das Wasser kalt und klar war. Der Wind blies den Rauch aus ihren Augen. Und als sie das bewegte Wasser, wo der Fluß ins Meer mündete, durchfahren hatten, griff Samiq hinter sich und tätschelte Shukus Kopf, überließ sich der Freude an seinem Sohn.

95

Vier Menschen starben in jener Nacht. Der große Schamane Dyenen. Das Kind Fuchs, Sohn von Regenmacher. Die alte Frau Grüßt-den-Tag. Und die Walroßfrau, die Dyenen Utsula' C'ezghot genannt hatte.

Ihr Tod war Vergeltung. Seit sie in das Dorf gekommen war, waren zu viele gestorben. Sie hatte das Feuer gelegt, das Dyenen getötet hatte. Regenmacher hatte es selbst gesehen.

Jetzt, wo ihr Schamane tot war, wie würde das Dorf überleben?

Wer würde die Karibus rufen, wenn es Zeit für die Jagd war? Wer würde die Lachse rufen, damit sie in die Flüsse kamen? Wer wußte, wie man mit Geistern sprach, wenn jemand krank war?

Als die vier Tage der Trauer zu Ende waren, als Dyenens wissender Geist das Dorf verlassen und seine Reise in die obere Welt angetreten hatte, rief Gehender Stock die Männer in seine

Behausung. Gehender Stock war ein alter Mann, noch älter als Dyenen. Er behauptete nicht, Geisterkräfte zu besitzen, aber er war bekannt für seine Weisheit. Was verlangte ein Mann in hohem Alter mehr? Was, außer Weisheit und der Achtung seiner Kinder und Kindeskinder?

Gehender Stock rief vier Männer in seine Behausung, vier Männer, ein jeder von den Geistern mit einer besonderen Gabe bedacht – Schnitzer, Geschichtenerzähler, Tänzer, Sänger.

Die Männer saßen lange Zeit, ohne zu sprechen. Es war keine Frau da, um Essen zu bringen, es gab keine Gastlichkeit mit Geplauder und Gelächter. Schließlich sagte Gehender Stock: »Wir haben unseren Schamanen verloren. Ich denke, seine Macht wurde ihm von Saghani genommen, jenem Schamanen des Walroßvolkes. Ich denke, nach dem Verlust seiner Macht konnte unser Schamane sich nicht gegen die Walroßfrau schützen.«

Zustimmendes Gemurmel erhob sich, dann fragte der Schnitzer: »Sind ihre Schnitzereien zerstört worden? Alle Gegenstände, denen ihre Macht innewohnte?«

»Alle Gegenstände«, sagte Gehender Stock. »Sogar ihre Kleider. Sogar ihre Schlaffelle.«

»Und trotzdem ist der Sohn von Regenmacher gestorben«, sagte der Geschichtenerzähler. »Trotzdem ist die alte Frau gestorben.«

»Wer weiß, warum sie gestorben sind?« sagte der Sänger. »Vielleicht geschah es nicht durch die Macht der Walroßmenschen.«

Doch kein anderer Mann erhob die Stimme, um ihm beizupflichten. Vielmehr sagte der Geschichtenerzähler: »Saghani ist ein Mann der Lügen. Wir hätten nicht zulassen sollen, daß unser Schamane die Frau behielt. Unser Schamane hat ein Medizinfell getauscht. Regenmacher hat Saghani damit gesehen. Niemand sollte so etwas tun. Die Geister geben denen Macht, die sie auserwählen. Nicht einmal ein Schamane sollte ein Medizinfell tauschen.«

»Nun hat Saghani seine Kinder wieder, und wenn wir die Frau

nicht getötet hätten, dann würden die zwei, die sich Händler nennen, auch sie geraubt haben.«

»Sie haben uns gesagt, sie seien Erste Menschen«, sagte der Sänger.

»Hast du jemals Erste Menschen gekleidet gesehen, wie sie gekleidet waren, mit Walroßparkas? Mit Gamaschen aus Karibuhaut?« fragte der Geschichtenerzähler.

»Sie trugen Stiefel aus Robbenflossen.«

Der Geschichtenerzähler stieß einen verächtlichen Laut durch die Nase aus. »Gewiß sind sie in ein Dorf von den Ersten Menschen gegangen und haben die Stiefel im Tausch erworben.«

Der Tänzer, ein stiller Mann, legte mehrere Holzstücke in das Herdfeuer in der Mitte der Behausung, dann sah er die anderen an. »Sie behaupteten, Händler zu sein, doch sie kamen in einem geschlossenen Boot wie Meeresjäger«, sagte er. »Sie behaupteten, Erste Menschen zu sein, doch wie oft hat irgendein Mann in diesem Dorf einen Händler von den Ersten Menschen gesehen? Sie bleiben auf ihren eigenen Inseln. Sie kommen nicht zu uns.«

»Der Jüngere«, sagte Gehender Stock, »er hatte ein Messer, das sich jeder Mann wünschen würde.«

»Ich habe es gesehen«, sagte der Schnitzer. »Die Klinge ist aus Obsidian. Die Speerspitzen der Ersten Menschen, sogar die Spitzen ihrer Harpunen, sind aus Obsidian, aber es war zu gut, die Arbeit zu vollkommen, um von Ersten Menschen gemacht worden zu sein.«

Der Sänger hob die Hände und sagte nichts mehr.

Dann stand Gehender Stock auf. Mit der Macht, verdient durch ein Leben, das viele Jahre zählte, sagte er: »Ich denke, daß die zwei Männer keine Händler sind. Sie sind Jäger. Sie sind keine Ersten Menschen. Sie gehören dem Walroßvolk an. Sie wurden von Saghani geschickt, um die Kinder und die Frau zurückzuholen, besonders den Jungen mit der Schnitzerei an seinem Parka. Habt ihr nicht gesehen, daß der jüngere Walroßjäger auch so eine Schnitzerei trug?«

»Aber wenn diese Kinder besondere Kräfte hatten, warum hat Saghani sie dann gebracht?« fragte der Sänger. »Warum nicht andere bringen, die keine Geisterkräfte hatten?«

»Er wollte die Geisterkräfte, die unser Schamane ihm versprochen hatte«, sagte der Geschichtenerzähler. »Denkt ihr, unser Schamane hätte es nicht gemerkt, wenn ihm die falschen Kinder gegeben worden wären?«

»Aber wenn er gewußt hätte, was es mit den Kindern auf sich hatte«, erwiderte der Sänger, »dann hätte er auch gewußt, daß die Männer, die Saghani geschickt hat, gelogen haben.«

»Aber da hatte unser Schamane seine Macht schon eingetauscht«, sagte der Tänzer.

»Die Frauen sagen, er hat ihnen die Kinder gegeben, diesen Ersten Menschen oder Walroßmännern, was auch immer sie sind«, sagte der Sänger. »Die Frauen sagen, der junge Mann hat versprochen, die Jungen aufzuziehen in dem Wissen, daß unser Schamane ihr Vater ist, und sie zu unterweisen, die Wege des Flußvolkes zu ehren.«

»Frauen hören, was sie hören wollen«, sagte der Geschichtenerzähler. »Der Mann hatte ein gutes Gesicht, einen starken Körper. Die Frauen blicken nicht darüber hinaus.«

Dann fragte der Schnitzer: »Was sollen wir nun tun? Ist es das beste, Gebete zu sprechen? Ist es das beste, zu fasten und Fleisch zu verbrennen? Oder sollen wir zu den Walroßmenschen gehen und Saghani töten?«

Ein Zischen schien das Feuer zu umkreisen, als ob jeder Mann den Gedanken an Töten einatmete.

»Töten«, sagte der Geschichtenerzähler leise.

»Töten«, sagte der Schnitzer.

»Wenn das bedeutet, daß unser Dorf in Sicherheit sein wird ...«, sagte der Sänger.

Der Tänzer sah Gehender Stock lange an. »Was sagst du, was wir tun sollen?« fragte er.

»Nichts Gutes ist von diesem Mann Saghani gekommen«, sagte Gehender Stock, »aber jeder Mann muß für sich selbst entscheiden. Ich denke, wir müssen Sorge tragen, daß er nicht in dieses Dorf zurückkommt.«

»Wie viele Jäger in diesem Dorf würden gehen?« fragte der Tänzer.

»Fünf würden gehen, soviel wissen wir«, sagte der Schnitzer.

»Acht mal zehn Jäger haben wir«, sagte Gehender Stock, »aber jeder Mann muß für sich selbst entscheiden. Geht jetzt, ihr alle, sprecht mit den Jägern, die nicht so alt sind, nicht so jung. Sagt ihnen, wir werden zum Walroßvolk gehen und zerstören, wie Saghani zerstört hat.«

96

DIE ERSTEN MENSCHEN

Alaska-Halbinsel

»Wir waren auf der Suche nach einem Sohn, und zwei haben wir zurückgebracht«, sagte Kayugh. Er übergab Chagak den Jungen namens Maus. Chagaks Hände, die viele Jahre kleine Kinder gehalten hatten, wußten, was zu tun war, und so nahm sie den Jungen und setzte ihn auf ihre Hüfte. Doch ihre Augen ruhten auf Kiin und Samiq, auf Drei Fische und Kleines Messer, die alle vier beisammen standen, die Arme umeinander gelegt, Shuku, Takha und Großer Wal in der Mitte des Kreises, eine vollzählige Familie. Sie sah zu, wie Shuku und Takha sich mit ihren kleinen Fingern gegenseitig ins Gesicht stießen, Takha an seinen Vater geklammert, Shuku an seine Mutter.

»Was meinst du?« fragte Kayugh seine Frau. »Sind wir zu alt, um einen Sohn aufzuziehen?«

Chagak, die Kehle voll Tränen, konnte nicht antworten, statt dessen richtete sie den Blick auf das Kind, das sie hielt, einen hübschen dicken Jungen, großknochig nach der Art des Walroßvolkes, mit klaren dunklen Augen und vielen Haaren. Sie sah zu Wren hinunter, die neben ihr stand, und als sie ihre Stimme wiederfand, fragte sie das Mädchen: »Möchtest du einen kleinen Bruder haben?«

Wren hob die Augen zu dem Jungen, betrachtete ihn ernst und fragte schließlich: »Ist Shuku mein Bruder?«

»Er ist dein Neffe«, sagte Chagak.

»Wie Großer Wal?«

»Wie Großer Wal.«

»Wie Takha?«

»Ja.«

»Wie Kleines Messer?« Und während sie noch fragte, lachte Wren und hielt sich mit einer Hand den Mund zu.

»Wie Kleines Messer«, antwortete Chagak; sie wußte, das kleine Mädchen fand es spaßig, Tante von einem Mann zu sein, der schon ein Jäger war.

»Ich muß einen Bruder haben«, sagte Wren. »Einen kleinen Bruder.«

»Gut«, sagte Kayugh. »Dann wirst du helfen, auf ihn aufzupassen.«

Wren tätschelte das Bein des kleinen Jungen. »Wie heißt er?«

Chagak hob die Augenbrauen und sah ihren Mann an.

»Wir müssen ihm einen Namen geben«, sagte Kayugh. »Wir werden uns einen überlegen, aber nicht heute.«

»Er ist Jäger«, sagte Große Zähne. »Nenne ihn so.«

Kayugh nickte und sprach langsam den Namen, als würde er seinen Klang auf der Zunge kosten. »Er ist gut«, sagte Kayugh. »Wir brauchen Jäger.«

»Ja.«

»Ich habe versprochen, beide Jungen in dem Wissen aufzuziehen, daß sie Söhne des alten Mannes Dyenen sind, Schamane des Flußvolkes«, sagte Kayugh. Während er sprach, sah er

Große Zähne an, aber seine Worte waren laut genug, daß Chagak sie hören konnte.

Chagak fühlte, wie ihre Brust sich plötzlich zusammenzog, ein Schmerz, der sich in ihr Herz zu pressen schien. Noch einen Sohn aufziehen zu Ehren eines anderen Dorfes, einer anderen Lebensweise. War Samiq nicht genug? Was hatte es Gutes gebracht, ihn zu den Waljägern zu schicken? Wäre er bei den Ersten Menschen geblieben, in ihrem eigenen Dorf, dann wäre Amgigh vermutlich noch am Leben.

»Wenn ich Jäger als Sohn großziehe«, sagte Chagak zu den zwei Männern, die neben ihr standen, »will ich ihn nicht einem anderen Stamm zurückgeben. Ich habe Samiq gegeben. Noch einen gebe ich nicht.«

»Er gehört dem Walroßvolk an«, sagte Kayugh. »Die Flußmenschen wollen ihn nicht haben, aber ich habe ihrem Schamanen versprochen, dem Jungen von den Kräften des Mannes zu erzählen, der sein Vater gewesen wäre.«

»Dann müssen wir ihn dem Flußvolk nicht zurückgeben?« fragte Chagak.

»Nein.«

»Wir geben ihn nicht dem Walroßvolk?«

»Er gehört uns.«

Chagak sah dem Jungen in die Augen. Sie streichelte die glatte Haut seines Gesichtes und lächelte ihn an. Langsam erwiderte er das Lächeln und lehnte seinen Kopf an sie. Und Chagak hörte die Stimme des Otters singen, einen hellen, klaren Gesang: »Ein Sohn zu lieben. Ein Sohn großzuziehen.« Und als Chagak Kiin ansah, da wußte sie, daß Kiin denselben Gesang hören mußte.

97

Es könnte Schnee geben, sagten die Walroßjäger, und in den Buchten würde Eis sein. Daher versprachen Rabe und Waxtal den Männern, die mit ihnen kämen, viel an Tauschwaren und geistiger Macht. Selbst den Frauen, die mitkommen würden, machte Waxtal Versprechungen, und er ließ seiner Frau Kukutux keine Wahl. Warum, nachdem der Kampf gewonnen war, in das Walroßdorf zurückkehren, um die Frauen dorthin zu bringen? fragte er. Warum Gefahr laufen, daß Schnee und Eis sie trennten?

So paddelten Rabe und Waxtal – mit den Waljägern und vielen Männern aus dem Walroßdorf – mit ihren *ikyan* zum Ufer der Händler.

Sechs Tage später verließen die Männer des Flußvolkes ihr Dorf; in ihren schwerfälligen Fischerbooten kämpften sie während der Viertagereise zu Saghanis Dorf gegen Eis und kalte Winde – dreimal zehn Männer, und ein jeder hoffte, Saghani zu töten.

Die Männer des Flußvolkes kamen am vierten Abend zu dem Walroßdorf. Die Behausungen schimmerten gelb von den Öllampen im Inneren.

»Keine Hunde«, flüsterten die Jäger einander zu, »keine Hunde«, und sie waren verwundert über die Stille des Dorfes.

Sie hatten sorgfältig geplant und begannen am Rande des Dorfes, teilten sich auf, so daß sie sich, als sie von Behausung zu Behausung gingen, bis an den hinteren Teil des Dorfes heranpirschten. Sie kamen zuerst zu der Behausung von Kinnhaare, schlichen hinein auf Füßen, die durch das Gehen im Wald gelernt hatten, leise aufzutreten.

Kinnhaare hatte beschlossen, nicht mit Rabe zu gehen. Er, seine Frau und ihre Kinder schliefen. Sie erwachten, als die Messer in ihre Kehlen schnitten; sie schrien auf, doch die Männer des Flußvolkes hielten ihnen die Hände über die Münder, und niemand hörte sie.

Kiin hielt Shuku und Takha auf dem Schoß, wiegte sie und sang. Samiq saß neben ihr. Er streckte die Hand aus, um Shuku zu berühren. Der Junge öffnete einen Moment die Augen, lächelte und schloß sie wieder. »Ich bin zu glücklich«, sagte Kiin. Aber Samiq legte ihr zwei Finger auf die Lippen und drückte ihre Worte zurück in ihren Mund.

»Das ist gut«, sagte er. »Aber versuche nicht die Geister, damit sie nicht nehmen, was wir haben.«

Kiins innere Stimme wiederholte, was Samiq gesagt hatte, dann erinnerte sie Kiin an ihren toten Bruder Qakan, an ihren Vater Waxtal, der ebenfalls tot sein mußte. Warum ihre Geister mit Worten anlocken?

Kiin übergab Shuku an Samiq, sie trug Takha. Sie legten die Jungen in Kiins Schlafplatz, blieben eine Weile dort stehen und sahen sie an. Dann war Drei Fische bei ihnen, auch sie sah die Kinder an, ihr kleiner Sohn, der in ihren Armen lag, saugte noch an ihrer Brust.

Samiq beugte sich herab und flüsterte Kiin zu: »Diese Nacht muß ich bei Drei Fische sein«, und Kiin nickte, ließ kein Bedauern darüber zu, daß sie ihren Mann teilen mußte. Drei Fische war Takha eine Mutter, Samiq eine Frau gewesen, als Kiin es nicht konnte. Großer Wal würde Kiin als seine Mutter kennen, und für Kiin war auch er ein Sohn.

Die Verhöhnungen ihres Bruders Qakan vor langer Zeit kamen in ihre Ohren, die vielen Male, die er ihr gesagt hatte, sie werde nie Frau sein, nie Mutter sein. Jetzt hatte sie vier Söhne, denn Kleines Messer war auch ihr Sohn.

Sie ging in den Hauptraum des *ulaq*, setzte sich und nahm Robbenhäute auf den Schoß, um zu nähen. Sie begann zu summen, ein Lied, das zu ihr kam wie so oft, wenn sie glücklich war, etwas ohne Worte. Sie legte ihre Näharbeit hin und kletterte den Stamm hinauf zum Dach des *ulaq*, dann setzte sie sich hinaus in den kühlen Wind, ohne Parka, ohne Gamaschen, nur mit ihren Schürzen.

Der Wind war wie Wasser auf ihrer Haut, rein und kalt. Das Dachloch eines jeden *ulaq* schimmerte von dem sanften Licht der Lampen im Inneren, doch Dunkelheit hüllte den Strand und das Wasser der Bucht ein. In den Hügeln heulten Wölfe, Laute, die Kiin zurückführten zu den Monden, die sie in dem Walroßdorf verbracht hatte. Sie schauderte und wollte hineingehen, aber da hörte sie ein Flüstern, etwas, das über das Wasser an ihre Ohren kam.

Sie blickte zu dem Geräusch hin, versuchte, etwas zu sehen, aber vergebens, lauschte, hörte aber nichts mehr.

»Das Wort war ein Walroßwort«, sagte Kiins Geist, die Stimme deutlich in ihrem Kopf.

Kiin stand einen Augenblick still, hörte nichts und sagte zu ihrem Geist: »Es waren nur die Wölfe. Ihre Gesänge bringen mich immer zum Walroßvolk.«

Aber dann hörte Kiin ein anderes Wort, und sie kannte die Stimme. Rabe. Sie bewegte sich langsam, duckte sich durch das erhellte Dachloch, doch sobald sie drinnen war, sprang sie vom Kletterstamm, rannte zum Schlafplatz von Drei Fische, rief nach Samiq, ihre Stimme ein Flüstern und dennoch laut in dem *ulaq*, so daß Großer Wal zu weinen anfing, und dann weinten auch Takha und Shuku.

»Samiq«, rief sie, »da kommen Leute. Walroßmenschen. Ich habe ihre Stimmen gehört. Rabe kommt her. Ich werde mich verstecken. Ich gehe in die Berge. Ich nehme unsere Söhne mit.«

Dann war Samiq bei ihr, die Arme fest um sie gelegt, als könnte er sie beschützen vor Speeren, vor Messern, allein mit seinem Fleisch. »Nein«, sagte er. »Du bist meine Frau. Rabe kann sich mir nicht entgegenstellen.«

Kleines Messer kam auch aus seinem Schlafplatz, der junge Mann rieb sich mit den Fäusten die Augen. Samiq reichte ihm einen kurzen Wurfspeer. »Geh, hole meinen Vater, hole Große Zähne. Sage ihnen, die Walroßmänner sind zu uns gekommen. Sage ihnen, Rabe ist gekommen.«

Der junge Mann verließ das *ulaq*, und Kiin wünschte, sie könnte mit ihm gehen, wünschte, sie, nicht Samiq, könnte mit Rabe kämpfen.

»Ich gehe nicht zurück«, sagte sie, und als niemand sie zu hören schien, sagte sie es noch einmal: »Ich gehe nicht zurück. Ich bin hier bei meinen Söhnen, bei meinem Volk.«

Samiq sah sie an, hielt ihren Blick mit seinen Augen fest. Dann nahm er die Muschelperlenkette ab, die er trug. »Vor langer Zeit«, sagte er, »habe ich sie für dich gemacht. Du hast sie mir als Unterpfand zurückgegeben. Jetzt gebe ich sie dir wieder.«

Samiq legte ihr die Halskette in die Hände. Die Perlen waren warm von seiner Haut, und es schien, als sähe Kiin zum erstenmal Samiqs wahre Stärke. Nicht seine breiten Schultern oder die festen Muskeln unter seiner Haut, sondern die Macht, die von seinem Geist kam.

Frau des Himmels und Frau der Sonne standen in der Mitte des Kreises, von Jägern des Flußvolkes umringt. Jeder Jäger trug ein Messer oder einen Wurfspeer, und an den Spitzen der Waffen klebte Blut.

»Ihr meint, ihr braucht alle diese Waffen gegen zwei alte Frauen?« fragte Frau des Himmels.

Die Männer gaben keine Antwort, doch Frau der Sonne sagte in der Sprache der Ersten Menschen zu ihrer Schwester: »Sie sind Flußvolk, sieh dir ihre Kleidung an. Sie verstehen dich nicht.«

Einer der Männer trat auf sie zu und fragte unbeholfen in der Walroßsprache: »Eure Männer, wo?«

»Ihr wißt, sie sind tot«, sagte Frau des Himmels. »Doch eines Tages werden sie Rache nehmen.«

»Der namens Saghani, wo?« fragte der Mann.

»Ich kenne keinen Saghani«, sagte Frau des Himmels.

Der Mann packte den Arm der alten Frau und verdrehte ihn hinter ihrem Rücken.

»Du denkst, du mußt einer alten Frau weh tun?« fragte Frau

des Himmels. »Du denkst, du bist mächtig, weil du stärker bist als ich? Es gibt eine Stärke, die du nicht verstehst.«

Der Mann ließ sie los. Sie rieb ihren Arm und sagte dann: »Ich lüge nicht. Hier gibt es keinen Mann namens Saghani.«

Der Mann wandte sich an die anderen Jäger neben ihm, sprach geschwind in der Sprache des Flußvolkes. Schließlich sagte er zu Frau des Himmels: »Rabe. Der Mann Rabe. Er Schamane, sagt er.«

»Er ist nicht hier«, sagte sie. »Er ist auf einer Handelsfahrt. Ich kann nicht sagen, wo. Wer weiß, in welchem Dorf ein Händler zu finden ist?«

Der Mann starrte sie einen Augenblick an und sagte dann: »Soll er am Leben sein. Soll er sein Volk tot finden. Ihr zwei Alten, ihr sagt Rabe, wir beobachten ihn. Eines Tages finden Flußvolk ihn. Töten ihn. Füttern die Hunde mit ihm, wie wir mit seiner Frau gemacht haben.«

Dann stieß er Frau des Himmels zur Seite und verließ die Behausung. Die anderen folgten.

Frau des Himmels und Frau der Sonne setzten sich hin. Jede ergriff eine Totenmatte, jede begann zu weben.

»Haben wir genug?« fragte Frau der Sonne.

Frau des Himmels blickte über die Schulter auf die Totenmatten, die sich vor der Wand türmten. »Beinahe«, sagte sie.

Samiq, Kayugh und Große Zähne standen am Ufer, riefen in der Dunkelheit, in der Stille, den Männern in ihren *ikyan* zu. Auf den Dächern der *ulas* warteten Kleines Messer und Erster Schnee, Speere und Speerwerfer in der rechten Hand, Messer in der linken. In jedem *ulaq* warteten die Frauen, schliefen die Kinder.

»Kommt jetzt zu uns«, rief Samiq. »Ich bin *alananasika*. Wenn ihr gekommen seid, um zu tauschen, seid ihr willkommen. Wenn du, Rabe, kommst, um zu kämpfen, dann komme am Morgen. Oder verbirgt die Nacht deine Scham?«

Kayugh legte eine Hand auf den Arm seines Sohnes, spannte die Finger, und Samiq wußte, sein Vater warnte ihn vor törichten Worten, gesprochen im Zorn.

Niemand antwortete. Kein Laut war zu hören, und Samiq dachte, Kiin habe sich geirrt. Vielleicht hatte sie nichts gehört als das Geräusch des Windes, der alte Worte brachte, gesprochen vor langer Zeit. Dann kam eine Stimme, ein Mann sprach, und einen Augenblick meinte Samiq in einem Traum zu sein, jemanden zu hören, der seit langem tot war, doch dann sagte Kayugh: »Es ist nicht Rabe. Es ist Waxtal.«

»Dann sind es Geister?« fragte Große Zähne.

Kayugh und Samiq antworteten ihm nicht, lauschten nur, als Waxtal rief: »Jäger von den Ersten Menschen, ihr habt mich aus eurem Dorf in den Sturm getrieben, damit ich sterbe. Ihr dachtet viele Monde, ich bin tot, aber ihr seht, ich lebe. Ich will Rache für mein Leben, will mich rächen an dem, der mir meine Frau nahm, der mir meine Tochter nahm, der mir mein *ulaq* nahm, mein Essen, alles, was mein war.

Wenn eure Augen die Dunkelheit durchdringen könnten, würdet ihr sehen, daß ich viele Männer mitbringe. Wenn ich es sage, werden sie euer Dorf zerstören. Sie werden eure Frauen und Kinder töten. Wenn ich es sage, werden sie es tun. Aber ich bin ein guter Mann. Ich habe die Gunst der Geister. Euer Dorf, eure Frauen und Kinder werden verschont – wenn ihr mir meine Frau Blaue Muschel gebt und meine Tochter Kiin und das Leben des Mannes, der mich tot sehen wollte. Gebt mir Samiq, gebt mir Blaue Muschel, gebt mir Kiin.«

»Waxtal lügt«, sagte Große Zähne. »Er hat keine Männer bei sich. Auf irgendeine Weise hat er den Winter überlebt, und jetzt kommt er in der Nacht, um uns glauben zu machen, er habe große Macht.«

Große Zähne wölbte eine Hand um seinen Mund und rief Waxtal zu: »Deine Frau Blaue Muschel ist tot.«

Eine Weile sagte Waxtal nichts, dann hörte Samiq Gelächter, und Waxtal sagte: »Schon rächen mich die Geister. Dann nehme ich Chagak. Frau für Frau. Sagt Kayugh, er kann seine Tochter behalten, die kleine, Wren. Ich brauche sie nicht.«

»Du wirst meine Frau nicht bekommen, noch eine meiner

Töchter!« sagte Kayugh. »Nicht Rote Beere, nicht Wren, nicht Kiin, nicht Drei Fische.«

»Er ist allein«, sagte Große Zähne. »Geht in eure *ulas* zurück. Ich bleibe draußen und halte bis zum Morgen Wache. Er kann vom Wasser aus keinen Speer weit genug werfen, um mich zu treffen, und ich werde ihn nicht an Land kommen lassen.«

Aber Samiq hatte, während er wartete, Gebete zu dem Mysterium gesprochen, jenem Schöpfergeist. Er fühlte sich von der Macht dieses Einen umgeben, und plötzlich wußte er, daß Waxtal die Wahrheit sprach. Er hatte andere mitgebracht. Samiq fühlte den harten, kriegerischen Geist von Jägern, die starken, fließenden Geister von Frauen und, zu seinem Erstaunen, die kleineren Geister von Kindern und Säuglingen.

»Er lügt nicht«, sagte Samiq zu Kayugh und Große Zähne. »Er hat viele mitgebracht, sogar Frauen, sogar Kinder.«

»Warum?« fragte Große Zähne.

»Wer kann Waxtal verstehen?« sagte Samiq.

»Wer sind sie?« fragte Kayugh. »Sind sie Erste Menschen? Sind sie Walroßmenschen?«

Wie als Antwort auf Kayughs Fragen hörte Samiq eine andere Stimme: »Samiq, ich will mit dir um die Frau Kiin kämpfen. Letztes Mal habe ich deine Hand genommen; dieses Mal nehme ich dein Leben.«

Ein Schwall von Blut schoß in Samiqs Arme und Beine. »Es ist Rabe«, sagte er zu seinem Vater. »Auf irgendeine Weise hat er erfahren, daß Kiin hier ist.«

»Du hast mir gesagt, du bist bereit, mit ihm zu kämpfen«, sagte Kayugh.

Samiq hörte die Zuversicht in der Stimme seines Vaters, und so rief er Rabe zu: »Ich werde mit dir kämpfen. Wenn ich gewinne, bleibt Kiin hier, und Waxtal verläßt uns.«

»Das ist gerecht«, sagte Rabe.

Samiq hörte gemurmelte Einwände, Waxtals hohe, dünne Stimme, aber dann war es still, und in der Stille spürte Samiq wieder die Geister derer, die bei Waxtal waren, erinnerte er sich an die Geräusche, Geschmäcke und Gerüche des Waljägerdorfes.

»Es sind Waljäger«, sagte Samiq zu Kayugh. »Waxtal hat die Waljäger hierhergebracht.«

»Nein, Samiq«, sagte sein Vater. »Warum sollten Waljäger hierherkommen? Er hat Rabe gefunden, hat ihn und einige Walroßleute mitgebracht.«

Über das Wasser hörte Samiq das dünne Wimmern eines Säuglings, dann Waxtals Stimme, zornig, die Mutter des Kindes scheltend. »Waljäger«, sagte Samiq wieder. »Irgendwie hat er sie hierhergebracht.«

Er wölbte die linke Hand um seinen Mund, rief: »Sterbende Robbe, Harter Felsen, Krummer Vogel!«

Zuerst kam keine Antwort, dann die Stimme von Krummer Vogel: »Du, Samiq, hast du gedacht, du könntest uns töten mit deinem Fluch? Wir sind Waljäger. Unsere Macht ist größer als deine. Du bist nichts. Wir sind gekommen, um dich zu töten und den Fluch aufzuheben, den du über unsere Insel gebracht hast.«

»Du weißt, daß ich eure Insel nicht verflucht habe«, sagte Samiq. »Wenn meine Kräfte so groß wären, dann wärt ihr Dummköpfe, wenn ihr versuchen würdet, mich zu töten. Aber ihr habt Frauen bei euch. Kinder. Sie sind willkommen und auch jeder Jäger, der als Freund kommt. Wir haben Essen und Öl und einen guten Strand. Zusammen können wir ein starkes Dorf sein. Zusammen können wir jagen und unsere Söhne das Jagen lehren. Wer kann sagen, warum ein Berg zornig wird und ein Dorf zerstört? Vielleicht ist das etwas, das Menschen nicht verstehen können. Aber wir müssen weitermachen; wir müssen jagen und essen und leben.«

»Du bist der Dummkopf, Samiq«, sagte Krummer Vogel. Dann rief Rabe: »Samiq, es kümmert mich nicht, was diese Waljäger tun. Ob sie kämpfen oder nicht. Ich bin gekommen, um Kiin zu holen. Du kannst meine Meinung nicht mit Worten ändern.«

»Ich sagte, ich werde mit dir kämpfen«, rief Samiq. »Am Morgen, an diesem Strand.«

»Am Strand, jetzt«, sagte Rabe.

»Wir können nichts sehen«, erwiderte Samiq.

»Zündet Feuer an. Ich werde warten.«

»Komm, wenn du bereit bist«, rief Samiq und kehrte in sein *ulaq* zurück, zu seinen Frauen und Kindern, zu seinen Waffen, während Kayugh und Große Zähne Robbenknochen und Öl, Holz und Gras zusammentrugen und zwei Feuer entfachten, eines an jedem Ende der ebenen Stelle, wo die Männer kämpfen würden.

»Grasohren und seine Frauen, Kinnhaare und seine Kinder, Schieferwerferin und ihr Mann, zwei Waljägerfrauen«, sagte Frau des Himmels.

»Es sind viel mehr«, sagte ihre Schwester, aber Frau des Himmels antwortete nicht. Beide Frauen trugen zusammengelegte Totenmatten auf den Armen; die Matten waren so schwer, daß sich die Frauen beim Gehen nach vorn beugten.

»Die Kinder?« fragte Frau des Himmels.

»Manche wurden getötet, und alle Männer, die Hälfte der Frauen.«

Frau des Himmels blickte zu der Behausung von Eisjäger. »Die Frau von meinem Sohn?« fragte sie, ihre Stimme ein Flüstern.

»Sie lebt. Sie ist bei den Kindern. Aber die Frau von Singender Vogel ist tot.«

»Wer kümmert sich um ihr Kind?«

»Ihre Schwester. Sei froh, daß dein Sohn und dein Enkelsohn in Sicherheit sind.«

»Sie sind bei Rabe«, erwiderte Frau des Himmels. »Sie sind nicht in Sicherheit.«

»Sie werden zu uns zurückkommen«, sagte Frau der Sonne. Ihre Schwester richtete sich trotz des Gewichts der Totenmatten auf. »Es war wegen der Kinder – Kiins Söhnen.«

»Sie sind beide am Leben«, sagte Frau der Sonne. »Ich habe ihr gesagt, sie muß einen den Windgeistern übergeben, aber sie hat es nicht getan. Sie sagte, Takha sei tot, aber das war er nicht. Ich wußte es. Als die Kinder klein waren, hätten wir eins nehmen können. Das wäre nicht schwer gewesen.«

»Es ist immer schwer, ein Leben zu nehmen.«

»Um so viele zu retten?«

»Ich war nie überzeugt, daß es an uns sein sollte, diese Entscheidung zu treffen. Jetzt mach du dir keine Vorwürfe«, sagte Frau des Himmels. »Auch ich wußte, daß Takha am Leben war.«

»Woher wußtest du es?« fragte Frau der Sonne. »Du hast keine Träume.«

»Nein, ich habe keine Träume. Aber ich kenne dich. Ich weiß, was ich in deinen Augen sehe, und ich wußte, daß Kiins Söhne am Leben waren.«

»Der eine war böse. Er hätte sterben sollen.«

»Nein, Schwester«, sagte Frau des Himmels. »Er war nicht böse. Hier irren deine Träume. Das Böse benutzt, was es kann, um Schmerzen zuzufügen. Das Böse ist in Rabe. Wenn jemand tot sein sollte, dann ist er es. Wenn Kiins Kinder gestorben wären, würde das Böse auf andere Weise zu uns gekommen sein. Wozu wären diese sonst da?« fragte sie, hob die Arme und zeigte mit dem Kinn auf die Totenmatten, die sie trug.

Kukutux saß mit den anderen Frauen in dem *ik*. Vom Wasser aus war das Dorf nur etwas Dunkles am Ufer, aber als die Feuer entfacht waren und die Flammen aufstiegen, konnte sie die Erhebungen der *ulas* erkennen, konnte sie die Leute sehen, die sich auf dem Dach eines jeden *ulaq* versammelt hatten. Kukutux zog die Schultern hoch, und der Krampf, der an ihren Rükkenmuskeln zerrte, ließ nach.

Ich hätte bei Weinende Frau und Viele Kinder in dem Walroßdorf bleiben sollen, sagte sie sich. Ich brauche Tage am Ufer, ich muß nähen und weben, Muscheln ausgraben und Seeigel sammeln.

Aber Waxtal hatte gewollt, daß sie das Dorf sah, wo er Häuptling sein würde, und er wollte nicht zu dem Walroßdorf zurückkehren, um sie zu holen, nachdem der Kampf gewonnen war.

Kukutux schüttelte den Kopf. Das hier war kein Dorf – vier, fünf *ulas*, ein paar Trockengestelle, eine Handvoll Jäger. Aber es ist nicht viel schlechter als das Dorf der Waljäger, dachte sie. Und die *ulas* waren in gutem Zustand, die Leute, soweit sie sehen konnte, sahen stark und gesund aus.

»Hier ist kein Fluch«, flüsterte sie.

Aber Samiq war hier. Sie hatte seine Stimme gehört, und sie erinnerte sich an ihn – der Robbenjäger, der in ihr Dorf gekommen war, der so viele Wale gerufen hatte. Hatte Harter Felsen das vergessen? Hatte er die Wale vergessen, die der junge Mann ihnen gebracht hatte? Nie war das Dorf stärker gewesen. Der Fluch war gekommen, als Harter Felsen Samiq vom Jagen abhielt, als er ihm auftrug, die Arbeit eines Jungen zu tun, anstatt ihn als Mann zu ehren. Vielleicht war der Fluch ebensosehr von Harter Felsen gekommen wie von Samiq.

Sie hielten das *ik* ein gutes Stück vom Ufer entfernt, sie und die Frauen, die bei ihr waren, damit das Feuer den Ersten Menschen nicht zeigte, daß sie warteten.

Rabe würde kämpfen, damit war Harter Felsen einverstanden. Dann, wenn Samiq nicht tot wäre, wollte Harter Felsen kämpfen, dann ein anderer Jäger und wieder einer, bis Samiq starb und der Fluch von den Waljägern genommen würde.

Aber, dachte Kukutux, was, wenn es keinen Fluch gibt?

98

Er kam im schwarzen Federumhang, ein Messer in jeder Hand, die Haare flossen wie Wasser über seine Schultern. Er war ein großer Mann, aber dünn. Einer von Samiqs Armen war so dick wie Rabes zwei zusammen, aber Samiq konnte den Blick nicht von den Händen des Mannes lassen, eine jede heil und stark, eine jede umfaßte ein Messer mit langer Klinge.

Zwei starke Hände, sagte eine Stimme in Samiqs Kopf. Zwei starke Hände gegen deine Schwäche. Samiq schüttelte den Kopf, um den Zweifel zu bannen, und löste den streckenden Knochen von seinem Zeigefinger. Er legte Amgighs Messer in seine rechte Hand und spannte die Finger um den Griff.

»Du, Rabe vom Walroßvolk, du hast zwei Messer«, rief Samiq. Er wartete, daß eine Stimme seine Worte übersetzte, doch Rabe antwortete ohne Übersetzung.

»Hol dir noch ein Messer«, sagte er und lachte. »Ich warte. Der Kampf muß gerecht sein.«

Samiq vernahm den Hohn in seinen Worten, und ihm sank der Mut, als er erkannte, daß Rabe von seiner Hand wußte. Er wandte sich an die Männer, die sich in seiner Nähe am Ufer versammelt hatten, an jene, die im rotgelben Licht der Strandfeuer standen, und streckte den linken Arm aus, bat um ein Messer. Sein Vater bot ihm sein Messer an, eines, das auch von Amgigh gemacht war, aber dann kam Kleines Messer von den *ulas*. Indem er sein Messer aus der Scheide zog, die an seinem Hals hing, sagte Kleines Messer: »Vater, du bist ein Mann von zwei Völkern. Laß deine Kraft von zwei Stämmen kommen.«

Kayugh nickte und trat zurück, und Samiq nahm die Waffe von Kleines Messer an. Es war ein kurzes Messer. Die Klinge, die zwischen seinen Daumen und seinem Zeigefinger hervorsah, war nicht länger als Samiqs Daumen, und der Griff paßte leicht in die Handfläche. Die Andesitklinge war grob gemacht, aber die Spitze war so scharf wie die Spitze einer Walharpune.

Samiq wandte sich Rabe zu, doch Kleines Messer faßte ihn am Arm und drehte Samiq wieder um. »Warte. So wird es besser sein.« Er drehte das Messer so, daß die Klinge aus Samiqs Faust nach unten sah. »Zum Stoßen«, sagte Kleines Messer und machte eine Abwärtsbewegung mit der Hand.

»Ja«, sagte Samiq. »Ja.« Und wieder wandte er sich Rabe zu.

Rabe warf seinen Umhang ab, streckte sich zu seiner vollen Höhe und wartete. Samiq schlüpfte aus seinem Parka. Der Nachtwind war kalt auf Samiqs Haut, aber er fühlte nur die harten Messer in seinen Händen. Er streckte die rechte Hand aus, die Klinge nach oben, behielt die linke Hand unten an seiner Seite.

»Du sagtest, der Kampf muß gerecht sein«, sagte Samiq zu Rabe.

»Du klagst wegen deiner Hand?« fragte Rabe. »Ich zwinge dich nicht, zu kämpfen. Gib mir Kiin. Dann gehe ich.«

»Der Kampf ist nicht gerecht, denn ich habe Kraft gewonnen im Gebet, im Fasten.«

»Du denkst, ich bete nicht?« fragte Rabe.

»Ein Mann, der jenen Geist sucht, der größer ist als er selbst, braucht kein Messer, um seine Macht zu beweisen.«

»Dummkopf!« sagte Rabe. »Niemand ist größer als ich!«

»Du sagst, deine Macht ist der Macht der Geister gleich?« fragte Samiq.

»Ja«, sagte Rabe. »Ich rufe Geister. Sie tun, was ich verlange. Du siehst sie nicht, aber es sind Geister in den Feuern, Geister schweben im Dunkel. Höre.«

Plötzlich rief eine Stimme jenseits der Feuer, ein Schrei wie eine trauernde Frau.

»Schon beklagt der Geist deiner Großmutter deinen Tod«, sagte Rabe.

Eine zweite Stimme kam aus dem Feuer hinter Samiq. »Es gibt keine Hoffnung für dich, Samiq«, sagte die Stimme. »Bald wirst du bei mir in der Geisterwelt sein.«

Beinahe hätte Samiq sich umgedreht, doch dann kam eine Ruhe über ihn, die Gewißheit seiner eigenen Stärke.

Eine dritte Stimme sprach, und diesmal beobachtete Samiq Rabe, beobachtete genau, wie der Mann den Kopf hielt. Er beobachtete seinen Mund, die steifen Lippen. Es ist ein Trick, dachte Samiq. Weiter nichts – nur ein Trick.

Samiq sprach, als wären da keine Stimmen gewesen.

»Kiin ist meine Frau«, sagte er. »Sie wird hier bleiben, bei mir.«

»Ist sie dein Leben wert?«

»Ja«, sagte Samiq, »und sie ist auch deines wert.«

»Dann hast du gelernt, mit Messern zu kämpfen?«

»Ich kämpfe mit mehr als Messern«, sagte Samiq. Er hielt das Messer in seiner rechten Hand in die Höhe. »Diese Klinge schreit nach deinem Blut«, sagte er zu Rabe. »Mit dieser Klinge hast du meinen Bruder getötet – eine Klinge, die er selbst gemacht hat. Seit jenem Tag hat dieses Messer mit all seinen Geistergedanken nichts anderes gewollt, als dein Blut zu schmecken.«

»Deine vielen Worte zeigen nur, daß du Angst vor meinen Messern hast«, sagte Rabe. Er trat vor, schwang seine Klinge im Bogen, zielte auf Samiqs Bauch. Samiq sprang zurück, aus der Tiefe seiner Kehle kam ein Laut des Abscheus.

Samiq machte drei schnelle Schritte, drehte sich seitwärts, um Rabes Klinge weniger Angriffsmöglichkeiten zu bieten. Als Rabe sich näherte, stieß Samiq mit der linken Hand zu, brachte Rabe mit dem ersten Stoß eine blutige Verletzung bei, einen dünnen Schnitt entlang dem Knochen von Rabes rechtem Unterarm.

Rabe sprang zurück, und Samiq machte wieder einen Satz nach vorn, wehrte Rabes rechten Arm mit seinem linken ab, Arm gegen Arm, Knochen gegen Knochen. Dann stieß er mit der rechten Hand, mit dem langen, schwarzen Stein von Amgighs Obsidianklinge, in Rabes Bauch. Wieder brachte er Rabe eine blutige Verletzung bei, und diesmal hörte Samiq den zischenden Atem der Umstehenden, als die Wunde in Rabes Bauch klaffte.

»Du bist langsam«, sagte Samiq, und wieder verwundete er Rabe, diesmal mit einem Schnitt in die Wange.

Rabe zuckte nicht zusammen. Er trat vielmehr vor, um Samiqs Stoß zu begegnen und mit der rechten Hand zuzuschlagen, ein Hieb, der Samiq in die Seite traf, so daß die Klinge durch die Haut ging und an Samiqs Rippen knirschte. Doch Samiq achtete nicht auf den Schmerz und versuchte, Rabes Hals aufzuschlitzen. Rabe drehte sich um, so schnell, daß Samiqs Messer nur auf Luft traf. Während er sich drehte, zielte Rabe mit der Klinge in seiner linken Hand auf Samiqs Schulter, aber Samiq ließ sich fallen, und im Fallen verhedderte er seine Füße mit denen von Rabe. Rabe landete hart auf dem Bauch, und das Messer in seiner linken Hand stieß sich bis zum Heft in den Ufersand.

Rabe zog sein Messer heraus, dann waren beide Männer wieder auf den Beinen, beider Körper mit Blut gezeichnet, beider Flanken wogten, während sie die Luft in langen Zügen einsogen.

»Du hast viel gelernt«, sagte Rabe und hielt inne, als wolle er Samiq Zeit für Worte geben, aber Samiq sagte nichts. Dann sagte Rabe, die Knie gebeugt: »Macht bedeutet mehr als starke Arme und gute Messer, Robbenjäger.« Er hob die Stimme, rief in die Dunkelheit hinaus, Worte in der Walroßsprache.

Samiq sah die *ikyan*; er hatte gewußt, daß sie da waren, nicht nur die langen, klobigen *ikyan* der Walroßjäger, sondern auch die schönen, geschmeidigen *ikyan*, wie sie die Waljäger bauten.

»Du denkst, du könntest einem solchen Volk entkommen, Robbenjäger?« fragte Rabe.

Doch Kayugh erhob die Stimme über die von Rabe. »Samiq, denke nur an diesen Kampf, an diese Messer.«

Dann kam eine Stimme von den *ikyan*, eine Stimme, die Samiq kannte: Harter Felsen. »Stirb jetzt. Stirb schnell, Waltöter«, sagte Harter Felsen; er benutzte Samiqs Waljägernamen. »Meine Rache wird nicht so einfach sein wie die von Rabe. Du wirst dir den schnellen Stich des Messers wünschen, wenn du wartest, um durch meine Hand zu sterben.«

Kayughs Stimme ertönte wieder: »Samiq!«

Doch die Warnung kam spät, und bevor Samiq seine Messer heben konnte, hatte Rabes Klinge Samiqs rechten Arm aufgeschlitzt, und das Messer in seiner linken Hand war an Samiqs Hals.

Samiqs sammelte seine Kräfte, stieß den Mann fort, bevor er

wieder zustechen konnte, dann traf er mit seiner linken Hand Rabes Brust, aber es war ein flacher Schnitt, und es floß wenig Blut.

Beide Männer umkreisten sich, und Rabe stimmte einen Gesang an, etwas in Worten, die Samiq nicht verstand.

Eine andere Stimme kam, eine Frauenstimme, laut, von den *ulas* der Ersten Menschen. »Rabe, du hast deinen letzten Kampf durch meine Macht gewonnen, durch die Macht meiner Schnitzereien.« Kiin kam und stellte sich neben eines der Strandfeuer, ihre Söhne in ihren Armen. Das Feuer erhellte ihr Gesicht, die Gesichter ihrer Söhne. »Rabe«, rief sie, »dieses Mal steht meine Macht auf der Seite von Samiq, meinem Mann, Vater von Shuku und Takha.«

Samiq sah die Überraschung in Rabes Gesicht und wußte, daß er gedacht hatte, Takha sei tot, Shuku bei den Flußmenschen.

Andere aus Samiqs Dorf kamen, Frauen und Kinder, alle trugen Schnitzereien, und sie legten die Schnitzereien zu Kiins Füßen, einen Kreis aus Tieren und Menschen, einen Kreis von Geistern, eingefangen in Elfenbein, in Holz. Und in den Schatten der Feuer schien sich jede Schnitzerei zu bewegen.

Samiq beobachtete seine Frau, und Furcht zehrte an seiner Kraft, als sie mit beiden Söhnen dort stand. Warum Rabe zeigen, was er bei dem Kampf gewinnen würde, warum ihm mehr Grund zum Kämpfen geben? Aber dann sah Kiin Samiq an, ihre Augen blickten kühn, und da wußte er, daß dies Kiins Kraft war – ihre Söhne, ihre Schnitzereien. Sie gab ihm diese Kraft. Kiin würde Rabe Shuku und Takha nicht zeigen, wenn sie wüßte, daß Rabe siegen würde.

Die Schmerzen von Samiqs Wunden waren plötzlich verflogen. »Du bist tot«, sagte er zu Rabe und sprang vorwärts. Rabe trat beiseite, hob den linken Arm, um zuzuschlagen, als Samiq an ihm vorbeiging, doch Samiq drehte sich blitzschnell um und stieß Rabe die kurze Klinge von Kleines Messer in den Hals.

Samiq sprang zurück und blieb stehen, die Finger seiner rechten Hand noch fest um den mit Fischbein umwickelten Griff von Amgighs Messer.

Samiq hielt das Messer hoch und rief: »Kiin gehört nicht dir, Rabe. Ihre Macht ist ihre eigene. Wenn du solche Macht willst, mußt du sie in deinen Gebeten, in deinen eigenen Visionen finden.«

Da wandte Rabe sich ab, hob seinen Federumhang auf und schob sich an den Männern seines Dorfes vorbei, vorbei an Eisjäger und seinen Söhnen, und ging zu seinem *ik*. Eisjäger wollte zu ihm gehen, aber Rabe winkte ihn fort, dann zog er das *ik* ins Wasser. Rabe kletterte mühsam hinein und nahm sein Paddel, dann verschwand er mit dem *ik* in die Dunkelheit.

»Siehst du, Rabe«, sagte Samiq mit ruhiger Stimme, »sogar eine winzige Klinge ist größer als du.«

Waxtal sah das *ik* von Rabe zwischen die *ikyan* der Waljäger gleiten. Harter Felsen rief dem Mann etwas zu: Rabe drehte sich um, doch dann sackte er auf den Boden des *ik*, und Waxtal sah, daß seine Augen starr waren, die Augen eines Mannes, der schon tot war.

Große nasse Schneeflocken fielen jetzt vom dunklen Himmel. Anfangs dachte Waxtal, es sei Asche, wie die Asche, die in der Nacht gefallen war, als Aka und Okmok ausbrachen. Aber dann war Schnee in seinem Gesicht, kalt, naß. Ein Vogel stieß in Rabes *ik* herab und flog wieder fort. »Ein Rabe«, hörte er den geschnitzten Stoßzahn murmeln. Aber welcher Rabe flog des Nachts übers Wasser?

Waxtal nahm sein Paddel und folgte dem treibenden *ik* des Schamanen. Rabe brauchte seinen Umhang, sein Amulett nicht mehr. Warum sie nicht an sich nehmen? Sie sollten einem anderen Schamanen gehören, einem, der sich ihrer Macht klug bedienen würde.

Dann aber rief Harter Felsen: »Du hast gegen einen gekämpft, jetzt kämpfe gegen den nächsten.«

Waxtal erwartete Samiqs Antwort zu hören, aber Samiq sagte nichts.

Der Himmel lichtete sich schon, und obwohl die Feuer zur Glut heruntergebrannt waren, konnte Waxtal das Ufer deutlicher sehen. Kiin stand neben Samiq, ihre Zwillingssöhne in ihren

Armen. Samiqs Waljägerfrau war auch da, mit ihrem Säugling und mit Kleines Messer.

Harter Felsen ging ins seichte Wasser, dann winkte er seinen Jägern, ihm zu folgen, und zog sein *ikyak* an Land. Waxtal wartete. Warum in die Nähe des Kampfes gehen, wenn seine eigene Macht im Gebet lag, im Rufen von Geistern? Er griff in sein *ik* und zog das Tierfell heraus, das Rabe ihm gegeben hatte. »Der Mann war ein Dummkopf, mir soviel von seiner Macht zu geben«, sagte Waxtal zu seinen Stoßzähnen. »Jetzt habe ich die Macht, die ich durch meine Schnitzerei verdient habe, und die Macht, die ich im Tausch von Rabe erworben habe.«

Waxtal wartete, daß der geschnitzte Stoßzahn sprach, aber falls er eine Antwort gab, ging sie in der lauten, zornigen Stimme von Harter Felsen unter, der Eisjäger und seinen Söhnen zurief: »Was wollt ihr tun, Walroßmänner? Wollt ihr für die Ehre eures Volkes kämpfen, oder soll ich kämpfen?«

»Mein Volk mißt seine Ehre nicht an getöteten Männern oder an der Macht, die Messer über Fleisch haben«, antwortete Eisjäger. »Ich werde nicht kämpfen, aber meine Söhne sind erwachsen. Jeder muß für sich selbst sprechen.«

Die Söhne von Eisjäger kehrten Samiq den Rücken zu und stellten sich zu ihren *ikyan* am Wasserrand. »Wir haben keinen Streit mit diesem Mann oder seiner Frau«, sagte der Sohn mit der Narbe.

»Dann werde ich selbst mit ihm kämpfen«, sagte Harter Felsen.

Samiq trat fort von seinen Frauen, um Harter Felsen zu begegnen. Doch Kayugh trat aus dem Schatten und schob sich vor ihn. »Mein Sohn hat keinen Fluch über dein Dorf gebracht«, sagte Kayugh. »Würde er den Zorn des Berges ebenso über sein eigenes Volk gerufen haben wie über deines? Vergiß nicht, auch unser Dorf wurde zerstört.«

»Du, Kayugh, hast du alle deine Jäger verloren? Sind deine Kinder gestorben? Deine Frauen?«

»Wir sind am Leben geblieben, weil wir beschlossen haben,

unsere Insel zu verlassen. Ihr habt diesen Entschluß nicht gefaßt. Jetzt geht ihr euch gegenseitig die Schuld an dem, was euch geschehen ist.«

»Ich gebe die Schuld einem Mann, der einen Fluch über uns gebracht hat, und ich werde diesen Mann töten.«

»Du wirst mit mir kämpfen statt mit meinem Sohn.«

Harter Felsen lachte, und zugleich trat Samiq vor und stellte sich neben seinen Vater. »Ich werde mit ihm kämpfen«, sagte Samiq mit leiser Stimme, die Worte nur zu Kayugh gesprochen.

»Du bist erschöpft«, sagte Kayugh.

»Ich will kämpfen. Wenn ich sterbe, sterbe ich.«

Kayugh senkte den Kopf, wartete lange, doch schließlich trat er beiseite.

»Ein einziges Messer?« fragte Harter Felsen.

Samiq hielt Amgighs Obsidianklinge in die Höhe. »Ein einziges Messer«, sagte Samiq.

Und wieder umrundete Samiq seinen Gegner mit vorgehaltener Messerklinge, doch aus den Augenwinkeln sah er jemanden sich bewegen, sah er jemanden in den Kreis aus aufgescharrtem Sand treten. Er wandte den Kopf, dachte, ein anderer Waljäger sei gekommen, um Harter Felsen beim Töten beizustehen, doch dann sah er, daß es Kleines Messer war, und sein Herz zog sich vor Angst um den Jungen zusammen.

»Dieser Kampf ist meiner. Bleib weg!« rief Samiq ihm zu.

»Ich werde nichts tun, solange er nichts tut«, sagte Kleines Messer und deutete mit seinem Speer auf einen Mann, der hinter einem der Strandfeuer stand. Es war Krummer Vogel. Er hielt Speer und Speerwerfer erhoben in der rechten Hand.

»Harter Felsen, müssen deine Jäger deine Kämpfe für dich austragen?« fragte Samiq.

Dann waren Eisjäger und seine Söhne, Männer des Walroßvolkes, neben Kleines Messer, die Waffen bereit. »Kein Fluch wird durch Betrug aufgehoben«, rief Eisjäger.

Sterbende Robbe trat vor. Er legte seine Waffen zu seinen Füßen nieder. »Wir sind nur gekommen, um dem Fluch, der über unserem Volk liegt, ein Ende zu machen«, sagte er, »nicht, um diesen Fluch über andere zu bringen.«

»Krummer Vogel, du bist ein Dummkopf«, rief Harter Felsen. »Ich bin stark genug, um ihn zu besiegen. Warum zweifeln?«

»Es gibt keinen Fluch. Es sollte keinen Kampf geben«, sagte Kayugh.

Doch Harter Felsen erwiderte: »Robbenjäger, du hast meine Insel nicht gesehen. Wir sterben noch immer, obwohl der Zorn der Berge sich gelegt hat. Wie kannst du sagen, es gibt keinen Fluch?«

»Und wenn es einen Fluch gibt«, antwortete Kayugh, »woher weißt du, daß er von meinem Sohn kommt?«

»Uns fehlte nichts, bevor er kam.«

»Ihr hattet damals einen anderen Häuptling, einen Mann, der die Geister achtete. Vielleicht hast du selbst den Fluch über dein Volk gebracht.«

Harter Felsen warf sein Messer hin. Samiq sah zu, wie der Mann sich entfernte, wie er zu Krummer Vogel ging, ihn mit harten Worten anschrie. Samiq drehte sich um, trat zu Kayugh und Kleines Messer, Eisjäger und Sterbende Robbe.

In seiner Erschöpfung sprach Samiq nicht, stand nur da und bemühte sich, seine Arme und Beine gegen die Zittergeister zu behaupten, die in seinen Körper eingetreten waren. Und als das leise Stöhnen von Kleines Messer sich mit den Worten der neben ihm Stehenden vermischte, wandte Samiq sich seinem Sohn nicht einmal zu. Doch als er das plötzliche Entsetzen in Kayughs Augen sah, verstand Samiq, und er fing seinen fallenden Sohn auf; ein Speer steckte im Rücken von Kleines Messer.

Das Gewicht von Kleines Messer drückte Samiq in die Knie, und er hielt den Jungen auf dem Schoß, sagte Worte und Versprechungen, die er niemals würde halten können, bis er merkte, daß der Geist des Jungen ihn bereits verlassen hatte, aus seinem Körper geschieden, sobald der Speer ihn traf.

Samiq blickte zurück zu Harter Felsen, zu Krummer Vogel.

Harter Felsen stand mit dem Speerwerfer in der Hand, und Krummer Vogel sagte: »Dein Speer hat Kleines Messer getroffen. Samiq lebt noch.«

Eisjäger warf seinen Speer. Er traf Krummer Vogel in den Hals. Wieder folgte ein Speer, und Krummer Vogel und Harter Felsen waren beide auf der Erde, lagen in ihrem eigenen Blut. Samiq blickte auf, sah, daß Sterbende Robbe den zweiten Speer geworfen hatte.

Einen Augenblick rührte sich niemand, dann senkte Samiq den Kopf auf den Leichnam von Kleines Messer, und er ließ seinen Schmerz in langen, erstickenden Schluchzern heraus.

99

Waxtal beobachtete von seinem *ikyak* aus, wie Kleines Messer fiel, wartete atemlos auf den zweiten Wurf von Harter Felsen, doch statt dessen kamen zwei Speere, einer und noch einer, und Waxtal wußte, daß Harter Felsen und Krummer Vogel tot waren. Wer konnte sagen, was die Walroßmänner und die Waljäger jetzt tun würden? Sie waren gekommen, weil Waxtal sie dazu überredet hatte, aber nachdem nun der Schamane des Walroßvolkes und der *alananasika* der Waljäger beide tot waren, würden sie sagen, daß er, Waxtal, schuld sei? Würden sie versuchen, ihn aus Rache zu töten?

Waxtals Herz klopfte so schnell, daß ihm die Hände zitterten und er sein *ikyak* kaum paddeln konnte. Trotzdem gelang es ihm, das Boot zu wenden. Er hielt auf die Mündung der Bucht der Händler zu, paddelte schnell, bis er wieder auf dem Meer war.

Die Stimme des sprechenden Stoßzahns kam zu ihm. »Es gibt viele Arten, wie ein Mann sterben kann«, sagte der Stoßzahn. »Du bist in Gefahr. Tu, was ich dir sage, Waxtal.«

Kraft kam in Waxtals Arme; Macht füllte wieder seine Brust, und er wußte, daß er stärker war als Samiq, der Mann, der einen toten Jungen in seinen Armen hielt und weinte wie eine Frau.

Also wendete Waxtal sein *ikyak*, wie es ihm der Stoßzahn sagte, wendete es hin zum Walroßdorf, hielt es nahe am Ufer, und in dieser Nacht, als es wieder Zeit zu schlafen war, geleitete der Stoßzahn ihn an einen sicheren Strand. Kukutux und die Waljägerfrauen sangen Klagelieder, als sie Eisjäger und seinen Söhnen folgten, zurück in das Walroßdorf. Kukutux wußte, sie mußte Viele Kinder vom Tod von Harter Felsen verständigen. Frauen mußten es Frauen sagen, und wer konnte erwarten, daß die anderen Frauen von Harter Felsen es tun würden? Ihr Schmerz war zu groß.

Auch sie trauerte um Harter Felsen. Der Mann hatte versucht, zu tun, wovon er glaubte, daß es für sein Volk das beste sei. Und Krummer Vogel – obwohl einer, der immer alles falsch machte – war ein Mann gewesen, der an jedem Tag, den er lebte, die Sonne fühlte, die Kälte, den Wind, der in klaren Nächten die Sterne sah und die Stimme der Gräser hörte, die Worte vernahm, die das Meer sprach.

Kukutux seufzte und stieß ihr Paddel ins Wasser. Sie hatten die Leichname der Männer eingehüllt und auf die *ikyan* gebunden, Harter Felsen auf das *ikyan* von Sterbende Robbe, Krummer Vogel auf das von Windjäger. Trauern würden sie im Walroßdorf. Sie würden einen Platz für das Begräbnis finden und ihre Toten ehren.

Eisjäger hatte gesagt, sie könnten den Winter bei dem Walroßvolk verbringen. Da Rabe tot war, konnten einige von den Frauen in seiner Behausung wohnen, und Walroßfamilien würden Platz schaffen für die anderen.

Sie waren aus der Bucht der Händler in das offene Meer gekommen, ihre Boote angetrieben von einem Wind, der stark von Westen her blies, als Kukutux merkte, daß Waxtal nicht bei ihnen war. Sie zuckte die Achseln und machte sich keine Sorgen. Er würde wissen, daß sie zum Walroßdorf zurückgekehrt waren. Sie würde dort auf ihn warten. Es war besser, daß er jetzt nicht bei ihnen war, besser, daß sie sich seinen Zorn, sein Jammern nicht anhören mußte.

Samiq hatte das Messer von Rabe überlebt, hatte den Mann getötet, dessen Geisterkräfte angeblich so groß waren. Er hatte den Speer von Krummer Vogel überlebt. Vielleicht war der Mann nicht böse, sondern gut. Vielleicht war das Böse in etwas oder jemand anderem. Aber wer konnte erwarten, daß Waxtal das sähe, wenn Waxtal haben wollte, was Samiq gehörte?

Zehn Tage fuhren sie, in Schnee und Wind und Eis. Am zehnten Tag, gegen Abend, kamen sie zu dem Walroßdorf. Es war ein Dorf der Trauer – Behausungen waren verbrannt, Jäger, Frauen und Kinder tot.

Zum ersten Mal sah Kukutux die seltsamen alten Frauen, zwei Schwestern, Großmutter und Tante, und sie hörte zu, als sie mit Eisjäger sprachen, mit Stimmen, gebrochen von Kummer.

Eisjäger berichtete den Waljägern, in ihrer Sprache der Ersten Menschen, von dem Überfall der Flußmenschen, dem Töten, das Rabes Lügen über sie gebracht hatten. Und die Menschen trauerten gemeinsam.

100

Rauch stieg von den sechs *ulas* der Ersten Menschen in den grauen Himmel hinauf. Schnee bedeckte Strand und Hügel. Das sechste *ulaq* war neu – ein wenig abseits von den anderen errichtet.

Das muß das *ulaq* von Sterbende Robbe sein, dachte Kukutux, für seine Frau und die vielen Kinder. Sie rutschte auf ihrem Platz im *ik* der Frauen weiter nach vorn, so daß sie die *ikyak*-Gestelle sehen konnte. War Waxtal, vielleicht aus Angst, in das Walroßdorf zu gehen, hierher zurückgekehrt, zu den Robbenjägern? Aber nein, sie sah sein *ikyak* nicht, und es war kaum anzunehmen, daß er mit den Jägern draußen war. Er würde essen oder schlafen, würde erwarten, daß andere seinen Anteil an der Arbeit verrichteten. Sie tat einen langen Atemzug und tauchte ihr Paddel ins Wasser, half der Frau von Eisjäger, das *ik* zum Land zu lenken.

Acht Walroßmänner waren mit Eisjäger gekommen: seine Söhne Weißer Fuchs und Singender Vogel und sechs weitere Jäger. Viele Frauen waren dabei, vom Volk der Walroßmenschen wie vom Waljägervolk, und alle übrigen Waljägermänner. Einige, wußte Kukutux, planten, im nächsten Frühjahr zur Insel der Waljäger zurückzukehren, andere aber, wie Sterbende Robbe, sagten, sie wollten als Jäger im Dorf der Ersten Menschen bleiben, hier am Ufer der Händler.

Bei Kukutux im *ik* waren die Frau von Eisjäger und die Stieftochter von Weinende Frau, die Frau Kleiner Wal und die zwei Walroßfrauen Großmutter und Tante. Die zwei alten Frauen saßen in der Mitte des *ik*, Pelzrobbenfelle auf dem Schoß. Während der Tage der Reise von dem Walroßdorf hatten sie die geschabten Seiten der Felle mit Öl eingerieben.

»Kinderdecken«, hatte Großmutter gesagt. Und ihr kleines braunes Gesicht hatte sich zu einem Lächeln gekräuselt.

Eisjäger war der erste, der sein *ik* an Land brachte, indem er es über die Eisschollen zog, die sich vor dem Ufer gebildet hatten. Er wurde begrüßt von dem Häuptling des Robbenjägerdorfes, Samiq, und einem älteren Mann, der neben ihm stand. Es waren noch andere Männer am Ufer, und ihre Frauen mit ihnen, Kinder spielten in der Nähe. Es war gut, ein Dorf zu sehen, das wuchs, ein Dorf, wo die Menschen lachten und lächelten und dick waren von gefüllten Speisenischen.

Eisjäger sprach lange Zeit mit Samiq. Dann rief Samiq den Leuten am Strand zu, und Eisjäger machte den Walroßmännern ein Zeichen, ihre *ikyan* an Land zu bringen. Auch die Frauen kamen in ihren *iks*, und Samiq sprach zu allen, und Eisjäger wiederholte seine Worte in der Sprache des Walroßvolkes.

Samiqs Willkommen fand den Weg in das Herz von Kukutux, und es ließ die Müdigkeit in ihren Armen, das Brennen in ihren Augen, von Sonne auf Wasser verursacht, vergehen. Dieses Dorf würde ihnen gehören, ein Ort, wo starke Kinder aufwachsen konnten.

Kukutux erkannte Drei Fische, die bei den Robbenjägerfrauen stand, einen Säugling auf den Rücken gegurtet – Drei Fische, die Kukutux lange tot geglaubt hatte, sie lebte hier bei den Robbenjägern, eine Frau und Mutter.

Dann wies Eisjäger die Frauen an, ihre *iks* auszupacken, und für Frauen, Kinder und Männer wurde in den *ulas* der Ersten Menschen Platz geschaffen, bis neue *ulas* gebaut werden konnten.

»Und wenn wir Behausungen nach der Art des Walroßvolkes bauen?« fragte der älteste Sohn von Eisjäger.

»Jeder Mann soll tun, was für ihn und seine Familie das beste ist«, erwiderte Samiq. Das löste Lächeln und Lachen aus.

Es ist gut, dachte Kukutux. Es ist gut, und sie wollte nicht an Waxtal denken, an ihren Mann, der vielleicht kommen und sie aus dem Robbenjägerdorf holen würde.

Beinahe einen Monat lang hatte Waxtal den Worten des geschnitzten Stoßzahns gelauscht, hatte gelauscht, wie ein Sohn seinem Vater lauscht. Der Stoßzahn kannte die Gewässer hier. Warum nicht? fragte sich Waxtal. Der Zahn hatte einst in diesem Meer gelebt, war Teil eines Tieres gewesen, das in diesen Gewässern schwamm. Der Stoßzahn lenkte Waxtal zu Höhlen und heißen Quellen, zu offenen Wassern, wo er Fische fangen konnte.

In dieser Vollmondnacht kamen sie zu einer langen Landzunge aus Kies, die sich in das Meer erstreckte, eine Stelle, die Waxtal nicht wiedererkannte, obwohl er wußte, daß er schon einmal hiergewesen war. Er erinnerte sich an diesen Ort ohne Strand, nur die Berge hatten sich unmittelbar aus dem Wasser erhoben, Klippen voller Vögel. Doch die Zunge streckte sich wie ein riesiges Ruder vom Land ins Wasser,

Schnee lag auf dem Blatt dieses Ruders, es gab genug Platz, daß ein Mann stehen und gehen konnte, genug Raum für mehrere *ulas*.

»Hier, Waxtal, dies ist ein Ort für einen Mann zum Beten«, sagte der Stoßzahn. »Ein Ort zum Fasten um Visionen, ein Ort, wo die Geister dir zeigen, wie ein Mann zu töten ist, der getötet werden muß.«

So paddelte Waxtal sein *ikyak* zu der Landzunge, zog es in den Schnee und räumte einen Platz frei, um sich hinzusetzen. Dann hüllte er sich in warme Pelzrobbenfelle, setzte sich und begann zu beten.

Seine ersten Gebete waren Flüche gegen Samiq und die Ersten Menschen, gegen seine tote Frau Blaue Muschel und gegen Kiin. Während er betete, frohlockte er über seine eigene Macht, die Kraft, welche Walrosse zu den Waljägern gebracht hatte, die Vision, die die Menschen, die mit ihm waren, an das Ufer der Händler gezogen hatte. Und in seinem Frohlocken schlief er schließlich ein.

In derselben Nacht hielt Samiq Kiin an sich gedrückt. Wohl trauerte er um Kleines Messer, doch seine Freude über Kiin nahm einen Teil seines Schmerzes fort, ließ ihn jeden neuen Tag mit Hoffnung sehen.

»Es sind gute Menschen, die Leute, die zu uns gekommen sind«, flüsterte Kiin.

Samiq drückte sein Gesicht in ihr Haar.

»Ich werde dir noch einen Sohn geben«, sagte Kiin. »Wir können ihm den Namen deines Waljägersohnes geben, der jetzt bei den Tanzenden Lichtern ist. Wir können die Kraft dieses guten Namens zu uns zurückholen. Und du kannst mir eine Tochter geben, eine, die den Namen haben wird, den meine Mutter trug.«

Samiq fand keine Worte, in die er die Freude dieser Hoffnung fassen konnte, und so legte er seine Arme noch fester um Kiins starken Körper und ließ seine Hände für sich sprechen.

Waxtal erwachte frierend aus seinem Schlaf, und als er herunterblickte, sah er, daß er im Wasser saß. Die Nacht hatte die Flut gebracht, der Vollmond hatte das Meer angezogen. Als seine Augen dem Pfad folgten, den das Mondlicht warf, sah Waxtal sein *ikyak* auf den Wellen von ihm forttreiben.

Er rief zu dem *ikyak* hinaus, dem Bruder, den er mit seinen eigenen Händen geschaffen hatte, rief zu dem Stoßzahn hinaus, der die Einschnitte seines Messers trug, doch sie trieben ohne ihn weiter. Dann hörte er die Stimme des geschnitzten Stoßzahnes, die aus dem *ikyak* kam. Sie lachte. Sie lachte.

Waxtal rief, bis ihm das Wasser an die Schultern reichte, dann kam über die Wellen ein Vogel, ein Rabe, seine Stimme krächzend und laut, und als würde das kalte Wasser Waxtal eine plötzliche Erleuchtung schenken, wußte er, daß der Ruf des Vogels ein Frohlocken war. Jubel über Essen, das bald ihm gehören würde – der Leichnam eines Mannes, frische Leber, weiche Augen.

Waxtal schwenkte die Arme zu dem Vogel hinauf, doch der Rabe zog nur Kreise, wartete. Flüche kamen Waxtal in den Mund, und er spie sie aus, dunkel wie Blut. Er verfluchte alle Dinge: Menschen und Tiere, Wasser und Himmel, Berge und Gras. Am Ende betäubte ihn das Meer, und er konnte nicht mehr sprechen.

Die Flüche setzten sich in seiner Kehle fest, und sie waren so dick, daß kein Platz zum Atmen war.

Tante kam in dieser Nacht zu Kukutux und kroch in den Schlafplatz, den Kukutux sich mit der Robbenjägerfrau Rote Beere teilte. Tante rüttelte sie wach und zog sie in den Hauptraum des *ulaq*, zu der Lampe hinüber, in der noch mehrere Dochte brannten. Die alte Frau sagte: »Dein Mann, er ist tot.«

Einen Augenblick lang sprach Kukutux nichts, dachte sie nichts. Die alte Frau wiederholte die Worte, und schließlich verstand Kukutux.

»Waxtal«, sagte Tante, »das Meer hat ihn geholt.«

»Ich habe keine Tränen für ihn«, sagte Kukutux.

»Es gibt hier Männer, die dich als Frau nehmen würden – Weißer Fuchs oder Erster Schnee von den Jägern der Ersten Menschen.«

»Ich habe einen Mond der Trauer«, erwiderte Kukutux.

Die alte Frau zuckte die Achseln. »Ein Mond vergeht schnell.«

»Ja.« Eine Weile sagte Kukutux nichts mehr, doch Tante wartete, als wüßte sie, daß Kukutux Fragen hatte.

»Dieser Ort heißt das Ufer der Händler«, sagte Kukutux schließlich.

»Ja.«

»Kommen alle Händler hierher?«

»Die meisten.«

»Sie kommen nur im Frühling, nur im Sommer?«

»Nein, Eisjäger sagt, sie kommen manchmal vor dem Winter, wenn die Menschen ihre Lager füllen. Das ist eine gute Zeit zum Tauschen.«

»Dann will ich warten. Es gibt da einen, der vielleicht kommt ...«

»Eule«, sagte die alte Frau.

Kukutux blieb der Atem am Gaumendach stecken. »Du kennst ihn?«

»Ich werde ihn kennen«, sagte die alte Frau und gab ein leises Kichern von sich.

»Gut«, sagte Kukutux.

»Ja, es ist gut«, sagte Tante, dann kniff sie die Lampendochte aus und kehrte zu ihrem Schlafplatz zurück.

Im Dunkeln kletterte Kukutux aus dem *ulaq* und setzte sich hinaus in den Wind. Sie griff nach den blauen und goldenen Perlen an ihrem Hals und sang ein Lied, etwas Ruhiges, Fröhliches, ein Lied des Rufens. Und der Wind nahm es, trug ihre Worte weit fort.

Zum *ik* eines Händlers.

Epilog

WINTER
7036 v. Chr.

Chagak schlang die Arme fest um Takha und Shuku. Beinahe konnte sie glauben, sie halte Amgigh und Samiq. Warum schien etwas, das so lange her war, so nahe, als könnte sie nach Belieben längst vergangene Tage zurückholen?

Sie schloß die Augen und lauschte auf die abendlichen Geräusche des *ulaq* – das Kratzen von Kayughs Lavastein auf einem Speerschaft, die Stimme von Samiq, der mit Eule sprach, das Klappern von Holzschalen, als Drei Fische, Kiin und Kukutux das Essen wegräumten. Sie alle trugen den Schmerz über den Tod von Kleines Messer in sich, aber mit jedem Mond wurde es besser. Wer konnte keine Freude empfinden, da ihnen so viele Kinder geschenkt waren – Shuku und Takha, Großer Wal und Jäger und das neue Kind, das Kiin in ihrem Bauch trug.

»Nun erzähle deinen Enkelsöhnen eine Geschichte, Großmutter«, sagte Kiin und setzte sich neben Chagak.

Chagak lachte überrascht, aber wer konnte wissen, worum Kiin als nächstes bitten würde? Ihr Glück darüber, Frau und Mutter zu sein, leuchtete aus ihrem Gesicht und schimmerte durch ihre Worte. Jeder Tag brachte einen neuen Einfall, auf welche Weise das *ulaq* stärker, das Essen besser, die Kleidung schöner gemacht werden könnte. Und jetzt wollte sie eine Geschichte.

»Eine Geschichte ...« sagte Chagak. Sie lächelte Kiin und Samiq zu, den anderen, die in Kayughs *ulaq* saßen. Sie drückte die Wange auf Shukus Kopf und schloß die Augen. Lieder, Gebete und Frauengesänge kamen ihr in den Sinn, aber keine Geschichten.

»Ich kenne keine Geschichten«, sagte sie schließlich.

Dann kam die Stimme des Otters, eine neckende Stimme, die in Chagaks Kopf sprach. »Ah, kleine Großmutter«, sagte der Otter, »jeder Mensch hat eine Geschichte, und wir alle sind Geschichtenerzähler.«

Chagak sah in die Schatten hinauf, die sich über der Öllampe bewegten, dann legte sie den Kopf schief, als lauschte sie auf etwas, das die anderen nicht hörten. Schließlich sprach sie, und ihre Worte kamen in der starken, klaren Stimme einer Geschichtenerzählerin.

»Sechs Tage«, sagte sie. »Die Jäger waren jetzt seit sechs Tagen fort, und während dieser Zeit hatte es einen Sturm gegeben. Regen und Donner, der aus den Bergen zu kommen schien, Wellen, die das Ufer leerfegten ...«

NACHWORT DER AUTORIN

Zu den angenehmen Begleiterscheinungen der Veröffentlichung meiner Romane gehörte es, auf Lesereisen eingeladen zu werden. Weil die Zeit eine Begegnung mit allen meinen Leserinnen und Lesern nicht gestattet, möchte ich dieses Nachwort benutzen, um die Fragen zu beantworten, die mir am häufigsten vom Publikum gestellt werden: Woher ich die Ideen für meine Geschichten habe, wie ich die »Stimme« oder den Schreibstil für jeden Roman entwickelt habe, welche Teile der Romane symbolisch sind und warum ich einigen meiner Figuren eine innere Stimme gebe.

Ich bin sicher, die meisten Autorinnen und Autoren werden gefragt, woher sie ihre Ideen haben, und ich bin ebenso sicher, daß die meisten Autorinnen und Autoren viel mehr Ideen für Geschichten haben als ich. (Ich habe ungefähr alle zwei Jahre eine gute Idee für eine Geschichte.) Zu meinem Glück bieten die Legenden, Mythen und Traditionen der amerikanischen Ureinwohner Stoff für Geschichten im Überfluß, und ich habe Anleihen bei ihnen gemacht, um meine Figuren und die Grundzüge meiner Geschichten zu entwickeln. *Bruder Wind*, der letzte Band einer Trilogie, fußt natürlich auf den Legenden und Geschichten, die als Grundlage für seine Vorgänger gedient haben, *Vater Himmel, Mutter Erde* und *Schwester Mond.*

Zu diesen Legenden zählen die aleutische Seeotterlegende, die Mondmythen der Pueblo- und der Osageindianer, die aleutische Geschichte von der Hochzeit des Raben, die mündlich überlieferten Eskimogeschichten von einer Mutter, die den Sohn eines Feindes versteckt, Legenden von den blauen Eismenschen, Geschichten der Chippaweindianer von Zwillingssöhnen, Tigerlegenden aus dem Orient (die Pendants in überlieferten aleutischen Waljägergeschichten haben), aleutische Geschichten von Shuganan und »Außenmenschen«, verschiedene Schöpfungslegenden und die Legende vom Gaunerraben. Außerdem fußt *Bruder Wind* auf einer Eingeborenengeschichte aus dem Nordwesten, von einem einhändigen Mann und einer schönen Frau, die ihren Stamm vor marodierenden Kriegern retten, und auf mündlich überlieferten athabaskanischen Rabe- und Stachelschweingeschichten.

Die »Stimmen« (manchmal als Schreibstile bezeichnet), die ich für diese Trilogie entwickelt habe, fußen auf den Rhythmen und Stimmenmustern gesprochener amerikanischer Eingeborenensprachen (lassen Sie mich hier einfügen, daß es Tausende von amerikanischen Eingeborenensprachen gibt und ich nur eine Handvoll studiert habe) und auf der Energie, die das mündliche Geschichtenerzählen zu einer Art von Theaterkunst macht.

Nach der Tradition der Geschichtenerzähler der amerikanischen Ureinwohner ist diese Trilogie angefüllt mit symbolischen Darstellungen, von den Namen der Charaktere über Waffen bis zur Beschaffenheit von Himmel und Wetter. Alle Säugetiere, Vögel und Fische in der Trilogie sind allegorisch, gemäß ihren Gewohnheiten oder ihrer Bedeutung in Eingeborenenlegenden. Will man sich den Kunstformen der Ureinwohner Amerikas annähern, ist es wichtig, zu bedenken, daß die Frauen und Männer, die nach Eingeborenentraditionen leben, das Leben selbst als eine Allegorie der Geisterwelt sehen.

Für jeden Roman dieser Trilogie habe ich eine »innere Stimme« entwickelt. In *Vater Himmel, Mutter Erde* ist es Chagaks Otterstimme; in *Schwester Mond* ist es Kiins Geisterstimme, und in *Bruder Wind* ist es die Stimme des geschnitzten Stoßzahns, der zu Waxtal spricht. Meine Absicht ist es, einen Stimmenkreis zu schaffen, der die Erfahrung des Künstlerischen ausdrückt. Die künstlerische Vision beginnt in der Natur (Otter), wird verinnerlicht (Geist) und drückt sich aus (geschnitzter Stoßzahn).

Lassen Sie mich an dieser Stelle sagen, daß mir scheint, daß trotz der Faszination, die Symbole, Nachforschungen und Stimmen auf mich ausüben, die beste Literatur – von Homer über Shakespeare bis Mark Twain –, das wahrhaft herausragende Werk, das Zeit und politisches Klima überlebt, dasjenige ist, das eine gute Geschichte erzählt. Die Geschichtenerzähler der amerikanischen Ureinwohner wußten dies sehr gut. Sie verfügen über große Weisheit.

Lassen Sie mich eine Frage zu *Bruder Wind* beantworten, bevor sie gestellt wird: Ja, viele der besten uramerikanischen Geschichtenerzähler und berühmten Schamanen waren meisterhafte Bauchredner.

Zu guter Letzt in dieser Minikonferenz der Fragen und Antworten: Ja, ich habe mit den Recherchen für eine zweite Trilogie begonnen, die die Sage von den Ersten Menschen fortsetzen wird. Bitte nehmen Sie sich vor, mich auf dieser nächsten Reise zu begleiten!

Sue Harrison
Pickford, Michigan

er wird verniedlicht (Gesù) und er lebt sich aus (geschnitzter Stoßzahn).

Lassen Sie mich an dieser Stelle sagen, daß mir scheint, daß trotz der Faszination, die Symbole, Nachforschungen und Stimmen auf mich ausüben, die beste Literatur – von Homer über Shakespeare bis Mark Twain –, das wahrhaft herausragende Werk, das Zeit und politisches Klima überdauert, dasjenige ist, das eine gute Geschichte erzählt. Die Geschichtenerzählerinnen der amerikanischen Ureinwohner wußten dies sehr gut. Sie verfügen über große Weisheit.

Lassen Sie mich eine Frage zu *Myrrhe* beantworten, bevor sie gestellt wird. Ja, viele der besten indianischen Geschichtenerzähler und berühmten Schamanen waren meisterhafte Bauchredner.

Zu guter Letzt in dieser Minikonferenz der Fragen und Antworten: Ja, ich habe mit den Recherchen für eine zweite Trilogie begonnen, die die Sage von den Ersten Menschen fortsetzen wird. Bitte nehmen Sie sich vor, mich auf dieser nächsten Reise zu begleiten!

Sue Harrison
Pickford, Michigan

GLOSSAR DER EINGEBORENENSPRACHE

AKA: (Aleut.) Oben; geradewegs dort draußen.

ALANANASIKA: (Aleut.) Anführer der Waljäger.

AMGIGH: (Aleut. – Aussprache mit unbestimmter Tonsilbe zwischen »m« und »g« und stimmloser Endung) Blut.

ASXAHMAAGIKUG: (Aleut.-Atkan.) Ich bin einsam.

ATAL: (Aleut.) Brennen, Flamme.

BABICHE: Band aus ungegerbter Schlachthaut. Wahrscheinlich von dem Cree-Wort *assababish*, der Verkleinerungsform *assabab*, Faden.

CHAGAK: (Aleut. – auch *chagagh*) Obsidian. (Im aleutisch-atkanischen Dialekt: rote Zeder.)

CHIGADAX: (Aleut. – stimmlose Endung) Ein wasserdichter Parka aus Seelöwen- oder Bärendärmen, aus Speiseröhren von Robben oder Seelöwen oder aus der Zungenhaut eines Wals. Die Kapuze hatte eine Schnur zum Zuziehen, und die Ärmel wurden bei Seefahrten an den Handgelenken zusammengebunden. Diese knielangen Kleidungsstücke waren oft mit Federn und farbigen Speiseröhrenstücken geschmückt.

DYENEN: (Ahtna-Athabaskan.) Schamane, Medizinmann.

IK: (Aleut.) Offenes Boot aus Häuten.

IKYAK, PL. IKYAN: (Aleut. – auch *iqyax*, Pl. *iqyas*) In der Form eines Kanus gebautes Boot aus Häuten, die auf einen Holzrahmen gespannt waren, an der Oberseite mit einer Sitzöffnung versehen; ein Kajak.

KAYUGH: (Aleut. – auch *kayux*) Muskelkraft, Stärke.

KIIN: (Aleut.) Wer?

QAKAN: (Aleut.) Der dort draußen.

SAGHANI: (Ahtna-Athabaskan.) Rabe.

SAAGHANI S'UZE' DILAEN: (Ahtna-Athabaskan.) Mein Name ist Rabe.

SAMIQ: (Aleut.) Steindolch oder Messer.

SHUGANAN: (Ursprüngliche und genaue Bedeutung unbekannt) Verwandtschaft mit einem alten Volk.

SHUKU: (Alttlingit – Betonung auf der zweiten Silbe) Erstes.

SUK: (Aleut. auch *sugh*; tonlose Endung) Ein Parka ohne Kapuze, mit hochgestelltem Kragen. Dieses Kleidungsstück war oft aus Vogelhäuten und konnte als Schutz gegen die Kälte auch mit der Innenseite nach außen getragen werden (also mit den Federn nach innen).

TAKHA: (Alttlingit) Zweites.

TUGIDAQ: (Aleut.) Mond.

TUGIX: (Aleut.) Aorta, großes Blutgefäß.

UGHELI: (Ahtna-Athabaskan; prädikatives Adjektiv) Etwas Gutes. Es ist gut.

UGYUUN: (Aleut.) Bärenklau oder wilder Sellerie (russisch Poochki). Eine Pflanze, die als Nahrung, zum Färben oder als Medizin verwendet wurde. Gekocht schmecken die geschälten Stengel ähnlich wie gelbe Rüben. Die äußeren Schalen der Stengel enthalten eine chemische Substanz, die Hautreizungen verursachen kann.

ULAKIDAQ: (Aleut.) Eine Ansammlung von Behausungen; eine Häusergruppe.

ULAQ, PL. ULAS: (Aleut. – auch *ulax*) Eine Behausung, die in einen Hügel gegraben war. Die Dachsparren waren aus Treibholz und/oder Walknochen, das Dach war mit Grasnarbe und Gras bedeckt.

UTSULA'C'EZGHOT: (Ahtna-Athabaskan.) Seine/ihre Zunge ist falsch. Er/sie lügt.

WAXTAL: (Aleut.) Verlangen, Mitleid.

Die hier aufgeführten Worte der Eingeborenensprache sind gemäß ihrer Verwendung in *Bruder Wind* definiert. Wie bei vielen anderen Eingeborenensprachen, die von Europäern überliefert wurden, gibt es auch hier fast für jedes Wort eine Vielzahl von Schreibweisen sowie Unterschiede im Dialekt.

DANKSAGUNG

Mit der Vollendung von *Bruder Wind*, dem letzten Band der Trilogie, dem *Vater Himmel, Mutter Erde* und *Schwester Mond* vorausgingen, muß ich mich von den Figuren verabschieden, die während der vergangenen siebzehn Jahre ein wesentlicher Teil meines Lebens gewesen sind. Doch verlasse ich auch »alte Freunde«, so habe ich doch viele neue Freundinnen und Freunde gewonnen, und diesen – meiner Leserschaft – gilt meine aufrichtige Anerkennung. Ihre Neugierde, Ihre Intelligenz und Ihr Enthusiasmus sind mir eine ständige Quelle der Freude.

Mein tiefempfundener Dank gilt allen Mitgliedern meiner Familie, die mich tatkräftig unterstützt haben, allen voran mein Mann Neil und unsere Kinder Neil und Krystal, und meinen Eltern, Bob und Pat McHaney, sowie meinem Großvater, Bob McHaney sr. Meine Anerkennung gilt außerdem allen Verwandten, Freunden und Buchhändlern, die in den Vereinigten Staaten und in aller Welt ein Netzwerk der Unterstützung für meine Arbeit geknüpft haben.

Abermals danke ich Dr. William Laughlin und seiner Tochter Sarah. Diese Trilogie hätte ohne die Großzügigkeit, mit der sie mich an ihrer Sachkenntnis und ihren Forschungsergebnissen teilhaben ließen, nicht geschrieben werden können.

Mein Dank gilt Mike und Rayna Livingston, Mark McDonald, Gary Kiracofe, Dr. Richard Ganzhorn und allen, denen ich zuvor in *Vater Himmel, Mutter Erde* und *Schwester Mond* dafür gedankt habe, daß sie mir ihre Zeit opferten und mich an ihrem Wissen teilhaben ließen.

Zu denen, die mir in letzter Zeit Bücher aus ihrer Privatbibliothek geliehen haben oder mich an ihrer Sachkenntnis teilhaben ließen, gehören Bob Mecoy, Ann Chandonnet, Mr. und Mrs. James Waybrant, Mr. und Mrs. Bob Blanz, Abi Dickson, Denise Wartes, Warren St. John, Bonnie Chamberlain, Larry Kyle, Ross Blanchard, Roger und Annette McHaney und Patricia Walker. Mein aufrichtiger Dank gilt ihnen allen sowie Forbes McDonald, der mich an seinen Erfahrungen beim Fischen in den Gewässern von Alaska teilhaben ließ.

Meine Anerkennung gilt denen, die sich durch die verschiedenen Entwürfe des Manuskripts von *Bruder Wind* gelesen haben: mein Mann, meine Tochter, meine Eltern, meine Schwester Patricia Walker und meine Freundin Linda Hudson. Dank euch allen!

Mein Dank gilt außerdem Sandy Benson, die die Aufzeichnungen meiner Recherchen getippt hat, und meinem Mann für seine Computerarbeit an der Landkarte und dem Stammbaum.

Es wäre nachlässig von mir, das Alaska Native Language Center auf dem Fairbanks Campus der Universität von Alaska unerwähnt zu lassen. Das Material, das dort über Eingeborenensprachen der Indianer, Aleuten und Eskimos veröffentlicht wurde, ist wahrhaft ein Geschenk an die Welt.

Ich achte und schätze die zahlreichen Autorinnen und Autoren, deren Bücher und Artikel – von den frühen Schriften Veniaminovs bis zu jüngsten, noch unveröffentlichten Aufsätzen – das Fundament bildeten, auf dem ich meine Geschichten aufgebaut habe. Die Namen gehen weit in die Hunderte, doch der begrenzte Platz gestattet mir nur die Nennung weniger: Lydia Black, Raymond Hudson, William S. Laughlin, Steve J. Langdon, George Dyson, George L. Snyder, George D. Fraser, David W. Zimmerly, F. Krause, Derek C. Hutchinson, Otis T. Mason, Patricia H. Partnow, Waldemar Jochelson, Alés Hrdlikka, Margaret Lantis, Ivan Veniaminov, Ethel Ross Oliver, Farley Mowat, Richard K. Nelson, Frances Kelso Graham, Barry Lopez, John McPhee, Howard Norman, Edna Wilder, James Kari, Knut Bergsland, Moses Dirks und Lael Morgan.

Eventuelle historische oder wissenschaftliche Fehler in meinem Roman habe ich allein zu verantworten und sind nicht den Forscherinnen und Autoren anzulasten, die ich genannt habe.

Und zum Abschluß gilt mein Dank meiner Agentin Rhoda Weyr, meinem Lektor Bob Mecoy und meiner Lektorin Ellen Edwards, die alle die Gabe besitzen, Unebenheiten zu glätten und Unbeholfenheiten zu schleifen. Ihr Enthusiasmus, ihr Verständnis und ihre Professionalität machen die Arbeit mit ihnen zum Vergnügen.